贵州新文学大系
1990—2019
GUIZHOU XIN WEN XUE DA XI

短篇小说卷
第三卷
2009—2013

贵州省作家协会 / 编

贵州出版集团
贵州人民出版社

图书在版编目（CIP）数据

贵州新文学大系.1990—2019.短篇小说卷.第三卷，2009—2013 / 贵州省作家协会编. -- 贵阳：贵州人民出版社，2022.12

ISBN 978-7-221-17591-5

Ⅰ.①贵… Ⅱ.①贵… Ⅲ.①中国文学—当代文学—作品综合集—贵州②短篇小说—小说集—中国—当代 Ⅳ.①I218.73

中国版本图书馆CIP数据核字(2022)第252576号

书　　名	贵州新文学大系1990—2019·短篇小说卷·第三卷（2009—2013）
丛 书 名	贵州新文学大系1990—2019
编　　者	贵州省作家协会
出 版 人	朱文迅
统　　筹	黄　冰
责任编辑	梁　丹
装帧设计	王丹丽
出版发行	贵州出版集团　贵州人民出版社
社　　址	贵州省贵阳市观山湖区中天会展城会展东路SOHO办公区贵州出版集团大楼（邮编：550081）
印　　刷	深圳市新联美术印刷有限公司
开　　本	787 mm×1092 mm　1/16
字　　数	662千字
印　　张	33
版　　次	2022年12月第1版
印　　次	2022年12月第1次印刷
书　　号	ISBN 978-7-221-17591-5
定　　价	68.00元

版权所有　翻印必究

本书获2019年贵州省出版传媒事业发展专项资金资助

贵州新文学大系编委会

编委会主任：欧阳黔森 何长锁

编委会副主任：高 宏 颜同林 杜国景 谢廷秋

编委会成员（以姓氏笔画为序）

井绪东 孔海蓉 孙向阳 李 俊 李大勇

陈祖君 赵 旭 郑 瞳 颜水生 戴 冰

概 述

中国新文学已经走过了百年历程,贵州新文学的脚步亦步亦趋,漫长的一个世纪的确需要回眸和展望。前辈已经编辑出版了《贵州新文学大系1919—1989》,本书是对1990至2019年贵州新文学短篇小说的巡礼,完成贵州新文学短篇小说三十年的回眸。《贵州新文学大系1990—2019·短篇小说卷》选编的基本原则是作品在国内核心刊物上发表或获得省级以上奖项,并且具有较高的质量和一定的影响力,能够代表贵州三十年来的短篇小说创作成就。

1990年代以来,随着社会转型和各种文学思潮的兴起,短篇小说创作明显走向多元化,无论是创作题材、手法、语言还是主题意蕴,都与过去有很大变化,呈现出丰富多彩之势。这也同样反映在贵州作家这一时期的短篇小说创作中。

欧阳黔森无疑是这一时期贵州短篇小说创作的佼佼者,他的短篇小说几乎都是在《当代》《人民文学》《中国作家》《花城》《长城》《新华文摘》等国内一线刊物上发表。早在2003年中国文联出版社汇集了当时全国优秀短篇小说家,由著名学者孟繁华主编"短篇王文丛",欧阳黔森的短篇小说集《味道》列入了第一套六位作家六本专著出版。这些小说继承了从蹇先艾到何士光优秀短篇小说的传统,立足贵州生活,书写贵州形象,艺术上精雕细琢,语言上独树一帜,给我们提供了精致写作和精致阅读的典范文本。1999年,标志着欧阳黔森的创作进入喷发期的小说《十八块地》,讲述的便是"我"

于20世纪60年代在十八块地农场下乡接受再教育的经历，知识青年留下的只是对逝去的青春岁月和美好感情的无限怀念。欧阳黔森的短篇小说不少是以地质队的故事为题材，这与作家年轻时的地质勘探工作经历有关。《丁香》《远方月皎洁》《有人醒在我梦中》都是写地质队的爱情故事，这些故事无不含蓄、温婉和感伤，让人动容。

　　欧阳黔森的小说题材广泛，作品内容十分丰富，如《心上的眼睛》写娄山关革命圣地和现代军人的崇高，充满了理想主义和英雄主义情怀。欧阳黔森在小说开篇写道："我不止一次站在娄山关的隘口，俯瞰一片巍峨的群山。"这就奠定了小说的豪迈基调，接下来针对娄山关地势险要，发出"是否不可逾越"的诘问，引出对历史与现实的书写。小说结尾处，眼盲军人摸到刻在娄山关山壁的毛体字时，突出了他的主角形象，生理失明的军人拥有无比明亮的内心世界，并依托"心上的眼睛"遥望连绵起伏的群山。《兰草》书写了对青春爱情的追忆。第五军在知青下乡时期来到武陵山腹地的三个鸡村，认识并爱上了当地女子兰草。他为了兰草不仅参军参战，还立志成为诗人，写了许多关于兰草的诗。多年后的聚会上偶遇兰草，谈话间对她的生活有所了解，昔日纯洁无瑕的兰草，在生活的摧残下已不复当年美好。第五军对年轻时节的美好回忆，终止于一场嬉笑怒骂的聚会。《姐夫》延续了欧阳黔森对爱情主题的表达，书写生活中的真情与假象。"我"与肖一水相爱两年，都已经到了谈婚论嫁的地步，却迎来了未婚妻一水的不辞而别。"我"与一水看似感情亲密，但彼此并非真心相爱，只是表面的假象而已。一水对前男友李成栋旧情难忘，离家出走只为寻找李成栋并与他和好。而"我"在历经一水出走一事之后才发现，"我"真正喜欢的人是一水的妹妹二清，最终四个有情人都终成眷属，这个令人啼笑皆非的结局，也不禁令人思索，爱情才是走向婚姻的基础。《丁香》写了一则还未来得及说出口的爱情故事。文中始终郁结着一股丁香般的忧愁，作者以诗意化的语言表现丁香姑娘香消玉殒的短暂人生。《梨花》中塑造了美如花开、洁白无瑕的梨花形象。梨花不同于寻常的农村妇女只会操持家务。她是三个鸡村唯一考起中等师范学校又被分回公鹅乡中学当老师的，更增加了人们对她的敬重。从梨花嫂、梨花老师到梨花校长的身份转变，描绘了梨花积极进取、富有事业心的成长过程。《五分硬币》以谐谑的笔调讲述神圣爱情被世俗消解，甚至沦为世俗的替代品。小说主要讲述"我"对感情的珍惜和怀念，表达的是对青春、理想和爱情的向往和追求，主旨颇具象征意味，幻想的破灭更加表现了"我"对感情的珍惜。《有人醒在我梦中》讲述"我"在农场下乡时懵懂而又真挚的初恋，后来"我"又鬼使神差地离开了白菊，以至于白菊在以后的岁月里不断来到"我"的梦里。小说既有对知青下乡辛苦劳作的回忆，又有对青年时代甜蜜初恋的怀念，表达了对青春易逝、爱情难得的感慨。在《远方月皎洁》中，欧阳黔森仍在讲述"我"对青春时代的初恋的怀念，"我"在做地质工作时认识了卢春兰并与她有了朦胧的感情，但由于地质工作需不断迁徙，我们相约在不久的将来在七色谷见面。然而，卢春兰送给"我"的黄狗被同事宰杀，"我"不仅没有保护好黄狗，也没有兑现自己的诺言。小说试图指出，年轻人很容易忘却一生中最美好的东西，但青春易逝、年华不再，美好的事物不可能再次出现，人们只能是无眠地睁开双眼怀念远方皎洁的月光。小说《味道》则讲述了三个层面的爱情故事："我"与方冰的恋爱关系、方冰父母动人的爱情传奇、"我"编造的乱七八糟的爱情剧，欧阳黔森讽刺了现实生活和虚构剧本中虚假的爱情故事，而对方冰父母忠贞如一的爱情经历表示崇敬。

  2003年，欧阳黔森发表小说《断河》，这部小说是欧阳黔森运用民间传奇的代表性作品。《断河》写尚武的古朴民风，充满了蛮荒和神秘色彩，充分展示了作家极其丰富的想象力，该小说在2004年就入围第三届"鲁迅文学奖"。《断河》虽然主要讲述了麻老九在断河边的人生经历，但在残酷的争斗中却包藏着深切的爱。龙老大闯荡江湖，仇家众多，为了保护同母异父的弟弟麻老九，他不与弟弟相认，而是狠心地让麻老九在断河里打了几十年的鱼，其目的是不让仇家来向麻老九寻仇，这是在乱世中不得已而为之的办法。小说不仅表现了浓厚的亲情，还表现了深厚的爱情，梅朵对老刀和老狼都怀有真挚的爱情，最终却以死殉情；麻老九经常在梦中会见死在断河的女人，他为这个梦境守候了一辈子。在高山深谷、尚武成风的武陵山脉，在残忍的爱中总是蕴藏着浓厚的情感与人性。小说《断河》在短篇小说的篇幅内讲述了百余年的历史，截取时代断面讲述历史变迁和人物命运；小说讲述了传奇式的事件与情节，塑造了传奇式的人物形象。小说写道："老刀说一不二。老刀刀法绝顶，百发百中。老刀以刀为荣，老刀视刀为生命。老刀一头野猪毛似的黑发，一身古铜色的横肉，站在哪儿都是一堆力的肉阵。每当人们出口称赞他时，他眉一扬，横肉一抖，然后从他厚实的唇中咬出：'无他，唯手熟尔。'""老狼也是这一带出名的刀客，刀又快又准，且胆大包天，打地上走的猎物，从不用枪。一次与一头云豹相遇，只用了两刀，一把刺中喉咙，一把刺中心口。老狼浓眉大眼，一堆黑肉凸起来，油亮亮能看见人影。"

  老刀与老狼的冲突是因为老狼与老刀的女人偷情，老刀决定与老狼决斗。决斗完全依照江湖规矩，正所谓"一言既出，驷马难追"，英雄惜英雄，即使有夺妻之恨和杀狗之仇，老刀也坚守江湖规矩，老刀坚守自己的枪从不打地上走的，但老风又规定他不能用刀，因此老刀两次有机会杀死老狼，老刀都放弃了。龙老大也是《断河》的主要人物，他纵横江湖、心狠手辣，是乱世中的枭雄。龙老大为了保护弟弟麻老九，让弟弟几十年如一日地在断河里打鱼，在这乱世中他不得不这样做，既表现了他的狠毒之心，又表现了他的兄弟之情。龙老大重兄弟情义，希望麻老九强大起来，他送给麻老九一个女人，后又狠心淹死这个女人，就是想激起麻老九的血气，但麻老九是个软骨头，龙老大不得不继续对他狠下去，因为只有这样，麻老九才能活下去。小说结尾，解放军枪毙了龙老大，小说主人公的命运安排极具象征意义。

何士光曾评说："人们在说到欧阳黔森的短篇小说的时候，常常会说起他的《敲狗》。这固然是一篇精粹的作品，在那仿佛是不动声色的叙述后面，黔森以一种慈悲的胸怀，对人性作了一次深深的审视。但黔森让我乃至都有些惊讶的短篇小说，又还是他的《断河》。文学作品中不是有一种境界，叫作史诗？不妨望文生义的话，这种境界里就有史也有诗，是诗一般的史，史一般的诗。通常史诗都会是鸿篇巨制，但《断河》却绰绰约约地让人感到，黔森就只用了短短的篇幅，来窥探了这种史和诗的意境。"

《敲狗》所描写的屠狗方式"敲"，比"杀"更加凶残，厨子为了做生意，以这种方式屠杀了无数条狗。因为陷入经济困境，中年汉子才神色黯淡、很不情愿但又无可奈何地把自家的黄狗交给了厨子。经济状况稍有好转，中年汉子首先想到的就是赎狗，原来他是因为父亲得急病要钱救命才卖狗的。但厨子不吃这一套，不认"赎狗"这样的道理，由此与中年汉子产生矛盾而相持不下。最后是徒弟在半夜偷偷把黄狗放了。小说通过厨子、中年汉子、徒弟对待黄狗的不同态度，探讨了人性的温度与深度，中年汉子和徒弟都表现了人性的温暖。何士光认为《敲狗》"是一篇精粹的作品，在那仿佛是不动声色的叙述后面，黔森以一种慈悲的胸怀，对人性作了一次深深地审视"。《敲狗》写人们食狗肉的不人道行径，表达了对狗的同情、怜悯，小说的语言独具特色。《敲狗》2009年位居第二届"蒲松龄短篇小说奖"榜首，其颁奖词写道："小说在无情中写温情，在残酷中写人性之光，是大家手笔和大家气派。大黄狗再次绽开的笑脸，狗主人与大黄狗之间难以割舍的真情，使得徒弟冒险放掉了师傅势在必得的大黄狗。大量生动鲜活的如何敲狗的铺排，只是为了最后放狗的一笔，在狗的眼泪里，我们看见了人的眼泪，由狗性引申出来的是对人性的思考，对提升人的精神品质的呼唤。小说不仅在结构上有中国古典小说的神韵，在道义和人性的刻写上，也见出传统文化的底蕴，小说通过写狗对主人的依恋，厨子对情感的冷漠及徒弟的被感动，折射出人性的光芒，把人性解剖这个文学的宏大主题，用'敲狗'这个断面展现得曲尽其妙，称得上是短篇小说的典范文本。"《敲狗》曾是全国中考和高考阅读理解大题，其意义不言而喻。

欧阳黔森在短篇小说《扬起你的笑脸》中讲述乡村教师田大德在梨花寨教书的故事。田大德学问高，为人洁身自好，他甘于清贫，扎根乡村；他心地宽广，宅心仁厚；他特别关爱学生，就像漫漫长夜中的火光照亮了学生的心灵。小说结尾以极具象征意味的语言描绘了田大德对学生心灵的影响，那山谷里夜的火光和斑斓从未熄灭从未消失从未离开他们的心，他们的心从此没有寒冷的感觉，他们的心有了灵魂的温度，扬起笑脸就成了他们的一种人生态度。欧阳黔森在小说中写道："在我的脑海里，那堆火从来不曾熄灭过，而那张在火光中辉映的笑脸，至今灿烂无比。""扬起你的笑脸"既可以说是欧阳黔森特别看重的一种处世哲学，也可以说是他重点张扬的人类精神。欧阳黔森试图通过田大德对学生的关爱赞扬乡村教师的奉献精神；欧阳黔森希望以爱的火光温暖心灵，希望以爱的火光照亮人世，他认为田大德老师的心可以用人间最美好的词来赞誉。美好人性一直是欧阳黔森小说创作的重要主题，尤其是生活困难的革命时代，人们最终都得回归日常的物质生活和人际关系，人性美放射出耀眼的光芒照亮人心，温暖时代。

谢挺也是贵州的实力派作家，他善于写小人物和庸常生活，总能把生命之轻与生活之重表现得入木三分，让人不禁唏嘘。《怎样给别人，也给自己一个机会》把一个离婚又再婚的中年男人的处境深刻地勾画出来，故事平淡而富于人情味。《靠近》以一个中学地理教员"我"的视角进行叙述，没有明显的故事情节，只有对小人物庸常生活的真实记录。这个显得有些"无厘头"的作品，却给人一种说不清道不明的感伤，这多半是因为作者以其深厚功力写出了人们在庸常生活中的困顿、挣扎和无可逃脱。《杨花飞》《扶贫札记》《玉米粒的下午》《手心的温度》都写出了小人物的生存困境。谢挺的作品中也有另类风格，如《华山论剑记》是对"华山论剑"故事进行的新编，这篇在《人民文学》上刊载的故事新编充满了机巧。而《普陀》则以先锋派手法叙述了麻风村人寻求自救的故事。谢挺的短篇小说集《有青草环抱的房间》荣获第四届"乌江文学奖"。颁奖词写道："以诡异的景象，曼妙的意趣，迷惘的记忆，或探寻现代都市人内心矛盾与精神缺失，或言说特定时期人们的内心流向，表现出作者对短篇小说创作的把握。"正是因为谢挺对短篇小说创作的准确把握，才成就了他实力派作家的地位。他的小说《杨花飞》获得《北京文学》杂志文学奖。

如果说欧阳黔森、谢挺还多以现实主义创作为主，偶尔尝试现代主义的手法，那么冉正万、王华、戴冰等则在现代主义的道路上走得更远了。冉正万的短篇小说以新和奇见长，它们往往荒诞不经，但却并非脱离生活，相反地，它们正是以荒诞的表象反映了生活的本质。《飞鼠》写村民汪中文夫妇最初因家中出现一只长翅膀的老鼠而显得恐慌，继而他们发现了飞鼠的商业价值，以卖票的形式向前来看新奇的乡邻们收取费用，最后，村民们竟相仿效汪中文的发财路，各自施展手段企图也能逮获飞鼠。《口叼鲜花》里出现了一只会说话的猫，不过，它不是大自然创造的奇迹，而是人类有意制造出的行骗工具。主人公为了这只会说话的猫耗费了自己的所有积蓄，也葬送了爱情。这样的荒诞故事也许在现实生活中并不多见，冉正万正是把这种人为的荒诞揭示出来给人看。《路神》虽然将文久良对儿子的思念描写得几乎成了神话，但能看出老父亲想念和期盼与儿子见面的那份亲情的可贵与感人。所以，这应该是一种回归现实主义的写作。《一只阔嘴鸟》讲述了一位高寿老人的孤独与怅惘。以照片为楔子，通过老人的回忆，把现在、过去、未来相串联，在跳跃的时空中感慨世事无常、昔人已逝、光阴不再的苦闷情绪。阔嘴鸟则寄托了老人对伴侣的思念以及对少时的回忆。

王华善于讲故事，同时也善用文学语言，她笔下的故事情节与文学语言是不可分割的，离了其中任何一个，王华的小说世界将会大大逊色。《一只叫奁耳的狗》把狗与人置于相对照的位置上，展现了狗的忠诚、友善以及人的势利和不义。小说结尾处写道，"狗和人不一样，狗只记恩不记仇，人只记仇不记恩"，可谓点明了全文主旨。《曹赛是条狗》同样也表达了"狗和人不一样"的主题，只是，它不再是赞扬狗的忠诚，而是揭示了在趋炎附势的社会中人不如狗的怪象。《白猫黑猫》从两名进城孩童的视角，展现了城市的浮华和底层生活的艰辛。《逃走的萝卜》可以说是一篇把王华的语言天赋发挥到极致的作品。它以儿童的思维和视角进行叙述，充满天真童趣，语言跳荡而清新，有一种不经意间引人会心微笑的魔力。《埃及法老王猫》和《香水》延续了王华短篇小说的主题意蕴和叙事风格。《惩罚》却把底层叙事发挥到了一个更为宽广的层面，夏貌貌寻找遗弃的自闭儿子，不惜离家甚至遭亲人唾弃，与福利院跑出的残疾儿周森森相依为命，流连于城市街头，如痴如醉地按照最笨的方法寻找着，故事感人至深，催人泪下，回归了现实主义叙事。

戴冰的短篇小说创作成果丰硕，其作品风格多样，涉猎面广。《弑》以奇特的想象力讲述了一个君王被刺的故事，历代君王以及最新继位的"我"，无论怎样设法祛除暴戾，推行仁政和励精图治，都难逃宿命一般地最终被臣子暗杀。世界万物无不在一个圆圈之内循环，这种循环不是简单的周而复始，万物只是循着既定的轨迹前行，在这种重复中，它们早已发展，由此生生不息。戴冰的小说，建构的是一种富有荒诞意味的艺术世界，揭开荒诞的外壳，却发现荒诞中隐含着生活真实，小说家正是要借不同于我们习以为常了的日常生活形态而把生活的多义性与丰富性展示出来。《杀心》以充满魔幻现实主义的手法讲述"我"多次"杀人"未遂的故事。透过少年的视角回忆往事，揭露在少年内心隐秘的角落，潜藏着极端化的个人想法。作品以小见大，通过家庭生活的杂芜呈现世界的纷繁复杂，以晦暗的童年生活展现人与人之间的隔阂与猜忌，少年的"杀心"之举，实则为抚平个体心灵的创伤。在《拾枪》等小说中，戴冰多次谈到了博尔赫斯，不仅是谈到，而是以博尔赫斯的方式，将博尔赫斯的文本组织进了自己的文本之中，其景仰之心"昭然若揭"，其匠心无疑深得博氏三昧。戴冰也有现实关怀的小说，《桃花》以一个女疯子的故事为题材，展现了作者对"底层"的关怀。《天籁》以音乐为引线，抒写了对青春岁月的怀念。

作家赵剑平始终把目光投向人们的现实生活，试图以一支笔来反映人们的外部生存状态和内部精神世界。但他又绝不是谨守着现实主义写作方法，对现实生活作白描式的刻画，相反地，更重视作品氛围的营造。赵剑平的短篇小说一般没有引人入胜的故事情节，作者似乎有意淡化故事，甚至有意把主题意蕴埋藏起来。例如，在《白羊》中，作者呈现给我们的故事再简单不过了——雨山爷只爱养黑山羊，某天，他的一只黑山羊被别家用白羊调换，耿耿于怀的雨山爷坚持寻找黑山羊，但当他得知黑山羊被腰子伯所养，而且它给腰子伯带去了好运，雨山爷毅然放弃了换回黑山羊。《白羊》不仅表现了雨山爷对腰子伯的宽容与友善，它那种透露着淡淡苍凉的叙述中更映射出一种人世的凄苦与人性的温情。《美丽的恐惧》与《白羊》有异曲同工之妙，它表面上写蛇的故事，实际上是写人事。蛇本是一种令人恐惧的动物，整个小说几乎弥漫着悬疑和恐怖气氛，但正因为对蛇的恐惧，反而让主人公涂康与周丽丽夫妻两人破除嫌隙、重归于好。这种对小说氛围的精到把控，可以说是赵剑平的长项。《事故》中讲述了眯老汉的儿子外出务工，在工地上意外触电身亡，应用工方的要求，乡长长庚带领眯老汉一家以及向家湾的族人，前去深圳谈判这起事故的解决方案。作者通过这起农民工事故，展现了官商勾结的丑恶嘴脸，肇事方试图以金钱收买人心，暗箱操作，防止事态扩大化。在凹眼睛与向家湾人、长庚的交涉过程中，将商人与官僚、平民百姓间的区别对待展现得淋漓尽致。但在小说结尾，乡长长庚打算向上级汇报事故调查报告的行为，体现了对生命的尊重，同时也表达了对人性的呼唤。

赵朝龙的作品似乎都与乌江有关，这条蓝色的大动脉是赵朝龙小说创作取之不尽的源泉。小说《祭江》刻画了一群为生活所迫铤而走险的祭江汉，他们虽然违反法纪偷伐国家林木，但是在面对森林火灾时，他们毫不犹豫地放弃了个人小利，齐心协力扑灭了大火。祭江汉们是血性的，尽管他们在生活的重压下变得彪悍蛮横，但这磨灭不了他们骨子里的深明大义。《蓝色乌江》写青年大学生王孝毕业后被分配至乌江边的绞滩站工作，为此他与恋人分手，忍受江边孤寂、清苦的生活，为改造乌江挥洒汗水。但他最终得知，自己之所以会被分配到乌江，是因为自己的上司兼好友赵桥从中操作。王孝感到愤懑，但他无法去恨赵桥，因为他像赵桥一样知道，乌江需要一批有知识有力量的青年来改造和守护。所以，尽管王孝委屈不平，但他除了感慨命运的捉弄之外，依然坚守乌江，为改造乌江天险奉献自己的光和热。赵朝龙笔下的乌江汉们具有许多共性，他们都正直、有血性、重道义，在艰苦的生存环境下奋斗不息，为情和义不惜抛洒热血。

袁政谦是一个现实主义作家，他的作品多朴素、平实，其动人之处往往在于，作者善于从细小的事物中发掘深意，以小见大，让有限的故事生发无限的内涵。在小说《九九》中，作者把人物置于老人九九无意中捡到四万元巨款这样一个戏剧化事件中，以此反映众生百相。捡到巨款并没有给老人带来好运，老人反而为此担惊受怕，忍受良心的煎熬，另外，子女们也因利益之争与老人的关系变得非常微妙。老人在临终前把巨款的藏匿地点告诉了失主，为自己保住了清白，寻得了解脱。《还乡》写"我"带着十六岁的儿子重返当年插队的乡下，缅怀当年的岁月。这个作品没有明确的故事情节，它更像一篇叙事抒情散文，其巧妙之处在于，作者设置了十六岁儿子这个角色。儿子从小在城里长大，不知人间甘苦，对乡下的一切显得漠不关心，他与当时十六岁便下乡插队的"我"形成对照，这样一来，现在的时代与过去的岁月也形成了对比。

杨打铁是一位骨子里带着诗意的小说作家，她的作品不刻意追求故事情节的跌宕，而是注重文字的感觉和作品氛围的营造。可以说，杨打铁是沿着萧红、迟子建等女作家的道路前行的，她们小说作品的内质是相通的，即充满童真和诗意、散文化倾向明显、在平实的叙述中尽现人生世相。《铁皮屋顶》是一篇散文化的小说，它没有明显的故事情节，而像是儿童呓语一般，语言里充满了孩童般的天真，叙述视角也自然而然融会了孩童眼睛里的新奇。读者或许可以从《铁皮屋顶》中读出萧红《呼兰河传》的某些感觉。《碎麦草》也是以孩童为主角，以孩童的口吻进行叙述。《碎麦草》的感人之处在于，它虽然在叙写着一个并非明快的故事，但却举重若轻，让人并不觉得感伤。作者对生活中的苦难抱以宽容之心，正是这样，才更让我们感受到她对生命的热爱。

　　何文的《老爸贵干》写一个略带叛逆性格的少年与常年不相见的父亲之间的龃龉与和解。作品的语言俏皮、跳跃，略带一些痞气，并且很好地融合了贵州本地方言俚语，因此使整个小说显得有韵味和张力。这篇小说很好地展现了青少年在成长过程中对亲情、友情的渴望，他们虽然叛逆不羁，但其实内心里始终充满善与爱。《人相》的行文风格与《老爸贵干》一样放荡不羁，其故事看似荒诞不经，却折射出人世百相。小说主人公夏米因怜悯贫病交困的叔叔，而毅然放弃财产和爱情，决心回去照顾叔叔。但我们又绝不能以此断定夏米是一个正直、老实的人，他身上表现出来的人格远比这复杂。身无分文的夏米在小吃店蒙混吃喝，他故意刁难店员，与女顾客纠缠，尽显出无赖和野蛮的本性。尽管如此，夏米仍不忘在自己吃饱喝足之时，努力争取为叔叔打包一碗面回去，足见其内心善良的一面。最戏剧化的是，叔叔的贫与病全是装出来的，他实际生活光景非常好，还是这家小吃店的老板，他认定夏米的归来是为贪图财产。《人相》把人性的复杂和人生的荒诞刻画得淋漓尽致。《猎狗》也是一篇挖掘人性的小说，文中描写了一个出人意料的结局。在一次旅行中揭露故事真相，撕开了伪装下的双重面孔。一向被视为放荡不羁、生活混乱的叔叔，其实早已失去性功能，他只是习惯了过洒脱自由的生活，而表面上看起来保守规矩的苏尼和晓君才是真正的放浪之人。

　　杨村以塞罗拉为题材的两个作品——《钟声悠扬》《天高云淡》可谓是姊妹篇，二者的人物形象、故事情节、主题意蕴都相关联。《钟声悠扬》塑造了韩太师这样一个"多余人"形象。韩太师曾是年轻有为的大学毕业生，他放弃女友和留在城里工作的机会，毅然奔往塞罗拉这个偏僻中学，试图在这里实现抱负，成就伟大的教育事业。可事实上，他很快就被现实磨平了理想，又因为恋爱的打击，他变得精神失常，从此只能以敲钟为生，逐渐沦落为一个可笑而可悲的多余人。《天高云淡》中的主人公德厚与韩太师在精神特质上神似。德厚原是塞罗拉中学的一名语文老师，他有着文人的附庸风雅和迂腐固执，骨子里却又趋炎附势、善于钻营。德厚试图在仕途上出人头地，可实际上他最终止步于乡文化站站长的位子，并最终一败涂地，成为一个人见人厌的酒鬼。韩太师和德厚虽然都可笑而可悲，但作者并非完全以戏谑的笔调来调侃他们，而正相反，这是一种带泪的笑，作者以他们的悲剧来展现小人物的命运沉浮。

姚辉的《狗影中的时光》用过去与现实交错叙述的方式，讲述了一个有关光阴流逝的故事，颇具先锋小说的意味；王剑平的《城市形状》以白描手法勾画出了城市的浮华、困顿和荒诞。这些作品的出现，无疑也为贵州20世纪90年代短篇小说创作带来了新的活力。

黄冰小说的主角几乎都是女性，她以极其细腻的笔触，描画了女性内心世界最隐秘的角落。《红楼里的小乔》故事说不上新颖，但那如喃语一般的诉说，它便带上了独特的韵味。小说通过一个年轻女性"我"的视角，描绘了小乔的生活悲剧。小乔年轻时儿子病夭，她随之被丈夫离弃，独居多年的她再度遭遇爱情，却最终以失败和绝望收场。小乔的悲剧其实正显示了女性的脆弱和无助。女性的这种脆弱与其性格、能力、地位等因素都无关，而是由女性的自然角色所命定的。女性身体里的母性和妻性让她们把"情"看得如此重要，一旦这种"情"崩塌，她们便会在生活里变得无所适从。小说独特的视角和构思极具艺术性。

与上述颇具现代和先锋意味创作风格的作家相比，进入新世纪的第一个十年，郑吉平、韦昌国、孟学祥等人则依然走着传统现实主义之路。郑吉平的《李茶叶》写农村人李茶叶通过卖苦茶脱贫致富的故事，《你在我的城市，我在你的家》刻画了从滨海城市到贵州山区支教的女教师形象；韦昌国的《城市灯光》写农村人进城务工而改变了生活境遇，《麦子的夜晚》讲述了农村留守妇女的不幸遭遇；孟学祥的《老牛·老人》叙述了老人与老牛之间的深情厚谊，《迎春》描绘了毛南地区老年妇女过迎春节的美好画面。这些作品都极尽朴实，它是农村生活的真实写照。

进入新世纪的第二个十年后，有实力的青年作家肖江虹、肖勤等开始跻身贵州短篇小说作家行列，但发表的数量不多，肖江虹有《天堂口》和《当大事》两篇，肖勤有《丹砂的味道》《艾蒿地》两篇。而更年轻的作家如李晁、曹永等也崭露头角，他们在短篇创作上势头强劲。

肖江虹的小说作品往往充满沧桑之感。《天堂口》刻画了一个火葬场老员工的形象。范成大在火葬场的岗位上兢兢业业，在他的眼里，他的工作是送每一位逝者去往天堂。范成大对死者的尊重，其实也是对生命的敬畏与尊重。《当大事》由农村老人去世而无人手操办丧事这样一个事件引申开来，以小见大，反映了因农村青壮年进城务工，造成农村劳动力流失的危机。

肖勤的小说似乎总与现实生活保持着一定的距离，因而具有一种神秘的美。《丹砂的味道》从仡佬族人去世后以丹砂陪葬这样一个事件为线索，叙述了奶奶一生的故事。"我"被老祖公认为是奶奶的"转世之身"，这当然是迷信之说。"我"这个角色的设置，正好与奶奶是相对照的，奶奶的经历代表了老一辈人的生活，而"我"是代表了新生的一代，"我"是奶奶那个时代终结的见证者。小说故事离奇，又有着"转世""冲傩"等情节因子，充满了神秘意味，以及一个时代逝去的感伤氛围。《艾蒿地》以虚实结合的手法，设置了房地产开发商与琴师这两组俗与雅相对照的角色，描画了人在现实生活中被欲望钳制的困境，展示了人们接受"雅"的洗涤并最终逃脱世俗物欲的可能。

李晁、曹永、钟华华等八零后作家虽然是后起之秀，其起点却都比较高，他们在近年的贵州文坛乃至全国文坛发出了自己的声音。李晁笔下的故事多与青春有关，充满了对青春岁月的缅怀之情和淡淡感伤。《纪念麦黄》以少年麦黄和"我"为主角，叙写了人在年少成长过程中的青涩、迷惘和执着。《童年朋友》等小说无不是这一题材的继续延伸，它们构筑了李晁文学世界中的独特怀旧情绪。怀旧书写也是文学创作的永恒主题，但八零后的李晁能把怀旧感伤写得如此精致，的确有其过人之处。

曹永是个擅长讲故事的人，他的小说构思巧妙，情节曲折离奇，以故事的出人意料来突显深意。《我们的生命薄如蝉翼》以少年李碗丧父和弑叔一事为线索，展现了困苦环境下生命的轻贱。李碗很早就失去了母亲和哥哥，在父亲坠崖去世后，他便彻底成了孤儿，但这还不是李碗悲剧的全部内容。因为赔偿金的问题，李碗一怒之下亲手杀死了叔叔。这无疑是一个深重的悲剧，而这悲剧正好诠释了"我们的生命薄如蝉翼"。《关于怪胎的处理方法》与冉正万的《飞鼠》惊人的相似，只不过曹永笔下的怪胎不是长着翅膀的老鼠，而是一只长两个脑袋的猪。长两个脑袋的猪最初被人们认为是怪胎，被竞相参观，可自从村中降生了一个长三只眼的婴儿之后，怪胎便很快被人们冷落了。《龙潭》写村民曹多奎受全村人推举下龙潭寻找水源，而重利轻义的乡邻们却因不愿兑现对曹多奎许下的利益，有意将他葬身于龙潭之底。传说中的龙潭巨蟒没有吃掉曹多奎，反而是人比蟒歹毒，为了利益不惜制造出人吃人的悲剧。

钟华华是一个始终关注乡土、关注底层生活苦难的作家，他的作品沉郁而感伤，语言充满张力。小说《乌鸦停在黑瓦上》讲述了一个因兴修火电厂而家园被毁的故事，它是为现代文明冲击下失落的家园所唱的一首挽歌。《渡》通过胡屠夫与提调官两家人从友好到敌对再到相安无事的故事，强调了宽容与谅解的可贵，"渡"既是渡人也是渡己。

尹文武的小说风格多样，善于刻画小人物的琐碎生活，长于心理和细节描写，以此展现人生事态，并运用黑色幽默的手法，使得文中处处充满辛辣的讽刺和悲凉的意味。《王熙凤》由一群务工人员的日常生活折射出当代人精神上的空虚。住在幸福小区的王登峰过得并不幸福，从始至终都无人领会他的特立独行。王登峰与用"大红花"票券去迎春楼消费的王辣狗、张东羊等人不同，闲暇之余用来看书学习，票券也是用于兑换生活费，一次偶然的机会让他把对生活的希望寄托在小桃子身上。但透过窗户的缝隙，不仅看到了小桃子的行为举止，也看到了王登峰的宿命。这个被王登峰命名为"王熙凤"的充满情欲与暧昧的窗口，同时也成为终结他生命的命运之窗。《铃声悠扬》通过哑巴的感情线串联起一曲爱情的悲歌。哑巴十年如一日的守候，坚持每日规律性的打铃，铃声也在无形中成为张瞎子和哑巴感情的催化剂。但作者并未沿着这条线索续写二人的感情，而是以意在言外的方式表现了哑巴的一往情深以及张瞎子默默无闻的爱意。《铃声悠扬》把世俗人生中纯粹的爱刻画得入木三分。

夏立楠的《猫眼》讲述了"我"的打工经历，以及"我"与一个陌生女孩从相知、相识到相爱、相离的情感历程。透过猫眼"我"能看到诡异奇谲的画面，在文中建构起虚实相生的场景，使小说带有实验性色彩。女主角飘忽不定的踪迹，成为男主角心中挥之不去的魅影，又像是他想象的幻影。无疾而终的结局隐喻身处大千世界，在百无聊赖的生活中，存在着许多令人意想不到的事件发生。《春河》的风格与《猫眼》不同，作者将目光聚焦于生活在城市边缘的人群。他们居无定所，四海为家，辗转于城市与乡村之间，在暖春时节出发，寒冬之际返程，不断地为生活奔波，渴望拥有自己的家。文中围绕"我"生病的母亲，讲述了在面对苦难生活时，邻里间相互依存共克时艰的岁月。生活周而复始，只剩下疲于奔波的身影一直在继续着。

丰一畛的《后遗症》讲述了知识分子褚楚和许东陌的庸常人生。小说明显具有后现代和荒诞性质，作者以其冷峻的笔调，不动声色地描摹了知识分子一地鸡毛的生活琐事。炸酥肉、房间布局、烧水、洗澡等看似无足轻重的细枝末节，却有力地烘托了主题。二人作为精英阶层，仍然过着杂乱无序的生活，通过对社会精英——知识分子从物质到精神上的剖析，对这个充满欺和瞒、拜金主义盛行的浮躁时代进行有力地鞭笞。文中所表现的精神症结可谓是当代社会的写真，就如C城是理想，K城是现实，二者之间始终存在无法弥合的裂隙。

贵州文学传统是以短篇小说而闻名于中国文坛的，从蹇先艾的《水葬》到何士光的《乡场上》《种苞谷的老人》《远行》再到欧阳黔森的《断河》《敲狗》《丁香》等，都是耳熟能详、脍炙人口的作品。蹇先艾、何士光、欧阳黔森是不同时代贵州文学的领军人物，他们支撑起了贵州文学的高地。纵观近三十年的短篇小说作品，我们可以把它们分成三个时期来考察，即1990年至1999年段、2000年至2009年段、2010年至2019年段。这三十年间，贵州短篇小说创作显现出新与旧交织的景象。到新世纪的第一个十年期间，贵州短篇小说已经进入了相对成熟和稳定的发展期，其风格逐渐形成。迈入21世纪的第二个十年时，贵州短篇小说的现代品质更加彰显。近年来，一批青年新锐作家突起，为贵州短篇小说的创作加入了新鲜强劲之力，这是传承贵州文学传统的希望所在。

（执笔人：谢廷秋　颜水生）

目 录

2009

001　纪念麦黄 / 李晁
009　人相 / 何文
020　老牛·老人 / 孟学祥
028　老人与猴 / 文晓东
031　一个马来姑娘的故事 / 陈谷一
035　越走越远 / 姜东霞
051　丹砂的味道 / 肖勤
063　天堂口 / 肖江虹

2010

075　故乡往事 / 韦昌国
082　我们的生命薄如蝉翼 / 曹永
102　迎春 / 孟学祥
111　一封未拆开的信 / 潘会
119　米乐的1986 / 李晁
130　八一年的猪 / 李德谟
140　骂五更 / 张麟
150　寂寞乡村的爱情 / 陈谷一

2011

160　乌鸦停在黑瓦上 / 钟华华
175　渡 / 钟华华

187 旱季物语 / 李晁
201 当大事 / 肖江虹
215 澄净 / 胡静

2012

224 灵性 / 林盛青
230 家访 / 林盛青
236 埋伏 / 曹永
244 狂奔的少年 / 曹永
252 无处容身 / 孟学祥
274 弯河 / 孟学祥
284 失真 / 孟学祥
292 惶恐不安 / 孟学祥
302 手心的温度 / 谢挺
313 暂告平安 / 何文
323 香水 / 王华
339 红楼里的小乔 / 黄冰
347 如灰的季节 / 黄冰
357 钟声 / 黄冰
362 退休 / 陈谷一
365 信 / 陈谷一
368 伤心的酥糖 / 李国清

2013

376 扬起你的笑脸 / 欧阳黔森

389 关于怪胎的处理方法 / 曹永

398 头顶大事 / 孟学祥

412 归去来袭 / 句芒云路

430 纸条 / 魏荣钊

438 一次别离 / 李晁

448 路神 / 冉正万

461 风铃 / 周燕翔

463 猎狗 / 何文

477 龙潭 / 曹永

487 双婴记 / 李晁

2009年

李 晁

纪念麦黄

一

麦黄在一个夏日黄昏告诉我,他学会轻功了。这个消息让我大为吃惊,因为距他找到那本《少林绝技大全》才一个月的时间。在少林所有绝技当中,麦黄对轻功情有独钟。我们曾在镇上的旧书店搜集练功秘籍,结果还真被我们找到了。《少林绝技大全》被埋在众多废旧报刊中,灰尘满天飞。当我和麦黄瞪大眼珠,把脸涨得通红时,都不敢相信自己找到了传说中的少林秘籍。

麦黄和我是邻居,我们住在一个单位的家属院里,平时除了看电视外,我们最大的爱好就是模仿电视里的侠客。通常是吃完晚饭的时候,天还没暗,黄昏正在酝酿之中,我们在院子里迅速摆开架势。当然这要视电视台的情况而定,如果当时正在播《射雕英雄传》,那我们就会在院子里单打独斗,每个人都有自己的仇敌和外号;如果是播《三国演义》,那我们就会自动分成三组人马,然后在院子里嚷嚷"××匹夫,快快下楼送死"或者"汝等小儿,还不下马就擒"之类的话。

大人们有时会在一旁添油加醋,借机嘲讽,于是我们打得更欢了,棍子不长眼,常有流血事件发生,一旦发生此类事件,不管大人们再火上浇油,我们都会点到为止。

在麦黄宣布他学会轻功后,院子里大大小小的孩子都嚷着要他表演。一个叫小庭的男孩指着单元楼说,你能飞上去吗?

麦黄摇摇头说,我还没学到这一步,以我现在的功力,学会飞檐走壁还要好几年呢。

小庭显然不满，嘟囔道，那你会什么？

麦黄哼了一声，跟我走，我表演给你们看。

麦黄把我们带到了小森林里。小森林在家属院的后面，靠山，那里有一片树林，一条小溪。这是我们最爱去的地方，烧烧野火，在小溪上筑水坝，乐此不疲。

麦黄迅速爬上一道围堰，那里曾经是一个采石场，被废弃后就成了大家的乐园，大一点的孩子偷偷摸摸地围坐一团诈金花，小一点的就蹲在地上看我们练习攀爬。很多年后，我才知道这也算一项运动，而且还是极限运动。看着现在的运动员全副武装的样子，我还觉得好笑，心想，这有什么呀，想想小时候，徒手爬峭壁，"噌噌噌"就上去了，一点儿也不含糊。

麦黄选的一处围堰在一块菜地上，高达三米，平时我们跳崖一般会选择一米左右的高度，对于三米这样的屋脊来说，我们是望而却步的。

我站在菜地边喊道，麦黄，你行不行？别逞能啊！

对于我的劝告，麦黄很是不满。他不屑地告诉我，这有什么？过几天我跳那个。麦黄指着对面高达十米的山崖说。

我们都"哇"的一声，表示对麦黄的崇敬，虽然这种崇敬带着深深的疑惑，但我们仍然为麦黄的豪言壮语而倾倒，要知道能说出这样的话也是很不容易的。

麦黄乘胜追击，发表了一通练功心得，回顾了这个月闭门练功的种种艰难，并且展望了飞檐走壁的未来。

早有人等得不耐烦了，他们吵吵嚷嚷，意思只有一个：麦黄，别再说了，赶紧跳吧！

麦黄对我们的急躁十分不满，但又没有办法，只好提请我们注意，表演马上开始了。菜地里顿时一片安静，我们都瞪大了眼珠，一眨不眨地仰望着。黄昏的太阳在麦黄身后发散出回光返照般的光芒，我们的眼睛都要流泪了，麦黄还在围堰上运气。

不知谁喊了一声，麦黄，你到底好了没有啊？

麦黄"咚"的一声已经从围堰上跳了下来，在麦黄纵身一跃的时刻，我看见他的双脚在衰老的阳光中微微颤抖。他的身子蜷缩着倒在地上，随即以一个轻松的姿势蹦了起来，脸上还沾着黑色的泥土。他面带笑容地问，怎么样？

观众们没有来得及反应，纷纷冷落了这句话。一些说，你老不跳，害得我都没看清楚。另一些说，你怎么趴到地上去了？像从上面摔下来的。

看得出麦黄对我们的反应没有丝毫心理准备，他原以为我们会像欢迎英雄一样欢迎他，可从现场的气氛来看，他显然被冷落了，大家都觉得意犹未尽或者无聊透顶。

大家都抱怨着走掉了，小森林里只剩我和麦黄。我看着自己的伙伴耷拉着脑袋，漫不经心地踢着脚边的石头，一副壮志未酬的样子。

纪念麦黄　李　晃

我不安地问，麦黄，你是怎么做到的？

麦黄说，做到什么？

我说，轻功啊，那么高跳下来都没事，换了我肯定脚都断了。

麦黄的眼睛闪了一下，腼腆的表情涌上了还沾有泥土的脸庞，他露出了一个天机不可泄露的笑容，说，等我全部学会了以后，就把那本秘籍送给你。

当我们走进院子里时，麦黄的母亲正站在二楼的过道上呼喊麦黄的名字，她特有的外乡口音随着夜幕缓缓降临。麦黄，你死哪儿去了？快回来洗澡。

麦黄悄悄对我说，今天的事可别告诉我妈啊。

我心照不宣地点点头，和他上了楼。

麦黄是一个没有父亲的孩子，在单位上这样的孩子还有很多，这都归结于工作的危险，也是水电职工无法摆脱的宿命。麦黄大我两岁，已经上五年级了，除了成绩不理想外，基本没有什么事让他母亲操心。

一个星期以来，院子里三年级以下的孩子都缠着麦黄要求他再表演一次轻功，麦黄欣然允诺。于是在一个星期天的早晨，麦黄的母亲出门买菜后，我们悄悄溜了出来。

麦黄的身后跟着七八个慕名而来的小孩，他们显然错过了那天的表演，所以脸上无一例外地挂着兴奋、高亢的表情。

小森林里的雾气还没有散尽，但鸟儿的啁啾已经覆盖了溪水流淌的声音。我们走在湿软的林地里，拖拖拉拉，如同一支临时招募的乌合之众。

麦黄再一次站在了那道斑驳的围堰上，几天没来，墙体上已经被人用粉笔画满了裸女的形体，她们以各种姿势出现，让我们疑惑不已。

麦黄是从围堰后爬上去的，所以没有发现我们好奇的目光都盯着那些如今看来仍然猥亵的图画，他照例运了运气，在大喊一声准备从上往下跳时，我们的目光才暂时从女人身上移到了他的身上。清晨的麦黄像一只硕大的青蛙从高处扑下，我们都没有来得及看他是如何着地的，就听见一声惨叫。

麦黄崴了脚，他坐在地上抱怨道，这该死的画，让我分心了。

至今我仍不明白站在围堰上的麦黄是如何看见那些令人面红耳赤的图画的，我只知道麦黄对着那堵水泥墙看了半天，随后才在我的搀扶下，一瘸一拐地朝家走去。

这次摔伤事件后，麦黄母亲对他的看管变得严厉起来，那本《少林绝技大全》被混在一堆废旧报刊中卖给了收废品的，这也是为什么在数年后，我在一家书店发现它的原因。

那几天麦黄的心思都在那些裸女身上，他特意问我，你知道她们在干什么吗？

我朦胧地回答，不知道，也许在跳舞吧！

麦黄很开心地笑了，是那种不带恶意的讥笑。他说，我知道她们在干什么。

等麦黄好了伤疤忘了疼之后，我们又来到了小森林里，那道围堰上的裸女画已经不翼而飞了，换之的是一则极其下流的寻偶启事。至今我依然记得启事上的文字片段，那个不知名的写手以文字与文字的组合，让我们心惊肉跳，回想起来，这是我第一次被文字震撼。

二

麦黄的母亲黄娟是单位上有口皆碑的女人，老麦死去已经五六年了也没见她改嫁。按照黄娟自己的说法，我改嫁？我当然想改嫁啦，可麦黄的死鬼老爹不同意啊，他夜夜钻进我的梦里，百般折腾，要么低声下气讨好，要么威逼利诱，闹得我没了这个心思。

对于这种说法，一些喜欢嚼舌根的女人不以为然。她们私下说，哼，不改嫁那是为了钱，什么梦里梦外的，难道老麦死不瞑目？

她们说的钱是一笔不小的数目，当年老麦以身殉职，单位上赔了六万块钱，本来是赔不了这么多的，可黄娟不依不饶地采取围追堵截的办法，闹得领导没了脾气，只好在原来的赔偿金上加了些许，这才把事情平息。

我们小孩不懂大人的这一套，认为钱多钱少没有多大关系，反正麦黄以后的生计是不愁的，按照单位的制度，以身殉职的子女可以顶替父母成为单位的职工。

虽然黄娟为家里争取到了这笔数目不小的钱，但母子俩的日子仍然过得紧巴巴的。黄娟是个精打细算的人，就拿买米这件事来说，别人买一块钱一斤，她愣能八毛买进。

如果老麦不死，也许这个家庭就是人们口中的幸福之家了。外人对老麦之死讳莫如深，但黄娟对麦黄的教育却离不开老麦，就拿麦黄摔伤一事来说，黄娟一会儿眼泪，一会儿木棍，弄得麦黄时而哭泣时而号叫。黄娟边哭边打，边打还边说，你是不是活腻了？怎么这么没记性，你死鬼老爹是怎么死的？你这个天杀的，你也要走你爹的路啊……

麦黄瘸着腿在房间里躲避母亲的棍子，由于腿脚不便，他着实挨了一顿揍。由于黄娟过于动容（边哭边打是需要一把力气的），便停止了对麦黄的迫害，转而开始追忆往事，于是老麦之死又一次灌进了麦黄的耳朵。

一百多米啊，你爹就从上面掉了下来，要不是下雨，你爹能满脚泥吗？不是满脚泥能从脚手架上掉下来吗……

黄娟说起来没完没了，麦黄耳朵都听起老茧了，他最怕的不是母亲手中的棍子，而是她的唠叨。黄娟唠叨起来是没有时间概念的，如果没有人打断，她能一直这么说下去，说到海枯石烂，日月无光。

在麦黄进入初中之后，他的习武生涯终于告一个段落了。而那时，黄娟却变得神神秘秘，一个星期总有几个晚上不回家，当然，这不是麦黄告诉我的，是我无意中听来的。

我无意就此胡说八道，但面对麦黄我不得不说。麦黄在听完这番话后，一声不吭，脸上是恼怒的表情，仿佛第一次觉得母亲给他丢了脸。

传闻是止不住的，关于黄娟的种种行径在单位上已经老少皆知了。从黄娟的表现来看，她十分高明地采取了"走自己的路，让别人去说吧"的态度。大家都奇怪了，黄娟这是怎么了？以前她可不这样，看来的确是做贼心虚啊！

黄娟的行为最后让所有人大吃一惊，她又结婚了。丈夫是镇上的一个文化干事，虽说已经年过四十，但人长得白白净净，看上去仍然年轻。好事者们又猜测开了，他们觉得之所以黄娟会选择一个文文静静的白脸书生是因为她的死鬼丈夫是个大老粗，三句话里必带一句脏话。

一些不怀好意的人故意拿以前的话噎她，黄姐，老麦不再骚扰你了？你能睡好觉了吧！

黄娟对此也不恼，只是略带怨恨地笑笑说，老麦也该知足了，现在孩子也大了，日子还得过下去。

黄娟的意思大家都明白，这一切都是为了麦黄。而此时的麦黄仍然是懵懂无知的，对家里突然冒出的一个男人不知所措。黄娟让他叫爸爸，麦黄死活不肯，一声"叔叔"都叫得极其勉强。

好在这个男子宽宏大量，他对黄娟说，是应该叫叔叔，爸爸只有一个嘛！我不确定这句话是不是说给麦黄听的，但从之后的行动来看，这个男人对麦黄还是不错的。

在麦黄拥有新的家庭后，就从破陋的家属院里搬了出去，那个男人在镇上有一套很大的房子，不过在河的另一边。一天下午，一辆东风牌卡车拉着麦黄一家离开了家属院。麦黄走之前把他的私人物品分了一些给我，包括一副围棋、一把仿真手枪、一套绘图本的"四大名著"。

我知道我和麦黄的见面机会将越来越少，他就要到城里读高中了，而我依然待在这个百无聊赖的小镇，度过一个又一个夏天，直到离开此地。

三

麦黄很少回家，一个月回来一次。每次回到镇上都会来找我，对于我来说，麦黄是个亦师亦友的家伙。我很多东西都是跟他学的，比如打牌、下棋、钓鱼等。在我看来，麦黄除了功课不好外，几乎是个全才。他精通人们口中所有旁门左道的东西，请碟仙就是其中一项。

那天傍晚,他花了一个小时才让我明白什么是碟仙。他说,今晚我们就请一次。在我懵懵懂懂地听完后,对于今天就请碟仙的活动隐隐不安,因为麦黄警告说,如果碟仙请得不好,是要遭祸的。

说实话,我十分不愿意让麦黄在我家请什么碟仙,我对所有神秘事件都抱有恐惧的态度,避之还唯恐不及,怎么会让麦黄在我家做试验呢?

今天不行,我还有事呢。我犹犹豫豫,好半天才鼓起勇气把这话说出来。

什么事啊?今天可是个请碟仙的好日子,别的日子就不灵啦!麦黄说。

一点私事,和朋友约好了。就在一念之间我撒了个并不高明但也毫无破绽的谎。

嘿嘿,是不是女朋友?麦黄一脸坏笑。

我没有作声,撒谎容易圆谎难。就在我沉默的当口,麦黄仍不死心地告诉我,约会可以推迟嘛,要不把你朋友也喊过来一起请,有问题一块问了,过了这个村可就没有这个店啦。

我说,那哪行啊?我家这么小,来了多不方便。

麦黄想了想说,也是,你家也太小了,不如去我那儿吧。

麦黄这么一说,我就没有办法了,因为我妈是绝不会反对我去麦黄家过夜的,就在我绞尽脑汁想再编一个谎时,麦黄已经先斩后奏了。母亲说,吃了饭再过去吧,可别在外面玩,不许去电游室。麦黄哼哼哈哈地答应着,事已至此,我也就说不上什么了,只好硬着头皮跟着麦黄走。

我们沿着河堤走,正是晚饭后的光景,纳凉的人们携家带口在河堤上散步。我和麦黄无暇享受河风的清凉,匆匆行走。我边走边左顾右盼,希望发现一位熟人,那样的话也许就能脱身了。就在我们走完那段不长的河堤时,在桥堍上发现了骆驼,他和一群朋友躲在那个废弃的岗亭里打牌。我立即朝他喊道,骆驼。

骆驼的脑袋从众多脑袋中露出来,他艰难地抽出一只手向我挥了挥,说,喂,李杭,你有钱吗?借点给我,我快输光啦!

要在平时我可不会把钱借给一个赌博的家伙,可这时我急于摆脱麦黄,也就管不了那么多了。我掏出十块钱递给了骆驼,骆驼朝我友好地一笑,问,你要不要也来几把?

我没来得及回答,麦黄就捷足先登把话接了过去,我们还有事呢,你们先玩吧。

骆驼也没多想,"哦"了一声就把脑袋重新埋进了牌场里,再没抬起来。骆驼的忘恩负义使我十分恼怒,本来我想参加这场该死的诈金花,哪怕输掉口袋里的十几块钱,可麦黄一句话就把这个想法打破了,我又只好跟着他走。

桥上的风很大,自从对面的斜拉大桥建成通车后,这座20世纪80年代建造的老桥就罕见车辆了,一些青年在桥面上溜旱冰、骑单车。我看见一个女孩站在昏黄的路灯下折纸鹤，她的脚边放着一只剔透的圆形玻璃瓶，瓶内装满了五颜六色的纸鹤，女孩的手不停地编织着，于是一只只纸鹤便挣脱她的手纷纷飞进玻璃瓶里。

我被这个场景吸引了，情不自禁地朝女孩走去。由于她的长发披散着，所以我看不清她的脸，但从穿着上看酷似我的同桌晓静。我走近她，犹豫地喊道，晓静。

晓静抬起头说，李杭。

你在折纸鹤啊？我明知故问。

嗯，你来散步吗？晓静问。

不是，我去朋友家，这是我的朋友麦黄。我介绍显然等得不耐烦的麦黄。

晓静轻轻地看了一眼麦黄，说，你好。

麦黄点点头，然后问，你折纸鹤干什么？送给男朋友吗？

我用肘子撞了一下麦黄，示意他闭嘴。

好在晓静没有生气，为了缓解气氛，我向晓静发出邀请，今天我们要请碟仙，你愿意来吗？

碟仙？碟仙是什么？

看见晓静一脸糊涂，我兴奋地向她描述了碟仙的种种，当然这是在麦黄身上临时抱佛脚学来的。

看得出晓静对碟仙产生了兴趣，可她又犹豫了，非要十二点这么晚才能请吗？

我看了看麦黄，麦黄点了点头，于是我说，只有这个时辰才行，别的时间就不灵啦！

晓静犹豫了，要知道一个女生这么晚出门显然不是什么光彩的事情，况且还要走这么远的夜路。

为了化解晓静的忧虑，我提出在十点半的时候来接她，晓静终于答应了，这使我本来抑郁的心情变得痛快起来。麦黄看出了我的兴奋，他悄悄地问，你喜欢她？

我在麦黄家坐立不安地待到了十点半，迫不及待地想出门了。麦黄看出了我的急躁，提出和我一块去接晓静，被我拒绝了。我匆匆出了门，朝河的另一头走去。

走在路上，我想象碟仙出现时的样子，我应该问什么问题呢？前程还是爱情？这让我苦恼不已。

晓静家在一个机关的背后，我悄悄摸上了那条石阶，在她的门前吹响了口哨，过了许久晓静才从家里出来，一脸沮丧地说，李杭，我不能去了，我奶奶病了。

这么巧啊。我失望地说。

我也没有办法，只有等下次了。晓静平静地说。

那好吧，你要不要我帮你问一个问题？

不用了，谢谢。

我耸耸肩，在晓静愧疚的目光中悻悻地走掉了。我已经没有心思回到麦黄那里了，对于碟仙也失去了兴趣，我不知不觉地朝家走去，等看到院子里的灯光时，才发现到家了。

　　母亲对于我的到来感到奇怪，忙问，你怎么回来了？

　　我懒得理她，独自走进卧室。后来一个电话把我从混沌的睡眠中拉了起来，母亲在客厅喊道，李杭，快来接电话，麦黄打来的。

　　我喊道，就说我不在。

　　这俩孩子怎么了？闹矛盾了？母亲嘀咕着，随后我听见她对麦黄说，李杭睡着啦，有事明天再说吧！

　　这也许是我和麦黄关系生疏的开始，他再也没来找过我，我也很快上了高中，从此和他断了联系。后来听说麦黄没有考上大学，回单位做了一个普通工人。

四

　　如今，我已经远远离开了小镇，离开了西南的崇山峻岭。身边的朋友换了一茬又一茬，而麦黄的形象却不时浮现，牢牢地占据着记忆的某个部位。童年的伙伴如今也是一条壮硕的汉子了。当然这只是我的想象，麦黄应该还是原来的样子，瘦瘦的身材，一头天生的黄色头发，如果眼睛再变蓝一点，就是一位地道的异国人士了。

　　当我游走在北京寂寥的街头时，寒冷的风从街的那一头狠狠地刮过来，我的手机在风中响了起来。是母亲打来的电话，电话的内容很简洁。母亲说，麦黄死了。

　　麦黄死了？我不敢相信，前天还出现在梦中的麦黄居然死了。

　　母亲说，麦黄是从左坝肩上摔下去的，一百多米高啊，当场就摔得不成人样了。

　　我在寒风中深深地吸了一口气，冷风长驱直入，使我的五脏六腑犹如掉进了一个冰窟。我想起了多年前，麦黄在一个夏日黄昏告诉我他学会轻功时的情景，他神秘地微笑着，带着初出江湖的表情，那时候我坚定地以为麦黄肯定能成为一代宗师。可他就这么死掉了，在一个风华正茂的年纪。

　　很长一段时间我都没有从麦黄的死中恢复过来，他的身影时刻盘踞在我的脑海，挥之不去，他死时的样子会不会和他的父亲一模一样呢？

　　我不知道一百多米的高度能让人在空中停留多久，也许就几秒钟的时间吧。我再一次想象麦黄从高空坠落的情景，不应该是手舞足蹈、身体失控的样子，他应该有侠客的风度，潇洒地从高处缓缓降落。

　　就像儿时的麦黄，站在围堰上展望他那飞檐走壁的未来。

（原载《青年文学》2009年第11期）

2009年

何 文

人　相

　　夏米在扎紫镇看牛打架时想起了叔叔，因为上去拉牛的农民太像叔叔了，当牛角挑翻农民时，他立马推开也凑到窗口来的迈碧，给远在宜城的叔叔打电话。他好长时间没有和老人家联系了，事实证明，这个电话打得非常及时，叔叔过得不好，自打婶婶被一粒五香花生米卡住喉管导致脑缺氧成了植物人后，他就一直情绪低落，上星期在厨房滑了一下又闪了腰。夏米晓得那个滋味，他受过伤的，不要说天天躺床上屁股睡痛，想垫个气胎都做不到，就连喝口水也没人管，想到这些，夏米就难受得直淌"猫尿"。夏米知道叔叔现在只能指望他了，这是明摆着的，叔叔和婶婶虽然相好几十年但无奈没有自己的娃，而夏米的两个哥哥又都非常糟糕，一个从戒毒所出来直接去了牢房，另一位开车带女人兜风下了悬崖至今瘫在医院里，至于远在渣植的小弟夏柚嘛，一向不讨人喜欢，没声吞气的，不晓得想哪样。夏米知道自己虽然毛病不少，但他真诚，父母在世时老是担心他以后吃亏。

　　夏米当即对迈碧说了自己的打算，他要抛弃她回宜城老家。不得办法，为了叔叔，他必须改变生活做出牺牲。夏米拼命推开迈碧的爪子，把在小煤窑挣的辛苦钱给了她，他也不再需要每天喝鲜羊奶，卖掉了门口拴着的羊，一顿搞光，大屁眼光棍上路。

　　夏米不断想象和叔叔见面的情形，他肯定叔叔会用高兴得走样的声音表示当初不该听婶婶的话赶他走。夏米当然不会和叔叔计较这个，他会告知老人家自己是吊着农用火车的门拉手沿甸阳线一路风雨进宜城的，身上裹着猪屎味使他迫切要进卫生间冲洗。他还要建议叔叔以后二十四小时打开热水器，反正婶婶如今一样也管不了。他会安慰叔叔不要担心他进厨房，他一定万分小心，不会搞得锅朝天碗朝地。叔叔一向节俭勤劳，破破烂烂却是收拾得干干净净、规规矩矩。叔叔这人也很讲究，抹碗的布不能揩筷子。至于老人存钱搞哪样他不想啰唆，总之那点积蓄足够他伺候叔叔一辈子了。叔叔会宽心地笑，老人身后的窗外是密密麻麻的灯火。

可是傍晚的宜城东并没有那片灯光，夏米奇怪熟悉的楼群咋个会黑乎乎地藏在街道后面，而且房前屋后挤了好多人，这让夏米不安，借了公共电话打给叔叔，表示可以理解老人家激动的心情，不过找么多人埋伏在楼道里要给他惊喜就过了，他实在怕被人拉扯，还是快点开了灯。电话那头的叔叔急得厉害，半天夏米才搞懂，有人拉下宿舍总闸，废了B栋二哈家电饭锅刚煮开的米，二哈找上A栋章超保要求赔偿，章家前几天曾为自己布线拉过总闸害得二哈撞壁吊个青包。章家这次高低不承认，两家为此先吵后打，直至砸坏总闸。有人报警，两家挖沟阻止警车来抓人，不料挖爆了水管。夏米这下才彻底明白，原来是自来水公司断了水源。

叔叔气喘吁吁的声音中夹杂着滴答声，夏米猜想，老人家另一只手一定提着尿壶，方向反了，尿飙到地上，还弄湿了手。夏米立马叫叔叔夹住尿等他上来，电话那头喊"不要来"。夏米知道叔叔一向严肃，不愿有人看见他狼狈的样子。夏米又劝说了几句，回复声淹没在涌出楼房的人声中，无电无水，大家只能到附近的小吃店坐着。夏米直骂自己反应慢，叔叔肯定饿得遭不住了。他叫叔叔等着，自己去小吃店端碗面上去。到了店门口才想起自己身无分文，不管了！

小吃店在马路对面，砖木房子，涂得又红又黄，像一盘西红柿炒鸡蛋。店里挤满了人，屋外道上安放了几张桌子，好多张嘴嘶着不同碗里的辣鸡面、炸酱面和香辣素粉，沾满红油的无数唇翻上翻下，叽叽喳喳。有的主张抓哈章两家，敢啰唆，关上二十年再说；有人指出，要不是这些住户们不交物管费气跑物管员，哪里会有今天的事？这时，宿舍楼里走来一群婆娘，提了水壶和锅到小吃店接水，饭可以不吃，脸、脚的卫生是要保持的，不然咋个办？天又热，汗水大颗大颗地淌。小吃店员工连忙上前告知，不忙不忙，接老板通知，要水可以，一壶五块，一锅十块，不兴讨价还价。

一阵雷声滚过后，屋后又是贯城河哗啦啦的水流声。

有人拍打夏米肩膀，叫他不要挡着人家过路。夏米非常恭敬地侧过身，一股子说不出的气味让他盯上了过去的女人，他喜欢看成熟的女人，目光跟着她走，她边走边"呸呸呸"地吐着板栗壳，猛一停，说，呀，又没得茄子。

员工甲懒洋洋地说，那个不好吃嘛。女的说，你懂个屁，老板特意点的，多吃茄子，可以避免血管堵塞。员工提了刀就去削茄子。

夏米有点后悔给她让路，他最讨厌有来头的人，特别见不惯她撇着嘴在门前转半圈，一巴掌拍向蹲在一旁择葱的员工乙，说，你不要装死，听到没有？饭煮炧点，今天老板牙齿有点痛。夏米已经决定不再看她，偏偏她又捏着鼻子朝他叫。

夏米并没有认为自己有哪样不对,他无非是抬起脚让一条狗舔他粘着屎的鞋底,女人的叫声使他心烦,这让所有人的眼光都盯着他,员工小丁更是跑过来吼,命他去换双鞋再来,不然臭跑了客人要他负责。夏米很不高兴,像抽陀螺一样转过员工小丁,让他看清女的已经进屋,不要再学她尖脆脆的讲话,听清了,他不负责,也不想走,下一家小吃店离得远,天闷闷的,恐怕要下暴雨。员工小丁还算懂事,不再坚持要他离开。但光是这还不够,夏米要求他快去煮面,吃了好走,不然叔叔会着急。员工小丁满嘴答应,一去就不再回来。夏米又找别人,他讨厌所有员工都敷衍他,只说不动,连问几次,员工丙才吊着脸强调"先付钱再吃面"的规矩。夏米就摸出迈碧家的空调遥控器故意大声喊,喂,老大,带半斤钱来小吃店。员工这才喊煮面。

噼里啪啦,暴雷打得吓死人。

夏米跟着人们往屋里跑,眼看窗口还剩一个座位,他拼命朝前挤,脚下地砖油滑,他东倒西歪,手中面汤四处乱洒,他连连喊"让让,让让"。大家纷纷捂住耳朵,不得办法,在扎紫镇讲小声了人家听不见。夏米咯咯笑着刚要落座,又被那个女的拉住,那是她的座位,她刚从卫生间回来。夏米搞不懂她为哪样总和他过不去,他可不是个讲道理的人,加上四周全坐满了没地方去,就不管三七二十一硬是要坐,女的也犟,硬是死死拉着他的衣服不让坐,一拉二扯,面汤飙到她袖子上,女的暴跳起来,说这是她新买的休闲装。夏米不以为然,心想,顶多是脱下来帮你洗,宜城出的肥皂一洗就干净。女的红了脸要掐他。夏米恍然大悟,连忙道歉,不得想到你的衣服里面是光胴胴。大家哄笑起来,夏米却是实实在在挨了她的一个"地格爪",在大腿上,肯定浸血了,夏米咬紧牙关才没叫出声。估计女的这下该消气了,他看见她脸上有占上风后的笑。夏米心安理得地再次坐下,听见她的鼻音,忙又站起来,她却扭开脸不理睬他。夏米想,这可不能怪我,我不能老是谦让。于是干干脆脆坐下,吃一口面,又看她一眼,她也正在看他。夏米收缩半个屁股,要她合伙坐那张条凳,起初她不愿意,撑了半天仍不见有空位才勉强坐下,跷起二郎腿,两背一碰,忙又分开。夏米剥了大蒜丢进嘴里"吧吧吧"地嚼,鼻涕眼泪一起冒出来。

女的烦他那响亮的吧唧声,说,你能不能——

夏米一起身,条凳一翘,女的跌坐在地上。夏米非常抱歉,他确实不是故意整她,他是要去打那只爬上窗台的猫,他讨厌风吹着猫毛飞到他脸上。拉她起来时她的头又撞着桌子,滑稽得很,他忍不住哈哈大笑。背上挨了一拳头,哎哟,又遭踩了一脚,好痛哦。他警告女人适可而止,她不买账。他说莫非要搬石头打天?她随便他玩哪一路,来高接高。员工们过来劝解,夏米放她一马,说好男不和女斗,接着就稀里呼噜地吃面。

可是女的却诡诈兮兮地开始拨打手机,她用的可是真手机,能听到对方讲话。夏米虽然不怕她叫人来找自己麻烦,不过还是留着心,对方叫摔哥什么的,她问他下班不得,说自己在小吃店等他。

员工甲贴着他耳边说,摔哥是一个草包,原先经常来这里推销啤酒,不怕的。夏米边听边捉一只蟑螂丢进碗里,拉回员工甲来看,要求赔偿,称自己肚子痛得马上要打滚,医药费少不了的,不然就大闹一通。员工甲慌慌张张问女人,是不是你搞的?女人夸张地扭过身子背朝他们。夏米不准他打搅女人,说这是饭店的卫生问题。员工甲轻声央求夏米不要声张,答应免费重新煮面,再加个卤鸡蛋,保证吃完再送一碗让他带走。女的愤怒地拉住员工甲的袖子说,慢点,你是老板你做主,赔了本扣你工资。员工甲甩开她高喊"老罗收碗"。

一个勾腰驼背的死老鬼走过来,端走残汤剩面,三两下吞光,滴汤漏水,胡子亮晶晶的。

女人拒绝老罗给她端面,她厌烦老罗一把一把偷吃附近社区医院丢弃的药,冒出一脸一手的红色疙瘩。换人后,她又叫起来,说,讲了多少遍,我的这碗面不要放葱蒜的嘛,葱蒜刺激肠胃,对皮肤不好,咋个不用脑子?

员工们叽叽咕咕,最后推举老罗去劝女人将就点,不要作怪,皮肤那么粗糙,没有必要保养。夏米笑老罗说自己害怕,说自己经常被女人掐一爪。说着老罗捞起袖子让大家看,果然青一块紫一块。大家鼓励他拿出勇气,女的原先也在店里打工,后来虽然成了老板的高级保姆,但是已经失宠,老板经常吼她。老罗硬着头皮上前,女的哼一声鼻音,老罗立马一动不动,乖乖地按女人吩咐的戴上白色工作帽,然后吼问其他员工:老板今天要的配菜,咋个一样不得?酸莲花白、酸姜、萝卜和红辣椒,每一样都要;还有,老板说她喜欢隔壁烟熏火燎的烤豆腐,去端一盘来,烤得焦黄的那种,中间切开灌上辣椒水。

员工出门还在骂,吃辣椒就不怕刺激肠胃?

一屋子人哄笑。

女人沉了脸盯着盘子里的泡菜,夏米估计她气坏了,好不容易抬头,却说还差酸豇豆。

夏米忽然觉得她有点好玩,他不知道这是不是叫心理素质好,如果是,她就太适合去射点球了。他认为自己和她有相像的地方,可惜没有机会告诉她这一点,从见面到现在他和她一直呛着,何况他的第二碗面已经端上来,他吃完了就要走。夏米叮嘱自己老老实实专心地吃,面条淡就淡点,将就将就,因为酱油瓶偏偏在她手里,她正往每一碟泡菜里倒,尝一尝,然后又倒。这时手机响了。夏米不反对她跟摔哥通话,只是千万不要不愉快,她吊着脸,最后把酱油瓶猛地往桌上一蹾,酱油从瓶口飙到他手上,这就让他不爽了。可是根本没有他抗议的份,她只顾对着手机叽里呱啦,越讲越急,似乎是摔哥临时有事不能来,这让她很不安逸。一阵疾风暴雨后,对方还是推三推四,女人忽然改变腔调,一再央求,好说歹说,对方终于答应。她放下手机,嘿嘿一笑,拿起筷子,很乡土地在碗边连敲三下,放到胳肘窝揩一揩,插进面碗里一搅,口一张,一撮面条嘟进嘴里。夏米忽然觉得非常亲切,但是还没有来得及向她笑笑,她的一只手就伸了过来。她从他跟前拿走酱油瓶,用完后"乓"一声放下,这次酱油飙到了他脸上。夏米当时并不怎么生气,只是呆呆地看着她认真吩咐员工小丁端一碗酸萝卜老鸭汤来,不要放盐。这让他有点悲哀,看来自己晒得和酱油分不开。他悄悄抹去脸上的稀点点,安安静静等员工端来赔偿面好走人。她却不安分,"叽呱叽呱"地嚼面,"呸呸"地吐着辣椒皮,忽然拍他一巴掌,要他缩回脚,人家端老鸭汤来了。她真的下劲,他的手背都红了,还没有想好是否给她看看,她却嫌老鸭汤油太多,"呼"地一吹,汤飙出来,烫得夏米龇牙咧嘴,这一次他真的鬼火直冒,端了老鸭汤全部泼到地下。她一声喊叫,一脚踢在他骨头上。夏米一定要扇她,不然他就不是夏米。一扬手,他真的奇怪,明明没有碰着悬吊的电灯泡,灯泡竟然"乓"的一声碎了,黑暗中一屋子人鬼吼辣叫,女人的声音最大,她怕客人趁机偷东西,她要报警,大家笑起来,一堆碗筷和碟子哪个要?

夏米可不管碗筷,他在黑暗中绕开哗哗作响的排水道和杂乱的男腿女脚,寻到女人,憋着嗓子警告她不要惹祸,自己黑得很,经常被派出所抓去压在大门板下脸贴着地念保证书的。

电灯泡重新亮起来。

女的将眼光远远地投向他。

员工丙要夏米抬一抬脚,他要扫走地上的碎玻璃。他忽然问,桌下的包是哪个的?夏米也奇怪,桌下咋个会冒出一个包?

女的叫员工丙不要打岔,她拍着巴掌对所有员工说,刚才老板来电话,估计至少要停三天水,大家一起行动把卧房腾出来接待客人,什么哪个的床铺最干净不能动,偷奸耍滑不舒服的一律开除。员工们瞪大了眼睛,说,真的还是假的?又在这里指手画脚。她说,有本事你们就别听。大家这才动起来,喊老罗动作快点,把捡来的纸壳折叠好明天卖给收荒的。女的又叫客人走后再收拾。

夏米盯着移到椅子上的那个包,女的一翘屁股遮住了,让开时包已不在。

"喂喂——"窗外围墙上冒出一颗人头,要求来一碗大排面。前屋电话又响了,说是派出所的巡夜饿了,让立马送五碗面去,多加脆哨,还要鸡杂。屋角桌子旁,年轻小妈数落孩子——乖,你数学考得不好,才得八十一分。孩子说那是过去的分数。小妈笑了,问现在呢。回答五十九分。啪!一个响亮耳光,接着是小娃的哭声。

"咪——"窗外有人唤猫。

夏米拍着桌子问员工丙,我的面呢?

员工丙连连跺脚,认为夏米太得脸,不要他赔偿灯泡就够意思了。夏米毛焦火辣,要对方讲明一二三，不然要抄铺。夏米再次摸出"手机"大喊，喂，开车过来，多来几个人。员工丙顿时熄火，大喊，煮面。

女的一阵咳嗽，咳得怪声怪气的。夏米盯着她，新灯泡下她的嘴角闪过一抹诡笑。

屋外又是一阵雷声滚过，客人们纷纷离去。

女的换到另一张桌子去等她的饭菜。

店里一下子清静了许多，夏米忽然觉得今晚有点好玩，尤其是外面飘过的歌声让他很开心，肯定是醉鬼唱的，沙哑、走调，但这不打紧，关键是这本地老歌让他想起还是小崽时的那个年代，想起早先这块地上那些木板房和弯来拐去的巷子以及四周大片摇晃的苞谷。他不由得跟着唱：哥在上街喝烧酒，妹在下坎吃槟榔……女的又坐回来，隔桌看着他，脸上的表情让他非常舒服，夏米知道自己歌声迷人，要不是父母穷，他早进艺术院校了。他张开嘴巴还要唱，她摆手叫他打住，尽管她很喜欢这首本地老歌，但更关心他的情况，这让他不太习惯，多多少少有点结巴地表示现在想赞助他进艺术院校已不现实。他不喜欢她打断他的话，讲都没讲完，他有一大堆被埋没的话要说，可她只问他：从外地来？姓甚名谁？还奇怪，姓虾？她死盯着他。

是夏。对，来看亲戚。

他搞不懂女的咋个突然激动起来，她一下站起来，嘴唇哆嗦，摸出手机，喂——出门一会儿返回，又恢复了平静。他问，是不是摔哥又不来了？她说，你偷听？小心我拿竹签锥你手指。夏米表现出害怕的表情。她笑起来，拍一拍他的肩膀说，稀汤。他倒懂不懂，莫非是讲煮面？他讨厌稀的，少放汤。

啪！她双手一拍，打死了一只尖嘴蚊。

夏米突然觉得这女人很诡诈，不晓得在搞哪样名堂，不过他才不想去细琢磨，只要面端上来他就立马带走，这里房子塌下来砸死人也不关他的事，他对这个店没有多少好感，觉得这里的员工也是个个讨厌，煮碗面要半天，他要去催一催。刚迈步，女人说还没有好，先前她去看过，那些员工根本没动，凑在一起"捉怪噜"。夏米看着她，忽然怀疑就是女人吩咐员工不给他煮面，她见不得他得半点好处。夏米警告她，你卖蓑衣我卖蒜，各走各的路。女人装憨，惊问他哪样意思。他懒得和她啰唆，正要出门，和外面进来的男人撞在一起，让他不高兴的是，这人不仅不道歉，还推开他直朝女人奔去。怕不会哟，夏米认为今天就算自己脏兮邋遢，也不能被人这样打整，他一定要修理一下摔哥。他追上两步才要伸手，女的一声尖叫，倒把他吓了一跳，原来进屋的不是摔哥，叫包小二，东门扫渣渣的。

包小二称摔哥有事来不了，他参军去了。女的差点呸他一脸口水，她绝不相信，摔哥多大年龄了还当兵。包小二解释说就是吃公家饭，嫌她还不懂，就说，就是进去了。下午去超市偷了几瓶酒，现在关在看守所，起码得十五天。包小二叫她把东西交给他带走。女人从桌下拎了包交给他，催他快走。包小二却要她一起去潇洒一回，上"樱花浴城"洗个澡，这个天干打雷不下雨，闷一身汗，浴城安逸哦，连洗带捶背按摩几十块搞定。包小二一边说一边伸出爪子在她的肥腚上摸了一把。

慢点慢点，夏米揉了半天眼才确信自己没有搞错，这可让他开了眼了，干精精、瘦壳壳的包小二敢搞人高马大的她，这根本是耗子尾巴涮油罐。

女人骂包小二短命厮儿，说她又不是随便的女人，这个摸来那个捏去的。包小二嬉皮笑脸地表示摔哥才不会生气，女的也笑，拉着他，突然脱了鞋拼命抽打。包小二也不是省油的灯，两人互相抓扯，包掉地上，"哗啦"一响，员工们跑进来，一阵惊叫过后，七八只手拉开拉链，里面是一桶油、几块肉、两包黑木耳以及摔碎的瓷器、鸡蛋。大家跳起来，纷纷喊，谁偷的？这是害我们遭扣工资。女人先声明不关她的事。大家就揪住包小二，搜走他身上的一百多块钱，一阵拳打脚踢后才放他走，鼻青脸肿的包小二临出门点了女人的水，员工们又转向女人，吓得她一闪身躲到夏米身后，T恤下一对大胸抵着他的背，一鼓一鼓的。夏米就是那个时候动的心，他好久没有碰女人了，虽然迈碧天天在身边，但一挨近她就尖叫，还总怀疑他身上有跳蚤。迈碧一向装淑女，真的是装，弹的那琴让他浑身直冒鸡皮疙瘩。他现在有点兴奋，得脸兮兮地回身抱住女人，转身对员工们说他可以证明东西是包小二偷的，小厮儿是吃不成豆腐反诬陷她的。员工们奇怪他俩刚还吵架怎么这么快就搅到了一起，有人悄悄提醒夏米，她诡计多端，可要当心。夏米才不听这些，他自己常走歪门邪道，根本不怕。他叫员工快点把面端来好走人。员工们散去后，女的一只手搭在他肩上，叫他不要信这些人的鬼话。她说，这里人人嫉妒我，你想嘛，我穿的是丝质睡衣，天天牛奶、水果不断，不信你看。她把一双手伸到他眼前，好白，一点老茧都不得。顺便摸一摸她的脸，应该也是光滑的，所以招人恨嘛。她说员工们一直想整她，每次来不是藏这样就是少那样，今天又是，来半天了，点的饭菜也没送来，故意拖延时间，想害她遭老板骂。说着说着，女的眼圈发红。夏米怕看"猫尿"，劝她打住。她笑了，手又搭到他肩上，顺着肩往下走，他提醒她自己的衣服有点脏，她无所谓，只认为他穿带图案的大红衣服有点搞笑。夏米有自己的道理，他还是单身，镇上待久了，要吸引宜城人的眼球，就要穿鲜艳点。她拍他一下，觉得他好玩又诡诈，拿一个假手机哄鬼。不要慌，她才不会点水。她又叹口气，说在她看来，他到宜城还是低调一些好。夏米也承认，自己的样子太匪气、霸气，不可一世，一般女人都会怕。她摇头，正儿八经地指出他顶多像车站后面批发鱼的。夏米连忙闻闻自己，认为不对，自己又没有腥味，倒是觉得她像饲养过什么似的。她说他狗眼还尖，自己过去随父母搞过养鸡场。又问，那你原先呢？跟你爹妈干过哪样？夏米捏一捏她的手，悄声说，卖虾。

两人咕咕咕地笑，相拥着重新坐下，他想亲她，面对的却是突然变冷的脸。

女人对他说，先帮她把老鸭汤钱付了，她现在不是店里人，吃东西要买单的。她叫他不要抠后脑壳，另外，店里的青椒肉丝盖饭还可以，干脆再来一碗小肥肠米粉两个人分。夏米说外面稀里哗啦的是不是下雨了，说完就要去看看。刚要起身就被她拉住，说这是试他的，看他是不是真的对她好。

夏米嘿嘿地笑，抓过客人落在桌上的烟盒，空的，揉作一团，扔出窗外，屋外有人骂"扔你家先人板板"。女的按着他不准动，从裤包里摸出烟请他抽。夏米疑惑地斜眼看她，问是不是有难处，见她不言语，又问她为哪样偷。她要他小声点，左右看看，咬牙切齿，说这是报复，原先老板对她很好，答应以后小店由她掌管（夏米认为男人哄女人上床前都这样），最近却悄悄通知家人来取代她，她愤怒，要把店内偷空。夏米却断定她一定和老板有一腿，得寸进尺和摔哥勾搭成奸，惹毛了老板才要赶她走。夏米拍掉腿上的烟灰，他不赞成偷，叮叮当当挣不了多少钱，被抓住了划不来，要想留下，除非她做一件能让老板改变主意的事。

"改变主意？"她重复一遍，笑一笑，忽然脸红。

他也笑，说，又打雷了，要下雨了。

她说，是的，要下暴雨。

他看着窗外黑乎乎的楼群，劝她以后不要再在这里做了。他要娶她，他也该成家了。他弯下腰去捡掉到地上的筷子。女的拍着桌子说，喂，搞错不得？我同意了没？夏米抬头时鼻子碰着桌子角，他捏住鼻子擤了鼻血一甩，女的慌忙埋头躲开。他接着说，然后一起伺候我叔叔。她"咯咯咯"笑着，递给他一张纸巾，顺势戳一戳他的额头，问，你叔叔是搞哪样的？听了他的回答后她直眨眼，她可不相信他还会照顾老人，比如腿肿咋个办？夏米吐掉烟屁股，说，要看是咋个肿法：一种是血脉不通，要活血化瘀，吃丹参滴丸；如果肿得油光水滑，就是肾有问题。夏米非常佩服自己竟然能够让她听得连连咂嘴，实际上他一样不懂，他是从迈碧老公上班的镇医院听来的，当时他从马场镇汤毛子兽医站过来，那天汤毛子治死了人家一匹马，差点被打断两条腿。夏米并不担心自己是否会听错，反正照顾叔叔是凭爱心，病急了，可以扛起来往医院送。

女人赞同后，还是想不通，她不甘心就这么放过老板，她要他和自己一起偷，就一次。夏米不干，不是油滑——砰！他拔掉桌上的钉子装进裤包，他要把它钉在叔叔家厨房里挂水舀子。再有一截铁丝就好了，叔叔家的拖把老是脱落，当然，需要绑一绑的还有木桶。只有他知道，叔叔一直保留着旧式木桶，用它装了洗菜水冲厕所，他坚持不准用水箱里的水，不然要气三天，反复念叨水价已经涨了两毛钱。女人问他多久没回来了。他说好多年了，总算回家了！"嗞——"一泡口水飙出老远。房门那边乒里乓啷，又有客人陆续到来，一进门就连声喊热啊，要员工打开电扇。过道那边飘来冷冷一句"坏了"。

她被油烟呛得一阵咳嗽，她制止他帮她捶背，只让快点赶狗，狗在桌子下撒尿。夏米一脚射去，狗尿差点飙到员工丙身上，他正把他的面端过来。女人拉住员工丙说，光有饭盒人家咋个端走嘛？去拿一个塑料袋来。员工丙"哼"一声拿来套上。夏米附她耳边说先走了，明晚在这里等她。女人不干，既然都住附近，就一起走。夏米又坐下，问，老板咋个自己不来吃？她说近来老板玩得鲜，在家里上网。夏米问几点了。她看看手机，说快七点半了。夏米心里"咯噔"一下，他不能再等了，叔叔看完《新闻联播》一定要熄灯休息，这是雷都打不动的，可不能让老人家饿着肚子睡。女人说不忙，人是会变的。这时，员工小丁已经把她的东西端上来了，用托盘盛着，杂七杂八好多样。女人先数核桃，一共五个，汤两碗，素汤是饭后喝的，消化半小时后吃的水果也备齐了，共六样，每样一片。女人说老板名堂多哦，一三五吃鲫鱼，二四六吃筒子骨，还要求拍开骨头浇上一点醋。她边说边埋头嗅一嗅。夏米叹息叔叔没有这个条件，女人表示这不要紧，叔叔只要有他就可以。夏米心里暖得要命。

　　客人喊员工打半斤枸杞酒来。

　　又有人要牙签。

　　夏米催她快走，女人说再等等，还差蛋清和药水，用来洗脸、泡脚的。夏米骂这老板太啰唆了，他不奉陪了。女人突然面色痛苦，起身朝屋后走。他惊问她去哪里。女人一声不吭，直到房屋后门响了一下，才知道她是去了厕所。夏米想走又实在不放心，只能跟去屋后，还大声建议尿频尿急就吃三金片。门那边，女人骂他要死，她又没得妇科病，夏米让开走过来的食客，同时说服自己，现在回家吵醒叔叔反而被骂，索性晚点，抱着下水道爬上五楼，从厕所跳进去，他熟得很，原先捣蛋被家人扒光衣服锁进厕所，他就是借助下水道溜走的。

　　屋后的过道非常诡诈，走两步灯就灭了，要不时敲打墙壁才行，而且气味难闻，土灶上大锅里煮着猪大肠，一个员工用火钩在里面搅，钩了煮好的肠子扔在地上，盖上油腻的大毛巾。夏米打着喷嚏迈过猪大肠，拉开过道顶端的房门，悬挂在门上的扫帚落下来，砸在他身上，马上有人过来拉住他，告诉他要一个一个去，还有，店里规定，客人上厕所要交费，对方坦言不得不精打细算，那么多客人一人冲洗一回要用多少水。另外，厕所没有灯，需要打火机的话，两块钱一个。夏米一屁股甩这家伙一个踉跄，自己跨上吱嘎作响的木走廊。

　　雷声震得屋檐"吱咕吱咕"响。

　　门一开，女人从厕所出来了，可才走两步又返身进去。再次出来，女人奇怪好好的咋个会拉肚子，还问夏米有没有感觉。他不好意思，自己胃口太好，敌敌畏都能消化。她疑心老鸭汤有问题，这些员工，趁老板不在简直无法无天，她早就听说有的员工在客人碗里放泻药，然后再把从社区医院偷来的止泻药卖给客人，这叫一条龙服务。说着，她肚子又痛,一猫腰再次进去。员工过来告知夏米不要听她的,说她一向装鬼。夏米推开对方喊"快去拿药来,不然告你们开黑店"。他一边说一边拉下拉链撒尿,员工制止不了他,猛地一踩地上的木板,盖子翻起来,"嗡"的一声,一大群蚊子从下面河沟里飞上来,吓得夏米张开双腿一跳。那个姿势肯定很滑稽,惹得对方哈哈大笑,又"呸呸呸"地吐掉飞进口的蚊子。夏米一把抢过对方手中的小瓶子,交给走出厕所的女人,女人看也不看就扔了,还骂他憨,晓得是真药还是假药?

又有客人来上厕所,员工又上去收费。

夏米拉着她就走,身后飞来两块砖头,砸在墙边锅上,"咣咣啷啷"地响,夏米返身要去找员工,女人抱住他劝他算了,她软软地靠着他,糟糕透顶,一步也走不动,要他送她回家。

两人离开小吃店,她可没忘了叫他端上托盘。

漆黑一片中,又是隆隆的雷声。

经过了无数相同的楼房,终于上楼到了她家。他问,老板看见咋个说?她称自有办法。

屋里黑咕隆咚的,有一股新家具的味道。女人搜走他的打火机,她要夏米换上她的拖鞋,她还记得他踩过屎。她的嘴唇刮得他耳朵好痒,要他踮着脚一直往前走,再左拐,把托盘放在平柜上。夏米小心翼翼的,还是碰掉了茶叶筒之类的东西,他赶紧蹲下身去摸,没有,索性趴下朝前摸,"咚"一下,撞到对面爬过来的她头上,"哎哟,嘘——"她摸着他头上的青包,叫他不要吱声,悄声告诉他已经进了她的卧室,请不要发抖。女人拉他起来坐在床上,两人肩贴着肩。女人说,你真的想和我抒情?说完一张脸抵到他嘴边要他亲。夏米太喜欢她了,他张开双臂抱她,却抱住一个枕头。她像鱼一样滑到他身后。女人叫他不要急,先脱了等她,她去洗一洗就来,说完很快就消失了。夏米兴奋得脱了衣裤躺在床上,呼吸着屋里的味道,他喜欢这股味道,陌生中又有一点点熟悉,搞不懂咋个回事。

再次响起窸窸窣窣的脚步声,夏米激动地扑上去,"哎呀"一下僵住,手电光照着的竟然是叔叔。

夏米万分沮丧地穿着衣裤,一边责怪叔叔不该来,一边说他马上回家。忽又奇怪,夏米问,你咋个在这里?看着叔叔身旁的女人,夏米说,是你通知的?夏米忽然毛发竖立,原来叔叔就是她的老板。夏米真有点魂飞魄散的感觉,半晌才尴尬地笑笑,说叔叔的变化也太大了。

老人拿拐杖戳他胸脯,气愤地说,就晓得你龟崽子回来没好事,一直就怀疑你咋个会热心来看护我,完全是冲着财产来的,还想搞女人。

女人双手捂脸呜呜呜地哭。

夏米急得直跳脚，比划来比划去想要分辩。叔叔比他还急，一把拉住他说，夜晚入室，非偷即盗，我已报警，看在亲戚的份上你快跑吧。夏米似乎听见楼梯上有脚步声，他可不想进去再尝被打得嗷嗷乱叫的滋味，于是慌慌张张朝厕所逃去。女人叫了一声追上来。夏米拉了她一起跑进厕所，窗口小，他要她先上，她不，他也不再谦让，上了窗台伸手拉她，女人却只顾抓住他的裤脚，当他抱紧窗外下水道时，她扯回了他的拖鞋。夏米顺着下水道往下溜，远远听见女人对叔叔说，终于可以证明我对你的忠心了吧。

夏米在楼房拐角处遇见了从渣植赶来的小弟夏柚，他说叔叔通知他来接管小吃店。

夏米看着小弟消失在楼房里，他已顾不了去想这一切是不是叔叔设下的圈套，关键是，他现在该去哪里？

滴滴答答，终于掉下了雨点。

（原载《山花·下半月》2009年第14期）

2009年

孟学祥

老牛·老人

金旺财从坡上割草回来，儿子金建国已把黄花牵回了家，金旺财把从坡上割来的嫩草放到拴在院子里的黄花面前，黄花伸出长长的舌头，先是在金旺财的手上舔了一下，然后才把头埋进嫩草丛中，它将一把一把的嫩草卷进嘴里，细嚼慢咽起来。金旺财蹲在旁边，一边抽烟，一边用爱怜的眼光注视着黄花吃草的动作，眼中漾满了慈父的宠爱和柔情。

从四岁开始做母亲，十六个年头间，黄花一年给牛家族添一个子女，从未间断过，有两次还产下了双胞胎。尽管黄花已经儿女成群，但在金旺财的眼里，黄花还是一个孩子，一个需要他悉心照料、精心呵护的孩子。当金旺财看到黄花拖着犁在田里走得气喘吁吁，表现得很吃力时，才猛然间感觉到黄花也同自己一样，在岁月的摧磨下不可避免地衰老了。

金旺财不再让儿子金建国赶着黄花下田。在耕田的日子里，黄花看见架着犁耙的金建国走进牛圈，它还会踌躇着来到金建国的身边，用头轻轻地蹭着他的身体，眼睛流露出一种渴望的神情，期期艾艾地想让金建国把牛绳再拴到它的鼻圈上。每次走进牛圈，金建国只是用手在黄花的脸上轻轻拍拍，然后绕开黄花，把牛绳拴到另一头更年轻的牛身上，一只肩膀架着犁，一只手牵着拴好的牛，从黄花的身边绕了过去，每当这时，黄花的眼里就会流露出很失落的表情。金建国和另一头牛的背影一消失在圈门外，黄花就会使劲地叫唤，那种仿佛母亲呼唤儿女的叫声此时显得特别响亮，也特别悠长。当黄花停止叫唤时，寨子旁边的山都还在回响着，都还能够在听得到的耳膜里产生着很长久的共鸣。

每次黄花的叫声都会引来金旺财，黄花一看到金旺财走到圈门边，就会从圈栏上把头伸出来，紧紧地抵在金旺财的怀里。那情形就像一个受了委屈的孩子在寻求母亲的安慰一样，久久都不肯把头挪开。此时的金旺财就会用双手轻轻地抚摸着黄花的头，一遍又一遍地，像母亲安慰受了委屈的孩子，一边抚摸一说：

"我知道你还想下地去干活，但你知不知道你已经老了，像我一样，有这个心却已经没有这个力气。我知道你不习惯歇下来，像我一样，刚开始也不想歇，但不歇不行啊，岁月不饶人，你就认命吧，别再逞强了。田里的活就交给孩子们去干，啊。以后我天天陪你，我们两个老家伙好好唠唠，从建国使唤上你后我们就没唠过了。没有你做伴，我也挺孤单的，你就好好陪陪我吧。"

从此，黄花就成了金旺财的伴儿，金旺财走到哪里就把它带到哪里。

日子就像被人推着跑一样，一年的时间一转眼就过去了，不知不觉黄花已度过了它生命的第二十二个年头，现在黄花已经适应了不再下田耕作的日子。没有劳作，力气似乎又回到了黄花的身上，以前和金旺财出去散步吃草，他们俩总是一边走着，黄花就低着头一边在地上找草吃，一边吃还一边支棱着两耳听金旺财说话，有时黄花也会叫一两声，仿佛它已经听懂了金旺财说的话，然后在回应。这时金旺财就会笑骂道：

"你个老家伙，你知道我在说什么吗？你根本就听不懂。我跟你说，你不要认为和我在一起就觉得委屈，你跟你那些年轻的伴儿到坡上去试试，好的草食它们都会抢着吃，像你这种慢吞吞的样子，那些好草食你一点儿都不会吃到。"

金旺财说完这话时，如果黄花还在叫，金旺财就会用手上的烟杆轻轻拍打黄花的背，一边拍一边说：

"你还别不服气，我说的都是真话，那些年轻的牛，哪一个的动作都比你快。"

金旺财越来越感觉到生命正慢慢地从自己的身上一点一点地消退，这段时间同黄花出去，他已经很难赶上黄花的步伐，走在路上，黄花不得不常常停下来等他，有时等他等得不耐烦了，黄花就会大叫着催他，这个时候金旺财就会一边小跑着去追赶黄花一边骂道：

"畜生，你不会走慢一点啊。你也不想想，我比你要长五十多岁，哪能和你比脚力？"

一天，金旺财把黄花从圈里放出来，走在路上，金旺财就对黄花说：

"黄花，我可能要先走了，我走后你要好好活着，建国是个好人，建国一定会像我一样待你。但你一定要记住，到跟着我来的那天你一定要来找我，不准去别家，我们还要在一起种庄稼，我驾犁你拉犁，那个时候我们两个再来比一比，看看哪个有力气，哪个的脚步快。"

让金旺财没有想到的是，黄花却要走到他的前面去了。让黄花先走的不是岁月，也不是黄花自己，而是金旺财的儿子金建国和寨上那些当家的年轻人。

金旺财站在圈边，望着圈里的黄花和它的子女，心里很不是滋味，他一边抽烟一边出神地注视着那些躺在圈中反刍的牛。黄花没有像其他牛一样躺着反刍，而是站在一边，用爱怜的目光注视着圈中其他的牛，圈中的那几头牛都是黄花的后代，寨中的很多牛都是黄花的后代，是它的儿女、它的孙子孙女以及它的重孙子女。金旺财走近圈边时，黄花叫了一声，在它的叫声中，躺着的几头牛立即停止了反刍，然后就慢腾腾地从地上站起来，看着金旺财，也看着黄花。

黄花踱到圈门边，把头从圈栏上伸出来，一次又一次地在金旺财的手上磨蹭着，金旺财伸出满是老茧的手，在黄花的头上轻轻地抚摸着、拍打着，然后丢下拿在手上的烟杆，把黄花的头紧紧地抱在自己的怀中。抱着黄花的头，金旺财的眼泪就下来了。他极力不让自己的眼泪流到黄花的头上，他偏开自己的脸，尽量让眼泪流往别处。黄花也像一个听话的孩子，一动不动地让金旺财抱住自己的头。很久很久，金旺财才把手从黄花的头上拿开，转过头用一只手抹去从脸上已经流到胡子上的泪花，一边抹一边想：黄花，你还不知道吧，他们要让你先走了，你要比我先走了。去那边你要等我啊，我走后就来找你，你不要看不见我就跑到别人家去，如果是这样我就要用绳子把你拴死，不让你去找草吃。

金旺财放开黄花的头后就离开了牛圈，身后黄花的叫声响起来时金旺财也没有回头，金旺财只想尽快远离圈门，尽快远离黄花，找一个没人的地方，让眼里的泪花痛快淋漓地流出来。金旺财一边走一边自言自语地说：

"黄花，不是我不想救你，我实在是没法救你啊，你不走那么多人就没肉吃，那么多人就要挨饿。我舍不得你走，但我没有办法啊，我的肉他们不吃，如果他们能吃我的肉，我就可以代替你先走，然后在那边等你，你走后再来找我，我一定等你，一定不会去找别的牛来代替你。"

昨天晚上，儿子金建国和金旺财商量，寨子里已经开始闹饥荒了，很多人家的锅里好久都没有见到油腥了，恐怕很难熬过这段时间，寨上必须要死一头牛给大家改善改善，让大家的身上都长力气，才能挺过后面的日子。金建国虽然是来和金旺财商量，但说出来的话却不容置疑，而且还明确告诉金旺财：这次必须死掉的就是黄花。

儿子金建国说话时，金旺财只是一个劲地抽烟，一杆接一杆地抽。儿子的话说完了他也没有把含在嘴里的烟杆取出来。等儿子再把说过的话重复一遍时，他却抱着烟杆走出家门来到了牛圈边。

金建国来到院子里，来到金旺财的身边并叫了一声"爹"，金旺财对他摆了摆手，金建国知趣地闭上了嘴巴。金旺财用颤抖的手重新装上烟，划了几根火柴都没有把烟点着，见状，金建国从金旺财的手中拿过火柴，连着划了几下，点着后把燃着的火柴凑到金旺财的烟斗边,给金旺财点上烟。连吐了几口烟雾后,金旺财对金建国说:"回家吧。"回到家中,金建国又叫了一声"爹",刚要接着往下说,金旺财制止住他,说:

"叫你媳妇磨一升苞谷面,熬一锅稀饭,喂喂黄花,它来我们家二十多年,吃的一直都是粗草、谷糠,一顿好点的食料都没品尝过。明天它就要走了,今晚就给它吃一顿人饭,让它也不冤枉到这个世上来走一遭,也不冤枉到我们家来一回。"

一升苞谷面,够一家五口人熬粥喝一顿了,金建国感到很心疼。他张了张嘴,想说点什么,但一看到父亲金旺财那痛苦而又坚决的目光,把想说的话又咽回了肚里。

除了安葬死人,纳料人从来不乱杀牛,在他们的生活中,牛就是他们家庭的一部分,是他们家庭的一分子,他们爱牛如爱自己的生命,如爱自己的亲人。尽管一直以来他们的日子都过得十分艰难,但是逢年过节他们一定要拿出粮食,给牛准备一顿上好的饲料,让牛也感受到过节的欢乐。即使有老人过世必须要杀牛了,他们也会先请端公给牛超度,然后服侍牛喝酒吃饭,让牛喝醉了,在感觉不到痛苦中将牛杀掉。纳料人杀牛时也不会说"杀",只说"死",要杀哪一头牛给某位老人送葬,就是安排那一头牛去"死"。再怎样饥饿怎样困难,除了自然死亡和病死的牛,纳料人都轻易不去打牛的主意。直到有一天,有一头黄牛在更苔坡上摔死后,纳料人才发现牛除了自然死亡和生病死亡外,还有另外一种死法。

那是在金旺财刚把犁耙交到儿子金建国的手上不久,寨上轮到金旺财家放牛,金建国把牛赶到更苔坡,牛到坡上不久,两头黄牯斗架,其中一头斗败的牛跑着跑着就从更苔坡上那个十多米高的崖口上跌下来,当场就死掉了。金建国跑到寨上喊人,金旺财等一班寨老都跑来看了,寨老们在死牛旁边唏嘘了一阵后,就叫金建国和寨上的几个年轻人,把死牛收拾后分给了各家各户。

更苔坡那个断崖,就像一个专门吞噬牛生命的陷阱,自从有一头牛从那里跌下来送掉生命后,几乎每年都有牛从那里跌下来。虽然在跌死了第四头牛后寨老们召集寨子上的人去封住了那个通往断崖的路口,但是不到一年时间那个路口又被牛撞开,还是有牛从那个断崖上跌了下来。

煮好稀粥后,金建国把黄花从圈里牵出来,牵到盛装着稀粥的木盆边,轻轻地拍着黄花的头说:

"喝吧,这是特地为你煮的,这可是我们一家一顿的口粮啊。"

黄花就像听懂了金建国的话,把头埋进木盆里,稀里呼噜地喝了起来。黄花喝稀粥时,金建国的眼睛就一眨不眨地紧盯着黄花的肚子,黄花的肚子在金建国的注视下一点一点地慢慢鼓胀起来。喝完粥,黄花才把头从木盆里抬起来,并对着金建国叫了一声,这一声竟把金建国吓了一大跳。金建国就像做了亏心事,不敢让自己的目光和黄花相对。

黄花在前年四爷去世时就该"死"了，那时黄花已是寨上最年长的牛，已经不能再下地去拉犁干活。寨上的寨老们一致决定安排黄花去死，用黄花的肉来给四爷送葬。但大家去和黄花的主人金旺财商量时，金旺财死活都不同意，并说黄花已经怀孕。那时候包括金建国在内的所有寨上人一点都看不出黄花怀孕的迹象，大家都认为是老爷子舍不得，才用怀孕来搪塞。后来四爷的三个儿子也反对，认为给自己的父亲送葬不能死母牛，要死就死牯牛，结果是那头比黄花小两岁的黄牯代替黄花死掉了。黄牯死掉六个半月后，黄花产下了一头小黄牯，模样特别像那头陪四爷上路的黄牯。

黄花去年就差一点从更苔坡上的断崖那里掉了下来，但是还没有等黄花掉下来，一头正当壮年的黄牯同别的黄牯打架，输架后逃跑，慌不择路一下子冲开堵住断崖的那道篱笆，从断崖上一头扑下来，送掉了生命。

黄花接连两次逃过了劫难。

金旺财感觉自己就像做了一场梦，在这场梦中黄花还是一头小牛犊，还没有老到非得要去死的地步。

二十二年前，黄花生下来不到三个月它的母亲就病死了，从那时起金旺财就把自己当成黄花的母亲，用谷糠加少量的苞谷面熬粥给黄花喝，把黄花一天天地养大。也就是从那时起，黄花就天天跟在金旺财的身边，冲金旺财要吃的要喝的，一直到它能拉犁干活，黄花才从金旺财的身边回归到牛群中。

黄花和金旺财的关系已经不仅仅只是牛和人的关系，这种关系已经远远超出牛和人的关系走向了亲情关系，这种关系既像父女也像朋友，让人很难割舍。

寨上曾从金旺财的圈里调过几次牛，每次调牛金旺财都不准把黄花调出去。二十二年来，从金旺财家牛圈里调出去的牛大大小小已不下十五头，它们中有黄花的兄弟姐妹，也有黄花的儿女、孙子孙女，唯独只有黄花，从生下的那天起就一直待在金旺财家。

转眼间黄花就老了，拉不动犁了。一想到黄花明天要从那个高高的断崖上摔下来，金旺财的心就特别难过。这么多年与黄花结下的感情，是任何人都无法理解的，包括自己的儿子金建国。

金旺财是无意间发现那么多的死牛不是自己从断崖上跌下来摔死，而是人为造成的，窥视到这个秘密后他震惊了，特别是知道这一头头牛的死竟是自己的儿子金建国在操纵时，他感到特别的愤怒。那天他无意间看到儿子金建国和侄子金建明赶着一头老黄牯向更苔坡那个断崖走去，然后那头老黄牯就从断崖上摔了下来。那一刻，金旺财的心就空了。他想喊，但是话冲出口后就立马用手把嘴紧紧地捂住了。他不知道自己是怎样回到家的，寨上的几个老人叫他到坡上去看跌崖的牛，他推说自己不舒服，破天荒地没有同大家到山上去履行族中寨老的义务。

金旺财一直躺在床上，儿子金建国来到床边问他哪里不舒服他也不理，儿子同他说话他就把身子别往一边。当屋内弥漫出牛肉的香味时，金建国再一次来到床边叫他，他才"呼"的一下从床上坐起来，什么话也不说就伸出烟杆狠狠地往金建国的身上打去。

"爹。"金建国一边避让一边叫着金旺财。金旺财气咻咻地边打边说：

"不要叫我爹，我不是你爹，我也养不出你这样的儿子。"

从金旺财的打骂中，金建国才弄清楚金旺财生气的原因。于是金建国不再躲闪，任凭金旺财的烟杆一下一下地落在身上。

等金旺财打累了，骂累了，金建国才坐到金旺财的床边，望着眼睛仍在冒火的金旺财，惭愧地低下头，不久后又很快把头抬起来，对金旺财说：

"爹，既然您都知道，我也就不瞒您了。让那些牛去死都是我干的，我都是为了大家，都是为了家族的六十多条人命啊。"

金旺财说："你不要说得好听，说得好像你是为寨子做好事一样，家族里的这些人要是知道他们吃的牛肉是你杀死的，他们也一定会用口水淹死你。你如果不好好跟我讲清楚，明天我就去对整个寨子里的人说你做的好事，看大家怎么来收拾你？"说这些话时，金旺财的两眼仍冒火地紧盯着金建国，仿佛要从儿子的脸上看到他想要寻到的答案。

金建国避开金旺财的目光，将目光对准不远处那扇小小的窗户。天虽然还没有黑尽，但由于窗户很小，透进屋子的光线只是一小点，使整个屋子看起来很黑很暗。但金建国还是看见了一张蜘蛛网，网上一只蜘蛛正在用蛛丝一层一层地去包裹那只撞到网上来的苍蝇，苍蝇的翅膀振动着，发出嗡嗡的声音，但随着蜘蛛的网越裹越多，越裹越紧，苍蝇的叫声也越来越弱，最后终于不动了。此刻金建国的心就如那只被裹在蛛网上的苍蝇，不停地在拉紧的网上挣扎，但越挣扎却越有一种快要窒息的感觉。父亲的话仿佛这张网上的蛛丝，一根根地套在他的心上，嵌进他的肉里，让他感到更加恐惧和不安。

金旺财说："如果你还不跟我说清楚，我现在就去找你三大伯他们，把你做的事原原本本地讲出来，让他们用家法来处置你。"

在金旺财的紧逼下，金建国终于向金旺财摊开底牌。金建国说那些一次次的死牛都是他和金建明、金建昌等族上的几个当家人干的，他们这样做的目的只有一个，就是让寨子里的族人都能改善伙食，增加营养，让那些饥肠辘辘的孩子都能有一顿好的吃，不再挨饿。

金建国说："爹，前年去年连着两年大旱，要不是死这么多牛，恐怕寨子上都不知道要死好多人了。"

那是一个刻骨铭心的灾荒年，金旺财怎么会忘记？当家家存粮都所剩无几，地里的庄稼又还没成熟，大家都不知道靠什么来度过那段时间的饥荒时，刚好寨上接连死了五头牛，五头牛都是从更苔坡的断崖上掉下来摔死的，五头牛的死一下子就解了大家的围，让大家缓过一口气，终于熬到了新苞谷成熟的日子。

金旺财和金建国一谈就谈了半个多小时，直到金建国的大儿子进来说已经饿得受不了，父子俩的谈话才被迫停止。金旺财对金建国说：

"你去招呼孩子们吃吧，我现在不想吃。那些肉也不要给我留，我不想吃，你和孩子们多吃点，孩子们要长身体，你还要下地干活。唉，我老了，这个家就只能靠你了。"

儿子金建国进来打断了金旺财的沉思。

"爹，黄花已经喂好了，您去睡觉吧。"

金旺财说："你先去睡吧，让我再坐一会儿。"

金建国看了金旺财一眼，希望能从父亲的脸上读出此刻父亲的心情。但是金旺财的眼睛却一直盯着火塘里的火苗，保持着从金建国进门来就一直保持的姿势，往烟斗里装烟，把烟斗伸到火塘里去点烟，然后把烟嘴伸进嘴里吐着辛辣的浓烟。从进门的那一刻，金建国看到那些缠绵不散的烟雾就一直包裹在父亲的四周，在火塘火光的映衬下，父亲的脸看上去很朦胧很神秘。

金建国从金旺财身边走过时，金旺财头也不抬地说：

"明早起早一点，再给黄花喂一点草料，别让它饿着上路。去的时候不要叫我，你赶它去就行了。"

不知为什么，父亲的这句话竟让金建国有种心痛的感觉，如果他不是为了那些还在长身体的娃娃，不是为寨上的六十多口人着想，他真想从此后不再有死牛的事发生。

死牛对于纳料人来说，是个既痛苦又欢欣的日子。金建国一大早来到牛圈边时，看到黄花已经站到了圈栏边，圈里的牛都全部站在黄花的身后。金建国抱着一捆嫩草扔向圈里，黄花只是看了一下，并没有低头去咀嚼，其他的牛也没有去咀嚼。有一头小牛犊低着头在草堆中扒拉了一下，然后把头从草堆里抬起来，两眼一眨不眨地注视着金建国。

金建国站在圈门边看了好一会儿，见整个圈中的牛都没有吃草，他的心疼了一下，又疼了一下。他硬着心肠打开圈栏，黄花叫了一声，那是特别悠长的一声，圈里的牛在听到黄花悠长的叫声后，都此起彼伏地叫了起来，随后整个寨子的牛都接二连三地叫了起来。空旷的清晨里，牛的叫声特别悠长也特别震耳。

黄花走出圈门，金建国把其他牛都拦回圈中。其他牛就像约定好了一样，在黄花走出圈门后，都躁动不安地在圈中转起了圈子，并用一声接一声的叫声来向黄花告别。

在寨门口，金建国看到了来接他的金建明和金建昌，在他们的身边，金建国还看到了自己的父亲金旺财，金旺财的手上抱着一捆细嫩的芭茅草，草上沾着湿漉漉的水珠使那些草看上去更加碧绿，更加青翠。父亲是什么时候起的床，什么时候上山去打的草，金建国竟一点都不知道。

　　黄花径直走到金旺财的身边，用头在金旺财的身上蹭了一下，金旺财立即把草递到黄花的嘴边，黄花大口大口地嚼了起来。

　　黄花吃草时，金旺财悄悄离开了。吃完草抬头没有看到金旺财，黄花连着叫了好几声，一声比一声悠长，一声比一声急迫，但是除了不远处山崖传来的回声外，黄花再也没看到那个它很熟悉的身影。

　　在金建明和金建昌的驱赶下，黄花向着更苔坡那个断崖走去，向着很多老牛都走过的那条不归路走去。清晨的阳光起来后，被阳光蒸发出来的露珠，将整个天地粘连成了朦胧的一片。而此刻，金旺财已经重新躺到了床上，他知道自己的心已经随着黄花上路了，留给他的只是一副躯壳，一副已经日渐衰老，想振作起来为寨上人做事而又心有余而力不足的躯壳。

（原载《天津文学》2009年第3期）

2009年

文晓东

老人与猴

　　一条河从遥远的地方弯弯曲曲地流到这里，忽地一改沿途的狭窄湍急而豁然开了个平湖。河水太平，几乎不见流动，只缓缓地在这里悠然回旋。于是，村里人便将这回水沱的名字放大开来，很奢侈地给了它一个好听的名字——平江。

　　村子本不大，又让这河毫不客气地拦腰割断。村里人平日里要互相走动就得坐船，于是便有了摆渡的老汉。老汉的确很老，他面目和善，话语不多。来客要过河，只需吹一个口哨他就立马送你过去或接你过来。至于他是何方人氏？他乡还有无亲人？村里人多次问过，可他都是只摇头不回答。后来，人们就不问了，坐船便只管坐船。

　　平江的水慢慢悠悠地回旋着，它在人们感觉不到它流动的时刻就悄无声息地流走了，恰如村里人看着平江渡口上这摆渡老汉在不知不觉中一点点老去一样，习以为常。

　　日子寡淡如水，老汉默默地解缆撑船。饿了船上吃，困了船上睡，一如既往，一成不变。因水势平缓，即使有山洪突来，也只是水涨船高，倒无危险。

　　记不清是哪年哪月，有一过河人随手送给老汉一包生花生。老汉没舍得吃，将它种在了河滩上。谁知"无心插柳柳成荫"，花生不久便在河滩上生根发芽，茵茵的青绿在河滩上泛开，如铺了一床绿毯，甚是喜人。

　　秋来，老汉收了一箩筐花生。他仍然舍不得吃，第二年，再次将它种到了河滩边。河滩也再次披绿，一片生机。看得老汉心里美滋滋的，比娶了个老婆还要美。

　　谁料意外就在此时发生了。

　　花生刚刚开始泛黄时，猴儿们发现了这一重要秘密，整日成群结队地来偷老汉的花

老人与猴 文晓东

生。这一段日子里，老汉工作之余又添了一项新的事务——追赶猴子。

猴子很聪明，它们神出鬼没般地与老汉玩起了敌进我退、敌退我上的游击战术。眼看花生就要被这群猴子给糟蹋完了。老汉一狠心，便托过船人在村里借来一个铁夹子安在花生地里。

某日，太阳还在平江上闪闪泛光，老汉就亲眼望见一群猴子又来到河滩的花生地里。"咔嚓——"随着一声很动听的金属碰击，老汉知道有一只猴子被夹住了。其他的猴子听见响声，悚然一惊！见同伙被夹住，它们先帮着拔了一阵，没能拔掉，就各自逃散了。恰巧这天的过河人比往日都多，老汉无暇去管猴子的事。

等到夕阳西斜，过客渐无，老汉方才收工系缆，去管那猴子。

花生地已被猴子翻得很乱了，地里除了几泡猴屎和几根猴毛外，早已没有了猴子的踪影，就连老汉借的铁夹子也不见了。老汉愤怒之余发现了一路猴血，心蓦地一凉，一丝负罪感便自心底里泛了上来，让他不得不沿着这一路血迹往森林里寻去。

铁夹子太重了，猴子拖着它没能走多远。都说猴子聪明，可偏偏这聪明的家伙却不知用手去扳开夹住自己脚的铁夹。

猴子拖着铁夹，体力已耗费太多，加之又伤了脚，还流了那么多血。老汉找到这猴子时，猴子已奄奄一息。两行泪水沿猴腮流下来，把面部的毛都给弄湿了。看到老汉，它恐惧得瑟瑟发抖。

老汉轻轻地走近猴子，一点也没有再伤害它的意思。老汉本想放了猴子的，但见它伤势太重，他顿时心生怜爱，决定把猴子带回来替它疗伤。

秋日已至，天高云淡。平江依旧还是老样子，和往年没什么两样。老汉也依旧日复一日地撑船摆渡，不同的是老汉的船头多了一只猴子。

过往的客人都爱逗猴子取乐，当然，也常给它些吃食。猴子重感情，每次得到吃食，它都会先拿给老汉，以表敬意。老汉不要，它才安心独享。老汉身边没有亲人，独守平江的孤寂让他自然而然地将这猴子当作了亲人与伙伴。

从此，老汉的话渐渐多了，性格也变得开朗了起来。

许多日子后的一天，山外来了一伙穿戴颇为洋气的工作人员，他们声称是专门管开船摆渡这一口的。老汉一听心里就有些紧张，一种不祥之兆忽地掠过脑际，瞬时便又无影无踪了。他心想，我一个摆渡老汉，一生与人方便，没做过啥恶事，干吗要紧张呢？工作人员说他们将要在平江渡口建码头，要将老汉的木船换成大铁船。老汉心里一喜，先前的担心烟消云散。不料工作人员又说他们要对摆渡人员进行考核，不合格者就卷铺盖走人！老汉一下子就真的紧张起来了。

"咋考核呢？要不要我露几手给你们瞧瞧？"老汉问。

"其实这考核又相当简单。"一个工作人员说。

"咋个考核法?"老汉再次问。

"你这里能弄点什么野味吗?"另一个工作人员问老汉。

"野味?"老汉指着河岸的森林说,"这里的野物倒不少,野鸡、野兔、野猪都有,只是我整日里只管推船,没打过猎。"

"哎呀!那些东西我们早吃腻了。要不就这只猴子吧,猴子聪明。"几个工作人员都这么说。

老汉无言。在他看来,最能让他紧张的事情也就莫过于此了。他难过地望了一眼猴子。猴子不知自己死期将至,还在很调皮地冲着船上的客人做鬼脸,想再讨点吃食。老汉转眼望了望平江,江水却也一改往日的平静悠闲而波光闪耀、跳动不已。

几只水鸟贴着江面"嘎嘎嘎"地飞过,老汉觉着此情此景很是苍凉。

(原载《天津文学》2009年第7期)

2009年

陈谷一

一个马来姑娘的故事

一个很好看的马来姑娘,她站在餐厅门口,那长长的头发被黑色的头巾包着,微笑的脸上像涂着一层油彩,一双大眼睛水灵灵的,睫毛长得使人疑心那是贴上的,穿着一件很合身的长袖衣裙。

我们这个中国旅行团,今晚来马来西亚首都吉隆坡的这家酒店,是要在这儿用餐和住宿,这儿离飞机场很近。明天早上我们要在这里上飞机,从马来西亚飞泰国首都曼谷,在曼谷转机飞回我们的国家。也就在这时候,我们注意到这个十分漂亮的马来姑娘。

吃过饭,因为我吃得比别人稍快一点,就在我放下碗具一个人走出餐厅准备去门外喷水池边散步时,这位美丽的马来姑娘走到我面前来了。

"先生,您好。"

一听她说中国话,我吃了一惊,不由得笑着看了她一眼。"你会说中国话?"我称赞说,"你真不简单哩。"

从她脸上的表情,虽然她没有完全听懂我的话,但已经猜出我在赞美她。她看着我肩上挂着的旅游包,指指包上"旅游家族"四个字,又指了一下饭厅里那个在柜上的半老的男人,后来又指着她头上的天空,说了一句我听不懂的马来话。但是,我已经明白了她的意思,她是说那个半老男人是她的父亲,而她的父亲是华人后裔。

在看到我微笑着点头以后,她就指了指院坝那边一辆三个轮子的车子,那儿有一个马来人,是一个半老的女人,正从车上往下拿蔬菜。我看那女人时,我忍不住说了一句昨天才学来的马来话:"胖胖。"她一听笑了,说:"端端!"咧开的嘴巴露出一排白白的牙齿。她把两只手握成两个拳头竖起大拇指,她的意思我明白:那个半老的女人是她的母亲,她的父母经营着这家酒店,她是这家酒店老板的女儿。

就在这时候,和我同桌吃饭的一男一女吃完饭出来了,那女的是中国旅行社陪同我们出国的领队,那男孩是当地马来西亚国际旅行社派给我们的翻译。

马来姑娘迎上去,同那男翻译说着什么。她一边说话一边看我,好像说她和我刚才接触的事儿。

她和男翻译说了一阵,翻译向我说道:

"先生,她要我向你说她们家的事儿呢。"

"什么事儿?"我问。

"姑娘要我告诉你,说她爸祖籍是中国成都,她爷爷来马来西亚七十年了。她爷爷奶奶是中国人。她爸是在马来西亚出生的,后来她爸就找了个马来姑娘结婚。虽说她的国籍是马来西亚,但从祖籍说,至少她算半个中国人。"

我微笑着点点头。

马来姑娘又同翻译说了一句什么,翻译又向我说道:

"她说,你们来一趟马来西亚不容易,有什么事要她帮助吗?"

今天早上,我们从云顶赌场下山以后,一路参观着景点回到吉隆坡已经是下午四点钟。按原行程要去参观独立纪念广场,要以独立纪念广场和双子楼为背景拍摄几张照片。就在要去独立纪念广场时,有人提议要去看"世界建筑博物馆"。在吉隆坡,外形别致、风格各异的建筑物遍布全市,现代的、古代的、东方的、西方的,各式各样的建筑物互相映衬、和谐并存。房子样式有方形的、圆形的、三角形的、阶梯形的、宝剑形的、腰鼓形的,林林总总,千姿百态呢!因为后来去看被誉为"世界建筑博物馆"的建筑物了,就没有时间去独立纪念广场拍摄双子楼,这是一个遗憾事!谁都知道,双子楼是马来西亚的代表性建筑物,每当我们的央视节目播马来西亚新闻,常常以双子楼作背景出现在观众的眼前。

我把这个意思告诉了翻译,翻译就向她说了我的这个意思,没想到她一听说就笑了,说马上领我去拍照。

"现在来得及吗?"我问。

"还有半个小时才天黑呢。"翻译说。

她开着那辆她妈妈买菜用的三轮车,把我和翻译送到了独立纪念广场。广场是一片绿茵茵的草坪。一根二三十米高的旗杆竖立在广场东边,马来西亚国旗在旗杆尖飘扬着,快落到大海的太阳从西边照射过来,照着有弯弯月儿的国旗。

在翻译的帮忙下,我拍摄了几张照片。还采用自动拍摄方式,以双子楼为背景,我们三人合影了一张。之后,我们在广场的草地上慢慢走着,放松放松。我们并排走着,翻译走在我和她中间。她说了很多话，偶尔说一两句普通话，我听懂了一些。一句是"唐山"，一句是"文化大革命"，两个词她说了好几次。我对"唐山"这个词不感到新奇，在南洋的华侨总是这样称呼祖国。一千多年前，我们"大唐"的声威曾经远播到亚洲和欧洲各地。直到一千多年后的今天，华侨仍把自己叫"唐人"，把汉字叫"唐文"，把祖国叫"唐山"。但是，她对"文化大革命"几次说起，不得不引起我的思索。于是，我问做翻译的小伙子。小伙子向我说道：

"姑娘说，她爸爸在她几岁那年去过中国，所以她有所耳闻，她说现在的中国很好。"姑娘又问我："是吗？"

我说"是"，又问她是怎么知道现在很好。小伙子对她说了我的意思，然后又把她说的意思告诉了我："她说，她有一个堂姐去年来过马来西亚，说了当今的中国好得很！她还说她看过一些中国新闻，最感动人的是杨利伟上太空，中国运动员在奥运会上夺得很多金牌。"

我们回来时她把三轮车开得很慢，一边开车一边通过男翻译说许多事儿。她说中国每年有元宵节、清明节、端午节、中秋节，十月一日是国庆节。中国古代有很多大人物，如黄帝、屈原、杜甫、李白、岳飞、文天祥。建立今天中国的早期领导人有毛泽东、刘少奇、朱德、周恩来。中国老百姓学习的人很多，有张思德、白求恩、刘胡兰、雷锋。她还知道中国有一种水果叫杨梅，她吃过杨梅水果糖，等等。

我们回到酒店门厅，她送我上楼，给我打开电视，帮我找到华语台。

她坐了一会儿回去了。她走后十多分钟，有人敲门，我以为是中国女领队来了，就走过去开门。一看，门外站着的，竟然是她！在她旁边，还有她父亲。我笑着，以弯腰摊手做了"请"的姿势，请父女俩进屋。她父亲一边进屋一边用中国话向我说，说他多少懂一点中文，他女儿就把他叫来了。

她和她父亲在沙发上坐下来。她接着拿出了一个本子。她翻开本子，里面是邮票，有中国邮票，有马来西亚邮票，还有其他国家的邮票。她送了我几枚马来西亚邮票，还留下了她的通信地址，说要同我交朋友。

第二天，我们五点钟起床，五点半出发。那时，天还没有亮。她又来了，来送我们。三辆小汽车停在门厅外的院坝里，驾驶员坐在驾驶室里在等着我们一行十多个人走上车子。她虽然匆匆起床但还是穿着连衣裙，没有穿短衣短裤（马来人在公共场合，不论男女，都不得露出胳膊和大腿）。她没有包头巾，一头漂亮的秀发，很潇洒地披在肩后。当然，不包头巾，就意味着送我们也不会走到门厅外边。她紧紧握着我的手。我只稍用了一点力同她握着，握得很小心。她向我热烈地说着，我虽然听不懂她的话，但从她眼里转动着的泪花看出她激动得要哭了！

一个半小时以后，我们乘坐的飞机从吉隆坡国际机场起飞了。当飞到泰国湾上空，看飞机下的海洋、陆地，凭肉眼也能看得明明白白。世界真大啊！我看着那几个来来去去为我们服务的外国美女，不由得又想起那个马来姑娘……

（原载《光明日报》2009年9月20日）

2009年

姜东霞

越走越远

一

刘艳和许向东在黑影里说好各自回去就谈离婚的事，两个人就分开了。他们朝着相反的方向往自己家里走。秋天的风穿过小镇的夜晚，那硝烟弥漫的黑暗就在他们心里越陷越深。

刘艳走进自家的院子，在石凳上坐了下来，她看见屋子的卫生间亮着灯，林明在洗澡，他的身体印在玻璃上形成了一团雾气沉沉的阴影。刘艳想等他洗完澡再进门，然后再和他郑重其事地谈离婚。

刘艳在黑暗里坐了很久，她觉得自己已经心平气静，已经有足够的勇气去处理这件事。于是她走向自己的家，在开门时她的心脏突突地狂跳起来，她不明白她的心脏为什么会如此不安地撞在自己的胸骨上，而且有点痛。

刚洗完澡的林明坐在沙发上看电视，他看了一眼刘艳，顺手点燃了一支烟。对于刘艳和许向东的传言，他早有耳闻，为此夫妻俩也没少吵过打过。打完了他也明白刘艳之所以投向他人怀抱，原因在于自己无暇顾及她的存在，外面那两个女人整天把他的身体都快缠垮了，回家只是为了休养生息。事情虽然如此，但他对刘艳之事仍然耿耿于怀。刘艳进门后径直走进女儿的房间，女儿已经睡了，她在女儿的房前站了几分钟，然后走到客厅关掉了电视。

林明说，你野够了？

刘艳说，你嘴巴干净点。

林明说，哦，是不是要我给你立个牌坊？

刘艳说，给你妈和你姐立去。

刘艳的话音未落，林明的手已经很响地落在了她的脸上。刘艳的身体痉挛了一下，但她没有像往常那样挣扎着与林明厮打。她只是下意识地捂了一下被打的脸，然后说，离吧，我们离吧。

林明说，你他妈想得简单。

刘艳说，除了女儿，我什么也不要。

林明说，你想清楚。

刘艳说，我早想清楚了。

刘艳也没有料到事情就这么简单地说清楚了，她和林明吵了大半夜便什么也不想再说了。她释然地躺在床上，心想许向东这个时候是不是也跟自己一样经过了激烈的战斗，那将是一个何等悲壮、惨烈的景象。

后半夜起了风，许向东躺在老婆王萍的身边，他听着王萍均匀的鼻鼾无法入睡。许向东回到家并没有提离婚，他本来是想说的，可是当他坐在儿子的身边，王萍递给他一杯热乎乎的牛奶时，他的心便软了，他觉得自己无法将"离婚"这个对王萍来说非常沉重的话题重新拿出来再说。结婚这么多年了，王萍也没有什么不好，人长得健康漂亮，为这个家呕心沥血，她做了一个女人应该做和不应该做的全部。王萍什么都好，就是一点不好，她把家里的男人都当成了自己的儿子，或者说王萍更像一只刚刚开始下蛋的大母鸡，面颊红润咯哆哆哆地四处为老公儿子觅食。如果许向东甘为儿子，不想做个丈夫或男人，这个家就相安无事且被人羡慕。许向东在遇到刘艳以前，他也没怎么觉得这样有什么不好。平平淡淡、踏踏实实、安安心心地躺在王萍营造的鸡窝里，没有一点激情。没有一点激情倒也挺好的，反正人不就这么活着，不就这么平淡无味地顺其自然地去接近人生的尽头吗？

可是后来许向东遇上了刘艳。刘艳从哪方面讲都不如王萍，可是许向东就是喜欢跟她在一起，许向东觉得自己是个实实在在的男人，宽容大方，怜香惜玉。许向东喜欢这种做男人的感觉。他发现自己这么多年来一直压抑着的不是性，而是性之外的更能体现男人能力的宽大，以及另一种男人更需要的存在方式，那就是表达。在王萍那里一切都被王萍安排好了，自己像个工具或别的什么，过着衣来伸手饭来张口寄生虫似的日子。而在刘艳面前却全然不同，他喜欢刘艳事事都依赖他。天快亮时王萍醒了。她将手搭在许向东的身体上，许向东没有动，王萍的手慢慢地在许向东身上滑动，最后落在了他的身体底部，她的手温湿轻柔，许向东仍一动不动地躺着，但他的身体却渐渐地膨胀起来了。

王萍说,你还想装睡,可自己又不争气。

她将许向东翻了过来,许向东僵硬地面对着王萍,他的手迟疑了一下搭在了王萍的身体上。王萍将许向东抱住并示意他压到自己的身体上来。许向东便匍匐上去,他沉入王萍的身体之后,便不合时宜地偃旗息鼓了。

王萍说,你怎么了?没开始就耷拉了。

许向东有点狼狈地从王萍的身体上滑下来。王萍猛地一翻身将被子踢到了床下。许向东没有动,他知道王萍又要发作了,于是他的后背又起了一层芒刺样的汗珠。王萍歇了一会儿,便从床上跳了起来,她在卫生间里用水洗身体,哗啦哗啦的水声里掺和着王萍的叨念。洗完之后王萍很响地倒掉水,再很响地走回卧室,气呼呼地从许向东身上爬到自己睡的地方,她用被子蒙住头时又将那句恶毒的"性无能"丢到了许向东的耳朵里。为这话许向东从前羞愧过,以至于到了不敢碰王萍的地步。

二

许向东是第一个走进医院的办公室签到的,他想没有人会比自己去得更早,医院上班一向丁是丁卯是卯,大家都很准时,而自己却提前了一个小时,这样他就可以躲过许许多多的目光。至于他为什么有躲避的心理,他实在无法说明白。许向东往签到本上写名字的时候,他看见了刘艳的名字,他的心就咯噔咯噔地跳起来。他走出来,他得经过刘艳的挂号室才能进到自己的中药房,他硬着头皮走过去,刘艳坐在里面,正在整理什么东西,而许向东经过她的窗口时,正好看见林明留在刘艳脸上的青斑。许向东没像往常那样走进刘艳的挂号室,而是做贼一样地闪了过去。

接近下班的时间,许向东透过玻璃看见了刘艳,一看见刘艳他竟然产生了躲进什么地方的念头,他看看满屋子的药柜,那些小得只够盛药的抽屉,哪能容得下自己?当他再次将目光移到窗外时,他看见了站在刘艳身边的办公室主任,他们一前一后地往另一幢楼走去,留在刘艳脸上的那块青斑在太阳光下格外明晰。刘艳看见许向东时用一只手捂住了那块青斑。她的整个身子一直保持着十分矜持的姿势。许向东把身子探出去,他看见他们上了那栋旧楼,办公室主任打开二楼最边上的一间空着的屋子,两个人站在门口说了一阵话,许向东明白了刘艳是要搬进那间空着的房子,许向东的心又突突突地跳起来。

刘艳回到家里开始收拾东西,她把被子和衣服捆在一起后,便感觉自己进了一间黑暗的小屋。她明白虽然自己与许向东一起憧憬过未来的生活,但未来的生活遥远而模糊,她深知许向东的优柔寡断和王萍的厉害。其实刘艳知道也许所有的过程或者结果都只是自己和自己进行的一场殊死的战斗,在这场肉搏中她的女儿无辜受牵连使她心痛不已。

在黑暗来临之前写好了《离婚协议》。她泪如泉涌。离婚是她提出来的，离了之后是为了有一个新的或者好的生活开端，为什么要哭呢？如果林明对自己说些不离婚的好话，说些夫妻重归于好重新开始生活的好话，自己就不会如此坚决了吗？刘艳不明白自己为什么对林明仍存一线期待。或许林明在处理财物分割时别那么狠，这个婚就会离得艰难些。有那么一瞬间刘艳甚至希望林明提出来不离。但这仅仅只是一瞬间，这一瞬间的念头是刘艳永远也无法明白的。她的女儿在房间里做作业，她跟刘艳一起等待林明回来，然后一起离开这个她无法明白为什么要离开的家。

林明打开门就有一股熏人的酒气扑进门来，刘艳在黑暗中挣扎了一下，她擦了眼泪便一动不动地坐在那里。林明拉了灯，他在一阵亮光的眩晕中镇静下来，然后走向刘艳，并在她的身边坐了下来。

刘艳说，协议我写好了。

林明拿起协议书看了一遍，当然，除了家中财物的分割外，别的他也只是草率地看了一眼。比如房子归林明所有，家中存款一万元夫妻各一半，这一点很明确就行了。林明拿过笔来没有加以任何思索地签上了名字，然后他说，行了，我成全你们。

刘艳说，是我在成全你。

林明说，反正都一样，各得其所。

刘艳说，我们这就走，别忘了明早我等你一起去大楼办理正式手续。

林明什么也没说倒在沙发上很快就睡着了。

第二天，刘艳夫妻在约定的地点和时间里正式办理了离婚手续。当他们从那座阴暗的老式木制办公楼里走出来时，明亮的阳光毫无遮拦地落在了他们的脸上。这是他们第一次感到彼此已是毫无相干的陌生人，从那个阴暗的洞穴样的地方走出来，暴露在阳光之下后，一切都不再有意义。过去或者将来。有时一个结束也并不意味着新的开始，就像他们双双走在阳光下，过去已经结束，而新的开始到底是什么？过去的日子里双方都手拿武器拼死战斗。而现在，就在这样的阳光下，刘艳依然感到了皮肉分离的痛以及痛之后的空洞。对于刘艳，虽然也许会与心爱的人走在一起共同生活，然而那痛之后的空洞更加深了她对今后生活的无望。分手时他们竟没有相互看一眼。

刘艳来到自己的办公室，早有几个女人等在门口，她们见刘艳回来便都热情地迎上去问，办了？

刘艳点点头，下意识地朝许向东的中药房看了一眼，许向东坐在屋子里也正面朝着刘艳。几个女人进了刘艳的办公室，说不清她们对刘艳的离婚到底是表示祝贺还是哀叹。她们告诉刘艳，许向东那边一点动静都没有，而且昨晚许向东值班，王萍也跟来陪他。刘艳心里本来就已经很空了，一听这话，便有如乱箭穿心般痛起来，但她并没有表现出来。刘艳冷冷地说，他离不离婚与我无关。

几个女人看出了刘艳的心思，就说许向东真不地道，是个流氓骗子，自己不离婚，害得刘艳家破人亡，还无动于衷。

三

刘艳变得沉默了，她从不去许向东的中药房，有时朝那里望，两个人的目光对在了一起，刘艳便很快把目光移开。刘艳的目光冷漠、僵硬，许向东从中看不到任何柔情或者哀怨的痕迹。这使得许向东变得很不安，他开始躲避刘艳，更多的是躲避那个陌生的令自己感到不安、惶惑的目光。其实许向东也可将两个人那个晚上说的话推翻，无耻地将之解释为一种玩笑，即使解释成一种扯淡也不是不可以，在生活中他与别的女人也开过类似的玩笑。但许向东却不敢，哪怕是对自己说那只是一句玩笑。他知道他和刘艳都是认真的，现在刘艳离婚了，自己并不是要背叛诺言，而是真的很难。他需要一些时间。

许向东走进刘艳的挂号室，两个人的目光便对在了一起，刘艳的身子颤抖着往桌面上倾了倾，眼泪就落在了玻璃上。

许向东说，我需要时间。

刘艳的双肩抖动起来。她说，请你离开这里，不要破坏我的名声。

许向东悻悻地走了出来，迎面碰上了刘艳的女儿小菡，小菡对着许向东似笑非笑地打了个招呼就进了刘艳的挂号室。许向东走进自己的药房时，他听见了小菡的哭声，他知道刘艳打了小菡，是打给他听的。他还听见"砰"的一声巨响，这声巨响引出了别的工作人员，他们挤在门外指手画脚，所有的目光如浑浊的河水那样一齐朝自己汹涌过来。许向东只得想，时间会证明一切，证明我不是个骗子。

夜里许向东值班，他本想到刘艳那里去。他要心平气和地告诉刘艳，自己真的不是不离婚，而是的确需要时间，最重要也最充分的一个理由是儿子就要高考了。许向东走出值班室，他听见刘艳从楼上扔下的东西在夜晚发出惊天动地的响声，那是一只破瓷盆溘然坠地的声音。他知道这声音同样是弄给他听的。于是他的心似乎在那种巨大的响动里平静下来，那些缠绕在心里的不安、惶惑或者内疚什么的，渐渐远离了自己的躯体。他的身体在无风的夜晚打了个寒颤，他想，就这德性将来怎么生活？他甚至不知道自己为什么会这样想。回到值班室，这一夜他睡得很沉。

天刚亮时许向东醒了，他平静地躺在那里，清晨的安静使他变得比任何时候都无望。这时他听见了脚步声，谁会起这么早？真是精力旺盛。脚步声停在门口，他看见王萍的脸贴在玻璃上，轻轻地叫了他的名字。他闭上眼佯装睡着了。王萍喊了几声之后，便用手轻轻地扣着门。他打开门，王萍抬着鸡蛋牛奶进了屋，她一屁股坐到床上，说，快吃了，我今早要赶班车到区里开会。

许向东说，这么早谁吃得下东西？

王萍说，你必须吃，天不亮我就做好了，要不你就得空肚子了。

王萍把碗抬到许向东面前，夹起一个鸡蛋就往许向东嘴里塞。许向东厌恶地转开了脸，说，我有话对你说。

王萍说，不用说了，所有的硝烟弥漫我都清楚。我们这个家好端端的，儿子要高考，我们这辈子是没指望了，但儿子的人生还没有开始。

王萍语气平淡，毫无色彩，听上去不像在说与自己有关的事，倒像是在说一个简单的人生哲理，而且道理简单真理在握，容不得许向东有丝毫反对。

许向东说，早餐放这里，我休息一会儿吃，你收拾收拾开会去吧。

王萍站起来走到门边，她平静地转过来看着显得十分沮丧的许向东。许向东知道王萍在看自己，他也不抬头，简直就是一副低头认罪的倒霉样子。王萍有了种胜利者的居高临下，她的脸上浮现出几分笑容，笑容里更多的成分是轻蔑。

王萍说，我们之间谁需要谁都不再重要，重要的是责任。我们又不是一朝半日了，等儿子高考完了，不过分吧？

王萍走了，王萍的脚步声把早晨踏得很响。许向东觉得王萍说的话的确有道理，那天晚上怎么就没想到儿子明年就高考呢？许向东十分懊恼。

王萍开会回来后没有回家，她直接去了刘艳的住处。刘艳正跟女儿坐在外屋吃饭，见王萍进来虽有些尴尬，但当着女儿小菡的面还得做出若无其事的样子。刘艳将王萍让进屋子坐下，她知道来者不善，她就，小菡快吃，吃了上你爸爸那里做作业，刘阿姨在这里玩。

小菡吃完饭就背起书包走了。屋子里剩下两个女人，两个女人都不说话，直到屋子被黑暗渐渐覆盖。刘艳站起来拉亮电灯。这时王萍才彻底看清了灯光下刘艳的住房。王萍坐在一张旧式的木沙发上，她看着里间刘艳的床，她为这个女人感到了几分悲哀，这又是何苦呢？好端端一个家，偏要把自己逼到这等地步。况且就算许向东与自己离了婚，生活未必就像她想象得那样好。这把年龄了，该享受生活的时候，却又要为买房之类的事再次操劳，刘艳你累不累呀？还拖着个孩子，孩子那么小，一切费用尚未开始呢。王萍居然长长地吸了口气，这口气吸得很重，以至于她也弄不明白这口气是为谁而吸的了。好端端一个家、一个男人眼睁睁要被这个女人抢过去，而这个女人除了比自己年轻几岁，跟自己简直没有可比的。这话是别人说的，却是句真话。

看够了，刘艳也收拾完了。王萍就说，刘艳，咱们从前跟姐妹似的，你家有什么事我都最先站出来，什么事我都护着你，可是没想到你会这样，突然成为可耻的第三者插足我们家庭。常言道，兔子不吃窝边草。难道你连兔子都不如吗？

刘艳像是没有听见王萍在说什么，只坐在那里眼睛看着窗外。

王萍说，我和许向东恩爱了十多年，许向东说了，他不能没有我和我们幸福美满的家庭，但是优柔寡断的他不忍面对你，他让我来告诉你，他离不了婚。他只能说对不起了。

刘艳转过头来，两个女人的目光便对在了一起。它们像黑暗中由远而近突然相遇的灯盏，在空旷的黑暗里匆忙寻找着对方的命脉，毫不含糊，绝不退却。

刘艳说，我不是兔子，你也不是兔子，我们是人，有本事就把自己的老公看好。

王萍说，送到嘴边的腥都不知道吃的猫肯定是一只二百五。不吃白不吃，吃了你活该。

刘艳说，难怪你老公要背叛你，你贱。

王萍说，你白白送人捣弄，你才贱。

王萍站起来时她苹果样透红的脸上露出了笑容，这笑容亲切、遥远、陌生、冰凉，亮晃晃地罩住了刘艳。刘艳走到门边打开了门。王萍走出去后，回过头又笑了一下，她的脚步声很响亮地回荡在黑暗之中，如万马奔腾那样绽放出胜利者的果断和激越。

那一夜，这样的声音伴随着刘艳哭了整整一个晚上。在这些声音里与许向东相爱厮守的情景一幕幕涌上心来。刘艳边哭边骂，许向东你这个狗日的呀，原来你从头到尾都在骗我。你这个千刀万剐的骗子，你怎么就下得了这个狠心骗我呢？你知道我爱你，你知道了为什么还要骗我呢？

到了后半夜，刘艳哭晕了，她从枕头底下摸索出一条红布带子举在手里，她并没有在黑暗里看清带子的颜色，心却突然平静下来。这条红布带子是许向东到庙里为她求来的，求来后他为她系在手上，说，我从没有这样爱过牵挂过一个女人，你一定要好好的。

那种甜蜜那种被人爱护的酸涩幸福感一下子重新涌进刘艳的心里。刘艳的心豁地亮开一道口子，她想，许向东不是骗子，许向东是真爱自己的。想到这里，刘艳便不再哭了，她想自己怎么这样傻乎乎地上了王萍的当了！

四

第二天，刘艳见许向东站在屋檐下看自己，但许向东迟迟不离婚实在令刘艳生气，刘艳把头一调进了挂号室。许向东来到挂号室，说，我有话要说。

刘艳把脸一沉咬着牙冷淡地说，没什么好说的，该说的都说了，我们之间不再有任何理由可以谅解。

许向东说，你能不能听我把话说了？

刘艳说，不能，该说的你老婆已经替你说了。

许向东并不明白刘艳说的话，他站在那里阴沉沉地埋着头。

刘艳站起身来说，你能不能做事干脆点？你不出去我出去。

许向东怏怏地回到自己的药房，又把给刘艳配制的调解内分泌失调的药重新配置了一遍，用纸一包一包地包好送到刘艳的挂号室。刘艳看了他一眼，嘴一抿眼泪簌簌地掉了下来。

许向东说，你不要伤心，你再等我一些日子。

刘艳"哇"的一声哭了起来，大喊道，你出去，把你这些骗人的东西都拿出去，我一天也不能等了。

刘艳连人带药地把许向东推出了挂号室，然后她关上门嘤嘤嘤地趴在桌子上哭个不停。有人来挂号站在玻璃对面，轻轻敲了敲玻璃，没有叫她，挂号的人知道刘艳为啥伤心，所以站在那里等着，什么话也不说。刘艳哭够了一抬头看见玻璃外站满了人，都惶惶地看着自己，她觉得很丢脸，便擦干了眼泪开始工作。

五

刘艳把年迈的父母从乡下接了过来，刘艳接父母过来是因为她在这几日内决定开一家麻辣烫店，让父母看着门面。就这样，刘艳的麻辣烫店开张了，生意也不错，刘艳每天下班后都要忙到深夜才睡觉，睡觉前总要清点一下当天的收入。每天赚的钱虽然不多且都是些块票，但数的时候心里却很踏实，有一份无止境的期待，那似乎是一种对美好生活的期待。在这样的期待里许向东对自己的伤害渐渐地淡了，一切都变得久远了，虽然隔了几个月的时间，却让刘艳时常觉得已经很长久了，那些缠绕在心头的伤痛被劳累和日有所得掩盖了。刘艳心想，我得好好活着，这样下去就是不靠任何男人，女儿读书的费用也不再是问题。

刘艳的小店生意好，不仅是小镇上夜晚吃食的好地方，更多的是聚集了众多打麻将、扑金花的人，大家都是熟人，吃完了东西就打牌，饿了让刘艳又弄吃的。

许向东是从一个同事那儿得知刘艳开店的事，他悄悄地来过几次，走到店前都没好意思进去，里面不仅人多，还有些熟人，刘艳拿脸色耍脾气都可能使自己难堪，何况在刘艳离婚这件事上，自己已经背上了一口骗别人离婚的大黑锅。大多数人是站在刘艳这边的，同情弱者受害者是人善良的天性里的一部分，那么刘艳是弱者，是受害者无疑了。离婚时被男人盘剥一空，两手空空地离开家，而等待她的却是欺骗。刘艳又不给许向东任何解释的机会，这使许向东非常被动。但他相信时间会证明一切，刘艳拒绝解释，就让时间来证明自己的真情，只要儿子高考完，他就会一分钟也不耽误地与王萍办理离婚手续。王萍说得对，儿子的一生尚未开始呢。为此，许向东对刘艳的不善解人意也产生了几分怨愤。

怨愤归怨愤，许向东心里仍然对刘艳牵肠挂肚。许向东打开电视，儿子在屋里学习，王萍坐在一旁削水果，许向东心不在焉地换着电视频道。王萍把削好的苹果划成几瓣放进两个小碟子，一个送进了儿子的房间，一个放在许向东的身边。许向东心想，这个老母鸡一样的女人又开始咯咯咯咯觅食了，她什么时候才能放弃这个讨厌的角色，做一个不那么讨厌的母鸡而去做一个女人呢？这样想着许向东就走下楼去，王萍在身后喊叫时身子在黑夜里踉跄了几下。许向东停住了脚步说，你跟着我干什么？

王萍说，你去哪里？

许向东说，我们之间已经没有关系，我们不过是在等时间，你也很清楚。

王萍说，我们的婚姻受法律保护，婚姻没有解除你就是我的老公，你就得尊重我。

许向东在黑暗里轻蔑地笑了一下，这笑划破黑暗如一枚针那样直直地扎进王萍的心窝子里，她明白那笑里包含的所有含义。眼泪在眼窝子里转了一圈，她哽咽着说，许向东，你不要太过分了。

许向东没有理睬便朝着刘艳的小店走去，他知道王萍紧跟在身后。店里的人正执着地进行着不是技艺而是运气上的角逐。许向东迟疑了片刻，他掀开挡门帘子时，王萍挽住了他的胳膊并大声地喊着屋里的人。正干劲冲天的人们抬起头来看见了他们夫妻双双神采飞扬（当然只是王萍）的样子都没说什么，只是继续转去吆喝对方押钱。刘艳从厨房里走出来，看见许向东夫妻俩站在屋子里，而且王萍正挽着许向东的胳膊，她手里的盆"哐当"一声掉到了地上。

六

日子如水那样平淡地流淌着，刘艳心里虽然仍很痛苦，但没有人会去感受她的痛苦，她依然要早起晚睡在杂乱中忙活着。渐渐地，她想许向东想过去的时间便少了。许向东既然不肯离婚，既然欺骗了自己，那么就忘掉他吧。

有人出来给刘艳相对象了，刘艳如约而去，对方条件很好，离婚后儿子由前妻带着，靠近市区的地方有套一室一厅的住房，工资收入稳定，人看上去也实在。刘艳在见面时没有对男方表示任何态度，她只是沉默着。返回的路上，刘艳坐在开往小镇的车上，她开始思考这桩可能成为婚姻的大事。她想，别的不说，以后女儿大了上中学可以住在离城市近一点的地方，冲这条件也该同意这件事，何况对方人也不差，鼻是鼻眼是眼的，比前夫强了十倍，比许向东也不差。

回来后，刘艳除了忙生意就是等电话。她记得留了电话给中间人的，中间人会把号码给对方的。

眼见快过年了，天黑得特别早，黑夜下过雨之后湿乎乎的，小镇的街面上变得十分清冷，来店里吃东西的人比从前少了，刘艳的心情就跟天气一样凋敝。这几日许向东已经回老婆的娘家去准备过年了，就在这样一个阴湿的夜晚，刘艳终于等到了她等待已久的电话，但电话不是对方直接打来的，而是通过中间人打来的，对方说要刘艳大年初三到他家去玩。刘艳知道这事基本成了，起码对方对自己没有太大的意见。

刘艳说，好，我记住了。

刘艳放了电话，在黑暗的屋子里坐了很久，发现自己对事情的反应竟然很麻木。这时一辆摩托车"突突突"地停在了小店门口，门"嘎吱"一声开了，屋外的光亮照进屋来，林明站在那束光亮里，他的影子投射到了墙上。刘艳看着满身泥污的林明，昏暗的灯光里他的头发蓬乱不堪。林明的手在靠门的墙上摸索了一阵，屋里的电灯就亮了。两个人突然显现在灯光下十分不自在。林明踢踏踢踏地走了进来，他在火边坐了下来，说，小菡呢？

刘艳说，睡了，你来干什么？

林明说，我来看小菡。

刘艳说，你把这几个月小菡的生活费付了，看不看也没有什么。

林明说，你缺那几个钱？

刘艳说，缺不缺那都是你该付的。

林明说，我早说过，这世上的男人都是骗子，这回你信了吧。

刘艳说，这是我的事。

林明说，你不觉得你这个下场很可怜吗？

刘艳说，我愿意。

林明说，我记得你没有这么坚强。

刘艳说，我在你眼里从来都是一无是处。

林明说，所以一个许向东就轻易把你糟蹋了，你这是何苦呢？

刘艳说，你给我滚出去。

林明站起来，他没有走向门而是站在了刘艳的面前，刘艳不看他，把头扭向窗外。外面好像又下起了雨，噼噼啪啪地打在玻璃上，林明嘴里熏人的酒气使她想起了过去的生活。过去的生活里只要林明回到家，屋子里就弥漫着这样的气味，这气味使得一切都腐烂不堪。刘艳曾在这样腐烂、窒息的气味里拼命挣扎。那时离婚对刘艳来说就像一颗随时都会爆炸的地雷，将自己连同她曾经珍爱过的家炸得血肉横飞。后来她遇到了许向东，遇到许向东后情况就发生了根本性的转变,也就是她从战略防备阶段转移到战略进攻上来了。

  林明说,你还是回去吧,你这样过着怪可怜的。

  刘艳说,把你那些女人带回去就行了,不用看我的笑话。

  林明走后,刘艳怎么也无法入睡,往事一幕幕在脑子里翻腾,从跟林明谈恋爱到结婚,再到她第一次知道林明在外面有女人,那滋味跟千刀万剐似的,心脏就"突突突"地淌着血。那时自己很幼稚,嫁给林明,就把一生全部寄托在他的身上。至于许向东,从来就是同事,为什么那么长时间里彼此都没有发现对方的存在呢?许向东来到刘艳的生活里,是林明不停地闹出各种绯闻之后的一个夜晚,刘艳加班,许向东值班,两个人便坐到了一个屋子里,两个人竟然说了一晚上的话。刘艳和许向东都属于话不多的那种人,可那个晚上他们几乎说尽了一生都没有说过的话,他们第一次感到彼此的心灵是那样地接近,那样地需要交流。刘艳想到最后出现的这个同样相中自己的男人时,天已经亮了。

七

  大年三十,刘艳没有做生意,一家人坐在店里吃了年饭,屋外就开始下起了大雪,风从四面八方吹动着远处的树枝,呜呜呜的,像是一个人在远处幽幽地哭泣。

  刘艳坐在火炉旁,家里人都睡了,她坐在火炉旁什么也没有想,她心里有事。炉膛里已经封满了煤,屋子里的温度在慢慢地下降,一只猫在雪地里和着寒风吹动树枝的声音嗷嗷地号叫,一种深不可测的恐惧笼罩着小镇过年的夜晚。这一夜,她回到屋里整夜辗转无眠。天刚亮她就在远处的爆竹声里起来了,起来了又不知干啥,收拾了一阵屋子,刘艳便走出屋子来到许向东的药房外,她趴在玻璃上往屋里瞧,这时她才明白心里的不安似乎是对许向东的思念引起的。许向东一直在她的心里面不曾离开过。屋内被窗外的雪光反衬得昏暗不堪,刘艳就趴在那里,像是告别又像是等待,等待一个刘艳难以预料其实已经发生了的关于许向东的灾难。

  刘艳打开小店的门时,父母还在睡觉,她清扫着屋里的垃圾,就听见了电话铃声。电话铃响起时刘艳的手脚哆嗦了一下,也许这声音来得太突然,或许就在刘艳的预感里蛰伏着,像蚕丝似的一直缠绕着刘艳。刘艳拿起电话"嗯"了一声,就听见了王萍的声音。刘艳沉默着,直到最后王萍用哀求的声音说,刘艳,我给你打电话也是不得已,许向东胃动脉出血已经昏迷几天了,医院下了三次病危,昨天他睁开眼睛说要见你,就又昏迷不醒,直到现在,我看他怕是不行了。

  王萍的哭声从电话里传进了刘艳的耳朵,刘艳的眼泪已经湿了话筒。放下电话,刘艳的身体在屋子里晃了几下,就软绵绵地坐到了地上。

冰天雪地没有班车开进镇子里来，刘艳便搭了一辆摩托车一起到一个很远的大厂，然后再从大厂乘班车到了许向东住的区医院。刘艳推开病房的门，王萍坐在病床边，两个女人的目光就又遇在了一起，那目光由坚硬变得冰凉再慢慢消融，在她们共同都爱着的男人所面临的死亡面前变得柔软。那一刻她们却希望从对方的眼里看到关于奄奄一息的男人生还的光芒。她们的失望接近于绝望。两个女人守在许向东的床边，除了医生进出时弄出的响声，两个女人之间没有任何声音。坐在那里她们都不看对方一眼，她们抬起头时只看氧气瓶、盐水瓶、血浆之类的插入许向东身体的器物。这些器物藤蔓般带着刺爬满两个女人的心脏。

刘艳在医院里守了许向东四天四夜，自然就忘掉了大年初三与另一个男人的约会。第四天许向东醒来，他于冥冥之中看清了刘艳的脸，他伸出手来试图去握住刘艳的手，他动了动却无力抬起手来，而是发出一声沉重的呻吟。两个女人的脸同时俯向了他。许向东的眼光落在刘艳的脸上，刘艳的眼泪就淌了下来，她明白许向东眼光中的所有含义。

她说，我守着你，我不走。

许向东闭上了眼睛。

刘艳落泪的时候，王萍也在落泪，两个女人的眼泪有着不同的含义。女人之间的战争也许在没有明确对方是敌人时就已经开始了。

许向东的手术是在他极其虚弱的情况下进行的，手术还算顺利，余下来就是治疗。刘艳在王萍虎视眈眈的眼光里守着许向东，心里很不是滋味，但是当她想告诉许向东自己该走了的时候，她从许向东哀怜、微弱、期待的眼里看到了绝望，那是一种生离死别般的绝望。

不知为什么，刘艳越来越惧怕王萍的眼光，她觉得那眼光如滔天洪水，在她不经意的任何一个时刻里滚滚而来，再将她作为女人的自尊和权利吞噬掉。刘艳就想，看来法定的那一张纸是有震慑力的，要不自己怎么就变得这么虚弱无力呢？

刘艳为许向东洗脸擦身体时，王萍就像一个苛刻的主妇一样抱着手，双目炯炯地看着眼前的两个人。她会冷不防地说，抬起头来擦擦脖子后面的汗，许向东你闭上眼睛抬起头来。刘艳和许向东谁也不说话。刘艳出门去倒水时，每次走过长长的走廊，总会在走道的尽头遇见王萍。王萍依然如一个苛刻的主妇那样抱着手看着她。有时她同样会冷不丁地说，你这样是不是很好受？你是个什么角色？

刘艳也不理她，绕开道走进病房，趴在许向东的床边休息。王萍深知刘艳这时候是趴在那里哭。但她仍然要在许向东需要帮助时大声地指使刘艳。此时的王萍很有身份感，她的声调里毫无感情色彩。她说，血浆完了，快去叫护士。她说，把许向东往上挪一挪。

刘艳自然也进入了王萍指向的角色，二话不说站起身来就照办了王萍的指示。有时两个女人在洗手间里遇见了，王萍总要隔着隔板说，刘艳，你很克夫，男人沾了你就倒霉。

刘艳说，王萍，你不要欺人太甚，不是你打电话求我来的吗？

王萍说，是呀，因为你贱呀。

刘艳说，你这个狠毒的恶妇，许向东都快死了，你还这样。

王萍说，你不是想嫁给他吗？受点委屈算什么。

刘艳说，是的，死我也要嫁给他。

王萍说，我告诉你，死你也嫁不成。

王萍就把厕所里的水冲得哗哗响。

八

刘艳回到镇子里，她再无心思做生意，店门便关掉了，刘艳比先前变得更加沉默了。两个月后许向东回来，他依然是上气难接下气的样子。刘艳也不再因为他不离婚而生气，许向东没事时就又如先前那样到刘艳的挂号室去坐坐，两个人依然含情脉脉地对视，只是没有了更多的话，都是些相互叮嘱保重身体的套话。

许向东在家里没有再提离婚，但王萍却提出来了。许向东说，婚肯定是要离的，我答应过等儿子高考完之后。

王萍说，你健康时在外沾花惹草，剩半条命时就赖着我，你认为这样公平吗？

王萍哭，许向东就到刘艳住的地方坐着，看刘艳陪女儿做作业。许向东虚弱不堪地坐在那里，刘艳给他盛了一碗热汤，许向东刚接到手上，林明就敲门进来了。他看见许向东轻蔑地笑了一下，说，你也在这里。然后他就酒气熏天地坐在了另一张沙发上。三个人就那样沉默地坐了一会儿，林明坐不住了，说，刘艳你出来，我有话对你说。

刘艳说，有什么话你说就是了。

林明说，当着外人的面不好说。

许向东就难堪地动了动身子想要站起来。

刘艳说，许向东你坐着，我送林明出去就回来。

许向东便重新坐了回去。林明走到楼梯的拐角处便站了下来，他看着黑暗中的刘艳说，我们能不能复婚？

刘艳说，我又没有神经病。

林明说，还是原来的一家人好。

刘艳说，再见。

林明就一把抓住了刘艳。他说，不管我们过去有没有感情，可我们是一家人，我不能眼睁睁看着你往墓穴里跳，瞧他那半死不活的样子，别吓坏了我的女儿。

刘艳挣脱着说，我的事你管不了。

刘艳返回屋子，女儿已经洗完脸上床了。许向东什么也没有问，刘艳也不说刚才发生的事，两个人默默地坐了很久。离开时，他抱着刘艳的头说，你等着我，等我儿子高考完了，我们就结婚。

刘艳就把头深深地埋进许向东的怀里，两个人紧紧地拥抱了一阵之后，许向东拖着虚弱不堪的身体走过长长的过道。刘艳站在门口，她望着遁入黑暗中的许向东，心里一片漆黑，黑得没有一丝光亮，即使在灯光下她也感觉不到一线敞亮。她心里有一个很大的窟窿，一个足以将刘艳的世界完全吞没的窟窿。

王萍几乎每天都在逼许向东离婚。女人疯狂起来时也无法明白自己。她明知许向东现在不会离婚，却偏偏就要逼着许向东办手续。她知道即使是现在离了婚，许向东这身体也不会马上和刘艳结婚，况且许向东的身体什么时候才能恢复也不知道。万一他就这么不死不活的，不就害苦了自己一辈子吗？何况许向东已经不再属于自己。

九

许向东的身体的确无恢复的可能，几个月后许向东发现肝区开始疼痛，他去做了检查，检查结果在一周之后出来了。许向东拿着那判定他死刑的单子坐在门诊部外面的椅子上久久不愿动弹。许向东不知自己在那张椅子上坐了一天还是一个下午，他把所有的事都从头到尾想了一遍，他毕竟经历过一次死亡了，死亡对他来说近在咫尺，昨天才与他擦肩而过，今天又迎面而来了，见过死亡的人就不再惧怕死亡了，当他从椅子上站起来的时候，他没有想到自己就这样永远地失去了控制自己的能力。

许向东再次住院他没有要求见刘艳，但王萍打电话通知刘艳到医院后自己却离开了，如果刘艳对许向东的康复还抱有一线希望的话，那便是她希望那渺茫不可信的奇迹出现。她认为至少病人是不可以知道自己的病情的。刘艳每天哭完之后，总是装出若无其事的样子，把食物一口口喂进许向东的嘴里，许向东心里明白刘艳的苦心，也不挑明今后将由刘艳独自面对的结果。刘艳每天夜里趴在许向东的床边，他们手握着手，他们手握着手的时候，许向东内心的绝望、挣扎便会如同一条长长的河流那样在无风的夜晚显现它特有的悠长和平静。他想，只要握着刘艳的手去死，也没有什么好遗憾的了。

既然是不治之症又是晚期，院方也提出没有治疗的必要，许向东的病情稳定之后，就坚决要求出院。许向东的家人以为许向东不知道自己的病情，也就没有强求他继续住院。既然不久后他就要远离人世，万事就遂他心愿吧。

许向东出院后住到自己父母家里，由妹妹负责照顾饮食。刘艳每天都要过去给许向东煎药。王萍即使去看许向东，似乎也只是为了看他还能坚持多久，看刘艳苦不堪言地挣扎。奇怪的是，许向东的病情越来越好，他居然又回医院上班了。王萍没有再提离婚的事，许向东也没有提。他在两个女人之间来来往往，生活显出了奇特的平静。

一天夜里，许向东回家看望父母，吃完饭后许向东坐在后院里喝茶，他看着天上的月亮，他的妹妹走来坐在他的身边，她也看了一会儿月亮，眼泪就掉了下来。

她说，哥，干脆还是跟王萍离了算了，我看你的身体已经好转了。

许向东一直看着月亮，他的脸僵直地停在黑暗的一丛树影下，许久才说，我不能离婚了，我知道我活不了一年半载的，离了婚刘艳肯定会跟我生活在一起的，这对她太不公平了。

妹妹的哭声漫过黑夜，在阴沉的树丛中穿越之后，像海浪那样翻卷而来，裹挟了许向东。那夜，在月光下兄妹俩抱着头敞开胸怀地哭了很久，直到月亮被厚厚的云层挡住，他们再也看不清对方模糊的面容。妹妹抱来毯子让许向东躺在竹椅里，兄妹俩相依着哭空了心里所有的伤痛和郁闷，他们平静地睡着了。

这个夜晚之后许向东又一次因为肝病昏迷入院。他没有被送往区里的医院，而是就近住到了镇医院，谁都知道许向东这次是彻底地等死了，所有的亲戚朋友同学纷纷远道而来看望人事不知的许向东。刘艳除了守候在病床外，就是在一盏灯下拼命地与女儿小菡叠纸鹤。小菡告诉刘艳，千纸鹤是吉祥之物，叠上一千只之后身处病痛中的人就会转危为安。刘艳当然愿意相信女儿的话。于是娘俩在空闲时借着昏暗的灯光叠呀叠，她们坚信许向东一定会奇迹般地睁开眼，奇迹般地恢复健康的，那些被眼泪濡湿的彩色纸鹤一个个在母女二人的手上变得纤巧精致。小菡叠累的时候，刘艳就叫她数一数，翻来覆去地细数，三百、四百、五百、六百……数字的距离似乎比时间还要遥远而漫长。

许向东一直昏迷不醒，到了第五天夜里，许向东的妹妹到医院换刘艳回去休息。疲惫不堪的刘艳无法安睡，坐在灯下一边哭一边不停地叠千纸鹤。那夜窗外滴滴答答地下着雨，一只可恶的猫在不远处嗷嗷地嚎着，刘艳拿了伞打开门想到病房去，屋外黑得什么也看不见，夏天的风因为被雨打湿了阴森森地刮过来，刘艳从未感到这么害怕过。她胆战心惊地闭上门，重新回到桌旁继续叠纸鹤，可是她就老觉得窗外有人，她壮着胆子问了几次也看过几次，可除了黑暗什么也没有。于是她再次数了数，盒子里的千纸鹤已经有八百二十只，刘艳就想，快了，快结束了。

刘艳倒下便睡着了，而且睡得很沉。刘艳好长一段时间都没有这样沉睡过，跟死了似的。睡梦里她听见沉重的脚步声纷至沓来，可怎么也醒不了，她还听见各种各样的声音聚集在窗外，掺和着那只猫的哀号，使她无法辨别真伪。有人在喊她，然而她太累了，无法应答。

醒来的时候已接近中午，她睁开眼女儿还没有放学，屋子里非常安静，静得让她感到一种天昏地暗的绝望。刘艳惊惶地爬起来，她似乎感觉到了什么，她打开门，屋外同样很安静，她猛地跑下楼跑进病房，病房已经空空荡荡，没有一个人。许向东睡的病床被子已被揭走。刘艳长惊一声便一头栽倒在地上……

许向东一直昏迷不醒，到了快咽气的时候他突然睁开眼睛，他的双目明亮有神，他明亮的目光划过所有人的面孔之后便黯淡下去，直到闭眼都那么浑浊不堪。他的妹妹握住他的手说，刘艳太累了，我叫她回去休息了。许向东就一直看着黑乎乎的窗外，他在等待天亮，等待刘艳天亮后出现在眼前。没有人知道他的心思，大家却为他醒来高兴，最后屋子里就只留下了他的妹妹。然而许向东等不及了，每隔几分钟他就问一句"几点了"。当他的妹妹在最后一次说"十二点了"，他就安静地闭上了眼睛，撒手而去。

刘艳没有去火葬场送许向东，也没有到山上去参加他的葬礼。那天下午，刘艳坐在昏暗的屋子里，她听见远处的爆竹一遍一遍地响着，在她的脑子里没有停过。慢慢地，她靠在桌上睡着了。许向东走了进来，许向东站在她的身后轻轻地咳了一声，刘艳就醒了，她转过头去就看见了许向东。刘艳说，许向东你不是死了吗？你来干什么？

许向东僵冷的脸变得柔和起来，他看着刘艳然后羞愧地低了头，说，我是死了，我只是想看看你。

刘艳就伸过手去拉住许向东，她声泪俱下地说，许向东，你知道我现在不能跟你走，小菡还不能独立生活，你如果能等得了我，等小菡长大成人之后，我就跟你走。

许向东点点头，十分沉痛地说，好，我等你。

许向东转身走后，刘艳被自己的哭声惊醒了。

山头上的爆竹声又重新响起在刘艳的耳朵里，她平静地拾起桌子上的彩纸，认真地叠了起来，她一个又一个地数着，八百八十一、八百八十二……她比以往任何时候都更加坚信，叠满了一千只千纸鹤，许向东就能转危为安、起死回生。

（原载《山花》2009年第12期）

2009年

肖 勤

丹砂的味道

一

等爸爸把红布拿到奶奶面前时，奶奶生命的烛火已经完全熄灭了。爸爸知道，奶奶走得不甘心，因为他没能买到奶奶要的丹砂。这不怪爸爸，自从巨大的泥石流吞没了去往大山的路后，我们已经四十余年没有采砂了。早在十年前，村子里的人下葬就已经没有丹砂陪葬了。

妈妈说奶奶走时表情充满了忧伤。这个从不爱做庄稼活也不爱织布绣花的女人是寨子里的异类。她每天早晨都去半山那棵大皂角树下，对着山坳那面咿咿呀呀地唱山歌。唱完歌后，就满山遍野挖草药。说她懒，说不太过去，在又热又湿的丛林里挖草药比种庄稼辛苦，还很危险——林子是野物的天堂，青竹蛇、蜈蚣冷不防就从哪一棵药草下窜出来，把要命的毒液注进你的身体里。在大家看来，奶奶是个怪人，比如，她还喜欢到山深处去采药，一个人静悄悄地去，一个人静悄悄地回。可这个敢到深山采药的奶奶偏偏又很胆小，只要太阳一落山她便坚决不出门。她说天一黑夜里就有东西。

妈妈总被奶奶吓得满身起鸡皮疙瘩，其实妈妈的胆子也不大，所以妈妈就责怪奶奶："您乱说什么？夜里有什么东西？"

"那些白天不敢出来的东西，它们到处窜。"奶奶孩子似的左右环顾，低声细语，脸上充满了神秘。听得妈妈手臂上全是鸡皮疙瘩。

爸爸刚把红布铺进奶奶的棺木，我便出世了，当时妈妈还没感到阵痛，羊水好像也没破，总之用妈妈的话说，分娩之前一点预兆也没有我就来了！妈妈说到这里的时候总是很自豪，因为在寨子里，肯生崽又生得顺利的女人是吉利的象征。谁家有这么个女人，就预示着五谷丰登、家族兴旺。

关于奶奶墓里那块红布，爸爸说那是奶奶去往另外一个世界的灯。仡佬族人死了都要去另一个世界，可是从阳世到那个世界中间有一段很黑的路，得有灯引着去，那段路上还有很多鬼魂，也得靠这盏红色的灯为天性胆小的奶奶赶走那些鬼魅。本来那块红布应该是丹砂的，丹砂红是世界上最好的驱魔利器。我们仡佬族人就是在丹砂红的护佑下中蹚过那些浑黄的河流，走过葳蕤的大山的。

可是，爸爸买不来丹砂。说到自己没买来丹砂时，爸爸总是会流泪，那泪水浑浊如江水。

二

关于我的出生，跳傩的堂祖公沉着脸说我来得很不巧："时辰太恰了，搞不好他奶奶的魂走时刚好撞上他，附了他。也说不定这崽的魂还没醒透，半路不巧随了他奶去。"

爸爸忧心忡忡地看着他怀里的我——他怀里这个婴儿的确有点古怪，白天不醒，晚上不睡。

妈妈疼我，不许别人说我坏话。她说这崽打小懂事，白天知道我们要薅苞谷，不吵呢。妈妈每天出门上山干活时都把我放在木栏过道中间，点燃一支艾香后才走，山风清凉地吹着，合着艾香味，一直把昏昏入睡的我熏到五岁。

我五岁时爸爸很严肃地与我交谈了一次。他说："崽，不能这样睡了，你得上学，没有哪个学堂是晚上开课的。"

对于上学的意义，我并不太懂，但是因为爸爸严肃的表情，我不得不认真地听，可我做不到爸爸要求的事——每天去学堂，我总是趴在课桌上睡觉。

我从没告诉过任何人我为什么会这样。事实上，我一直做着一个相同的梦——我确信我是从出生那天就开始做这个相同的梦。梦里总有那座红色的山，山下堆满红色的砂，人们忙碌着，手中也沾满了红色的砂。你无法想象那铺天盖地的红色天长日久地出现在一个幼稚的孩子梦中，这对一个一无所知的孩子来说具有多么大的魔力，它像一个咒语，不断地召唤我走进那片红色的海洋。而这鲜艳的海洋只有在黑暗的映衬下才显出它夺目而璀璨的光芒。当太阳升起，世界绿成山岭、黄成田地、灰成房屋的时候，那片海洋便被这些色彩搅得乱七八糟。这色彩太乱了。

这样乱的色彩让我异常疲惫，我宁愿睡着。

我一闭上眼睛，我要的红就回来了。黑夜的时候，我静静地坐在木屋里，桐油灯火苗美丽地扭动着旖旎的身姿，风从窗子缝儿吹来，它跳舞的样子是朝我这边飘的，风从灶房的篾席缝儿里吹过来时，它又跳着舞朝沉默地吸着水烟筒的爸爸那边飘。透过跳动的火苗，我能看到他们看不到的——我看到火苗的深处有一个红色的世界。我看着那个世界快乐地笑，爸爸以为我是看着灯那面的他笑，便也笑，吐出一口烟说："乖崽崽。"

三

跳傩的堂祖公老了，跳不动了。自从放下傩具，堂祖公的夜就长了，大把大把的时光沉淀起来，多得堂祖公难受。刚开始的时候，堂祖公一个人坐在火塘边，把他的大半辈子的岁月一页页地往后翻。翻到伤心的那页时，就挤出一两颗浑浊的老泪；翻到娶堂祖婆那页时，就咧着缺了一半牙的嘴笑。

但是再精彩的书总有看腻的时候，何况是自己写的书。这样过了大半年，堂祖公实在是无事可做，整天就跑到奶奶以前爱去的皂角树下咿咿呀呀地哼歌。

夏天的皂角树下是很凉快的，难怪奶奶常坐那儿悠然自得地唱她的歌。奶奶命好，娘家是有名的淘砂王，当年奶奶带过来的那些嫁妆足以让她这样清闲自在地过一辈子，采草药也好，想唱歌也好，爷爷都由她去，只负责把她采来的草药晒干，攒足筐后担到山那边的集镇上去换钱。爷爷都不管奶奶，爸爸更不敢管。

巨大的皂角树像一把翠绿的大伞。我逃课后，总偷偷跑到那里睡觉，等放学的钟声响了后，才背起书包回家。可是这片领地被堂祖公发现而且侵占了，那天风正好，凉凉爽爽的，侵占了我领地的堂祖公站在上风口，不但不报以歉意，还一把揪起我，脱了我的裤子就要打我屁股。

我急得哇哇叫，说："你敢打！你打我我就告你！几老十岁的人了还唱情歌，不要脸！"

堂祖公高高举起的大手陡然停留在空中，堂祖公是寨子里威望最高的人，这样一把年纪还唱情歌实在是件丢脸的事情，何况是我这样一个半大不小的娃崽发现的。

"嫩臭娃儿，你晓得个屁！啥子叫情歌？你祖祖啥时候唱情歌了？"

"昨天你就唱了！"我气咻咻地提起裤子，心想从明天起一定要让妈妈给我弄条裤腰带，免得哪个都可以从我身边走过去，突然伸手一拉，就拉下我的裤子来，光着半截屁股让人笑。

"昨天我唱啥了？"老谋深算的堂祖公睨了我一眼。

"你唱'呀依呀唉，妹妹的荒瓜不开花；呀依呀唉，哥哥不在怎开花'！"我学着堂祖公的嗓音像模像样地唱起来。

这一唱不要紧，吓得堂祖公一把过来捂住我的嘴。他侧身过来的样子太急，像是扑着跪倒在我面前，逗得我咯咯咯地笑起来。

"鬼娃崽！该死的鬼娃崽！"堂祖公气急败坏地咒骂道，"读书不行，学人家唱歌记性倒好！"

我昂着头说："祖祖你自己说的，我是奶奶投的魂，奶奶会唱歌，我当然也会唱。"

堂祖公再次被吓坏了，用老狐狸一样的眼神望着我。他拍拍草皮坐下来说："来，我们试试看——我再唱首歌，看你会不会学。"

堂祖公清清嗓子唱开来。歌很长，可难不倒我——不是唱山就是唱水，不是唱水就是唱树，还有山里寨子里常见的鸟儿花儿。

堂祖公唱完后，扬扬眉毛看着我，挑衅似的。

我撇撇嘴，也扬扬眉毛，得意扬扬地唱开来，一字不差。

堂祖公这回真被我吓呆了，他瞪着一对死鱼似的眼睛死死地盯着我，呆若木鸡地咽着口水。半天，他突然一把抱起我就往山下走。我也吓坏了，拼命挣扎着叫："没放学呢！你放下我！我爸要打我了，我就告你！"

堂祖公不听，擒我像擒着一只小鸡崽，随着山坡一溜儿小跑就到了我家。

"坏了，这娃崽真中邪了。"气喘吁吁的堂祖公焦急万分地对刚放下箩筐的爸爸说。

爸爸茫然而木讷地看着我说："他不好好的吗？"

"不对！"堂祖公指着我，斩钉截铁地说，"他和他奶真撞上了！"

四

堂祖公的论断，爸爸不太信。他是读了几天书的人，他读的书和堂祖公看的那些不一样。爸爸学的叫文化，堂祖公学的那些叫迷信。只是爸爸不便顶撞堂祖公，在乡下，傩师是最神秘也最有威信的人。爸爸没那个胆子敢和堂祖公理论关于迷信与科学的关系，而且他肚子里那一点点科学还远远不足以与堂祖公抗衡。

思忖了半天，爸爸说："他祖祖，那您说咋个办呢？"

"给他冲个傩吧，把那啥冲走。"堂祖公甚是忧虑地望着靠着木栏杆摇摇欲睡的我，"你看看，白天不醒，晚上不睡。不是那啥了，会是啥？"

"咋个冲法？"爸爸一时没了主意。

"今天晚上，把他领我那儿去，我先给他烧个蛋，看看吉凶再说。这傩可不敢乱冲！"堂祖公说。

我一听到蛋，猛地醒了。

上次妈妈走夜路回寨子，阴风吹歪了她的嘴，堂祖公也替妈妈烧蛋了。热腾腾的熟鸡蛋从草木灰里刨出来，剥开壳，香死人了。堂祖公剥开蛋黄后，指着中间斜斜的一道裂缝说:"女娃,你是撞上落沟魂了。"

妈妈被吓得哭起来,半边僵硬的嘴巴扯着,很吓人。

堂祖公让妈妈把蛋吃掉。我想吃,却被堂祖公一巴掌打在手背上,他厉声呵斥道:"给你妈烧的蛋,只能她吃了才能解!滚一边去!"

只要能吃上香喷喷的热鸡蛋,我才不在乎撞上了什么魂!

吃过夜饭,堂祖公带着我回他的宅子。爸爸不放心地跟在后面说顺便给我看看作业。

堂祖公瞟了我一眼,说:"这崽崽聪明得很,等冲走了那啥,他自然会是个好读书郎,不着急。"

堂祖公的宅子太深,一样的木栏式木屋,堂祖公家却一式盖了三转,只留着进门那一转没建,从远处看去,像一个巨大的嘴巴。我随着堂祖公走进那张"嘴巴",只觉得冷。

我说:"祖祖,屋里缺太阳。"

堂祖公说:"屋大了都这样,热天凉快。"

我说:"不好,缺气。"

堂祖公愣了愣,说:"啥气?"

"人气。"

堂祖公呆若木鸡地站在空荡荡的院坝中间,他微张着嘴巴,一动不动地盯着我看。

我没理会堂祖公那诧异的表情,径直往里走。

走进堂屋,我突然嗅到一股奇异的味道,那味道我好像很熟悉。可这味道在寨子里从没有出现过,我确定我也从没嗅到过。我站在堂屋正中,冷不丁地对堂祖公说:"祖祖,我要!"

"你要啥子?"自从我说屋里缺气开始,堂祖公的表情就一直挂着莫名的疑惑与忐忑。堂祖公是跳傩的,他能看到人们看不到的东西。我想,他也许又看到什么了吧。

"你屋里藏着的东西。"我歪着头说。

"我屋里藏什么东西了?我屋里除了几斗米、几坛油,还有啥子?"

"有。"桐油灯闪了闪,我嘟着嘴说,"那红色的东西。"

关于我当时的神情,我本人并不知晓是什么样的。可堂祖公临死前说我当时的表情是"神秘而诡异的"。堂祖公被我的表情吓坏了,两条可怜的老迈的双腿不断地哆嗦着。那一刻,堂祖公确信我来时的灵魂与奶奶走时的灵魂冲在一起了,奶奶的灵魂附在我身上没走。五岁的我站在堂祖公的堂屋里,理所当然地盯着堂祖公,等着堂祖公把红色的东西交给我。

堂祖公的表情在我看来那才叫怪异！他用那双充满恐慌与自责的眼睛看着我，然后从神龛后面拿出一个木盒子，放到八仙桌上打开来——里面是一层又一层的仡佬土布，等最后一层土布打开后，我眼前是一簇幽暗的红砂。

堂祖公小心翼翼地捧起一小簇来，不敢多用一分力，也不敢少用半寸劲儿，然后瞪大了眼，万分小心地半鞠下腰，递到我面前。

那簇砂离我越来越近，我的心咚咚直跳，开始那声音只是在心里轻而细地响，后来汇成溪汇成河汇成澎湃的海浪，轰隆隆地响在耳畔。梦里那座山就是这样的红色！梦里风中穿越过的气息就是这簇砂的气息！我睁大了双眼，控制着自己胸中升腾的欲望——莫名的欲望——我想吞下它！吞下这捧红砂后，它便永远与我相依相伴了，我再也不用在黑夜里睁大了双眼找寻它，再也不用在白天的梦境里奔跑着追赶它！只有吞下它，我才能真正地拥有它！

桐油灯的火苗静而直。没有风，砂的味道就直直地扑进我的鼻腔和胸腔。

堂祖公用通灵时才有的独特神情恭敬地对我说："崽他奶，你要，就拿去吧，想给我留就留，不想留就都拿走吧。你要多少，就拿多少。到了那边，别忘了等我过来时，半道上接接我。"

崽他奶？

我往身后看了看，背后空空的，一个人没有，屋子里只有我和堂祖公两个人，可堂祖公却盯着我叫"崽他奶"。

我吓坏了，心又开始咚咚响，堂祖公的脸伴随着震耳欲聋的鼓点夸张地扭曲、变形，堂祖公的眼睛变成了一张黑色的网，把我的身体拉着不断引向网的深处……

我突然惊跳起来，嘶声尖叫着冲出屋子，屋子像一个巨大的磁铁，使劲地想把我揪回去，我便使劲地挣脱，一头扎进苍茫的雾色里。

寨子睡了，白天所有的气息也睡了。可是山的深处却有着一股浓郁的气息还醒着，在不断地向毫无方向地奔跑着的我温柔地呼唤："来啊！来！"

我光着脚，朝着那个方向奔跑去。夜浓成了一团墨汁，可前面却有一串火苗在燃烧。堂祖公站在背后，还在幽灵一样急促又低沉地叫"崽他奶！崽他奶"。

五

爸爸是到天亮才找到我的，当时我正安静地睡在武陵山脉的怀里，巨大的泥石流截断了祖辈采砂的路，也阻断了幼小的我狂奔的脚步。我靠在一块红色的砂石边上，那是一块被遗弃的废料石，我却宝贝似的抱着它，嘴里还含着没咽下的红土，幸福万分地沉睡着。

爸爸摇醒我的时候，我困涩地睁开眼睛，对爸爸说的第一句话是"我的鸡蛋呢"。

鸡蛋到底是没吃着。堂祖公在我面前也再不提冲傩的事情，只是每次都用一种复杂的眼光看着我。那目光里有慈爱也有惧怕，有亲切也有惶恐。我整天反复推敲堂祖公的眼神，这严肃认真的思考占去了我不少睡觉的时间，端起碗的时候我在想，坐在课堂上我也在想。到了晚上，运转了一整天的脑袋累得不行，倒头就睡了。这在别人看来是个好兆头，说明白天不醒晚上不睡的我终于恢复了正常。那天我放学回来，堂祖公正坐在我家灶前和爸爸喝酒，看到我气喘吁吁地冲进门扑到水缸边舀水喝，堂祖公长长吐了口气，对爸爸说："幸好把丹砂给他奶奶了，要不这孩子怎么会好？"爸爸转过头，一把揪过我，拍着我的脑袋认真地问："你奶走时你有感觉吗？"

我不太听得懂爸爸的话，只得茫然地摇着头，却突然想起那天晚上堂祖公盯着我叫"崽他奶"的情形。我生气地指着堂祖公说："祖祖骗人！他唱山歌被我听到了，怕我告他的状，半夜三更就把我骗到他屋里冲着我乱喊，想把我吓疯。"

堂祖公欲辩又止，一脸苦笑，长叹一口气，揪心揪肝地说："也不知道是谁想把谁吓疯！这丹珍！"

丹珍是奶奶的小名。

听堂祖公这沉重的一唤，爸爸确信了堂祖公所说的一切，他把我像宝贝一样搂在怀里，生怕我再有什么闪失。

此后的十余年，堂祖公对我始终敬而远之，不冲傩了的堂祖公闲来无事，便教些半大不小的娃崽认字。我不想睡觉的时候便混于其中看他教别人，每次堂祖公看到我走进他堂屋，都会极认真地和我打招呼："来了？"

我觉得堂祖公对我的态度很奇怪。我只是一个孩子，他却偏偏当我是大人一样。有时候，孩子们在齐声念书时，他会走过来，讨好似的对我说："怎样？我教得还行吧？"

我蹬鼻子上脸，拿腔拿调地答："唉，还行吧。"

这时候堂祖公脸上便会挤出菊花似的笑纹来，把头不停地点着，颇有点接受表扬后的激动。教孩子的时间长了，总有人家觉得欠他人情，便要给钱和米。可他统统不收，只浅淡而懒散地说："收了米油在手，不如存了丹砂在心。"

这话让人听不大懂，可自有一朵莲花盛开的气息从堂祖公那推辞不已的语气中弥漫开来。

我稍大一些后，堂祖公就领着我走山串寨收山歌。白天我听人唱，晚上回来堂祖公听我唱，边听边在灯下眯着眼睛把它们写在牛皮纸上。

装满第一箱歌集后，我已经到了看见异性会莫名脸红的年龄。那年暑假，山腰的妹崽唱："风不吹松，松不动哦。"我听了，想也不想就在山这面回唱："妹不逗哥，哥不疯嘞。"堂祖公打趣我道："长大了，心活了哦！"

那天晚上,堂祖公终于坐在火塘边郑重地和我提起了我的奶奶。

原来奶奶是仡乡出名的才女,在二十里外的县城里,没人不知道学堂有个比男孩读书更"行实"的她。可是富有的砂矿老板——我的外祖公(她的爸爸)不让她出县城去念高中。那时候,守着一座砂矿比读书强多了。再说,在外祖公看来,女子读书最终是替夫家读的,何苦花那几串冤枉钱。可奶奶不愿意回山里,因为奶奶的心已经被县城中药房里那个抓药崽揪走了。奶奶教他学会了许多诗,他教奶奶认得了许多草药。拧不过外祖公,任性的奶奶干脆在一个雷雨夜与抓药崽失踪了。

"大半年过去了,我在县城豆腐街找到她——我听说豆腐街里有个唱山歌唱得特别好的女人,我想那一定是你奶奶。"堂祖公叹息着说,"我当时不知道她已经怀上了孩子,要早知道,我就不会把她的信息告诉你外祖公!哪怕你外祖公给的钱再多,我也不会的——回到寨子,你奶奶跪着求你外祖公,要他放她回去,那时候我才知道她有了。可你外祖公不肯,大发雷霆,强迫着给你奶奶喂了打胎药。"

"你奶奶机灵,一喝完药就自己抠喉咙催吐,又猛灌绿豆汤。然后捂着肚子上山找草药——看来那抓药崽真教会了她不少东西!最后居然把孩子保住了。"

我瞪大了眼,仿佛听着一个遥远的神话。以我的年龄来说,接受这样的现实和这样的故事太沉重也太陌生了些,而且在妈妈给我的记忆里,奶奶单纯如一个女孩子,一生不知道织布绣花种庄稼,终日唱歌采药。她命好,爷爷宠她,啥都由着她,田间地头的活从不让她沾。

"她唱歌,是在等人。她采药,是在想他。你爷爷宠她,其实是不愿管她——他是不喜欢你奶奶的,当年娶亲只是因为需要你奶奶的嫁妆。"堂祖公说到这里,表情很痛苦,"是我害了她,我不该图那一百元赏钱。"

我还是不信,说:"奶奶那么胆小,才不敢干这样的事情呢!"

"你外祖公咒她。你外祖公说,等她死的时候恶鬼要来收她,丹砂也照不亮她过那边去的路,她会万劫难逃。这话天天说年年说,你奶奶听着听着就听进去了,人也像是听糊涂了,有时候,大白天指着空荡荡的院子神经质地喊'来了来了!赶出去赶出去',倒是吓得你外祖公一家心惊胆战。后来干脆把她嫁给了你爷爷,那时你爷爷刚死了你大奶奶,一个人带着三个娃崽,苞谷饭都吃不上。你奶奶嫁过来时,嫁妆厚实得几个寨子的人都来看稀奇。"

"我奶奶怀的那个崽崽呢?"

堂祖公放下毛笔,郁郁地说:"嫁妆厚实,当然是因为多带了个人嫁过来。"

说完,他看了看我,欲言又止,忍了半天,终于说出来:"就是你爸爸!"

我傻了,半张着嘴巴,口水从嘴角流出来也不知道。

堂祖公摸摸我的头,又开始埋头在牛皮纸上写字,我迟钝地看着堂祖公花白、灰乱的头发,隐隐地感受到了堂祖公对于这个机灵却又敏感的奶奶的那份愧疚之情——他带着我跋山涉水地收集山歌,是在替一生都活在山歌般梦幻里的奶奶续梦呢。

灯光暗下来,该剪灯芯了。堂祖公抬起头,拿起剪刀剪了两下,灯光一下子欢喜地跳跃起来,蹿出红亮的火苗。火光一闪一闪,映出堂祖公眼睛深处的愧疚和忧伤来。

六

堂祖公对我的态度一直很客气。因为他直到死时都确信无疑地说我五岁那晚和他说话的时候,其实是奶奶在和他说话。

十多年后,我一再对躺在床上薄得像片叶子的堂祖公说:"祖祖,那是迷信。"

"不是,是你奶。"堂祖公痛苦地答。

"祖祖,世上没有鬼魂。"

"那你怎么解释你一进屋就闻到了丹砂的味道?又怎么知道它是红色的?"

是了,我的确不知道堂祖公屋里那特殊的味道是一种叫作丹砂的矿物,我更不知道它是液体还是固体,是黑还是白。那年我才五岁而已。

可我当时分明就不假思索地说"红色的东西"。

看我答不出来,堂祖公才痛苦万分地道出了另一段往事:

"你奶临死前来求过我,问我讨丹砂。你奶说,她怕过那条路时太黑,又怕红布不够亮。她说她爸爸咒她咒得那么凶,她没有丹砂一定会落到河里去。她落下去了其实也没有什么可怕,可她与他约好了,生时没能在一起,死也要在那边相聚。她知道我有一捧,她说她只分小半捧。我没给——你想啊,我一年要冲多少傩!要开罪多少鬼魅邪物!砂少了,我也怕我走不过那段路,所以没有给她。你奶当时哭得可厉害了,都几十岁的人了,还跟个小姑娘似的哭!"

堂祖公绵长又愧疚地叹了口气,又说:"她怕,没敢走,半路撞上你来投世,就附了你。我要早知道她那样怕,我给她就是!可我偏不给她!你奶奶生时没能好好上一天自由的日子,死了还得附在你身上游荡那么多年!都怪我啊!怪我!我一辈子替别人冲傩驱魔,却冲不了自己的傩驱不了自己的魔!我害了她一次又一次啊!"

看着千悔万痛的堂祖公,我终于明白那个夜晚堂祖公为什么会用那种怪异又诡秘的表情对着我。

人一老,便成了孩子,胆小而敏感。干巴巴的堂祖公躺在病床上,已瘦成一片树叶,全然不像以前那个威风八面、通灵得道的傩师。我安慰他说:"堂祖祖,奶奶不会怪你,你也不要担心了,世界上没有魔,人死了也没有灵魂。奶奶不需要丹砂,你也不需要!"

"哼哼……"堂祖公讥笑我,"你懂什么?你懂,那你说给我听听——你一直偷吃着矿石长大,为什么?"

我愣了,无言反驳。从跑到山谷口睡了一夜后,我便经常跑到那里选成色好的矿石,放在书包里偷偷吃。

"那是因为你的骨头里流着咱仡乡的血,我们需要丹砂,你也需要丹砂。我们的灵魂和骨血里都缺不了丹砂!"堂祖公一字一顿地替我回答。

关于丹砂的诱惑,我一直无法破解,直到高三那年,爸爸突然进城来,在校园的枫树脚下,他望着一眼落下的枫叶,没头没脑地对我说:"去看看,找准了病,安心。"

爸爸说的安心,既有安他自己心的意思,也有让我安心好好考大学的意思。

我听话地和爸爸上了一趟省城,找医院的时候我牵着爸爸的手,爸爸是大山里的孩子,对于城市,爸爸是陌生的,他瞪大双眼,看着川流不息的车辆,半天不敢挪步,路对面的医院离他那么近,他却没有轻松跨过这条"河流"的勇气。

过了马路,爸爸的勇气又回来了,他紧紧牵着我,把我引到大夫面前,万分仔细地将我小时候的事说给大夫听。这一说就说了四天半——因为每个医生的回答他都不满意。

直到有一个医生也用很认真的口吻回答他说:"也许是那时候生活困难,缺营养,孩子缺锌,睡不好,有异食癖。一般来说,有这毛病的人会有自我选择的意识,他身体里缺什么元素,他就会不由自主地去寻找带有这种元素的东西来进行补充。也许,这孩子缺的东西,正好丹砂里有吧!我不知道这样的解释你是否赞同,但是你的确不用太担心——你的孩子各项指标都很正常。"

这个解释终于让爸爸不停走着的脚步停了下来。

他比较相信这个答案。

因为我一生都在偷食,却不曾出任何问题。

"只要不是脑子有病就好。"爸爸忧郁地看了我一眼,长吁了口气。我是家中的老小,尽管在学堂上课我经常趴着睡觉,但我仍然成了寨子里最优秀的学生。这样一来,我就成了寨子里的神童。可我越优秀,爸爸就越害怕——他总担心我突然有一天会一头再栽回五岁以前的状态中去。这样的担心一直困扰着爸爸,这些年,爸爸的烟酒量越来越大,我可怜的爸爸!

我知道,爸爸心头还埋着一层心事,犹如不接纳奶奶一样,寨子里的人也并不甚接纳爸爸。别人家插秧时有人帮忙,我家插秧时是没有人帮忙的,那几个伯伯,爸爸的哥哥们,总在那一段时间里忙,忙得实在是顾不过来。在寨子里,我是妈妈唯一的骄傲,堂祖公是爸爸唯一的酒友。这些年,我和爸爸都在共同为彼此做着相同的事情——我替他坚守着那个人人皆知的秘密，怕他受伤害；他也替我抵挡着这个人人皆知的秘密，怕我受伤害。

应了医生的吉言，十九岁那年，我嚼着家乡的砂土，骄傲得像头小山羊似的昂头走出了大山。

七

冬天是一个特殊的季节，那是另一个世界开启大门迎接老人们的季节。总有许多老人在冰雪透亮的心境里离我们而去。老人有老人的安排，他们在离去以前总是要用良心再走一遍以前走过的路。灵魂走岔道的地方，他们用傩鼓召回迷失的灵魂；躯体走错的地方，他们迈着蹒跚的脚步重走一遍。打了不该打的娃，他们用苍老如树皮的手掌摩挲着娃的头，把欠下的那些不该带走。总之他们把一切收拾妥当了，才坐在老屋里等着被渡过去。可是堂祖公走的时候却显得很脆弱和惶惑。他不停地念叨着，他坚信他过那段路时奶奶肯定会来接他。

他一次次激动地问我，好似奶奶的灵魂还在我的身体里一样："她会来吧？是吧？你奶奶她记情，心好。我把砂全给她了，她一定会原谅我，会来接我的！"堂祖公说着，目光里充满了渴求与希望。

我不想继续与堂祖公争辩下去。这个病床上的老人对他要去的那个世界是执着的，尽管要走一段艰辛的路，可他还是对路后面的世界充满了希望，我没有必要打碎他的希望。

所以我对堂祖公说："会的！会的！"就像是奶奶在作出承诺。

堂祖公却反倒沉默了，眼里闪烁着一团碎星火似的东西，那个东西叫秘密。

快过年了，天下着大雪，该在床上躺着的堂祖公却不见了。

堂祖公回来时，已经不能说话了。

他躺在红木漆的床板上，带着似笑非笑的表情。堂祖公走时身下放了偌大一匹红布，红布不是普通的红棉布——爸爸用编箩筐换的钱给祖公买了一块耀眼夺目的绸布，它在阳光下放射着灿烂的光芒。

堂祖公很安详地闭上了眼。他知道他这一路走过去的，肯定是一个平坦而幸福的世界——因为他的坦诚与忏悔，已经把他去往那个世界的路清洗得一尘不染。而那块耀眼的红绸布，已把通向那个世界的路照耀得光华灿烂。

因为他临死前把一个纸团交给了我，上面写着那个我真正应该叫爷爷的人的信息。

就是为了这个信息，已经几十年没上县城的堂祖公才会被驶过的三轮车撞倒在地。

堂祖公一生只去过两次县城，一次去找奶奶，一次去找这个人。

堂祖公是用孩子一样可爱而狡黠的目光看向我，然后等我走过去，把手里的纸团放在我手里的。

堂祖公说他一辈子替别人冲傩驱魔，却冲不了自己的傩，驱不了自己的魔！但现在堂祖公终于完成了他人生最后一次冲傩，完美的圆润饱满的一声声傩鼓送走了堂祖公。

那个地址和那个人，我没对爸爸提起，我把它烧在了奶奶墓前。我想，奶奶自然会收到的。

我只留了堂祖公的一件遗物——那是堂祖公经常说的那句话——收了米油在手，不如存了丹砂在心。

（原载《山花》2009年第10期；
《丹砂的味道》获首届贵州少数民族文学创作金贵奖）

2009年

肖江虹

天堂口

一

"早先的修县不是这样子的。"范成大把两只脚塞到屁股下面说。

柳姨妈没有接话,她浅浅地笑笑,眼角的皱纹如波浪一样荡开,把手里的缝衣针伸到花白的头发里磨磨,又低头认真地缝制摊放在膝盖上的寿衣。寿衣在修县这个地方叫老衣,棺材叫老家,人去了那头叫老了,老了后都穿这个样式的衣服,统一的青棉布,圆领,长衫,下摆还得坠两个棉球子,那是怕人老了,魂灵就飘了,着不了地了。

柳姨妈以前不做老衣,做面糕。在修县,上了点岁数的人没有不知道柳姨妈面糕的。"一到嘴里就化了。"人们回忆起都这样说。做面糕这活儿耗气力,柳姨妈男人死得早,给她扔下个三岁半的男娃先老去了。上了岁数的柳姨妈不能站在面板前轻快地摔打面团了,不声不响就关掉了面糕铺子,修县最好的面糕也慢慢成了回忆。关掉门脸的柳姨妈先是把儿子扇子送到了部队,然后回了老家。三年后,柳姨妈的一个远房侄儿开了辆咣当乱响的车把柳姨妈从老家接来,在火葬场看起了大门。看门是个闲活,柳姨妈就开始给人缝老衣,她缝的老衣舍得布料,针脚也细密,不定价格,看着给,慢慢地,定制的人也多了,柳姨妈每月只赶七件老衣,多了就推了,说怕缝不好,对不住老去的人。

圈完一个袖口,柳姨妈把针别在衣服下摆,站起来抖开一面藏青色,也抖来了对面石板上范成大的啧啧声。柳姨妈把衣服折叠周正夹在腋下,说:"你先坐会儿,我得做饭了。"范成大一拍大腿立马站起来,说:"得,我也回去了,下午还有两个赶着升天呢！"转过身，柳姨妈扶着值班室的门喊："要不晚上过来吃饭？"范成大回头，憨憨一笑，说："算了，还是吃食堂吧。"门边的低声咕哝："食堂那饭咋吃啊？清汤寡水的。"

范成大穿过一片林荫道，两旁是高大的法国梧桐，树都有些年纪了，黄皮蜡干，却依然葱绿。也有病死的，硬直地挺着，仔细看，又有新的翠绿从树根下斜出来，那生命新鲜得直逼人眼。每次经过这片林荫道，范成大都要挨着数一数这些老迈的梧桐树，没多久就会有一棵梧桐树死去，开始那几年范成大会有失落感，在火葬场做了八年的火化工后，他就释然了。"这进进出出看得多了，人的想法也就变了。"他常常这样对人说。

范成大八年前在这座城市的西边有四间青砖房，还扯了个剃头门脸混生活。后来政府找到他，说要在那片地建一个新的火葬场。范成大说："不是已经有一个了吗？"人家就开导他，说这城市每天得有多少人老了呀！老火葬场屁股那样大一块地盘，一炉子烧十个也烧不过来呢。范成大想想也是，点头的同时嚅嗫着说这以后生活没着落了。人家说："我们调查过了，像你这样无儿无女，无亲无戚的，我们在老火葬场那头给安排了活儿，按月发工资，生活肯定没问题，不愿意也成，一次给足搬迁费。"范成大想了想说："给我安排个活儿吧，我闲不住。"

范成大刚来那几年，这里可热闹了，人来人往，每天都有不绝于耳的悲哭声，近几年越来越少了，都往新地方去了，新地头档次高，设施齐，去那儿，死人舒坦，活人脸上也有光。那些客死他乡的，煤矿爆炸透水的，吃低保的，死了才会来这里，凄凄凉凉，冷冷清清，随便弄弄，就粗粗糙糙扔给范成大，有时候范成大也会问两句："咋这样弄的啊？连身衣服都没有。"送尸工小郑就点上一支烟说："弄个鬼，外地来挖煤给砸死的，一把火烧了算了。"

八年来，范成大规律得像一个闹钟，每天六点起床，在火葬场逛一圈，看完那些花花草草，八点钟准时到火化间，有活就干，没活就清理火化床，他清理得很仔细，一张火化床他能折腾一上午。

食堂还是老三样，炒洋葱、烩豆腐、拌萝卜。范成大没有要炒洋葱，都吃这么多年了，他老觉得身上有股子洋葱味儿，咋洗都洗不掉。范成大找张桌子坐卜米，低头慢慢地吃，吃着吃着就看见面前有个人影一晃，抬起头，是会计胖妹，胖妹斜了一眼范成大，走开了，去了另一张桌。像胖妹这些远离尸体的人，是无论如何也瞧不上运尸工和火化工的，还背地里说他们这些人身上有死人味儿。

范成大的屋子挨着火化间，独溜溜一间屋子，一张床、一个破旧的沙发就把屋子塞得满满的了。范成大在沙发对面的墙上钉了一块木板，用来放他十四英寸的电视机。吃完饭，在外面转两圈，回来就老猫样地窝在沙发里，一动不动，有时候睡过去了，醒来电视节目都结束了，他也懒得起身，翻个身继续睡。虽说有张床，其实范成大很少用的，后来他干脆像收拾古董一样给床铺套上一张塑料布。

二

夜缥缈得如一面纱。

范成大靠在门边,看着长长的走廊,走廊里有昏黄的灯光,运送遗体的担架车从走廊尽头过来,车辘辘磨出一串幽深的叹息。范成大立正身子,整了整衣衫,他的样子肃穆得不行,那样子仿佛迎接的不是一具僵硬的尸体,倒像是一个远来的贵客。送尸工梁子远远地朝范成大挥了挥手,担架车停在范成大面前,死者身上覆了片塑料布,塑料布质量不好,能依稀见到那人的一些面目。

范成大眉毛就蹙了起来。

"该用块白布呀!"

梁子把口罩卸下来挂在一边耳朵上,摸出一支烟点上,深吸了一口,好像是吸猛了,呛得他弯下腰不停地咳嗽。半天才直起腰来说:"用啥白布哟!捡渣渣的,病死在广场那头,无亲无戚,民政局让烧的。"

"那也该用块白布呀!"范成大不屈不挠。

梁子骂了一句,把烟头掐灭,将剩下的半截烟屁股装进口袋,接着说:"还白布?一分钱没有,能给烧了就算不错了,要逮以前啊!还不是喂狗了。"

"那也该用块白布呀!"

梁子歪着头看了看范成大,然后抬手指了指范成大,想说什么,最后一句话也没说,摇摇头走了,走远了才丢了个字在昏暗的走廊里。

"操!"

范成大把车推进焚化间,打来一盆水,倒进半瓶醋,把手伸进去泡了一会儿。

慢慢揭开塑料布,范成大看到了一张乱乎乎的脸,油腻腻的胡须堆满了下巴,额头上还有一个新鲜的伤疤。塑料布完全掀开,范成大忽然生起了难抑的凄凉,死者没有穿衣服,一条破破烂烂的裤子连裤腿都没有,裸露在外的部分都是黑黢黢的颜色,酸臭味混着淡淡的尸体腐烂的味道让范成大有些难受,他抓过墙角桌上的醋瓶子咕噜咕噜灌了一气,长长地吐了一口气。

出了门,范成大先来到自己的小屋,从床底下拉出一个箱子,打开箱子,箱子里有一把剃头剪、一把刮胡刀、一张磨刀皮。都是他开店时候的家什,店铺被掀掉时剃头的其他玩意都扔掉了,就留下这几样东西,时不时还能用上。他提着箱子出来,拐到值班室门口,透过玻璃门,柳姨妈还在缝老衣,灯光不好,柳姨妈几乎都凑到布面上去了。

范成大轻轻敲了敲玻璃门,柳姨妈抬头,凑近了才看清楚门外的范成大。

打开门,范成大咳了一声,说:"扇子还没回来?"

"值夜班呢。"柳姨妈说。

"喔!"范成大点点头说,"我来向你借块白布。"

"白布没有了,青布行不行?"

范成大想了想说:"行,我要五尺。"

范成大拿着布走了,柳姨妈倚靠在门边,她知道范成大今晚又得忙活一宿了。早些时候,柳姨妈反对范成大给那些无名尸体搞打整,劝了几回,范成大不听,柳姨妈就不劝了,偶尔范成大还会过来借这借那,借完了第二天都会还上,刚开始柳姨妈执意不要,可范成大执意要还,还说她拖娃带崽的,扇子将来还得成家立业呢!挣那点钱也不容易,自己是啥人啊!无牵无挂,两脚一蹬,安心上路,所以一定得还。

下剪前范成大总要先唠叨一番的,还不是普通的唠叨,是念上一段《增广贤文》:

昔时贤文,诲汝谆谆。集韵增广,多见多闻。

观今宜鉴古,无古不成今。

知己知彼,将心比心。

酒逢知己饮,诗向会人吟。

相识满天下,知心能几人?

相逢好似初相识,到老终无怨恨心。

近水知鱼性,近山识鸟音。

……

钱财如粪土,仁义值千金。

流水下滩非有意,白云出岫本无心。

当时若不登高望,谁信东流海洋深?

……

范成大剪得很慢,每走完一剪都要停一停,看好了从哪里下剪最适合,和他以前给活人理发一样精细。修县这边有这个风俗,人老到那头去了,都要刮掉头发和胡须,取"二世为人,清清洁洁"的意思。火葬场设有专门的遗体清理处,除了剃头刮须,还要化妆呢。收费虽然有些高,但没有一个死者的亲属有异议,想想,都老了去了,最后一次了,谁还能省这钱啊!

"你看你这头顶,旋儿都歪了,不在正中呢!注定不是善终的命哟!"范成大呵呵笑,笑归笑,剃头剪仍在嘎吱嘎吱跑,须发纷纷扬扬,范成大很快就推出了一块干净地头。把地上一摊乌黑清理干净,范成大打来一盆水,拈块布把死人身子擦了一遍,重新打来一盆水,又擦了一遍,抖开五尺青布把打整出来的一截白净覆盖了,范成大拉把椅子坐下来,长长吁了一口气,摸出烟杆,卷了一管旱烟填进烟锅,吱吱地吸起来。除了疲倦,范成大还感觉到了惬意,此时此刻是范成大最享受的时候,他在回味这个过程。转过头就能看见焚化炉的盖子,范成大一直认为,人老去了,应该干干净净地进去,因为那里是通往天上的入口。

三

范成大去了一趟市区。老火葬场离城区有五公里路程,只有一路公交车,得等上很长一段时间,站上等车的一个个都毛焦火辣的样子。范成大不急,他觉得进城是幸福的事情,他喜欢这种幸福的感觉,这个过程的每一个细节他都喜欢,他不会焦躁,不会心烦。站在站牌下,远处是一片郁郁葱葱的绿,入眼都是旺盛的生命迹象。

回来时天有些昏暗了,远处近处的轮廓都被模糊包裹了起来,范成大坐在最后一排左边靠窗的位置,每次进城,来回他都会选择这个座位。如果这个位置没有了,他会耐心等下一趟。他没想过为什么自己会对这个座位这样迷恋,他只觉得这个位置安静、安全,很少有人会侵入这个边缘的领地,满车厢的喧闹、争夺、拥挤,都和这个位置无关,仿佛两个被隔离的世界。范成大去新的殡仪馆参加过一次培训,那边就热闹了,好几路公交车往那边跑,人也多,最后一排左边靠窗的位置自然是没有的,那次范成大候了四五个小时,也没候着他要的位置,最后他是走回来的,走了整整四个小时,回来给柳姨妈说,柳姨妈就笑他一根筋,范成大挠着头说以前也不是这样的呢。

下了车,黄昏已经上来了,火葬场路灯还没开,一片破旧,朦朦胧胧。范成大腋下夹着一块青布,七尺,他得还给柳姨妈。推开值班室的门,场景有些异样,柳姨妈没有一如既往地在缝制老衣,而是低着头在抹泪。范成大凑过去说:"你这是咋了?"柳姨妈摇着头,哭得更伤心了。范成大知道柳姨妈眼泪窝窝可不浅,不是那种一点点委屈就抹眼流泪的人。

问了好几遍,柳姨妈也没有应,只是一个劲儿地哭,范成大慌了神,有点手足无措,在逼仄的屋子里不停地转动着身子,脸也涨得通红。没有经验,范成大也不知道怎样劝说柳姨妈,索性拉把椅子坐下来,看着柳姨妈哭,窸窸窣窣哭了一会儿,柳姨妈才算开口了。

"挨千刀的,都二十六七岁的人了,还不让人省心,整天就是吊儿郎当的。"

挽起袖子抹了一把泪,柳姨妈接着说:"值夜班你就好好值夜班嘛!几个保安窝在屋子头耍纸牌,耍嘛,耍出纰漏了,办公室让人给撬了。"

"丢啥东西没有?"范成大问。

"电视机给抱到大门边,太重了,没弄走,丢了几盒茶叶。"

"那就好,那就好。"

柳姨妈激动地一挥手,说:"不是丢东西的问题,你说这不成器的玩意儿,值班时间耍牌,我没教过他呀,那部队上也没教过啊!他还是学会了呢!"

"事不大,你先别上火。"

"还不大啊!都处理了,不让在那头待了,给下到这头来了。"柳姨妈又哭了。

"呀!来这头,这头有保安的呀!过来干啥呢?要不你给你侄儿说说,给他一次机会,扇子还小,哪能没个疙疙瘩瘩的?"

柳姨妈摆摆手,说使不得。几乎就是一瞬间,她就镇定下来了,也不哭了,撩起衣服下摆把两个眼睛仔细擦了一把,说:"我求你个事情,让扇子过来跟你。"范成大连忙摆摆手,说:"不成不成,小年轻谁愿意去我那里啊!会耽误娃娃的。"柳姨妈说:"你放心吧,我心里有数,我这就去给我侄儿说,让他无论如何都得给安排到你那地头,不过说好了,你可千万不能说是我的意思啊。"

四

扇子铁青着一张脸站在范成大面前。圆脑袋,板寸头,干干净净的,范成大喜欢扇子的这个模样。第一次看见扇子是在值班室门口,他正和柳姨妈开心地聊天,忽然听见有人喊妈,一抬头就看见扇子了,他穿了一套崭新的军装,头发比现在还板寸,腰挺得笔直,满脸堆着笑。看见范成大正和老妈肆无忌惮地笑,复员军人有些不快了,拉着妈就往值班室去了。范成大也不气,起来掸掸屁股,往焚化间那头去了。

"来了?"范成大笑着问。

扇子不吱声,恹恹地看了一眼立在门边的范成大。

"来了好,来了好。"范成大说。

扇子更不安逸了,朝范成大翻了翻白眼,范成大这才意识到自己刚才的问候很蹩脚。

"就在这地儿啊?"扇子伸出脑袋朝焚化间瞭了瞭。

"嗯!"

"挺干净哈!比那边还干净呢!"

"比不上,比不上,那头啥子都是新家伙,听说炉子都能把人烧出几个模样来,有全化的,还有烧掉肉留下骨的呢!"

扇子白了范成大一眼,说:"还有烧成熟肉的,你要不要尝尝?"范成大脸上的笑容瞬间没了,他侧着身子绕过扇子,拱进旁边的小屋。

夜晚,火葬场安静得像一面湖水,连一枚树叶降落的声息都清晰可闻。

梁子把尸体送过来就走了，死者是个建筑工人，四川那边过来的，从脚手架上摔下来的，脑袋差不多都让角铁给齐齐斩掉了。本来范成大已经睡下了的，听见房门砰砰乱响，打开门，范成大吓了一跳，是办公室主任，还笑眯眯地看着他，要知道，平素火化工是看不见主任的，更别说主任的笑容了。范成大穿好衣服，主任说："老范啊，这么晚把你叫起来真难为你了，有具尸体得麻烦你马上开炉。""啥人这样急啊？"范成大问。主任说："脚手架上跌下来的，四川的，家人等着要骨灰回老家安葬呢！"范成大说："这样啊！嗯，确实是急，我马上开炉。"

出门来，范成大拐到值班室边，值班室一个进出，柳姨妈住里屋，扇子在外面一间搭了一个行军床。

凑过耳朵，范成大听见了扇子的呼噜声，范成大举起手准备敲门，想了想他的手又垂了下来，转身走出去几步，他又回头走到门边，毫不犹豫地敲响了门。

扇子揉着眼睛打开门，愤愤地说："半夜三更敲哪样？"

"送人过来了，主任喊开炉呢！"范成大说。

"夜半三更开炉烧人，哪来的规矩？"扇子咕哝着。等他披上衣服出来，范成大都走出老远了。

掀开面上的塑料布，范成大就被哽着了。血肉模糊的脑袋黏糊糊地歪在一边，齐脖的巨大创口堆满了黑黢黢的已经凝固了的血，还有血泡从一团黢黑的缝隙处咕咕往外冒，特别是血淋淋中那双还睁得斗大的眼睛。范成大忽然听见身后一声惊叫，回过头，扇子一屁股落在墙边的椅子上呼呼喘着粗气。

"惨绝了，妈妈的。"他伸手抹了一把额头上的汗水。

"看你，不是还当过兵吗？"范成大说。

"老子是当过兵，可没杀过人啊！"

范成大说："你去打盆水来。"扇子看了他一眼，脑袋歪开，不说话。范成大看扇子没有动作，也不喊了，自己拐出去打了一盆水进来。

范成大开始在血糊糊的脑袋上来回抹，脑袋抹干净了，脚边那盆水也变成了血红色。把水倒掉，范成大从小屋里拿来剃头工具，准备下剪了，看见扇子还歪在椅子上，两个鼻孔里不知什么时候多出了两团餐巾纸。范成大说："你到你妈那里拿根缝衣针和一卷棉线来。"扇子瓮声瓮气地问："你想干啥？"

"叫你拿你就去拿！"范成大的口气忽然变得僵硬了。

扇子拿来了针和线，柳姨妈也跟着过来了，她披件单衣，火化间有些凉，一踏进屋子她就打了一个冷噤。范成大扭头看见了，就说："你来干啥呢？这天凉飕飕的。"像是在关心，又像是在责怪。扇子把针线扔给范成大，一脸的乌青，倒不是让他去拿针线他不乐意，而是刚才范成大对老妈说的话让他很不受用。

"你谁啊？轮到你问三问四的。"他心里说。

柳姨妈把头凑过去，身体剧烈抖了两抖，披着的衣服滑落了下去。她扭过头，低声说："这是咋整的？咋成这样了？我还说扇子拿针线干啥呢。"

柳姨妈呜呜哭着，范成大也不说话，他低着头，把歪在一边的脑袋掰过来，和断开的脖颈凑在一起，对齐，然后仰起头穿针，屋子里灯光不好，穿了好一阵都没有穿进去。柳姨妈看了，接过来穿，鼓捣了一阵还是没有让线透过针眼。扭头看了看窝在椅子上一脸难看的扇子，柳姨妈生气了，说："你倒享清福了，过来把针线穿上。"

扇子一甩手说："那是我们干的事情吗？我们负责的是把尸体烧了。"停了停他又小声补充，"娘的，狗拿耗子，多管闲事。"

声音很小，柳姨妈还是听见了，她蜷起拳头过去给扇子的脑门吃了一核桃，"咚"的一声空响，扇子跳起来，瞪着眼，柳姨妈也瞪着眼，扇子最终被母亲看毛了，才不情愿地把针线拿过来。

屋子里安静极了，只有轻微的呼吸声和针尖穿透皮肉的声音。柳姨妈和扇子静静地看着范成大缝合，他缝合得很慢，每缝一针都要抬起头长长地吐一口气。此刻，柳姨妈脸上的惊惧已经退了，她目不转睛地看着，每一次针尖穿透皮肤，她的嘴唇都要紧紧地咬一次，仿佛那针尖会刺痛躺着的人。

范成大脑门上布满了汗珠，柳姨妈侧头看了看聚精会神的范成大，眼里荡开一片温暖的涟漪，她回手捞起衣袖，往范成大的脑门上抹了抹。范成大也侧目看了看她，嘴角拉开一线笑。

"砰"的一声，扇子摔门出去了。

两人看了看还在来回抖动的大门，都没说话。缝合完毕，柳姨妈给范成大把椅子拉过来，范成大累瘫在椅子上，嘴张了张说："既然是亲人等着抱骨灰回去安葬，咋不见他的亲人呢？"

"是啊！这事还真轮不到你呢。"柳姨妈说。

柳姨妈拿来一块白布，范成大把尸体裹好，推上焚化台，他又开始念叨：

昔时贤文，诲汝谆谆。集韵增广，多见多闻。
观今宜鉴古，无古不成今。
知己知彼，将心比心。
酒逢知己饮，诗向会人吟。
相识满天下，知心能几人？
相逢好似初相识，到老终无怨恨心。
……

范成大手指往按钮上轻轻一按,焚化炉张开嘴,一团洁白跟着履带进去了。

"上天咯!"范成大一声喊。

柳姨妈脸上一片炽热。

五

扇子觉得范成大只有那么恶心了,特别是两人在一起的时候,来来去去收获的都是白眼,就连食堂里打饭的那个乡下妹把一勺饭送过来的时候脸都厌恶地歪向一边,好像站在她面前的是个死人似的。扇子最不能容忍的是范成大的窝囊和无能,就是烧锅炉的赖皮也要奚落他:"范成大,我怎么老闻到你身上有股怪味呢,是不是和死了的那些好看女人亲嘴啊?"说完还露出一口黄牙呵呵笑。这时候的范成大该干啥干啥,不说话,也不看奚落他的人。

当然,没人敢和扇子这样说话。一是扇子一身的腱子肉让人多少生出些怯意来,二是大家都知道扇子的堂兄是殡仪馆管事的。即使对他现在干的工种看不上,也只能藏在心里。还有想法更多的,食堂几个女娃聚在一起洗菜时总喜欢讨论扇子,一个说:"你看长得吧挺抻抖的,还有关系,咋就干那活呢?"另一个说:"你是不是看上他了?"前一个就把一手水甩过去,嗔怪着说:"你胡说八道啥呢?"低头想想,幽幽地说:"要不是干那个活的,还差不多。"

扇子最恶心的还不是范成大的怯懦,而是范成大没事时总喜欢往值班室凑,跟老妈嘻嘻哈哈地说话。那些路过值班室的人看老妈的眼神也变得怪怪的了。

一连几日都没活,四周都冷冷清清的。一闲下来,范成大就开始磨他的剃头剪,拿根小锉坐在门边,两腿把剪子夹好,吱吱吱吱地磨个不停。有人路过,叉着腰骂:"范成大,你弄出这声音都快让人倒牙了。"范成大抬起头,看着骂他的人笑,笑得对方都不好意思发火了,摇摇手走了。黄昏的时候,吃完饭后范成大就出来走走,步子总是不听话地往值班室那边抹,好像都成下意识了,快抹到值班室了,范成大就停下来了。扇子端张椅子坐在值班室门口,两个眼睛直直地盯着范成大。范成大有点虚了,佯装看看左右的花花草草,慢悠悠地折回去了。回到小屋子,范成大有点恼自己了。又不是偷人抢人,我怕他干啥?他想。但是去值班室的念头却被浇灭了,后脑勺全是那双直勾勾的眼睛。

夜上来后柳姨妈也搬条椅子和儿子坐成一排,四下张望一阵就问扇子:"咋不见你范叔呢?"扇子阴阴地说:"说不定自己爬到炉子里去了。"柳姨妈就轻轻给扇子后脑勺一巴掌,嗔怪道:"撕你嘴,胡说八道。"扇子又说:"他和我无亲无故,也不是我啥子叔,麻烦以后在我面前不要这样称呼他。"

柳姨妈又扬手，忽然觉得儿子的话里有股辣椒味。想想手又垂了下来。

坚守了两天的值班室，扇子熬不住了，一大早起来进城去了。

中午饭一过，范成大磨磨蹭蹭就过来了，柳姨妈照例坐在门边缝老衣，细针密脚地走着。抬头看见范成大，两个人就笑笑，柳姨妈起身，范成大摆摆手，说："凳子不用搬了，我就是随便走走。"柳姨妈回身坐下来，把手里的活计搭在板凳空着的一头，说："好几天不见你影儿了，都忙啥呢？"

范成大斜靠在一棵粗大的梧桐树上，一只手轻轻地拨着一块老旧的树皮。"没啥？把剃头剪子拿出来磨一磨，都钝了。"说完他又抬抬手说，"你忙你的，不要管我。"柳姨妈重新捡起老衣，却没有下针，而是看着远处苍苍莽莽的山林子，眉宇间爬上来一层淡淡的愁苦，看了一阵子，她又转过头看了看范成大，然后长长叹了一口气，低头把针扎进棉布。

远远地，扇子提着两个塑料袋子沿着狭窄的水泥路过来，范成大总算把那块老树皮给揭下来了，他随手把树皮往草地上一丢，说："今儿人少，我该吃饭了，要不食堂就关了。"

柳姨妈启启嘴唇，想说什么，抬头看，范成大都已经消失在路的尽头了。

六

前几天闲得要命，这两日却忙得起火。

一大早殡葬车就进进出出了好几趟，梁子和几个运尸工赶趟儿似的跑来跑去，几趟下来，陈尸间堆得满满当当。

在陈尸间门口，梁子摘掉口罩喘着气对扇子说："他娘的，煤洞透水给淹死的，全是鼓鼓囊囊的，那肚子大得哟！"

"臭了吗？"扇子问。

"都给泡好些天了，你说能不臭吗？"梁子答。

"妈的！"扇子一撇嘴，"你倒是完事了，接下来该我倒霉了。"

"你憨啊，有范成大啊，你享福了。"梁子笑着说。

扇子的确是享福了，第一具尸体推进来，范成大就打好水等着了。扇子则戴着个口罩坐在墙角的椅子上。

扇子嘿嘿地冷笑："你体力过剩啊？后面还一大串呢！"

范成大也不理他，慢慢地在黑咕隆咚、鼓鼓的肚子上擦拭着。扇子一直冷笑，看见范成大扯直棉布在逝者的脚丫子里来回拉时，扇子笑得更厉害了。擦完了，范成大出去把水倒掉，没多久提着个瓷盆进来，腋下还夹着一沓纸钱。把火盆放在逝者脚边，蹲下来一张一张地烧。

"是你爹啊？"扇子说。

"都是些外地人，没几张纸钱回不去。"范成大说。

范成大的动作和他的性格一样缓慢，最急促的，就是把人送进炉口的那一嗓子：

"上天咯！"

烧完一具，接着另一具，范成大都一样的程序，不疾不徐，有条不紊。

扇子就这样看着，开始他还冷笑，还骂，渐渐地，他就不笑了，也不骂了，静静地看着范成大，纸钱燃烧的火光照着范成大的脸，安详、肃然，看不到半点悲喜，平静得如一块千年的青石板。扇子开始可怜起范成大来，无儿无女，为了几个吊命钱，整天和这些脏兮兮的死人凑在一起，在别人眼里，范成大都快和一具尸体差不多了。但扇子搞不懂的是范成大为什么这样做，扇子见过新修的火葬场那头的焚化工是怎样干活的，白衣白裤白帽白口罩，整个人遮得密密实实的，和死人保持着让人信服的距离，推进来，送进去，一触按钮，万事大吉。要想让他们在完成这个简单的过程时轻一点、慢一点，还拿死人当人看，可以的，家属奉上一条香烟或者一个红包，死者就不会有磕磕碰碰的疼痛了。

范成大佝偻着腰蹲在地上，墙上就有了一个枯朽的弧形。扇子心里忽然有点堵，他站起来，走过去，从兜里摸出一个口罩递给范成大，范成大艰难地反过身，摇了摇头。

"不要算了！"扇子狠狠地说。

最后一具尸体推进来，梁子靠在门上看着扇子挤眉弄眼地怪笑着，笑完了甩给扇子一支烟，刚点上烟，听见范成大发出一声深不见底的叹息。

"还是个娃娃呢！"

扇子凑过去，虽然身体已经变得肿大，但依稀能看出那是一张还泛着童真的脸。

范成大静静地擦，扇子和梁子悄悄地抽。

擦完，范成大低头去抬地上的盆，一弯腰，身体忽然一个趔趄，还是梁子眼疾手快，过来拦腰抱住了范成大。扇子也过来帮忙，两人把范成大扶到椅子上坐好。

"没事吧？"扇子问。

范成大摆摆手，他的脸色苍白，额头上还有密密麻麻的汗珠。

"唉！"范成大长叹一声，"多可惜啊！都是些还能蹦蹦跳跳的汉子呢！"

范成大仰靠在椅子上，昏黄的灯光照着他，他两眼紧闭，脸上的肌肉在不安地跳动。扇子和梁子倚在门的两边看着范成大。

忽然，那双紧闭的双眼里居然流出了两串浑浊的泪线。

七

"早先的修县不是这样子的。"范成大把两只脚塞到屁股下面说。

阳光朗照着,柳姨妈抖了抖手里的老衣,说:"你看看缝得好不好?"对面盘着脚的范成大呵呵笑,说:"好好好。"柳姨妈把衣服放下,忧心忡忡地说:"真的不让你干了?"

"咳!"范成大一挥手,说,"搬不动了,不干就不干了,饿不死,低保不是都办下来了吗?"

柳姨妈说:"那住处呢?"范成大往远处指了指,说:"在铺子村租一间屋,二十块钱一个月,便宜呢!"

"经常过来坐坐。"柳姨妈说。

"看吧,可惜远了点,我看过了,得转好几趟车呢。"范成大说。

那个夜晚,范成大把焚化炉从里到外打整了一遍,一个人在焚化间里坐了大半夜,简单收拾了一些东西,乘着夜色走了。走到值班室门口,他本想跟柳姨妈道个别的,可在门口站了好久,最终还是没有敲响那道门。他艰难地翻过火葬场的围墙,步履蹒跚地消失在了茫茫夜色里。

扇子参加了岗位培训,回来看见母亲一个人坐在值班室外发呆,就问:"妈,你想啥呢?"

柳姨妈看了儿子一眼,眼睛又投向远处,淡淡地说:"范成大走了。"

"走了?什么时候?"

"我也不知道,今早过去,看见门锁上了。"

扇子丢下手里的东西,跑到那间小屋前,大门紧锁。折过身打开焚化间的大门,墙角的椅子上摆着一个老旧的剃头箱。

从此以后,火葬场的人再也没见过范成大。

其实范成大偷偷回来看过一次,在一个夜晚,他站在焚化间外的一棵大树下,透过窗户,他看见一颗留着平头的脑袋,来来回回忙碌着。

最后,在夜色里传来了一声高亢的喊声:

"上天咯!"

(原载《山花》2009年第12期;《新华文摘》2010年第7期转载)

2010年

韦昌国

故乡往事

巫女莫幺娘

莫家寨是个小寨。明洪武"调北征南"时,大军平叛后驻扎在珉谷,莫家寨只是个护卫大营的左哨。时过境迁,当年就地屯田的驻军后裔早已变成了农人,散落在一个个村庄,生活习惯、风俗与当地人没什么两样。若说有什么差别的话,那就是在逢年过节、扫寨驱邪、老人谢世做道场的时候,寨中人会戴着木雕的鬼脸壳,身穿红红绿绿的长袍,背插若干战旗,手持刀枪剑戟各类兵器,在院坝里唱上一场傩戏。那唱词,多为薛仁贵征西、穆桂英挂帅、关公战秦琼之类。双方各十几人,分为两队,绕着圈子边唱边打。一时间,烟尘四起,旌旗猎猎,锣鼓喧天,恍如当年征战,场面极为壮观。

莫家寨因为祖上原是随军护卫,职位低下,其后裔又人少势单,在各大寨人眼中没有地位。上百年间,非但农耕诸事,就是婚姻上也从不往来,渐渐沿袭成习。不过自从出了莫幺娘后,情形就变了。

莫幺娘是家中姐妹中最小的一个,按当地习惯,称为"幺娘"。这"娘"念的是平声,也就是姑姑的意思,那么"幺娘"也就是小姑了。莫幺娘不仅心灵手巧,而且貌美,长到十六岁,就已是方圆百里的美人。至于是怎样的容貌,看过《天仙配》中的七仙女自然就会明白。

因为没人上门提亲,或说因周边大寨里的人总是端着架子让莫幺娘不高兴,莫幺娘到了快二十岁还没有婆家。这在布依山村,已经是大龄青年了。

尽管莫幺娘爱唱歌,而且歌声优美,她却只能在家里织布时唱,或者在河边洗衣裳、上山采蘑菇时自己唱唱，这有些像自言自语。每年的春节、"三月三"、"六月六"，或者平日谈情说爱的"浪哨"坡上，歌声、歌会不断，但是从来没人在歌场上看到过莫幺娘。这样孤寂的歌唱不到一年，莫幺娘郁郁寡欢，整日怏怏的，一张脸更白了。最后竟莫名其妙生了一场病，混混沌沌十来天，醒来后，歌虽还在唱，但已不是原来的腔调，而是神神秘秘的巫曲了。唱完后，口中还念些神神鬼鬼的词句，和那些给人驱鬼辟邪做"当牙"的妇女一模一样。

人们都说莫幺娘通鬼神了，她昏迷的那十来天，其实是魂魄上天入地，和鬼神相会去了。话一传开，人人都感到惊奇。再看莫幺娘，一张清秀的白脸，两道淡淡的眉，杨柳样的腰身，走起路来飘飘地像要飞，大家便都深信不疑了。

不久，莫幺娘就真成了巫女。

无师自通的莫幺娘，总在满月的夜晚被人请去，用头帕蒙着脸，端坐在竹编的大簸箕中，唱几句曲，念几句词，一根香还没燃到一半，整个人就进入了混沌状态，她可以回答人们的任何提问，最擅长的是说出别人家祖上的事情。需要到阴间去和亲人相会的，就预先在簸箕里放一升米，点三炷香，化两张纸钱，由莫幺娘在前引路，便可跟着直通地府。如是惧怕阴间凄凉，莫幺娘也能把人请上来直接对话。这时候，莫幺娘会浑身发抖，体重骤然增加，一旦舞蹈起来，要两个壮汉才能扶住。这其实是阴间人已经来附身了，有什么话便可直接问她，而她的声音，此时已经变成了亡人的声调，惟妙惟肖，问答的话又十分和茬对口，连别人家最为隐秘的事情，都能一一对答。

巫女都是年轻姣好的美人，莫幺娘当然更为漂亮。更不同的是，她的道法日渐精进，因此声名远播。不仅是本寨子，就是附近大寨的人都来相求，家里老人生病卧床，小孩夜惊啼哭不止，妇女长期不孕不育，甚至猪马牛羊生病，房梁上挂了大花蛇，等等，只要请到，莫幺娘都会前去，在堂屋里又唱又跳，帮着主人驱邪降孽。尤其是那些思念故去亲人，想和他们说说话拉拉家常的人，莫幺娘也会一一满足。至于谢神的报酬，不过一升米、一只鸡，甚至几个鸡蛋，现钞无论多少从来不收。做"当牙"的人，其实就是为人消灾解难，从不苛求。莫幺娘因此深得四乡八里的喜爱和敬重。

不过仅仅是敬重。她可是勾连阴阳的神女，不能谈婚论嫁，所以没人打算托媒到莫家去提亲。莫幺娘心静如水，没事时坐在堂屋里，香炉里燃一炷香，看那青烟袅袅，一张脸静穆得如木雕的观音，只有一双眼睛偶尔眨动，也冷得像要掉下冰碴来，看了使人发怵又顿生敬仰。

唯一不发怵的，只有大寨里的蒙阿珉。

蒙阿珉人长得白净，穿白底黑条纹的衬衣，一个个盘扣总是扣得整整齐齐。虽说是家织的土布，但是他娘自幼女红极好，做的衣服贴身合缝，穿在他身上，就显出了高挑匀称的身板。但是有一样不好，娘在他左胸前的口袋边上绣了一朵小小的石榴花，红色的。这要是绣在女子衣服上，配上领口、袖口的花边就很好看，他一个大小伙子穿这绣花衣服就有些不伦不类，常常惹同龄人笑。人们笑他的，还有他吃奶吃到三岁，现在都还和娘住在一间屋里。娘疼蒙阿珉，因为他爹死得早，就这么个宝贝儿子，石榴花谐音"石留"，就是想要把他好好留住。蒙阿珉因为受娘宠爱，自小就懵懵懂懂，长大了还不开窍。随便人们怎么笑，照样和娘住在一间屋里，说晚上怕黑。

自打看了莫幺娘的一次"当牙"后，蒙阿珉突然变了，开窍了，当晚就悄悄搬出了娘的屋子。

那天晚上，莫幺娘来到大寨，帮一家人请阴间的爷爷来和奶奶说话。说的什么蒙阿珉全忘了，只记得莫幺娘坐在簸箕中间，蒙着白色的头帕又唱又念。这时候，一轮满月升起来了，凉亭里里外外全是银色的光，照着周围影影绰绰的人，也照着纤细的莫幺娘。这个建在寨子中间的凉亭，木瓦结构，飞檐斗拱，两边的长木板上可坐数十人，中间还留下不小的空地，莫幺娘就坐在空地上的簸箕里。凉亭是村中商议大事的地方，也是纳凉处所，夜深时是男女约会之地。月亮升到空中时，莫幺娘显然已经到了地府，并邀请到了那家人的爷爷，她的身子开始抖动起来，声音变得浑厚、深沉。和那人的奶奶说了没一会儿，手执一根桃枝的莫幺娘突然站了起来。她是一直蒙着头的，人又处在混沌的状态，在竹编的簸箕里根本站不稳。旁边两个护卫的大汉连忙伸手去扶，却没有扶住。莫幺娘身子一倾，突然倒了下来，一直倒向蒙阿珉。蒙阿珉也没有扶住，只好弓着腰，用身体死死顶住……

那体重太不可思议了，根本就不是一个人。蒙阿珉后来想，原来巫女的身体并不是凉的，人们说能出入天庭和地府的神女身体和心都是凉的。心他不知道，但是蒙阿珉明明感觉到了莫幺娘身上散发出的热。那热气温润、微湿，像一块焐久了的玉。

第二天清早，娘问蒙阿珉：

"你去看'当牙'了？"

"看了。"

"你喜欢莫幺娘？"

"喜……欢。"

"莫幺娘是神女，不能喜欢的。"

"我看她不是。她是……热的。"

"你爹昨晚托梦了，说不准。"

"我爹咋说的？"

"他说那是小寨子的人，不准。"

……

莫幺娘夜间在各村寨行走，形如聊斋中的女主角，来去自由，行踪杳然，真如夜半山高门半开，一只绣鞋乘雾来的景象。她的绣鞋飘到哪里，鬼神拱手，行人礼让。其实是根本没人敢靠近，所以从来不会有安全上的问题。但是只有蒙阿珉例外，偶尔敢偷看她的脸不说，还敢偷偷跟踪。

有天夜晚，在寨子里的石门下，莫幺娘听到背后轻轻的脚步声，便悄悄隐在暗影里。待那脚步声渐渐走近，她突然猛一回头，说：

"跟我！不怕把你魂魄招了去？"

"不怕。"

"送你去地府也不怕？"

"和你去，就不怕。"

"我是做'当牙'的。"

"我喜欢看……"

莫幺娘没再理他，自个飘走了。蒙阿珉不敢再跟，看她飘呀飘地消失在寨口的路上。

此后不久，蒙阿珉就病了。吃不下，睡不着，发热。娘带他进城看了几家医院，都说没病。娘就笑了，说："你这个病，我晓得有一个人能医好。"蒙阿珉不说话。娘继续说："她是不能嫁人的，你就不要想了吧。等到桃花开时，我托媒人帮你找一个更好的。"蒙阿珉说："不。"娘说："儿啊，神女至少要到三十岁以后，等法力退了才能嫁人的啊。"蒙阿珉说："那我就等，等一辈子都等。"

看着儿子整日病恹恹的，娘急得上了火。连着给丈夫烧了三夜香后，悄悄托媒人去到莫家探莫幺娘家人的口气，心想哪怕等上十年八年，总要给儿子一个想头，救命要紧。那媒婆好说歹说，莫家人总算勉强同意了。问莫幺娘时，她眼睛一直盯着袅袅升起的香烟，不点头，也没摇头。这毕竟是上百年来破天荒的事情，大寨和小寨开亲，没听说过呢。

辗转间春天就过去了，夏天急吼吼地赶着来了。

又一个晴朗的夏夜，月亮格外地圆，从山头爬上来，慢慢越过天空，又滑向西边。人们通常都说，太阳给人生命，月亮给人感情。但是对于莫幺娘来说，今晚的月亮和往日并没有什么不同。她从邻村回来，路过大寨时，已是月落西山，夜深人静了。整个寨子沉入了黑黢黢的睡眠，微风吹过，路边那棵高大的枫香树的叶子簌簌作响。村庄里唯一没睡的，是那些狗。看到村前土路上一条黑影轻飘飘地过去，狗们先是一条，后是两条、三条……无数条扑上去。黑夜中传来了阵阵惨叫，但不是莫幺娘的声音。

天亮时，人们在路坎下看到了被咬得血肉模糊的蒙阿珉……

黄秀才之死

就在蒲松龄在山东淄川的油灯下潜心写作《聊斋志异》的时候，南明永历帝朱由榔流亡到贵州安龙避难。途经永丰时，有感于当地风物，赐"忠贞丰茂"匾额，当地遂取"贞丰"二字，将永丰州改名为贞丰州。此前，心学大儒王阳明在龙场悟道已近百年，并开馆办学，教化万方。夜郎故地无意中进来的一个大儒、一个帝王，渐渐开化了这方领地，乡村私塾始有萌芽，向学之人日渐增多。

就在这贞丰州境内一片广阔的原野上，有两个相邻的巨大山体突兀拔地而起，圆润丰满，神似女子那一对硕大无比的乳房，人称"乳峰山"。乳峰山上汩汩流淌的两道清泉，汇成一条小河，绕过纳坎寨。这个只有几十户人家的布依村庄，多数姓黄，世代耕织。风气开化后，也有人家将子孙送去私塾，巴望出一个能识文断字，甚至做官吃俸禄的人。由于这独特山水的孕育，不到十来年，黄家破天荒出了一个秀才，一时轰动四乡八里。

黄秀才戴上方巾那天，专门备了香蜡纸烛，到祖坟地去祭奠。在祖宗坟前，黄秀才"扑通"一下跪下去，将报条举过头顶，号啕大哭，哭完后又哈哈大笑，一个劲地喊着祖宗祷告，说："列祖列宗啊，我们黄家终于出秀才了，出息了，以后就是中举人、当官老爷了……"看得旁人又好笑又嫉妒。

黄秀才长得文弱，但是心气颇高，又因县学老爷称赞过他的文章，便一门心思想要往上爬。全家人只好顺着他，尽力地供他读书。后来老父辞世，他既不能中举，又不肯下地做农活，直弄得家道中落、衣食不保。好在他通文墨，又学得些推流年看风水做法事的小本事，乡邻们遇事都有求于他。说起那报酬，无非是几吊钱、两升米，或是一只公鸡、一块刀头肉。尽管这样，黄秀才已很知足了。

可是到了四十岁，县学老爷说："你考不上举人，不是你文章不好，而是银钱不够，如你真想生发，只要捐出几百两银子，就可弄个一官半职，不但有得皇粮吃，还可光宗耀祖。"黄秀才一听，很以为然，无奈家中衣食尚且短缺，哪里有钱捐官？就天天长吁短叹，连做梦都想着到哪里去弄银子。

事有凑巧。这年春上，邻村的石家死了老人，请黄秀才去做道场。黄秀才带着徒弟尽心尽力敲敲打打三天，本来死者装殓入土就万事大吉了，不想在翻看石家家谱查死者生辰八字时，黄秀才无意中在那一卷发黄的白棉纸上，看到了记载石家祖宗来龙去脉的文字。尤其是内中的几行小字，更是让他暗暗惊奇。黄秀才当时默不作声，用张纸条抄下来，拢进袖子里。

石家人没一个识字的，就是寨子里斗大字能识一升的也没几个，对此，黄秀才并不担心。但是为了参破那抄来的几行小字，他却整日整夜睡不着觉。过了半年，他依旧整日茶不思，饭不想，天天爬到寨子后山顶上，对着远处的乳峰山，呆呆地一看就是几个时辰。弄到后来，无论在家还是在寨里走动，口中总是念念有词，整个人神志恍惚。有时候到了半夜，会爬上自家的房顶，在上边又跑又叫，连瓦片都被踩落下来。

全寨的人都以为黄秀才中了邪，要不就是被石家的爷爷勾走了魂魄，对他既同情又毫无办法。其实黄秀才自个最清楚，折磨他的是那几行小字。那可是石家的藏宝秘咒！

石家的家谱与其说是家谱，不如说是他祖上的逃命实录。上面写着："故始祖原籍陕西，任陇州节度使，历十余年。因小人进谗言，被贬为西川刺史。后被告谋反，朝廷降旨满门抄斩。故始祖举家远避夜郎不毛之地，至红水河边，被官军截杀。为保家眷，故始祖孤身奋战，后连人带马跌入河中，妻妾被掳，只两子乱中得脱。为避凶险，兄弟二人途中破玉为凭，均分细软，尔后分头逃避……其长子最终迁至永丰州乳峰山下，暂住安生……又二十余年，因思亲心切，又想那血海冤情，震天动地，便在乳峰山对面的阳宝山上建思亲塔，以作祭祀。"

这段文字之后，是工笔小楷写的"藏宝秘咒"四个字，然后竖排着四句拢共二十个字的五言藏宝诗。不用说，石家那逃难的长子来到乳峰山下隐姓埋名，为防意外，就把多余的财宝藏在了某一个地方。又因这个长子后来被朝廷追杀于荒野，临死还来不及告知子孙，那些财宝自然就成了永远的秘密。只要破译这首藏宝诗，财宝便唾手可得！

无奈这二十个字，虽然都是汉文，一个个都认得，但记录的却是谐音的布依语言。黄秀才尽管精通汉文和布依语，能够照着念出来却不解其意，因此被折磨得快要发疯。也是，一个人怀揣着天大的秘密，自己既不能破译，又不能向旁人道出，活人都要被憋死。黄秀才唯一能肯定的，是文中记载的永丰州，就是辖纳坎寨在内方圆数百里的所在地，系明代建州，而乳峰山已经是明白无误的事。

为破解这个藏宝秘咒，黄秀才遍翻典籍，查阅所有能够找到的当地史料，始终无一所获。冥思苦想大半年，终于从阳宝山上的石塔得到启发。是啊！石家祖上凭什么耗费巨资修建这样的塔呢？据说当年修这座九层高的石塔，光耗银就是三千两，还不算几十个民工历时三个月的吃食和各种花费。虽说名叫思亲塔，但是民间说法并非如此。一说石家祖上因世代监军，杀人无数，建塔是为了镇邪自保。一说是因乳峰山两大巨乳阴气过盛，而与之相对的阳宝山上，原有一根直冲云霄的石柱，形如男根，后被在此修行四十年得道的道士认为两物相对实在扎眼，恐其扰乱世道人心，便在羽化成仙时将那石柱化为一匹白马骑着升天了。石家人为做好事，便在山上建塔，以求阴阳调和，保四方平安。这些说法，黄秀才早就将信将疑，自从看到了石家的藏宝秘咒，更是不信。那么，唯一的可能是，石家先祖建塔，无非是为了记录一个重要的事情，指证一桩大事的方向。这样一想，坐在寨子后山上的黄秀才，当时就差点笑出声来。

此后不久的一天深夜，雷雨交加，纳坎寨的人在梦中突然听到一声闷响。天明，往西一看，阳宝山上空无一物，那直插云天的石塔已轰然倒塌。村民们当时并不在意，不料次年永丰大旱，赤地千里，颗粒无收，连那千百年来汨汨流淌的乳峰山清泉也在一夜间断流。纳坎寨和附近的村庄，鸡不鸣狗不咬，每到入夜，阴森恐怖，人心惶惶。乡邻都将此归咎于石塔被毁，阴阳失调，并要千方百计寻找毁塔的人。寨老召集众人，在村口的土地庙前立下横杆，用牵牛索打个套子挂在上面，声称只要找到毁塔人，就将其当场吊死。

大灾之年，黄秀才一家苦苦熬到春上，也快断炊。到了春种，村中人却没办法下种，存留的谷种早已磨出来救命了。黄秀才的儿媳妇从家里匀出几升种子分给乡邻，才解了燃眉之急。秋收时，乡邻们都来十倍的归还，黄家的儿媳妇没有要。

石塔被毁形成的阴影，久久地笼罩在村寨上空。土地庙前，横杆上的绳套还空落落地悬着。罪魁祸首没有找出来，村庄就会永无安宁。于是各家就凑了三百吊钱，悬赏找到毁塔的人。

黄秀才的疯病自从石塔倒了以后就更严重了，经常披头散发在村中乱跑。入冬后的一天傍晚，几个放牛娃气喘吁吁地跑回来，一路跑一路喊："黄秀才上吊了！黄秀才吊死在土地庙了！……"

人们潮水一样涌向土地庙。昏暗的夜色中，清瘦的黄秀才像一条长长的干鱼吊在横杆上，但是并没像人们想象的那样舌头伸出老长，而是衣装整洁，面容安详、笃定。

黄秀才这样一死，真相好像已大白于天下。但是黄秀才为什么会发疯？为什么要去炸塔？或者说为什么会主动去赴死？却始终是一个谜。黄家人对此也从来不解释、不争辩，但是至此在村中无法抬头，连挑水都要等到夜间才去。村中人家有什么大屋小事，黄家人也从来不露面。

日升月落，年复一年。人们已经忘记了黄秀才一家，而黄家的人，已经忘记了笑的感觉。黄秀才死后，他遗下的一家妻儿老小，年年辛勤耕作，夜夜纺花织布，节衣缩食整整二十年，最后拿出所有积蓄，又变卖了居住的五间瓦房，把那石塔重修了起来。

石塔落成后不久，黄秀才的一家人走了，走得非常彻底。

黄家人走后的许多年，寨子里的人年年都去土地庙上供，供土地爷，也供黄秀才。清明上坟，也在黄秀才的坟上插一挂青钱。

直到今天，黄秀才家的老屋基还在，不过已经和土地庙一样，只剩下一片空地，上面长满了荒草。

（原载《时代文学》2010年第1期）

2010年

曹 永

我们的生命薄如蝉翼

一

秋天开始之后，树叶奋不顾身地黄起来，然后在秋风的摧残下离开树枝到地面定居，那些在泥土上定居的树叶把山岭染成一片金黄。李碗在村北的山坡上放牛，他眯着眼睛，坐在秋天的阳光下看牛吃草，目睹那头年迈的老黄牛用舌头把绿色的野草卷进嘴巴。那些被牛搜刮过的地方，不久之后还会长出新的野草。

忽然，一个人奔进李碗的视野。那个人跑得很快，仿佛他的身后追赶着一条疯狗。李碗很快发现，那个奔跑的人是村南的李贺，李贺正在朝他跑来。李碗叫喊着，李贺，你跑啥？你疯了吗？你咋这样不要命地跑？

飞奔的李贺很快就来到李碗的面前，他张大嘴，可除了喘气，啥也说不出来，看来他真的累坏了。当李贺把嘴合在一起的时候，他说，李碗，出大事了。李碗觉得李贺喘气的样子很好看，于是他笑了一下说，慢慢说嘛，看你累成这样，出啥事了？李贺说，你不要放牛了，你快点跟我走。李碗又笑了一下，说，我跟你走了谁给我放牛？李贺说，这个时候顾不上牛了，你爹死了，你快点跟我走。李碗不笑了，说，你爹才死了。李碗很生气，他没想到李贺居然会和自己开这种玩笑。

李贺说，你爹真的死了，他的拖拉机从崖上滚了下去，他被摔死了，现在尸体还在悬崖下面。李碗还是不信，说，你爹才摔死了，不仅你爹摔死了，你妈也被摔死了。李贺跺着脚，着急地说，我是说真的，你爹真的死了，他去运煤，乡政府的人开车追他，他慌忙逃跑，结果连人带车滚到惊马岭下面去了。

我们的生命薄如蝉翼 曹 永

李碗看李贺一脸沉重,不像开玩笑的样子,他开始感到事情的严重。虽然爹的身体很结实,健壮得三拳可以打死一头牛。但是,无论再结实,从惊马岭掉下去一定会被摔死的,不仅会被摔死,还会摔得像个烂西瓜。惊马岭山大弯急,差不多每一年都会出几次车祸。李碗看着李贺飞快翻动的嘴唇,仿佛看到了爹从悬崖上掉下去的情景。经过上一次的车祸,李碗的亲人已所剩无多,如果爹再死掉,意味着他的亲人又少了一个。李碗开始紧张起来,他问李贺,我爹真的死了?李贺告诉他真的死了。

李碗感到悲痛像决堤的洪水,迎面扑来,于是他像一匹受惊的野马,开始奔跑。他顺着山坡,朝惊马岭跑去。他跑得很快,他的衣服被风刮起来,就像飘荡的旗帜。

李碗气喘吁吁地跑到惊马岭,他看到一辆闪闪发光的轿车。轿车旁边有一群人正在悬崖边观看,他们一边朝崖下看,一边大声议论,他们叫着李碗父亲的名字,说这个李得顺,把车开得像飞机一样快!

李碗认得这些人,他们有的是村里的人,有的是乡政府的人,那个对着崖下指手画脚的胖子就是钱乡长,李碗甚至清楚,钱乡长的嘴里镶嵌着两粒金牙齿。钱乡长隔三岔五就会戴着他的金牙齿来到村里,他每次一出现,村子里的鸡就会少几只,他仿佛是一只黄鼠狼。李碗挤进人群的时候,钱乡长说,小屁孩,你挤啥?小心掉下去。李碗没顾上搭理钱乡长,他忙着朝崖下张望,他看到拖拉机被肢解,悬崖上到处挂着摔碎的零件,爹一动不动地挂在半崖上的一棵树桩上,就像一块风干的腊肉。李碗还看到,几个村里人正在钱乡长的指挥下朝那块风干的腊肉靠近。

这时候,李贺满头大汗地跑来了。钱乡长对满头大汗的李贺说,你叫的人呢?李贺指着李碗说,他就是李得顺的儿子,李得顺的儿子就是他。钱乡长看李碗脏兮兮的样子,他的眉头一下子皱了起来。李贺朝钱乡长伸出手说,钱呢?钱乡长说,啥钱?李贺说,你不是说去把李得顺的儿子叫来就给我五元钱吗?钱乡长摸出五元钱扔给李贺,说,这小家伙记性还挺好。

乡政府的人听说李碗是死者的儿子都围着他打量。钱乡长看着眼前这个半大的孩子说,死掉那个是你爹?李碗对钱乡长半信半疑的态度很不高兴,说,他当然是我爹了,他叫李得顺,我叫李碗,李碗是李得顺的儿子。

钱乡长说,你爹出车祸死了,我出钱请人把他的尸体抬上来。李碗说,我看到了。钱乡长又说,听说你家里只有你一个人了,你真是个苦命的孩子。李碗的鼻子隐隐发酸,我爹是你们追到崖下面的。钱乡长说,是他开车太快自己滚到悬崖下去的。李碗说,如果你们不追,他就不会开得那么快了,如果你们不追,他一定已经开着拖拉机回家了。

钱乡长脸色有些难看,他从一个皮包里掏出一沓钱递过去,说,这点钱给你,算是安埋费,本来这起车祸我们没有任何责任,但出于人道,我代表乡政府给你这点钱。李碗没有接，他问，有多少钱？钱乡长说，两千块。李碗使劲摇着脑袋说，我不要。钱乡长问他，为啥不要？李碗说，我不要钱，只要爹！

钱乡长说，你爹死都死了，我在哪里找一个爹来给你？李碗说，我就要爹，我爹是你们赶下崖去的，你们得赔我。钱乡长说，小家伙，你别乱说话啊，你爹是自己出车祸摔死的，和我们没有关系。李碗固执地说，我爹开车技术好，他可以把拖拉机开得像风一样快，你们不追赶，他不会摔到崖下去的。钱乡长警告说，你要是再胡说八道，我们一分钱也不给你！

钱乡长挺着胸膛，板着一副像冰块一样的脸盯着李碗。李碗感到一股冷气扑面而来，于是飞快地低下头，他在钱乡长威严的注视下，忽然失去了主意。就在这时候，李贺悄悄拉了他一下，说，快去叫你二叔，你二叔一定不会怕钱乡长。李碗听了李贺的话，他的目光忽然亮了起来，然后转身朝村子跑去。

二

李碗跑得很快，他从来没跑过那么快，几乎像风筝一样飘起来。

李碗沿着弯曲的公路奔跑，很快就跑到二叔家门口。他看到院落里全是色彩，那些色彩属于一群正在院子里找食的鸡。李碗对着院门叫喊，二叔，你在家没有？在家没有？李碗的话音刚落，他就看到二娘从屋子里钻出来。李碗问，二叔在没有？二娘气愤地说，你二叔那个杀千刀的又跑到李狗蛋家赌钱去了。李碗转身朝李狗蛋家跑去，他听到二娘咒骂二叔的声音在后面飘荡。

二叔果然在李狗蛋家赌钱。李碗推开李狗蛋家的门，屋里像着火了一样烟雾弥漫，李碗迈进李狗蛋家的门槛就听到二叔在骂人。李碗晓得二叔一定又输钱了，二叔一输钱就开始骂人。二叔以一张臭嘴闻名村里，村里所有人都说二叔一定是鸭子投胎转世。

拥有一张臭嘴的二叔看到李碗，说，你来干啥！滚，这里不是你玩的。李碗抹着额头上的汗水，喘着气说，二叔，出事了，出事了……二叔说，看你慌的，出啥事了？李碗说，我爹死掉了。二叔说，小东西，你咋能咒你爹死掉呢？要让他听见，一定会把你的耳朵扯下来喂狗！李碗说，我爹真的死掉了，他出车祸死了。二叔诧异地说，真的？李碗把事情的来龙去脉告诉二叔。二叔听了，一下子跳了起来，然后拉起李碗就往门外跑，跑到门边，又回过头来对另外几个赌徒说，你们几个龟儿子等着，老子一会儿回来收拾你们。那几个赌徒对二叔的话很是气愤，他们说，滚吧，你哥死了还这样啰唆，快滚吧！

李碗和二叔跑到惊马岭的时候，尸体已经被抬上来了。有人把一件旧衣服盖在尸体上面，看起来就像一堆破布。有的地方掩盖不住，血肉模糊地暴露出来，李碗看到一群苍蝇在旁边飞舞，似乎对尸体很感兴趣。于是李碗守护在尸体旁边，驱赶那些苍蝇。他想看看爹的样子，可是几次伸出手都缩了回来，他怕自己忍不住哭泣起来。一个旁观者对他说，看看吧，李碗，再不看就没机会了。李碗一咬牙，把旧衣服揭开，他看到爹的脸上没有一丝血色，苍白得像纸一样。爹躺在那里，很安静，好像睡着了一样，这让李碗的心里稍稍好受一些。

钱乡长挺着大肚子走过来，他说，小家伙，我再问你一次，两千块你要不要？不要我们就走了。李碗指着二叔对钱乡长介绍，这是我二叔，这事你跟他说吧。二叔把手叉在腰上，大声说，对，我是他二叔，他二叔就是我，这事我说了算。李碗见二叔不慌不忙的样子，有些佩服，觉得二叔真了不起。

钱乡长一把握住二叔的手说，你哥哥不幸出了车祸，我代表野马冲乡党委政府对你们表示慰问，你们要节哀。二叔和钱乡长握了几下手，然后说，谢谢党委和政府的关心，但现在我们还是先谈谈这事咋办吧。钱乡长问他要咋办。二叔说，人死不能复生，死也就死了，但他的孩子还小，以后还没着落，你们就给这孩子一笔钱吧。

钱乡长再次重申，这事我们没有责任，是他自己不小心掉下去的，我们没有责任。

二叔忽然变得气势汹汹起来，他说，如果你们不追赶他，他会掉下去吗？钱乡长说，如果他不跑，我们就不会追了。二叔反驳说，如果你们不追，他也不会跑。钱乡长说，他非法运煤，我们作为地方机构，当然要制止这种行为。二叔"呸"地吐了一泡口水，你们说好听，不让我们百姓运煤，要我们吃生的啊，我们又不是野人，再说了，你们还不是为了那点罚款，莫废话了，现在说这事咋办？给多少钱？

钱乡长一口咬定是死者自己把车开到崖下去的，和政府无关。二叔手一挥说，别说这些没用的，大家都晓得这事你们脱不了干系，我们还是谈钱吧。钱乡长说，你这个同志能不能讲点道理，这事我们没有责任，我们不过是出于人道主义，给你们一点安埋费用。二叔脸一沉，别说废话，你们不给钱，我们就把尸体放在这里。

看到二叔和乡长对着干，李碗觉得二叔真有本事。李碗在这世上没啥亲人了，幸亏还有这样一个有本事的二叔。

钱乡长指使人去搬尸体。他说放在这里影响不好，把尸体挪个地方。

二叔问他要把尸体抬到哪里去，钱乡长问死者家在哪里，二叔说在村里那棵歪脖子大树边。钱乡长说，那就抬到那里去。二叔说，为啥要抬回去？钱乡长说，不要问这么多，又不要你出一分钱。二叔说，不要我的钱也不让搬。钱乡长说，这是尸体，又不是石头沙子，不能放在公路边，放在这里会吓坏人的。

二叔拦住那几个搬尸体的人，说，先谈钱的事，谈妥价钱再搬。钱乡长说，先把尸体抬走，别的事再慢慢商量。二叔果断地说，不行，就在这里商量。

钱乡长说，还是先抬回去吧，我们找个地方坐下再谈钱的事，你看这里连个坐的地方都没有，有事回去再商量。二叔给钱乡长搬来一块平整的石头，说，想坐就坐这里吧，我都给你擦干净了。钱乡长不坐，他看着二叔说，先把尸体抬回去吧，放在这里不像样。二叔说，我哥又没抱着女人在这里睡觉，只是他一个人躺在这里，有啥不像样的？

钱乡长的脸色愈来愈难看了，他对那些抬尸体的人说，不要理这个刁民，你们赶紧把尸体搬走，我给你们五百块钱，赶紧把尸体搬走！

二叔捞起袖子，做出要打架的样子，一脸凶狠地说，没老子的同意，谁动尸体一下我要他的狗命！

听了二叔的话，所有人都站在离尸体很远的地方。

钱乡长叹了口气，一脸无奈地说，既然你执意要在这里商量，那就谈谈你的意思吧，你打算咋办？二叔说，人都死了，说别的没用，我们只要钱。钱乡长说，那你要多少钱呢？二叔想了一下说，前年我大嫂和我侄子坐马三元的拖拉机，出车祸死了，马三元给了我哥一辆拖拉机。钱乡长说，这事我们管不着，你说说，你要多少钱？二叔说，要两辆拖拉机的钱。钱乡长问他，两辆拖拉机值多少钱？二叔说，我问过马三元，他的拖拉机买的时候一万七千多块。钱乡长诧异地说，这么贵？二叔说，不贵，现在猪肉还卖十多块钱一斤呢，我大哥的命只要三万四千块，一点儿也不贵。

钱乡长想了一下说，你大嫂和你侄子值一辆拖拉机，你哥咋会值两辆拖拉机？二叔说，还有掉到崖下面的那一辆。钱乡长说，想不到你这么会算账。二叔得意地说，当然了，所有人都说我是迎春社最精明的人，村里有啥纠纷都是我出面调解的。钱乡长说，但是我们还是只能给你们两千块，因为这件事我们没有一点责任，如果不是听说死者家里只有一个十多岁的孩子，我们是不会给一分钱的。二叔说，看来我哥只有暴尸荒野了！

钱乡长身边的工作人员劝二叔算了，他们说乡政府是穷单位，还要为全乡人民操心，不容易，让二叔不要无理取闹。二叔冷哼一声说，你们吃一顿饭也要上千块，还好意思叫穷。有人说，入土为安，还是早点把人埋掉。二叔说，要是我大哥晓得他的命连这点钱都不值，埋掉他也不会安心的。

钱乡长不耐烦了，他一挥手说，不要和这个刁民废话了，不埋算了，不管了，看他咋办，我们走！钱乡长说完，果真带着几个手下坐着那辆闪闪发光的轿车走了。

那些围观的人对二叔说，看来政府是不会管的，还是把尸体抬回去埋掉算了。二叔没有采纳他们的建议，他十分有把握地说，他们会回来找我的。那些人说，这附近野狗多，还是把尸体抬回去吧，要是让野狗把尸体拖走就坏事了。二叔不为所动，他说，不要你们操心，尸体我会看好的。那些人摇着头往回走，他们边走边小声地说，这个家伙简直钻到钱眼里去了……二叔听到了，大声对着那些人说，你们放屁！

三

整整一个早上，风都没有停过，它们呼呼地叫喊着，在树枝间来回窜动，那些树枝微微颤抖。阳光从天而降，热烈地照射在地上，让人感到有些沉闷。

这是第二天的情景。李碗和二叔蹲在尸体旁边，就像两只蛤蟆。他们已经在惊马岭度过了一个晚上，那是一个漫长的晚上。在那个漫长的夜晚，李碗感觉时间就像结冰的泉水，停止了流淌。这样的夜晚让他感到忧闷，也让他想起一句话："一个夜晚长过一年。"

天亮之后，红光满面的太阳就像一个懒惰的酒鬼，终于亮相。凝固的时间，总算开始流淌了。看到太阳明明白白地悬挂在天空，李碗才相信让他无比忧闷的夜晚已经过去了。

在李碗和二叔的严防死守下，野狗们只能远远地围观，尸体像昨天一样完好。看着愈来愈烈的太阳，李碗开始担心爹的尸体会像糖似的被气温融化。李碗说，二叔，我们回去吧。

二叔说，不行，如果现在回去，我们昨晚不是白等了吗？我们现在不能回去。李碗说，政府的人不会管了，我们还是把尸体抬回去埋掉算了。二叔说，昨天我和村长一起在李狗蛋家打麻将，听说这两天省里的一位领导要来，乡政府不会不管的。李碗说，那我们还等下去？二叔果断地说，等下去，一直等到乡政府那帮龟儿子赔钱为止！

二叔站在秋天的阳光里，他伸手在额头搭了一个"凉棚"，朝乡政府的方向张望。可是他站了很久，也没有看到乡政府的人出现。二叔蠕动着干燥的嘴唇说，要是现在能有点东西吃，再有一杯滚烫的茶水就好了。

李碗觉得喉咙好像堵塞着一个辣椒，十分难受。他向往地说，是啊，要是现在能有一杯水喝就好了。二叔说，你在这里，我回去吃饭，回来给你带点。李碗听了二叔的话，仿佛闻到了饭菜的香味，他咽着口水说，好，你去吧。二叔交代李碗看好尸体，如果尸体让野狗拖走就坏事了。李碗说，这是我爹的尸体，我会看好的，就是我让它们拖走，尸体也不会让它们拖走的。二叔说，那我走了。李碗催促说，你快去快回，我快饿死了。

惊马岭静悄悄的。二叔走了，没人陪李碗说话，这让他很不自在，他觉得悲哀像一团看不到尽头的浓雾，从头顶向他笼罩下来，让他有些透不过气。前年冬季的一个早晨，娘和哥哥坐马三元的拖拉机运粮食去街上。回来的时候，拖拉机刹车失灵，像条瞎掉眼睛的疯狗，冲进一条土沟，把娘和哥哥像两条破布袋似的从车厢里扔出去。拖拉机不走正道的结果是李碗失去了两个亲人，作为驾驶员的马三元失去了他那辆肇事拖拉机。马三元把那辆拖拉机给了李家作为赔偿。现在，那辆拖拉机把爹也带走了。李碗至今无法忘记那个冬天,那是一个残酷的冬天,很长一段时间,娘和哥哥的死亡就像一场持久的冰雹,让李碗感到寒冷刺骨。

秋天的阳光热闹地照耀,可是李碗没有感到一丝暖意。爹的死亡,于李碗来说是第二场冰雹,他坐在爹的尸体前面,泪水像虫子一样爬满脸庞。李碗不停地对尸体说话,因为声音哽咽,因此听起来无比悲伤。目睹这个情形,那些路过的人同情地说,这个孩子真可怜,亲人全死了,怕是受不了打击,得神经病啦。这话让李碗听到了,他反驳说,你们才有神经病!那些人说,你不是神经病,为啥对着一具尸体说话?李碗用一种低沉的声音说,我爹死了,要是现在不陪他多说说话,以后就没机会了。

风仍然没有一点停歇的意思,它们在大路上奔跑,在树林里奔跑,卷走了很多年老体迈的树叶和弱不禁风的尘土。

李碗在饥饿中等待二叔的到来,可是他等了很久,连二叔的影子都没看到。李碗感到前所未有的饥饿,他觉得肚子像泄气的皮球,慢慢地瘪下去,最后贴在脊梁上。李碗想,这个时候二叔说不定还在吃饭,他是个慢性子,吃饭的时候老是不慌不忙的。吃完后,二叔会抹着油腻的嘴,吩咐二娘给自己做饭。要不了多久,提着饭菜的二叔就会出现在自己的眼前。

李碗这样想着,他的口水就源源不绝地冒出来,他猜想二叔会给自己带啥好吃的。

李碗等了好久,还是没有看到二叔的身影。他在脑海里故意放慢二叔行走的速度,甚至为二叔制造了摔跟头或者和熟人打招呼等意外情况,以便让自己有足够的耐心等待下去。

在李碗漫长的等待中,二叔始终没有出现。李碗焦急起来,他开始向那些从村子里出来的人打听二叔的情况,问他们看到二叔没有。李碗问了好几个人,可是都没有问到一个让他满意的答案。

李碗伸长脖子,站在一块石板上朝村子的方向张望。尽管李碗那么看着,可是他的脑袋却是麻木的,看了一会儿,他竟有些走神,他忘记了自己在看什么。是看望满山的牛羊,还是看望那些在土地里劳动的人们?是在看望险峭的大山,还是看望山下蜿蜒的沟壑?李碗觉得脑袋有些晕眩,恍惚中觉得自己不是在看望,而是在跟山岭上的树木比耐性,看谁站得更长久。

天空中有一片乌云慢慢飘荡过来,它挡住了太阳,惊马岭于是出现了一片阴影。阴影路过惊马岭,然后又慢慢朝别的地方飘去。阴影离去之后,太阳又像妓女一样抛头露面。和太阳一起出现的,还有李贺。李碗看到他提着一把斧头,正朝山上走去。李碗问他干啥去。李贺告诉李碗他要进山砍柴。李碗说,你来的时候看到我二叔没有?李贺说没有。李碗说,二叔回去给我带饭,可是去了就不见回来,现在我快饿死了。

李贺说,那你不回去吃饭还站在这里干啥?你饿了就回去吃饭嘛。李碗说,不行,

我们的生命薄如蝉翼　曹　永

去了我爹的尸体咋办？李贺说，你爹的尸体又不是钱，没有人会来偷的，就算偷去了也不能用。李碗说，小偷是不会偷的，可是，这个时候不只我饿坏了，那些野狗也一定饿坏了，你看它们老是在那边盯着我爹的尸体，要是没人看管，那帮狗东西一定会把我爹的尸体当午饭吃掉。李贺说，那你就再等等吧，说不定你二叔就快来了。

　　李碗看到李贺要走，说，我饿得受不了了，我不能再这样傻等下去，我要回去看看，你帮我看守尸体吧。李贺拼命摇晃着脑袋，他说，不行，我还要去砍柴。李碗说，我很快就会回来的。李贺还是不答应，他说，不行，鬼晓得你啥时候回来，你要是像你二叔一样一去就不见影子，我今天就不能砍柴了。李碗想了一下说，你帮我看一会儿，我给你十块钱！李贺问，是不是真的？李碗说，当然是真的。李贺说，你昨天让我给你把牛赶回来，说给我两块钱，可你现在也没给。

　　李碗说，我这不是没钱吗？我有了钱就给你，你看好尸体，我很快就会回来，如果我爹的尸体让野狗吃掉，那不仅我没钱，你也不会有钱了。李贺说，你爹值多少钱呢？李碗说，不清楚，反正钱乡长已经答应赔偿两千块了。李贺一脸羡慕地说，啧啧，这么多钱啊！

　　李碗没再理会李贺，他转身朝村子奔跑，他在奔跑的过程中，仿佛闻到了饭菜的香味，他感到力气重新回到了他的身上，他跑得很快，差不多像鸟一样飞起来。李碗在饥饿的驱赶下飞快地奔跑，在奔跑的过程中，那件没有扣好的衣裳在风里飘荡。

　　经过一番短暂的奔跑，李碗终于来到二叔家门口。他在门口看到正在喂猪的二娘，他说，二叔呢？他咋还不回去？他来了那么久，咋还不回去呢？二娘的脸上立即呈现一种惊诧的表情，她说，你二叔早就出去了啊，他吃了饭就出去了，他出去的时候还给你带了饭。李碗四处张望，可是他看不到二叔的踪影。李碗忽然拍打自己的脑袋，好像拍打一个皮球，把脑袋拍得响亮。他说，我晓得了，二叔肯定又赌钱去了。

　　李碗猜得一点都没错，二叔果然在赌钱，李碗找到他的时候，他正舒适地坐在李狗蛋家打牌。李碗生气地说，二叔，我快饿死了，你咋跑到这里打牌呢？二叔说，你咋回来了？你回来尸体咋办？我正要送饭给你哩。

　　李碗咽着口水说，我快要饿死了，我不能傻等下去，如果这样傻等，说不定饿死了你还没有把饭送去。二叔一本正经地说，我不是在打牌，我是在想心事。李碗说，你分明就是在打牌，你想啥心事？二叔说，我手上在打牌，可我心里正为你爹的事想办法。李碗说，那你想到办法了没有？二叔把手里的牌让给别人，然后伸着懒腰站起来，说，没想到，明天接着再想。二叔拉着李碗往外走，他紧张地问，你来了尸体怎么办？李碗气愤地说，你还记得我爹的尸体啊，已经让狗吃了！

四

　　李碗在二叔的带领下，坚守在尸体旁边，和乡政府的人展开了一场有关耐性的较量。当这场较量展开的时候，一些意外的难题也开始困扰着他们。这个难题来自夜晚，夜晚来临之后，一个来源不明的声音也光临惊马岭。这是一种特别的声音，一会儿像石头在山岭上滚来滚去，一会儿又像一阵狂风在树枝间穿梭，更多的时候，它像一头野兽，发出凄厉的尖叫。李碗和二叔纷纷从睡梦中惊醒，他们打开手电筒，然后朝四方照射，电筒的光芒里，没有发现特别的东西，所看到的只是一些熟悉的景象。虽然没有看到异常，但再也无法入睡，他们打着手电筒，在路边捡柴烧火。他们在火光里坐到天明。

　　二叔认为声音来自一头野兽。于是，当夜色消失无踪，他带领李碗开始在山坡上寻找。最后，找遍整个山坡都没有发现野兽的踪迹，他们看到的，只是野草、杂树、泥土和一些年代久远的石头。李碗说，昨晚怪叫的一定不是野兽，如果是野兽，我们总能找到一些足迹。二叔说，应该是野兽，也许它只是路过，现在已经离开了。

　　二叔和李碗认为晚上不会再出现那种声音了，可是，当夜色重新降临，那奇怪的声音也准时来临。那声音好像净和他们作对，总是在他们入睡之后把他们叫醒。李碗和二叔无可奈何，只能又烧起一堆干柴，睁着眼睛等待天亮。他们围着柴火，聆听动静，听了一会儿，恐惧就像一阵冷风把他们包围。

　　李碗朝四处张望，试图看到什么，可是，夜色如一块黑布笼罩下来，他什么也看不见。李碗颤声说，二叔，你怕不怕？二叔大声说，我怕个屁！为了证明自己的胆量，二叔捡起一块石头朝那声音响动的方向扔去。那块石头飞去之后，声音果然跑了，但它并没有消失，而是周游到别的地方。

　　二叔开始恐慌，他感觉那声音就像一条毒蛇，正慢慢朝自己逼近。他放开嗓子，响亮地叫喊，有种就出来，我不怕你，我一点也不怕你，有种就给老子滚出来！

　　李碗在二叔的指使下和那奇怪的响声展开对抗，他们捡了一堆石块，轮流朝声音传来的方向扔去。那声音就像一只老鼠，被他们追得满山逃窜。

　　天亮后，那声音终于离去，这个时候，他们已经精疲力竭。他们又被折磨了一个晚上，当夜色撤退，二叔松了口气，他扔掉手里最后一块石头，打了一个漫长的哈欠。听到哈欠，李碗像饥饿的人忽然看到了一桌丰盛的饭菜。李碗红着眼睛说，二叔，我受不了了，我困死了，我要睡觉。

　　二叔揉着眼睛说，你睡吧，再不睡，今晚就熬不下去了。李碗在路边的一堆干草上躺下，在躺下的这个过程中，他动作敏捷，就像一个被枪毙的犯罪分子忽然就躺在地上，躺下之后，鼾声立即吹响，仿佛他在躺下的半途中就睡着了。

我们的生命薄如蝉翼　曹　永

睡醒，李碗首先发现爹的尸体旁边燃烧着一堆冥钞，燃烧的冥钞旁边跪着二叔。二叔一边磕头，一边念个不停。二叔的声音就像尸体上空的苍蝇那样嗡嗡地鸣叫，但李碗听不清二叔具体念些什么。从二叔嘴里跳出来的不只是一句简单的话，而是一串漫长的语言，仿佛房檐上的雨珠，一粒接一粒地坠落。

李碗问，二叔你在干啥？二叔终于停止了那串嗡嗡的声音，说，我给你爹烧点纸钱，说不定，那个声音是你爹故意吓唬我们的，我给他烧点纸钱，也许晚上就不会纠缠我们了。

李碗没想到爹这样有本事，死了居然还能吓人。他忽然想看看爹的样子，爹的尸体隐藏在一块绿色的布下面，那块绿色的布之前是李碗家的窗帘。过去，李碗经常拉开窗帘观看窗户外面的景象。现在，他很清楚，拉开窗帘，看到的绝对不会是什么风景。李碗不敢揭开父亲身上的布，自从听到那来路不明的声音，他就对父亲的尸体感到恐惧。

二叔说，想看就看看吧，你只有一个爹，以后想看你也看不到了。李碗心惊胆战地走过去，然后飞快地把布揭开。李碗闻到一股臭味，那股臭味就像一阵风，扑面而来。李碗看到爹的脸上没有一点表情，一副若无其事的样子，仿佛那股臭味不是他身上发出来的。

李碗告诉二叔尸体发臭了。二叔走过来一看，他的眉头就皱了起来。尸体不仅发臭，甚至流出一些可疑的液体，一群蚂蚁沿着液体爬到尸体下面，看样子它们想把尸体像搬蛋糕一样搬走。秋天的凉风带着一些恶臭在惊马岭飘荡，于是更多的苍蝇被勾引过来，围着尸体嗡嗡地飞舞。

李碗一边驱逐那些苍蝇，一边伸脚去搓蚂蚁，他搓死了一只又一只蚂蚁，他搓死了无数只蚂蚁，他从来没搓死过那么多蚂蚁。

李碗说，二叔，我们不能再等了，再等下去我爹的尸体就烂掉了。

二叔想了一下，说，你在这里等着，我回去找村长打听一下消息。李碗警惕地说，不行，如果回去，你又要去赌钱。二叔说，我一定不赌，我打听一下消息就回来。李碗说，你说三天不吃饭我都相信，可要说你不赌钱，鬼都不信。二叔举起手说，我对天发誓，如果我今天赌钱，就让我连输三十次，不，连输三百次！李碗看二叔一本正经的样子，说，你今天真的不赌？二叔说，发了这么毒的誓，我当然不会赌了。李碗说，那你去吧。

二叔像子弹一样朝村子的方向射去，他跑得飞快。二叔的双脚几乎离开了地面，他差不多飞起来了。李碗感慨地想，二叔是不是真的飞起来了？

李碗看到二叔在迅速地奔跑，可他看不清二叔是怎样奔跑的，他只看到一股黄色的灰尘从二叔跑过的地方飞舞起来。李碗对着灰尘叫喊，二叔，你快去快回！

一阵风路过惊马岭，顺道把灰尘和二叔的声音捎带过来。灰尘中的李碗听到二叔响亮的声音，二叔说，好的，我马上就回来。二叔说话的时候，他的速度并没有缓慢下来，他跑得真快，转眼就跑到很远的地方，简直比风还快。那一刹那，李碗觉得不是二叔在奔跑，而是一匹强壮的野马在奔跑。

　　李碗看着二叔的身影胡乱思索，他想，是不是我们李家的人都喜欢奔跑？像野马一样奔跑？想了一下，李碗忽然一声长叹，他对着尸体说，爹，我们李家就你跑得最快，如果不把车开到山崖下去，现在一定没人能追上你，你说是不是？

　　爹没吱声，他安静地躺在那里，似乎对李碗的话表示赞同。

　　惊马岭也很安静，连人影都看不到一个。除了那群围着尸体盘旋的苍蝇嗡嗡地叫喊外，没有一点多余的声音。阳光明亮地照在杂草和树木上面，那些肥胖或者瘦小的叶片像破碎的玻璃，反射着微不足道的光泽。李碗忽然觉得那些苍蝇的叫声很响亮，让他十分反感，于是折了一根树枝，对那些苍蝇进行追杀。

　　二叔说很快回来，他果然很快就回来了。他跑得满头大汗，身上布满了灰尘，好像刚从泥土里跑出来。李碗在二叔的身上拍了一巴掌，灰尘像一群惊醒的鸟儿，纷纷飞舞起来，那些灰尘有的降落在他身上，有的在地上长居久安。李碗本来想把二叔身上拍打干净，但飞腾的灰尘让他放弃了这个打算。他问，二叔，打听到消息没有？

　　二叔的嘴里喘出一筒粗气，那团粗气里夹杂着一个急躁的声音，那个声音说，坏事了，这下坏事了。李碗问，二叔，出啥事了？二叔抹着汗水说，我刚才打听到消息，说省里那个领导临时有事，不来了。李碗着急地说，那乡政府的人还会不会来呢？二叔说，来个屁，说不定现在那些人正在喝酒打麻将，他们还来个屁！李碗腿一软，一屁股坐在地上，他伤心地说，现在咋办啊？二叔想了一下说，有办法了，那些人不来，我们就把尸体抬到政府大院，看他们咋办。

　　李碗说，我爹的尸体发臭了，还是把他埋掉算了。二叔说，我们不能就这样把人埋掉，要是就这样把你爹埋掉，这几天的工夫就白费了。李碗，就算找到政府那些人，我爹也不会活过来了。二叔说，就是因为这样我们才要找乡政府算账，我们要给你爹讨个公道。李碗想了一下说，二叔，我听你的，去找乡政府算账，我要给爹讨个公道！

五

　　李碗和二叔做了一个担架，然后二叔在前，李碗在后，他们一前一后地抬着尸体朝乡政府走去。乡政府在迎春社二十公里以外的地方，那个地方叫野马冲。对于负重的他们来说，野马冲无疑是一个遥远的地方。他们感到路程愈走愈长，他们走了很久仍然没有看到野马冲的影子。

李碗从抬起担架的那一刻起,就丧失了把爹抬到野马冲的信心,枯瘦如柴的李碗没有具备抬着尸体行走二十多公里的能力。走了一阵,李碗感到体力不支。感到体力不支的李碗对二叔说,我不行了,二叔,我快累死了。二叔回过头来说,你朝前面试一下,我们换一下手。李碗和二叔交换了行走的顺序,走在前面的李碗觉得爹的尸体仿佛轻了许多。

翻过几座大山之后,李碗终于精疲力竭,朝前方眺望,他看到的不是野马冲,仍然是一座挨一座的大山、一条又一条的沟壑。李碗开始为此行后悔,他们现在身处迎春社到野马冲的中央,出发地和目的地都显得无比遥远,李碗终于了解这次行动的艰险。

太阳盘踞在上空,光芒照耀着大地。一阵风经过他们的身边,最后钻进路边的树林。汗水在李碗的脸上流淌,倦意袭击李碗的全身。李碗感到精疲力竭,他的双腿像挂着铅块,无比沉重,李碗喘着气说,二叔,我不行了,我走不动了。二叔说,你朝后面来,我们再换一下手。李碗说,换手也不行了,我要歇一会儿。二叔停住脚步,他们放下尸体,坐在一棵大树下面。他们准备休息一下,然后再朝野马冲进发。

休息了一阵,李碗和二叔继续他们的行走。他们抬着尸体,用脚一步一步地丈量所有的路程,下午的时候,终于抵达野马冲。虽然疲倦像病菌一样扩散全身,但李碗仍然感到有些兴奋,他庆幸自己走完了这条漫长的道路。

他们抬着尸体径直走进政府大院,然后把尸体放在地上,像一件古董似的展览出来。他们的举动震惊了整个政府大院,他们看到很多窗户里都有人伸出脑袋,那些脑袋上的眼睛正朝他们张望。

短暂的时间里,他们的身边就围满了人,那些人像面对一件古董似的对尸体进行参观。有些好奇的人朝他们打听,问他们为啥把尸体抬进来。他们一遍又一遍地对那些旁观者讲述事情的来龙去脉,他们甚至扬言要找钱乡长,要他还死者一个公道。

钱乡长肥头大耳,嘴里有两粒金牙齿,它们总在钱乡长张开尊口的时候闪烁着耀眼的光芒。这个时候,钱乡长出现在人群里,他张开金黄色的嘴巴,问他们怎么把尸体抬到政府大院来?

二叔说,我也不想把尸体抬到这里来,这么远的路程,我们快被累死了,我一点也不想抬到这里来。钱乡长说,那你们赶快抬回去,这里是政府大院,又不是墓地,你们赶紧抬走。二叔望了一下天边说,抬到这里来,我们就不会抬走了。

钱乡长的脸黑如锅底,他的嘴里吐出一串严厉的声音,那个声音说,你们把尸体抬来干啥?这里是政府大院,你们的眼里还有没有王法?

二叔说,你们杀死了人,还好意思谈王法。钱乡长听了二叔的话,就像屁股被针刺了一下,忽然跳了起来,在落地之后,他大声训斥,你不要血口喷人,谁杀人了?是他自己不小心开车翻死的,和我们没有关系,赶快把人抬走!

李碗感到有些昏沉,仿佛肩膀上扛着的不是脑袋,而是一块沉重的石头。他看到二叔和钱乡长的嘴巴不停地说话,但他什么也听不清。李碗惊慌地想,为啥听不到他们的声音?难道我的耳朵聋了吗?

钱乡长让二叔把尸体抬走,但二叔是个顽固的家伙。现在,这个顽固的家伙对钱乡长的话拒不从命,他说,不给我哥讨回公道,我们就不走。钱乡长威胁说,信不信我让派出所把你抓起来?二叔老老实实地说信。钱乡长手一挥,说,那就把尸体抬走,我可以不追究你们的责任。二叔说,我们这么远的抬来,咋会抬走呢?我们要把尸体埋葬在政府大院。钱乡长警告说,不要再无理取闹,再不走我就叫派出所抓人了。二叔说,叫吧,叫吧,派出所把我抓走,我哥的尸体就只能放在这里了。

李碗站在旁边,看到一种阴沉的表情出现在钱乡长的脸上,然后他黑着一张肥胖的脸庞朝办公室走去。

钱乡长很快就拿着一沓钞票走出来,那是一沓崭新的钞票。李碗从来没有看到过那么多钞票,他看到钱乡长把钞票往二叔面前一递,说,这是八千块,要就拿走,不要算了,尸体你们想放在这里就放在这里,老子不管了。李碗看到二叔想都没想一下就把钞票接过去,然后一张一张地数起来,那些崭新的钞票在二叔的手里发出诱人的声音。钱乡长说,要记住,这事我们没有任何责任,这八千块钱不过出于人道主义才给的。

二叔没有搭理他,只是很专心地数钱,他数了一遍之后,拉起李碗就走。钱乡长在后面急忙叫喊,你们去哪儿?你们不能把尸体放在这里,拿了钱就赶快把尸体抬走,听到没有,赶快把尸体抬走!二叔头也不回地说,我们去买一口棺材。这时,一阵冷风从后面飘荡过来,钱乡长的声音随风灌进他们的耳朵,他们听到那个声音说,买了棺材就把尸体抬走,赶紧抬走……

野马冲和黔西北所有的街道一样,都生长在山的皱纹里。它一动不动地趴在大山深处,就像一条死去的蛇。现在,李碗和二叔正行走在蛇的腰部,蛇的尾巴上有一家棺材铺,他们的目的地就是那里。

街道上有很多店铺,那些店铺就像一张张大嘴,把人一个一个地吞进去,又一个一个地吐出来,那是一些很热闹的店铺。他们经过铁器铺,李碗目睹一个长得像黑塔一样的男人抡起大锤趁热打铁。走过发廊的时候,一个头上满是色彩的女子向他们招手。经过羊肉粉馆的门口,里面飘逸而出的浓香让他们停住了脚步。李碗对二叔说肚子饿了。二叔咽着口水说,那就带你去吃碗粉。他们走进羊肉粉馆,羊肉特有的味道让他们的鼻子感到幸福。坐下后,二叔一拍桌子,大声说,大碗羊肉粉,加肉!李碗觉得二叔很神气,也学着二叔的样子,拍着桌子大声说,大碗羊肉粉,加肉!

李碗吃着羊肉粉的时候,他的眼泪都快流出来了,他从来没吃过这么好吃的东西。

我们的生命薄如蝉翼 曹 永

他对二叔说，真好吃，原来世上还有这么好吃的东西啊，这东西差不多能把人香死。二叔说，世上还有更好吃的东西，只是你没吃过。李碗问二叔啥东西比羊肉粉还好吃。二叔的脑子搜索了一下，一时之间没搜索到答案，但他肯定地说，世上比羊肉粉好吃的东西多了。李碗一脸不可思议的样子，他说，居然还有比羊肉粉更好吃的东西！

他们不停地说话，但这并不影响吃东西的速度，他们很快就吃完了一碗羊肉粉，不仅吃完了羊肉粉，他们把汤也喝得干干净净。李碗一边用舌头在碗底进行搜刮，一边说，要是能天天吃到羊肉粉就好了。二叔说，我们有钱了，以后你想吃就来吃。李碗忽然激动起来，他说，对，我们有钱了，以后我能天天吃这样好吃的东西了。

离羊肉粉馆不远的地方就是棺材铺。棺材铺的老板靠着门框打瞌睡。听到有脚步声朝铺子逼近，老板灵敏地睁开眼睛，他看到两个满嘴油光的家伙站在面前。其中一个满嘴油光的家伙说，老板，我们要买棺材。

那两个满嘴油光的家伙就是李碗和二叔，他们吃完羊肉粉，然后带着一身羊肉的腥味出现在棺材铺。他们在棺材铺购买了一口棺材。那是一口好棺材，尸体放进去后大小合适，就像量身定做的一样。从迎春社出来的时候，他们势力单薄，但返回的时候刚好相反。二叔雇了一群人，敲锣打鼓地抬着内容充实的棺材往回走。在这个过程中，李碗本来不想哭泣，但响亮的锣鼓声把他的泪水引诱出来了，他满脸泪水地领着队伍朝迎春社走去。

六

爹回归泥土之后，李碗经常往爹的墓地跑，他总是坐在坟墓前的草地上，嘴里念念有词。没有人能听清他口中吐出的语言，只听到嗡嗡的声音，仿佛一个外来的和尚朗诵难懂的经文。

李碗又去了墓地，在他漫长的声音里，太阳落下山坡，夜色笼罩在头顶。李碗抬头看了一下，然后才慢慢站起来，拍拍屁股上的黄泥，走上返回的路程。他走了两里，回到家，吃了一碗酸汤饭，然后开始睡觉。

半夜时分，一阵密集的声音在屋顶响起。李碗被雨声叫醒，他发现雨水从屋顶腐朽的地方泄漏下来，就像远方飞来的蜜蜂钻进他的家里。那些水珠打击着锅碗瓢盆，仿佛奏响一件乐器。李碗担心的事情终于来临，他在床铺上滚了一下，抬头朝天上看去，雨点如一个阴险小人，趁他抬头的那一刹淋湿了他的脸。

李碗打开电筒，翻身下床，打开门往外看，外面的雨点像项链一样坠落。他找了几张塑料布，把楼梯扛出去搭在屋檐上，然后顺着楼梯往上爬，他冒着雨对屋顶进行修补。经过一番艰难的劳动，终于堵住了那些漏洞。他从楼梯上退下来，衣裳湿透了，就像一张张胶布紧紧地贴在身上，他因此感到有些寒冷。

李碗像剥粽子一样把自己剥得精光，然后像条泥鳅似的钻进被窝，那是一个让他感到温暖的被窝。躺在温暖的被窝里，李碗心想，从明天开始就去山坡上割草，先把草备好，然后把放在二叔手里的钱拿来，请人把房顶翻修一下。

次日清晨，李碗早早就起床了。他胡乱弄些东西吃了，然后搬来一块粗糙的石头，对一把镰刀进行打磨。

这种刀子在村里随处可见，弯腰驼背，呈半圆形，仿佛天上的月牙。这柄弯腰驼背的镰刀在李碗的反复打磨下闪烁出耀眼的光芒，就像是一块破碎的镜子。李碗把镰刀从磨石上拿起来，看见他年轻的脸庞出现在闪亮的镰刀里，他甚至从镰刀里看到自己嘴唇上毛茸茸的胡须。他伸手在刀刃上试探一下，发现它薄得就像一张纸。

李碗提着锋利的镰刀，走过二叔家门口，走过李贺家的自留地，走过村公所门口，再走过村南那座破烂的石桥，爬上山坡，然后一直走进那片茂密的茅草。那片茅草差不多有人高，李碗走进去，就像陷入一片沼泽，身子一下子被吞没，只剩一个脑袋在上面缥缈。

看到那片茂密的茅草，李碗仿佛看到一个硕大的房顶，他因此有些兴奋。那些密集的茅草被李碗一刀两断，就像战场上的士兵，它们成片地倒下。茅草倒下的地方，隐藏其中的虫子暴露了身份，它们仓皇逃走。

风吹草动，那些茅草像波浪似的翻腾着。李碗挥舞着镰刀，把那些水一样翻腾的茅草割倒。在这个过程中，李碗感到疲倦在身上蔓延，汗水从毛孔里钻出来，但李碗没有停歇，他把镰刀挥舞得像转动的车轮。

李碗一不留神，锋利的镰刀落在了手上，鲜血立即像蚯蚓一样爬出伤口。李碗扔掉镰刀，抓了一把湿润的泥土敷在伤口。鲜血在泥土的包围下停止了流淌，疼痛在他的指尖跳动。止住鲜血，李碗一刻也没有停留，他急于把修房的想法付诸实施。

经过漫长的劳动，李碗终于在傍晚时分收割了大片茅草，那片倒地的茅草散布着一股淡淡的香味。李碗觉得这气息如酒，让他沉醉。他一边呼吸着茅草的味道，一边把那些茅草用绳子捆绑起来，然后开始下山。

李碗背着茅草走下山坡，走过那座年老体迈的石桥，走过村公所门口，再走过李贺家的自留地，当他走到二叔家门口的时候，目睹了一场争执的进行。

争执的是二娘和李狗蛋。那个叫李狗蛋的家伙提着一把闪烁着寒光的斧头，堵在门口，怒气冲冲地叫喊着二叔的名字，让他滚出来。二娘说，不要叫了，他前几天出去就没再回来。

李狗蛋说，我不信，他一定是藏起来了，赶快让他出来见我。二娘说，你找他干啥？李狗蛋说，他借了我一万块的高利贷去赌钱，说好前天还我的，可我等了两天还是

我们的生命薄如蝉翼 曹 永

没有看到他的影子，如果今天再不还我，我就要他狗命！

二娘吃惊地说，他真的问你借了这么多钱？李狗蛋说，当然真的了，我李狗蛋啥时候说过一句假话。二娘听了这话，一下子哭起来，她的声音就像钉子划在玻璃上，无比刺耳，她一边哭泣，一边诉苦：这个杀千刀的，家里的钱都让他输光了，咋还欠下这么多债啊？这个杀千刀的……

李狗蛋一脸杀气地说，不要来这一套，快点叫他滚出来！

二娘抹着泪水说，不信你自己进屋看，他要是在，你帮我把他砍掉。

李碗看到李狗蛋提着斧头跨进二叔家门槛，很快又跨过门槛走出来。李狗蛋皱着眉头说，那个家伙跑哪里去了？二娘说，这个杀千刀的前几天去野马冲赶场，去了就没再回来。李狗蛋气愤地说，哪里有赌桌他就往哪里跑，这个狗东西一定又躲到哪里赌钱去了。二娘的哭声更响亮了，她说，这个杀千刀的，最好把自己也输掉，永远不要再回来！

李狗蛋愤恨地说，我就不信能他跑到天边，回来你就告诉他，如果再不把钱还我，我就砍掉他的狗头，老子说得出做得到！

为了表示自己的决心，李狗蛋把斧头举过头顶，狠狠地劈了下去。斧头在空中划了一道弧线，最后落在二叔家门口的一个南瓜上面，那个无辜的南瓜瞬间四分五裂。

看着破碎的南瓜，李碗仿佛看到二叔被斩首的情形。李狗蛋是村里著名的流氓，他这么说就一定会这么做。李碗忽然感到莫名的惊慌，在他看来，李狗蛋手里的斧头在不久之后的某一天总会把嗜赌如命的二叔一刀两断。

李狗蛋开始顺着二叔家门前那条弯曲的小路往回走。在往回走的过程中，李狗蛋余怒未消，他的斧头总是不停地挥舞。在李碗目所能及的范围里，怒气冲冲的李狗蛋就砍倒三棵小树。在李碗看来，李狗蛋的一举一动无一不是为谋杀二叔作实战演练。

李碗背起茅草继续朝家走去。行走的时候，李碗心绪不定，由这场没有结果的争执，李碗得知二叔输了很多钱，而且还欠了一屁股赌债。李碗开始操心二叔手里的那笔钱。

李碗就像一块老式手表，被表匠任意挑拨。时间在刻不容缓地前行，但他的思绪却慢慢地后退。在前行和后退的分歧中，李碗想起了处理赔偿金的情形：当时自己要把政府赔偿的钱锁进柜子，但二叔却说，这钱我帮你放着，要用的时候我再给你。

想到二叔手里的那笔钱，李碗的心里痛了一下，然后觉得背上的茅草沉重无比，压得他几乎喘不过气来。经过一番艰难的行走，李碗终于把茅草背回家。当他放下茅草的一刹那，李碗忽然想去野马冲，去野马冲寻找二叔。李碗担心二叔把自己的钱输光，他急于找到二叔。

李碗放下茅草，用毛巾抹掉脸上的汗水，草率地整理了一下头发，然后开始上路。

秋风像犯人似的在树林里逃窜，弱小的树枝颤抖不已，树叶像一群鸟儿，纷纷落在地上。

李碗就像一匹孤独的狼，踏着枯黄的树叶上路。在行走的过程中，李碗看到很多的山岭和很多的树木，可就是没有看到一个行人，这让他感到有些寂寞。李碗朝那些山岭和树木扔石头，还把它们当成村子里熟悉的人，和它们不停地说话，如此一阵，李碗兴味索然。

李碗经过一番寂寞的行走，终于抵达那个叫野马冲的地方。这个时候，街上很冷清，行人匆匆，好像都很忙的样子。一个臭气熏天的厕所前面，几只野狗在撕咬，它们在争夺一块骨头。大大小小的店铺，一长溜死气沉沉地排列着，好像一条蛇散去的骨架。

李碗钻进所有的店铺，像咨询商品的价格一样咨询二叔的下落，可是他没有得到任何满意的答案。有的店主冲他摇头，有的咒骂他是疯子……李碗找遍了这个叫野马冲的地方，还是没有打听到关于二叔的任何消息。二叔仿佛烈日下的冰块，从地上消失无踪。

李碗焦虑地在肮脏的街道上来回奔走。他找不到二叔，就像一条找不到骨头的野狗。尽管他看起来很匆忙的样子，可没有人知道，有那么一阵，李碗十分茫然，他不知道自己要到哪里去，去做什么，甚至不知道自己何以出现在这条狭窄的街道上。

经过羊肉粉馆的时候，李碗在门口停了一下，里面逃逸出来的香味让他想起上次的情形，记忆终于回到他的身体。回想那碗能香死人的羊肉粉，他的口水不由自主地冒出来。他很想冲到里面，拍着桌子叫喊：大碗羊肉粉，加肉！可是现在他的身上连一分钱都没有。

羊肉粉馆的老板是一个黑瘦的家伙。现在，那个黑瘦的家伙正把自己的笑容无私地贡献出来，他对李碗亲切地招手。李碗从那张黑瘦的脸上感到了温暖，羊肉粉馆的老板仿佛是他久别重逢的亲人。李碗在温暖的召唤下走了过去。

羊肉粉馆的老板一边微笑，一边对李碗说，小家伙，是不是要吃羊肉粉？李碗摇着头说，我没有钱，我不吃羊肉粉，我没有钱吃羊肉粉。羊肉粉馆的老板不笑了，他迅速把脸上的笑容撤得一干二净，说，不吃羊肉粉你站在这里干啥？李碗说，我不吃羊肉粉，我在找人，我在寻找二叔。

李碗开始向对方描述二叔的模样，但羊肉粉馆的老板对二叔的模样没有一点兴趣。他打断李碗的话，你要在这里找羊还行，找人没有，我这里只有羊，只有上好的黑山羊。李碗还想说什么，可是羊肉粉馆的老板像驱逐苍蝇一样驱逐他。羊肉粉馆的老板挥着手说，滚，远远地滚，不要在这里影响老子做生意。

站在街道上，羊肉粉的味道一次又一次地朝李碗扑过来，顽强地诱惑着他。李碗呼吸着羊肉粉的味道，那些浓厚的香味让李碗的鼻子十分舒服。羊肉粉的味道在钻进李碗的鼻孔后变成了一群山羊,那些山羊在里面快活地奔跑。

那些热烈的香味让李碗忽然感到饥饿,那种叫饥饿的感觉纠缠着他的肚子,使之发出古怪的叫喊。李碗感到从来没有过的难受,饥饿就像一只老鼠,在他的肚子里来回逃窜。李碗咽着口水,逃离羊肉粉馆的门口。

这时,饥饿的李碗开始怀念那个叫迎春社的地方,他急于返回那个村庄。

七

从野马冲回来,李碗不再上山割草。他害怕李狗蛋抢先找到二叔。于是李碗像一条猎狗,整日在二叔家附近徘徊。李碗耐心地等待二叔归来,在他看来,二叔和钟表上的时间一样,总会返回出发的地点。

李碗在二叔家附近徘徊了两天,时间像流水一样,不声不响地溜走。在这两天里,始终没有看到二叔的身影。李碗开始感到无聊,他从地埂边扛来两捆苞谷草,然后躺在软弱的草堆上面等待二叔的出现。秋天的阳光无精打采地照耀着,苞谷草一片金黄,几只虫子从草堆里钻出来,振动着翅膀飞向远方。

李碗躺在草堆上仰头张望,天空就像一匹蓝色的布,那些飞过的鸟儿像是布上的图案。看了一会儿,李碗感到疲倦朝他扑面而来,眼皮像个势利的家伙,沉沉地往下坠。李碗渐渐睡去,在他睡眠的过程中,口水顺着嘴角流淌,仿佛他正在品尝什么好东西。

李碗再次睁开眼睛的时候,树木在风中呼呼作响,太阳已经失去了原来的光彩,就像一个蛋黄,有气无力地悬挂在迎春社的上空。流了一天的时间,终于快要流尽了。

李碗站在草堆上朝村外望,试图看到二叔的踪影,可是他什么也看不见,所能看到的,只是夕阳、炊烟和晚归的牛羊。李碗看不到期望看到的景象,可他还不停地眺望,他觉得这样心里才好过一些。看了一阵,眼睛开始酸涩,于是他伸出手去对付其中一只眼睛。因为另一只眼睛无所事事,所以唆使它继续张望。

就在李碗睁一只眼闭一只眼的时候,一个熟悉的身影忽然走进他的视线,那个熟悉的身影就是李碗朝思暮想的二叔。二叔身上布满霞光,仿佛披着一件金黄色的衣裳。李碗不再对付眼睛,他迫不及待地朝二叔奔去。

二叔看到飞奔而来的李碗,意外地说,你在这里干啥?李碗喘着气说,我在等你。二叔的眼里布满血丝,你等我干啥?李碗说,我想把那笔钱拿走,我要修房,我需要那笔钱。二叔说,你的房子不是好好的吗?你修狗屁的房子。李碗说,房顶腐烂了,一下雨就没法住人了,你快把钱给我。

二叔打着哈欠说,过几天给你。李碗着急地说,你是不是把钱输掉了?你快告诉我,是不是把钱输掉了?二叔挥着手说,都说过些天给你!李碗愈来愈紧张了,你是不是真的把钱输掉了？如果没有输掉就快点给我。二叔有些底气不足，说，我现在很困，要回去睡觉，你不要烦我。李碗说，我晓得了，你一定把钱输掉了，你是不是把钱输掉了？

二叔被逼无奈，低着头说，是被我输掉了。李碗双手拍着屁股跳了起来，仿佛他的屁股被毒蛇咬了一口。李碗在拍着屁股跳动的过程中，他气愤地说，那是我爹用命换来的钱，你咋能把它输掉呢？二叔说，过些天我手气好了就还你。李碗说，你现在就还我。二叔说，我现在输得精光，屁都没有，拿啥还你？

李碗摇晃着二叔，就像摇晃着一棵树。我不管，我就要你现在还我，那不是钱，那是我爹的命，你快点还我。二叔说，过些天给你，算我借你的。李碗不干，要他马上还钱。二叔生气了，生气的二叔踹了李碗一脚。他沉着脸说，老子说过些天给你，过些天给你，就是不听！李碗像疯狗一样咆哮，不行，我现在就要，现在就要！二叔说，妈的，老子没钱，你还要我的命啊。

李碗忽然从身后抽出一把镰刀，那是一把锋利的镰刀。那把锋利的镰刀，前些天他用来收割茅草。李碗大声叫喊，我就要你的命！

二叔看到眼前寒光一闪，锋芒毕露的镰刀钻进他的身子。二叔感到疼痛在身上蔓延，他吃惊地说，孩子，我是你二叔，我是你二叔啊……李碗恨恨地说，就因为是我二叔，你才不该这样对我！李碗的镰刀又落了下去……

看着血泊里的二叔，李碗忽然感到有些惶恐。恍惚间，李碗觉得自己没有杀人，可二叔已经像一根干柴似的倒在地上，而且所有的细节都在脑海里鲜活无比。镰刀上有血珠在坠落，一滴又一滴，李碗很清楚地听到血珠坠地后飞溅的声音，就像一场大雨过后，雨滴从房檐坠到水沟那么清晰。

李碗提着镰刀，慌忙朝村口奔走，就像一只受伤的兔子，步履踉跄。李碗走出村子的时候，听到有人喊他的名字，抬起头，发现喊他的是一个木匠，一个叫马三元的木匠。自从把拖拉机赔偿给李家，马三元就改行做了一名走村串寨的木匠。现在，这个叫马三元的木匠正背着斧头、锯子、刨刀、尺子等工具从远方归来。

马三元一直对李家心怀愧疚。每一次碰到李碗，他都会像对待亲戚一样打招呼。马三元说，李碗，这么晚了，你还要去哪里？李碗说，我要去派出所投案自首。马三元笑了一下说，你又没犯法，你投案干啥？李碗让马三元的笑容刺痛了，不服气地说，谁说我没犯法？我犯大法了，我杀人了。马三元一下子笑出声来，你能杀谁？你杀一只鸡还差不多。李碗被激怒了，扬起手里的镰刀说，我真的杀人了，我把二叔杀死了。

看到鲜血淋漓的镰刀，马三元的脸色苍白得就像一张纸。马三元失声说，你真的杀人了？李碗对马三元的怀疑态度很不满意，于是细致地对他叙述了事情的来龙去脉。马三元听罢，跺着脚说，你杀他干啥？李碗，你杀他干啥啊？李碗说，我恨不得吃他的肉。马三元说，你二叔招惹了李狗蛋，李狗蛋不会放过他的，你为啥还要杀他啊？李碗咬牙切齿地说，正因为这样，我才要把他杀掉，我不能让别人抢先下手！

这样说的时候，李碗抬起头眺望远方。这个叫李碗的少年发现夜晚就像一群黑色的骏马，从四面八方狂奔而来。

（原载《山花》2010年第1期；《中篇小说选刊》2010年增刊第1辑转载）

2010年

孟学祥

迎　春

纳料歌手石国花跨过五十九的坎迈进了六十的大门。六十岁对一个人的一生来说，就像坛子里腌的盐酸菜，又酸又好吃，细嚼慢品，就慢慢品出了好多酸甜苦辣。六十岁，石国花有资格去参加六十岁以上的老人才能去过的迎春节了。今天不但是石国花第一次去过迎春节，而且村里还叫她作为邀约人去邀约寨上的老人们一起出去过迎春节。

石国花拉开大门的时候，门楣上的牛头晃动起来，石国花没有注意到，但是跟着出门的孙子却注意到了，孙子叫了一声奶奶。石国花边走边说，不要跟着我，在家跟爷爷，我要去很远很远的山上，山上有老猫，专门抓小孩子。其实孙子并没有想跟着石国花，孙子只是想到外面去玩。看见门楣上的牛头动来动去的，孙子就觉得挺好玩，孙子想告诉石国花，门头上方的牛头动了，动起来的时候就像两只牛在活动牛角准备打架。见石国花走下了台阶，孙子把大门关上然后推开，推开门后立即跑到门边来看那两只牛头，看牛头上那晃动的牛角，往返几次也许是觉得光是看到牛头在动，却总不见牛角像牛打架一样抵在一起。孙子于是就让大门开着，跑到一边对着那只躺在地上的黑狗踢了一脚，无故受到踢打的黑狗惨叫一声，从地上爬起来看了一眼孙子然后想走到别的地方去继续睡觉，但是孙子却不给它机会，而是一步三趋地紧跟在狗的身后，一直从大门边跟到台阶下的院子中间。

水泥院子旁边的水沟还在哗哗哗地流淌着昨夜的雨水，一条水泥路从院子一直延伸到寨子中间。石国花在院子里一边往背篓里装东西一边叫孙子不要玩水。背篓里已经装了一口锅、一瓶酒、一大碗糯米饭、一块肉、一把刀、一块砧板、几只大碗。背篓不大，塞进这些东西后就已经满满当当了，一只被绑着翅膀和双脚的公鸡在地上挣扎着，

迎春 孟学祥

石国花想把公鸡也装到背篓里去,但试了几次都不知道该放在什么地方,只好放弃了这个念头。石国花蹲下身子,把背索套到肩膀上,一手抓住在地上挣扎的公鸡,两只脚一用力就从地上站了起来。起身后,石国花对孙子说,在家好好听爷爷的话,不要玩水,玩水一会儿咳嗽来要挨打针。回屋去,叫爷爷给你煮面吃。在家好好听话,一会儿奶奶给你带好吃的来。孙子说,奶奶,我不要好吃的,我要汽车,像东生哥的那个汽车,手在这边一按就可以自己跑的汽车。

石国花已经走出好远了,孙子还在身后大声地喊,奶奶,一定要给我买一个汽车来。

出了院子,水泥路就四通八达地在寨子里延伸起来,就像城里的街道,从一个村巷连接到另一个村巷,从一个院子延伸到另一个院子。昨夜的雨水将原先散落在这些路上的牛屎、马屎以及垃圾、灰尘冲洗得干干净净,每一条村道看上去比平时更加整洁,更加漂亮和光滑。

寨子里的水泥路已修成两年多了,这两年多来,石国花每一次走在上面,都还会有种恍惚的感觉,仿佛自己的脚不是踏在村道上,而是踏在县城的大街上,每迈一步都小心翼翼,生怕把从坡上带来的泥土洒落在这些光洁的路面上。对石国花来说,这日子的变化就像一场梦,昨天还实实在在地在梦的那边,今天一不小心就走到梦的这边来了。

石国花初嫁来纳料那阵,路是真正的"水泥路",晴天一路灰,雨天一地泥,再加上遍地的牛屎、马屎和各种家畜的粪便,寨子要说有多脏就有多脏。石国花清楚地记得,第一天走进纳料,她是被娘家的亲戚朋友簇拥着,两个被夫家请去帮接亲的寨上姑娘扶在她两边,一路拉着她磕磕碰碰地往前走。不知是有意还是无意,她的脚时不时地踩到牛屎上,好好的一双新布鞋还没有等走进丈夫家就已经被牛屎弄得肮脏不堪。纳料的房子在石国花到纳料来生活若干年后都还没有多少起色,都还是木头房,房顶上都还盖着厚厚的茅草,只有少数几栋屋的屋顶才盖着瓦片。石国花和丈夫都不是认命的人,在纳料也算得上是很勤劳也很会持家的人,他们在生产队时拼命抢工分,承包到户后更是不敢有半点耽搁,除了晚上睡觉、赶集办事的日子,他们的时间几乎都花在了侍弄土地和种庄稼上,但尽管他们穷其一生去勤扒苦做,家里的日子在他们当家时一直没有多少改变。苦熬一辈子,石国花从当初的小媳妇熬成了几个孙子的奶奶,当她终于屈服于命运,认为自己这一生恐怕也过不上什么好日子时,日子却一天一个样地发生着翻天覆地的改变,变化之快之新让她总感觉自己就好像是在做一场梦,一场让自己怎么抓都抓不住的好梦……

擒在手上的鸡弹了一下,把石国花从梦中弹了回来,太阳从远处的山顶上冒出来,洒在寨子上空和附近的山上,弥漫出缥缈的浓雾,把寨子的上空笼罩在一片雾气缭绕的圣洁世界中。大奶，大奶！石国花站在丈夫大哥家的水泥院子里，把大嫂从门里叫了出来。拉开门走出来的时候，大嫂手里抓着的那只鸡还在"哟——哟——"地叫着，大嫂一边把石国花往家让一边说，这挨刀砍的鸡，昨晚关得好好的，一大早就拱开笼门跑了出来，害得我和你大爷追了好半天才抓到。

被抓在大嫂手里的那只大红公鸡，似乎很不服气，也很委屈，在石国花和大嫂俩妯娌说话的时候，还在拼命地叫唤，拼命地挣扎。大哥张大才拿着绳子从门里跨出来，一边帮大嫂捆鸡一边叫石国花进家去坐会儿再走。望着大嫂手上的鸡，石国花有点不知所措，今年的迎春节是石国花第一次参加，应该只是她一个人带鸡去，其余去参加的人只是象征性地带点猪肉、一瓶酒和一碗糯米饭就行了，带多了在坡上也吃不完。大嫂似乎看出了石国花的疑虑，对石国花说，我本来不想带鸡，你大爷却一定要我带，他说带去坡上杀了吃不完就带回家来吃，他也想吃鸡肉了。这老鬼，嘴巴馋了就想找个由头来让我帮他杀鸡。大嫂说话时大哥已经把鸡捆好了，大哥帮大嫂把鸡放到背箩里，然后直起腰说，我晓得你们都舍不得吃，你们把鸡杀好后就带回家，晚上我和二爷做下酒菜。大嫂一边把背索往肩膀上套一边对张大才说，你想得美，哪个说我们舍不得吃？这两只鸡刚好够我们在坡上吃，你和二爷想吃鸡肉就自己去抓来杀，不要指望我们来帮你们整。是不是，二奶？

石国花本来不想说话，见大嫂把话题抛给自己，就心不在焉地附和了一句。

嫁来纳料的第一年，石国花就知道了迎春节。立春那天，纳料的新媳妇石国花和丈夫张大学从婆家回来，在一个山坳里听到了一阵歌声，张大学说这是寨里的老人们在这里过迎春节。石国花觉得很好奇，就叫张大学带她去看，张大学却显得很为难，说老人们过迎春节一般都不准人看，特别是不准年轻人看。张大学越说得神秘，石国花就越想去看，拗不过她的张大学只好把她带到一处刺蓬后面，叫她不要露头，更不要出声，看几眼后就赶快离开。

山坳里燃着一个大火堆，十多个老奶奶分散围坐在火堆边，她们的旁边是一个石头垒起的祭台，祭台上摆放着糯米饭、米酒和几大块肉，祭台的四周插满了正在燃烧着的香烛，飘在空中的烟雾就是那些燃烧着的香烛散发出来的。寨子中两个最年长的男性长者则在一边忙着煮饭、做菜，而奶奶们只是坐在火堆边一心一意地唱她们的迎春歌。

……
  谷雨来到是新春，
  阳雀来叫鸟来音；
  一年一个春来到，
  三混两混老了人。

迎春 孟学祥

细细羊毛落金池，
提笔难写断头诗；
灵丹难医鸳鸯病，
黄金难买少年时。

细细羊毛落砚台，
提笔难写两分开；
灵丹难医鸳鸯病，
黄金难买少年时。
……

　　石国花就是这样第一次见识了迎春节老人们的活动。在她的印象中，迎春节既然是个节，在节日里搞仪式，要不就是很肃穆，要不就是很活泼，而这个迎春节却哪样都沾不到边，既不肃穆也不活泼，看上去还有点滑稽。但是那些迎春歌却从此就让石国花记在了心间。不知为什么，听着上年纪的老人们唱这些歌，石国花总觉得心里有种怪怪的感觉，总有一股挥之不去的悲壮和凄凉。若干年后，当石国花也做了寨上的老人，也有资格参加迎春活动，同寨上那些慢慢老过来的奶奶们唱这些歌时，她才感觉到时光真的过得太快，恍恍惚惚地，她就从一个什么都好奇的新媳妇变成了孙子们嘴里的奶奶。
　　石国花和大嫂来到寨子中间的鼓场，等着寨上一起去迎春的老人们到这里来集中。鼓场中间，几只狗在水泥地上奔跑嬉戏，时不时地停下来你咬我一口，我叮你一嘴，或者几只共同追逐一只，追到后就共同发力，把被追的对象摁在地上，轻轻地咬上一口，然后撒欢地从倒地的那只狗身边跑开。被咬的狗从地上爬起来后也撒欢地跟在后边追着跑，跑着跑着就跑到了场子边的戏台上，在那里追逐、撒欢、互咬。这些狗仿佛也知道，只有到戏台上去表演才会真正出彩，才会招来更多的目光。
　　这个鼓场是大前年修起来的，是国家出钱补助、村民集资修来的，国家在出钱补助纳料人修水泥路的同时也补助大家修了这个鼓场。原来的鼓场可不是这个样子，原来的鼓场只是一块在寨子中间被先人们平整出来的泥土地，是专门供寨子上死人后跳猴鼓舞用的场地。石国花自从嫁到纳料，在鼓场还没有修成水泥地以前，就没有看到过哪一家来这里跳过猴鼓舞。还是特殊的那些年，谁家死了老人都不准大操大办，更不准跳猴鼓舞和唱孝歌，连祖先传下来的人死后必须先选择好日子，在选择的吉利日子里才能抬上山去安葬的习俗也被禁止了。老人过世都只能在家停三天，第三天必须抬上山去埋。那些年，鼓场白天是生产队的晒场，专门用来摊晒上缴的公粮，晚上就是生产队开群众大会的露天会场，闲时就是生产队饲养场里的鸡、鸭、猪、牛、马以及各家各户的看门狗的娱乐场，这些牲畜在这里玩耍，也将粪便东一堆西一堆地拉得到处都是。土地承包到个人后，政策也放宽了，寨上有老人过世也可以跳猴鼓舞了，但寨上没有哪一家在老人过世后到这里来跳猴鼓舞，大都选择在自家的院子里跳，自家的院子虽然小了点，但平整，不像寨子中间的这个鼓场，坑坑洼洼的，还到处堆积着家畜们拉下的粪便。

石国花的公公爹张群志是纳料最好的猴鼓舞鼓手，石国花嫁过来没多久，公公爹的母亲，也就是丈夫的奶奶去世了，寨子上的人都希望公公爹能为他的母亲跳一场猴鼓舞。那个时候跳猴鼓舞还属于封建迷信活动，不敢公开跳，公公爹只能关门在家悄悄跳，因为家里地方窄，跳的时候只准男人们去看，女人和孩子都只能站在门外边，而石国花作为孝家，有幸在家中看到了跳猴鼓舞。那一次，石国花才真正见识到猴鼓舞，其实也就是跳舞的人模仿猴子的动作在进行舞蹈，一边跳还一边唱孝歌，旁边看的人也跟着唱，唱到情浓处时，跳的人和看的人都忍不住发出哭声。那次公公爹跳的时间很短，本来跳一次猴鼓舞要花近两个小时，公公爹却跳不到一个小时就草草收场了。但就是这么短的时间却让石国花的内心感到了震撼，公公爹在自己的母亲棺木前所表演的每一个动作和用歌唱所渲染的感情，就像一首如泣如诉的长诗，让在场的人都感到特别的揪心，然后就是无比的伤心。随着公公爹跳出的每一个动作和唱出的每一句歌词，在场的人都哭得很伤心，自己的婆婆和夫家的那两个姑姑更是哭得几乎昏厥。石国花和这个奶奶虽然谈不上有多少感情，但是那天她特别想哭，她跟自己的婆婆和姑姑们一样，哭得天昏地暗。

石国花家院子的水泥地是纳料率先打整出来的第一块水泥地。政策放宽后，寨子上和附近寨子的人都来和石国花的公公爹张群志学跳猴鼓舞，来学猴鼓舞的人都给张群志带米带酒或干脆送钱，酒张群志收下了，但钱和米都被退了回去，于是这些人就一起出钱，将石国花家的泥土院子打成了水泥院子。

被修整成水泥地的鼓场就像一个露天大戏园，鼓场的一边是一个大大的戏台，戏台的墙壁上雕刻着一个大大的铜鼓，铜鼓的两边是各种各样舞姿的猴鼓舞雕像，远远看过去，仿佛有无数的舞者正围着一面大铜鼓在翩翩起舞。鼓场的四周是一排雕梁画栋的长廊，那些长廊上的画像一个个栩栩如生，比家里神龛上的画像还要精细，还要耐看。鼓场修起来后，鼓场的四周立马就冒出了好多楼房，这些楼房都是清一色的雕梁画栋，琉璃飞瓦，远看还是老辈传下来的吊脚干栏木楼，但是近看却要比原有的那种干栏木楼气派、漂亮、堂皇。这些楼房都是寨上人这几年修建起来的，原来是东一栋西一栋地散落在鼓场的四周，而且都是仿山外人修建的水泥平房。鼓场修起来后，政府重新对这些房屋进行了统一的规划，并资助大家对这些房屋进行了统一的装饰打扮，还新修了一些房

迎春 孟学祥

屋。经过统一的规划和打扮，原本没什么特点的房屋一下子就变得整齐、鲜活和富有特色起来。

  寨子变得漂亮了有特色了，到寨子里来看的人就多了起来，这些人有本地的，有外地的，甚至还有外国的，这些人的到来不光让纳料人大开眼界，同时也打破了这里长期形成的传统生活方式。一些年轻人跟着这些人的脚步走出去了，走到山外去闯天下了；一些在家的年轻人也不再把心思放到种地上，而学起城里人做起了生意；有的开着车子在路上跑，赚取拉脚的钱；有的用自家的房子开起饭店，赚那些到这里来游玩的客人们的饭钱。鼓场修好后，就经常举行猴鼓舞表演，都是表演给到寨子里来观光旅游的外人看，有时外面来的人还会在寨子上住下来，出钱请寨子里会跳猴鼓舞的人教他们跳猴鼓舞。鼓场修成时，石国花的公公爹张群志已经去世好多年了，否则他一定是第一个到鼓场的舞台上去跳猴鼓舞的人。石国花的丈夫张大学也是纳料猴鼓舞跳得最好的人，每逢寨子里要跳猴鼓舞都少不了他。现在他不光是纳料这片山上三村十六寨专门教人跳猴鼓舞的师傅，还是乡里学校聘请的专门教孩子们跳猴鼓舞的老师，每周都要到学校去上两天课。

  去参加迎春的老奶奶们陆陆续续走进了鼓场，她们一个个都打扮得齐齐整整，虽然穿的都是些古老的服饰，但由于这些服饰平常很少穿到老人们的身上，乍一穿上身，感觉还挺光鲜，挺耐看。这么一大群穿着漂亮服饰的老人走到一起，一个个又都提着大包小包，仿佛她们不是去参加迎春踏青，而是去走亲戚或是去旅游。在一身新衣服的衬托下，这些六七十岁的老奶奶，一个个看起来至少比她们的实际年龄要年轻许多。这些老奶奶们除了带来往年去迎春时该带的糯米饭、酒和一截猪肉外，每个人手里还提着一只鸡。这让石国花感到很意外，还没有等石国花说话，提鸡来的老奶奶们就七嘴八舌地说：

  "现在生活这么好了，我们也要让春奶奶知道，我们是诚心诚意请她，是杀鸡敬她，不是杀一只鸡，而是杀很多只鸡敬她，让她好来快点，跟我们一起多过几年这样的好日子。"

  "我们个个杀鸡，就是要让春奶奶晓得，我们现在过的也是神仙日子，是快活日子！"

  "我们都拿着鸡去，就是要让春奶奶晓得，现在我们的这个日子呀，已经不比从前了，不知要好到哪里去了！"

  除了拿着鸡，有的还提着大瓶小瓶的饮料，独居的李四奶还提来了一瓶好酒，虽然比不上茅台，但是市面上也要花好几百元才能买到。李四奶乐呵呵地说，这是过年前女儿和女婿孝敬的，原本想等儿子们回家过年时喝，可是儿子们过年喝的酒却比这个还要好，过完年他们又出去打工了，这个酒留在家也没有人喝，今天就带来让我们这些老家伙也好好开一回洋荤。

　　石国花从背篓里取出几个大塑料袋，把大家带来的东西都分装到袋子中，然后把自己的背篓和大嫂的背篓都腾出来装大家带来的鸡，所有的鸡被丢进背篓时都发出了痛苦的叫声，尽管一只压着一只，两只背篓还是装不下这么多鸡，有几只就只好摆放在地上。大家带来的东西也装了满满的几大袋，有人说这么装是不是太重了，等一下不好拿。石国花说，不用担心，这些东西不要大家拿，会有人来帮我们拿。说话间，去帮大家做饭做菜的老支书刘仕光和寨子里最年长的金三爷也来到了鼓场。有人就对石国花说，就他两个人，这么多东西，他们也拿不动啊。石国花说，不是他们两个，是另外的人。有人就说，难道还要叫别的老家伙去？石国花说，不是别的老家伙，是车子，等一下要有车子过来拉这些东西，还要拉人。

　　一听说今年有车子送大家去迎春，大家就七嘴八舌地议论开了，有人问石国花，要到什么地方去迎春？是不是很远？还有人说，往几年都是走路去，今年还要拿车子拉去，是不是嫌大家老了走不动了？也有人说，有车子好，有车子就轻松多了。有人问是什么车，小面包车肯定拉不完这么多人。

　　说话间，车子鸣着喇叭开进了鼓场，来的可不是寨子里老人们经常看见的面包车，而是她们只在公路上看过而没有坐过的那种豪华旅游车。车子停下后，石国花叫大家往车上装东西，大家却畏首畏尾地站在一边，不敢上去。老支书刘仕光一边往车上装东西一边告诉大家，这是村里特意为大家请的车，要请大家到甲茶风景区去过迎春节。刘仕光的话一说完，大家先是一阵惊愕，随之就像孩子一样，一边高兴得叽叽喳喳地说笑，一边手脚麻利地把地上的东西往车上搬。

　　上车后，刘仕光告诉大家，今年的迎春节是张二奶牵头，本来张二奶想由她家出钱请大家去远一点的地方玩，让大家都高兴高兴。刘仕光说，张二奶和张二爷来跟我讲的时候我也很赞成，但不赞成由张二奶家来出这个钱。我就去找村领导说，村领导也很赞成这个意见，说大家都不容易，要玩就去好一点的地方玩，玩个痛快。至于钱呢，不要张二奶家出，也不要大家出，全部由村里出，把大家都请到甲茶去，把我们的迎春活动也拿到甲茶去过，让大家也去看看，欣赏甲茶这片生长在我们家乡土地上的美丽风景。

　　在座的每一位老人都见识过甲茶，而且都曾到那里走过，但自从那里被开发成风景区后，老人们都老了，很少出门了，所以至今好多人都没有去过，不知道开发后那里是什么样子。

　　有人问石国花，张二奶，前年你去过甲茶，听讲那里的模样全都改变了，变成什么样子了？

　　石国花说，变化太大了，前年老三他们从广东回来，带了一大帮朋友要到甲茶去玩,我和他爹也跟着去玩了一回。啧啧,才十多年没去,那里就变化得我都不敢认了,房子全部修得比我们寨子上的还要漂亮还要整齐,路全部修成了宽阔的水泥路,那些在水面上跑的船,也全部变成了机器开的船。

石国花的描述把大家都带进了对甲茶的向往中,在石国花描述的时候,好多人的眼里都流露出了羡慕的神情。石国花描述完后,很多人都还沉浸在那种向往里,一时间车上竟没有人说话。

坐在车子前面的刘仕光站起来对大家说,大家都听好了,这回到甲茶去过迎春节的不光是我们纳料寨子的人,周边几个寨子的人也要去,说不定电视台的人还要去录像。大家要拿出点精神来,特别是唱歌,唱歌上决不能输给其他寨子的人,丢我们纳料寨子的丑。如果你们唱歌真的唱输了,我和金三爷就不给你们做饭做菜。

说到唱歌,车上的气氛立马活跃起来。有人说,怕哪样?我们有张二奶这样的歌师在,哪个寨子来都不是我们的对手。石国花说,现在老了,已经不比以前了,嘴巴不关风,唱出来的声音不好听不说,连记性也不太好,好多歌都记不住了。李四奶说,怕哪样?瘦死的骆驼比马强。以前去吃酒,那些寨子上的老奶们都很难唱赢我们,今天她们也好不到哪点去。

一直没有发话的金三爷说,张二奶,你怕记不住,现在就先来温习温习,让我们大家帮你记。金三爷的话立即得到了大家的响应,在大家的撺掇下,石国花低低地唱了起来,先是她一个人在独自哼唱,接着是很多人加入到一起哼唱,开始都还只是低低地哼,慢慢地就越唱越高,越唱越大,一瞬间整个车厢就汇聚成了歌声的海洋。

……
娱乐娱乐把歌唱,
迎春路上闹洋洋;
春暖花开日子好,
伴獴山寨幸福来。

千年树子根连根,
群众跟党心连心;
伴獴人民听党话,
日子越过越舒心。

大塘无水是从前,
现在有水花转鲜;

生活富裕政策好，
迎春热闹胜往年。
……

车子载着一路歌声和车上老人们的欢乐，跨过一个又一个山野，走过一个又一个村寨，一路奔驰着，向着美丽的甲茶奔驰而去。

（原载《民族文学》2010年第2期）

2010年

潘 会

一封未拆开的信

哦呓！月，还是那个月喔，弯弯的像枚玉镰，不经意地勾出许多往事。

二十多年前，也是这么个寒秋，一个初五的晚上，夜色如纱，故乡的明月挂在坡头的树上，我们相倚坐在树下，缠绵的心话让月牙流连忘返——她的倩影仍历历在目，话音仍清晰可辨。

她说地质勘探队要搬走。月光下，她的眼睛满是星星。我问，要搬到什么地方？远吗？她只点头，说不出要搬到什么地方，只说反正这里的事做完了，非到别的地方去不可。

她一身霜，我一身露。夜籁中我们静听着蟋蟀声。

我说，你也去吗？她"嗯"了一声，即刻我脑子里像个无底洞，从中冒出一句来——你不走多好。她问，为什么？我不好明着回答，简直是明知故问。

她叹气说她跟随父母，工程到哪儿父母到哪儿她就到哪儿。我既明白也不明白，问，你要跟随父母到老不成？她也生了气，说，那你叫我咋办？气上话比平时还要温柔、动听。

我确也不知叫她咋办，我还在校读书，明年要高考；她初中毕业就跟随父母来带妹妹，还不是工程员工，虽说明年满十八岁了就可以照顾录用，可一切都还在等待之中。

蟋蟀声再次上来，心像夜景那样空远。想了很久，她说，走后你还想我吗？我想，光说想还不够，但又说不出口。只说，你们还会回来吗？这句话在心里是这样说的：我不让你去。她听得出来，也不直接回答，却说句令人兴奋的话：明天我想去你家玩，可以吗？

兴奋是兴奋，但有点猝不及防。

那夜回到家中，我像做了皇帝，心胸一个劲地在膨胀，心想这个家怎么见得她的面，破陋不说，都找不到能让客人坐的凳子。母亲为了供我读书，家里一年到头除了盐巴，啥东西也挤不出钱来买。我到地质勘探队的工棚里找她时看到她们的生活可好啦，每顿少不了油，隔餐还有肉，穿的也不像我们那样到处是补丁，这样白胖的客家姑娘怎能钻我家那草房呢？我的心一直在烧乱，拒绝或找理由推迟？不，这不是我的本意。见到我家了她对我会有什么看法？我不知道，也不想知道，手心一个劲地在浸着汗水。

第二天我起得比任何时候都早，太阳刚出来我就想让它下山去。那天的白昼实在太长了，那太阳总是迟迟不移动脚跟，你知道我是怎样数着心跳等过来的吗？

天还没全黑，我就迫不及待地来到他们工棚里等她。她眨眼角警告我，别让她父母知道。她若无其事地和往常一样帮他们洗好碗，然后诓走她的妹妹，悄悄地和我出来。刚出门她就比我还急，说快点走，得赶早回来，晚了父母会找不着她。

从钻井的工棚到我家要走半个多小时，可她走得很急促，仿佛去的不是我家而是她家。

一路上，她显得很高兴，而我却冒着一身冷汗把她带到家来。过点小水沟她都害怕，她主动伸手让我拉，娇着要我背她过去。我们相处几个月了，或者说相爱，这是第一次享受到她的肉感和大面积的体温，我心里明白，她在把自己的灵和肉中的信息传递给我，我们之间已经没有距离和彼此了，顿时我的心像蜂蜜那样融化。这种从未体验过的感觉叫我莫名紧张，紧张到恨起自己来。

很快到家了。我们边走边说话，还没进门，母亲就听见了，我喊妈一声，意思是让她知道有人跟我来。她叫我们站一会儿，等她出来了我们再进屋。母亲愧着一张脸出来，我说，这是迎红，我的朋友。母亲连连点头说"快进屋快进屋"。其实母亲早知道我们相好，那是别人看见我们有多亲热了回家说给母亲听的，母亲也一直苦着心怕我们真好，一直当我们是一般朋友玩玩罢，想不到这回真的领来家了。看到我们手拉手，母亲四肢忙乱，慌慌地说完话就往外走。

屋里母亲早点着那盏墨水瓶做的煤油灯，火光在黑暗中闪闪晃晃，我拉着她走进屋来，我们的背影一时占据了半个屋壁。迎红在屋中柱边的凳子上坐下，蹑起手脚，像猫一样睁大眼睛看这看那，仿佛她来的不是地方。

我说，我家就这样，很苦。

她只"嗯"了一声，好像一切都很明了。我坐在她身边，听到她的呼吸有些异样，特别不同以往。我估计，出于尊重，那是心灰意冷的镇静。

我的心在收缩中跳动，空气一时凝固起来。不多时，门外的脚步声冲缓了这尴尬的局面，母亲匆匆地进门来，手上抱着刚从别家借来的一只大公鸡。她身后也跟着叔爷和叔娘。叔娘嘴快，先说了这么一句：赖命啊，我们家增添新人啦！灵灵秀秀的哦！叔爷见是个客家姑娘，也想表现他会说客话：好！要杀！快杀！说着就去找刀子来。我听了，赶紧阻止叔爷杀鸡，然后拉起迎红就往外跑。因为迎红听不懂我们的话，她不明白什么意思，只听叔爷叫"要杀，快杀"就青起脸来，在门外她用惊疑的眼睛看我。我说，走吧，别看啦。在返回的路上，她总想弄明白是怎么回事，我只好告诉她这是我们的风俗习惯，老人把你当成新媳妇了，所以借也要把鸡杀来招待你，再不走就逃不脱啦。说完这话我想笑，但她刨根问底，她说她什么时候答应是我媳妇了。我说我们民族是这样，青年人谈恋爱时，女方是不轻易到男方家的，女方要是登了男方家的门，就等于愿意嫁给男方，这是来看家的，我们叫作踩屋。母亲肯定是误解我们了，所以……

听了，我以为她定会惊出一身冷汗，然而她说，那你还拉我出来干吗？你不想要媳妇？我二话不说抓到她的手就往回拽，这时她又坐地死活不走，笑累了起来对我说，谢谢你，要不我真的难堪极了。我说，我不会偷袭你的，你要是真的同意了，现在我们转回去也不迟，鸡还了还可以再借嘛。她笑着举起小拳头捶我。

我用真心问她，愿不愿意做我媳妇？她默不作声，不说愿意也不说不愿意。

月亮都快要休息了，我才送她到工棚边。

现在回想那月牙，弯弯的似把银刀，无奈地割断了缕缕情丝。

从那以后，她不再提到我家的事，我更是羞于启齿。在地质勘探队快要搬走的那几天，我们是每天晚上都要见一面，但她再也不敢离工棚太远，我们就在附近的田埂边傍着草堆挨坐在一起，沐着露水思明月望星空。越是接近搬走之日，我们就越是对视无言。心海像遇到了台风，浪峰不断地在礁岸边拍打、咆哮。

他们走的那天中午，我怕没有勇气不流泪，就早早地窥在离工棚很远的僻处看着她，直到他们把东西都上好车了，还不见我人影，在车要开动的时候，她还跑到那高高的土包上，手捻辫子伸长脖子朝路口望来，车子一直在鸣着喇叭催她，她左右晃了几下仍不见我，才勉强向卡车走去，随着一股尘埃滚动，车子便消失在那模糊的山前。

她走后，给我留下一堆思念，白天在校魂不守舍，回到家她更是影子般与我相随，睁眼闭眼都抹不掉，母亲伤心地看我一天天地消瘦下去，没别的法子，只好包上一筒米，心疼地扯出胸包，解开扣针从卷状的分分纸币里凑足几毛钱来，跑到姑坛寨的巫婆家去给我看命。母亲回来时，面目飘忽地盯着我看，说我落了天罡魂，是月亮拐走的。我心里感觉有点顺，仿佛真的点对了那股筋络，因为迎红走后，我满脑子都是那秋夜的露水、透明的月牙。

她走的第十天才给我来第一封信，这段漫长的日子，我每天都望穿了天。她的信不像日子和思念那么长,真的很短,短得出奇,总共才六个字:"恨你,不来送我!"这句是短,但意味深长,它是一首诗,够我读一辈子了。我是说,人称世界上最短的爱情诗是"你需要的,只有我有"八个字,而她的更短,更有韵味。

当天我不知读了几遍或是几十遍,慢慢地读出歉意,读出真爱,读出幸福,一次次地把信读通,把她的心读懂。

回信时,我也尽量浓缩,如何让她像我读懂她那样读懂我就够了。

他们来我们这里已有半年多,开始是在我们寨子脚下搭棚钻井,我是在那时候认识她的。假期没事时我喜欢走进工棚看他们作业,在一堆堆铁器、头戴安全帽的人群和转动机轰隆声中我看到了她,她像鲜花一样亭亭玉立,一对柳眉下的情调丰足的大眼睛,把我给迷住了,从此我每天都被双脚带到那里去,开始和她的妹妹逗着玩,那就等于找到了切入点,这点子还真不错,她的妹妹把我和她的距离拉近了,我总是做一些事和说一些话让她满意,让她笑。见到她笑我就什么都忘了。

记得我和她说的第一句话是"她是你妹妹"。她妹妹很喜欢我,因为我连续花了几毛钱买了几次水果糖,我一颗也舍不得吃,专去讨好她的妹妹,因此,只要看到我她妹妹就奔过来,包里的水果糖一颗颗归到她的小口袋里,看她妹妹这样贪婪,她脸红得令人陶醉。

慢慢地,我把她的妹妹看成我的妹妹,我们就成了以妹妹为中心的"哥哥姐姐",这样的关系不就是藕中丝了吗?从此我们频繁接触,从谈心到互相关心。我去上学时她们在工棚外向我招手,到周末我赶回来时,她们就在路口等着,说说闹闹,像一家人。

他们就在我们村庄里转来转去,但距离都不是很远,一共钻了四个地球眼眼,也不知钻出什么来,离去的时候留下一堆堆干狗屎般的矿石渣,棚布一揭,钻眼就灌满了泥渣和污水。有人说他们是给我们的龙脉进行针灸,治失灵性,让那雄气十足、来者不善的山势驯顺于人,使其不再捂住圣贤或超常人物。也有人酒后试着干预过,说,你们这是搞什么名堂?存心破坏我们的龙脉!人家那是国家派来的,没人理他,也不虚火,最后只得灰溜溜地走人,人家钻井机照样轰隆隆的没有停过。我是因为迎红和她的妹妹,把类似村民对地质勘探队的做法说成是胡闹,但也只在迎红面前说,绝不敢对村里人作任何表态。不管他们搬到哪儿,很快就会搭起个高而尖的钻井塔,外面用灰色帆布罩起,像头高大古怪的庞然大物,在庄上的任何一个角落,只要一抬头就能看见。因此,搬与不搬,基本上不影响我们的往来。

她或许已经累了,给我的最后一封信她已经是利剑出鞘,寒光四射,刺得我头晕目眩,天昏地暗。从此我像放风筝的小孩,线突然脱了手,风筝像鸟那样越飞越远,怎么哭也要不回来了。我们的事(或者说是爱)从此风化脱落,那时离高考只有一个月时间。

　　心思的重石压得我喘不上气，消沉得一天天不言不语，人们都说我这是高考前的普遍现象。考试的头个星期，我跑到我们常坐的草堆边找回我们的过去，然后指名道姓地数她一通：迎红，你看不起我，总有一天……我说不下去了，因为穷人说不起硬话，回到家，我把在草堆边说的话写下来给她寄去，她还是不理不睬，和以前一样，任你怎么刺激她就是不吭声，害得我白等了好多时日。

　　彻底完了。

　　尽管我发狠，也忘不了她，也考不起大学。

　　"没有你的日子里，我会更加珍惜自己。"歌是这样唱，但我做不到。尽管我秋风落叶般频频给她去信，但都是石沉大海，得到的是脑子像个马蜂窝，日无宁时。

　　母亲的眼睛渐渐地愣了。她估猜不出她的孩子因为什么如此颓色，整天像只病猴，萎靡不振。她也想试着去安慰孩子一句话：没考得也好，在家养妈。然而说了也等于零，再想说别的什么话，孩子又要出门去，一个人站在黑夜里。人家说母子连心，怎么孩子有什么想法妈都不知道呢？母亲的心中也很焦躁，夜不能寐。

　　没办法，母亲去找叔爷和叔娘商量。叔娘机灵，她说，云儿是不是因为那个客家姑娘？母亲像突然清醒起来，问叔娘，那怎么办？叔娘说，还有什么办法，反正不读书了，赶快找个娘嬷送他，男孩哪个不这样？得娘嬷了就收回来了，什么都好了。母亲"嗯"了一下说，上次那客家姑娘已经进门了，再找等于二次，人家会嫌我们。母亲果真把那次当回事了，难怪她叫我们停在门外，等她出门了才让我们进去。这都是习惯，新媳妇进门时，父母不能在家里。叔娘大大咧咧，她不像母亲那样讲究。她说，我们不说哪个知道？看来那客家姑娘可能不来了，不然云儿不会变成这样，再不找娘嬷来诓他，这样下去一定会变呆变傻的。

　　听这话，母亲不能不急。从那次迎红"踩屋"以后，母亲也不再考虑给我找媳妇的事了，以为我们已经内定了，有这么个白胖胖的客家妹，她自己也乐在心头。她恼的是没有个好屋给我成家，到时候拿什么做洞房，时刻担心人家会弃我而去，果然今天遇到了。也许母亲想的还要多，她都冒眼泪花了，红润的脸庞突然间黯淡下来，从叔爷家回来在我面前打了两个转，然后才问我，你说那迎红去哪点了？能不能叫她回来？不然我重新给你找一个？说完母亲以为我会云转天晴，看我不说话她又停下来想想，直到我走出门来，她还在张着嘴怔怔地看我。

　　母亲觉得她孩子的心理伤势太重，她的心也像落入大海向深处沉去，她感到一种危机迎头打来，她频繁地跑向叔爷家，仿佛那里有回天神术。

　　那几天，母亲的行动很是缭乱，看样子，她身后一定是一场大火烧来。

原来母亲早和叔爷叔娘说好了，把他们家的一角围起来，让我睡进去，过个几天清静，慢慢熟悉了将来便是我和新娘嬷的洞房了。叔爷叔娘他们的崽也还嫩臭，等到那嫩崽成婚之时，少也要十来年，这算给母亲缓了一口气。

母亲在我面前重重地叹了几声气，脸上满是苦楚，只差没流出泪来。我知道，母亲是让我可怜可怜她，四十多五十的人了，就我这么一个儿子，小的时候担心长不大，长大了应该多为妈想想，再苦再难我们都过来了，还有什么想不通的事？

我说，妈，我都长大了，你别总为我操心。我是因为考不起学校，感到对不起你，过一阵就好了。

母亲说，考不起就考不起，妈还舍不得你离开呢。等妈找娘嬷送你，好好在家做活路养妈。

母亲的话和泪花像春风里夹杂的甘霖，一时润酥了我久旱的五脏六腑。母亲看到我脸上有了光泽，那天做什么都开心。

此时我的确把考试以外的事给忘了一些，至少是打发性地放在了脑后，如果说还有的话，那也是因为寒心，埋在心里的事得设法用笑脸把它层层压住。

母亲开心，也算是当儿子的孝敬。

几天来，母亲心际阳光灿烂，大致已无坎坷波澜景象，一眼望去，好似一片平川。

通常都是我把母亲的脸色当旗子看，它高扬欢快时，我干什么都来劲，吃什么也都香，母亲的旗子要是半降或是阴悄悄地垂挂着，我就想到天崩地裂的事，正如什么东西堵在喉咙里，随时都会发生意外。现在却倒过来，母亲一直像看旗子一样看着我，她希望它在蓝天下迎风飘扬。我觉得时间在我的世界里太长，让母亲受到了太多的压抑，今天看到她如此开心，我得轻装出现，以此唤回母亲的真笑。

只要孩子没什么了，母亲走路就像踩在春天的绿草上，只有清爽，不知疲劳。这几天母亲总是频繁地换上新衣裳，早上梳头包头飞一般地出门去，中午笑嘻嘻地回来。她没走多远，只是不知为啥跑了几趟叔娘的婆家。母亲高兴的事她自个整去，我不多问。

跑了几天，母亲跑出名堂来了，原来她是为我去说新娘嬷来的。

叔娘婆家堂下有个叫小竹的姑娘，刚毕业于本地附设农中。母亲知道我偏看有文化上过学的人，听叔娘说了，按捺不住就私下里跑去看来了。回来就托叔娘帮办这事。碍于叔娘的面，也听说过我是这村庄上的落榜秀才，人家一边和叔娘打哈哈，一边派人到寨上来了解，等那边待客的饭煮好了，这边的人也得到了可靠情报。饭桌间有说有笑，叔娘以姑姑的身份观察对方的心色，看到小竹手脚麻利地在厨房里活跃，面部飘朵高远绯红的云霞，叔娘心头那块重石终于放下。

提亲的事叔娘是费了一番口舌的，带去的几颗红砖糖、一刀猪肉和一把烟叶也才算"沉"下了。空手回来的叔娘让母亲合手高兴，忙不迭地坐到叔娘面前问，他们还说哪样？哪阵子我们可以拿酒去吃？他们的家族大吗？等等。

母亲为这事忙乎了一阵，后面的事又叫她揪心挠肺。

媳妇讲成了，彩礼呢？母亲的额头又添了几丝曲线，眼窝里闪着遥渺的光芒。

我说，妈，等以后再说吧。

母亲即刻收藏起忧虑，把着笑脸显得毫无压力地说，你不用焦心，有妈在。

我虽不怎么把这桩婚事看成是我的终身大喜，但觉得母亲极力要做成这事也不是什么坏事，且不说那女孩长得如何，是否合我意，但见母亲那样地喜不自禁，想必也不会差到哪儿去。如果一桩婚事让父母都不高兴，那也不会好到哪儿去，父母包办的婚姻未必都不好。我一直在用这个理由来说服自己。因为好的人家已经弃我而去，我应该珍惜别人对我的认可。得不到就不属于你，就别痴心妄想，得到的才是属于你的，哪怕在别人眼里分文不值，在认可我的人心中也是宝贝。

从此，我把我和迎红的过去看成一场梦，一场颠沛流离、刻骨铭心的梦。

一年后，小竹头插银簪、胸挂项圈，身着锦缎，脚穿绣鞋，一路银铃地跟着送亲队伍进到了我家，从此我们就在叔爷为我们准备的洞房里过着夫妻生活。

小竹人美心也美，爱笑，也爱说话。她说话前先是笑从眼里来，然后说出一句你料想不到的却又意在其中的话来，让你听了如春风拂面，使你深藏不露的内向也会不堪一击地浮出水面。我们的生活渐渐地就像碾房里的大脚马那样被蒙着双眼绕着圆盘走，不容半点闲暇喘一下气。

日子如水，小竹慢慢地洞察到我内心的阴影，她曾多次试图用她的温存揭掉它，但效果都不是很明显，于是她期待的目光一天天地凝重起来。

也是一个月初的傍晚，正是卯节的年三十，人们正在忙过节的琐事，小竹在屋里忙前忙后时，一个陌生人的影子背个小包袱走进门来，她看到小竹一个人在家中做事，有些恍然。她问，春云呢？声音轻而畏怯。小竹听是客话，也用客话回答她，他在叔爷家陪客人吃饭。陌生人盯着小竹再问，你是他妹妹？小竹毫无遮掩，说，不，他爱人。小竹抹抹手说，你坐，我去喊他来。

上到叔爷家来，小竹心里踌躇，磨蹭地站到我背后。我问，有什么事？她眼里没有丝毫笑意，说，家里来了个客家女子，找你。说完她睁大眼睛看我反应。

我半信半疑，向客人辞席跟着小竹出来，到家却见不到一个人影，我问小竹，人呢？小竹说，刚才就坐这儿。我们都用眼睛在屋里找了一遍。说话间母亲从门外进来，满腹怨气地说，那客家姑娘也怪，天黑来别人家又自个跑出去。我急着问，她走了？母亲说，走了，我追了好远，拉也拉不动。我再问母亲，是客家哪个姑娘？母亲和小竹几乎同时说，黑暗暗的，看不清楚。我再问母亲，是不是去年来的那个迎红？母亲瞪了我一眼,刹那间她双手拍着大腿,恍然大悟般地惊讶,啊,是了是了!

我飞快地往外跑,顺着夜路追踪寻影。

我脚不择道地在夜里奔跑了一阵子,像个疯子从姑凯坡找到姑等田,估计她没走多远,应该能在这两条路上碰到她。我边跑边喊"迎红,迎红",然而远处近处都是夜的宁静。由于累气猛扯而胸痛,我那涌动的心海渐渐地平静下来,垮着四肢坐在田埂上,像一只被人扔在野外的破皮球。

大概一个小时多点我才慢慢地回到家。母亲说,肯定走远了,她是跑的。小竹从桌上拿起一张纸给我递过来,说是刚才她留的。

我接起,跑到灯前仔细看——信上不是说好了吗?为什么不等我?

我头脑轰隆,一阵懊响,信上说什么好了?除了一些无情的语句,你说什么好了?除了一些让人伤心的话以外,你说好什么了?

我几乎不相信自己的记忆,怀疑自己在看信的时候是不是忘了哪段没看好,把"等"字给漏掉了。放下手上的纸条,我跑去端来专放信件的小木箱子,见我把那扎叠得整齐的长方纸包翻来倒去,母亲仿佛才记起什么来。不一会儿,母亲从禾仓里出来,漫不经心地把一封没拆过的信封递给我,说是收到时我不在家她顺手把信和布票放在竹篮里挂在禾仓暗角处,后来就忘得一干二净了。

我控制不住自己的怨气,接信的时候看了母亲一脸的灰。

信封已有些发黄,拆开信,我看了小竹一眼,自己就凑到灯前仔细读起来。

"春云,不是我看不起你,我是怕影响你考试,我会等你的……"

看了几遍信,我内心的愧疚一层层地重叠,顿时全身如一股熔流跑淌,在这气氛浓郁的卯节之时,热气蒸腾的夏夜中汗水如注。

身不由己,我梦游般地走出门去,沿着刚跑了一趟的那两段路再走了一遍,路漫漫,好像任何一块田埂下面,任何一堆稻草背后,任何一处可藏身的地方,都有迎红在等我。

那夜,天苍苍,夜茫茫,我眼睁睁地看着那伤心的月牙渐渐变黄,变浅淡,直至朝那山间隐去。

后来去的几封信,一再自责、后悔、道歉、认错都没有任何泡影了。

如今,砖房代替了草屋,但心中的草屋犹在。

二十多年,昙花一现,今夜的秋月憾事重重,泻下的薄光如泣如诉。

(原载《民族文学》2010年第7期)

2010年

李 晁

米乐的 1986

一

我们坐在护城河旁唯一残留的城墙上，现在是公元2009年，这段城墙早在我们出生前就矗立于此，历经岁月的风尘及两次大地震的考验却不慎败在城市规划的脚下。连贯的城墙被轰隆作响的挖掘机扒成了多米诺骨牌的样子，历史的防线被轻易移除，像剪除多余的指甲，只有我们屁股下这截残垣被当作永久性建筑保留起来，以便后人流连时知晓城市是从这里开始并从这里消失的。

我和米乐住在这里已经有些年头了，如果用米乐记忆清晰的脑袋来计算，这个数字应该是十三年，加上我们出生的十年，就是二十三年，没错，我们出生在1986年。那是一个特殊的年份，当然，这不是针对我和米乐说的，而是对整个世界而言。1986年是一个不平凡的年头。或许你会驳斥我的观点，并引用你出生时发生的大事来佐证，但对不起，我不是一个可以听从别人意见的人，没准米乐是，但你最好别在他面前提起任何有关时间的问题，那只会让你蒙羞，所以你最好还是听我说，当然，米乐说得通常比我好，我会不时穿插他的精彩论断，以达到一种让你我满意的效果。

1986年，我和米乐出生在城南同一家医院的同一间婴儿室里，彼此相差六天，对于一对不谙世事的婴儿来说，六天是无关紧要可忽略不计的，而对于这个世界来说，六天是可以改变一切的，要知道神创造世界也只用了七天。

1986年1月28日，也就是在我出生前九个月零两天的时候，美国"挑战者号"航天飞机升空七十三秒后爆炸，那时我和米乐还以一种蜷缩的方式待在各自老妈的子宫里做最后的子宫漫游，要想发射我们还需要耐心地等待上好几个月。时间又过去了三个多月，在离我们如童话故事般遥远的地方，切尔诺贝利核电站发生了人类有史以来最大的核事故，据说风是往欧洲吹的，所以并不用担心，我们侥幸地躲过了一场浩劫。

米乐说，你能不能回忆一些比较乐观的东西，对于1986年？

我摇摇头，这两起事故是我唯一记得关于1986年的。米乐又说，你瞧，你一个女生偏偏记住了两起惨剧，你应该记住一些美好的事物，比如电影，或者音乐。

我乐于听米乐叙述那个美好的1986年，关于艺术，我听到了几部著名电影的名称和一位大叔级的摇滚歌手，分别是《走出非洲》《天空之城》《恋恋风尘》《芙蓉镇》以及崔健。

米乐最后强调说，这些都是1986年的收获。

二

米乐是位作家，当然不是协会里的那种，你知道，米乐只为自己写作，因而没有职称，这最终影响了他在街坊中的名声。人们说，米乐前途渺茫啊。

前途渺茫的米乐待在他那间十平方米的卧室里，或者读书，或者写字。我时常打那扇窗下经过，这是没有办法的事情，我和米乐住在一条街上，门牌号只相差六。如你所知，这亦是一种巧合。一旦我和米乐的目光对上，便能看到他那清澈如水的目光。

写得怎么样啦？我大声喊着。

米乐总是羞于回答，并且他曾要求我千万别那么大声询问他的写作，好像这样会把他的灵感吓跑一样。看着窗内惊慌失措的米乐我就忍不住想笑，我说，米乐，你怕什么呀？

米乐咚咚咚地下楼，能清楚地听见那架老式木梯在墙内的呻吟，米乐对它算得上温柔有加了，偶尔才那么不顾一切一下，那种情况便是遇上我又在大声询问他的写作了。

米乐来到楼下，当他结结实实踩在大街上时，那种羞涩的神情像潮水一般迅速退去。米乐喜欢的季节是夏季，所以现在是夏天，但他仍穿着一条长及脚踝的裤子，就我所知，米乐并没有过长的腿毛，也没有难看的疤痕需要遮掩，他只是喜欢这样而已。米乐摘掉他的那副眼镜后，眼睛很是漂亮，不是很深的双眼皮，比较长的睫毛，眼白和瞳仁比例适当，眨起来忽闪忽闪的，几乎能听见声响。米乐喜欢的时间是黄昏，太阳即将西沉的时刻，所以眼下街道上空已经燃烧起了硕大的火烧云，这壮阔的情景让我们的小说家米乐变成了诗人，你又能见到他那浅浅的微笑了，如果观察得够仔细，你还能发现他笑起来后微露的两粒虎牙，圆润而透亮。

每到这时米乐总要向我透露点什么，我也拭目以待，河风在街道上穿梭，在梧桐树的阴影里像一匹小马那样奔跑，米乐喜欢带有地表余温的风，所以此刻我的辫梢颤动起来，我听见米乐用一种酷似风的语言说，我正在写1986。米乐的话带着地表余温在我耳朵里冬眠下来。忘了告诉你，我的耳朵是一个和春天终年不遇的地方，所有米乐告诉我的话都在其中蜷缩下来，不哭闹，不调皮，像睡着了的婴孩。

1986？米乐，你写它干吗？

米乐以诗人的神情笑而不答，我也就难以追究了，对于米乐不想告诉我的，我就是打破砂锅也没有办法，可是米乐，你笔下的1986是个怎样的时代？

我相信终究有一日能读到米乐关于1986的小说，我确定这是小说而不是其他，因为米乐是个只写小说的家伙，这倒不是因为他看不上其他体裁，而是他深陷于小说的迷宫中，在没有走出这个复杂的迷宫之前，米乐是不会浪费他的才华的。

既然关于1986米乐不再说什么，我也只好闭口不谈了，这个时候谈小说是奢侈的，我和米乐又爬上了那堵老城墙，我们在老位置上坐了下来，什么也不说，用某篇小说里的一句话就是，眺望时间消逝。城墙下有一排杨柳，它们在长条方砖中规则排列，单看这一点，其实不难让人想起一座旷世帝都来。

我和米乐在那里生活了四年。

三

该说说我了，我知道这是绕不过去的，仿佛一到既定程度，不通过我就没法抵达米乐，由此看来，我是一截铁轨或者河流，你瞧，跟米乐待久了连我也会比喻了。

在自我介绍前，有必要说说我们的街道，这很重要，我和米乐生活其间，而且这是米乐唯一的灵感来源。我不怕透露这个重大信息，你知道，所有好的作家永远只写一块巴掌大的地方。

关于铁葫芦街最形象的一段描述如下：

铁葫芦街是这样一条街道，它和一条漫不经心的河流平行，且与那条从城北延伸过来的铁轨相交。在阴雨霏霏的日子，街道显得无比悠长，如果站在桥上俯瞰，只能看见梧桐硕大的冠，街道就在冠下无限伸展。时常能听见街道发出树叶摇晃的声音，这种声音有时与河流的声响不谋而合，于是两种声音重叠在一起，气势恢宏。即使有这样气势恢宏的声音，街道本身仍是寂寥冷清的，它被排斥在城市中心之外，像一位乡村骑士，孤傲而又落魄……

值得说明的是，这段文字并不是出于米乐之手，这是另一位作家对我们街道的描述，他也许只是偶尔路过。不过米乐说，如果只是偶尔路过，那么这段文字就难以理解了，除非那位作家是个天才，才能一语道破我们街道的秘密。

而在我看来那最后一句几乎是米乐的真实写照。

言归正传，该自我介绍了，我叫小米，如果你抱怨我没把全称公布，请你别恼，因为所有人都叫我小米，如果你来此地打听一个叫小米的姑娘保管人人知道，而你要是提我的大名，反而没人理你了。聪明的人会想到我的名字中肯定有一个"米"字，但我可以负责任地说，这是聪明反被聪明误了。

我住在铁葫芦街已有许多年，结合我和米乐的出生经历，你不难算出，所以我也就不再啰唆了，是十九年，我知道你肯定会算错。

十八岁那年我和米乐离开了铁葫芦街，到遥远的北京上学，一晃四年过去了，当我和米乐又回到此地时，人们显然很失望，他们以为我们出去了就不回来了，可是我的父老乡亲，米乐怎么会抛弃他的家乡呢？而我又怎么会抛弃米乐呢？

我的头发又长长了，每到夏天，这个使米乐陶醉的季节，我的头发便如野草一般疯长，我只好把它们扎成两条长长的马尾，一左一右，一摇一摆，酷似母亲的手法。我家对面的立民有一天告诉我，你和小时候一模一样呢。

立民曾是我和米乐的初中同学，我们之间既保留着同学的友情，又保持了街坊之间的防范，所以我问立民，你是说我没有长大吗？我怎么可能和小时候一样呢？

立民笑而不答，这个如今的蛋糕店老板对我这个老同学保持了缄默，看他傻笑着把一包糕点递给我，我就愤愤不已，但我不得不承认立民的手艺是越来越好啦。

我对着蛋糕店的落地窗观察自己，我真的没变吗？可我都这么大了，立民还没我高呢，为什么他非要这么说？

当我把这个问题抛给米乐时，米乐也乐了，他用一种毫无杂质的目光在我身上来回游走，如一趟长途列车般把目光缓缓停在了我的发梢上。米乐说，你的发型和小时候一模一样。

米乐，你是不是厌倦了我的发型？

面对我的质问，米乐丧失了最后一丝艺术气息，他颓丧地转过头，尽量不与我对视。我讨厌此刻的米乐，有什么话不能当面说呢？对我还有什么保留呢？

从那以后，我非但没有剪掉我的头发反而精心照料起来，仍然扎着一左一右两条马尾在铁葫芦街风风火火，偶尔站在米乐的窗下喊上一嗓子——米乐，写得怎么样啦？

四

1986，米乐在这个夏天疯狂收集1986年的图片、唱片、书籍。他把图片钉在那间十平方米房间的墙壁上，与一幅美国地图重叠，被遮住的一块叫作亚利桑那州。在这些图片中，有我熟悉的一位小说家马尔克斯，他的一张已不年轻的脸在一扇1986年的窗口露出来，微笑着，目光柔和，但用慈祥来形容还显过早。

我突然想起一篇名为《一九八六年》的小说来，我曾读过这篇小说，可我忘了里面的内容，米乐肯定记得。我不知道米乐是否会把他的1986写成一篇先锋小说，像《一九八六年》；或者写成另一部伟大的预言式小说，像《一九八四》。

我想你们都读过或部分读过这两部小说，所以我没什么好说的，米乐不会写这样的小说，这是确定无疑的，米乐讨厌暴力。与此相反，历史沉痛地告诉我们，20世纪是一个暴力与血腥的世纪，尽管米乐对"二战"电影有着近乎痴狂的着迷，也无法改变20世纪将在人类不可预知的岁月中留下惨烈的记忆。

米乐在一些场合说过他很庆幸自己生于20世纪，虽然只是世纪末。米乐如此留意20世纪的最后十余年，尤其是1986年，在我看来既不可思议又在情理之中。米乐讨厌新世纪，就是当下的21世纪，当我们还在上小学时，老师常说一句话，你们是21世纪的接班人，你们肩负着民族的重任，未来是你们的。

当新世纪的曙光照亮米乐那间十平方米的房间时，米乐发现未来的面目竟如此模糊，还未成为作家的米乐凭着与生俱来的艺术直觉告诉我，未来从来就不是谁的，未来只将并且永远只属于更远的未来。

请原谅我的理解力有限，当我扳着手指头试图厘清这句话的含义时，米乐明亮的眼神突然黯淡下来，如同乌云蔽日，未来在他眼中消失了。米乐首次以一种诗人的情怀喃喃自语，我觉得，我觉得还是过去好。

米乐口中的过去是否是1986年还需考证，不过有迹象表明米乐对这个年份有着极度的敏感，米乐能随时随地脱口而出一些关于1986年的消息。

1986年5月，全国开始实行夏时制，至9月结束。

1986年6月，球王马拉多纳用了上帝之手后，连过六人，打进了本世纪中最不可思议的两个入球。

1986年9月，台湾第一个反对党，民主进步党成立。

1986年11月，中国长江科考漂流队首次征服长江。

……

不需要更多的解释了，米乐的记忆不会轻易出错，这都是确定无疑的事件，可是米乐，这些和你又有什么关系？对我们而言，1986年最大的一件事就是你我出生，而外部环境在我们还是婴儿的时候会起到什么作用呢？

我明智且固执地认为1986年对我们毫无影响力，婴儿时期对世界的观察早消失在不成熟的记忆中，1986年给我们留下的只是一张空白的试卷，而米乐非要填满它并且要拿到一百分，所以你可想而知我对米乐的担忧有多严重了。

五

你们这里太热啦。当我从一位陌生小贩手中接过西瓜时，他这样说。当时我在自家楼下的天井里，是我把这个操雾水口音的小贩叫进来的，街道上炙热的阳光呈波浪来回拍打的曲线使我望而却步，接过零钱，小贩转身走了，他的那双草鞋给我留下了轻微的印象。

直到黄昏我才从家里出来，拎着半个冰镇西瓜向那扇窗走去，窗口大敞着，一台老式台扇呼啦呼啦地制造着噪音及可怜的风，摇摆声毫无阻碍地流窜上街，一张稿纸从窗口飞了出来，随后一只手快速伸了出来，可惜还是慢了一拍，稿纸先走一步，它扶摇而上，在失去动力后才漫不经心地降落，它落到我的手中，于是我看见米乐焦急的目光变得担忧起来。米乐说，别看，千万别看。

是情书吗？米乐。我打趣道。

不是，你等我下来。米乐又咚咚咚地下楼了，那架老式木梯又承受了一次不轻的撞击，不知道它还能忍受多久。

米乐出现在门洞里，他犹豫的表情显得如此动人。小米，你没看吧？

我晃了晃手中的纸，可它软弱得连回应我的声音也没有，这让我十分生气，比米乐试图制止我还恼火。没看，谁稀罕啊？我闷闷不乐地把稿纸还给他，随即心生疑窦，稿纸上布满了歪七扭八的钢笔字，不是打印稿，这就奇怪了，难道米乐不用电脑写作了？

米乐接过稿纸时，我听见一颗心落地的声响，声音有些特别，既有石头落地的硬度，又有丝绸包裹的绵厚，我看见米乐的表情如冰雪融化。米乐说，这是我的稿子，很重要，缺了这一章，1986就没法完成了。

我本不想理睬他，打算把西瓜扔给他后就回家，打一场坚持不过半天的冷战，可一听他提到1986，我那点可怜的勇气也彻底失去了，很没立场没出息地问，米乐，你不用电脑了？手写1986？

米乐郑重地点点头，电脑让我兴奋不起来，手写的方式是进入1986的一扇门。你知道吗？就像哆啦A梦兜里的那个东西。

你是说可以去往任何地方……

没错，笔尖与稿纸的叙述是广阔无边的，这是1986的叙述方式，我只能以这种传统方法抵达或接近真正的过去……

你瞧，我轻易就原谅了执着的米乐，执着是种美德，在我看来。这也是我众多原谅中的一次，却具有非凡的意义。我首次对生活之外的米乐宽宏大量，你也可以这么说，米乐的1986吸引了我，使我这个普普通通的女孩置身于艺术的光辉中，试问，世间还有什么原谅比原谅一次创作更容易呢？

可是米乐，在你做艺术飞翔时能否片刻地想起我？我是否符合你心中女主人公的形象或正好背道而驰？也许，请我假设这一点，你的1986里压根就没有女人出现，她自始至终都是一部关于男人的小说，即便有女人，也只用作背景式的一带而过，如果是这样，我的心多少会安稳一点。

米乐说，我要回去接着写了。

我知道米乐的话没有说完，但我已经知道全部了。米乐的意思是，今天不能去城墙上闲逛啦。

我还能说什么呢？好吧，米乐，你要是饿了，就把这西瓜吃了吧。

米乐接过西瓜，转身走了，他脚下的一双草鞋给我留下了强烈的印象。

六

眼前的街道，是通往米乐小说的路，已成白纸黑字的季节就是眼下你我生活的时节，它决定了天气的变化及空气的成分，所以我被困在燠热的房间，对着窗外发呆，但从我的角度是无论如何也看不见米乐的窗口的，这不仅因为街道在六个门牌号之间做了一次微小的扭身，也是时间造成的后果，米乐的窗口消失在1986的晨雾中。

街道上已经很久没有米乐出没的身影了，这说明他的创作进入了一种理想境界，从而我们也可以猜测那部关于1986的小说是一部篇幅不短的小说，或许这是米乐的首部长篇也未可知，这不得不让人激动，米乐很少能写那么长的小说，这需要体力与毅力，而我知道米乐的身体并没有看上去那么好。

米乐的任何小说都涉及这条街道，所以我有理由相信这部关于1986的小说将一如既往地以街道为坐标，而街上的行人在米乐眼中成为一个个文字，当他挥舞笔画把他们临摹下来时，他们也就成了小说中的风景了。

米乐现在只用电话和我联系，他央求我这个星期都别去找他，他的创作正处在关键时期，如果这个时候出了差错，那么1986便永远也无法完成了。

我知道米乐并非危言耸听，他从不对我撒谎，像张白纸一样。如他所愿，当我踏着黄昏姗姗来迟的光辉走上大街时，我只能往相反方向走，我不能经过那扇包裹小说的窗口，如果米乐看见我，那么小说的走向将受到影响，我很有可能把米乐拉回现实中来，而这是米乐最不能容忍的，虚构是他飞翔的力量。

我以迂回线路向老城墙进发，这意味着我要多穿越几个街区，并过一个我十分讨厌的十字路口，红绿灯让我晕眩。当我到达老城墙时才发现一对情侣已经捷足先登了，这让我沮丧不已，他们占据了米乐和我的位置，这更加重了我的伤心，我的气还没喘匀，眼泪就流了出来。

青年男子惶恐地盯着我，可以看出他的惴惴不安，而他铁石心肠的女朋友却对我视而不见，我甚至听见她用一种事不关己的口吻说，别理她，我们先来的。

她居然在我面前说他们先来？我很想告诉她，十三年前这段城墙就属于我和米乐了，你屁股下那个光滑的凹印就是我和米乐日复一日坐出来的，你还敢说你先来？

可我终究什么也没说，河面碎银般的闪光折射进眼睛幻化出彩虹的七色光芒，我的两只眼睛成了两道弯弯的彩虹，我想让米乐看见这神奇的一刻。但当我转身眺望那个被1986包围的窗口时，我却什么也看不见了，窗口消失在街道中，像文字消失在文字中。

窗口的无端消失最终触发了我的歇斯底里，我尽情哭泣，哭泣声吓走了黄昏出没的蝙蝠，却没有吓走那对顽固的情侣，他们还依偎在那里，并对着江面壮丽的景象指指点点，我伤心欲绝。

米乐啊米乐，为了你的1986，我们连城墙也失去了，这值得吗？

七

大雨已经下了两天，暂时驱散了弥漫在街道的瘴气烟尘以及垃圾发酵的味道，可依旧没有驱散郁积在我心中的愁绪。

那扇面向北方的窗敞开着，雨丝鱼贯而入呈扇形打湿了书桌，书桌上早已空无一物，只有我蘸着雨水写的一串数字。我在窗前已经待了一会儿了，冒雨而行的路人以三倍于正常的速度从我面前离去，悠闲且得意的是那些蜷缩在车里的人，车身周围聚集着一股持续不断的雾气，轮胎把泥水抛上抛下做着永不疲倦的把戏。

时钟显示这是黄昏时分，天空灰暗，氤氲的水汽阻挡了我眺望老城墙的目光，一截孤独的轮廓在我心中展现，一个人也没有，老城墙以一扇门的姿态期待我和米乐的光临，我和米乐是两把不同的钥匙，只有同时出现才能打开老城墙那耄耋般的记忆。

1986逐渐萎缩，渐渐成了一些残缺的符号，我忘了是怎样写下它们的，那摊水收缩得厉害，已经无法分辨饱满时的样子了。

窗外阴沉起来，闪电与地面做着迅雷不及掩耳的亲热。小时候每到雷电光临时，便是停电的时刻，那根立在百货公司大楼顶端的避雷针吸收不了人们对雷公电母的惶恐，只有停电才能让人们安心，人们甘愿点着蜡烛，在有限的光圈中叙说过去的故事。

其中一定包含1986的故事。

听故事的人已经长大，说故事的人正在老去，而故事中的人却依旧年轻，没有人篡改他们的年龄，时间仍固定在某一年，如果你想永葆青春，最好的方法是在人们心中留下一段诡谲的传说。

米乐的外婆，那个雾水来的女人是故事的讲述者，关于我没有去过的乡下雾水，她的叙述令人着迷。雾水有着连绵数十里的山脉，那里是猫头鹰和养蜂人的故乡，盛产名贵中药材。外婆正是在一次进城卖药时认识了身体羸弱的米乐外公，当两人一拍即合时，采取了私奔的方式。在外婆还未成为一名采药女时家里就为她应下了一门亲事，对方是当地大药铺德生堂掌柜的儿子，一个风往哪儿吹便往哪儿倒的烟鬼，和他比起来，米乐瘦得跟竹竿似的外公称得上虎背熊腰了。两人打算留在城中至死不渝，亲人过世也没能挪动他们的脚步。很快，结婚生子的外婆把根牢牢地扎在了城里，可她时常对米乐的母亲说，我人虽然出来了，可我的魂却还在雾水呀。

那个隐秘的愿望在心中保留了十年，直到某年间，外婆整日嚷着要回雾水老家，她神秘兮兮地靠近你，告诉你关于魂魄的消息。

我的魂在召唤我了，我要回雾水去。

此时的外婆已经儿孙满堂，当年阻止她的亲人早已成为雾水山中的白骨，他们仍在召唤她，睡梦中外婆总能接收到雾水来的讯息，药材被采光了，猫头鹰所剩无几，就连养蜂人的帐篷也一顶顶少了下去⋯⋯一座水电站修建起来，公路通进村庄，一条计划中的铁路在雾水的地标上划过，要不了多久第一块木桩会在外婆的家乡夯下⋯⋯

雾水常年阴雨，是个与阳光无缘的地方，各种有毒无毒的蘑菇在森林中生长，外婆不识字却能准确辨认它们，她的皮肤在这块土地上被滋养成一种贵族的颜色，米乐遗传了这一点。

那次雾水之行由米乐护送，离开时外婆很高兴，别了一朵栀子花在纽扣眼儿里，她的行李由一包衣物及一张米乐外公的遗像组成。外婆反复摩挲着我的手，手上的老茧早已被岁月打磨光滑，像一个蛋壳。外婆说，小米啊，外婆真舍不得你，往后你可要好好的。

那天说过什么我已经没有印象了，泪水直到那辆开往雾水的车消失后才一点点干涸。

外婆住在当年的祖屋中，全木结构的老屋顶住了岁月的侵蚀，墙角的蜘蛛们在这一年重归大山。米乐说，外婆闻到家乡的味道精神大振，如沐春风。

三天后，米乐一个人从那趟污渍斑斑的班车上下来，对我挥挥手，才一个照面，米乐的变化就让我吃了一惊，他的肤色竟如此苍白。

苍白的米乐告诉我一个伤心的消息，外婆再也回不来了，她将与雾水同在。

外婆离开时，是我和米乐坐在城墙上看河的第三年。

我打电话给米乐，我无法抑制情绪的分裂，它们以大于流感的传播速度在我体内增长，再多的光明也驱散不了心中的黑暗，正如《约翰福音》说，光照进黑暗里，黑暗却不接受光。

我想起了外婆、米乐。

米乐的声音在电话中成为断断续续的杂音，这该死的信号让我和米乐的交谈变得困难起来，好不容易才听见他吐出一句清晰的话——小米，有事儿吗？没事儿我挂啦。

嘟嘟的忙音在这个夜晚如同陌生的敲门声，我听见心跳的速度近似于撕扯，我知道米乐遇上麻烦了，出于多年来对他的了解，可以断定，米乐的写作出了问题，瓶颈出现了，泥石流堵住了道路。米乐是这样一个人，遇上越焦急的事他越能和你平静地对话，他是个喜怒不形于色的人，在普遍的印象中，喜怒不形于色多用于心机诡秘的人身上，而用来形容米乐只是给他增添一层淡淡的忧伤而已。

我给米乐的朋友曙光发了一条短信，他也是位作家（在我眼里），我知道他的境况和米乐差不多，他们无一例外地处在发稿困难期，不认识任何文学圈的人，而他们的作品作为自由来稿几乎总是杳无音讯，像寄给一家家虚构的杂志社。

你知道米乐的1986怎么样了吗？

我相信曙光肯定看得懂，他们会经常就自己的写作进行讨论，这是交流的一部分。果然没多久，曙光就回答了我的问题——写得不顺，被卡在某个重要章节了。

曙光的短信解答了此前我对米乐的猜想，我谢过了他，可曙光并没有结束交谈的意思。他说，你看过这部小说吗？

没有，他从来不让我读没完成的作品。

太遗憾了，我也没读到，米乐多次向我描述，我几乎在脑袋里搭建了这部小说的框架，这是一部令人期待的作品……米乐会找到感觉的，总有一天我们能读到它。曙光最后说。

雨的气息是第五天从铁葫芦街彻底消失的，太阳久违般露出讪讪的神情，天空依旧多云，所以当天的日光是断断续续的，太阳在云层中犹抱琵琶半遮面，不过当它最终坠落时给了一片令我们欣慰的晚霞。

我相信这是一个好的开端，米乐的写作终会如这天气，雨过天晴。

八

一个月轻松而又坦荡地消失了，如猫的脚印消失在午后的墙头。天气愈发酷热，植物有盛极而衰的迹象。楼下的松狮犬皮皮四肢整齐地趴在天井的荫翳处，离它不远的是一口冒着凉气的古井，皮皮吐着蓝黑的舌头，像台拖拉机一样喘气，我在过道上逗它，它连一个顾及的眼神也不给我。这是天气的原因，我知道。

台历上的蓝圈表明我和米乐的见面时间及次数,一共三次,平均下来是十天一次,这创造了我和米乐的另一项纪录,月最短见面时间。就在这三次见面中(均在一家冷饮店,老城墙我们彻底失去了),我没有一次主动问起他的写作,1986在我看来已变得十分脆弱,甚至经不起语言的关怀。米乐也没主动说起,从他的面部表情很难看出1986的进展,唯一可以断定的是,1986没有完成。

　　时间又叠加了一个月,当最后一只西瓜船从铁葫芦街消失时,米乐告诉我,在天气变凉之前一定会把1986完成。不知道为什么,经过这个无所事事的夏天,我对米乐的1986已经失去了兴趣,它在我心中打了一个愁结,甚至在我打这组数字时也打错了好几次,它们分别被写成了1689、1896、1968。我不知道这几个年份和1986有什么关联,我不想把此事告诉米乐,这只会引起他的伤心,在他面前我仍要装出关心1986的样子,好让他对他的创作保持足够的信心,因为米乐说1986是献给我的。

　　我不知道此生是否会读到这部小说。

（原载《青年文学》2010年第1期）

2010年

李德谟

八一年的猪

一

当时，凯旋是眨了眨眼睛的。他说，既然你们都晓得大伯父家晚上就要杀猪了，我就不说这个问题了。但是，我要问你们，知不知道大伯父家的猪有多大？我说，肯定比李会刚家去年那头猪大，少说也有二百五十斤。凯旋说，是吗？我说是。李会刚说，比我家去年那头猪大？你们知道吗？那头猪，我家喂了将近两年时间。杀它的时候，三个人才将它按住了。我说，知道，但是大伯父家这头猪也不小啊！大伯娘每次都喂一大桶猪食。凯旋说，对的，一大桶猪食。你家那头猪吃得了吗？李会刚说，吃得多就长得肥啊？有些人瘦得像只猴子，一顿吃它几大钵呢。凯旋说，人家像猴子，你像猪啊？我和李会刚笑了。我说，凯旋，这里没胖子，李会刚也是干筋筋瘦壳壳的。你不要说远了，回到正题上来。

凯旋真的马上就回到正题上来了。他看着我说，你最近看到过大伯父家的猪吗？我说没有。凯旋说，那你怎么知道它有这么重呢？我随口说，根据叫声判断的，你们知道吗？肥猪、小猪、架子猪声音大不一样。肥猪声音低沉、平缓，像大爷爷用吹火筒吹火。我家与大伯父家一墙之隔，我经常听到这种声音。小猪声音圆润、尖细、急促。架子猪呢，声音虽然不像小猪那样圆润、急促，但也没肥猪的声音那样低沉、平缓，它有些沙哑。凯旋说，你说得好像有些道理！小猪叫唤时还要撞猪圈门。我笑着说，对的，撞猪圈门，哐当哐当的。李会刚不服气，说，我看你就是吹牛，我家那头猪边油都有十六斤，我妈油都熬了三大罐。

八一年的猪 李德谟

听他说起了油,我就借题发挥,说起了他家那件关于油和猪尿泡的事。我说,晓得,你妈还把一些肥肉都熬油了,装了三大罐。你爸送一罐给你爷爷奶奶后,你妈就和你爸吵了一架,并且也抱一罐送给你外公外婆了。我接着说,我还记得你家那个猪尿泡,屠夫都已经吹圆要拿给我们当球耍了,你妈硬是从屠夫手里抢了过去。她后来炖稀饭给你们吃了吧?李会刚说,我们讨论猪大猪小,你说这些干啥呢?这时候凯旋接过去说道,说明你家吝啬呗。李会刚瞪了凯旋一眼,说,总比大队干部好。我一边笑一边说,是是是,大队干部也不是好人。凯旋说,那我爸也不是好人咯?我说,别乱说啊,我没提及你爸的名字啊。凯旋说,你没提我爸的名字也是明摆着在说我爸嘛。凯旋骂起来,龟儿些乱说。李会刚说,都是一姓人,不要骂人。凯旋说,谁叫他说我爸不是好人呢?李会刚说,他已经说了,没提及你爸的名字,而且……李会刚接着说,我们不想和你说话了,你走吧!不要与我们走在一起了。我一听,急忙说,算了算了,不说他了,免得又把他逗哭了,让他同我们一块走。凯旋瞪了我和李会刚一眼,显出一副气也不是笑也不是的神情。

我和李会刚又开始讨论起来。我说,是呀,李会刚,我们是在讨论猪大猪小,可是你说我忘了你家的那头猪我才这样说的呀!告诉你吧,我没忘。我马上问凯旋,你忘了李会刚家去年杀的那头猪吗?凯旋说,没有。我说,如何?李会刚说,我们都没忘,而且我们的印象应该都还很深。我记得你家是请李汤粑杀的,你妈第二天就和李汤粑吵了一架,因为他把猪剖开后就割下一点边油吃了。我提高嗓门说,他说他有病,吃点那个时候的猪油可以帮助他恢复健康。当时,大家都被他蒙骗了,直到第二天你妈赶场回来,李汤粑那点秘密才真相大白。原来,那个时候的边油是可以吃的,而且营养还是很高的。我记得那天你母亲气得很,在那儿跳着脚骂:你龟儿收我家工钱吃我家饭,还偷我家的嘴,不要脸。

李会刚吼叫起来,行了行了,别越说越远了。就算你们都还记得我家那头猪吧——现在我问你们,这头猪大不大?能杀多重?我和凯旋莫名其妙,不知道李会刚什么意思。所以,凯旋问了起来,说什么呢李会刚?李会刚说,猪啊!凯旋说,哪儿啊?李会刚说,当然在水井湾咯,叫声是从那儿传来的。我说,叫声?哪有什么叫声?李会刚说,你们没听到叫声?耳朵有问题吧——快听,又在叫了。我和凯旋马上安静下来听猪叫声。好几分钟后,我们什么也没听到。凯旋说,是不是你的耳朵有问题啊,李会刚?我也说,是呀是呀,李会刚,是不是你的耳朵有问题呢?但是李会刚没理睬我们,他还在全神贯注地听着。我和凯旋见此情景,也没理会他了,相互闲聊起来。

凯旋说,大伯父家这头猪可能是我们大队这几年里最大的猪了。开始,我赞成这个说法,说大伯父家猪脚粗尾巴长耳朵大。但是,随着凯旋一句话,我就开始否定起这个观点来。凯旋问我，难道大伯父家这头猪比校门口那家人的猪还大呀？当时，我一下子就成了哑巴，好久才又慢慢地说，怎么可能有那头猪大呢？你又不是不知道那头猪多大呀！颈子到屁股，起码一扁担长。高呢？起码有我家大桌子高。凯旋开始瞪着我，他显然在怀疑我的话。于是我说，怎么？不相信啊？凯旋说，这么高这么长？太夸张了吧！我说，一点儿没夸张，绝对不差一厘米。凯旋说，你家扁担多长？我抬平两手说，还加一尺！凯旋又问，你家大桌子多高？我做起少先队队礼说，这么高。凯旋吼叫起来，吹牛不打发票！我说，打发票。我昨天提水扫教室，和两个同学去看过。凯旋说，管你看没看，不可能长这么快，我上个星期三也去过。我说，不信算了。凯旋说，敢不敢再去看看？我说，看就看，怕你呀！

我和凯旋刚刚开始小跑，李会刚就呐喊起来了。他说，听听听，又叫了又叫了。我和凯旋只得马上又停了下来。

这一次，我们真的听到了猪叫声。

李会刚马上看着我说，如何？听到了啊！你不是能从猪叫声来判断猪的大小吗？说嘛，多大？能杀多重？凯旋也说，对，说嘛，能杀多重？让我们领教领教。我一下子为难起来。因为不要说我不能这样隔山打鸟地通过猪的叫声来判断猪的轻重了，你就是抬一头猪来放在我的面前，我也判断不出来这头猪的轻重。

说嘛，你不是能判断吗？李会刚催促起来，那就表现一下吧。我有些急了，说，能杀……能杀……李会刚说，能杀多重呢？别吞吞吐吐的。但是，我还是吞吞吐吐地说，能杀……能杀……一百斤……一百五十斤，不，三百斤。李会刚说，一百五十斤还是三百斤？准确点。这时候，凯旋笑了。我呢，脸比太阳都还红。李会刚又说，我看你呀，还得去给屠夫提提鞋！凯旋也说，我看也是，你还得去给屠夫提提鞋。我说，提鞋？给谁提鞋？给公社干部提吗？凯旋又骂起来，说，提你的头啊！我说，你别骂人啊！再骂我打人了。凯旋说，谁叫你欺负我？我说，谁欺负你了？我们本来就不想同你说话，你自己要凑热闹。李会刚也看着凯旋说，是呀，他同我说话，你凑什么热闹呢？到时候大伯父家杀猪，怕你家人得吃咯。凯旋说，你怎么就知道大伯父家不请我们家人吃呢？只有你们才称呼他大伯父啊？李会刚说，就你爸那德行，大伯父家还会请你们家人吃肉？凯旋说，我爸怎么了？他德行哪点儿差了？李会刚说，哪点儿差？哪家有个大点的猪儿，他马上就上报了，害得我们寨子里好多人家都要隔一年才杀得起一头过年猪。凯旋说，怪我爸呀？任务又不是他规定的，国家规定的，我爸只不过是照章办事。再说了，这些年我家也没杀过猪啊！在场的各位，还只有你李会刚家去年才杀过猪嘛！李会刚一听，说，是哟！还只有我家才杀过猪呢！李会刚好像马上就忘了自己正在和凯旋较劲儿。他兴奋地说，凯旋你说，大伯父家这头猪有没有我家去年那头猪大？凯旋说，没有。我惊叫起来，说，什么？没有？不可能！我满脸怒色地看着凯旋。凯

八一年的猪 李德谟

说,不是不是,你们让我想想。凯旋看看李会刚,又看看我,说,会刚哥,可能你家那头猪还是没大伯父家这头猪大。李会刚顿时骂起来,你乌龟你王八,你墙头草随风倒。我说,李会刚,他没说错呢,你家那头猪没大伯父家这头猪大。李会刚说,你最近又没看过大伯父家的猪,你还不是在猜。再说了,你说你是从叫声来判断的,你这么会判断,怎么现在就判断不出来了?我一听,决定还是说个确切数字来敷衍一下。于是我说,我怎么不能判断了?做题都要思考一下嘛。现在,我已经判断出来了,这头猪可以杀二百六十五斤。凯旋拍起手来,说,哇,好厉害。但是李会刚笑了。我问他,你笑啥呢?李会刚说,怕你有特异功能咯。这样听了几声,就判断出一头猪的轻重了,而且还这么确切。我说,你不信?李会刚说,当然不信,你又不是神仙。李会刚一说,凯旋也怀疑起我来。他说,是啊!你这样就可以判断啊?怕是在骗我们咯。我正要开始狡辩,李会刚说,骗没骗,我们去水井湾看看就晓得。凯旋附和起来,说,要得要得,我们去看看。我知道,这时候自己说什么不去的理由都是不恰当的。于是我大声说,要得,去看看,我怕谁呢?李会刚,怕不怕到时候就知道了。

赶到水井湾,没再听到猪发出叫声了,我们不知道往哪个方向走。凯旋问李会刚,往哪儿走呢?李会刚看看右边院子,又看看左边院子,最后还看看对面那几户零散人家,还是拿不出主意。我说,干脆去大树脚那户人家吧,他家这几年也喂养过大猪。李会刚点点头。但是凯旋说,那家呀,不去了,昨天我和我妈路过他家猪圈时看过他家猪了,只有这么长。凯旋比画着手势说,顶多两尺。李会刚说,那算了,去另外一家。我说,去后面那家吧,听说他家也很会喂猪。李会刚,你就不要提我同学那家了,他家猪上个礼拜就被上面的人赶走了。我说,那我们去哪家?李会刚没说话,好像在绞尽脑汁地想着答案。这时候,凯旋惊叫起来了。他说,会刚哥,你表叔家有没有大猪?李会刚瞪着凯旋,十分生气地说,他家那大猪啊,还在上个月就被几只追山狗赶走了。凯旋不说话了,他的脸比路边的枫叶还红。我笑着说,凯旋,看来我们最好去问你爸,他肯定知道哪家有大猪。李会刚说,对对对,凯旋,去把你爸叫来。我说,叫什么叫,唤一声不就得了。李会刚可能是听到这个"唤"字才得到的启发,说唤都不用唤了,可能他已经嗅到味道,已经在来的路上。说完,他就呵呵呵地笑了。我一听,也跟着呵呵呵地笑了。

汪汪汪——

我们的笑声惹出了许多狗来,有几只狗还朝着我们跑来了。我们哪里还敢待在这儿呢?撒开两腿就朝着马路上跑起来。凯旋边跑边说,家家都有生猪上缴任务,上哪儿去找大点的猪来看啊,还是上学去吧!李会刚说,是呀,说不定刚才真是小猪在叫。凯旋说,我也觉得是小猪叫,但是有人瞎吹,能从叫声来判断轻重。我大声说,瞎吹?我就是能够判断!刚才就是大猪在叫,说不定正是你爸在赶人家的猪呢!你还好意思在这里说是小猪叫。李会刚,我们跑快点,让狗咬死他。李会刚一听,真的马上就和我使劲地跑了起来。我们很快就把凯旋远远甩在了后面。凯旋见后面的狗快要赶上自己了,吓得是大喊大叫的。这时候难得有人听到叫喊了,出门来把狗唤了回去。不然,凯旋肯定是要遭殃的,要被狗咬的。

二

早读课已经下了,班主任很生气,专门在学校门口等候着我们。他一见我们,就指着我们说,快点站到我面前来。我们几个吓得双脚打颤,都乖乖地朝他走了过去。

班主任说,我还在吃饭就看到你们路过了,我吃过饭后还去背了两背篓苕藤回来才开始往学校走。可是我都没迟到,你们怎么就迟到了一节课呢?上哪儿玩去了?我们都不敢说话。班主任气得抓住凯旋就是一脚。凯旋马上就蹲在了地上。但是班主任还没放过他,又抓住他的头发把他提起来,并且大声说,站好,不然我又是一脚啊!凯旋哪里还敢蹲下去呢?乖乖地站在了那儿。班主任说,说,上哪儿玩去了?这时候,凯旋就一五一十地把事情说了。

班主任开始很生气,但是他听着听着就有些好奇和激动了。他说,什么?你大伯父家晚上就要杀猪了?谁说的?可不可靠?凯旋说,可靠,他家都已经请人晚上去吃肉了。班主任有些吃惊,看看凯旋,看看我们,说,他家都已经请客了,真的呀?我和李会刚说,真的。班主任说,我和他是同学,他怎么就不请我呢?哦,要杀猪了,就瞧不起我这个代课老师了?我们几个七零八落地说,不知道。班主任说,不知道——那就算了,不谈这个问题了。我问你,班主任指着我说,你真能从猪叫声来判断猪的轻重啊?不是撒谎啊?班主任接着说,如果你没撒谎,你们今天根本就不会迟到,对不对?班主任越说越激动,他开始吼叫起来,给我向前两步走。我知道班主任脾气暴躁,一点儿不敢怠慢,马上就向前走了两步。班主任揪着我的耳朵说,你的耳朵这么好使,怎么就听不到上课铃声呢?你知不知道?你……他的手腕转动起来,而且还咬着牙说,你你你……要是真能从猪叫声判断猪的轻重,我不惩罚你了,而且还要奖励你。我疼得眼泪直淌,一听他说这话,就马上大声说,行,行。班主任一听,真的马上就放手了。他低下头来看着我说,真行啊?没骗我啊?我怕他还要揪我的耳朵,于是又说,行,行。班主任说,好,你们都跟我到办公室去。

班主任一进办公室就指着我大声说,新闻新闻,这个学生能从猪的叫声来判断猪的轻重。所有老师都抬起头来,用一种我不知道是赞许还是怀疑的目光看着我,而且有两个老师还不约而同地惊叫了一声。当然,校长毕竟是校长,见过世面,沉得住气。他既

八一年的猪 李德谟

没有发出那种天塌地陷般的尖叫声，也没因为不相信表现出什么鄙夷的或气愤的神情。他朝我走来，说，你真能从声音来判断轻重？我心虚了，不敢说能也不敢说不能。校长说，说嘛，别怕，如果你真能从猪叫声来判断猪的轻重，我哪天就去找头猪来让你试试啊。我更不敢说话了。校长说，怎么不说话呢？你不行吗？你是在骗你们班主任，是不是？我浑身一紧，脸上很快就汗水直淌。校长笑了，看着班主任说，这就是你的新闻啊？班主任冲过来揪着我的耳朵说，到底行不行？快说。我又忍不住了，只得又说，行，我行。班主任这才松开了手。他看着校长说，校长，他行。校长朝班主任挥挥手，说，要揪揪耳朵才行啊！那些老师一听，马上哄堂大笑。

我以为说过行就算了，班主任和校长就不再麻烦我了，也不会麻烦李会刚和凯旋了。可是，就在我开始暗暗轻松时，校长突然改变了主意，他要我马上就对一头猪进行一次判断。他兴奋地说，我还以为你撒谎，真行啊！那我今天就让几个班的学生自习一节课，带老师们去领教领教你的本事。老师们又把目光投给了我。有个老师还一边鼓掌一边说，要得要得，今天就验证一下。我又开始心虚了，一句话也不敢说。一个老师看着我说，你不要紧张，平时怎么判断就怎么判断。班主任说，是的，平时怎么判断就怎么判断。你们不是也想看看猪吗？我们现在就带你们去看看，让你现场判断判断。校长也看着我说，你别紧张，争取让我们开开眼界，我们还从未见过你这种人呢！我不知道李会刚是在故意捉弄我还是有其他什么意图？他大声说，校长，他真能判断。校长说，能判断就好。

校长大声说，刘老师，去把李支书请来。办公室的人都吃惊了，疑惑地看着校长。校长说，李支书老在我面前说我们大队完不成生猪任务。他说有些人家，本来就没喂肥猪。有些人家呢，有了肥猪又不承认。李支书说有时他们都已经得到某某人家有肥猪的消息了，而且他们在赶去的路上也听到肥猪的叫声了，可是当他们赶到这些人家家里时，猪圈里总是只有一头小猪。我的意思是把李支书请来，让他也开开眼。如果李支书都觉得这个同学能判断，是个人才，那他们以后下去收猪时就可以带上这个同学。老师们生气了，我和李会刚也表示出了反感的情绪。但是老师们都像哑巴一样，不敢说话。倒是我和李会刚，像是都已经忘了来办公室是接受批评的，大喊大叫起来，不行不行，请他干啥！凯旋马上又和我们争吵起来。他说，为什么我爸不能来？校长都已经说了要请他来，你们有什么资格说不行？李会刚说，他喜欢赶人家的猪啊。老师们看着我们这个架势，都惊得目瞪口呆的。校长开始偏着头看我们。班主任可能是觉得我们损坏了他在校长心目中的形象，大声吼叫起来。他说，吼什么吼？叫什么叫？造反不是？于是，我们几个又不敢说话了。这时候，校长又朝班主任挥挥手说，你不要吓唬他们了，我来问问。校长马上就指着我说，你说，为什么不能请他？我说，他是大队干部。校长说，大队干部就不能请啊？我说不出理由来了。校长又问李会刚，你说，为什么不可以请他？他从那些人家赶走的猪，都赶到他家去了？都被他赶去卖了？李会刚也说不出理由了。校长叹了口气说，我就知道你们会不高兴，但是我这样做也是为了学校啊。李支书说了，只要我们大队年前能够顺利完成生猪任务，他明年就可以给我们学校买些体育器材。校长这么一说，那些老师的脸色才好看了些。刘老师呢，才开始去大队部请凯旋爸爸去了。

  当校长决定要马上验证我时，我真的很紧张，但是我还是很快就平静下来了。因为我想到了一些对我有利的条件。首先，校长又没说我判断对了怎样判断错了怎样。其次，我判断得对与错，校长和这些老师也是没谱的，还在圈里的猪，哪个主人家会去过秤呢？所以我想，到时候自己就是随便说出一个数字来，校长和这些老师也是没个确切标准来判断我的对错的。特别是当校长决定了要用校门口这户人家的猪来验证我的时候，可以说我还有些踏实了。因为这头猪，不只是我们学生熟悉，就是我们学校的老师也很熟悉，他们也会时不时地谈论到它。上个星期一，我、凯旋、李会刚就听到两个老师在讨论它。他们后来基本上达成了共识，这头猪最少都有二百八十斤。

  李会刚可能也回忆起了这件事。他怕我捡便宜答案，极力劝说校长，让另外找头猪来给我判断。校长没同意，他说，这年头吃的都不够，哪有那么多肥猪呢？李会刚说，验证小猪也一样嘛。校长还是没同意，要验证就验证大猪，验证小猪没多大意思。当然，我也极力反对。我对校长说，我最擅长判断大猪，我们还是判断大猪吧！凯旋似乎意识到了我和李会刚的心思，"噗"的一声笑了。那些老师呢，意见也跟校长意见差不多。

  A老师说，对，看大猪。大猪耳朵一扇，凉快。
  B老师说，都什么季节了你还热啊？
  A老师说，不是有些热，是很热。
  C老师说，主要是快过年了家里还没肥猪吧？
  A老师说，就是啊！所以心头燥热……
  C老师说，那你把它的耳朵割回去下酒，我掩护你。
  A老师说，要得，去给我拿把刀来。
  A、B、C、D、E老师哈哈大笑。

三

  凯旋爸爸来了。他穿着一双长筒鞋，走起路来吧嗒吧嗒的。
  校长同他打招呼，快请坐，李支书，够辛苦的啊！穿了这么长的鞋，背上都还是有这么多的泥巴。你们的任务完成了？

八一年的猪 李德谟

凯旋爸爸说，唉，校长，别问了，还差得远呢。

校长说，差得远？那你今天得好好地检验检验这个学生的本事了。如果他真的能够从叫声来判断轻重的话，那你们以后下去追任务时只要带上他就省事多咯。

凯旋爸爸说，是呀，还是校长想得周到，都为我们考虑起来了。看来，我也得想些法子来实现我对你们的承诺了。对了，那个学生在哪儿呢？

我们几个是站在门背后的。凯旋爸爸进来的时候根本就没有侧眼看，是径直地走到校长办公桌那儿去的。所以，他根本就不知道我们几个也在办公室里。

校长接着说，就在你身后，李支书，就是你儿子左边那个。

凯旋爸爸回过头一看是我们，马上就问起来，你们几个怎么在这儿呢？

我们都没敢说话。

李支书，我说的就是他们呢！会判断的那个在你儿子左边。

凯旋爸爸马上惊奇地说，怎么？是他们啊？以前我怎么没听说过呢？该不会是撒谎的吧？

我们还是不敢说话。

校长说，我认真审问过了，他们没撒谎。

好吧，既然你们校长都这么说了，我就相信你们。那我们就去找头猪来试试吧——不行啊！看我怎么收拾你们。

校长站起来了，他马上就招呼起大家来。走啊，大家都走，到校门口那户人家去，他家有头大猪。

四

老汉看见凯旋爸爸来了，脸上很快就浸出了汗珠。他吞吞吐吐地说，李李李……支书，你们干……干……干啥呢？我家……可没任务啊！凯旋爸爸说，老哥啊，对待任务嘛，要积极。我不是经常说嘛，完成任务光荣，不完成任务可耻。老汉说，我家……今年没……没任务啊。凯旋爸爸说，我知道你家今年没任务，但是你家今年既然有了肥猪，也可以提前完成明年的任务啊！这样你家明年后年都没有任务了，你家也成为我们大队最最先进的人家了。大家都吃惊地看着凯旋爸爸。校长说，唉，李支书，我们今天不是请你来赶猪的，我们请你来是看我们验证这个学生的。你今天要是赶走了这头猪，不是让我们难堪吗？我们不就成了你们大队部的线人了吗？我们是教书的，担当不起这个角色啊！凯旋爸爸说，你还想不想买体育器材？校长说，如果你真要这样做，我们就不买了。凯旋爸爸说，不买？你们看看其他地方，哪间学校没些体育器材？校长接着说，我说了，你这么做，我们宁愿不买。凯旋爸爸说，不这样做还有其他办法吗？告诉你吧，只有这样做，大队才能完成任务。校长说，那我们就不买了，反正我已经到那些学校看过了，不就是些篮球、羽毛球、绳子、毽子吗？我们可以自己制作。凯旋爸爸说，你们不买我们也得完成任务啊。校长朝老师们招招手说，让李支书在这儿完成任务吧，我们回去上课。说完，校长就气冲冲地往学校走。老师们见了，也开始往学校走。我们几个孩子（包括凯旋在内）也只好跟在班主任的后面往学校走。凯旋爸爸急了，他朝校长吼叫起来。校长，不能走。现在上面收猪不是估计了，是要过秤呢，差一斤都不行。你得让这个娃儿给我判断判断，如果他判断得准确，我们以后下去追任务时就要带上他，让他给我们提供一些信息。校长说，这是你们的事，我们是教书的。至于这个娃儿嘛，不是别人，就是你家堂侄。凯旋爸爸尖叫起来，他说，啊？他，他还有这个本事啊？我怎么不知道呢？那就让他来给我判断判断吧！校长。凯旋爸爸接着说，这也是我们的任务啊！你们既然来了，就要配合我，帮着我估计一下这头猪。如果你们不配合，下学期我就把你们全下了，我可以派另外的人来代课。校长和这些老师一听，全都愣住了。这时候，凯旋爸爸又心平气和地说，大家还是回来帮我参考参考，以后你们要我帮忙，我也会帮助你们的。不知道是凯旋爸爸口才好呢，还是校长和这些老师都怕下学期被凯旋爸爸换下去了，他们又都转身走了回来。

凯旋爸爸肯定没预料到，他把校长的工作做好了，还得去做老汉的工作。老汉太倔强，工作不好做，凯旋爸爸很快就同他吵闹起来。老汉经常重复的两句话是：李支书，我不想当先进。李支书，我想吃肉。凯旋爸爸很生气，说，老汉你比茅厕的石头还硬。老汉也很生气，说凯旋爸爸不守信誉。他看着凯旋爸爸说，你去年不是说只要我家去年把那头猪上缴了，今年就没任务了，想杀多少头就杀多少头了。李支书啊，你自己说的哟！老汉学着凯旋爸爸的口吻说，到时候啊，你家杀多少都可以，杀多大都可以，我们绝不干涉。

老汉都已经开始说胡话了，凯旋爸爸似乎才像被个大仙点了下似的，才开始心平气和地同老汉讲起道理来。他先是讲大河小河的关系，说我们的过去、现在和未来。后来他还讲到大伯父家晚上都已经杀不成猪了，也得把圈上的那头肥猪缴上去。老汉吃惊得眼珠子都快蹦出来了。这时候，凯旋爸爸又讲起了老汉家上辈人在旧社会所遭受的那些苦难。老汉听着听着，很快就放声大哭起来。他边哭边说，李支书啊，难得共产党救了我们穷苦人啊。我我我……一定会努力地做个最最先进的人啊！有些老师听了，也跟着流下了眼泪。凯旋爸爸见自己的话已奏效，马上就朝我们招起手来。他说，走嘛，大家伙都去看看他家的猪。

可是，当我们朝着猪圈走去的时候，老汉突然呐喊起来。他说，李支书啊，猪已经被我卖了。大家先回头看了看老汉，然后开始你看我我看你的。好一会儿，凯旋爸爸才呐喊起来,老哥子,说什么呢?老汉大声说,我说,那猪已经被我卖了。凯旋爸爸像是还没听明白似的,也大声说,什么?你已经把猪卖了?老汉仍然大声说,是啊!李支书,猪已经被我卖了,我只有明年去争做最最先进的人了。

(原载《青年文学》2010年第22期)

2010年

张 麟

骂五更

丁贵没想到细乔会差盐罐来叫他，盐罐说，三哥，你们家花灯又闹了，我嫂让你去。丁贵吃完晚饭刚在堂前坐定，便说不去，天晚了，不方便，不然就把花灯抱回来吧，总这样不是办法。盐罐说，抱回来？送出去的东西又往回要？再说你又不是不晓得我嫂子的脾气，还是去吧，她可等着呢。可丁贵还是不去，说，你哥不在家，去了闲话多。盐罐说，哪样闲话？天都黑了，悄悄去，悄悄回，哪个晓得？丁贵便不高兴了，呵斥盐罐狗嘴里吐不出象牙！哪样叫悄悄去悄悄回？又不是去做什么见不得人的事，用得着偷偷摸摸？盐罐便笑着说，所以呢，让你去你就去呀，咋又不敢去？除非你自己心虚！这回丁贵认真了，茶杯一放，桌子一拍说，小盐罐，再瞎说小心三哥我翻脸，我心虚什么？我凭什么心虚？再要敢说我心虚，我还非得马上就跟你去！说着起身离座，整理衣衫，一副正大光明的样子。盐罐便笑成了一朵花，说，真的？不许后悔！

丁贵其实哪会后悔，就算盐罐不激他，他也等不到明天，说起细乔这女子，那真是只有一个字——耶！真的，他丁贵历世三十六年，饱读闲书，阅人无数，但还从来没有遇到过像细乔这样一个令他找不到形容词来形容的女子，闭月羞花吧也不是那么羞花，风情万种吧也不是那么万种，但就是说不出的舒坦合意，后来有一回看电视，看到人开心时便会跨出一步，伸开两个手指说"耶"，然后他就点头，觉得踏破铁鞋，世间唯有这一个"耶"字，才最能表达他每次见到细乔时的心情，于是这个"耶"字，就常常在心头响起，而一旦响起，他就会眉开眼笑，就会手舞足蹈。

嗯，盐罐！丁贵扔了一支烟过去。

嗯，盐罐！丁贵扔了一块糖过去。

骂五更 张　麟

嗯，盐罐！丁贵掐了一朵花过去。

结果盐罐把花扔了，说，三哥，你说我们两个，我十六，你三十六，也就是说我们相处很久了，但我怎么从来也认不清你到底是个什么样的人呢？你不娶妻，不种地，不好好过日子，整天只会着白衫，执折扇，读闲书，唱戏文……晓得不晓得？大家背地里都觉得你有毛病。

丁贵弯腰把花拾起来，闭上眼睛一边嗅一边说，晓得，咋不晓得？只是这世间又有谁没有毛病？只是有的人自知，有的人不自知，而自知和不自知都像这一朵花，怎么可以随手丢弃？此时夕阳西下，丁贵在前，盐罐在后，盐罐看着手执花朵的丁贵映在夕阳里，不知怎么就心下黯然，语意不明地叫了声"三哥"。

盐罐的大哥盐巴十几岁就出门闯荡，如今不仅在外头生意做得很大，而且把老家的房子盖得也很大，一排六间明晃晃地戳在村东头，比隔壁村主任家还气派。可气派归气派，这么气派的房子一年四季多半时间就住着盐罐和嫂子细乔两个人，到底有些空旷。可今晚的空旷却又有些许的不同，当盐罐领着丁贵推开朱红色的镂空铁门时，前脚刚踏进门，后脚就差点被削掉脚后跟。原来门后各藏着一个人，只等丁贵进来就飞快合门，那架势就活像要关门打狗似的，惊得丁贵说，小盐罐，有话好好说，关门做什么！盐罐就笑，说，不做什么，先进去吧，进去再好好说。接着也不等丁贵废话，关门的两个人左右一贴，丁贵便凌空前行，没几步就穿过院子进了堂屋，而这期间，丁贵只来得及左右各瞟一眼，发现是两个穿西装戴墨镜的人，心里便一凉。

堂屋正中早已置办好一桌酒菜，守着酒菜的是盐巴。盐巴倒没戴墨镜，也没穿西装，而是也像丁贵一样，款款地着一身白色中式汗衫，只是其做工和质地，一眼就让丁贵望尘莫及。不过更叫丁贵沮丧的是，他也没想着要去坐席，却不知怎么没脸没皮地就已经坐了上去，面对面对着盐巴，就像盐巴邀请了他，而他也欣然接受了似的。可实际上他又哪里可能接受？村里早有人在传，说盐巴在外面做不太正经的生意，他本来还半信半疑，眼下却似乎坐实了，因为书上说过，只有真正身怀绝技的人，在挟持你的时候，你并不会觉得痛，但人却像风吹浪打一样，身不由己地就落在了一个你本来不想落的地方。如今从庭院到厅堂，从厅堂到酒席，皆不是他丁贵的意志，可却又由他丁贵实实在在地表演，这实在令人恐慌。不过更让人心里没底的还是盐巴的态度，盐巴的白衫耀眼，盐巴的笑脸油滑。盐巴说，三哥，好久不见，今天请你来，知道为什么吗？

丁贵没开言，不是不明白盐巴为什么请他来，而是太明白盐巴为什么请他来，所以反倒答不上话来。答不上话来显然不妥，于是丁贵说，这还用问？七盘八碗的，显然是我兄弟发了财，请三哥来喝一杯呗。

盐巴却不领情，说，这和发不发财没关系，三哥呀，你我都是明白人，你成心装糊涂,不如我就明说了吧,今天请你来,是听说你这几年的花灯跳得名声大振,所以兄弟我今晚好酒好菜,不为别的,就想亲耳听你唱一调骂五更。

骂五更?丁贵不由得诧异,盯着盐巴问。

是呀,骂五更,有什么不便吗?盐巴回答。

没有没有,能有什么不便?原来兄弟请我来,只是让我唱花灯?

是呀,就是唱花灯,不然请你来做什么,难道三哥还有别的想法?盐巴似笑非笑。

没有没有,我能有什么想法?若真有什么想法,也就是为你高兴,我兄弟少年老成有志向,赤手空拳打出一片天地,也算是有出息。不过这骂五更,兄弟你可就有些外行了,它必须是男女搭对两个人唱,我一个人唱不来。要唱的话,就只能给你唱段唐二聊白。

盐巴说,这样啊,原来要男女搭对两个人唱,可我就想听骂五更怎么办?要不你教我,我和你唱?

丁贵不屑,说,亏你想得出,第一,你是男的,两个男的怎么唱骂五更?第二,玩花灯非一朝一夕之事,一时半会儿叫我如何教你?第三,你出门在外多年,举手投足都变了,不适合唱骂五更。

盐巴就不争了,端起酒杯说,呵呵,原来有这么多讲究,既是这样,我也不难为三哥,不过我倒有个人推荐给你,来来来,先喝酒,喝了酒我把她给你叫出来。说着将酒杯与就近的碟子一碰,仰头一饮而尽。

丁贵有些发愣,到这时他才真正懊恼起来,盐巴何许人?怎有闲心听他唱花灯?如果没猜错的话,他推荐的人肯定是细乔,他日思夜想的细乔,他舒坦合意的细乔,他只能用一个"耶"字来形容的细乔。而这一招何其阴险,何其歹毒,他怎么能和细乔唱骂五更呢?他和她唱爱五更还差不多,果真登场的话,不出三招五式,眉来眼去之间,他对她的非分之想肯定大白于天下,根本用不着审。

然而为时已晚,转眼细乔已被一个墨镜从楼上请了下来,当她出现在楼梯口的时候,丁贵的心打鼓似的跳起来,如果可以的话,他宁可她不露面,宁可她躲得远远的,刚才的恐慌并非空穴来风,它们就藏在这酒里、菜里,藏在这气派堂皇的楼房里,藏在两副深不可测的墨镜背后,无时不在,无处不在。

细乔却似乎安然无恙,眼睛未肿,方寸未失,落座后淡淡地叫声"三哥",分别给他和盐巴斟满茶杯和酒盅,便拿起筷子夹了根笋丝放进嘴里细嚼慢咽起来,那神情,那作派,令丁贵既欢喜,又悲伤。欢喜的是,原来这细致柔顺的女子,在阴森鬼气的盐巴面前并不慌乱,并不示弱;而悲伤的是,这细致柔顺的女子,他怎么就看她不穿摸她不透呢?在她向他学唱花灯的日子里,明里暗里,他曾不止一次地向她示过好,但每一次,都被她不动声色地化解于无形,使他的相思之箭犹如一根被剔除了筋骨的鞭子,陷落在

骂五更　张　麟

一团密实的棉絮里，既触不到既定目标，也难以抽身而退。

兄弟，你推荐的不会是兄弟媳妇吧？这……这肯定不合适，盐罐呢，叫盐罐来，他跟我唱！丁贵突然烦乱起来，越想越觉得事情不妙，看细乔波澜不惊的样子，要是她和盐巴两口子合起伙来涮他，那他岂不是叫天天不应叫地地不灵？眼下的上上之策是不和他们攀扯，他宁愿和盐罐攀扯，于是便盐罐盐罐地叫唤起来。

盐罐此时正蹲在茅房里，显然他吃坏了肚子，每次盐巴回来他都要吃坏肚子，但却一点也不妨碍他对盐巴的崇拜，尽管寨子里人对盐巴有诸多质疑，但自从爹娘死后，盐巴就是他盐罐的天，就是他盐罐的地，就是他盐罐的衣食父母，他供他上学，供他吃住，而且将来还要帮他找工作，替他娶媳妇，为他把长长的人生来打算。不过这次盐巴回来却有些不开心，责怪他没看好门户，一开始盐罐不明白，后来当盐巴一再问起嫂子细乔和三哥丁贵的事，并扬言要把丁贵叫来敲打敲打的时候，他才知道丁贵太岁头上动了土，阎王面前闯了祸。如今听见闯了祸的丁贵在堂屋里叫他，他也心急得很，不知道盐巴所谓的敲打敲打到底是怎样的一种敲打法，不会已经把丁贵打得求饶了吧？

可等他提上裤子跑进堂屋，弄明白丁贵不仅没有求饶，还要拉着他一起唱花灯时，不由得有些撮火。他责怪说，唱唱唱，就晓得唱，还不赶紧磕头认错，求我哥放你一马，否则就脑壳搬家了！

丁贵演不下去了，错愕片刻一屁股坐回椅子上，说，我就晓得这是鸿门宴，我就晓得你黄鼠狼给鸡拜年，不过小盐巴，你三哥一没有什么错要认，二没有什么头要磕，若是霸王硬上弓非让我求饶的话，也得给我个求饶的理由，我丁贵到底犯了哪一条哪一款，值得你给我脑壳搬家？

盐巴自斟自饮，漫不经心地说，三哥你多心了，盐罐不懂事，乱说话，你也不懂事信以为真？刚才我已经说得够明白了，今天请你来是想听你唱骂五更，你呢，也不必忌讳，就让细乔陪你唱，我不在的时候你们唱得还少吗？手把手地教，脸对脸地练。现在呢，你们也可以当我不存在，平常怎么教就怎么教，怎么唱就怎么唱，我倒要看看这骂五更能骂出个什么样子来！说着手一扬，酒杯在地板上摔得粉碎。

丁贵和盐罐吓了一跳，显然堂屋里六个人，只有他俩还不习惯盐巴的阴晴不定。盐罐胆怯起来，说，哥，有……有话好好说嘛，摔酒杯做什么？接着又对丁贵说，三哥，要你唱你就唱呗，又不是没唱过，挑三拣四做什么？可惜此时丁贵一点唱花灯的兴趣也没有，且眼前这阵势也许不唱比唱更好，所以他头一抬胸一挺，说，不唱！人又不是机器，说唱就能唱。不错，这半年来我是偶尔教弟妹唱几调花灯，可那又怎么样？唱花灯又不犯法，弟妹愿意学，我也愿意教，你在与不在都一样，用不着白脸黑脸吓唬人！

盐巴便鼓起掌来，说，好，承认就好，就等你这句话呢，三哥辛苦，三哥费心，三哥好好喝一壶！说着一飞眼，两个墨镜上前，一个捏住丁贵的鼻子，一个往丁贵嘴里倒酒。片刻工夫，大半瓶酒倾瓶而出，丁贵头发湿了，脖子湿了，眼眸青灰，脸颊却艳红起来。艳红起来的丁贵却悲从中来，一把鼻涕一把泪地说，小盐巴，你忘了，你都忘了，三哥对你的好你全部都忘了！

盐巴不屑地说，瞧你那样！要不是念你的好，早就把你像挂你那条狗一样挂了，哪会请你喝酒？说着一示意，一个墨镜走到窗前将帘子一拉，丁贵的花灯就倒吊在玻璃窗外，嘴角淌着一缕血，双眼圆睁，被屋里的灯光一照，既恐怖，又狰狞，分明已经死去。

丁贵不哭了，跳起来抓起酒杯向盐巴扔过去。那只是一条狗啊，一条没招你没惹你的小性命，你竟然对它下毒手！龟儿好大本事，什么仇什么恨不能冲我来？非得为难花灯？丧尽天良，丧尽天良！说着悲惨地嚎了一声，朝着屋外飞奔而去。

盐罐也想朝屋外飞奔，盐罐说，哥，你这事做得真不上台面！不上台面的盐巴此时有些恍惚，也不知是被丁贵的酒杯扔的，还是被盐罐责怪的，但这都不重要，重要的是他恍惚的当儿，细乔一把抓住盐罐，并往他手心里塞了一张纸条，然后又将他往外推了一把。这一把把盐罐也推恍惚了。恍惚的盐罐来到堂屋外头，拿着纸条满腹疑虑，在他的印象里，嫂子并没有文化，而没有文化的嫂子怎么会在纸条上歪歪扭扭地写上"幺叔"两个字呢？她到底是什么意思？是让他去找幺叔吗？可寨子里那么多幺叔，她要他找哪一个？盐罐也不敢回去问，嫂子刚才塞纸条给他时的那种慌张和古怪，使他的直觉告诉他这事既神秘又重大，而这神秘和重大显然和今晚发生的一切有关。那么今晚究竟发生了什么呢？花灯被吊死，三哥被灌酒，接下来盐巴还会做什么，谁也无法预料。但是无法预料的事情能不能想法控制想法阻止呢？想到这里，盐罐一拍脑壳，转身蹑手蹑脚往外跑，他突然明白了嫂子要他去找谁。

等盐罐把村主任丁明宽叫来的时候，丁贵已经被绑了起来，并且还吃了几个嘴巴。原因是丁贵不合作，不仅不肯唱骂五更，反倒要盐巴赔他的花灯。盐巴哪里会赔？盐巴说，赔你个屁，要赔也是你先把我的名声赔起来，外头都传遍了，都晓得我盐巴当了乌龟，戴了绿帽子，三哥呀三哥，别怪兄弟无礼，只怪你做事欠妥，我今天要不卸下你点什么，我这心里还真是过不去！说着抬腿碰了碰丁贵的裤裆。

明宽是长辈，也是村主任，明宽有明宽的派头，进了屋先找主位坐下，三杯酒几口菜下肚之后才开始料理正事。此时明宽对盐巴说，乖乖，你这叫私设公堂你晓不晓得？你要再敢动你三哥一指头，我就以非法拘禁罪和刑讯逼供罪告你信不信？盐巴不信，盐巴说，明宽幺叔，你姓丁，就替丁家说话，别忘了这寨子里除了你们丁家，还有我们任家呢，丁任两家过节还少吗？你要告我，我还没告你呢，作为大家推举出来的一方父母官，你竟容忍眼皮底下发生这种男盗女娼有伤风化的事，这算不算一种失职？一种纵容？你不检讨，不思过，却反倒来教训我！走吧，酒也喝了菜也吃了，赶

骂五更 张 麟

紧走,别让血溅了你!

明宽不走,明宽说,屙尿洗萝卜,反正都是活路!只听说抢钱抢车抢银行的,就没听见抢绿帽子的!自己在外头拈花惹草不算,回来还冤枉自己的媳妇,你倒是给我说说,这屋里哪个是男盗?哪个是女娼?你是亲耳听到了还是亲眼看到了?老话说得好,捉奸在床捉奸在床。你是哪颗牙咬了人家的卵?还是哪只手提了人家的鞋?要是没咬到人家的卵,没提到人家的鞋,就别再无事生非拿屎盆子往自己头上扣!

盐巴不说话,拿眼瞅明宽,瞅来瞅去绕到跟前来,点了支烟插到明宽嘴里。幺叔,从小到大我一直都很敬重你,你说句实话,难道我是真的多虑了吗?难道外头传的都是假的吗?刚才丁贵自己都承认了,他们经常在一起唱花灯,我几月几月难得回来,盐罐又在镇里上高中,这高房大屋孤男寡女的,唱来唱去还能不唱出点事情来?

明宽不接话,把烟从嘴里拿下来辨认片刻说,中华啊,好烟!只有县长才抽得起这个,镇长一般都还只是抽软遵——乖乖,就冲你这中华,我也不能说假话啊,幺叔实话告诉你,不管外头人家怎么说,也不管丁贵承认不承认,反正据我所知他什么事也没有,因为丁贵每次来的时候我多半都在场,一来我也爱唱花灯,二来我好歹也是村干部,要万一有点什么情况,岂不破坏了和谐稳定的新农村建设?所以我以一个共产党员的荣誉和一个村主任的忠诚向你保证,你确实多虑了,丁贵和细乔什么事也没有,赶紧把人放了吧,不要以为人家丁贵光棍就好欺负,人家那是眼界高,又不是找不着媳妇,不信你去四乡八寨打听打听,追着看丁贵玩花灯的大姑娘小媳妇多了,你们家细乔再好,人家也未必稀罕。听幺叔一句话,就不要再难为细乔了,这样伤感情!

盐巴懒懒的,绕到盐罐跟前努努嘴说,是你叫来的吗?油嘴滑舌一昏官!盐罐不服,盐罐说,你才昏呢,我也差点跟着你昏,三哥没错,嫂子也没错,叫他们把人放了吧,三哥是我哄来的,这样子我以后没脸做人。

盐巴说,我才没脸做人呢,我要是这样把他放了,也太便宜他了——幺叔,刚才你不是说三哥花灯跳得好,好多大姑娘小媳妇都追着他看嘛,说实话你认为这样合适吗?这样一个招蜂引蝶的人物,就算他今天不给我戴绿帽子,明天也会给其他人戴绿帽子,这对于和谐稳定的新农村建设难道不是一大威胁吗?与其这样,不如让我来做件好事,别的不废,就废他一条腿,看他以后还如何跳花灯,还如何勾引大姑娘小媳妇!说着挥挥手,两个墨镜便朝丁贵走去。与此同时,明宽的巴掌也拍了下来。明宽说,小盐巴,看来你太不拿幺叔当回事了,可就算不拿幺叔当回事,也该拿村主任当回事,别忘了,你脚上的泥还没洗去,你的根还在这里,你在外面的事情人家公安局前前后后不知来外调过多少回,但每回我都念你年轻,都替你说好话,我图什么?不就图有一天你能迷途知返吗?可你倒好,不仅不幡然醒悟,反倒把行凶作恶的事情做到家里来!废啊,你倒是赶紧动手,就算我不找你麻烦,公安局也会来找你麻烦,你也不睁大眼睛瞧瞧,你幺叔也许还是原来的幺叔，可你三哥绝对不是原来的三哥了，人家是西路花灯的代表，是民间艺术家，是蝉联几届全省花灯大赛的花灯王。而这花灯王的一条腿值多少钱我不晓得，但镇长倒千真万确地动员过，让你三哥去保险公司把自己的腿给保了，保险费镇里出。为什么？因为你三哥不仅是镇里的一宝，而且还是县里的一宝、省里的一宝，什么大人物来了都点名要他表演，所以将来指不定还是国宝。你看着办吧，是废左腿还是废右腿，但无论是左还是右，估计都脱不了爪爪！

盐巴不笑了，撇撇嘴说，明宽幺叔，你口才不错，不过你以为盐巴是你煮稀饭喂大的吗？你说什么我就信什么？明宽说，没人要你信，不过你最好还是问问盐罐，他是你亲兄弟，别人可能骗你，他不可能骗你。

一句话点醒了盐罐，盐罐赶紧跑过去护住丁贵，说，哥，幺叔句句都是实话，三哥确实是花灯王，虽然花灯的事我不懂，但三哥常常被政府喊去跳花灯是事实，幸好没动手，要真动手就麻烦了——放了三哥吧，就算三哥不是花灯王，三哥待我们兄弟也不薄，爹娘死得早，比我们大的人都来欺负我们，只有三哥反倒给我们挑水，替我们打架，就连你外出谋生的盘缠，有一半也是三哥帮衬的，这些难道你都忘了吗？

盐巴似乎很不愿意说起这些，呵斥盐罐说，给我滚过来，你到底站在哪一边？他是你哥还是我是你哥？不咸不淡扯这些没用的！说着回头去看细乔，你呢？怎么一声不吭？干脆你来决定，你说废还是不废？

细乔不抬眼，拼命想让三只筷子在碗里立住，此时回答说，我说得着吗我？我要说废，你又不敢，我说不废，你肯定又说我和三哥不清白，我不如闭嘴。盐巴便笑起来，对两个墨镜摆手说，放了吧，先放了！接着又回头对细乔说，这样吧，我答应你不废他，不过你得负责去规劝三哥，他既有那么大的名头，就更没有理由不唱一回，我这辈子没当过领导，就请他拿我当一回领导吧，好歹也让我见识见识什么是花灯王，否则的话，今晚谁也别想睡！

没等细乔开口，才松了绑的丁贵就把话接了过去。不唱！花灯不死还好商量，花灯死了就什么商量的余地也没有了，除非花灯活过来！

明宽说，什么话！人死不能复生，狗死也同样活不过来。老三呀老三，你也太不会看四六了，你就好歹唱几句，唱完扁担开花，各回各家。

丁贵说，我还不会看四六？我被人绑也绑了，打也打了，这些我可以不计较，毕竟谁都有错怪别人的时候，但花灯不是人啊，它只是一条狗，一条打小就被我捡来的流浪狗，我们一起吃，一起睡，还教会了它跳花灯，只要听见锣钵响，它就会把两条后腿垫起来，像人一样踩着节拍转圈摇摆——盐巴兄弟，花灯是因你而死，就算你此时变成县长省长，今晚这花灯我也不跳，跳不了！

明宽急了，赶忙将丁贵拉到一边，责怪说，你个混账东西，就别再给我节外生枝了

骂五更　张　麟

好不好？说来说去都是你不对，谁让你张三不教李四不教王二麻子不教，就教细乔唱花灯？盐巴可是个不要命的主，真惹急了他，废掉你一条腿并不是不可能，所以你还是唱吧，只要你唱了，我负责把你安安全全带出去。

可丁贵还是不唱，丁贵说，废我我也不唱！我只求他让我收了花灯，好好带它回去埋了。

那边盐巴已没了耐性，食指往嘴里一放，一声尖利的口哨就窜了出来，化作如山的命令，只见两个墨镜身形闪动，转眼就把丁贵绊翻在地。翻倒在地还不算，又顺手给了丁贵几个耳光，直打得丁贵口角流血，眼冒金星，最后像提死狗一样把丁贵提到盐巴面前。盐巴说，三哥，知道我最恨什么吗？最恨的就是你这种给脸不要脸的东西，我已经什么都不计较了，只想让你唱调花灯，可你却连县长省长来了都不唱，那谁来了你才唱呢？总理来了你唱吗？我现在就是总理，你唱也得唱，不唱也得唱，否则就永远休想再唱！我才不管你是花灯王还是灯花王，只要我不高兴，再金贵的腿也不是腿，而是柴火棍，想怎么砍就怎么砍，想怎么劈就怎么劈！

够了！任盐巴你够了！一直想把筷子立起来的细乔没能把筷子立起来，却把自己给立了起来。立起来的细乔站在盐巴面前说，你给我听好，你不是一直想知道我和三哥有没有事情吗？那么我告诉你，以前没有，但以后会有，我要和你离婚，我要嫁给三哥，他比你强多了，他对一条狗都那样情深义重，可你呢？我其实也是你捡来的一条狗，但你真正关心过我，真正了解过我吗？不到一年新鲜劲一过，你就把我像丢旧衣裳一样丢在了这里，自己却在外头花天酒地夜夜风流——不错，我是爱唱骂五更，可你知道我为什么唱吗？因为我恨，因为我孤单，因为我好想骂，骂所有薄情寡义的东西，骂所有喜新厌旧的男人，骂总也走不过去的一更二更三更五更……说着说着，细乔流下泪来，慢慢蹲了下去，蹲在丁贵面前，轻轻搬起他的头，擦着他嘴角的血，含泪而笑说，三哥，我们就唱一回吧，就算是为了我为了花灯，我们好好唱一回！

丁贵傻呆呆的，不敢相信自己的耳朵，他怎么也想不到细乔会这样表白，原来他错怪她了，原来她并非没心没肺的人，所以尽管这表白如此尴尬，如此不真实，但他也知足了，她只要不站在盐巴那边，不和盐巴一个鼻孔出气，那他就没白喜欢她，没白受这委屈，没白挨这一顿打。于是当细乔再次请求他和她唱一回时，他便不由自主地点了点头。而他一点头认可，细乔便去和盐巴谈条件，一要点灯，二要整妆，三要伴奏，四要宽敞些的场地，五要说话算话，一旦唱完，就让丁贵带花灯离开，不再纠缠。

盐巴也傻呆呆的，不太明白眼前的细乔到底是谁，所以这个不知是谁的细乔向他提条件的时候，他只忙着辨别她的身份，而忘了她提的条件是否应该答应。二十分钟后，当丁贵和细乔红男绿女双双出现在院子里的灯影下时，盐巴只觉得像做梦一样，但也没由他细想，梨树底下的播放机便响起了乐曲，随即彩扇飞舞，锦帕翻卷，一个女声幽怨

婉转地唱了起来:

  一更鼓儿天
  鼓儿一更天
  可恨爹娘瞎了一双眼
  将我嫁个赌钱汉
  一无吃来二无穿
  大田大坝输精光
  剩下一件火汗衫
  背时鬼呀
  要走你就早点走
  奴一不哭来二不留

接着女声停,男声起:

  一更鼓儿天
  鼓儿一更天
  可恨媒人吃了黑心钱
  夸你为人样样好
  人才美貌赛貂蝉
  谁知你补又不会补
  连又不会连
  小妖精呀
  你脸长嘴大长得丑
  让人越看心越烦

  一更天唱完,盐巴不屑,说,这不就是打情骂俏吗?不学也会。明宽也不屑,说,你灌了人家那么多酒,又打了人家一顿,别说花灯王,就是玉皇大帝也得趴下了!盐巴想想觉得也是,就只看戏,不吱声,看着看着便走神了,因为花灯里那个唱着的跳着的女子实在动人,她身段妙曼,步履轻盈,举手投足间无不风情万种、楚楚可怜,这使他想起两年前刚刚遇到她的时候,那时候她在洗脚城替人洗脚,有一天醉酒的他去洗他那双奇臭无比的大脚,不知怎么,洗着洗着就面色青紫,不省人事。后来醒来时发现她趴在他病床前,怀里抱着他的皮包和衣物,于是他就摇醒了她,问她说,我怎么了?我在哪里？她舔舔嘴唇说，你病了，你在医院里。然后他又问，是你送我来的吗？你咋还守着我？她又舔了舔嘴唇说，是救护车送你来的，我背不动你，我帮你看东西。说着将皮包和衣物还给他，准备离去。他却心里一动叫住了她，我到底什么病？如果你同意，我愿意出比洗脚城高三倍的工钱请你陪我。于是她想了想，做了陪护。半个月后出院时他却离不开她了，便一昏头娶了她，一同在深圳生活了半年之后，却越来越觉得无趣，于是便将她送回了老家。然而如今，这花灯里的女人真是她吗？她真有那么灵动？真有那么美？

这回高兴了吧？人家不唱你非逼着唱，真唱了你却又未必开心，人啊，都是自己都难得讨好自己的货！见盐巴发愣，明宽又碰了碰盐巴说。

唱到骂三更的时候，盐巴心里确实酸溜溜的，因为唱着舞着的两个人，虽然号称花灯王的丁贵跳得不如想象得好，灯影里也看不清他们脸上的表情，但彼此之间一个回眸，一个转身，一个交错，一个回还，都那么默契，那么用心，那么说不清道不明。于是盐巴便忍不住问明宽，幺叔，你还是觉得他们两个人没事吗？

明宽一脸烂笑，说，幺叔喝多了，幺叔看不清，你觉得呢？

盐巴想了想说，我还是觉得有点玄。

明宽说，是吗？那怎么办？我大小也是个干部，正经事都做不过来，也不能整天替你盯着。

盐巴半天没吱声，此时夜深人静，明月偏西，树梢上却无端飞来一只鸟，啾啾叫了两声之后又飞走了。于是盐巴将烟屁股往夜空里一弹，说，不用你盯，明天一张机票，我就带细乔远走高飞，看丁贵一个人如何跳这骂五更！

（原载《青年文学》2010年第18期）

2010年

陈谷一

寂寞乡村的爱情

一

就在驾驶员要关车门时,柳肖肖突然说她不走了,一边说一边提起旅行包下车了。柳肖肖思想突然变卦,让刚刚上车的十几个人很是吃惊,正要问肖肖为啥不去,但话还未出口,驾驶员已经关上车门,那停了四五分钟的公共汽车,又向前方奔驰起来。

这个地方叫鱼塘坡,是杨柳村村口。从杨柳村村口去县城,还有五公里。刚才走上车的十几个人,是昨天去县城长途客运站买了车票,今儿个下午三时在县城上车,他们又要去那个遥远的城市的一个建筑工地干活。

柳肖肖看见公共汽车开走了,心里的包袱放下了!因为心里轻松了,那圆圆的、白嫩嫩的脸上又泛出欢愉的笑容。这次去建筑工地有三个女孩,柳肖肖是其中之一。柳肖肖不去打工了,柳肖肖想,可不能把几百元车费白白丢啦。她看了下手机上的时间,离下午三点还有四个小时。于是她打电话给车上的柳敏敏,要敏敏给她退车票。柳敏敏明白她姐的心思,二话不说,把帮她退车票之事,一口应承了下来。

柳肖肖春节后不去打工,是因为"他"不去打工,他是谁?他是小伙子明易,姓何,叫何明易。

何明易看见柳肖肖回来了,可把他乐坏啦。他放下正在做的一件事(计算一百亩水田需要多少个机耕日),跑上前来,接过柳肖肖手里的旅行包,把旅行包放在床上。

他又一转身,向柳肖肖伸出双手,在柳肖肖还不明白他要做什么时,他把柳肖肖抱住了!

柳肖肖害怕窗外有人过路看见,就挣脱出他的怀抱,一边喘气一边说:"你……要干那个事儿……大白天呢!让人看见……你……脸皮厚,可我脸皮薄哩。"

"没事!"何明易说,"杨柳村三百人,打工差不多走完了,哪来人呀?"

"你……不能说没有人,还有三公、六大爷他们呢。"

"他们都六七十岁啦,他们不管年轻人的事!"

何明易一边说话,一边按了手机上的键,一段舞曲飘了出来。因为高兴,他要跳舞,就拉着肖肖在屋子中央旋转起来……在乡下也像城里人一样跳迪斯科,是两人在城里打工时学来的。

二

下午,何明易去了一趟村委会。村委会在河边,那儿有一条小街,街边有茶馆,有饭馆,也有商店,也有小学,形成了一个集镇。一条乡村公路通向县城,也通向十三个村民组。在村委会旁边,有一幢砖木结构的房子,那是机耕站。前几年,站里养了十头牛,牵牛,扛犁,去帮一些在城里打工的村民犁田。

最近两年,站里买了机器,是用机器帮村民耕种。

何明易今儿个去那儿,是联系机器耕种,想同佘明签耕种合同。十天前,还是春节,何明易说不去打工了,就承包了十八家人的土地耕种。

何明易走进耕种站,站长佘明正要锁门出去,他见有人来,就退回房里。佘明尴尬地冷冷地笑着,等何明易开口同他说话。何明易本想叫他一声"站长",但又看不起这位自封自任的"站长",于是他说:

"有事要出去吗?"

佘明不回答何明易的话,却问:"你找我有什么事?"

"关于春天耕种的事。"何明易说。

"有多少地?"佘明问。

"一百二十亩。"

"这么多呀!"

"除了我家的土地,还承包了十八家的土地呢。"

佘明沉吟了一会儿说:"耕几道?管种,还管不管收?"一边说一边很傲气地笑着!何明易见不得这种阴阳怪气的笑容,强忍着说:

"耕、种、收,一竿子到底。"

佘明一边说"我考虑考虑吧",一边向外走,何明易见他要锁门,只得先走了出来。佘明锁好门,就向那边的饭馆走去,走了十几步,又回过头说:

"这件事,最好叫肖肖来,我同她谈……"

何明易正要发火,突然想起那句"小不忍,则乱大谋",于是将要骂他的话强忍了下来。佘明见何明易不吭声,又说:"你叫肖肖来吧!我嘛……公事公办,她陪吃、陪玩,不陪睡嘛。"

何明易发火了!

"你……这是人话吗?"他说,"流氓!"

三

村子里静得很,听不到鸡啼,听不到狗叫,听不到早些年搞大集体那种男呼女喊、人欢马叫,没有蹄声、车声,也没有山歌的你唱我和。虽然是大白天,但村子安静得没有一点人气。那么,晚上呢,小学生们回来了,也只能在播《新闻联播》的那段时间热闹一点。孩子们写作业,爷爷奶奶看电视,但老人们毕竟老了,精神不怎么耐久了,看着看着眼闭上了睡过去了。

村里的农户有好多家都锁上了门。因为人走了,一去就是半年,甚至三五年。这些人家堂屋门外,由于很久没有人走,水泥晒坝上长起了青苔。何明易的舅舅出去打工了,因为要去几年,舅舅请外甥何明易给他看守房子。这天晚上,何明易在老爹那儿吃过饭,就到舅舅家来了。何明易一来,住在舅舅家隔壁的肖肖,也理所当然地过来了,来同何明易"同居"。柳肖肖同何明易恋爱两年啦!肖肖不去打工,今儿个从公共汽车上突然走下来,当时柳肖肖的父母也在车上,但他们并不惊诧,他们知道女儿肖肖已经离不开何明易了。

每天晚上,两人都要在何明易舅舅家的堂屋里跳一阵舞。可今儿个晚上,何明易不跳,肖肖说跳,何明易说他心里有事,他没有跳舞的兴趣。

"啥事?"肖肖问。

"冷水烫猪不脱毛的倒霉事!"何明易说。

肖肖愣愣地看着何明易,肖肖那眼神,是等待何明易说出下文。

何明易没有吭声。

因为天气有点冷,与其坐在堂屋的桌边闲聊,还不如上床半靠半躺着看电视。肖肖去关门,插上门,熄了堂屋的灯,在何明易已经进里边屋子开灯以后,她走进了里边的屋子。这种还未结婚就一起睡觉的,如果时光退回三四十年,那一定是一种丑事。可今儿个的杨柳村,受到五公里以外县城的影响,在人们眼里,这种事算不得一回事了。退一万步说,就算不允许他们"睡",又有谁来管这事呢!整个村子,青壮年都出去了,村里几乎没有年轻一点的人,莫非村主任村支书来管?要他们管这种事,时下是一种笑话哩。

何明易上床以后，肖肖打开了电视，出现了教育频道，对两人来说，这是可以看也可以不看的，她现在的任务是要何明易说出那"冷水烫猪不脱毛"之事。

"我去耕种站的事，莫非你忘了？"何明易说。

肖肖一听笑了，说："佘明就是那种怪德性，我了解他的个性，你不理他就啥事没有呗。"

"他是那种见女人就骚的东西，他能放过你？"

"我不会让他骚扰的。"

"如果他拿耕种签合同的事为难呢？"

"一旦同他签合同了，就按合同办事。"

何明易不吭声了，想了一阵，又对正在看电视的肖肖说：

"我要把被动变为主动。"

"你咋变呢？"肖肖问。

"我们明天去贷款。"

"贷款？"肖肖吃惊了，她转过脸来看着何明易。

"你三叔在信用社，他一定会支持的。"何明易说。

"我三叔是信用社主任。如果你说得在理，当然会支持，不过，你贷款干什么？"

"你想知道？"

"当然想知道。"

"我要是说了，如果你不赞成，可不要发火啊。"

"你还没说，咋知道我要发火呢？"

何明易关了电灯，又关了电视，把肖肖拉到他怀里，搂着肖肖在被窝里说悄悄话。

第二天早上，吃过早饭，肖肖和何明易去镇里信用社贷款。他们先到村委会，再去村口鱼塘坡等候公共汽车，往返县城的公共汽车要经过镇上。他们见公共汽车还有半小时才来，于是何明易走进村委会，向村主任说明贷款目的，希望村领导支持。在何明易去村委会以后，肖肖便去了耕种站，就昨天佘明同何明易说的话，向佘明讨个说法。佘明与肖肖是小学同学，何明易与肖肖是中学同学，因为两人都爱着肖肖，两人便成了情敌。佘明见来了他日思夜想的肖肖，一边笑着讨好地站起来让座，一边问她有什么事儿。

肖肖冷淡地看了佘明一眼，似笑非笑地说：

"不要假装不知道嘛！"

"老同学不说，我咋知道呢？"

"昨天何明易来，你扯上我了，你已经跟他说过了。"

佘明见何明易已经把他的话当真并且转告给了肖肖，于是假装不懂，说："何明易要同我签合同。当时我说让你来，我们一起商量不是更好吗？我是说这个事嘛。"

肖肖"哼"了一声说："难道你没说其他？"

"没有！"佘明怕肖肖闹事，不敢承认自己说过其他话。

肖肖见他不敢承认那句"陪吃陪玩不陪睡"，说明他已经心虚了。她想，他佘明既然否认这件事，和他吵不出名堂的。"你小心点！惹恼我了，你是自找苦吃啊。"肖肖不客气地说道。

佘明假装听不懂，说："耕种的事，要协商才能签合同嘛。"

肖肖一甩手走出大门，生气地说："你说吧，你要我陪你吃什么？玩什么？"一边说一边去找何明易，这会儿何明易正在村委会同村主任谈事呢。

四

为了抵制佘明的要挟，何明易贷款买了机器，他自己耕，自己种，自己收割。但是眼下的问题是，机器买了，得去一个人学驾驶。谁去呢？不用说，当然是男子汉何明易。可何明易说他去不了！现在离春耕、插秧只有三个月了，土地不用牛犁改用机耕，有些土地高低不平，而这样的土地又太多了！

"土地要平整，我得在家做这个事儿。"何明易说到后来，说了不去的原因。

他们说话时，灯已经关了，窗子开着。从窗口看出去，看得见远方的天空，天上繁星点点。村子里很安静，还不到十点钟，整个村子已不见灯光，也听不到人的声音。何明易和肖肖只好睡了，不睡咋办，村子不会因为他们一两个人不睡就热闹起来。

"你怎么不说话？"何明易见肖肖不吭声，担心地问道。

"我在动脑呢。"肖肖说。

"想啥？"何明易问。

"土地要平整，但劳动力从哪儿来？"

何明易说："平整土地，不要多少人，是用机器平整呢！我准备用修公路的那种挖掘机平整。"

肖肖问："你从哪儿弄来挖掘机？"

何明易说："县城建筑工地有。"

"你同搞建筑的人熟悉？"

"我有两个同学，他们买了挖掘机，在县城工地上搞营生。"

肖肖问："你和他们有联系？"

何明易说："有。"

"要是他们不帮呢?"肖肖问,她对这个事有点不放心。

"不可能!"何明易说,"机器是他们私人的,机器的使用权在他们手里。再说,我只用一两天,不是掘一座山,也不是填万丈深渊。再说,机器开来我们村也方便,前几年修建了乡村公路,公路一直通到我们的田坝。"

"这么容易?"肖肖高兴地说。

"这件事就是这么容易呢,当然,也有不容易的,那就是你了……"

"我?"肖肖一惊。

"我虽然平整土地只用一两天,但机器开走后,得请人帮忙,还得在土地上干些杂活。开春的农活,劳动力是一环扣一环的。平整完土地,播种育秧又开始了……"

"我明白你的意思了。"

"你明白啥?你说。"

"你要我去学驾驶。"

"听你的口气,你是乐意去了?"

"去!"肖肖说,"如果我不去,这一百二十亩土地咋种?我不去城市打工,留下来就是帮你干种田这个事嘛。"

"知我者,我妻也!"何明易笑道。

"还没去民政局登记,谁是你的妻?"肖肖撒娇道。

"你是,你是……"何明易说着一把搂过肖肖亲热起来。

五

每年春天,县里都要办机耕学员班。今年很多人学习,比历年各村派来的学员多。肖肖去报名那天,学员班二十人满了,她是最后一名学员。因为来学习的人多,教练不够,农机局把各村有五年机耕经验的老学员临时调上来工作。佘明被抽调到局里。好像捉弄人一样,领导偏偏安排佘明做了肖肖的教练。肖肖一听佘明做她的教练,她不高兴地喊了起来:

"这是怎么一个事呀?"

这次负责学员班的老张,在局里是办公室主任。他看着眼前这个瘦高个子长得很漂亮的女孩,嘴巴没说,心里在想,学机耕一般是小伙子,怎么派一个女孩来学习?

"张主任,我的老师怎么是佘明?"肖肖又喊道。

老张看看手里的表格,这个班只有一名女学员,这个女学员叫柳肖肖,为了慎重,他还是问道:

"你叫柳肖肖吧?"

"对呀!"肖肖说。

"哪个村的?"老张问。

"杨柳村的。"肖肖回答。

老张去过几次杨柳村,对这个离县城只有五公里的村子有些了解,也认识佘明。因为佘明来局里要这要那,包括要机器、要油,甚至办理购买零件之类的事。他想,柳肖肖不要佘明做她的教练,这个事有点奇怪,于是笑嘻嘻地看着她,等着这个性格爽直的女孩说出不要佘明教她机耕技术的理由。

可是,柳肖肖不说!

柳肖肖红着脸,一脸的不高兴。老张五十岁,已经做过这种学员班的"班主任"多次,知道现在的女孩子娇惯,爱耍点小脾气,就看了一眼坐在会议室一角的佘明,见佘明神情很尴尬,就淡淡笑了,说:

"你和佘明老师是一个村的,局里安排佘老师教你技术,有什么不好呢?"

柳肖肖埋着头不吭声,也不抬眼看其他学员。

老张耐心解释道:"你和佘老师是一个村的,如果以后在技术上有什么问题,好就近向佘老师请教嘛。"

柳肖肖不理老张的解释,"呼"地一下站起来:"反正我不要他教,给我换一个老师!"说完,大概突然想起了什么,后来长长出了一口气,慢慢坐下了。

为了做肖肖的思想工作,老张要肖肖去办公室谈。

六

柳肖肖中午给何明易打了电话,说了由佘明教他技术这件事,并说了局里安排佘明做她教练的理由。何明易考虑问题当然全面一些,就对她说:"就让佘明教你吧。"虽然他不情愿佘明是肖肖的教练,但他知道肖肖的性格,也知道肖肖深爱着自己,不会因为佘明是她的老师,就倒向佘明的怀抱。

佘明就这样做了柳肖肖的教练。

开头几天,是学员听课。肖肖在课堂上听不明白的,由佘明在课外给她辅导。当时,一个认真学习,一个认真指教,两人相安无事。又过了几天,理论学习课结束,学员开始上机实习。每天在驾驶室上上下下,虽然相互靠得很近,但这时候佘明举止端庄,肖肖也从不与他说说笑笑,一男一女过去是同学关系,现在这种关系变得像大哥哥和小妹妹了。

因为驾驶室很小,又时值冬天,大家衣服穿得多,有时碰碰撞撞也就难免了。每次碰撞中,肖肖感到了佘明身子的强健,佘明也感到肖肖身体散发出的有弹性的热量。

有一回，佘明的手碰到了肖肖丰满的乳房！肖肖虽然晓得佘明是无意的，但她突然想到了什么，不由得脸红了。佘明也感到有点不好意思，脸也烧热起来。佘明害怕她的目光，忙把他的脸转向旁边。那天傍晚吃饭，两人虽然像其他那些师傅与学员一样，也是在一起吃的，但佘明一直低着头吃，不敢朝她看一眼。肖肖明白了他的心境，在他的这种表情下，想到他这几天这么认真教她，她有些不安了。她想改变一下僵局，就怯怯地笑着说：

"我们吃完饭上街走走吧。"

这是一起学习十多天以来，肖肖第一次向佘明发出邀请。佘明想了一下，点头应允了。

"行，去哪儿你决定。"

当他们从饭堂走向大街，佘明说要买个电动刮胡刀，肖肖也就陪他去超市。他们经过一家舞厅门外，正是舞厅开场的时候，肖肖心里痒痒的，好想去跳舞啊！但这时候何明易的笑脸在她脑里闪了一下，已经停下了脚步并且站了一瞬间的肖肖，只得又向前走了，只是羡慕地看着从她面前走过去的一对对俊男靓女。

佘明虽然表面上端庄得好像什么事也没发生一样，但心里却高兴所发生的一切！他一直爱着肖肖，肖肖身姿高挑，体格匀称，挺起的胸部，细软的腰，那长长的两条腿，都衬托出她身姿的漂亮；而且，她脸上丰富的表情，随时通过笑意和那双大大的亮亮的眼睛传递出来。佘明想，美女有美女的特点，而美女的一些基本特点，肖肖都具备了，她就像太阳下开着的鲜花一样。

从街上回来的第二天，肖肖感到佘明在情感上有了变化——佘明的话比过去多了。每次教她时，佘明都尽量讨好她，没等肖肖问怎么做，他已经示范了，让肖肖满意。也从那天起，他开始一天到晚在肖肖身边，哪儿有她，哪儿也就有他。无论肖肖去哪儿，佘明也装着自己有事，总是跟着她。晚上回房间，肖肖和另外两个女教练已经在宿舍了，他也要跟去，一直到她们要关门脱衣服睡觉了，他才走出她们的房间，而且走出门也不是马上就走，而是在她们的门外站一会儿，才慢慢回自己的房间睡觉。

当然，佘明这样的行为不能不被另外两个女教练注意，她们开始和肖肖开玩笑，不论肖肖怎么解释，两个女教练都说"你的师傅爱上你了"。

七

就在肖肖开始害怕自己要"红杏出墙"时，驾驶班的学习结束了，肖肖回到了杨柳村。

一天，佘明来找何明易，说要和何明易一起搞联合耕种。肖肖知道佘明的心思，只是她不好意思说出口，抿着嘴笑了一下。一个女孩有人追求是幸福的。虽然她不会嫁给他，但她在他的这种追求中，自尊心得到了满足。佘明是借联合耕种，要同她天天在一起！如果从这点来说，佘明是爱上她了。

联合耕种这件事何明易没有跟肖肖商量。何明易说："联合可以，但必须首先犁我承包的一百二十亩稻田。"何明易住在村子南边，南边是平坝，南边春来得早点，种庄稼的时间也要早一些。佘明认为何明易这个要求合情合理，也就应允了。

又过了几天，佘明把他的拖拉机开到何明易那块平整过的田地上，和肖肖一起犁田。

那天早晨何明易没有去田坝，他去城里买菜、买肉、买粉条，还买了白斩鸡和烤鸭，拿回来交给煮饭的六爷。快中午了，何明易才去田坝给下班的佘明和肖肖送饮料，又递给佘明一包烟，他们一边喝水、抽烟，一边往家走。

一过雨水节，山地的春天就来了。何明易舅舅家房外的那棵大白杨已经冒出了嫩芽，随着春风散发出清新醉人的气味。站在白杨树下，可以望得见太阳照着的田野。刚刚翻犁出的稻田，一片泥埂，像一条条匀称的线条。

佘明抽完烟，见灶房还在炒菜，要上桌吃饭还有一些时间，就站了起来，走进堂屋，问何明易晚上住什么地方，要到他房里找本小说书看看。

"这是我舅舅的房子。我帮舅舅看家，晚上就住在这里。"何明易说。

佘明进堂屋时，看见肖肖从旁边那间屋子出来，可能那间屋子是何明易睡觉的房间，就随何明易走了进去。一看，不错，是何明易的宿舍，床上有何明易的衣服，桌上有何明易用的书本。至于肖肖放在床上的衣物，她刚才已经收来藏起。

"你舅的这屋子顶好的。"佘明说。

"我在这里住了一个月，宽敞、明亮、不潮湿、通风好，是这间屋子的几个优点。"

"有小说吗？"佘明问。

"有。"何明易说完领佘明去床边的一个书架，"我买的书不多，但肖肖买的书不少，肖肖买了很多长篇小说，她从她家里拿过来放在了我这儿。"

"你爱看小说？"佘明问。意思是何明易借肖肖的书，看过了放在他这里。

"我忙，不读小说。肖肖爱读小说，她每天晚上睡前要看一会儿小说才上床……"

一听这话，佘明心里"咚"地跳了一下，知道两人同居了。他向后仰头，一瞬间头晕，一种难受在心里泛滥开来。他站不稳，身子歪了一下，忙向外走，走到门边，身子靠在了门枋上。

"你……怎么了？"何明易问，他发觉了佘明的这个变化。

佘明不肯睁眼，说："我……有点头晕……可能犯病了……"一边说一边坐在门槛上，头埋到怀里，眼泪流了出来。

佘明刚才的举动，让正在堂屋摆饭的肖肖看了个明白，她的心也突然难受了起来。

佘明说他犯病了，要回家吃药，说完就走了！

下午是肖肖一个人犁田。

第二天也是肖肖一个人犁田。

第三天也是肖肖一个人犁田。

后来，肖肖瞒着何明易去耕种站看望佘明。

一直阴沉的天气，在第四天出了太阳。九点多钟，佘明来了，那台摆放在饲养棚的拖拉机又开出去了，开到田坝和肖肖一起犁田。

一对布谷鸟掠过田坝，一声声清亮的啼叫，叫得春色好浓啊。

（原载《文艺报》2010年5月5日）

2011年

钟华华

乌鸦停在黑瓦上

挣扎到天明,六指下了决心。

"人们都走光了,不走不行!"

屋外像地震,伴随着爆破声,无数台推土机扑了过来。泥巴小屋在战栗,墙上开裂的口子,不时抖落一缕缕尘土,弄得烟雾弥漫。六指想起不久前,在电视机里看见过这画面,那是天主教堂里,那台不知使用了多少年的电视机,清晰播放出来的画面。

那天六指和修女小树,站在老神父身后,张着嘴巴看到了日本遭受九级地震的惊人画面,接着又发生了海啸和核泄漏事故。画面上是慌乱的人群和秋风扫落叶般的房屋。六指侧着耳朵,听见小镇上人们在幸灾乐祸地奔走相告。

老神父手打胸口,不断在祈祷。六指和修女小树并肩站着,学着老神父的样子,低着头,喊"主啊,主啊"。祈祷了一阵,小树觉得很无趣,不知嘀咕了句什么,老神父回头看了她一眼,莫名其妙地说了一句:

"孩子,用心祈祷吧,我们很快也会无家可归。"

六指看见老神父的眼神,就像快要熄灭的灯。小树只好低下头,嘟着嘴,不时朝六指瞪眼睛,努嘴唇。

午饭时间早就过了,六指知道小树饿了。小树那眼神,是叫六指赶紧去弄饭。六指心头明白,却故意不理她。自从老祖临终前把六指托付给老神父,六指就在教堂里干做饭的活,已经干了整整三个月,他干得不耐烦了。

尤其是修女小树,让他很生气。老神父喜欢吃素,小树却喜欢吃荤。每次六指都迎合老神父的口味,把饭菜做得清爽可口。老神父边津津有味地用餐,边啧啧不已地夸赞

乌鸦停在黑瓦上 钟华华

六指的好手艺。小树却总是边往嘴里扒饭，边朝他翻白眼。

电视机里不断播放着跟日本地震有关的画面，六指觉得那就是传说中的末日降临……

六指赶紧翻身起床。包裹昨天就打理好了，一个花布包，是老祖活着时缝制的，老祖眼力不好，用粗壮的麻线大脚缝合而成。六指很喜欢。看着那花布包，他就可以想起老祖的样子。花布包里装着苕干粑，苕干粑是自己做的，他想在临走前，去老祖的坟头敬上一个，剩下的带到天主教堂里，做自己最后的晚餐。

还有一只黑猫，他也会随身带走。这猫是老祖活着时最喜欢的活宝。老祖总是抱着它去地里干活，或是在岭上晒太阳。黑猫就睡在脚下，蜷曲着身子，随着外面的轰鸣声颤抖着。

六指背着花布包从泥巴小屋走了出来。黑猫喵喵叫着赖在门口，用身子不停地擦门框，一副舍不得走的样子。六指火了，骂了一句："你喵喵叫个鬼呀？你舍不得家，我也舍不得呢。"突然，他心头一热，他赶紧努力压着，生怕自己哭出声来。

太阳从屋后遥远的山头升起来了，山头上埋着老祖，老祖的新坟上插着雪白的花圈。鲜红欲滴的太阳，把阳光从花圈里射向躲雨镇，大地一下子镀了层暖色。老祖是三个月前过世的，过世前，她就给自己相好了地。六指这才明白老祖的意图。那个山头，火电厂永远不会修到那儿，老祖可以一辈子守在熟悉的土地上。

躲雨镇的中心地带，推土机和挖掘机正在联合作业。冲天烟尘里，一幢幢房屋像玩具一样被掀翻，然后被碾平，山头上不断爆破，一时间地动山摇，像极了电视里的画面……

六指无心看这场景，他把头扭过来，想最后看看泥巴小屋。他带着黑猫，围着小屋转了一圈。他发现周围的房屋一夜间全翻修了，人们火速翻修完毕，等工作队测量完毕，签字画押后就满心欢喜地离开了。

黄泥小屋左右两面墙上用石灰水写了个巨大的"拆"字，"拆"字写得张牙舞爪的，工作队刻意圈了个圈，就越显得它像要爆炸了。翻修的房屋，就避免了这份尴尬。六指明白人们的心思，他们是想火速翻修房屋后，国家征收时赔个好价钱。

"拆"字刺痛了六指的心，也刺痛了姆的心。

半年前，躲雨镇上闹了几年的火电厂，又死灰复燃。先是上面不同意，说该地是轻工业流域的上游，中下游有几家全国闻名的名酒企业，担心修火电厂污染了水源。加上名酒企业联名上访，修火电厂的事就暂时搁了下来。

活动的力量是惊人的，就像地球的板块活动。其实日本地震只是太平洋板块和亚欧板块"亲吻"了一下，就接连发生了特大地震、疯狂海啸和核泄漏这样惊天动地的事情。镇上和县上不断活动了几年,上面终于动摇了。

火电厂正在通过的消息,像瘟疫一样弥漫开来。人们纷纷谋划着翻修房屋,通过偷工减料,把原先破败不堪的房屋弄得像模像样,好从中发笔横财。

姆的心,也被弄得痒痒的。六指爹死得早,她早出晚归,仍然活得糊口不糊身,根本没有钱翻修泥巴小屋。那天,六指记得姆红着脸,既欢喜又忧愁,在屋前思来想去。老祖看破了她的心思,从里屋的墙洞里掏出了多年的积蓄,六指揭了一层又一层,最后看见了些零零花花。

姆心疼老祖的积蓄,她知道老祖喜欢赶场喝苞谷烧。这点积蓄,她无论如何也不能花,再说,这点零零花花,还不够抹一面墙。六指见姆急得不行,小声提醒她说:"姆,很多人家都在申请低保呢,我们家三个人都够格!"

六指刚说完,姆愣怔了一下,喜得眼泪也掉了出来。她扑过来抱着六指的脸,狠狠地亲了一口。姆从没这样亲过六指,羞得六指满脸通红。很快,姆就像变魔术一样,不知在哪个墙洞里掏出了珍藏的十只鸡蛋,还取出一瓶苞谷烧,带着六指,匆匆忙忙朝村书记家赶。

姆把六指安排在书记家门口。她喊应了书记,就径直走了进去。书记的婆娘去了教堂,她喜欢唱经。书记刚从镇上回来,和县里来的工作队一起吃饭时喝醉了酒,正在里面"哇哇哇"吐得满脸通红。

六指守在门口,通过木板上的缝隙朝里面张望。姆等书记吐舒坦了,赶紧递过去一碗水。书记像头牛,一口气就喝完了。一路跑过来,姆累得大汗淋淋,乌黑的刘海贴在光洁的额头上。虽然身裹粗布,六指也觉得姆年轻貌美。

书记家屋子很大,里屋很深很黑。六指只看见姆红着脸向书记诉说些什么,没想到,书记就在里面咆哮起来。他张口朝姆吼了一通。六指看见姆像个做错事的小丫头,搓着手,连脚也左右搓着,低着头在那儿解释着。六指只听见姆低声下气地说:"书记,他伯,看在孩子他爹早死的份上,求求给办份低保吧!"

书记的吼声像雷滚过一样:"低保?没门!想办来翻修房子,然后拿到国家高额赔偿?"书记吼过后,用手指头戳到姆光洁的额头上,骂着:"你呀!你呀!你!"那样子,像是对仇人。六指拳头紧握着,心狂跳不已,他想,要是书记敢动手打姆一下,他就会一头冲进去揍扁他。

六指不明白,镇上好多比他们富裕的人家都拿到了低保,还不止一份呢,为什么姆去要份低保就那么难呢?刚才他们出门时,老祖对姆叮嘱:"实在不行,就说我这个老不死的需要低保吧,想来村里会同意的。"

姆等书记咆哮完,果然开口提起了老祖。

乌鸦停在黑瓦上 钟华华

书记打了个酒嗝说:"办一份可以,按规矩,你得分给我一半!"

姆哀求说:"书记,一份低保也没几个钱,再说,你也不缺这几个。"

书记听后火了:"这是规矩,人人办都一个样,哪有白跑腿的理?"

书记骂完,变了个脸,嘻嘻一笑说:"要不然,你每月陪我睡两次?"

姆嘱咐过,让六指在门口待着,不准弄出一点声音来。他心头火苗乱蹿,拳头提得绷绷紧,似乎马上会爆炸。六指为了喘口气,只好回头去看镇上。镇上一派热闹,人们像是回到了火热年代,砖瓦匠叼着纸烟,到处充满了欢声笑语和砖瓦刀叮叮当当不绝于耳的声音。

姆正处在危险当口,六指慌忙扭过头,看见书记坐在椅子上,正拿一双眼睛使劲朝姆的胸和大腿间瞄。那眼神像刀子,似乎要把姆剥光,然后像放倒头猪一样把姆放倒在案板上。六指脑里一愣怔,就看见书记歪歪扭扭站了起来,伸开大手朝姆扑了过来。

"姆一定会像只温顺的羊,听任书记摆弄。"六指绝望地想。没想到,六指听见姆"哇"的一声哭了起来。姆边哭,边跑了出来。书记扑了个空,一下子跌进椅子里,呱呱怪笑起来,边笑边说:

"人不留下,酒和鸡蛋给老子留下呀!"

没等六指冲进屋子,姆一把揪住了他。回到家第二天,姆就随同镇上的人们,出远门打工了。从此,六指只能隔十天半月,到镇上去接听姆的电话。姆一边告诉六指自己打工挣了多少钱,一边打听火电厂开工的事情。每次,姆都很兴奋地告诉六指:"六呀,快了,姆再挣几个月,就可以翻修房子了!"

六指带着黑猫,朝老祖坟头走去。黑猫认得老祖的坟。黑猫是老祖养大的,老祖活着时,喜欢抱着它在屋前晒太阳。老祖在园子里干活,黑猫就会跳到她肩头上。晚上睡觉时,老祖喜欢抱着黑猫的头,一下一下梳理它的毛发。

黑猫迫不及待地走在前头。太阳升到当空,先前鲜红欲滴的太阳一下子像被水冲洗过,变得又薄又亮。刹那间,太阳光凶猛起来。六指把花布包打开,取出一个苕干粑。他把干粑几次对折后,撕成很多小块,掉光了牙的老祖才能吞得下去。

六指摆好干粑,一下子跪到了老祖坟前。"老祖呀,六来看你了,黑猫也来看你了。"六指说着,就轻轻哭了起来。早晨心头窜起的那股热流,一下子涌了出来。埋了老祖后,他还是第一次哭。黑猫在坟头前这里闻闻,那儿嗅嗅,朝着旷野"喵喵"叫。

三个月前,老祖在菜园子里捞猪食,摔伤了头。

六指记得姆出门那天,她也犹疑再三。最后,老祖对姆说:"放心去吧,我还要活些年头,不过是弄点吃的,我有办法,放心去吧,娃。"

姆是天没亮就哭着走的。村里出门打工的几个婆娘在山下喊她，她们得赶很远的山路，然后坐长途汽车到县上，再乘两天两夜的"卧铺"，才能到达一个叫广东的地方。六指相信，当姆和山下的婆娘们会合时，一定是欢天喜地的样子。

姆走后，老祖一下子劳累起来。她灶房一趟地头一趟，简直当半个壮劳力。六指和黑猫常常跟在老祖身后，就为几只牲畜和人的嘴整日操劳。

老祖出事那天，她一个劲喊身子骨疼，叫六指给她弄口苞谷烧软软身子。

六指知道，老祖是累坏了老骨头。老祖平常只喝一小口苞谷烧。那天六指起了善心，给老祖多倒了一口，端到了屋前不远的地头上。老祖一口气喝完了，接着拔猪草。没想到，就因为多倒那一口酒，老祖有些醉了。

六指取酒碗后不久，老祖在背着猪草回家的路上摔了一跤，栽到了三尺高的土坎下。要是个青壮年，再高一点的土坎，恐怕也不会出事。可老祖八十几的老骨头了，又是头先着地，一下子把她摔坏了。

六指请人帮忙，把老祖弄回家里。迷糊间，老祖又吩咐六指去岭上采些草药，嚼烂后给她的头敷上。六指记得，给老祖包药时，老祖一个劲地埋怨："老不死的，真没能耐呐，不能死，不能死，死了我的娃怎么办？"

六指天天给老祖敷草药。他的嘴因为嚼草药，舌头都发麻了，像根木头一样变得不灵活了。

没过多久，眼看实在不行了。

一天傍晚，老祖把六指叫到身边，说："六呀，去把老神父叫来。"六指记得，那天他一路跑下山去。他以为奶奶是想尽快好起来，叫老神父来给她看病。老神父是镇上人人尊敬的老人。六指想，他的医术一定很高明，只需要在老祖额头上洒几滴圣水，然后说一声"哈，好起来吧"，老祖的伤就会痊愈。

因此，那天他跑得飞快。他迎着山下吹来的河风扑下去，他觉得整个人都鼓起来了，像要飞起来。他不停地催自己，快跑呀，六指，快跑呀，再晚些时候，请不来神父，老祖的血就会流干，她立即就会变成一张白纸，随着轻风吹起来。快跑呀，六指。六指心里朝自己喊着。他眼前浮现出老祖蒙着一张皮一样的老脸。那苍老的脸上，血一点点变干，她的身子一点点变薄，似乎立即就要朝天际飘去。

六指想着想着，就在天高月小的夜晚哭起来。他想起遥远的姆，她还在广东，还在工厂里没日没夜地搬运物品。抑或是在流水线上，像上了发条的机器，拼命地干活。姆还不知道老祖病了，而六指又不能告诉她。六指知道，要是告诉她，她会有多担心，也许踩机器时，一不留神，手就会卷进机器里去……

六指从岭上下来，经过镇上那个熟悉的小店时，店里还亮着灯。店主甚至欠起身喊了六指一声："六指，慌里慌张的，好久没给姆打电话了，你不打一个？"六指匆忙应了一声:"大娘,我回头就打,回头就打。"说着一阵风似的朝天主教堂里卷去……

　　后来六指才知道,老祖叫他去请神父,是安排后事。老神父让修女小树扶着,半夜才赶到泥巴小屋。这时月明星稀,整条岭上的人早已睡了,只有躲雨镇上负责拆迁安置的工作队还在划拳喝酒,因此引来一阵阵狗的狂吠。

　　月光穿过泥巴小屋顶上的亮瓦,打到了老祖的床上。老祖挣扎着坐起来。老神父一把就轻轻摁住了她。老祖说:"真是对不住呀,神父,大半夜的,大老远的。"老祖话音没落,修女小树就打了个哈欠,说:"六指,你家真够远呀!人人都搬了,就你家不搬。"

　　老神父回头看了她一眼,她才赶紧捂住了嘴巴。老神父把小树和六指支开,他扶着老祖,在里屋悄悄唠了一阵。没隔多久,老神父就带着修女小树下山去了。小树临走时,向六指做了个鬼脸,莫名其妙嚷了一句:

　　"明天来给我们做饭呀!"

　　老祖又把六指叫进了屋子,对他说:"老神父收留你了,往后好好伺候。"六指一脸不高兴,说:"我不去教堂,我要伺候老祖。"阴暗的屋子里,老祖的脸白得像张纸,她脸一沉,生气地说:"镇上多少孩子想去做学徒享清福呢,你还不去?老祖老了,可不能照顾你一辈子,再说,老祖也快死了。"

　　话说到这份上,六指也不敢再争执。天亮时分,果然老祖就死了。她是自杀死的。她趁六指睡熟后,用一根麻线勒住脖子,然后绕到床头上。接着,她挣扎着把身子滑到床弦外,麻线一下子就死死勒住了她……

　　地是老祖事先给老神父说好的。老神父招呼镇上的人,给老祖做了口简易棺材,然后唱了安魂经,就草草把老祖葬了。之后的几个夜晚,六指一下子陷入了孤独绝望中。老神父安排小树来请了六指几次。

　　每次修女小树来都是气鼓鼓的样子。六指坐在门口的柱子下,山风吹乱了他的"二分头"。他茶饭不思,一副神情凝重的样子。小树气鼓鼓地说:"别人去教堂当学徒,求也没门,你倒厉害,是老神父来求你去!真是邪门了!"每次她说完,就一扭身子,头也不回地走了。

　　最后一次,老神父拄着拐杖亲自上门来了。老神父上门时,要修女小树一道来,这丫头片子耍脾气,死也不肯来。她气鼓鼓地对老神父说:"他那犟脾气,你就是用九头牛,也休想拉他走!"

　　老神父乐了,拄着拐杖,亲自来到了泥巴小屋。好说歹说,六指才收拾了些家当,锁了门,带上了黑猫,跟在老神父身后,朝天主教堂走去。一路人,正在翻修房屋的人家啧啧不已,都嫉妒死六指了,纷纷拿一双挖苦的眼光看着他。

六指到教堂里,无非是给老神父和修女小树煮饭扫地、烧茶递水,伺候老神父的起居。而小树,是正儿八经的修女,担当着整个镇上所有教徒的唱经活动。因此,这些粗重的活,得找个像六指一样,能吃苦耐劳的男孩。

教堂里的活,对六指来说很简单。他每天做完活,喜欢在教堂周围的路上溜达,他时不时会抬头朝高高的桐花岭上望。那座歪歪扭扭的泥巴小屋,还端坐在那儿。随着一幢幢翻修的房屋逼近,它显得越发像个可怜巴巴的乞丐,在那儿伸着手,却无人施舍。

这时,六指会常常想起姆。不知什么原因,姆最近来电话的次数越来越少。有时,一个月也来不了一次。以致六指去接电话时,店主开玩笑说:"六指,你姆是不是被拐卖了?"

旁边等电话的,有不少婆娘接过话头,笑嘻嘻地说:"像六指的姆那样貌美如花的小寡妇,在那边做小姐也很俏市。"说完,等电话的人都笑得东倒西歪。

附近只有这一个电话,店就在赶场的路边,生意好得不行。婆娘们的污言秽语喷了六指一脸,他通红着脸逃也似的闪开了。

盼了很多天,姆终于来了一个电话。那天是中午,六指午觉睡得迷迷糊糊的,听见小树站在店门口喊他接电话。他才拖起老神父的布鞋,跑到了路边的店里。他还没和姆说上两句话,就听见那边工头在催上工。姆慌忙说了句:

"六呀,姆快挣够修房子的钱了,姆很快就回来了,听话啊……"话音未落,姆在电话里喊"来了来了",就匆匆就挂了电话。六指想给姆说老祖的事,可话还哽在喉咙里,电话已经忙音了。

六指睡在教堂回廊的小屋里,常常想起老祖。他想老祖的时候,就会把黑猫抱在怀里,轻轻摸它的头。就像老祖活着时,常常摩挲六指的头一样。

修女小树不喜欢六指带来的黑猫。小树骂它像个幽灵一样,成天喵喵喵地叫着,叫得人心头泼烦。六指在灶房里做饭,小树就会扬起扫帚,在回廊上追打黑猫。

好几次,小树叫六指把黑猫赶跑,六指闷着头一声不吭,只是拿一双仇恨的眼睛瞪着小树。小树把指头戳到他的脑袋上,骂一句:"死脑筋!呆子!"黑猫被赶几次后,就从教堂里消失了,成了真正的野猫。不过六指相信,黑猫在山间流浪的时候,一定会去老祖的坟头看望主人。

要是实在想泥巴小屋和老祖了。六指就会偷偷跑回岭上去,在泥巴小屋里住一晚。整晚他都会把头靠在小屋后窗上,朝老祖的坟头张望,看见白如明镜的月亮落到花圈上,然后又看着鲜红欲滴的朝阳从那里升起来。

乌鸦停在黑瓦上 钟华华

六指暗下决心，迟早要把老祖的事告诉姆。六指想，白天姆要忙干活，那就晚上吧。听说晚上，那些在广东打工的都要加工。那就再晚一些吧，到深夜的时候，姆总该有空吧。六指想好了，就偷偷把这个想法告诉了店主，店主同意了，不过告诉他，要加收一块钱的接话费。

六指很是心疼，说："平常都接一次一块，不是存心宰人吗？"店主是个肥婆娘，她抖了抖下巴上的肥肉说："老娘夜半五更起来让你打电话，该给点辛苦费吧！"六指揣着老祖留下来的积蓄犹豫不决。店主火了，她鼻子里哼了一声："你爱打不打，老娘睡得正香呢！"说完，她扭动肥嘟嘟的屁股，作势要回屋睡觉。

六指忙一把抓住她，一咬牙说："两块就两块！"店主白了他一眼，不耐烦地给他打开了电话匣子上的锁："快点啊，就一分钟，超了加钱！"

姆的电话号码六指烂熟于心。不过因为店主一句话，他的手还是有些发抖，生怕拨错了号码。可他这样想时，偏就拨错了，他只好又重拨了一次。

六指想好了，等电话一接通，他就快速把老祖过世的事告诉姆，然后快速挂掉电话。至于姆是什么反应，六指想，没必要知道。再说隔这么远，知道了也没用，需要姆自己消化。六指首先想到厂里的电话。电话一拨就通了，六指有些意想不到。姆这么晚怎么会还在工厂里呢？莫非是在加夜班。六指一下子庆幸起姆在加夜班，要不然他这个电话就白打了。要是白打了，店主肯定也会赖他两块钱。

这个时间，本来该打到宿舍的，六指却一下子打到了厂里，而姆却正好在厂里而没在宿舍。六指想起这个巧遇，吓出了一身冷汗。很快就传来了姆走路的声音，姆走路的声音六指很熟悉，是那种小鹿蹄子踢打在又干又硬的小路上，那种"咚咚咚"快速而轻巧的声音。

六指哽咽着把老祖的事说到一半，那边就"哎呀"叫了一声。六指还想说，店主一下子按到了电话的舌头上，那头就"咯吱"一声断了……

这时，躲雨镇上火电厂正在审批的消息，像一颗即将引爆的炸弹。没想到，这个时候，日本就发生大地震了。紧接着更可怕的是，地震引发了海啸，海啸又引发了核电站泄漏事故。这一切，像连锁反应，像正在作业的流水线，一件神秘的物体不断流动，经过一个又一个的关卡，最后像模像样地冒到了跟前。

六指想起流水线，想起这些连锁反应，总有种不祥的感觉。几天后，小镇上先是闹起了辐射荒，后来又闹起了食盐荒。六指负责着老神父和小树的伙食，虽说吃不了多少盐。可少了盐，这日子就没法过。

镇上闹盐荒的消息，是小树带回来的。工作队来后，小树喜欢去河里洗衣服，她可以光着脚板，边踩衣服边唱歌，边唱边拿眼睛朝河边帐篷里的城里来的男人们瞄。小树比六指年长两岁,发育得飞快,眼神也变得飘忽迷离。

小树端着洗衣盆跌跌撞撞走进教堂时,正碰上六指在切萝卜。小树脸涨得通红。她看见六指切萝卜,就像倒了胃口一样,气鼓鼓地说:"就知道切萝卜,切,切!切你个头呀!"六指头也没抬,说:"老神父交代的,你想吃肉自己弄去呀!"

小树把手中的衣服往盆里一摔,水花溅到了六指脸上。"你以为我说肉呀?我说盐呢,呆子,满镇的人都在抢呢!要是没了盐,我看你吃个屁!"六指心里有些慌,灶上果然没多少盐了,顶多能撑一天。要是真没了盐,做出的饭菜一定寡淡无味,挨老神父骂不说,自己也填不饱肚子。

六指故意慢条斯理地说:"不就是盐嘛,缺十天半月也饿不死人。"小树气得快要哭了,抬脚就朝教堂外走去。河滩上是专门负责前期测量征地征房的工作队,他们驻扎在那儿,搭着花花绿绿的帐篷,很惹眼。工作队来后不久,就和小树混熟了。小树也因为工作队的到来,喜欢上了去河边洗衣服。

小树去后不久,就领着一个一脸坏笑的男人,扛了袋盐巴回来。一脸坏笑的男人把盐巴丢到六指面前,说:"呆子,可小心点用,这是托城里盐巴公司的老总买的呢。"男人说着,眼神却朝旁边小树的胸脯上瞄。

男人坏笑着说:"小树,叔走了哇!"边走边朝小树看。小树把男人送到了大门口的榕树下,背对着六指。六指还是看见了男人在小树的胸脯上摸了两把,才咂着嘴唇喜滋滋地往河滩上去了。男人过了河,扭头喊:"小树,记得晚上过来呀……"小树竖起食指,朝男人悄悄"嘘"了一声,然后转身朝六指走来。

小树说:"六指,看我有能耐吧?"六指头扭到一边,恶里恶气地说:"哼,这样的盐巴,不吃也算了,我还嫌脏呢!"小树骂了句"呆子",然后踢了一脚盐巴,回到自己的小屋里去了。

老神父除了带领信徒唱经,平日就是看看电视新闻。那台黑白电视,也是他大老远从省城带到教堂里来的。

村书记为教堂拆迁的事,来讨好过老神父。村书记不知从何说起,工作队派他来,说他是本地人,知道当地的风土人情,让他来给老神父做思想工作。老神父正在看电视里播放日本地震引发海啸和核泄漏的新闻。

书记一脸灿然地开了口:"老神父,这电视太老了,等搬了家,我给您老买台大彩电。"老神父抬头凝视了他一眼,像要把他看穿一样。

老神父慢条斯理地说:"越老的东西越能用呐,你看看这黑白玩意,图像清晰着呢。"

书记只好无趣地打了阵哈哈。神父也没为难他,对他说:"你回去吧,搬迁的事,等你们施工到这儿,我自会走人!"

乌鸦停在黑瓦上 钟华华

为食盐的事，小树生了六指一晚的闷气。最后，她偷偷溜下河滩鬼混了半夜，才算消了气。第二天，没等吃午饭，老神父突然把六指和小树叫到了跟前。老神父伤感地说："午饭前，我们先洗手祈祷吧，我们是大国，不能小肚鸡肠，那是一条条鲜活的生命，要是发生在我们身上，我们该有多么痛苦，孩子们，祈祷吧！"

老神父带着两个孩子，对着电视上的画面，开始了祈祷。六指侧耳倾听老神父的祈祷声，虽然听不懂，但他的心在疼痛。看着那些挣扎的人群，他想起了老祖，想起了正在广东工厂的流水线上疯狂干活挣钱的姆……

小树喊饿，也没打扰到他的思绪。直到老神父转过身来，双手放到小树和他的头上，他才清醒过来。老神父语重心长地说："孩子们啊，火电厂肯定会批下来，教堂很快就没了，我们也会变得无家可归，我们都会去寻找，不停地寻找……"

老神父说这通话时，眼睛看着孩子们。六指觉得老神父老得像把干柴，头发雪白如霜，面容安详得像梦中的神仙。听到火电厂的事，六指警觉地问："您说火电厂会通过？谁告诉你的？"老神父微微笑着说："肯定会修呐，日本核泄漏让我猜测的。"见六指听不明白，老神父又补充说："全球能源如此紧张，往后任何一个国家审批核电站，肯定要慎之又慎，火电厂肯定会……"

六指听出老神父的语气里充满了无奈。他像个先知一样，果然没隔多久，火电厂经审批通过的消息传来了。小镇上炸开了锅，人们请了锣鼓队和秧歌队，闹翻了天。城里特意来了宣传车，在镇上到处挂满了标语，标语后全是感叹号。大家都表现出一副欣喜若狂的样子，就像是突然从疯人院里跑出来的一群人，吹着喇叭，打着夹子鼓……充满了荒诞。

六指对这些不感兴趣，他猛然间心揪得厉害，突然感觉自己会变成遗弃在垃圾堆里一只流浪狗，看着恍若隔世的场面，不知是该哭几声呢，还是该吠几声。

接下来的几天，老神父天天带着六指和小树祈祷。老神父临走的头一天，似乎厌倦了传经颂德的生活，把所有唱经的信徒全"赶"出了教堂。老神父关了大门，一下子滑到了地上。

六指去拉他，他不肯起来，抬着如染银霜的头，像个孩子一样无助地仰望天空。天上空空如也，只有棉花一样轻浮着的几缕白云。六指只好顺着他的目光，落到了教堂漆黑的瓦顶上。六指睁大眼睛找了好一会儿，才发现漆黑的瓦顶上站着一群同样漆黑的乌鸦。要是不用心看，根本不能发现它们。

那些乌鸦也在看着老神父。

六指从记事起就知道，乌鸦从来不光顾教堂。它们都躲在河对面的一片柏树丛里，那里是坟墓，乌鸦常常像卫士一样守在那儿。可是现在，河滩上的柏树丛和坟堆已被推土机和挖掘机联合作业填平了，它们只好飞到这儿。六指想，这也许就是先兆吧。乌鸦们随着火电厂修建的推进，不断前来安慰这些即将消亡的事物，也许很快，这群乌鸦就会一站一站飞过去，最后停到泥巴小屋的顶上。

小树去钻帐篷了，六指悄悄告诉了老神父。虽然六指觉得告密可耻，可是老神父的门徒去干坏事，辱没了他的名声，他应该告诉老神父。

老神父微微一笑说："随她去吧。"

老神父接着说："六指呀，我明天就走了，我走后，你就走吧，记住你还有姆，一定要请她回来，要不然你怎么过？我们老了，死亡就是希望。你还是孩子，而孩子们的希望是活下去、朝前走。小树也没错，她也是想活下去。你一定要把姆请回来，你才有活下去的希望……"

第二天天没亮，六指就送走了老神父。同时，一夜没回家的小树，也变成了一只野猫，从教堂里消失了。

老神父临走的时候，乌鸦们叫了一阵。送走了老神父，六指立即找了把响镐，想驱走它们。可它们却纹丝不动。

六指只好关紧大门，堂院里顿时安静得像坟墓。而那些乌鸦，在漆黑的瓦顶上静静守卫着这坟墓一样安静的教堂。

六指决定，一直要等到教堂被拆除的那一天，他才离开。老神父不仅把所有的物品留了下来，还给六指留了一些零花钱。老神父在灯下把钱留给六指，语重心长地说："孩子，记得给姆打电话，央求她回来。"

六指照常在灶房里做饭。做好饭，他就会舀一勺子，站在院坝里，朝瓦顶上的乌鸦扬去。乌鸦们像睡着了一样，对六指的施舍不理不睬。六指不知乌鸦怎么了，只好把饭粒装在一个钵里，然后再盛一盆水，放到院坝里。六指想，也许是有人在，乌鸦胆小了，不敢吃东西。

六指做完这些，想起老神父的话，于是跑向那个熟悉的小店。姆很久没来电话了。自从火电厂审批通过的消息传来，推土机一下子增加了很多。工程进度在加快，不少被拆了房屋的人家，都获得了满意的赔偿。推土机还没到达的地方，人们还在拼着命，不分昼夜地翻修房屋。

得了赔偿的人家，可以到河对面的深山里去，工作队在那里划了一片，拆迁户可以在那里用赔偿的钱重新修房置屋。六指得赶紧把这一切告诉姆。六指想好了，即使姆没挣到钱，他们也可以在老祖所在的山头重新筑间泥巴小屋。他一下子觉得泥巴小屋可亲近了，远比河对面遥远的深山里的小楼房美多了。

六指边走边想，姆很久没来电话了，不知她是累了，还是工作太忙，忘掉了他。没挣到钱不要紧，要是忘掉了他，他才会真正伤透心。

小店旁只有三两个人影。六指走近一看，小树竟然也在。小树离开教堂后，一下子改头换面了，嘴巴像抹了猪血，身上扑着熏死人的香水，头发也染了色，还烫成了大波浪。没到夏天，她已经穿上了短裙，裸露出两条长长的雪腿。小树看人的眼神，越发飘忽了。她老远就朝六指叫着："六指，给你姆打电话呀？你家那泥巴房子，恐怕要等到猴年马月才能翻修吧！"

小树挖苦完，老板娘就像只母鸡，咯咯咯地差点笑岔了气。看见小树，六指本想折身回去。可他想，给姆打电话告诉她这一切要紧。小树愿骂什么就尽情地骂吧，反正狗嘴里吐不出象牙。小树靠在店门口的柱子上，边嗑瓜子边对着六指似笑非笑。六指懒得看她一眼，听镇上的人叽叽喳喳地说小树开始做那个了。做那个的姑娘，六指觉得，哪怕看一眼也会脏了自己的身体。

小树不仅给河滩上的工作队做那个，还给陆续前来的施工队做。她一下子变得有钱了，时常穿得花枝招展、妖里妖气。六指想起她做那个，一下子觉得在她面前可以昂首挺胸了。他大步朝小店走去，直接拨通了姆工厂的电话。很快，电话接通了，得到的消息是，姆不在工厂里。六指焦急万分，想追问什么，那边叽里呱啦骂了一通，猛地把电话掐了。

六指的心被谁揪了一下，急得想跳起来骂人。付接听费的时候，六指把一块钱丢给了老板娘。老板娘像个火药桶，跳了起来："一块能了事？都猴年马月的事了，早都涨成两块了！"

六指争论说："不久前不是一块吗？宰人呀？"老板娘用鼻腔哼了一声，说："火电厂进来，物价全涨了！盐巴涨了，小树她们也涨了，难道我就不能涨吗？"老板娘一句话，把小树说得咯咯直笑。

六指摸了摸口袋，再也翻不出一分钱来。小树走了过来，朝六指摆摆手说："呆子，走吧，人吧，脑子要灵活，一块钱，多大的事？我帮你开了。"说完，她像变魔术一样，从胸脯里抓出几张钱来，丢了一张给老板娘，零钱也没找，她就扭着腰身，头也不回地朝河滩上的帐篷走去。

六指被羞得满脸通红。他只好朝教堂逃去，跳进大门，然后猛地把门关上。瓦顶上的乌鸦吓了一跳，"嘎呀"怪叫了一声，然后又垂着头，静静地停驻在漆黑的瓦片上。接下来的很多天，六指再也没有去店里给姆打电话，姆的电话也一直没有打来。六指焦急万分，他心想，姆一定出什么事了，才变得音讯渺茫。

院坝里的饭粒和水，一点也没动。直到太阳西下，晚霞把金色的光芒强行涂到乌鸦的羽毛上，六指才看清了，这群可怜而又倔强的家伙，正忍受着饥寒交迫。天色暗下来，寒气拔地而起，乌鸦们冷得有些瑟瑟发抖。也许不是因为冷，也许是因为饥饿。可它们为什么不肯接受饭粒和水，六指无论如何也想不通。它们只是面朝柏树丛的方向凝望着,像雕像一样。

推土机在逼近。那个可恶的工作队一天里来过四次了。他们厉声警告六指,赶紧搬走,明天天一见亮,推土机就过来,它可是没长眼睛的铁家伙!

他们像传圣旨,噼里啪啦放完一通屁,背着手,夹着尾巴走了。小树也夹在人群中,她飘忽着眼神,像个醉酒的女人一样,在人群的簇拥下,旋转成了一朵妖艳的花。

人们一走,夜色猛地扑了下来,是最后一晚上了,何去何从,六指必须靠自己了结。六指走进小屋,点亮了烛台。六指不想开灯,他不喜欢亮通通的世界,尤其是心情黯淡无光的时候。

烛光昏黄,把六指的影子摇曳到雪白的墙上。六指把手支在木桌上,朝着窗外看。视线里,教堂高高的屋脊变成了灰蒙蒙一片,那群寒鸦待在那儿,像群幽灵守候着黑暗降临。老祖在桐花岭遥远的山头沉睡。不必去想她,现在唯一能想的,就是远在广东的姆。

可是,姆很久没来消息了。六指一下子想起了流水线,想象姆在踩机器,在机床前发疯一样干活的情景。他又一下子想起那个不祥的预感,总觉得这沉默如死亡的空气里,就像明天推土机会轰然而至一样,有什么东西肯定会从天上突然垮下来。

六指想着,无心用餐。

自从火电厂审批通过的消息像瘟疫一样传播开来后,信徒们全变成了叛徒。他们在老神父眼皮底下偷光了教堂里所有值钱的和不值钱的东西。那台黑白电视机不用说,就连烛台、木凳、水桶、扫帚、菜刀这样的东西,也被偷得精光。空荡荡的院落里,只有教堂高高的骨架,还有六指小屋里的花布包和几张苔干粑,以及墙上仅存的一张油画《最后的晚餐》。

这一切仿佛是在嘲弄六指。想到天亮时分推土机会呼啸而至,六指觉得像初次来到教堂里那样,该打理打理什么。他把花布包解开。解花布包的时候,他一下子想到了老祖死亡的方式。那个花布包的背系很结实,刚好可以容得下一个人的头伸进去。

六指想到这个场景,一下子汗水淋漓,这个场景让六指有些饿了。菜刀被偷走了,他只好把苔干粑对折成四块。他一块一块小心地啃着,慢慢地咀嚼其中的味儿。

六指嚼着嚼着,想到了瓦顶上的乌鸦,这群可怜而又倔强的鸟儿!六指拔脚朝月亮地里走去,他站在院坝里,把几小块苔干粑朝黑瓦上甩飞盘一样甩去。干粑重重地打到瓦片上,乌鸦嘶哑着怪叫一阵,除了落下几片瓦来在青石板上摔得粉碎,就再也没听到任何动静了。

六指只好回到屋里,草草填饱了肚子,他开始收拾行李。他正收拾行李,却漫无边际地想起姆来。姆一直没来电话。哪怕是在梦中,六指也梦见姆一直没来电话。他在一直等,一直等。他卷好《最后的晚餐》,把它装进花布包里。

远处的小镇上,喧哗渐渐退却,取代的是风声和河水声。他的睡意悄然来临,他只好摸黑上了床。他躺在床上,头顶黑色的瓦片上,月光穿过一片透明的亮瓦打到他胸口上。他把双手捂在亮光处,姆的样子一个个闪过,像放露天电影一样。姆一会儿在哀求,一会儿在哭泣,一会儿又在摔门而出,一会儿大汗淋漓,一会儿又雀跃如鸟儿,很快融入了一群更大的鸟儿……

这一切都是幻影,只有姆的音讯,才变得那么真实,那么可贵。他似乎打了个盹儿,眨眼间就梦见了老祖。老祖笑吟吟地问:"六呀,姆挣了钱回来,把泥巴小屋翻修了吗?六呀,翻修后的泥巴小屋得了多少赔偿呀?六呀,河对面的新家洋气吧?……"关于老祖的梦里,全是期盼,全是与泥巴小屋有关的碎片。

很快,六指又梦见了老神父。老神父端坐在一朵祥云上,对六指说:"六呀,姆来电话了吧?姆好吧?听工友们说她知道老祖的死讯后,在机床前走了神,被绞掉了一只手,你赶紧去,去找回姆,去找回她那只日夜操劳的手……"

六指最后被老神父的嘱咐吓醒了。他醒来后变得伤心欲绝,甚至想把花布包放到头顶的一根横木上,以此来结束自己。

他把头伸进花布包的背系里,突然听到屋外传来一阵跌落之声。紧接着,听见一台台推土机轰然而起,轰隆声撕破了沉寂的清晨。六指侧耳一听,就知道推土机正喷着响鼻,打着哈欠,伸着长长的胳膊,朝着自己的方向,以摧枯拉朽之势扑来……

六指突然觉得自己的行径无比可耻可恨。他把自己解救下来,把花布包背到背上,站到了教堂门口。这时,天渐渐亮了,六指猛然看见院坝里躺着无数只刚刚死去的乌鸦。刚才那声音,一定是乌鸦集体从天上扑下来弄出的响动。

场面惊心动魄,站在当中的六指,简直不知把脚往哪儿放才好。就在这时,小树像朵喇叭花,旋风一阵飘到了门口。她累得上气不接下气,铁青着脸就喊:

"六指!六指!你姆的电话来了,听说她在流水线上被机床绞断了双……"

小树猛然看见了站在乌鸦死尸中间的六指,她陡地一下子捂住了嘴。

没等小树说完,六指像个先知一样,冷冷地说:"我知道了。"

说完,他理了理花布包,踩着脚下乌鸦的尸体,朝大门外走去。

六指刚打开门,推土机和挖掘机的长臂,像鹰爪一样扑了过来。

六指看也没看一眼,径直走下台阶。

小树赶紧上前几步,她早已经哭了,边哭边伤心地说:"六指呀,把姆接了赶紧回家!修房的钱,我给你们挣了一些……"她喊着喊着就坐在台阶上哇哇大哭起来。

六指走了几步,转过身,他没看小树,只是把目光投向高高的瓦顶。那里空空如也，只有朝阳温暖的光辉洒在漆黑的瓦片上，把那片屋脊涂成了一抹金色。他一咬牙，扭转身子，大步流星地朝前走去。

（原载《山花》2011年第14期）

2011年

钟华华

渡

"忍无可忍！无须再忍……"

胡屠户咬着牙，硬生生蹦出一句。他正撅起屁股，一下一下，卖命地磨稻镰。面前是温顺的河，女人秀就像河一样温顺。想起温顺的女人秀昨晚躺在提调官身下，像河一样乖巧，他手中的镰刀就越荡越快。"霍霍霍——"响亮的磨刀声，伴随着他蹦出的那句话，传出去老远。

疤子脸躺在打谷机里，嗅到了特殊的味儿。他不得不翻身爬起来，朝瓦盖头家走去。瓦盖头家就在不远处，中间有一条干得发白的小路连着，两边都是泥巴小屋，在镇上像两个可怜巴巴的乞丐，相互依存着。一直以来，两间泥巴小屋，和从洪水中逃难而来的主人一起，成了难兄难弟。可就在昨天，小路一下子变成了深渊，两头像住了饥饿的魔鬼，互相对峙起来。

那条小路，疤子脸闭着眼也能很快摸索过去。瓦盖头是他的好伙伴，好得像亲兄弟。可是今天，疤子脸走在小路上，腿紧绷绷的，酸涩得厉害，费了很大的劲，他才拖着自己，走到了瓦盖头家门口。

瓦盖头趴在矮矮的窗口上，像中了邪，朝着河对面的乡场张望。疤子脸看出瓦盖头眼神忧愁。瓦盖头愁眉苦脸的样子，特别俊秀。疤子脸一下子想到了自己脸上的伤疤，觉得与瓦盖头的长相比，有些自惭形秽。这伤疤是在火塘边烧的。女人秀抱着他打瞌睡，结果他扑到了柴火里。疤子脸并没好了伤疤忘了疼，他对当时撕心裂肺般的疼痛记忆犹新。当然，女人秀也挨了胡屠户一顿巴掌。

瓦盖头看见了疤子脸。疤子脸脸上的伤疤一下子变得通红，像要冒出血来。瓦盖头满眼含泪，他也嗅到了空气中特殊的味儿。瞎子奶奶赶场去了。他盼望奶奶赶紧回家，只有奶奶回家，这空气中特殊的味儿才有可能消除。

疤子脸急急地问："你爸爸呢？"

瓦盖头说："在后檐沟磨镰刀呢。"瓦盖头对疤子脸关心爸爸的动向感到害怕，他意识到"霍霍霍"的磨刀声里，隐藏着可怕的凶险。

疤子脸赶紧上前几步，侧耳一听。果然从瓦盖头家的后檐沟里，传出来卖命的"霍霍霍"的磨刀声。

瓦盖头也扭过头去，看见爸爸的屁股一上一下，狠狠地抖动着。后檐沟是一片桉树林，有缕清风吹来，提调官的酒嗝声和熏人的酒气，无情地横扫着两个孩子。

疤子脸跟着瓦盖头朝提调官走过去。提调官边飞快地荡镰刀，边恶狠狠地骂："萝卜扯了窝窝在，睡了算个球！还谈什么兄弟？还有什么海誓山盟？"爸爸是村里的提调官，骂出的话来，显得有些文气，令人捉摸不透。

"瞎子奶奶呢？"疤子脸紧接着问。

"去镇上赶她的破场去了。"瓦盖头气鼓鼓地回答。奶奶在这紧张时刻丢下他一个人承受，他对奶奶在这紧急当口去赶场尤为不满。瞎子奶奶八十几了，三天一场，他场场必赶。她就是病得快要死了，也嚷着要去赶场。

乡场就在河对面的一个沙丘上，瓦盖头牵着奶奶去赶过很多次。乡场里挤满了黑压压的人群，每次瞎子奶奶和他像远方来的叫花子，忘情地跟着赶。

瓦盖头突然觉得，去想奶奶的事没有意义，赶紧问疤子脸：

"你妈呢？"

"在里屋伤心地哭呐。"

"是因为你爸爸磨镰刀？"

"不，是因为我们的爸爸磨镰刀。"

"她哭个屁呀！一切都是她惹的祸！"疤子脸突然气冲冲地冒了一句。

"不是她惹的，不是，真的不是，疤子脸……"

太阳滚下山了，瞎子奶奶才回到家。她是让河对面的汪二婆牵回来的。汪二婆是个跛子，走路像小鸡啄米，可她眼神好使，她和奶奶就成了生死相依的好朋友。

瞎子奶奶回到家里，热得满脸流汗，叫着："瓦盖头呀，给奶奶端洗脸水。"

瓦盖头猛地一跺脚，说："洗个鬼呀，爸爸在磨刀呢。"

瞎子奶奶耳朵也不好使了，隔老远就把头侧过来，让瓦盖头大点声说。瓦盖头只好跑过去，贴着她的耳朵，又焦急地说了一遍。瞎子奶奶嘿嘿笑了，露出了黑洞洞的嘴巴。

"磨镰刀有什么稀罕？你爸爸是想去割猪草。"

瞎子奶奶说话间，瓦盖头已经打来了一盆清水。他把木盆往奶奶面前一放，没头没脑地说："磨刀不是割猪草呢，是要割人呢。"他说完这句话，就像吐了一肚子闷气，心情一下子好些了。

瞎子奶奶手刚伸进脸盆，里面像长满了刺，她枯枝般的老手哆嗦了一下，差点把一盆水打翻在地。她故作镇定地问："割谁？"瓦盖头气鼓鼓地说："割屠户叔叔。"瞎子奶奶脸也不洗了，使劲把耳朵伸过来，急急地问："疤子脸爸爸？"瓦盖说："是呀，他也在磨镰刀，霍霍作响哪。"

瞎子奶奶踮着小脚，一言不发地站在门口。胡屠户和提调官立即停止了磨镰刀，胡屠户和提调官同时直起腰，两把镰刀已经寒光闪烁，雪白的青光反射到了黄泥巴墙上，一副跃跃欲试的样子。

这仿佛是警告，也仿佛是预约。两把镰刀上的寒光互相照射，步步紧逼。

今天清晨，天还没亮，瓦盖头就被疤子脸家的打骂声吵醒了。他支起耳朵，听见了女人秀嘤嘤嘤的哭声。紧接着，他看见爸爸提调官提着裤子，慌张地从发白的小路上跑过来。爸爸光着脚板，雪白的光脚板踢落了小路两边的露水。

爸爸边跑边回头骂："哥喝糊涂了，萝卜扯了窝窝在……"

瓦盖头老远就闻到了爸爸的酒味。紧接着，又一股酒味扫了过来，胡屠户像牲口一样，低声号叫着站到了发白的小路上。

爸爸是镇上的提调官。他本是有名字的，自从做了提调官，他就没名字了，躲雨镇的人都叫他提调官。瓦盖头一直觉得爸爸有才，但有点生不逢时的落魄相。他生性豪爽，是个家懒外头勤的家伙。妈妈在世时，常常感叹说："如果你爸爸身上的肉不疼，他绝对会割坨给别个！"

瓦盖头从妈妈的话语里，听得出她对爸爸又恨又爱。后来妈妈得病死了，他就再也没听到有人评价过爸爸。爸爸很早就在镇上做提调官了，专帮人们主持红白喜事。爸爸当提调官时，喜欢叉着腰，挺着身板，对着黑压压的人群吆喝，那神气，那口吻，让瓦盖头看得入迷。

有红白喜事，几乎就会杀猪。提调官前脚走，胡屠户后脚就跟了出去。镇上的人都啧啧称赞，两家风马牛不相及的人，居然比亲兄弟还亲。

胡屠户是镇上出了名的屠户。他的出名，不仅仅是因为杀猪，还因为"杀"女人。

胡屠户满脸横肉，一锤子打不出个屁来。他嘴上长着几根稀稀拉拉的老鼠胡子，也许是常年吹猪的原因，他尖尖的嘴巴上总泛着油光。男人们无论如何也想象不出，胡屠户那张嘴是怎么亲女人的，而女人们又是怎么心甘情愿地躺在他嘴下，任凭他亲个遍。

可胡屠户就有这本事。胡屠户偶尔会冒一句："女人？算个啥？和猪一样好'杀'！"于是，只要胡屠户杀完猪，悄悄带走一个女人，镇上的人就会在背后小声说，胡屠户今天又要"杀"女人了。

女人秀，不是胡屠户在杀猪的场合带来的。他是在躲雨镇对面，高高的桐花岭上明媒正娶的。他不过是花了几叶猪肝、两串大肠和一瓶苞谷烧，就把秀的爹妈买通了。

秀的爹妈想，让女儿嫁给杀猪的，天天都有肉吃，这就是理想中的好日子。秀也想，别看他一锤子打不出个屁来，眼睛却像丢梭子一样撩人。关键是爹妈家懦弱，常常受人欺压，看见胡屠户手里提把杀猪刀，她一下子就获得了安全感。她心里盘算，嫁给他，全家人就罩在杀猪刀的保护下，谁也别想欺压自己了。

几次往来，爹妈就满心欢喜，把水灵灵的女儿秀嫁给了胡屠户。

胡屠户常年在外，提调官屁股一抬，他就去抓浸满了猪油的篓子。篓子里全是家伙，柳叶刀、刨子、挺杖、尖刀、开刀、剔刀……提调官个子高些，两人一前一后，走在田埂上。女人秀常常倚着门框张望。

听说男人杀猪也"杀"女人，女人秀找胡屠户闹过。有次胡屠户喝醉了酒，提把杀猪刀，一脚把她踹到了门背后。那次过后，她再也不敢找胡屠户闹了。

她心里的安全感一下子没了，只留下门框上空空的背影。瓦盖头妈妈在时，心烦了，时常可以找她聊聊心事。没几年，瓦盖头妈妈不在了，胡屠户在不在家，她都显得郁郁寡欢，心头像塞了团草，吞不下也吐不出来。

提调官高高的身影走在前面，胡屠户就只能躲在他的影子里。

女人秀的心思也躲在提调官的影子里。

她想不通，为什么提调官在镇上就没有乱"杀"女人？哪怕两兄弟喝醉了酒，胡屠户"杀"女人去了，他也会歪歪倒倒地摸回泥巴小屋。女人秀觉得提调官是个好男人。瓦盖头妈妈死后，他再也没找过女人。秀一下子可怜起瓦盖头妈妈来，觉得她没享尽男人的福。

提调官时常在家里进出，女人秀不敢看他。他问兄弟在家吗？秀若是说不在，他拔腿就回去了。或是渴了进屋喝水，他也像在自家水缸里舀水喝一样，也不看女人秀的脸色，喝一气，抹抹嘴就走了。

只有一次，提调官和胡屠户喝醉了酒，胡屠户"杀"女人去了。他跌跌撞撞回了家，一头撞进秀的屋子，醉醺醺地骂："兄弟太不像话了，管不了他，家里放着个好女人不用……"骂着骂着就要倒到地上，女人秀想去扶他，他摇晃了一会儿，又踉踉跄跄

渡 钟华华

回到了自己的泥巴小屋。

昨天两人又出门了，河对面的小寡妇家娶儿媳妇。她帮胡屠户把家伙放到背上时，在背后狠狠挖了提调官一眼。这个男人只是嘴角扯动了一下，她心头立即颤了。两人走下河沟时，提调官回头望了一眼，也许他什么也没看，她就浑身酥了，麻了，半天没挪开身子。

小寡妇家猪很肥。当提调官吆喝大伙把又白又胖的猪抬到案板上时，男人们小声开起了小寡妇的玩笑。小寡妇在屋子里忙得团团转，根本听不见，即使听得见，她也懒得听。因为是娶儿媳，不是嫁姑娘，玩笑就有些出格、大胆。

有男人指着猪又白又圆的屁股说："小寡妇家猪养得肥呀。"另外一个男人立即接着说："能不肥吗？是镇上好多男人的尿养着呢。"从人缝里钻出一个青光脑袋来，对大家挤眉弄眼说："小寡妇这么会侍弄猪，侍弄男人也肯定……"青光脑袋话没说完，头上立即挨了几巴掌："狗日的，你倒想呀！"骂完便是嘻嘻哈哈的笑声……

提调官正好从堂屋里出来，他脸一虎，叉着腰吼了一声："瞎闹啥？帮忙！"众人立即如鸟散状，分头干活去了。瓦盖头总是在天刚擦黑时到场，免得遇上提调官爸爸严厉的目光。自从当了提调以来，提调官不准瓦盖头吃闲饭，免得人家说闲话。

胡屠户不一样，疤子脸去吃闲饭，他睁只眼闭只眼，只是专心杀自己的猪。等酒席一散，有女人可"杀"，他就背着家伙，带着女人在夜色下消失了。

酒席上的猪肉粉条和刀尖肉太诱人了。瓦盖头趁黑偷偷潜到小寡妇家，找个角落美美地吃了一顿，然后用袖口擦擦嘴，又悄悄回家了。

他扭头走上了一面斜坡。月亮升起来了，照得坡上亮晃晃一片。他觉得有些刺眼，抬头看见一条田埂上走过一个熟悉的影子，是胡屠户。他刚想开口喊他，就接着看见小寡妇急急地跟在身后。瓦盖头只好捂住了嘴，躲到一个稻草垛的阴影里。

瓦盖头知道胡屠户"杀"女人去了，他要把小寡妇带到河对面的保管室里。"这个挨千刀的！"瓦盖头学着女人秀的口气骂了一句。一定是渴了好久，小寡妇走得慌里慌张，好几次差点跌下田埂。瓦盖头想起屠户叔叔用尖刀把猪又白又圆的屁股剖开时，小寡妇那心醉神迷的目光，他就知道两人肯定要发生一些事儿。

提调官也喝高了，他主持了一场喜事，众人把他劝得大醉。他隔着河，远远对着保管室的方向骂了一句，然后裤管也没卷，踉跄着下了河。河里好端端一只月亮，被爸爸突然踩碎，成了影子，随水漂走了。

瓦盖头已经闻出了爸爸的酒气，慌忙跳上路，朝泥巴小屋跑去……

胡屠户和小寡妇在保管室里弄出的响动，是疤子脸描述的。瓦盖头这才想起，胡屠户和爸爸磨刀，一定与小寡妇的叫声有关。可他努力想想，觉得又与她无关。

疤子脸坐在门口的桃树上，像狗啃屎一样，啃着一截黄灿灿的红苕。雪白的磨刀石躺在那儿，没有了霍霍作响的磨刀声。胡屠户也趁着酒意，在里屋呼呼大睡。女人秀还在抽泣，她在等待灾难降临，手里却不自觉地摸索着做活计。这就是女人，有再多痛苦，手上都不会忘记操劳。

看着女人秀泪水涟涟的样子，瓦盖头猛然想起，亲如骨肉的两家人，突然变成了相互对峙的魔鬼，与自己有关！

那天李子花开了，整个躲雨镇上，花香熏得人眼泪汪汪。这样的季节，没有人会杀猪，红白喜事也很少。疤子脸喜欢下河摸鱼，而瓦盖头喜欢在田埂上晒太阳。瓦盖头摸到了疤子脸家后面的田埂上，眯着眼晒太阳。就在他正迷迷糊糊呢，听见疤子脸家响起了磨刀一样奇怪的声响。

那声音，一荡一荡地从疤子脸家里屋的窗口飘出来。开始瓦盖头以为是磨刀声，没去管。可那声音邪门了，一个劲往他耳朵里钻。他只好细细一听，发现那声音不对劲，还伴随着床的吱呀声，还有一些叹气呻吟……

后来，瓦盖头猛地拍脑袋，想起两家人反目成仇，一定与这个事情有关。或者说，这个事情是导火线，直接导致更严重的事件发生。那天，他好奇地摸到疤子脸家后檐沟。窗户很矮，他只需踮脚探头，就看清楚了里面发生的一切……

瓦盖头后来把那场景叫作"杀"女人。胡屠户"杀"女人的称号，也是瓦盖头发明的。他伸着脖子，看见屠户叔叔把女人秀架在身下，屁股就像磨镰刀那样，一下一下卖命地动着。那场景，又像是屠户叔叔在杀猪。

瓦盖头突然有些紧张害怕起来，他感觉屠户叔叔在杀人。他从为数不多的几次观看露天电影的经历中，学到了一些知识，觉得必须去通风报信，否则，就不是好孩子。

奶奶赶她的破场去了，疤子脸正在河沟里摸鱼。在河这岸，只有爸爸在家里呼呼大睡。冬天里，该死的死了，该娶的娶了，该嫁的也嫁了，春天就特别闲，爸爸手上没活，就只好沉睡。

瓦盖头怕提调官严厉的目光。可他觉得，这事就是冒着枪林弹雨，也得向他通风报信，要不然会出人命。瓦盖头气咻咻地跑回家，一脚踢开爸爸的房门，他也不管爸爸高不高兴，在他的大腿上狠狠打了一巴掌。

提调官睡梦中惊得弹了起来。瓦盖头劈脸就说："爸爸，屠户叔叔'杀'女人了！快呀，正在'杀'！"提调官穿着裤衩，光着膀子，跟在瓦盖头后面，朝胡屠户家后檐沟跑去。瓦盖头跑得满脸通红，他带领着提调官站到了后窗口上……

提调官也看傻了眼。瓦盖头小声催他："爸爸，屠户叔叔在'杀'女人，快救呀，快。"可提调官像脚上长了钉子，一动不动，嘴巴张得老大。

渡 钟华华

瓦盖头还在喊爸爸快点救人，可提调官就举起了巴掌，扬手给了他一耳光。瓦盖头记得，当时他"哇"的一声就哭起来了。屠户叔叔像屁股上挨了一针，一下子泄了气，趴到了女人秀的身上，用一双惊魂未定的眼睛打量着窗口。

瓦盖头只顾哭，他隐隐约约听到一个恶恶狠狠的抱怨声从窗口里飘出来，随即就飘进了风中。泪眼蒙蒙中，他还看见女人秀躺在屠户叔叔油光光的身体下面，拿一双哀怨的眼睛挖了爸爸一眼……

瓦盖头被拎回家狠狠抽了一顿。

疤子脸运气好，摸得了一大串鱼。隔着老远，瓦盖头就看见那串雪白的鱼肚皮，在月光下面，闪烁得叫他睁不开眼。

他很喜欢鱼，喜欢鱼儿雪白的肚子和那些闪光的鳞片。那些鱼儿，仿佛来自另外一个梦境，让瓦盖头痴迷不已。可是今晚，他恨透了这一切与光有关的东西。他把那串鱼想成了一把寒光闪闪的刀，这刀在空气中荡着，发出刺耳的让人伤心绝望的霍霍声，跃跃欲试地要扑到他的心窝上。

疤子脸把鱼挂在一棵李子树上，他觉得瓦盖头过于慌张了。男人间的事，他一个小孩顶个屁用。女人秀在灶房前埋头哭，疤子脸想问候她一句，可是她干了那档子事，他也无从下口。

女人秀看见了疤子脸，她几乎用哀求的声音对他说："娃，你求求你爸，别……"疤子脸心里泼烦，大声打断了秀的哀求："自己的屁股自己擦！"他一下子想起了妈妈秀的眼神，这眼神昨天傍晚他看见过。

昨天傍晚，他跟随着提调官伯伯回了家。一进屋，妈妈秀就问他："你爸爸呢？"疤子脸似乎觉得胡屠户正在干一件光荣的事，理直气壮地说："他'杀'女人去了，在河对面的保管室里。"

当时，疤子脸刚说完，女人秀的脸刷的一下白了。不过很快，她脸上不知是惊是喜，立即红成了两朵桃花，就像天边的晚霞，红得吓人。疤子脸看见妈妈秀的眼里闪着泪花，她的眼神也变得有些扑朔迷离。她怒气冲冲地朝着疤子脸说："去把你爸给我请回来！"

疤子脸捉摸不透妈妈的意思，但从她的神态上看，她像头快要发疯的母狮。女人秀可从来没这样过，她从来都温顺得像只羊，说话也和风细雨。疤子脸只好边扭头张望，边朝河对面走去。

保管室虽说在河对面，其实路程比较远，是在对面的深山里。这个小房间被荒弃了很多年，只有野猫野狗才会在那儿撒尿或露宿。疤子脸走了几道田埂，看见妈妈秀仍然站在门框边，不过她的脸朝向了小路的另一端，站在那儿朝瓦盖头喊叫。

女人秀朝瓦盖头喊:"瓦盖头,我家牛打圈了呀,快叫你爸爸!"

两家人的耕牛搭伙养,都把那只黄牯牛供奉得像祖宗。黄牯牛打了圈可了不得。它踩坏了别个庄稼不打紧,要命的是怕它摔坏了腿,有个三长两短,两家人的地就没法耕了。

瓦盖头赶紧叫提调官,提调官在床上醉得不省人事。费了好大的劲,瓦盖头才弄醒了他。提调官愣着气鼓鼓的眼,嘴里喷着酒气的恶臭。听清牛打圈了,他衣服也没来得及穿,光着强壮的膀子,跟跄着脚步,朝疤子脸家赶去。

疤子脸家牛圈在后檐沟。女人秀穿件雪白的汗衫,又圆又大的屁股顶着门框,细细的腰肢上方,圆鼓鼓的胸脯挺得厉害,几乎把门框塞满了。瓦盖头跟在爸爸的后面,想去看看热闹。

女人秀红着脸,满眼急切。提调官头也没抬,瓦盖头看见他的眼神故意避开了秀的腰身。爸爸说:"牛呢?"秀扭动了一下身子说:"在后檐沟呢,打圈了。"说完,她侧身让爸爸进了屋子。瓦盖头觉得,爸爸进屋子时,整个身子是紧挨着女人秀的胸脯进去的。

瓦盖头也想从女人秀支在门框上的胳膊下钻进屋里,秀一把就挡住了他。她露出了一排雪白、整齐的牙,说:"瓦盖头,黄牯牛不认人呢,怕踩坏了你!"她转身塞给瓦盖头一截红苕,门立即就关了……

瓦盖头想看爸爸教训牛的神气样,也担心喝醉酒的爸爸被牛踩伤了。他无论如何都想跟在他身边,要是牛发起怒来,要踩他,他还可以在旁边小声提醒。门关上后,随即就抵死了。瓦盖头围着泥巴屋子转悠了一阵,实在没有找到去后檐沟的门。

他只好绕很远的路,从桉树林那边下来,爬到了疤子脸家的后檐沟。瓦盖头在后檐沟里偷看过屠户叔叔"杀"女人秀,他熟悉地找到了那个窗口。他探出头,才发现那扇窗被屠户叔叔堵死了。

就在瓦盖头失望得想拔脚离开时,他听见屋子里传出来那熟悉的声音以及女人秀痛苦的呻吟。那声音像被压到了地下,从墙根处传来,而秀的呻吟飘在空中。

自从上次挨过爸爸的巴掌后,瓦盖头一下子就可以想象出上次的画面。瓦盖头不敢偷听,上次爸爸的耳刮子,让他记忆犹新。他赶紧踩着月色跑回了家……

疤子脸走了很远的路,他把妈妈秀吩咐的事忘了。他在河沟里摸了几条鱼,放在沙滩上一个小水窝里。他躺在沙滩上数了一阵星星,星星太多了,他数来数去,总是数不清。直到两眼晕花,他才猛然想起秀吩咐的事儿。

他慌忙把水窝子刨了个缺口,鱼儿们就欢快地朝河里游去,他也朝对面的深山里跑去。在保管室里,小寡妇正在"杀"胡屠户。

保管室的门窗早就被路过的人偷回家盖房了。疤子脸一眼就看见,保管室的地上铺了张席子，月光从窗口飘进来，散落在席子上。

请回胡屠户后不久的一个清晨，两个孩子被一阵猛烈的吼叫声吵醒，随即就看见了小路上的那一幕……

距离瓦盖头看见爸爸和屠户叔叔站在太阳地里的场景，已经过去好多年了。

那年，瞎子奶奶收割麦子时跌了一跤，老骨头都跌碎了，浑身裹着纱布。瞎子奶奶把提调官和胡屠户叫到跟前，耳语了一番。两人便相约在爷爷们墓前，立下海誓山盟，决心做一辈子的好兄弟，同时喊出"不求同日生，但求同日死！"的豪迈诺言。

那时，瓦盖头和疤子脸还是屁一样丁点大的孩子。他们觉得爸爸们的举动，一点也不好玩，还不如捏捏泥巴、逗逗虫子好玩。

后来，瞎子奶奶自己拔了些草药敷在身上，竟然从死神眼皮底下活了回来。活回来的瞎子奶奶，从此不干活了，她喜欢上了赶场和闲逛。

瞎子奶奶赶了半天场，擦黑时分，瓦盖头总算把她从乡场上请回了家。

一夜相安无事。直到清晨，浓烈的苞谷烧呛醒了所有人。两人又站到了发白的小路上，像公牛一样瞪着，恨不得一口吞掉对方。

瓦盖头仔细搜寻他们的身前身后，发现没有镰刀，他稍微松了一口气。疤子脸打着哈欠，朝他走来。瓦盖头首先发问："疤子脸，你妈呢？"

疤子脸也有些意外，瓦盖头竟然问起他妈来了。他正要回答，女人秀从小路上扑了过来。她走到两个男人的面前，一头跪了下去。"求求你们，别割脖子了，你们是对天对地发过誓的好兄弟！是我犯了糊涂，要割，你们就先割了我吧……"说完，就是呜呜呜的哭声。

瓦盖头小声说："她好可怜！"像是在对疤子脸说，又像是在自言自语。

疤子脸恨了他一眼说："爸爸'杀'了那么多女人，妈妈只不过是'杀'了一回男人。"

瓦盖头小声说："是呀，'杀'的还是我爸爸，他们亲如兄弟呢，不至于翻脸成仇……"

疤子脸附和说："对呀，也不至于要到互相割脖子的地步。"

瓦盖头突然悄声问疤子脸："要是我们是爸爸，你该怎么做？"

疤子脸头抬向天空，想了想说："搬家！"

瓦盖头叹了一口气说："搬家不好，把秀赶走……"

疤子脸有些生气了，说："那可是我妈呢，要是你妈，你愿意赶走她？"

瓦盖头觉得说错了什么，只轻轻说了一句莫名其妙的话："都好都不好。"

任凭女人秀怎么哭，两个男人就是不吭一声，只是一个劲地喝苞谷烧。女人秀哭了一阵，不知哪里来的胆量，要过去夺胡屠户的酒碗。胡屠户一把推开了她，低低吼了一声："干你的活去！"

提调官把脸别到一边，不忍心看女人秀的样子。女人秀只好爬起来，用手背擦擦眼泪，圈里的猪和牛饿得直哼哼。她伤心过后，想到的是去地里捞猪草。她背着背篓，扭动着又圆又大的屁股和柔软的腰身抽抽搭搭地走了。这就是女人。男人可以喝闷酒，喝完闷酒可以打架；而女人，只能流眼泪。女人流着泪，还得双手操劳……

太阳升起来了，泥巴墙上两个磨刀人的影子一上一下，卖命地跳动着。整个躲雨镇都清醒过来，只有瞎子奶奶还在沉睡，似乎她眼瞎了，世界从此没有了白天黑夜。

"忍无可忍！无须再忍……"胡屠户随着颠簸的屁股，硬生生蹦出一句话。随即，是"霍霍霍"要命的磨刀声。

"萝卜扯了窝窝在，当哥的也有犯糊涂的时候……还谈什么兄弟？还说什么海誓山盟……"提调官没有了往日的神采，像冒泡一样，冒了一串丧气和一串伤心绝望。

就在两个男人磨刀的时候，瞎子奶奶不知什么时候醒过来了。她想努力睁开眼睛，看看门口正在发生的一切，可总是徒劳。疤子脸也在紧张的空气里，躲到了瞎子奶奶的屋子。

瓦盖头生怕瞎子奶奶听不见外面的响动，扯着她的耳朵大声说："奶奶，他们又开始磨刀了！"瞎子奶奶装作没听见，吩咐瓦盖头说："给我取麻来。"瓦盖头不明白奶奶的意思，只好跑到太阳地里，把雪白得泛着亮光的麻给奶奶取了一捆。

外面的磨刀声像秋风一样，一阵紧过一阵。两个跃跃欲试的魔鬼一样的身影，在墙上跳动着。镰刀上了好钢火，经过漫长的磨荡，刀口又细又长，雪白如浪里鳞光闪闪的白条鱼。当两个男人同时直起腰，把镰刀从腋下亮出来时，瓦盖头和疤子脸看见了镰刀上薄得几乎透明的、见血封喉的镰齿……

瞎子奶奶撩起裤管，一直撩到腿根，露出她枯瘦如柴的大腿。她把雪白的麻丝搓成指头粗细，然后又把指头粗细的三股麻绳，像编辫子一样，搓成一大股麻绳……

疤子脸在小路边上放哨，他看见爸爸们已经有了动刀互相割脖子的迹象，就立即跑到瞎子奶奶跟前。瓦盖头拉着疤子脸，给奶奶跪了下去。瞎子奶奶停了手中的活，嚷叫起来："这对活宝，非要动真格？"

瞎子奶奶挪着小脚，踩着细碎的步子，被两个孩子牵了出来。

胡屠户已经把细长的稻镰架到了提调官的脖子上。

提调官眯着眼，居高临下地说："哥喝酒喝糊涂了，做了对不起兄弟的事，你先动手吧！"他的双眼像要滴出血来，一副视死如归的样子。

胡屠户脸上的横肉抖了一下，他双眼血红，嘴角的老鼠胡子也跟着脸上的肌肉扯动了几下。这几下，是他每次把猪扳倒，把猪摁在案板上时，常常会发生的动作。瓦盖头的心提到了嗓子眼，紧紧拽住瞎子奶奶的胳膊肘，奶奶看不见，瓦盖头就想通过这无言的传递，让瞎子奶奶知晓眼前的形势。

沉默最可怕。连一向大大咧咧的疤子脸，也伸手捂住了嘴巴。正当瓦盖头担心屠户叔叔锋利的镰刀会无情地割断爸爸的脖子时，胡屠户开口了，他狠狠地说："忍无可忍！无须再忍……"瓦盖头看见爸爸闭了眼，把脖子上的青筋暴露在太阳底下。瓦盖头甚至可以看见青筋在跳动着，里面汹涌的血流得飞快。

没想到，这个一锤子打不出个屁来的屠户叔叔又开口说话了："我们是兄弟，不能违背了当年的誓言，要动手，就一起动吧！"提调官笑了笑，俊朗如月的面孔突然涨得通红，猛地亮出了腋下寒光闪烁的镰刀……

这时，太阳急速飞驰着，五彩的阳光穿透一团雪白的云朵，猛地扫到了所有人的脸上。就连瞎子奶奶紧闭的眼眶，也被刺激得疼痛难受。就在屠户叔叔和提调官爸爸愣怔的当口，瞎子奶奶双眼像突然获得了光明，瞄准提调官的手，猛地抓下去，把镰刀朝自己枯瘦如柴的胳膊上割去……

瓦盖头不明白奶奶为什么要这样做，疤子脸更不明白。瓦盖头只记得当时瞎子奶奶说了句："你们的血年轻，留着有用，我的血老了，干了，没用了。"

果然，当瓦盖头看见奶奶把镰刀割向自己枯瘦如柴的胳膊时，削铁如泥的镰刀居然停顿了一下。等一条深深的伤口暴露出来时，瓦盖头和疤子脸甚至看见了雪白的骨头。长长的伤口，只渗出了少量黑色的血，像秋天屋檐上的雨水，流淌得有气无力。

胡屠户和提调官手中的镰刀，不约而同地，咣当掉到了地上……

瞎子奶奶的伤口受到了感染，后来又得了风寒，她一下子就病倒了。瞎子奶奶像一把干枯的荒草，很快就会随风而逝。提调官和胡屠户天天轮流着给瞎子奶奶熬草药，瓦盖头和疤子脸天天轮流着给瞎子奶奶喂药。瞎子奶奶开头几天喝几口，后来就不喝了。

女人秀和两个孩子守在她床边，她一个劲地抚着瓦盖头和疤子脸的头说："奶奶不中用了，要走了，要走了……"说着她就昏睡过去，一直睡了很长时间。

正当瓦盖头和疤子脸以为瞎子奶奶醒不来了，要跑去地里叫爸爸们回来时，奶奶却开口说话了，紧闭的眼眶也睁开了麻丝大小的一条缝，瓦盖头激动得哭起来："奶奶活过来了，活过来了！"

疤子脸却泼了他一瓢冷水，说："那是回光返照呢，很快瞎子奶奶就会死了。"果然，瞎子奶奶挣扎着欠起身，对瓦盖头和疤子脸说："要搬家就搬吧，你们是好兄弟，隔河相望的好兄弟……往后准备条船呐，麻绳我还没搓完，你们接着搓，做条好缆绳，隔河渡船相见方便……"

瞎子奶奶还没说完就落气了。这时正是盛夏，躲雨镇下了好几天暴雨。

提调官和胡屠户把瞎子奶奶埋进了桉树林。躲雨镇的人争先恐后，绕道从石拱桥那边跑过来帮忙。人们说,提调官是个热心肠,为镇上的红白喜事费了不少心。胡屠户也是把好手,镇上还找不出杀猪杀得如此出色的屠户。小寡妇也裹在人群中,她一双忽闪忽闪的眼睛,朝着男人们瞟⋯⋯

  提调官和胡屠户商量了一晚。胡屠户决定搬到河对面的保管室里,他熟悉那里的环境,只需装上门窗,打理打理,就可以安下家来。瓦盖头家不用搬,再说,只剩下提调官和他了,爷爷辈奶奶辈都在桉树林里,他们得守在这里。
  女人秀没被赶走,她和疤子脸跟在屠户叔叔屁股后面,一家人蹚过河,朝桐花岭深山里走去。
  搬家的一行人走远了,瓦盖头心里突然袭来一阵悲怆的孤独感。单就孤独感而言,他情愿"霍霍霍"的磨刀声,一直在两间泥巴小屋里从天黑响到天明,又从天明响到天黑。
  这一切都不可能了。疤子脸边走边回头朝泥巴小屋张望。瓦盖头甚至看见,一向冷漠如屠户叔叔的疤子脸,眼里也闪烁着亮晶晶的泪花⋯⋯
  瓦盖头跟在后面,远远送了他们一程。到河边的时候,河水上涨了,洪水滔天而来。搬家的人只能绕到上游的石拱桥,通过石拱桥达到彼岸。
  瓦盖头望着滔天的洪水,想象爷爷辈发生的那场洪灾。后来,他想起奶奶临终时嘱托的话,他觉得奶奶就像个先知一样。他决心接过瞎子奶奶的活,把麻绳搓完,然后央求爸爸,到桉树林里砍树造船⋯⋯
  "爸爸会同意造船的,一定会的!"

(原载《山花》2011年第7期)

2011年

李 晁

旱季物语

一

此刻，我在西部，旱灾的范围越来越大。当然，我没有土地，体会不到农民的全部痛苦。我只是个在山间四处游荡的闲人。

我处在这样一种状态：远离城市，对所有事物失去信心。我像一首诗里写的一样，开始关心粮食、人畜用水，以及气候对大地上人们所患的疾病的影响。

白天，我从一座即将全面竣工的水电站出发（那里是我短暂的家），到附近一些村庄闲逛，那些看上去和村口碌碡差不多脏的孩子齐齐望着我，并窃窃私语，我知道他们在说些什么，不出意外，他们总是喊，那个闲得慌的人又来啦！

我就是那个闲得慌的人。当然，这只是表面现象，实际上我是一个诗人。这话我谁也不告诉，只对那些牲口说。比如有一次，我对三头在村口荒山上啃草的山羊说，嘿，伙计，我会把你们写进诗里。那只领头的灰山羊不屑地看着我，说，咩……

我知道它的意思，翻译成汉语就是"切"。

切，就是看不起。我不和它计较，我知道它是王德明家的羊，它的主人在我爸手下当民工，每月挣一千五百块钱，这还不满意，每次下班他总想从工地上顺点什么，偷截电线或拾块铁。有一次他还求焊工老刘给他割一块铁板，他想捎回去做回风炉的罩子，可那次被我爸发现了，当即按规定罚了他五十块钱。他心疼钱，这意味着一天的工白干了，当下就有些不舒服，不舒服了看什么都不顺眼。在回家路上看见自家羊蹲在路边啥也不干，便发了火，拾起路边的黄荆棍就抽羊，边抽边说，不多吃点回去，就晓得浪费粮食。领头的灰山羊被抽得最狠，咩咩直叫。当时我正好路过，羊知道主人的火气是我爸罚款造成的，从此对我就怀恨在心。

我走街串巷其实不全是闲逛，也捎带观察，观察这里的风土人情、礼仪癖好。比如，我就喜欢待在一些有吊脚楼的地方，虽然楼下都是臭烘烘的牛圈，但楼上的姑娘却十分淳朴美丽。她们在午后会百无聊赖地坐在楼上晃荡双脚，要么嗑瓜子，把瓜子壳吐得纷纷扬扬；要么做女红，绣一对戏水鸳鸯。无论她们做什么，脚总是晃来晃去的。

我就喜欢看她们晃脚，一摇一摆的，像在河边戏水，也像在舞蹈。我看得入了迷，牛圈中的牛就不高兴了，它们"哞哞"地冲我喊，我知道它们的意思，它们是说，好看吧？好看就娶了她。我总是不搭理，偶尔回一句，好看就娶了？世上这么多美腿，我娶得过来吗？牛便知道我花心，下次再来就提前预警，楼上的女孩便会发现我，发现了我，就不晃脚了，纷纷把脚缩回去，好像我是个不怀好意的外乡人。

据我观察，这里最神出鬼没的居民是蜘蛛。它们躲在暗处，在白天，阳光暴烈的时候，那张网空着，如果不注意，你会觉得眼前什么也没有。要等一朵云遮住了太阳，你才能清晰地发现，那些飘浮着的灰尘及一两根晃动的稻草。

这或许是张被遗弃的网，上面落满灰尘，毫无光泽。然而当夜晚来临，你打着手电经过此处时，不经意就会发现空中蹲着一个黑点，有时一动不动，有时随风微摆，特别像画中的佛。

有次，我火急火燎地上厕所，在简易搭建的竹棚中，一不小心就迎面撞上了蛛网，可当下并没有蜘蛛。到了晚上，我起夜再去时，蜘蛛就在了，仿佛来上夜班。那张被我破坏的网被它轻而易举地修复好了。

我看着它说，白天你的网粘着我的头了。

它说，是吗？怪不得网破了这么大，害我又吐了不少丝儿。

我说，你这是什么意思？

蜘蛛说，扯平了呗。

乡间的娱乐可多可少，在这次旱季中，雨水匮乏，地也翻不成，男人一时无用武之地，不是躲在哪家堂屋下"诈金花"就是搓麻将，被媳妇看得死死的男人只能在家和女人干那事儿。只有老人们背着手在田间地头察看旱情，可土地却像一张老太婆的脸，沟壑丛生，龟裂得起了板。看到这些，老人们的心就揪紧了，望着四周的山头感叹，老天再不下雨，这里就要成火焰山了。

至于干旱的原因，年轻一代都守着电视，看专家们怎么说。专家说，这是因为西南的暖湿气流没有遇上北方的寒流。

私底下那些半大小子就议论开了，你说咋就遇不上呢，平时，就拿前年来讲，那雪下得……那凝冻，那雾，简直就是哈尔滨嘛。

旱季物语 李 晁

哈尔滨，你也知道哈尔滨？有人讽刺道。

废话，谁不知道哈尔滨？我还知道北海道呢，白令海峡，懂不懂？

议论到这里，不可开交，正好我路过，那些小子就把我叫住了。喂，你知不知道北海道？

你们说那干吗？还不想办法出去，待在这里尿都屙不出来。

家里不让走嘛，说一有雨就忙了。

有雨个屁，你看看这天，红得跟山里的猴子屁股一样。

我一走，那帮小子又议论开了，话题由猴子屁股变成了女人屁股。我不屑于和他们讨论女人，他们才见过几个女人。

想到这里，我便看见两条狗在交配，我咧嘴一笑，这一笑可就吃了大亏。本来我在村里就是个闲人，而狗正是为了撑闲人而养的，所以刚到村子里时，家家户户的狗像见了贼似的使大劲儿对我吠，其状之凶令人胆寒。后来我学乖了，再去就带着狗粮（那是我托人从城里买来的），狗吃了我的嘴软，从此见到我就摇起了尾巴，主人一般对待。

可这两条狗历来对我抱有成见，它们一条是村里妇女主任的狗，一条是村委会计的狗，平日吃喝不赖，时常享受领导待遇，也是见过大世面的狗，连县长也见过（当然也差一点被以火锅的形式献给县长）。所以，它们见了我的狗粮闻也不闻，反而暗自嘀咕，这是什么破玩意，能吃吗？

我那一笑彻底把它俩惹毛了，如果当时不是连着，妇女主任的狗非上来咬我一口不可。我惊慌失措地逃走，却听见身后那公狗对母狗讲，看见没，城里人都是软蛋，可想而知，城里的狗也是一个德行。

母狗哼哼了几句，越发崇拜起这条叫黑虎的公狗来。

二

太阳挂在天上，烧着的却是农人的心。人心都乱了，乱如麻。

我的心也乱了，我乱的原因不是因为缺水，事实上工地上一点也不缺水。大坝早已蓄水，高峡出平湖，水位高出下游河面八十余米，也解决了附近几个乡的吃水困难，甚至镇上的洒水车也常来湖区汲水。人们烦恼的只是地里无水，而抽水设备又如此稀缺，况且抽水耗电，一算，灌溉成本高得吓人，所以地就一直荒着。

爸的单位曾想用一批钢管帮地方架设引水管道，并提供抽水机，把水引到地里去，可后来不知怎么就没了下文，再后来，听说当地政府想让施工局出钱，而不是现成的物资。他们的说法是，即使管道架成了，抽水的电也用不起，光电费就比农作物的收成还高，况且在山里架设管道十分困难，耕地也很散，根本不能保证每块地都灌得到水，计划就此破灭，不了了之。

言归正传，我说我的心乱了，其实是因为碰见了春香。

春香的爹杨三秋原本是杀猪匠，电站修起来时，便打些零工。当和所有人混熟后，他的本色就显露出来，一开始只是小偷小摸，锯些钢管拾些建材，见没人阻拦，胆子跟着水位一路走高，偷起了水泥，还专门雇了一辆拖拉机动力的农用卡车，一拉就是一车，倒手一卖就是一两千，一晚上拉几趟，抵得上杀半年猪了。

春香不像他爹，人长得秀气，身材苗条，穿着朴素。当然，我可以用更讲究的词来形容春香的美，但我不这么做，春香的美是难以概括的，哪怕用诗一样的言语。

第一次见到春香时，我正躺在院里午睡，在一把竹榻上，这是我打发漫长白日的方式，夜晚我会用另一种方式。春香轻盈地出现在屋檐前，对我轻唤道，是李部长家吗？

我醒来，像有只手挠我，睁开眼，原来是只苍蝇，我晃晃脑袋把它赶走，结果发现了一旁的少女。春香穿着一件与我堪称情侣装的淡蓝色碎花长裙，亭亭玉立，由于阳光从对面的骆驼状山峰上照射下来，处在暗处的我竟一时满眼光晕，春香的相貌顿时变得十分模糊，我慵懒地问，你找谁？

少女走进屋檐，我这才看清她的容貌，瞳孔顿时放大，眼冒金星，难道我在做梦？见我肆无忌惮地打量她，春香有些不自在，说，我爸让我来，说这里可以洗澡。

她这么一说，又见她臂弯里挎着的脸盆，我就知道怎么回事了。我说，是可以，不过水还没烧，你要洗吗？我给你烧去。

她点点头，一只手伸到鬓发处拨了拨散开的头发，说，谢谢你啊。

我起身走开了，没走几步又回头问，你爸是谁？

杨三秋。少女答道。

我说，哦。随后往浴室走，走到一半才想起问她的名字。那你叫什么？

杨春香，他们都叫我春香。她把目光从竹榻上转移到十米开外的我身上。

春香？你叫春香？我笑着说。

怎么了？她一脸疑惑。

没什么，很高兴认识你，我叫李梦龙。我开玩笑说。

李梦龙，梦龙？你的名字还蛮奇怪。春香嘀咕道。

我将热水器一通上电就火急火燎出了浴室。自从我家装了这玩意，工地上的人，特别是女人就爱来我家洗澡，一天下来竟要接待不少人，简直成了公共澡堂。

当我来到春香身后时，她正坐在我的竹榻上，盯着我的PSP游戏机发呆。

我问，你要玩吗？

春香羞涩地摇摇头，见状，我就充当起老师来，教她一些基本操作，反正水还要烧一段时间。遇到春香，我的心情顿时好转，我很久没遇上过一个如此令人赏心悦目的乡村女孩了。

我把PSP游戏机递给她,她接过来,照我的指令开始闯关,她低着头,玩了一会儿,问,你真的叫李梦龙?我怎么听人家说你叫李杭呢?

听谁说的?我问。

听我们村的人说的,他们说你……

说我什么?我欣喜若狂地问。

没,没什么。春香想帮我掩饰我在乡间的名声,我偏让她说。你说嘛,我又不怪你,真的,他们都怎么说?

在我的极力怂恿下,春香才断断续续告诉我,他们说你神神道道的,喜欢……喜欢和畜生说话呢。

哈,我装作恍然大悟的样子,他们还说什么?

还说……还说你整天东边走走西边逛逛,像黄鼠狼,不知道安的什么心。春香还是不敢望着我。

我嘿嘿笑了起来,说,说的好,说得真好。

春香这才吃惊地抬起头来,与我眼神对视的瞬间,我才知道她对我是有兴趣的。她问,他们这么说你,你还说好?

我说,他们说得对,我就是游手好闲嘛。

你没上班吗?春香问。

嗨,早不上了,我把他们开啦。我说。

怎么会?听说你在城里工作,你是干什么的?

我?我什么都干过,卖过汽车,当过职员,开过桌游店,前不久我还是个导游。

导游?你去过很多地方吗?

也不算多,反正省内都跑遍啦——你跟我来。我说。

春香跟我进了屋,这是一间二十平方米的宿舍,我一人住。原本还有一个刚毕业的大学生和我一块挤,可后来他受不了这山间的寂寞,没出三个月就找借口跑掉了。这个大学生后来听人说什么都不会,连图纸也看不懂,眼神还不行,有一次差点从九十多米高的左坝肩掉到基坑去。

房间里简单地摆着一张床、一个书桌、一个简易衣柜,这就是我的全部家当。我正是看中了工地的清静才来休假的,事实上也是我妈把我赶过来的。她说我干什么都不成,没常性,让我下来好好接受教育,看看师傅们如何与寂寞打交道,度过漫长的岁月。

我指着墙上的一张省内地图说,凡是打过记号的,我都去过。

春香用微微泛红的手沿着地图上被我勾勒出的线路游走,像在破解一个个复杂的谜。好半天我没有叫她,她只是小心地辨认地图上的踪迹,而我正在日光灯下打量她。

春香的皮肤原来这么细腻,不似城市女孩拥有的那种无懈可击的妆容下的肌肤,而是那种纯天然接近婴儿般的质地,白中透红,高原红。我喜欢看这张脸,更喜欢这脸上的五官,那么灵秀。我吞了几口口水,却立即被呛着了。这时春香才把目光从地图上移开,问,你怎么了?

我摇摇头,说,没事儿,你继续看。

她又看下去,我才又看她。

三

我往往在精力充沛的时候,通常是下午,进村溜达。人们看我的眼光又变了,我知道这种变化的缘由,连那两只全乡闻名的斗鸡也知道了。

一群乡间的纨绔子弟正在学校的操场上斗鸡,两拨人把不大的地盘围了个水泄不通,我也想挤进去瞧热闹,我还没见过一次货真价实的斗鸡呢。我来了,人群自然给我让开一条路,这既出于我和那群青年相识,也出于我在当时的特殊地位。这地位是春香给我的,坊间已在盛传春香和我的关系不一般了。

两只鸡在我到来前就已经斗了数个回合,也都不约而同地受了伤。一只鸡的鸡冠被啄出了血,淅淅沥沥洒了一地;另一只鸡的羽毛被抓得稀稀拉拉,露出难看的鸡皮疙瘩,跟烫过似的。我一来,就跟着那群青年呐喊助威起来,并入乡随俗买了五十块钱的注,买那只毛少的鸡胜。

结果刚交完钱,两只鸡就边斗边商量起来。

毛少的鸡:看见没?那人出钱买我赢。

毛多的鸡:看见啦,咱们让他输,先委屈委屈你,日后我再输你一次。

毛少的鸡:别见外啦,咱兄弟,谁跟谁呀。

……

听鸡这么一说,我就不高兴了,心想,连你们也作弊,难道就因为春香和我走得近?我"哼"了一声就走,身后的结巴二蛋喊我,还……还没,斗……斗完呢,走,走,什么?

斗什么斗?输定啦。我喊道。

众人不解,在我还没有走出他们视线时,果然,按事先约定,那只毛少的鸡做出胆怯状,面对毛多的鸡的凶猛进攻丝毫没有还手之力,节节后退,并表演性地摔倒在地,像鸵鸟似的将头插到沙地中,死活不肯出来,面对众人的厉声咒骂也无动于衷。见状,毛多的鸡脖子上那圈闪亮的毛才骄傲地软下来,此前那圈毛跟孔雀开屏似的。

结巴二蛋对已走远的我吼道，还……还真，被……被你，猜中啦，风水先生都没这么厉害。后半句二蛋居然一个结巴也没有，众人称奇。

我喜欢春香，但没有表露出来，谁问我也不说，只是摇头。

一次在我出门散步时，不知不觉来到春香家门前，可春香并不在家，这不是别人告诉我的，而是春香家的两头猪。

我心不在焉地走近，打断了那两只小猪兴高采烈地拱地，那片背阴的地方被它们拱得跟臭水沟没什么两样，我看了一眼，调侃说，都说闹旱，你们倒是玩得欢。

听我这么一调侃，两只猪不乐意了，它们发出男人打鼾时的声响，噗——哼——噗——哼——

这意思我明白，它们在向我齐声喊，春香不在家，春香不在家！

我又问，那她在哪里？

两只猪面面相觑后，毫不厚道地说，就不告诉你，气死你，就不告诉你……

我一气之下就踹了其中一头猪一脚，没想到它却发出杀猪般的叫喊，好像我要宰了它。这时杨三秋正好回家，见我欺负他家猪，当下脸色便有些阴沉，但又不敢对我摆出臭脸，勉强挤出笑容对我说，哟，李公子，什么风把你吹来啦？李部长呢？最近忙吧，告诉李部长，下次我请他喝酒。

我没说什么，做贼心虚，很快走掉了。

我遇到一眼池塘，池塘里早没了水，可鸭子们还在烂泥上踩来踩去，好像这样能踩出水来。看着它们，我心生怜悯，心想，天旱，人苦，连动物也跟着受罪，还不如做只野鸭。坝上库区的野鸭就肥得流油，施工局的老大总想打几只，让我爸想办法在当地找两支还没被收缴的猎枪。

鸭子们看穿了我的心思，顿时"嘎嘎嘎"地叫唤开来，我知道它们是害怕了。我就说，怕啥嘛，又不是拿枪打你们。

鸭子还是"嘎嘎嘎"地叫唤，意思是，野鸭也是咱亲戚嘛。

它们这么一说，我就没什么话了，心想，你们这些穷亲戚还惦记着别人，别人早把你们给忘啦！踩你们的泥巴去，小心把蛋踩烂。

我已经一连几天没有见到春香了。她不再来我家洗澡，可来我家洗澡的人偏偏要提她，尤其是单位里的女人，她们犹抱琵琶半遮面地告诉我，春香不适合你呀，你怎么着也是我们部长的公子，一表人才，又去过那么多地方，怎么就喜欢个乡下姑娘？我们可是流动单位，电站一建成就要往别处去了，到时候你是带春香走呢还是留下来？

我不说话，她们又说，春香人长得标致，但光长得标致也没有用嘛，男人嘛，就应该把眼光放长远些，不然以后很难混的，你说是吧？

我还是不说话，只悄悄去把热水器插头给拔了，让她们洗凉水澡。当她们抱怨今天的水怎么这么冰时，我终于说话了。我说，有水就不错啦，你看别的地儿，别说洗澡了，就是喝一口也要走上好几里。

妇女们喋喋不休地走了，走前还在为我的终身大事扼腕，好像春香真的和我成了婚。在她们摇着头以一种恨铁不成钢的表情离开后，我对蹲在电杆上免费看戏的麻雀说，你们要是也喜欢春香，就拉些屎在她们头上，她们说她坏话呢。

麻雀们振翅离去，留下一句，还用你说？

不一会儿，我听见一群妇女的尖叫及诅咒在晚风中四起，如一群被惊飞的麻雀。

四

骗人！你根本不叫李梦龙，为什么要冒充别人？春香有些生气地质问我。

你怎么知道我不叫李梦龙？谁说的？我毫不在意地问。

春香单手背在身后，随即出其不意地将一张报纸甩到我面前，说，你自己看吧。

这是一张一个月前的晚报，上面报道了一个导游不但将外省旅游团独自撇在景点，还对游客大打出手，随后又无端消失的消息。那个被曝光的导游的名字清清楚楚地显示为"李杭"，而关于我的介绍是这样的——李杭，G城人，实习导游。

你怎么解释？为什么要骗我？春香嗔怒道，我这么相信你，你为什么要瞒着我呢？

我强装笑意，问，你怎么得到这张报纸的？

春香露出不愿理我的神色，没好气地回答，要你管？那件事是不是你干的？

是。我说。

春香有些不解，脸上的阴云依旧不散。她不高兴了，我就得让她高兴起来，我实话实说，那帮人糟蹋水。

春香沉默下来，可能没想到会是这么一个答案，原本以为我是个不负责任的人。她还想问我什么，但又犹豫了，最终没有问出口。

一切只有我心知肚明，但我懒得告诉春香。

后来，春香也懒得追究我的丑闻了，见到我也再次舒展了表情，恢复成以往我熟悉的那个少女了。我很是欣慰，春香也不计前嫌，喃喃自语道，李梦龙，梦龙……你为什么要编这么一个名字？

对此，我仍然保持缄默。

而春香则迅速喜欢上了我的前职业，这是我有所预料的，我身边有不少风景图册、城市游记，这是我的一个癖好，走哪儿都随身带几本，这次来则带了大半箱。春香像发现宝库似的，对那些装帧精良、有着绝美风景照的书籍赞不绝口，好像世界的窗口就此打开。

我对她说，你挑吧，借给你了。

真的？春香问。

春香真是个淳朴到极致的人，连我如此确定的事情，她也不敢相信。我说，真的，我骗你干吗？我骗过你吗？

春香这才笑了，最终只借了一本图册和一本游记。原本我让她多拿些，可春香说，拿多了也读不过来，还是一本一本读比较好。

春香说的没错，读书就应该一本一本从头读到尾，尤其是好书。

杨三秋知道春香开始找我借书并频频出没我家时，不乐意了，他和所有人一样反对春香和我在一起。虽然他要时常仰仗我爸睁一只眼闭一只眼才能致富，但对我极其警惕。春香高中毕业两年多了仍待业在家，他不愿她出门打工。这是春香的姐妹招弟告诉我的。招弟在乡里的饭店做服务员。她说，春香被她爸看得牢牢的，就是一头牛也不能这么看着呀。

我问，杨三秋为什么要这么做？

招弟说，还不是因为春香的妈，她有病的，瘫痪，要人照顾，家里离不了人。春香的哥哥出门打工就够了，他们希望春香一辈子留在身边，照看他们，养老送终，你说自私不自私？

春香会被他们毁了的！我愤愤不平地说。

我希望改变春香的命运，当然，我知道自己有几斤几两，不可能让杨三秋答应让我将春香带走，而且仿佛为了让我死心，杨三秋花大价钱托人送礼又请客吃饭，竟把春香安排进了乡政府。

这件事不是别人告诉我的，而是我亲眼所见。那天，我参加我爸的一个饭局，在乡里最大的饭店，竟然遇见了春香。她坐在副乡长身旁，极不自然地招待县上来的领导。我看见她时，她正对着眼前的酒杯发呆，愣愣的，随即被那个一脸疙瘩的副乡长捅了一下，副乡长露出一副谄媚的笑容。

原来春香干的是这么个活儿。我悄悄把招弟叫来，嘱咐了一句。

招弟显出为难的样子，说，不是我不帮你，你看看，里头都是县里的头头脑脑，我这么一喊，不是得罪人嘛，饭店又不是我开的。

我想想也对，便写了张纸条，让招弟无论如何帮我递到，这她就答应了。

我写道：春香，你怎么干起这个了？不适合你，辞了吧。

两桌人都酒过三巡后，我还清醒地留在饭店。乡政府的饭局结束后，我才看见春香在饭店的大厅里寻找我的身影。我稍稍扬了扬手，她就发现了我，但她不敢就这么走过来，领导们还没走，她也不敢动。等把那群红光满面的醉汉送走之后，春香才和我短暂地碰了个面。不知是因为喝了酒还是害羞，总之，春香的脸一直红通通的，像个苹果。她急切地问，你说的能行吗？

我阴沉地说，不行也得行，你自己想想，干这个，会开心吗？

春香不语，可目光仍在探寻。我再接再厉地说，走吧，离开这儿，都什么年代了，你有人身自由的。这是我第一次这么严肃地对待春香，平日里我们都有些扭捏。我是看不下去了，春香再这么干下去，搞不好会成为哪个领导的小老婆。我这么说可不是诋毁领导，他们是男人，我知道，一个个都是狼。我也是狼。

五

我还记得春香第一次主动约我，我们的会面还算圆满。这得益于那些平日看我不顺眼的动物，它们在那个夜晚无疑是我的同谋，是"秘密兄弟会"的成员。当然，它们不是看在我的面上，而是为了春香。

一出门，两只爱慕春香的蝙蝠就以古怪的飞行姿势在我头顶徘徊，拐来拐去的，像在风中发抖。我没理它们，径直往路上去。

看，他出门啦。一只蝙蝠说。

哼，还不是去春香家。另一只没好气地回答。

听了这话，我暗自嘀咕，还真瞒不过你们。

蝙蝠无疑探听到了我的心思，不约而同地回答，那当然，我们是谁啊。

我不再琢磨这两只怪物了，可一想到它们能把人的心思看穿，就忍不住哆嗦，路也走得七扭八拐了。结果，不出意料地迎来一片嘲笑！

我开始巴望它们赶快飞走，心想，老跟着我干吗？

一只蝙蝠又哼了一声，那意思我也明白，它是想说，跟着你，是瞧得起你。

我对着暗下来的天空挥了挥手，像是致意，又像是在驱赶它们。可那两只蝙蝠一直在我左右，若即若离，到关键处，还导航仪似的向我发出一两条及时的预警，比如，前方二十米有狗出没，注意绕行……

在它们有意无意的陪伴下，我们沿途绕过了所有有人出没的场所，甚至谁躲在哪个犄角旮旯，蝙蝠也一一透露给我，带些炫耀的样子。比如，在村边的水塘旁就埋伏着一个外乡的贼，他想偷老姜家的画眉。老姜养画眉在十里八村可是出了名的。

一只蝙蝠对另一只说，那偷鸟的贼还蹲着呢。

另一只回答，可不是，还拿着肉，准备对付老姜家的阿黄哩。

那只又说，老姜最近又套了几只上好的，虽说和咱不沾亲带故，但好歹也是长翅膀的，我们不点破，让贼偷去。

另一只回答，在理。

于是，我们就绕过了贼，往一条据侦察连一只狗也没有的路上走。春香家就在不远处了。

春香家也养着狗，而且还是条轻易不出门的大狼狗，被圈养在院子里。杨三秋偷水泥致富后，开始摆阔，村里的土狗竟看不上眼了，专程从城里买了只纯种德国黑背，一脸威风，头大得像个脸盆，连村干部也不敢轻易上门了。我知道这里面的玄机，杨三秋这是防着我呢，他知道我怕狗，就特意买了只凶狠的。

可到了春香家跟前，我一兴奋，就把这事儿忘得一干二净，望着那两只仍在头顶发出噪音的蝙蝠，暗想，这下你们可以走了吧。

蝙蝠"嗤"的一声笑了。我这才一惊，恍然大悟，想起里面的狗来。一时间我觉得风声鹤唳，还莫名其妙地认为，杨三秋肯定也在里面，说不定正牵着狗四处巡逻呢。

我一胆怯，蝙蝠们又笑了，带着深深的嘲讽，直到给了我一个暗示，我才知道今天杨三秋不在家。

我稍微安定了些，可那狗还困扰着我，一进门，狗必然会叫，一叫，别的狗也会跟着叫，叫来叫去，杨三秋就会闻讯回家啦。

听我这么一寻思，好炫耀的蝙蝠当即发射了一段超声波，我几乎能瞧见那种弧形的线条朝村外延伸的情景，涟漪般不绝，煞是好看。

不久，我就得到了反馈，杨三秋正在乡里赌呢，正赢钱呢，听那得意的口气，就是天塌了，地陷了，大坝垮了，也不会回来。

对他我算是彻底放心了，可那狗……

我又听见蝙蝠们的讥笑了，那意思最明白不过，你们外乡人咋这么胆小呢，一只狗有啥可怕的，还能把你吃了？

我不说话，准备豁出去了。正往前走呢，那只脾气好的蝙蝠再次运用了它的特异功能，听着那在我耳畔来回"呼呼"的声响，我就知道，它们算是帮人帮到底，送佛送到西了。

旋即，我就得到了准确情报，狗早被春香拴到后院去啦，碍不着我。

我这才笑了，一脸轻松，感激着面丑心善还在头顶拐来拐去的蝙蝠兄弟。就这样，我才一路无阻地来到了春香家，她早就等着我了，在她的闺房里。

春香见我来了，急忙将门掩上。我正想诉说来时路上的不易，春香的话就把我的唠叨盖住了。

这时，我听见窗外那两只正在离去的蝙蝠说，终于大功告成啦。

六

　　我和春香约定的事到底没成。我不知道是那次去她家的原因，还是因为杨三秋最终陷入了"水泥门"事件，反正那几天够乱的。杨三秋人是逃了，可偷运水泥的车还被扣着，他揪着心，又不敢托人把车要回来，不然罚款和派出所可不是闹着玩的。为了这事，他一直压着火，直到春香找到他说，要辞去乡政府的工作跟我去省城。那次，父女俩大吵了一架，杨三秋怀恨在心，说，你找谁不行，偏偏找那小子！别看他是城里的，可啥也没有，名声还不好，都上报啦，你图个啥呢？这是面上的话，还有些话杨三秋不敢说，因为调查水泥被盗一事经我爹一手督办。他是施工部的头儿，为了这事还让我少接近春香，人言可畏。

　　好几天来，我的心都紊乱不堪，没想到这次休假会有这么多烦恼。我一方面惦记着春香，另一方面回城的渴望困扰着我。脑海里，一个声音在疯狂地喊，春香！春香！春香！另一个声音在理智地反驳，春香！春香！就知道春香！再这么待下去，你人就要废啦！

　　我从来没有如此矛盾过，一心想着春香，一心又想离开此处。旱季持续着，报纸上说情况依旧不容乐观，我也知道，地里无水，日子就没有希望，看不到尽头。

　　此刻，我的心情也和这大地一样，渴望一场春雨的到来，越大越好。

　　我已经好些天没见着春香了，还是招弟给我带来了她的消息。她说，你走吧，春香去不了了，你和她有缘无分。

　　我问，春香这么说？

　　招弟点点头，劝慰我说，你走吧，你在这里待一天也只是增添一天的烦恼，啥事也干不成，不如一走了之，眼不见心不烦。不过有一样事，春香让我务必转告你。

　　什么事？

　　她希望你继续干导游，不要灰心，她觉得你是个好导游。招弟说。

　　春香是铁了心，你走吧。招弟走出一段路后转身朝我挥手喊道。

　　我的心像被什么动物啃噬着，钻心地疼，疼过之后就是无尽的苦恼。苦恼的时候，我就求落在电线上的燕子，我问，春香在干吗呢？

　　它们不理我，反而一哄而散。

　　我又问地上的蚂蚁，你们消息灵通，春香在哪里？我想找到她。

　　它们也不理我，忙着搬家。它们这一忙，我就疑惑了，难道老天要下雨？这时，我才注意到天空，一层稀薄的乌云正在西北边的天际集结，最终飘过了大坝左侧的最高峰——断指山，并一路朝营地的方向匍匐过来。工人们不约而同地停止了施工，对着天空指指点点。

民工小艾对我说，不知道我家下雨没有。

我问，你家在哪里？

小艾说了。

那可是重旱区。我说。

小艾叹口气，无奈地答道，听说那里十个月都没下过一场雨了。别说地，人也快渴死了，政府都让我们出来，可我们这些劳力一走，家里的老人就更受罪了……

我望着小艾揪心的脸，也望着天，期望这雨能痛快地下下来。小艾和我一样，这个比我小两岁的青年正在默默祈祷，祈祷这雨也能下到他家里去。

这时，爸的手机接到短信，一场人工增雨正在酝酿之中。

乡上已经打了增雨弹，不知道这雨能下多大，越大越好啊！爸说。

听说要下两场二十五毫米以上的雨才能有效缓解旱情。我说。

爸讲，可不是嘛，听天由命啦。

雨，最终下了起来，打到屋顶的石棉瓦上竟是石子蹦蹦跳跳的声音，说明雨势不小。我刚冲出门，还没在雨中站足一分钟，雨就大了起来，而且越来越大。这时，我才深切感受到老天爷的意思，那是为我和春香流泪嘞。

爸在屋檐下喊，你淋雨做什么？快进来！

我没有动，对他说，我就想淋淋雨，淋了雨我就要走了。

爸没再说什么。我在工地上足足待了两个月，他知道我待不下去了，毕竟是城里长大的，吃不了乡间的苦。在乡下，寂寞啊！

雨断断续续下了两个钟头，这可是宝贵的两个钟头，听说明后几天还可以增雨作业，这样春耕就有希望了。

那几日，我在村里疯狂寻找春香的身影，希望她能和我谈谈，哪怕是告个别，可春香却平白无故地消失了。看我整日失魂落魄的样子，在乡政府与村庄的道路上徘徊，招弟看不下去了。她把我拉到一旁说，别找啦，春香去她外婆家了，就为了躲你。

躲我，她躲我做什么？

你呀，死脑筋，她让你走你就走呗，从哪儿来回哪儿去，不要再打扰她的生活，她心里够乱的了。

对了，你借给她的那些书，她让我还你，你跟我去拿好了。

不用，让她留着吧。许久，我才说出这句话，说完我就走了，再也没有回到村上。

当夜，我辗转难眠，那些平日与我熟稔的动物仿佛不想触及我的伤心事，纷纷对我禁了口，它们开始以一种我听不懂的语言窃窃私语了。

第二天，我收拾好行李，一些衣物、几本图册，还有那台春香玩过的PSP游戏机，里面还有一些春香没闯过的关，我没有接着玩，一直让进程保存在那里。

我背着来时的那个登山包，穿上夹克，蹬上皮靴，踏上了返城之路，一如我来时的样子。我故意不让爸派车送我，而是打算走到乡政府，坐今晨第一班开往省城的班车。我知道，这一别，就再也不会回来了。

一路上，鸡、鸭、羊、狗、猪、牛都默默注视着我，一句话也没有，我知道它们这是同情我呢。这帮牲口，和人一个德性，我和春香好的时候，个个反对，而一旦我离春香远去，它们就个个魂不守舍，叹息连连。

我笑着说，这是干吗呢？愁眉苦脸的，天下雨了，日子就有盼头啦。

羊咩了一声。

猪哼了一声。

牛哞了一声。

鸡鸣了一声。

鸭嘎了一声。

狗吠了一声。

它们是在欢送我，也是在挽留我。

我压抑着内心的情感，故作轻松地说，看好春香啊，有了好人家就给我报个信儿。

说到这里，动物们都散了，不愿我提起春香。在它们看来，提及春香，只会让这场离别更加悲伤。

我离开了村庄，可心里还惦记着一个人，她在做什么呢？没有动物告诉我，我就猜测，她还在睡觉吧，说不定正在做梦呢，会不会梦到我呢？我叫李梦龙，对了，这个名字真的和梦有关。我和春香的故事就是一场梦，梦有开始也有结束，现在就是结束的时刻。也许这个梦的结束正好预示着旱季的一去不复返，如果是这样，我的心多少会好受一些……

（原载《上海文学》2011年第5期）

2011年

肖江虹

当大事

养生者不足以当大事，惟送死可以当大事。

——孟子

一

松柏爹是个干脆人，连死都干脆得让人心服口服。昨天傍晚，铁匠还看见他神气活现地背着手从自家院子边经过。今天一大早，就听见松柏老娘站在院子里呼天抢地高喊："松柏他爹，卸门板咯！"

"卸门板"在无双镇是对人死了的别称。人落了气，要趁身子还有点热和劲儿，迅速卸下大门板，在堂屋里用两条凳子把门板支上，将逝者移到门板上停放好。亲人要趁逝者还没有完全僵硬，洗擦穿衣，捋直手脚，遇上腰弯背驼的逝者，还要在身子上放上沉重的物什，将身子压直，免得入棺时碰天磕地。

松柏老娘站在院子边喊完一嗓子，就趴在土墙上号哭。孙子穿个裤衩挂着两吊清鼻涕从屋里出来，拖拖拉拉走到松柏老娘身后，扯了扯奶奶的裤腿。松柏老娘低头看了看孙子，哭得更厉害了。哭了一场，松柏老娘渐渐生出一些埋怨，开始是埋怨松柏两口子："丢下个嫩娃娃就进城了，过年回来跟住店似的留几天，狗日的些，整天就知道找钱找钱，娃娃连爹妈都不认得了。"接着就埋怨松柏爹："挨千刀的，马屎外面光，里面一包汤，看起来雄起赳气昂昂，说没了就没了。"

往远处看了看，村里几条懒洋洋的小路上还是光溜溜的，没一个人影。松柏老娘有些慌了，折进屋，掀开被褥探了探，松柏爹没有了耐性，热气渐渐散去了。松柏老娘又慌慌地折出来，对着远处喊："松柏他爹，卸门板咯！"

时间黏稠得要命，松柏老娘像扔在烙锅上的一条泥鳅，在院子里直溜溜转。眼睛不时往远处瞅。孙子没能看出奶奶的焦虑，依然一副春光明媚的模样，撅着两瓣屁股往围墙上爬，奋斗了几次没能成功，就伸开双臂，觍着脸过来要奶奶帮忙，形势判断错误了，屁股上挨了两巴掌，白屁股成了红烧肉。娃娃委屈了，遍地打滚。要搁以前，松柏老娘早就祖宗长祖宗短地赔不是了，今天没这心情了，眼睛只盯着远处的小路。

还是慢，啥子都慢，松柏老娘发觉连风过来的脚步都是慢腾腾的。不知道从哪天开始，这个村子就变了，变得慢条斯理的，人们说话慢了，走路也慢了，炊烟起来得慢，日头落得也慢，好像连庄稼都长得慢了。

小路上终于出现了两对老胳膊老腿，铁匠两口子，像两只蜗牛。渐渐地，几条小路上都爬满了蜗牛，老的嫩的，前前后后，一步一步往松柏家这边爬。

铁匠两口子刚进院子，悲伤就扑面而来。未亡人哭得呼天抢地，铁匠老婆过去挽起松柏老娘一只胳膊，说些人死事大、后事要紧之类的话。悲伤归悲伤，方寸没有乱。松柏老娘一步一步移到铁匠身边，把一把起子递过来，泪汪汪地看着檐坎下那扇大门。铁匠"哦"了一声，颤巍巍地走到大门边，仰头看了看，心悬了起来，太高了，咳嗽了两声，想把背直起来，可腰间一阵酸麻，七十年的日子把腰背压弯了，抒不直了。铁匠折进屋里，端出来一条凳子，凳子不高，刚到膝盖处，可铁匠觉得横在面前的是座大山，努力了几次没能爬上去，叹了口气，铁匠就开始回忆能把大锤抡出一朵花的日子。

"年轻几岁肯定能上去。"铁匠无可奈何地看着松柏老娘说。

松柏老娘仰起头，风撩着她的白发，那门确实变高了，和松柏爹成亲时，她也这样仰着头看过这扇门，那时没觉得有多高啊！

娃娃们脚快，蹦跳着进到院子来，把一帮老骨头扔得远远的。嫩娃娃的脸上都是难抑的兴奋，日子总是那样沉闷，终于有机会欢天喜地一盘了。在这些乡村孩子的眼里，只有过年时爹妈们从遥远的城市带回来的稀罕物能让他们高兴一回，过完年，某天一觉醒来，爹妈们就不见了，跟着通往山外的那条路狂奔，希望能再看一眼和孙悟空一样来去无踪的爹娘，可爬到山崖上，见到的却是另一座更遥远的山。

五个老者，年纪加起来三百多，牙齿凑起来五六颗，一个站在凳子上，四个扶着凳子，身躯和凳子一齐摇晃，院子里全是仰着的脑袋，屏声静气，像在观看一场惊险的杂技。凳子上的把着起子鼓捣了一阵，虚汗就下来了，无奈地缩了下来，换上另一颗花白的脑袋。反反复复好几次，总算把门板给卸了下来，几个老者彼此笑了笑，心里都在说："这胜利来之不易啊！"铁匠抹掉额头上的细汗，他是这场接力赛的最后一棒，人人都见证了他的艰苦卓绝。铁匠抽出烟袋，是该解解乏了。刚把旱烟点上，号哭声从屋子里奔涌而出。

"老者，你就不能多等等啊！"

几个女人进去把松柏老娘连拖带拽弄出来，女人一屁股坐在地上，双手拍着大腿："都硬邦了！"

几个老者拱进屋子，铁匠掀开印着大朵牡丹的被子，伸手在松柏老爹额头上探了探，回头对身后的几颗花白脑袋说："凉透了！"

众人一齐摇头，像蹚过芦苇荡。

无双镇的规矩是，人要死在床上，但不能凉在床上，据说那样就赶不上接魂的牛头马面了，牛头马面死脑筋，只按规矩在神龛前的门板上接魂，时间也掐得死死的，不等的，飘飘荡荡进来，看见神龛前没有人，掉头就走，这样死人就惨了，三界进不去，五行入不了，终年只能在一个阴惨惨的地头过日子。

看着冰疙瘩一样的松柏老爹，几个老者黯然神伤，不管如何，都得把老伙计移出去，万一牛头马面有事来晚了呢，或者今天两个接魂的畜生心情好，来了想坐会儿也说不定。

门板支好了，铺上一层薄薄的烧纸。六个老头龇牙咧嘴地把松柏老爹抬出来，到了堂屋中间，抬脑袋的两个老者手软了，松柏老爹身子一歪，侧身翻加转体一百八十度，"吧嗒"摔了一脸灰，铁匠本想开黄腔，可看了看，两个失手的过完年就翻八十去了，说不定明年就该抬他们上门板了，怪不着呀！

还好，松柏老娘还在院子里，被几个女人架着号哭，没见着男人一嘴的灰。铁匠几个慌忙把松柏老爹抬上门板，铁匠眼尖，从神龛上抓过来一张烧纸，飞快地在松柏老爹脸上抹了几道，才让死人重新有了脸面。

躺在门板上的松柏老爹没有服帖，七十不到的人，腰就成了一张弓，远远看，像往门板上放了一个大元宝。铁匠喊旁边的王明白："王老者，你按着脚。"王明白点头，过去按住松柏老爹两只脚，铁匠则双手压住松柏老爹的双肩，铁匠点点头，两端同时下压，"嘎吱"一声脆响，身子和门板严丝合缝了，手一松，"嘎吱"一声，又成大元宝了。

王明白摇了摇头说："凉透了，只能上磨子了。"

铁匠从屋子里出来，松柏老娘还在哭，铁匠歪歪倒倒折过去，对松柏老娘说："嫂子，大哥热气跑了，身子拉不直，怕是要上磨才成啊！"松柏老娘挽起袖子擦掉眼泪，点点头。

磨子也不是好弄的，松柏家的磨是大磨，磨盘比小磨宽了一巴掌，就一巴掌，让七个老者气都抬脱了，当抬着石磨经过院子时，连满院子乱跑的娃娃们都被吓着了，十四个眼珠子仿佛填在枪膛里的子弹。

石磨上了松柏老爹的身，几个老者像掰破的蒜瓣一样四分五裂了，坐下来呼呼喘了好久，铁匠咬牙切齿地说："老子年轻的时候，一人扛着一扇大磨，小跑两里地，没见着喘气的。"

"好汉不提当年勇！"一旁的唢呐匠喘着气说。

"还有一扇呢！"王明白说。

几个老者站起来，扭了扭腰，摇摇摆摆出去了。

第二扇石磨上了胸，"嘎吱"一声，松柏老爹直起了腰板。几个抬石磨的脸色看上去比躺着的还难看。

坐下来后，铁匠狠狠骂了句："这些年轻崽，跑得一个不剩，以前这些事儿哪能轮到我们头上？"骂完，铁匠忽然想起了什么，冲着院子喊："谁负责通知松柏两口子？"

院子里有答："春花老娘去镇上打电话了。"

铁匠咕哝："老婆娘那脚程，连只蚂蚁都跑不过，怕没到镇上就老死在半路咯！"

二

铁匠站在檐坎上，看着一院子的脑袋犯了难。

松柏老娘非要让他当管事，说不管论两家的关系，还是铁匠的能力，只有他当管事最合适。铁匠不敢推，管事在无双镇是个很有面子的活路，别看是临时的，也不像任命村长得下红头文件，但能做管事的人除了要具备相当的组织能力外，还得德高望重，那样人家才服你，才能让你随意调遣。人家有人老去了，请你当管事，是看得起你，信任你，推了差事就推了仁义。

铁匠挨着数了数，嫩娃娃一大堆，全都脏得像从灰坑里扒出来的；老者老奶半院子，一口气都能吹倒。倒是有两个年轻的，一个是老刘家老二，三十出头，一条鼻涕从年头悬挂到年尾，见着谁都喊爹；另一个四十多，前些年进城把一只手留在了绞肉机里头，也永远把自己留在了乡村。这样的队伍，面临的是和煤、生火、杀猪、煮饭、炒菜、洗碗这些活路，最恼火的是把死人抬上山，就眼前这些货色，铁匠都不敢往下想了。

可不管如何，总不能让死人烂在家里吧？铁匠还是硬着头皮开始安排。

"你，还有你，去请道士先生。"

"你们四个，负责和煤。"

下边咕哝。

"啥？和不动？你满院子看看，还有没有比你更年轻的？"

"墙角那几个婆娘，负责煮饭。"想了想，铁匠补充，"甑子大了抬不动，我安排人给你们抬。"

东拼西凑，差事都总算有了着落，铁匠长吁了一口气，拉条凳子坐下来卷旱烟，烟卷还没塞进烟袋，才想起棺材的事情没有安排。

铁匠在里屋找到松柏老娘，女人正和几个关系近的说松柏老爹活着的时候种种好，说到动情处就横起衣袖拉一把泪。铁匠进来，冲着几个女人喊："各就各位，该干啥干啥去。"几个女人退了出去，松柏老娘站起来，期期艾艾地看着铁匠。

"我哥'老家'在哪儿？"在无双镇，棺材叫"老家"，人死了叫"老去了"。

"厢房！"松柏老娘说。

掀开油布，铁匠惊讶了，心里还隐隐有些嫉妒。雄伟的"老家"：白杨木，上好漆面，前挡和后挡都是加厚的，棺盖上雕了镂空的花。

看见铁匠目瞪口呆的模样，松柏老娘起来了一丝得意："去年松柏回来时请东溪的鲁木匠做的，光料子就三千多。"

"我那三个龟儿子就差远了，到时候能给我安排个火匣子就享福了。"铁匠喷出来的口水酸酸的。

"看你说的，你那三个都在皮鞋厂，一个甩一沓，水晶棺材都有了。"

铁匠笑笑，过去摸了摸松柏老爹锃亮的"老家"，说："好是好，移出去怕要费死力了。"

三个臭皮匠终究还是臭皮匠。十多个老者聚在厢房叽里呱啦吵了半天，也没能找出把棺材移出来的办法。关键还是硬件跟不上，也不是没有好计划，可再好的计划也需要劳动力，一屋子都是出气比进气多的主，挪根凳子都要喘上半天，遑论眼前这口巨无霸了。

"等松柏他们回来再说。"铁匠一锤定音。

三

天黑尽了春花娘才回来。老太婆一屁股坐下来就开始揉脚，来回三十多里地，尽是毛狗路，不仅窄，路上还铺满了石疙瘩。铁匠看了看春花娘，一张脸像刚出笼的绿豆糕，还有滴滴答答的水珠。喝完铁匠递过来的一碗水，春花娘把碗往凳子上一砸，就开了黄腔："这世道，养儿不如养条狗，爹都跷脚了，还舍不得那几个钱。"松柏老娘听见声音，从屋子里跌跌撞撞跑出来，问："打通松柏电话了？"春花娘点点头："我给他说你爹老去了，狗日的在电话头好半天屁都不放一个，最后说不好请假，来回一趟，位置就没了，还嘤嘤呜呜地淌了一回狗尿。"松柏老娘听完就哭了，哭了几声就开始咬牙切齿地骂："挨千刀的，下油锅的，老娘怕他是石头缝缝里蹦出来的孙行者哟！没爹没娘了，都还不回来！"孙子叉着两条肉乎乎的腿走到奶奶面前，松柏老娘把嫩娃娃往外一推,吼道:"滚!长大了八成也是白眼狼。"几个女人过来劝。铁匠往厢房那头看了看,他想,那口棺材的确太大了。

夜慌慌的,人也慌慌的。夜是黑慌的,人是饿慌的。一院子的老树桩手脚实在太慢了,从院子那头抱捆柴火到院子这头,得花上一袋烟的工夫;洗棵白菜比种棵白菜还费时。娃娃们守在灶台边,眼巴巴地盯着炒菜锅,一个个口水滴答。

院子里开始还有说有笑,声音也还响亮,渐渐就安静下来了,偶尔有人说话,声音也烂面条似的。好几个老者连旱烟都不敢吸了,两口烟吞下去,满世界都在乱晃。

终于,铁匠喊:"人死饭甑开。"

做饭慢得心焦,吃饭的速度却一点不含糊。年纪是大了,可矜持没有一起老去,速度没有淹没礼节。途中,王明白还放下碗,一双筷子整齐地搭放在碗口上,徐徐地扒掉胡子丛中两粒剩饭,重新端起碗才发现,菜都干净了,王明白也不恼,慢慢吃完碗里的剩饭,卷好一锅旱烟,躲在一边悠闲地吸。

吃完饭,女人和孩子们相互搀扶着回去了,手电像夜晚的萤火虫,若有若无地在乡间小道上缓慢漂移。男人们留了下来,在院子里围坐成一团,和夜一样安静,只有烟锅子炸裂和啐口痰的声音。堂屋里,松柏老爹托着两扇石磨,样子看起来有些冒火,他的脚边,一盏过桥灯忽明忽暗。

王明白吐出一口痰,把烟锅子伸到凳子腿上磕了磕,说:"都不晓得这日子是往前了还是退后了,人哪有这样的死法?死去一个对时了,除了燃盏过桥灯,啥事都没干成。"

铁匠接过话:"也是哈,要搁以前,到这个光景,道士先生早就唱上了,猪也杀了,大门上的白对联也贴上了。"

一个老者说:"老子想好了,先挖个坑,等那些气饱力胀的过年回家,让他们先把棺材给我抬进坑里放好,不行了,就躺进去落气,省得麻烦。"

王明白就笑:"万一躺进去一月两月死不了,咋搞?"

铁匠也笑:"大不了长一身青苔。"

院子里荡起一层浑浊的笑声。

四

早晨,阳光稀疏懒散。

帮忙的人赶在太阳之前就上路了,等挪到松柏家,太阳都到脑壳顶了。

铁匠刚把事情吩咐完毕,几个开裆裤的就从远处跑来,边跑边喊:"道士先生来了。"

四个道士先生,全都老得皲了皮,汗流浃背地走进院子,把家伙往地上一撂,瘫在椅子上就动不了了。咕噜咕噜灌了一碗水,领头的大师父才回过阳来。把院子里的人打量一番，大师父问："香蜡纸烛准备齐了？"

铁匠慌忙跑过来说："齐备了，就等你们了。"看了看，铁匠问："道士班子不是有八个人吗？"

大师父摇摇手："四个年轻的不干了，扛着蛇皮口袋进城去了。"

"司书房准备好了吗？"大师父问。司书房就是道士先生们的工作室，接下来几天，除了拉撒，吃喝都在里头。

铁匠点点头。

院子里总算有了起色。等太久了，道士先生终于来了，松柏老爹算是不用走黑路了。大家都很激动，几个洗碗的老太婆甚至都落了泪。乡村的葬礼，是从道士先生跨进门槛那一刻开始的。而道士先生进门后干的第一件事情，就是张贴白对联。

大家全停下手里的活，眼巴巴地看着司书房的大门口。

终于，铁匠笑吟吟地从司书房出来了，手里拎着一张纸，白纸黑字。

楼梯搭好了，糨糊刷好了，铁匠爬到大门上方，双手展开三个大字：当大事。

松柏老娘站在院子中间，看见大门顶上铺平的白底黑字，又百感交集了，哭哭啼啼地走进堂屋，对着两扇石磨下的人说："老者，先生进屋了！大事开锣了！"

灵堂搭建得还是马虎，三五棵松柏枝，没能搭出应有的肃穆和庄重。大家都不是很满意，可嘴上不说，看看三个去砍松柏枝的老头吧！老得昏天黑地，这几棵松柏丫枝还不知道咋个弄来的呢！

厢房里，松柏老娘和铁匠并着肩，眼睛盯着那口棺材，一脸无奈。

一个小屁孩在门外喊："松柏奶奶，道士先生喊你。"

两人折出来转进司书房。大师父拿掉老花镜，咳嗽两声，说："喊主人家来，是有些事情先说清楚，我们是明白人做明白事。"

松柏老娘点点头。

大师父接着说："按规矩，这场法事应该诵八卷经，唱九转经文，加上必不可少的举灵幡、破地狱、过天桥，需要三天半时间。"顿了顿，大师父又说："以前，大部分过场都是我那几个年轻徒弟走，我就是破地狱的时候做个大法师，现在呢，年轻的都走了，就剩下这几根老骨头，还是东拼西凑才弄齐的。"

铁匠赶忙上前给大师父点上烟，大师父吸一口，吐出来，一脸的沟壑烟雾缭绕。抖抖烟灰，大师父说："都各自退一步，我想呢，经文我们诵三卷，唱三卷，对了，祖坟远吗？"

松柏老娘点点头："好几里地呢！"

大师父脸上起来了难色："这就麻烦了，举灵幡这一场你们也晓得，得敲敲打打去祖坟上悬幡，太远了，几个老者怕是要给整趴了，我看也省了吧！"

松柏老娘慌了，伸长脖子问："不举灵幡，死人看不见路了哟！"

大师父吐出一口烟，说："只能这样了，道场钱你们看着给，做不做随你。"

"做，肯定做，要不死人该在那头摸黑了。"松柏老娘泪眼婆娑。

锣鼓响起来了，笑声也从院子里荡漾开去。大门前的白对联也补齐了，一横两竖，横的早先贴好了，竖的还湿津津地泛着墨香，右边：三径寒松含露泣；左边：半窗残竹带风号。

"算是像个样子了！"铁匠看着灵堂前几个敲锣诵经的说。

五

一大早，铁匠就站在檐坎上清点人数。清点完毕，铁匠喊："今天最重要的事情是杀猪，杀猪匠来没有？"

院门边一个声音答："来了。"铁匠循着声音看过去，眉头就皱起来了。

一个人提着篮子跑过来说："我就是杀猪匠，土庄来的。"所有人都惊讶了，杀猪匠嘛，就该有杀猪匠的样子，大脑壳，络腮胡，腰粗膀圆，杀气腾腾的才对。可土庄来的杀猪匠像根晒干的豇豆，细胳膊细腿，你还看不见他的眼神，因为他戴了一副眼镜。

铁匠嘿嘿笑："这位，我们请你来是杀猪哦！不是杀鸡。"

杀猪匠点点头，笑着说："除了人，我啥都能杀。"

铁匠上下打量了一番，说："看上去你该有五十出头了吧？无双镇的杀猪匠我基本都认得，没见过你啊！"

那人笑笑，有点不好意思，挠挠后脑勺说："当了三十二年代课老师，不让干了，进城没人要，就捡起我爹的营生了。"

"哦！"铁匠应声，"教书匠变杀猪匠了，你这弯儿拐得有点猛了！"

杀猪匠眼神蓦然黯淡了，说："总得混碗饭吃不是？"

院子里一阵沉默。

忽然那人把声调调得老高："猪呢？在哪儿？"

支好案板，铁匠先站在猪圈门口看了看猪，又回头看了看人。估计了一下敌我形势，铁匠对几个准备抓猪的人吩咐："这是本地猪，肉头紧，劳力好，轻易不投降，要在圈门口把它拿下，千万不能让它跑出来。"然后铁匠又做了科学而严密的分工："你抓左耳，你抓右耳，你薅尾巴，杀猪匠拎脑袋。"

几个老者点点头。

"各就各位！"铁匠低声喊，样子像怕猪把情报偷走。

众人在圈门口布下了一张天罗地网，六颗花白的脑袋像绽开的一把棉球。

杀猪匠顶在最前线,他的身子在微微地颤抖。
"注意,来了!"铁匠一把拉开圈门。
于是,这个初春的早晨,除了被石磨压得抽不开身的松柏老爹,在场的每一个人都见证了一场惨烈的完败。
铁匠后来总结:"真老了,六个老者加起来连头猪都不如。"
此刻,那头杀出重围的胜利者正在远处的野地里啃青草,不时还抬头朝人满为患的松柏家看看,它看上去相当悠闲,脚步也格外地轻松。
杀猪匠站在院子边,看着远处那头猪,手里还提着那把寒光四射的杀猪刀,他的背影单薄落寞。
他不敢回头,因为院子里的人都在笑他。这也怪不得院子里的人,按照农村杀猪的规矩,杀猪匠是顶在最前线的排头兵,猪从圈里放出来,杀猪匠要第一个冲上去,牢牢钳住猪的脑袋,其他人再揪住那些容易的部位,然后硬生生将要宰杀的畜生提上案板,这时候你才能看出让杀猪匠箍头的奥妙,因为他在头部,顺势将脑袋往上一掰,腾出攥着钢刀的那只手,往喉咙处一递,就能吃上新鲜的猪肉了。遇上追求观感的杀猪匠,还会将杀猪刀叼在嘴里,两眼圆睁,大声喝叫,赢来一帮小屁孩崇拜的目光。
可人们看到的事实是,猪出来了,前教书匠刚伸出手,那猪就一头将他顶倒在地,还嚣张地踏着他的肚子扬长而去。
猪肉没吃上,倒是浓烈的猪粪味随着风东飘西荡。
松柏老娘坐在里屋,脸色灰暗,看见杀猪匠进来,把脑袋歪到一边,不搭理。
杀猪匠搓搓手,低声说:"大嫂,你看,不要猪血行不行?"
"就算我不要猪血,你又能如何?"松柏老娘气鼓鼓地吼。
"我去追着杀。"杀猪匠说,想了想,他又接着说,"既然你不要猪血,那三十块钱的杀猪钱给你减掉十块吧!"
"管你哪种杀法,帮忙的弟兄能在晚饭时吃上猪肉就行了。"
杀猪匠点点头,闷着头出去了。
那一天,这个村子的老老幼幼都目睹了一场奇怪的杀猪场面。
先是看见杀猪匠从里屋阴着脸红着眼出来,手里提着雪亮的杀猪刀。接着就是一场艰苦卓绝的旷野追逐,瘦小的人和肥硕的猪在野地里跑了整整两个小时,最先倒下的是猪,然后倒下的是人,花白的阳光下,那个瘦弱的男人慢慢爬过去,将手里的刀往猪的喉咙猛捅,一刀,两刀,三刀,乃至无数刀,一旁观看的孩子被杀猪匠眼里绝望骇人的光芒吓得掉头就跑。一开始,院子里被人和猪的追逐逗得放声狂笑,慢慢地,是不时地嬉笑,最后,天地都安静了,每个人脸上都起来了一层冰凉的秋霜。
等旷野里的那个人和那头猪彻底安静下来后,几个女人眼里有了泪,那泪水经过嘴角,伸出舌头一尝,酸酸的。

杀猪匠站在松柏老娘面前,满身血污,连眼镜片上也有斑斑血点,透过镜片,是茫然散乱的眼神。杀猪匠接过女人递过来的三十块钱,走了,走了几步,返身回来,把十块钱递回给松柏老娘,说:"讲好的,不要血少给十块。"

杀猪匠走了,被跃跃欲试的黄昏裹挟而去,他的背影越来越单薄,仿佛一枚枯黄下坠的松针,就算落了地,也不会有半点声息。

晚饭吃上了新鲜的猪肉,但没人欢呼雀跃,连一直闹腾的嫩娃娃们都闷声了。

还有人怪厨房,说炒的肉一点都不香。

六

道场实在粗糙,绕棺、悬幡、过桥这些带点体力活的程序都省掉了,几个老眼昏花的道士就知道坐着念磕嘴经,念得两扇嘴皮都起壳儿了。大家有点不高兴了,这样毛糙的道场以前哪能见着啊?就算家境最不济的人家,都会勒紧裤腰带,给死去的人一个圆满,也给活着的人一个安心。

几个老者团坐在院子里,个个愁云密布,只顾把旱烟吸得火星乱炸。

"和埋条狗差不多了!"王明白白了一眼灵堂前念得摇头晃脑的花白脑袋。

铁匠把旱烟从嘴里抽出来,往地上飚了一口清痰说:"怪不着啊!你看这几个道士先生,一动弹就嘎嘎乱响,你让他过桥?亡人还没过奈何桥,道士先生怕自己就先过去了。"

众人无言。

铁匠重新填好一锅烟,刚想燃上,司书房那边喊:"管事过来一下。"

铁匠应声,站起来,腰有些酸麻了,偏偏倒倒钻进司书房,大师父问:"下葬地看好没有?看好了该带人挖井了。"铁匠一拍脑壳:"看我这记性,让狗给吃了,昨天松柏老娘还跟我说过呢!"笑了笑,铁匠接着说:"放心吧,门板上的两年前就给自己把地方选好了,我这就派人去挖井。"

退出来,铁匠往院子里看看,心又提起来了。硬着头皮点了几个看上去还有些精气神的,说:"你们跟我上山挖井。"几个人站起来,一个问:"哪儿啊?""柳家大坡。"铁匠答。

一院子人全都傻眼了。

柳家大坡啥地方啊?无数的沟沟坎坎,空着手上去下来得花上大半天时间,还满山的老火棘树,树上的尖刺又密又硬。

王明白把烟袋往桌上一拍,吼:"要我去挖井也行,不过我得给自己也挖一口。"

大家就把目光转向王明白。王明白四下看了看,又吼:"看哪样?等把谭老者抬上去,估计我也该断气了,你们把我直接扔井里得了,还省得麻烦。"

院子里议论纷纷,像煮开的锅。

铁匠喊一声,双手往下压了压,说:"我们这里的规矩大家都知道,亡人自己选的地方,是万万不能变的。"

王明白往前一步,说:"他选北京上海也抬去啊?"

铁匠气上来了,费力不讨好的委屈在胸口横冲直撞,他指着王明白骂:"王老者,你不要一颗耗子屎打坏一锅汤,换作躺在门板上的是你,你还会说这样的折寿话吗?"

王明白又往前一步,咳嗽一声,满脸自信,看来准备全面反攻,话还没出口,热滚滚的号哭声忽然从里屋面汤一样泼了出来。

松柏老娘跟在哭声后面,一出门就坐倒在地,双手高举:"谭松柏啊谭松柏,你个遭雷打的畜生,爹都跷脚了,你狗日的还惦记着你那两个破钱,你们谁都不要管了,就等死人烂在家头算了。"

几个女人慌忙上前,连拉带拽把松柏老娘牵起来,忙活的过程中,还不忘送给王明白几个白眼。

王明白悻悻地缩回去坐下来,看着松柏老娘说:"我也知道'活时选地,死后钉钉'的规矩,但是嫂子,你看看这一院子的人,哪个不是黄泥巴都盖到脖颈了,毛主席还说要实事求是嘛!就算有那心,也没那力啊!"

松柏老娘不答话,只顾哭,她不是不罢休,是不甘心,不把死人埋在他自己选好的地方,子孙要背骂名,从古至今,无双镇还没有人家这样干过。

"我倒有个主意!"王明白把烟卷填进烟锅里,得意地说。

松柏老娘忽然收了声,撩起衣服下摆擦了一把泪,把目光转向王明白。

铁匠走到王明白面前,把烟袋从他嘴里扯出来说:"有屁就放,啥子主意?"

"找人来抬。"王明白言简意赅。

"放你的狗屁,你放眼看看,咱们这无双镇还有劳力吗?"铁匠骂。

"不会吧,你想想。"王明白说。

铁匠怔了怔,然后摇了摇头。

"下水滩!"王明白歪着脑袋看着铁匠笑,模样像扔了一块骨头给面前的饿狗。

铁匠一定,随即大笑:"你是说那个钻井队?"

"对!"王明白得意扬扬地说。

"人家不一定来呀!"松柏老娘仿佛溺水的人抓住了一根救命稻草。

"谁家没有个大屋小事,怕就是要费些钱,请七八个人,一天多少工钱,我们照给。"王明白像极了诸葛亮,就差一把羽毛扇了。

松柏老娘一张脸就怒放了,扬声喊:"给,多给,反正钱是松柏那王八蛋的,人不来,钱遭殃。"

七

出门前,松柏老娘泪汪汪地看着铁匠说:"他叔,松柏爹能不能埋下去,就靠你了。"铁匠笑笑,说:"放心吧,都是爹娘养的,再说我们也不亏人家,我让王明白和我去,他那张嘴你也知道,天上的麻雀都能哄下来。"

看着铁匠和王明白远去的背影,松柏老娘在心里把算盘扒得叮当乱响:棺材得从厢房移出来,井得挖得深一些,不行就先入殓,直接抬上山。如果时间还充裕,就让几个劳动力运些垒坟用的石头。接下来她又有些担忧,怕钻井队开出的工钱太高,这可是松柏两口子的血汗钱,能省则省,要是人家通情达理,一分钱不收也说不定。马上又觉得这怎么可能呢?松柏老娘自己都笑了,可她还是不甘心,白日梦还在继续,要是人家不收钱,就让厨房好好整两桌酒菜感谢人家。

一回头,松柏老娘仿佛看见院子正中央规规矩矩地摆放着那口气派的棺材。

铁匠和王明白一前一后,在莽莽苍苍的大山中像两粒滚动的黄豆。翻过一座山,就是下水滩了。远远地就听见了机器的轰鸣声,轰隆隆震得耳膜鼓胀。也不知道是哪一天,这支钻井队就进来了,钻得整个下水滩到处是桶沿大小的洞洞。

连滚带爬翻过去,铁匠笑成了一朵花。

散布在钻井周围的,全是年轻汉子,一个个生龙活虎,跳天舞地,肩上扛着粗大的钻头,跑得跟阵风似的。有两个虽说戴着眼镜,但因为年轻,在铁匠和王明白眼里也是难得一见的钢筋铁骨。此刻,眼前的这个山谷,每一个旮旯都是力气,两人耳边全是粗壮有力的呼吸。这样的激动人心实在是久违了。

看够了,俩人才走过去,一个戴眼镜的迎上来问:"啥事情?"

听口音,是外地人。铁匠刚想说话,王明白先开腔了,叽里呱啦说完,眼镜就蹙起了眉头。

"这事怕不成,我们赶进度,耽搁不得。"

"耽误多少时间我们照给工钱。"铁匠说。

眼镜摆摆手,说:"不是钱的问题,你说的那个是小事,我们这是大事。"

"啥子了不起的大事哟?"铁匠问。

"矿藏勘探。"眼镜说。

"你是说我们这地头藏有宝贝?"王明白来劲了。

眼镜点点头说:"跟你们也说不明白,一句话,你们脚下踩着的是一捆一捆的大票子。"

两个老者眼睛瞪得大大的。

眼镜转身要走,铁匠一把拉住他,说:"刚才说那事儿,帮个忙吧!"

"都是爹妈养的,帮个忙吧!"王明白附和。

眼镜笑着摇头,走开了。

两人泄气了,找个土坎坐下来,王明白扯根青草放进嘴里嚼,忽然,他吐掉嘴里的残渣,说:"憨哦,我们直接去找那些肉疙瘩。"

他们蹦跳着过去,王明白拉过来一个壮劳力,把事情说了一道。

年轻的肉疙瘩听完呵呵笑,边笑边摇晃着脑袋。最后他指着远处一个正低头打桩的年轻汉子说:"看见了吗?那个打桩的,爹死在家里两天了,遇上赶进度,回不去了。"

回来的路上,两人都没说话,耳际只有风掠过山岗的呼啸声。

八

一屋人都沉默了,间或起来一声长长的叹息。

松柏老娘搬张凳子坐在松柏老爹身边,直勾勾地看着死去的人,她也不哭了,嘴里一直在念叨,声音细而碎,没人知道她在念叨啥。

旁边一个老太婆忧虑地对铁匠说:"想想法子吧!你看松柏娘,都有点神神道道了。"

几个女人去拉松柏老娘,老娘一甩手,说:"不要拉我,松柏他爹有事给我交代。"看到这场景,几个女人倚在门边开始流眼泪,连灵堂前正在诵经的大师父也站了起来,看着松柏老娘感叹:"就是饿饭那几年,我也没见到死了抬不出去的,现在有吃有穿,反倒埋不下去了。"

吃完晚饭,没有人离开,孙子孙女们靠在爷爷奶奶、外公外婆的怀里睡去了,大家都想留下来,帮忙出点主意,想点办法,明天就是下葬的日子了,可眼前这局势,还一门不挨着一门,棺材还雄踞在厢房里,死人还躺在门板上。

大家自觉移到松柏老娘旁边,老太婆蓬松着一头的白发,眼神空洞。

铁匠着急了,把凳子往松柏老娘跟前靠了靠,说:"嫂子,你看这该咋整?"

松柏老娘捋了捋头发,冷静地说:"我自有办法!"

大家把脑袋一齐凑过去。

"剁成几节,丢出去喂狗!"

大家一阵唏嘘。王明白站起来,对着大家说:"既然到了这个份上,主人家看来是没法子了,我来做个主,要同意,就按这个办,免得延误了谭老者上路。"清了清喉咙,王明白接着说:"情况大家也清楚,就我们这一堆货色,抬上柳家大坡是不现实了,干脆，就在这屋子旁边挖个坑，把'老家'先拆开，弄到坑里头安装好，把谭老者直接抬进去。"

铁匠一听就不安逸了，说："王明白，你家这样埋人啊？什么烂主意啊！一股馊臭味。"王明白两手一摊，说："你厉害，说个好法子啊！"

铁匠一声长叹。

下葬日，天气也有情绪，冷雨一直都在滴滴答答。

大师父坐在屋檐下，看着一堆忙碌着的老枯朽。井挖好了，棺材解开了又合上了，人抬进去了。

就等大师父来盖棺了，棺材盖到一半时有个仪式，孝男，也就是死者的儿子要爬到棺材上，拍着盖子喊三声"爹"，孝男不在，只得孝孙代替了，小屁孩不肯下去，被几只手硬生生按进去，娃娃没见过这阵势，以为要殉葬呢，吓得哇哇大哭。

大师父把手里的白幡一挥，高唱："当大事，水陆道场引亡魂；当大事，江河呜咽送亡人；当大事，细细点察身前事；当大事，双手推开天堂门，灵霄十二殿，接引亡魂人，盖棺咯——"

"咔嚓"一声，棺材盖上了，站在井边的老骨头们都倏然一惊，人人都看到了一团漆黑。

下雪了，今年的第一场雪，来势凶猛，窸窸窣窣落了一夜。松柏老娘起得很早，先给孙子下了一碗面，小崽子端着面趴在门槛上吸得稀里哗啦响。老太婆端着簸箕坐在院子边拣黄豆，转过身，就能看见松柏爹了，正顶着一头白往这儿看呢！

北风过来，撩起一阵响动，门楣上三个大字不知什么时候被风扯成了好几块。

（原载《青年文学》2011年第13期；《新华文摘》2011年第18期转载）

2011年

胡 静

澄 净

晨曦刷白窗棂，方桌上那碗油茶变冷，香气淡了下去，江先生还没有开门出来。平常这个时候，江先生早就洗漱完毕，拎着讲义夹去学校上课了。莲很是奇怪，又担心江先生误了钟点，就去拍江先生的门。莲一连拍喊了几下，屋里依旧没有半点响动。屋子是旧式的木屋，门和门框之间有道一指宽的缝隙，莲扒在门缝上往里瞅，屋里的一切就一览无遗。里面的陈设很简单，一桌一椅一床而已。书桌上整齐码放着书本和笔墨纸砚。椅子贴紧书桌放着，江先生看书写字时坐在上面，睡觉时脱下的衣裤也搭在上面，此时椅子上空空如也。莲把眼光移到对面的木床上，被子和床单也像江先生的人一样，理得抻抻展展，没有人睡过的痕迹。昨晚江先生明明回来了，还向自己要了热水，怎么会一大早就不见了呢？莲觉得很是奇怪。想起半夜梦里好像听见有人轻轻拨拉门栓，莫非江先生和费先生一样，被人悄悄捉了，关进了牢狱？想到这里，莲觉得头皮发麻，惊出了一身冷汗，和姆打声招呼后，就直奔学校而去。

永兴镇就一条东西向的小街，莲走了一小会儿，就到了学校。看门的校工认识莲，告诉她江先生半夜就来开会了。

江先生半夜来开什么会？莲问。

讨论浙大搬回浙江老家的事情啊！校工说。

校工的话让莲嗔怪自己怎么就忘了昨天传来的好消息——抗战胜利了，浙大要回迁了。江先生是学校的后勤部主任，这样的大事怎么少得了他呢？

知道江先生是来学校开会以后，莲的一颗心就安定了下来，转身慢慢向回走。

连老天爷都知道今天是个好日子啊！天，澄净高远；风，温柔缠绵；镇外稻田的清香直袭而来。莲一路上碰见了不少浙大人。他们是去学校上课，和往常一样，腋下夹着书，看见永兴镇的人，用微笑或者颔首示意。不知道是不是因为知道他们即将离去的消息，莲发现他们比往日到底还是不同了，脚步轻快，嘴里还不断讨论着什么，展现给永兴镇人的微笑是漫不经心的，就像一个花心的男人，口里对眼前的人说着情话，心里想着的却是另外一个人。莲想他们肯定是在讨论回迁的事情，再联想起江先生半夜的突兀离去，心里不由升起了一层薄薄的气恼，平时说亲如一家人，一旦能够回家时，他们的心啊念头啊就提前飞走了，连个招呼也不打。她不再看他们，憋着一口气，径直回了家。

莲的家是一个四合院，院门一关，就窄得只剩下一小块手帕似的天空。莲住北屋，东屋是姆住的，西屋从两年前丁教授带着家眷离开后就一直空着，江先生住的是南屋。

她推门进屋时，瞄了一眼江先生门上的锁，突然觉得那锁"咔嗒"一下，开启了五年前的那些日子。

五年前，日本鬼子跑到中国来兴风作浪，浙大为了保存实力，举校内迁，辗转千里来到贵州遵义办学。偏安于黔北的湄潭，交通方便，物美价廉，一毛钱就可以买一斤鸡蛋，一担大米也才两元钱，是战乱中办学的好地方。离县城很近的永兴镇不但山清水秀，还种了不少连皇家贵族也喜欢吃的大米，浙大在湄潭的分校之一也设在这里。莲记得五年前湄潭人敲锣打鼓欢迎浙大人到来，记得湄潭人兴冲冲地腾让房子安置浙大师生和他们的家眷，也清清楚楚地记得江先生第一天搬来她家的情景。那年，莲刚刚十八岁，穿着那时镇上流行的蓝青色衣服，水灵得像一片刚从春天的枝头上摘下来的湄潭翠芽。那天，她正端着一盆衣服，推开院门，准备穿街过巷去塘边洗涤，江先生在镇长的引领下走来了。镇长喊了一声莲，她一撩眼皮，看见他旁边的江先生（镇长介绍后，她才知道他姓江，说他是大学教授，让她叫他"江先生"好了），就感觉到自己的胸口"咯噔"了一下，好像这个人自己在哪里见过似的。多年以后，莲看电影时听到"一见钟情"四个字，想那就是了。莲生性羞涩，这种感觉让她更加害羞，她调头朝屋里喊了声姆，说有客人来后，就逃也似的去了塘边。她回来后江先生已经在院里住了下来。

五年的时光，浙大人已经和湄潭人不分彼此。湄潭的桐油灯把他们的鼻子熏成了两根烟囱；湄潭的辣椒面是他们"逢六进一"（每吃六口饭用筷子蘸一下红豆腐之类的菜，叫逢六进一）的最佳作料；叫遵湄、忆湄、湄君的浙大孩子咿呀学说湄潭话的声音传遍了小城；湄江河里浙大女生的倩影也如同浙大学生在茶馆里学习的身影，已经让湄潭人习以为常。如今，他们要离去了，大家自然很是舍不得。想到这里，莲心上那层薄薄的气恼渐渐被离别的忧伤代替了。

莲独自感伤了一会儿后又想，浙大要回迁，江先生是那边的人，又是浙大的教授，

澄净 胡　静

自然也要回去的。临别时自己送点什么给他作为念想呢？送鞋垫吧，太轻了。送鞋吧，江先生不会多想，他那边的女人肯定会多想的。一针一线就是女人的心啊。是女人都明白，女人的针线在哪里，心就在哪个人身上。一别经年，本就悬着一颗心在等待，再有这些针针线线佐证，怎么能够不阻止人瞎想呢？换了自己，也会这么想的啊！

想到这里，和江先生相处的点点滴滴全部浮了上来。

江先生住下来后，莲发现江先生不仅长得好看，书教得好，学问做得好，人也很洒脱，还会吟诗作画，唱唱京剧。周末的下午，江先生一有余暇就应永兴镇人的邀请，来上一段京剧。江先生那时最爱唱的是《四郎探母》，唱着唱着，自己就热泪盈眶起来。莲不懂京剧，常常听得一头雾水，其他人也听得怅然。

莲对江先生的感觉从羞涩慢慢变得亲近，以至于后来有人给她说婆家时，她把江先生当作了样板。但是这样的小镇，长得像样点的人都展翅高飞远走了，要找江先生这样的人更是难上加难。莲不知道是不是这个原因，反正，她一连拒绝了好几个人后，大家都知道她的心思了。姆为此还请人试探过江先生。姆试探的结果把莲从幸福的巅峰打到了地狱的底层，江先生说他已经有家室了。姆这样说的时候叹了一口气，让莲认命，说命里没有的就别强求，找一个老实肯吃苦的后生嫁了算了。莲却觉得姆是在说假话，觉得她是担心江先生是远方的人，怕他有朝一日带走她，留下姆一个人孤苦伶仃。莲的父亲早逝，家里只有她和母亲相依为命。她笃定江先生是喜欢她的。江先生说话很和气，但他和莲说话时，那和气里还有一种说不出的温柔，好像莲是一滴露水，声音大了就会化了。还有江先生看她的眼神，莲也觉得是和看别人不一样的。看别人的时候他眼里带着笑，看莲的时候呢，不仅带着笑，还有一种闪光的东西，像一枚小小的火炭，虽然他极力压抑了，但是莲还是感觉得到那炭的烫人。有时候，莲还能在江先生的眼底读到一种疼痛，是那种无法言说，不得不压抑自己的疼痛。而且，江先生看着那么年轻，也就二十出头的样子，说话也不像镇上那些有了家室的男人那么粗野。男女之事在他们口里就像吃饭拉屎一样稀松平常，聚在一起不但开粗野的玩笑，有时候还动手动脚，做些很不雅观的事。这令莲很不舒服。但是江先生呢，不但从来不会开这种玩笑，别人开得太过分了，他的脸上还会涌起一层薄薄的潮红。这些让莲无论怎么都不能相信他是有家室的人，他或许以此当作一种借口，一种对乡下女子的不屑。后来，莲赌气嫁给了刘顶梁。刘顶梁家离永兴镇八十里远，莲嫁过去后一直没回来，她想借此忘掉江先生。没想到，不及一年，刘顶梁患暴病死了，没有给她留下一男半女。人们都以为她会痛不欲生，她却风平浪静，表现出一种与丈夫之死不相称的释然。这就引起了村子里人的闲话，再加上婆家有小叔子，婆婆怕她分家产，以此为由把她赶了出来。她也就理所当然地回到了永兴镇的这个小院。她回来后，发现一切都照旧：镇后的那口洗布塘照旧静静地流淌着，浙大师生和湄潭人照旧亲如一家人，江先生也照旧在院子里进进出出，她对江先生的感情也照旧，好像她离开三年，不过是合上眼皮打了一个盹儿。

莲把自己的心给了江先生，江先生并不是不知道，也确实如莲所感觉到的，她的温柔和美丽如清风，在江先生心里掀起了阵阵涟漪。只是，他深知自己来到这个小镇的使命，而且老家还有妻子带着小儿望眼欲穿呢。莲回来以后，他回小院的时间少了，大部分时间都待在学校。这让莲很是失望和伤心，觉得读书人样样都好，就是太胆小，心里想的藏着不让人知道，做事也瞻前顾后，怕这怕那的。

失望归失望，莲的心里还是抹不掉江先生。每天，她都会竖耳谛听江先生屋子里的动静。早晨，江先生屋子里刚有响动，她就已经梳洗完毕，装作无心多做了一碗早餐给江先生留着。中午，她总是要瞅瞅江先生屋里有没有事情她搭得上手。晚上，莲和江先生就很少碰面了。她坐在房里，听着那屋子里的响动，看着那屋子里的灯亮了，又熄了，感受到呼吸声如长长的叹息在屋子里弥漫开来后，才轻叹一口气，合上眼皮。

这口气把莲叹回了现实，她想把自己绣的那些东西送给江先生，到时自己的一片好心不但变成了驴肝肺，指不定还会破坏人家夫妻重逢的喜悦。莲否定了之前的所有想法。但她横想竖想，自己拿得出手的也就是一手绣活了。送别的江先生不说，自己也嫌糙得慌。可是，到底绣什么恰当呢？这时，她看到邻居周婆婆背着孙儿，口里"哦哦"着从门外的小巷经过。周婆婆边走边反手拍着背上的孙儿。背带上绣满了桃红的花骨朵儿，经她手一拍，那些花骨朵儿似乎从背带上跌落下来，四散纷飞了一地。莲看着看着，眼前突然一亮，有了，就做条背带送江先生，既不枉了自己一手好绣活，又不会让他的夫人多心。这是寓意他们多子多福、白头偕老呢。想到这里，莲不由得用手捂住嘴，偷偷笑了起来，像使了小小的坏却又无伤大雅的小女孩。

确定了绣背带以后，莲就开始着手准备材料了。不管准备哪样材料，莲都专挑上好的，要最大的尺码。普通的罩子扯三尺长、一尺宽就够了，她偏要扯四尺长、二尺宽。就是两根最不起眼的索子，人家扯三尺就绰绰有余了，她好像和谁赌气似的，非要扯四尺。布铺老板问她是给谁准备的，见她不答，就打趣她是不是赶着再嫁生娃娃。他说，你那么小的一个人儿，做么长么大的背带，也不怕拖在地面上踩着了摔得鼻青脸肿？莲呵斥他嘴上没个把门的，警告他谨防吃饭时闪着舌头。按永兴镇的习俗，背带是生了娃娃，婆家去娘家报喜后，才由娘家放在庆生的米里，敲锣打鼓送去的。布铺老板还是故意逗她，莲一手好绣活，谁做的她也看不起，还不如自己趁早赶制出来防患于未然。布铺老板越说越不像话，莲剜了他一眼，拿着面料转身走了。

莲把面料拿回家后，想着布铺老板的胡话，情不自禁地把面料从包袱里拿出来一一摊放在床上。她用手摩挲着那块黑色的条绒，想它平滑又柔软，不但适合用来做心子和里子绣花的衬底，还可以用来做领子，以免用其他布料硬了磨破孩子的小脸。她生怕做罩子的那块布不够宽大冻着孩子，又特意重新量了量。发现尺寸足够时，她又拿起做罩子的大红团花布比划，比着比着，她两手扯起布角"唰"地向后面一甩，刚好垂在后背上，布随着她双肩的颤动起起伏伏，好像那下面真有一张小脸在乱拱一样。她觉得背上肉乎乎的，就尖起嗓子问孩子他爹，孩子的小屁股可包好了？接着嗓音一沉，学一个男人的声音道，包好了。边答还边夸，罩子做得那么宽大，包个小屁股绰绰有余。莲学着学着，那个男人就变成了江先生。

怎么做这么宽这么大的背带？江先生问她。

孩子个子大，用的背带自然要宽大点。她说。

你怎么知道孩子个子大？

看他爹不就知道了。

孩子不一定都像爹，也有像妈的。江先生说着笑嘻嘻地上下打量起她来。江先生的打量让她脸上飞起了两朵红晕，手上的背带变成了肉乎乎的婴儿。孩子看着她吭儿吭儿地笑，深藏在她心底的怜爱被孩子的笑声泛滥成春水。她伸出双手，把孩子紧紧搂在怀里，并用脸紧紧贴着孩子的小脸。孩子一动，嘴里流出的口水敷了她一脸，她也舍不得松开。她太喜欢这孩子了，抱的时间长了点，孩子觉得不舒服，就伸出小手推她。孩子毕竟出生没多久，力气很小，根本推不动她，见她还是不松手，就开始哇哇哇地哭闹起来。她惊醒过来后，发现周围除了自己，根本没有第二个人。那哭闹声是永兴镇人听说浙大要回迁，在赶着排练的锣鼓声。

锣鼓声让莲知道自己不能再瞎想了，得赶紧做背带了。

做背带的工艺可复杂了，材料准备好之后，还有粕、剪、贴、写、画、拼、绣、缝等十几道工序等着她呢。俗话说，"雨伞看筋，背带看心"，最费心思的就是绣心子。为着在心子上绣什么花朵儿，莲总是拿不定主意。她想，要是江先生在就好了，平日她刺绣的图案都是请江先生帮忙画的。如今这背带是绣给江先生的，想要他喜欢，自然更得请他帮忙了。只是他忙着搬迁的事情，有没有时间回小院都难说。自己总不能拿把剪刀，跑到学校里找他吧。莲正茫然无措间，院门"嘎吱"一声开了，她偏头看见江先生一袭长衫走了进来。

江先生问莲找他有什么事，没见到江先生之前，莲觉得有一肚子的话要和他说，江先生真回来了，她却不知道该说啥，咬了一会儿嘴唇，只挤出"没事"两个字，让他去忙他的。

江先生并没有像平时那样，和莲客气两句后就走开。他告诉莲，他是听见校工说她去学校找他了，特意赶回来的。见莲还是不说话，他说，莲，你有事就告诉我呗！只怕过了这些日子，你有事我也帮不上你了。江先生这话有点感伤，莲急忙说，我也没什么要紧事，就是想请你帮忙给背带心子剪朵花儿。说完这句之后，她似乎怕江先生怪她小题大做，辩白似的又补了句，平日都是你帮忙画的，如今再找其他人怕不合心意。至于不合谁的心意呢，莲不说，江先生也没问。他举起吸饱墨汁的笔，问莲想要剪朵什么花？莲想了半天，也拿不定剪什么花好。

剪朵桃花吧！江先生给她拿主意说。

桃花太轻浮了！她一听就把头摇成了拨浪鼓。

剪朵芙蓉花怎样？江先生问她。

芙蓉也不好，太招摇了。

……

江先生一连说了好几种花，都被莲否决了。

那就剪朵牡丹，牡丹富丽又端庄。江先生想她这次无论如何也不会否决了。没想到，她还是不喜欢，说牡丹仗着有女皇武则天撑腰，太仗势欺人。

那你究竟要剪个啥？江先生很是疑惑。

剪朵莲花吧！她说。

江先生笔起笔落，一朵荷花就水灵灵、粉嫩嫩地开在了雪白的宣纸上。他想莲这下总该满意了。没想到，莲却说那不是莲花。江先生笑着告诉她莲花就是荷花，就像一个人的大名和乳名一样。莲觉得不对，但是又说不出个所以然，索性拉着江先生来到了镇外的荷塘边。

荷塘宽阔，荷叶像一片片绿色的风帆，层层叠叠簇拥着荷花盛放在天地间。莲不看那些荷花，径直把江先生拉到荷塘旁边的一个小池塘里，指着静静地开在角落的睡莲告诉江先生，这才是莲花。莲塘没有荷塘那么铺张，塘水清澈，鱼儿游弋，柳影倒映在池水里，莲花浮在几片莲叶上静静地绽放，像个怕见生人的女子，又像个看尽荣华、欢喜独处的人。江先生明白了莲的意思，但他否定了莲，说睡莲清高孤僻，一看就是薄命相，还是荷花好，看着清雅又喜气，还吟了一些诗来佐证：比如，水面清圆，一一风荷举；比如，接天莲叶无穷碧，映日荷花别样红；比如，荷叶罗裙一色裁，芙蓉向脸两边开……

莲没读过书，不像江先生会背那么多的诗，但她心里知道自己喜欢的是莲花。以前别人也像江先生一样说莲花和荷花是一样的，但她知道是不同的，至于怎么个不同法，她又说不出口。今天江先生说出来了，她才明白自己喜欢的就是那个孤单劲儿。明白过来后，她一下子怔了，捂着胸口说不出话来。两岸青山如黛，凑巧那天她又穿了一件水红色的上衣，夕阳的余晖照得她如莲一般，亭亭地伫立在莲塘边。江先生本来还想念几句诗来佐证，莲的样子让他也痴了。过了有一会儿，他才醒过神来，照着睡莲的样子画了图案。

画完之后，江先生就要告辞回学校，说学校搬迁的事情太多，他又要忙着上下联络，吃住都得在学校，只怕这些日子都不能回来住了。江先生的话让莲觉得时间很宝贵，她要江先生无论如何今晚都要留下来吃顿饭，歇一晚。拗不过莲的请求，江先生答应了。

其实江先生留下来后，莲也没有什么重要的话要说。白天折腾了大半天，吃过晚饭就入夜了，他俩坐在院子里，在月光下零零碎碎扯了一些闲话后，就各自回屋休息了。

秋天的永兴镇仍然有点燠热，莲躺在床上横竖睡不着，就起床拿帕子到塘边洗涤。洗完脸脚后，仍然觉得身上黏黏的，四顾无人，索性脱了小衣赤裸着下到了塘旁的溪流里。她刚刚下到水里，不远处就传来了一阵"噗噗、噗噗"的脚步声。她急忙移步上岸，捡起衣服躲进了岸边的柳荫下。月色如镜，她看清来人正是江先生，想来他也是受不了屋里的燠热，来塘边洗涤。看清是江先生后，莲忽然改了主意，她放下衣服，站起来再次把脚放进了溪流。溪水很浅，刚没过脚踝，她走得很慢很轻，仍然搅起了一阵哗哗的轻响。她走到河中间水比较深比较平缓的地方，慢慢躺了下去。刚躺下去，溪水就像一个无赖，开始对她动手动脚，先是汩汩地绕着她的耳根打漩，她被水的清凉浸得舒服地闭上眼睛后，溪流就开始放肆起来，拧成小股水流爬上了她胸前的两座山峰，这股小水流像一股电流，激得她不由打了个冷战，不过也就是刹那间的事，接着就变成了一块轻软的绸被，轻悄悄地包裹住了她的整个身体……这样过了一会儿，她才慢慢坐起来，用手指当梳子梳理着长发。头发上的水在手指的梳理下，汇成一条小溪流，哗哗地流过她赤裸的身体，月光下的她姣好曼妙得像一朵绽放的玉莲花。她刚躺下时就听到那脚步声停了下来，她知道此时背后肯定有一双眼睛在注视着她，注视着她宛如玉莲花般的身体。她知道那双眼睛里肯定充满了渴望，她甚至能够听到一阵急促的喘气声。她不害怕，反而有一种热切的期待。然而，她梳了很久，头发上的水都流干了，期待的事情仍然没有发生。她觉得很是奇怪，转过脸，看见江先生的身影正慢慢消失在溪流的尽头……

江先生的离去让莲心里有点恼，恼完后心里又升起一种尊敬，整个人也慢慢变得清明起来，好像刚才她洗的不仅仅是身子，也把心放在溪水里细细清洗过了一样。

江先生走后，莲把全部心思扑在了制作背带上。头天，她刚把粘好的材料剪成背带的各式图案，第二天就思谋着在领上绣"旭日东升"喜庆一些，还是"长命富贵"吉利一点？甚至两根简单的索子她都绣上了两枝梅花。绣那朵莲花的时候，她生怕刺错了线，缝错了针脚，给背带留下瑕疵，连呼吸都屏住了。制作背带本来就耽误工时，莲这一挑剔，那进度就更慢了。一连绣了几天，她才绣完领上几个祝福的字。此时，门外排练的欢送锣鼓声越来越响，越来越频繁了。她掐指一算，浙大回迁的日子越来越近了。为了赶时间，她连睡觉的时间也缩短了。有时候睡不着，半夜起来绣。一些日子下来，人就瘦了一大圈，走在街上像风摆杨柳。有人问她是不是病了，要她去看看医生。她嘻嘻一笑，拿话岔了开去。

莲紧赶慢赶，背带终于进入了最后一道工序。

这天，她趁着午后光线明亮，把背带拿出来放在天井坝下接缝。背带的每个部分都绣得很漂亮，青枝绿叶，花骨朵儿都像刚从枝头上摘下来似的。那朵莲花更像是沾了地气儿似的，舒展着枝叶怒放在心子上面，好像那背带不是莲一针一线绣的，而是她找来花种，做风做雨做阳光呵护长成的。一直在旁边冷眼看着不出声的姆突然叹了一口气，说这朵莲花好是好，就是太孤单，太突出了，到时人家不是看背带，都只顾去看那朵莲花了，她对江先生的那点心思也必然暴露无遗。姆的话让莲很是生气，赌气说，我就是喜欢江先生，谁喜欢嚼舌头尽管嚼去，我不怕。姆说，你不怕别人嚼舌头，你就不怕人家的夫人多心？你要是心里真有他，听我的劝，在莲花上面绣点别样的，让它看着不那么孤单显眼才是。姆说过后，晚上莲就做了一个梦：她独自坐在院子里绣背带，江先生那边的女人走过来问她绣的什么。她说是背带，还热心地告诉她上面的是领，中间那个叫心子，下面的叫座子，两边形如镰刀的叫扯弯。扯弯接领连座，拼接起来后，一条漂亮的背带就做成了。莲的话让江先生的女人啧啧称赞。赞着赞着脸色突变，问她，怎么在心子上绣朵莲花？见莲不答，直言说莲绣的就是她自己，江先生都回家了她还贼心不死，在背带上绣朵莲花让他日日惦记着她。莲急忙否认，但无论她怎样解释那女人都不听。她一急，就醒了过来，再想想姆的话，莲觉也不睡了，挑灯绣起了背带。一夜下来，莲瓣上就多了几只喜庆的喜鹊、纱翅膀的蜻蜓、鼓着嘴的癞蛤蟆。原来孤孤单单的花瓣上满是荷塘雨声，她才大大地松了一口气。

莲想把绣好的背带拿给江先生看。她推开门，刚走几步，瞄到江先生门上那把锁，才想起江先生有好些日子没有回来歇息了，嗔怪自己只顾绣背带，忘了他临走时说的话了。她决定趁晚上天黑的时候去学校找江先生。

夜晚的小街凉风习习，月光如牛乳一样把街道冲洗得清洁明亮，也像敬神的檀香，让人不知不觉间滑入了睡梦里。乘凉的人拉家常的声音，孩子们做游戏的喧哗，听起来都像梦里的呢喃。莲刚迈开脚步，月光就在地上描画出了她娇小玲珑的身影。她步换身移，那影子还在月光下跳起舞来了，惹来一街觊觎的目光。人们问她去哪儿，她回说天热想散散步，刚说完月亮就变成一根小指头，悄悄刮她的脸，刮得她脸色绯红、心神不定，步子移得更快了。当学校那扇铁门进入眼际时，她又担心见面时江先生会拒绝接受背带，责怪自己太沉不住气了。站在学校门口前后想了一会儿，她才移步走了进去。她想见到江先生后，自己一个字也不用说，就直接把背带递给他。要是江先生客气不接，她就拿话敲打他，说他嫌弃乡下人，看不起她的手艺。她把接下来的事也想好了，要是江先生坚持不要，她就把背带扔进学校后面的那口水塘里。

莲的担心被证明是多余的。她把那条背带递给江先生的时候，江先生没有推辞，默默地接了过去。莲准备的那些话都派不上用场了，她顿了一会儿才开口，江先生，你终于等到这一天了,这条背带送给你,用来照顾你们的孩子吧!江先生还是不说话。她又说,你不但可以用来背儿子,还可以用来背孙子呢……莲还要说,江先生打断了她的话头,说,莲,我要走了,让你白白耽误了那么多年的青春,我走了后,你找个人嫁了,好好过日子呗!江先生的话让莲心里一酸,觉得眼底热热的,有东西要滚出来,怕江先生看见更加难过,她装作发笑,伸出手捂住嘴,把头低了下去。她笑的时间有点长,长得江先生也跟着笑了起来。看见江先生笑了,她停住笑,幽幽地看定他,说,我喜欢了你那么多年,你什么也没有给我留下。你马上要走了,抱抱我呗!莲的话让刚刚轻松起来的气氛又黏稠了起来。江先生放下背带,默默地把她揽进了怀里。时间过去了很久,莲才挣脱出来,说,你回呗,明天我就不送你了。江先生轻轻应了一声,慢慢走了。月光把他的影子在地上拉得长长的,像永兴镇那条东西走向的小街。

(原载《山花》A版2011年第11期;
《澄净》获第三届乌江文学奖)

2012年

林盛青

灵 性

他坐在屋前的条凳上，嘴里衔着竹根烟斗，眼睛一眨不眨地盯着杨树下的铁笼子。铁笼子是用钢筋焊的，相邻两根钢筋间的距离，刚好伸得进大人的一个拳头。铁笼子背靠杨树，面朝石阶。朝石阶的一面，有扇门，门上有锁扣。卖狗人待狗过秤后，就把狗拖到铁笼子前，拉开笼子上的锁扣，抬脚朝狗屁股使劲一踹，狗便汪汪叫着连滚带爬钻进了铁笼子。狗不进笼子，狗老板是不给钱的。卖狗人接过狗老板的钱，多数会谄媚地说一声，祝狗老板生意兴隆哈！狗老板就欢喜一笑，说，有狗就送来，价钱上我不会亏待你的。卖狗人喜滋滋地说，那是那是。

被称为狗老板的他，姓苟，四十出头，三角眼，因"苟"与"狗"同音，加之做的又是狗肉汤锅营生，镇上人自然就喊他狗老板了。

狗肉汤锅，是庄镇最香的美食。这话不是夸张。如若遇巧，你到庄镇又恰逢赶集，那么，在集市的这一头，就能闻到从那一头飘来的奇异香气。熟知狗肉汤锅滋味的人，闻到那股香气，都会流着口水说，好香！

早先，庄镇卖狗肉汤锅的场所，大都在进集市的路边。卖狗肉的人，用石头垒一个灶，将一口铁锅往上一放，点着灶膛里的松木干柴，等锅里水翻滚开了，再把狗肉、香料倒下去。待香气从锅里升起来，在集市上空弥漫开时，卖主就扯起嗓子吆喝：汤锅——香喷喷的狗肉汤锅——两毛一碗——

镇上但凡讲究卫生的人，都不会吃狗肉汤锅的。做汤锅的狗肉，多是误吃了被药死的死鼠、死猫的死狗。养狗人不忍心吃自家养的狗，或草草葬了，或丢入河中。做狗肉汤锅营生的人鼻子老长，不管死狗的主人将其葬在哪儿，他们总能找到。死狗被从土坑

灵性 林盛青

里刨起来，一个华丽转身，就变成了集市上香喷喷的狗肉汤锅。

　　吃狗肉汤锅的碗，是土窑烧制的瓷碗，颜色多为土黄。碗沿粗劣，有细小的气泡凸起，但那并不影响吃汤锅人的情绪。狗老板住在庄镇的东街，没开店之前，他常常跑到西街去吃汤锅。两毛一碗的狗肉汤锅，使生锈的肠子得到了润滑。那年月，缺粮少穿，能有狗肉汤锅吃，是他最大的幸福和满足。吃的时候，他通常是先把鼻子凑近冒着热气的土瓷碗，嗅了又嗅，才把筷子伸进碗里。筷子仿佛长了眼睛，专往肥厚的肉片伸。肉片夹起来后，他并不急于送进嘴里，而是高高举起，用欣赏的眼神盯着肉片上往下滴的油珠，在油珠快滑离肉片时，赶紧伸出长长的舌头接住。油珠一进嘴，他那两片厚厚的嘴唇跟着也合上了。这时，他的喉结就会蠕动起来。咽下的油珠，撩拨得他饥肠辘辘的心直痒痒。如此一番视觉享受后，他才慢条斯理地吃起来。吃的时候，他故意将嘴咂吧得很响，以让过路的人眼馋。现在的狗肉汤锅，价钱比过去涨了三十倍，每碗卖到了六元。

　　许是看得久了，狗老板感到眼睛干涩、胀痛，铁笼子随之也变得模糊起来。那个铁笼子做了已有八年。关的狗，大大小小，公公母母，少说也有千条。狗们饥饿了，会在镇上四处乱窜，但唯独不去狗老板放铁笼子的院里转，即便饿得肚皮巴背了，也不去。铁笼子里关的狗，有的是狗老板花钱买的，有的是他在村野路上顺手牵羊弄来的。对买的狗，他要在一个小本子上记上斤两和钱数，以便于计算卖汤锅所得的利润。

　　狗老板这会儿之所以一眨不眨地盯着铁笼子，是因为里面那只狗刚刚把他好一顿折腾。那是条皮毛灰色的狗，体肥膘厚。此刻，它耳朵警惕地竖立着，似乎在探听着周遭的动静。睫毛下的眼睛，晶亮晶亮的。眼眶下方的毛是润湿的。主人用一根绳子将它牵来，是要把它卖给狗老板。狗老板绕着那狗走了三圈后，开了一个价。狗主人觉得低了，还了一个价。对狗主人的还价，狗老板没说行，也没说不行，只说了"过秤"两个字。那狗仿佛知道自己即将成为人们餐桌上的美味似的，拼死不让主人和狗老板靠近。狗主人往右，它往左。狗老板见那狗怪精灵的，就想来个偷袭。他趁那狗脚尚未站稳，一个扫堂腿铲了过去。那狗灵巧地一跳，躲过了狗老板的阴招。狗老板冷笑一声说，不信老子收拾不了你。说完就夺过狗主人手里的绳子，一寸一寸向自己面前收拢。那狗在距狗老板两尺时，猛然朝前一跃，扑向狗老板。狗老板猝不及防，仰倒在地。那狗趁势又是一扑，长长的獠牙眼看就要钻进狗老板的皮肉了。慌乱中的狗主人挺身上前，挡在了狗老板和狗之间。那狗张着的大嘴在就要咬下来时，看清了挡在眼前的是主人，愤慨地狂吠了几声，退到一边去了。狗老板惊魂未定地爬起来，冲进屋子，拿出了铁钳。铁钳的嘴，合拢来是个圆，张开是两条匀称的弧线。铁钳的把儿，大拇指般粗细，三尺多长。狗老板只在杀狗时才用铁钳，称秤时从来不用。这次，那狗着实把他惹毛了，才想到了拿铁钳。

狗主人怪异地看着那狗，怎么也搞不明白，向来温顺、听话的狗，咋就突然变得凶猛了呢？狗老板拿着铁钳，一步一步移向那狗。狗主人见状，忙说，狗老板，那畜生怕是饿了，来硬的不行。狗老板怒气冲冲地说，看狗日的哪个更硬？狗主人担心狗老板被狗伤着，提醒道，狗老板，莫急，你屋头有腊肉骨头没得？狗老板凶狠地说，有也不给它啃。狗主人赔着笑脸说，我怕那畜生使性子伤到你，有腊肉骨头就好办了。狗老板明白狗主人的意思，就说，那就试试。很快，一块油亮亮的腊肉骨头就出现在了狗的面前。那狗见了腊肉骨头，突然一下跃起，用前爪将骨头死死地压着，却不急于去啃。它抬头望了望主人，见主人并没责怪之意，才张口开始享受起来。啃着香喷喷的腊肉骨头的狗，完全忘记了自己的危险。当它用锋利的牙齿跟坚硬的腊肉骨头较劲时，狗老板张开的铁钳，正一点一点伸向它的脖子。那狗没来得及反抗，脖子就被狗老板的铁钳紧紧地夹住了。以往，狗老板称狗用的是一个麻绳编织的网袋，卖狗人把狗往网袋里一装，再凶恶的狗也无用武之地了。经历了刚才的惊魂，狗老板不想节外生枝，直接把狗硬塞进了铁笼子。狗主人慌张地说，狗老板，还没过秤呢。狗老板说，马上过。狗主人指着铁笼子说，咋过？狗老板将手中的铁钳重重地往地上一甩，说，连同笼子一起称不就得了。狗主人唯唯诺诺地说，那……那……行吗？狗老板说，咋不行？铁笼子七十八斤六两，剩下的不就是你狗的斤两了吗？狗主人觉得受到了侮辱，又不便言说，只能把委屈往肚里咽。过完秤，狗主人接过狗老板递的钱，闷闷地走了。铁笼子里的狗见主人走了，慌乱地转着圈，像是在寻找出口。待确认无路可走后，汪汪地哀叫。狗主人回望了一眼铁笼子里的狗，一狠心，走了。

狗主人走后，狗老板把铁钳子放回了原处。从屋里出来时，笼子里的狗凶恶地朝他吼叫。以往，狗被关进铁笼子后，也叫。叫了一阵，见无人搭理，渐渐就安静下来了。然而，这只狗却让狗老板感到了不同。它不光一直在叫，而且还不时发出哼哼的哀鸣。那哀鸣让狗老板心里发毛，就暗想，莫非那狗有卜先知，晓得要被宰杀？为了证实心中的猜想，他干脆端来凳子，坐在屋前对着铁笼子里的狗凝望起来。在狗老板盯着狗望时，狗也盯着狗老板望。狗的眼神哀怨中透出乞求。那种眼神，狗老板是熟悉的。每次给饿极了的狗吃食时，狗的眼神都是那样。这条狗的乞求，似乎不仅只是为了讨一口吃食。究竟是啥呢？他理不出个头绪，反正就是隐隐感到跟别的狗不一样。对望使得狗老板眼睛疲倦，院子里的树，树下的铁笼子，开始变得模糊起来。他知道，那是看东西久了的缘故。于是，便将目光移往院外，遥看起伏的山以及山上绿色的树。当远处的山、近处的房、院里的杂物在眼睛里清晰起来后，他又将目光聚焦在了铁笼子上。铁笼子里的狗，一直注视着狗老板的动静。当狗老板重新将目光对准铁笼子时，狗就透过铁笼子冰冷钢筋的间隙迎着他的目光。在与狗的目光相碰的一瞬，狗老板的心莫名一震。那种震动，是从心底深处发出来的，看不见，摸不着，却能真切地感受得到。咋搞的啊？他

灵性 林盛青

糊涂了，难道老子还怕你这个杂种不成？"怕"字在他头脑中虽只是一闪，但却像医生给病人注射药物一样，深深地浸入了他的血液和骨髓。他极力想把嵌入心里的那个念头刨开，不承想，越是想刨，它嵌入得越深。他坐不住了，站起身来，走下石阶，在院里兜起了圈子。铁笼子里那狗的眼神跟着他的身影，一圈一圈地绕。又一圈溜过来，走到铁笼子面前时，狗老板站住了，狗的眼珠也跟着停止了转动。突然，他张大嘴巴，朝着笼子里的狗，发出了一声怒狮般的吼叫。狗在他的吼叫声中，身子一阵痉挛。哼，到底还是你龟儿子怕老子。仿佛战胜了久战不决的劲敌，他脸上浮现出了一丝得意。他正想捡地上的竹篙教训铁笼子里的狗时，裤兜里手机响了。

电话是镇上客来酒家老板打的，叫给送十斤狗肉过去。狗老板满脸堆笑地说，就来就来。狗老板在卖汤锅的同时也卖狗肉，凡是赚钱的机会，他都不肯放过。常挂在他嘴边的一句话是，钱多了又不烫手，哪个来买老子都卖。

在庄镇，吃狗肉和吃狗肉汤锅是有区别的。吃狗肉，是在有空调，有服务小姐伺候的酒楼、酒家里，讲究的是一种氛围和享受；吃汤锅，则是在临街的小店铺里，图的是个自在。店铺的门面不大，能摆下三两张方桌、六七把方凳就成。到酒楼、酒家吃狗肉的，多是县里来检查工作的领导。去小店铺吃汤锅的就较为杂乱，既有有钱的煤老板，也有外来采购土特产的生意人。前者是爱好上了那一口，后者则是图个方便，也偶有县里、省里的领导光临。他们吃腻了酒店、酒家的饭菜，要寻点新鲜的口味，尝尝当地的小吃，陪同的书记或镇长就会屁颠屁颠地带着他们往小店铺里钻。

狗老板正在屋里称狗肉，客来酒家老板催要狗肉的电话又打来了。狗老板手忙脚乱地掏出手机，连声说，上路了上路了。

狗肉送到了，客来酒家老板盯着狗老板问，是活货还是死货？狗老板嘿嘿一笑，说，当然是活货。客来酒家老板警告说，要我等于你搬起石头砸个人。狗老板唯唯诺诺地说，我晓得。这几句对话，每次狗老板送狗肉到客来酒家，必重复。客来酒家老板这样问是有缘由的。狗老板在杀活狗的同时，暗地里也收被药毒死，或被人乱棒打死的死狗。这样的狗肉，便是死货。

狗老板在返回的路上遇到了煤老板光儿。光儿用铁链子牵着一条毛色棕黄的狼狗在街上溜达。狼狗欢快地忽而前忽而后地跟光儿撒欢，一见狗老板，就伸长脖子汪汪直叫，面目顿时变得狰狞起来。光儿不知狼狗怎会突然如此，待看到一边走着的狗老板时，便哑然一笑。尔后，故意放松手中的铁链子，让狼狗去扑咬狗老板。猝不及防的狗老板，被扑上来的狼狗吓得筛糠似的抖。他结结巴巴地说，莫……莫……莫开……开……开玩笑。光儿哈哈大笑，笑罢调侃道，狗老板，你吃狗用狗，说不定哪天狗要为你送终呢。狗老板干咳了两声，畏畏缩缩地走了。

狗老板回到家里，媳妇春娥手一伸，说，钱呢？狗老板把钱往桌上一拍，凶巴巴地说，你就晓得钱钱钱！春娥诧异地看了狗老板一眼，一边数钱，一边说，我看你是胆子玩大了。狗老板把竹根烟斗往嘴里一塞，吧嗒吧嗒地抽起来。春娥数清钱后，摇着狗老板的肩膀说，吃饭。狗老板闷声道，不饿。春娥说，我饿。狗老板说，你个人吃。春娥说，早点吃了好去洗澡。如是以往，狗老板一听洗澡，就兴奋得脸红。洗了澡的夜晚，他跟春娥必有一场鏖战。而此刻，他毫无兴趣。光儿的话，把他的心刺痛了。我吃狗咋啦？用狗又咋啦？关你光儿屁事！这句针对光儿的话，他没有说出来。

夜里起了风，那风像调皮的娃娃，在房上，在院里四处乱窜。关在铁笼子里的那条狗，许是受了风的惊吓，一声接一声地哀叫。春娥上床后，先是用手挠狗老板的背，见无反应，又挠狗老板的腋窝。狗老板缩了缩身子说，莫闹。春娥遭了冷遇，心就往偏处去想了。镇上开煤矿的老板、裁缝店的师傅、开中巴的司机，但凡找到几个钱的，家外都有女人。春娥告诫过狗老板，要敢花心，就把他裤裆里那东西割了喂狗。狗老板见春娥神情黯然，知晓她想偏了，也不解释，一把将她揽到怀里，然后翻身向她压了下去。

猫狗似的一阵哼哼唧唧乱叫后，床上风平浪静了。春娥依偎在狗老板怀里，很快进入了甜美的梦乡。困意袭上来，狗老板连打了几个哈欠，慢慢合上了疲倦的眼睛。就在他快要入睡的瞬间，一声狗叫传了进他耳朵。他睁开蒙眬的睡眼，听了听，屋外除了风声，没有别的声响。复又闭上眼睛，又一声狗叫传了过来。这次他听清楚了。他以为是铁笼子里那条狗，就瓮声瓮气地说，叫叫叫，惹老子冒火了，一刀宰了你。然而，当他侧耳细听才发现，叫声不是铁笼子里的狗发出来的。那声音若隐若现，像阴阳先生的咒语，冷阴阴地在庄镇的夜空上飘。是哪家狗在叫春？做出这样的判断后，狗老板猥琐一笑，把手伸向了春娥的胸脯。这当儿，又响起了一声狗叫。狗老板没在意，他的手正在春娥那两个"面团"上忙呢。接着又是一声，之后，接连响起了一串起起伏伏的狗叫。怪了，狗老板收回手，坐了起来。夜里狗叫是常有的事，而像这样一声叠一声地叫，狗老板开店八年，还是第一次听到。狗继续在叫。开头单一的叫声，似在呼朋引伴。随之汇集起来的叫声，就不只是一条狗了，起码有五六条，或许更多。这么多的狗怎么会聚到一起？玩的又是啥子名堂呢？狗老板猜不透。狗叫声越来越响，也越来越近。那些狗聚集起来后，围在了狗老板院子外面，与铁笼子里的那条狗一起凄厉地哀叫。狗老板十分恼怒，翻爬起来，拿着手电筒就往院里冲。铁笼子里的狗，在看到门口闪亮的光柱时，有那么几秒，没再哀叫。院外的狗仍在叫个不停。铁笼子里的狗受了院外同伴叫声的鼓舞，又叫了起来。狗老板走到铁笼子前，用手电筒照着里面的狗，恶狠狠地骂，叫你娘的个鬼！狗眨巴了几下眼睛，朝着射向它的光束汪汪直叫。狗老板气恼地说，再叫老子一刀捅了你！狗看不到他的表情，也听不懂他的话，依旧一声接一声地叫。狗老板真是生气了，转身进屋拿来了铁钳子。院外的狗，此时叫得更紧迫了。铁笼子里的狗只

灵性 林盛青

想到有同伴在声援，不知道危险就在眼前。狗老板出来时，顺手拉了一下门边的拉线开关，院子里顿时光亮起来。耀眼的亮光下，狗老板将张开大嘴的铁钳子，向铁笼子里狗脖子伸去。狗挣扎着，拼命想摆脱铁钳子的束缚。杀心已起的狗老板怎会轻易松手呢？狗越是想挣脱铁钳子，狗老板用的劲就越大。狗在用尽了最后一丝力气后，绝望地软瘫在了铁笼子里。它那双充满怨恨的润湿眼睛，随之慢慢地闭上了。狗老板看着铁笼子里的死狗，长舒了一口气，说，老子现在可以睡个安稳瞌睡了。

院外的狗嗅到了空气中死亡的味道，哀叫着跑开了。

天明，狗老板打开铁笼子，将死狗拖了出来。剖腹时，才发现这狗的肚子里怀有一只小狗崽。

之后的数月，狗老板夜夜做梦，夜夜听到狗们的哀鸣。那长一声、短一声的犬吠，像幽灵一样久久地在他的脑际萦绕。

莫非狗们真的要为我送终吗？他突然想起客来酒家老板的话来，心就莫名地一阵胆寒。

（原载《民族文学》2012年第10期）

2012年

林盛青

家 访

墩子从学校回来，书包也不放，抱起方桌上的陶罐茶壶，咕咚咕咚地喝起来。李三妹见状，担心儿子被噎着，心疼地说："又没得哪个跟你抢，喝慢点。"喝过水，墩子把茶壶一放，抬起右手抹了抹挂在嘴角的水珠，一蹦一跳出了门。墩子是个男孩，九岁，读三年级，头圆，脸方，体胖。

"屋里有鬼打你啊。"李三妹以为儿子又要去村边的池塘玩水，几步追到门口，吐着唾沫星子骂道。墩子委屈地回望了她一眼，闷着头走到院坝里的石桌边，将书包使劲往上一搁，然后坐了下去。"还说不得你了。"李三妹站在屋檐下，撩起围腰，边揩手边说。墩子气愤地提起书包一抖，里面的文具、书本稀里哗啦就倒了出来。"长出息了不是？"李三妹抓起旁边的扫帚，疾步走到石桌边，不由分说就要打。墩子没有像以往那样抱头鼠窜地躲避，而是挺起胸脯，口吻坚决地说："你打你打，打死算了。"儿子的话像锥子一样扎着李三妹的心，她高高举起的扫帚，就定格在了空中。人家是到院坝里做作业，你问也不问就打。两颗泪蛋子从墩子眼眶里滚了出来。"你老娘好敷衍是不是？"儿子从来没回家就做作业，往往是李三妹说破了嘴皮，他才伏在作业本上鬼画桃符地乱涂一通。"老师要来家访，要检查我的作业。"墩子嘤嘤抽泣着，翻开卷角的作业本，一笔一画地写起来。"我说呢，今儿个太阳从西边出来了，原是老师要来。"李三妹把手中的扫帚一丢，转身进屋去了。

到了屋里，李三妹突然感到无所适从。老师要来家访，是她做梦都没想到的。对于她那样的家庭来说，老师来家访，那就是贵客。对于贵客，是不能怠慢的，得准备点瓜子、糖果啥的。李三妹一边想着，一边迈着匆忙的脚步，朝村东头的小卖部走去。小卖部的主人是个跟李三妹差不多年纪的女人，二十七八岁的样子，因天天坐在没雨淋、没日晒的屋檐下，皮肤比李三妹光亮得多。见了很少光顾的李三妹踌躇地站在柜台前，知道她是要买东西，又舍不得花钱，就笑着说："想买点啥，我优惠给你。"李三妹说："是老师要来家访。""那是该好生招待。"小卖部女人的话有点意味深长。李三妹没计较，自己行得正，不怕人嚼舌根，就说："买半斤水果糖和一包葵花籽。"

回到院里，墩子见李三妹手里提着塑料袋，就问："妈，里头装的啥？"

李三妹说："老师来了你就晓得了。"

"是吃的不是？"墩子侧着头问。

"就知道吃。"李三妹从塑料袋里拿出一颗糖，丢在石桌上，"馋猫，等会老师来了，规矩点。"

"晓得。"墩子把剥开的糖塞进嘴里，咂口咂嘴地说。

李三妹进了堂屋，放下塑料袋，就到厨房烧火做饭去了。她蹲在灶边，把几截木头塞进灶膛。然后，拿起引火的松木油，划燃火柴点起来。她的手微微地抖着，点了几次才把松木油点燃。不知怎么地，她莫名地感到有些心慌。墩子班主任老师是男的，戴着二指宽点的一副眼镜，额头搭着一绺长发，个子瘦高瘦高的，经常穿一条裤脚毛边的牛仔裤。春上一个雨天，她去给墩子送伞时，见过墩子班主任。她不晓得墩子在哪个教室，就扯起嗓子"墩子——墩子——"地大喊。墩子听到喊声，哧溜一下，从把守在教室门口的男老师腋下钻了出来。"别慌，小心摔倒。"男老师的提醒，像浸湿她衣服的雨水，一点一点地浸入到了她心底。事情过去好久了，男老师的声音一直清晰地在她耳畔响着。从那声音里，她感受到了一丝温馨的暖意。自男人外出打工后，她经常受到村里老男人的骚扰。那些男人不是病就是残，不然也去打工了。他们干活没体力，但在想花事方面，却有使不完的劲。若是在巷道里遇到李三妹，他们要么用手肘拐她，要么用肩头撞她，要么用脚踩她，这些看似不经意的动作，既是试探，也是挑逗。在他们的意识里，李三妹男人不在，她那块荒田就应该有人去耕。李三妹不是不知道那些动作的含义，但只能忍气吞声。有次，跛脚狗蛋把她拦在巷里，嬉皮笑脸地说："你男人不在家，心慌不？"李三妹愤慨地说："你妈才心慌。"狗蛋并不恼，厚颜无耻地说："你就是我妈，我要吃奶奶。"说着，就将鸡爪似的手向李三妹胸脯伸去。李三妹抬手一掌，又是一推，狗蛋一个四仰八叉倒在了地上。他哼哈地摸着后脑勺刚被撞起的包说："骂是亲，打是爱。"李三妹厌恶地朝狗蛋"呸"了一声，迈开腿从他身上跨了过去。而同属男人的墩子班主任，见了她，就跟没见一样。但她却从那句简短的话里，感到他心中有学生，也有墩子。有这样的老师，墩子在学校就不会吃亏。离开学校时，她透过雨幕，看了一眼依然把守在教室门口的墩子班主任，一种柔情慢慢从心底浮了上来。

吃过晚饭，墩子又到院坝里做作业去了。李三妹收拾停当，走到堂屋门口，见墩子伏在石桌上认真地在写着画着,心中有了少许的欣慰。她知道,这都是因为老师要来家访。要是以往,墩子这会儿早跑得没踪影了。不到天黑,不满村里去叫去喊,墩子是不会自己回家的。今儿个老师要来,墩子就不去野了。要是墩子天天这样乖就好了。她叹息一声,将目光从墩子身上收回来,进了睡觉的房间。

房间陈设简陋,靠窗摆着两个做工粗糙的沙发,紧挨着床的一面,立着一个衣柜,衣柜旁边是个梳妆台,梳妆台上嵌着一面圆镜。镜面像透明的水,一尘不染。进屋后,李三妹无主无张地东看一下,西看一下。当目光移到梳妆台上时,她突然明白自己进屋的用意。墩子老师要来,穿邋遢了不好。那样既对不住老师,也对不住自己,需得收拾一下才行。于是,她坐到梳妆台前。空寂的圆镜里,立时多了张两腮微微泛红的脸。镜中的脸,皮肤略显粗糙,还有些黑,眼睛却很亮,像两颗水晶葡萄。两片薄薄的嘴唇,时张时合,似在倾诉。看着看着,她羞涩地抿嘴笑了。笑过后,她拿起梳子,细心地梳妆打扮起来。她把蓬松的头发梳顺后,从梳妆台抽屉里拿出一张紫色方巾,将散乱的头发扎成了一束。之后,她起身向衣柜走去。穿在身上的蓝布衣服,前襟和后背都是白色汗渍,得挑选一件鲜亮点的衣服换上。她先拿出的是件红衣服,衣服的质地不是很好,但色彩鲜艳,成色如新,那是她出嫁时穿的嫁衣。看着手里的嫁衣,她脸上浮现出了一丝喜悦,很快,那喜悦就被忧伤取代了。把嫁衣放回原处后,她挑了一件细格子的花布衬衣。在换衣服的过程中,她无意间瞄到了自己饱满的乳房,不知怎的,竟然莫名地心慌气闷起来。穿戴完毕,她又走到梳妆台前,对着镜子照了又照。初始,她对自己的打扮还很满意,觉得发式、穿戴都还得体,不至于被墩子老师小看。可是,当把注意力集中到脸上时,却越看越觉得缺了点什么。她认真地看,细致地看,一番细心地察看后,她方才醒悟,是嘴唇太苍白了。为弥补不足,她把搁置日久的化妆盒找了出来,然后对着镜子里的嘴唇,像儿子写作业一样,细心地描摹起来。长时间不化妆,她拿唇线笔的手有些发抖。抖抖索索画了一阵,抬头朝镜子里一看,嘴唇上像扒着两条毛毛虫。她气恼地把唇线笔一丢,扯起一截卫生纸,愤恨地把刚画上的唇线擦掉了。"他是我什么人?我为什么要为他化妆?不化了,不化了。"她对自己发起了脾气。呆愣愣地坐了一会儿,她的眼睛又不由自主地落在了唇线笔上。犹豫再三,她重新把唇线笔拿在手上,深吸一口气后,对着镜子里的嘴唇又画起来。这次的唇线,明暗粗细画得恰到好处。接着,她拿出亮唇膏,在嘴唇上抹了那么一小点。做完这些,再看镜子里的脸,比先前鲜亮了不少。她长吁了一口气,仿佛卸下了千斤重担。

"妈——妈——"

李三妹听到墩子的叫声,心突兀地跳了几跳。莫不是老师来了?她站起身,又朝镜子里望了望,才迈着匆忙的脚步出了房间。

到了院坝,李三妹见只有儿子,没有老师,失落就在她怦怦跳动的心里传开了。

家访 林盛青

"妈,你真好看。"

墩子的话,使她的心禁不住猛地一跳。

"晓得讨好你妈了,长出息了。"李三妹伸出手,把墩子仰着的头按了下去。

"就是好看嘛。"

墩子还想抬头仰望,但没抬得起来。李三妹的手像坨毛铁,把墩子的脖子都压短了。

天色渐渐暗了,暮色从黛色的林间,从墨绿的田野,从弯曲的小路,向寂静的村庄蔓延开来。起伏的蛙鸣与牛羊的啼声,像音乐一样在金色散尽的空中飘荡。一条逶迤的石板路,穿过池塘边的苦竹林,向李三妹家伸展过来。路上空空荡荡,不见一样活物。

"儿子,你听没听错?"李三妹从石板路上收回目光,摸着墩子的头问。

"你说的是啥子?"墩子迷茫地看着李三妹,不知道她指的是什么。

"老师家访啊。"李三妹像是在跟谁发脾气,声音有点冲。

"我没听错,老师就是那样说的。"墩子回答得很肯定。

"那天都黑了,咋还不来呢?"李三妹望着越来越模糊的石板路说。

"肯定会来的。"墩子说得极其肯定。

"天黑了,进屋去做。"李三妹说着,伸手欲去帮墩子收拣石桌上的书本。

"我自己拿。"墩子不让李三妹帮忙,胡乱地将石桌上的书本一团,抱起就朝屋里走。

跟着,李三妹也进了屋。她摸着开关,一按,只听"啪"的一声轻响,堂屋顿时光明起来。墩子眨巴了几下眼睛,很快适应了屋里的光线。当他看见方桌上的塑料袋时,眼珠就不动了。

"又嘴馋了?"李三妹爱怜地拧着墩子的嘴皮说。

"痛,痛。"墩子故意大呼小叫。

李三妹没理会墩子,自己手脚的轻重,她怎会不知道?墩子叫疼是假,想吃塑料袋里的糖果是真。

墩子见李三妹对自己不理不睬,明白叫痛没用,就摇着她的手,乞求道:"妈,给我一颗,就一颗,行吗?"

李三妹的心一软,随之眼睛湿润起来。她狠了狠心,打开塑料袋,抓起一大把糖,准备给儿子。可是,等到手从塑料袋里退出来时,抓在手里的糖,就只剩两颗了。

"吃吧,吃了好好做作业。"她难过地把那两颗糖塞在了墩子手里。

"说好只要一颗的。"墩子伸出舌头,舔着嘴唇说。

"等老师走了,全部给你。"李三妹凄凉地看着墩子。

"我不吃了。"墩子把糖还给了李三妹。

"咋不吃?"李三妹问。

"你，你……不高兴。"墩子唯唯诺诺地说。

"老师要来，妈高兴，吃吧。"李三妹抹了一下，又把糖塞到了墩子手里。

墩子几下剥开糖纸，将黄晶晶的糖果塞进嘴里，有滋有味地吃起来。

在墩子做作业的过程中，李三妹几次去到大门外，向着黑咕隆咚的远处遥望。她巴望着看到门前的那条石板路上忽然亮起手电筒的光来。可是没有，一次也没有，失望像一张无形的大网罩住了她。

墩子作业做完了，让李三妹给他检查。这是从来没有过的事情。以往，李三妹想看墩子都不给。更让李三妹气愤的是，墩子还会补上一句："给你看你也不懂。"现在，老师要来家访，事情就颠倒过来了。李三妹接过墩子的作业本，凑到电灯下，一页一页地翻看起来。她惊喜地发现，这次的作业比以前任何一次都做得认真，字写得端端正正，算式列得整整齐齐。放下作业本，李三妹激动得在墩子的脸上叭叭地连亲了几口。

墩子摸着李三妹亲吻的地方，憨憨地笑了。

李三妹转身从塑料袋里摸出几颗糖来，高兴地说："给。"

墩子意外地没接。

"不要是不是？"

"等老师来了再吃。"墩子说着把头扭向了门外。

李三妹的心又是一软，硬把手中的糖塞给了墩子。

墩子嚼完最后一颗糖，瞌睡来了。想到老师说不定立刻就来了，便努力地睁大困顿的眼睛。李三妹见状，忧伤地说："老师不会来了，去睡吧。"

墩子揉着眼睛说："老师说话从来都是算数的，他肯定会来。"

这时，远处传来了一阵狗的狂吠。

墩子兴奋地说："肯定是老师来了。"他不由分说地拉起李三妹的手就朝院坝走去。墩子站在院坝里，望着漆黑的远方，忽然将双手拢在嘴上，朝着黑夜大声地喊起来："郭老师——郭老师——"

李三妹那黯淡下去的心，在墩子的喊声中又明亮了起来。在此时，她才知道那个雨天守候在教室门口的男老师姓郭。

墩子的喊声没有任何回应。通向门口的石板路上，也不见李三妹期盼的手电筒亮光。

看着无尽的黑夜，墩子打着哭腔说："老师怎么说话不算话呢？"

就在先前的一分钟，李三妹还在心里埋怨郭老师。现在听儿子这么一说，她反倒把抱怨抛开了，弯下腰安慰墩子："或许是老师有事不能来，只要我们家墩子听话，爱学习，老师肯定会来的。"

带着遗憾，也带着希望，墩子极不情愿地上床睡了。

家访 林盛青

毫无睡意的李三妹，在墩子睡后，又一次走到院坝里去探望。不知怎么地，她就是放不下心里的那份期盼。当她确信郭老师不会再来了，才无望地返回到了屋里。

屋里的冷清倏然袭上心来，李三妹打了个哆嗦，像被什么牵着似的，走到了梳妆台前。灯光将她模糊的影子投射到镜子里。她看不清自己的脸，自然也看不清脸上忧伤的表情。站了一会儿，她坐了下去，镜面霎时光亮起来。里面女人那双忧伤的眼睛，让她感到心痛。她不是不知道镜子里的脸就是自己，而实在是心生怜悯，顾影自怜。男人没去打工前，有时会站在梳妆台旁边看她化妆。看到心动时，男人会俯下身去，亲她的头发，咬她的耳朵，抚她的脸，摸她的胸。她喜欢男人亲她摸她，更喜欢男人的手在她身上游走。那种被亲被摸的感觉，让她十分受用。在听到儿子说老师要来家访的最初一瞬，她除了感受到自己的心跳外，还感受到了被男人抚摸的那种快感。然而现在，那种美妙的感觉，于她就像夜空中飘浮的云，既看不到，也摸不着。精心画上的唇线，随着她翕动的嘴，一张一合，像是在嘲笑她的自作多情。虽说那是她自己的想象，倒也符合她此时的心境。"离开男人你会死啊！"臭骂了自己一声后，她扯起卫生纸在脸上揩擦起来。

"郭老师——郭老师——"

李三妹闻声，暗自一惊，莫不是郭老师来了？就赶紧走了出去。门外一片寂静。不对，明明听到墩子在喊，怎么没人呢？

"郭——老——师——"

梦呓般的声音从墩子房间里传出来，向深沉的夜空飘去。

这回李三妹听真切了，也明白了，刚才的叫声，是墩子在说梦话。想到墩子，想到墩子要糖吃的馋相，李三妹便感到万分心酸。她觉得自己太吝啬，欠儿子太多，连多一颗水果糖都舍不得给他吃。她蹑手蹑脚地走到墩子床前，真想把他叫起来，将塑料袋里的半斤水果糖全部给他。灯光下，熟睡的墩子脸上浮现出一种幸福的笑容。

"郭老师不会来了。"这话，李三妹既是对墩子说，也是在对自己说。

倦意一点一点地爬上来，李三妹终于感觉累了，和衣往床上一躺，很快就睡去了。朦胧中，她听到大门"吱呀"一声开了，一个黑影径直走到了床前。"是郭老师吗？"她惊惶地想要把黑影辨认，这时黑影贴着她耳朵说："老婆，是我，你不是很想我的吗？"她疑惑地说："老公，怎么是你？"黑影说："不是我就出鬼了。"她一听，还真是男人的声音。这时黑影就一把将她紧紧地搂在了怀里。她哼着叫着："老公，你总算回来了，想得我好苦啊……"可她睁眼一看——

夜静极了，一点声息也没有。李三妹蜷缩在床上，想着刚才梦里的一切，就一遍又一遍地痛骂自己："贱人！贱人！不要脸的贱人！"骂着骂着，酸楚的眼泪就流了出来。

（原载《民族文学》2012年第10期）

2012年

曹 永

埋 伏

　　两头猪正围着槽盆吃食，它们摇头晃脑，把食物甩得到处都是。两头肥猪是几个月前买来的，底细清楚，它们是嫡亲兄弟。这哥俩在进食的过程中产生了冲突，哥哥仗着块头大，用嘴筒子把弟弟掀开了。弟弟叫唤几声，表示了自己的不满，然后继续争抢盆里的东西。几只鸡围在旁边，伸着尖锐的嘴壳啄地上的东西。猪食里面有石磨碾出来的苞谷面，像碎米一样，鸡很喜欢吃。

　　我拿着铁锤修补院墙。昨晚落了一场雨，今天早晨起来，发现院墙塌了一角。在我的敲打之下，石头碎屑飞溅。我刚把一块石头放到豁口上，阿宽就出现了，他沉闷着嗓音喊了我一声表哥。我的手微微一晃，锤子偏离了原来的方向，砸在了指头上。我感到一阵剧痛，我的指头也许砸碎了，鲜血从指甲缝隙里冒出来。我跑进屋子，寻了一片蜘蛛网，一层层地裹在指头上。虽然还痛得要命，但鲜血总算止住了。

　　我不满地说，你来就来了，喊啥嘛？阿宽说找我有事。我问他有什么事。阿宽嘴皮动了几下，却啥也没说出来。我记得他两个月前说过，他家的厢房漏水，打算重新翻修，看样子应该是来借钱。我说，如果要借钱，那你就找错人了，我刚买了一块地，现在手里紧得要命。阿宽说，表哥，我不找你借钱。我松了口气，问他到底有什么事情。他有些脸红，说这事不好开口。

　　我嫌他太啰唆，于是说，有话赶紧说，不要耽搁时间，我还要修院墙。阿宽低着头，还是不开口。我不耐烦了，提起锤子要走。阿宽急了，拦住去路，说，我跟你说事哩，你咋要走呢？我说，你有事就快点说，不要磨蹭，我最烦别人磨蹭。阿宽跺着脚说，我家出大事了。我问他，出什么事了？

埋伏 曹　永

　　阿宽的眉头紧紧地扭在一起，仿佛肚子痛得厉害。他说，我上次回来，在床边发现一根烟屁股。我说，你又不是发现金元宝，一根烟屁股有啥值得奇怪的？阿宽说，我在野马冲打工，时常不回家，烟屁股咋会无端跑到我的床下去呢？我说，是你媳妇小米鞋底带去的吧，也有可能是你鞋底带去的。阿宽激动地说，偏偏昨天又发现了一根，而且都是同一种牌子。

　　我问，是什么牌子？阿宽掏出一个纸团，里面包着两根烟屁股。他说，两根都是草海烟。我说，草海烟劲道足，我就喜欢抽这种牌子。阿宽说，要是鞋底带去的，总不会这么凑巧吧？我说，这个说不准。阿宽咬着牙说，我总觉得有些问题，这几天请假回来，打算看谁抽这种烟，看了两天也没看出头绪，我发现抽草海烟的人实在太多了。

　　我说，小米是个好女人，你不该疑神疑鬼。阿宽说，我也不想怀疑她，但出了这种情况，你让我咋办嘛？我说，要是弄错，你就麻烦了，你以后别想再和小米过安稳日子。阿宽说，没摸清底细之前，我不会唐突地盘问小米。我问他到底打算咋办。阿宽说，我要你帮我捉拿奸夫。

　　我瞪着眼说，这种龌龊的事情，我才不会帮你。阿宽紧紧拉着我说，你是我表哥，我左想右想，只有你最适合帮忙。我说，要去你一个人去，我还要修院墙。阿宽说，要是只有我去，也许会和奸夫吵架，更有可能打起来，要是弄出人命，恐怕你就没有表弟了。我挥着手说，那就出了人命再说，我今天还有事情。阿宽生气了，说，我们到底是不是亲戚？我说，你爹是我舅哩，咋不是亲戚？阿宽武断地说，只要还认这门亲戚，你就一定要帮忙！

　　我说，我没兴趣管你这些无聊的事，要捉你自己去捉。阿宽阴沉着脸说，如果你不答应，我就告诉我爹，说他的外甥现在把屁股跷到天上，变得六亲不认了。看到他把我舅舅搬出来，我只得说，也不是不帮你，只是你太没道理了，居然怀疑自家媳妇。阿宽说，要是这次没捉到奸夫，我就安心和她过日子。我没有办法，问他打算怎么做。阿宽说，我回家对小米说今天晚上有急事要赶回工地，天黑后我们到村口的池塘边碰面。

　　阿宽走后，我没有再动铁锤。我把猪赶进圈里关押起来，几只鸡放心大胆地跳进槽盆啄食里面的东西，它们每啄一下就会仰起脖子。我坐在门槛上，看到它们不断地仰起脖子。冷风呼呼地吹着，两根鸡毛在空中飞舞，四周飘荡着泥土和牲口粪便的味道。

　　没想到阿宽居然无端起了疑心，我觉得他不该怀疑小米。小米不是迎春社的女人，她来自野马冲，就是阿宽现在当建筑工的地方。按道理，镇上的女人是不会嫁到村里来的，但小米的情况不同，她嫁过一个男人。她刚嫁过去半年，那个男人就很不争气地死了。阿宽赶场的时候见到小米，他天天纠缠小米。几天之后，他们就肩并肩地走在一起了。开始家里不同意他娶这个叫小米的寡妇，但阿宽死活不听，硬是把她娶进门了。

　　其实我也劝过阿宽，我说，你好端端的一个大小伙子，还怕找不到媳妇啊，你找谁不好，偏偏要找一个寡妇。阿宽固执地说，她嫁给我就不是寡妇了。我说，这个小米到底长啥模样？把你迷得神魂颠倒。阿宽说，她是全天下最好看的女人。我当时不信，后来看到小米，竟然吓了一跳。小米确实太好看了，简直就像一个妖精。我终于明白阿宽咋会拼死拼活要娶小米了。村里很多男人都跑到外省挣钱去了，但阿宽不去，他舍不得小米。阿宽就在二十公里外的野马冲打工，十天半月回来一次。

我坐在门槛上，莫名地感到有些烦躁。我觉得胸口上压着一块石头，几乎快喘不过气来了。前面的院墙豁着一个缺口，仿佛一张裂开的嘴巴。我的目光越过那个缺口，看到前面的土地，庄稼正在地里疯狂生长。远处的山坡上，有几头牛在悠闲地吃草，它们不停地甩着尾巴，驱赶背上的蚊子。

天很快就黑了。我发现天就像一个容易生气的老者，好端端的，忽然就把脸沉下来了。各种形状的灯光，从窗口奔跑出来。牲畜已经不见踪迹，它们正在圈里等待睡眠。附近有人走来走去，虽然能够看到他们的脖子上顶着一个圆形的脑袋，却看不清他们的鼻子和眼睛，仿佛那些脖子上顶着的不是脑袋，而是一个吹胀的猪尿泡。

我和阿宽碰面后，发现他的手里提着一把杀猪刀。我惊讶地说，我们只是捉奸，又不去打架，你何消把刀子拿来？阿宽咬牙切齿地说，要是捉住奸夫，我就一刀把他捅死。我说，你不能这样干，杀人偿命，你是不是不想活了？阿宽悲伤地说，要是没有小米，我活着也没啥意思，不如死掉算了。

我的背心冒出一层冷汗，我说，你要是弄出人命，我就是帮凶，我可不想陪你去蹲牢房。阿宽说，你放心好了，要是出事情，我一个人去顶着，不会连累你的。我说，你最好不要动刀子。他气愤地说，我实在咽不下这口气嘛。我说，现在还没有弄清事情的底细，你不要瞎猜。阿宽说，我也希望只是猜测。我劝阿宽把刀子放下，我说，我看到刀子心里就发毛。阿宽说，那我把刀子揣好，你当我揣着一根黄瓜行了。

我和揣着刀子的阿宽，在夜幕的掩护下往他家的方向走去。村里的灯光像鬼火一样亮着。夜色虽然没有让我们暴露目标，却也妨碍了我们的行走。此时，道路消失不见，所有的一切都消失不见。我们就像两个瞎子，在微弱的月光里摸索前行。

经过一番艰难的行走，我们终于来到阿宽家门口。我们就像电影里的特务，躲藏在一个草堆后，密切地监视着前面的动静。这个时候，小米还没有把院门关上，一块长方形的光芒从门框里斜斜照射出来，我们顺着那块长方形的光芒往里面窥探。因为小米站在院子中央，她的动静被灯光出卖，我们看到小米在屋檐下扫地，还看到她把一串辣椒挂到墙上。

数不清的星星在天上闪烁，月亮就像一把被磨快的镰刀，悬挂在空中。小米抬出一个木盆，蹲在这把镰刀下面洗衣裳，只见她把衣裳浸在水里，然后埋头搓洗。阿宽叹着气说，小米啥都好，就是太爱干净了，简直让人受不了。我说，小米是喜欢干净。阿宽说,你咋晓得她爱干净?我说,我又不是瞎子,小米走到哪里都打扮得清清爽爽的,这个我还看不见吗?阿宽说,是啊,小米总是这样,就算去地里干活也要收拾半天。

晚风发出呼呼的声音,在树上来回奔跑。夜虫躲藏在各个阴暗的角落,不知疲倦地叫着,仿佛它们正在吵群架。它们争吵的声音,像水一样灌进我的耳朵。在等待的过程中,我和阿宽聊了很多东西。在阿宽的叙述里,我了解到他和小米恋爱的经过,甚至得知他们夫妻之间的许多细节。阿宽说,刚结婚的时候,我总觉得全身有用不完的力气。

我朝他的肩膀捶了一拳,笑嘻嘻地说,看不出来嘛,没想到你们居然这样疯狂啊。阿宽痛苦地说,现在不一样了,以前的时候,只要我在家,小米总往我怀里钻,但最近一些日子,我好不容易回来一趟,小米居然捂头就睡,根本不理我。我说,你经常不在家,轻活重活都落到小米的头上,她恐怕是太累。阿宽愤愤地说,这种事情就像吃东西,吃饱了就不想动了,要是肚子饿的时候,再累都吃得下去。我说,你不用乱猜,你的东西可能还在锅里。阿宽说,要是别人把我的东西吃了,我就弄他个半死,让他全部吐出来。

我有些冷,于是往草堆里缩了缩。我的眼睛似乎进了沙子,这让我很不舒服。我的右手不停地揉,试图把里面的东西揉出来。因为我的另一只眼睛闲着无事,所以打发它朝阿宽家方向看去,凑巧看到一条人影往阿宽家走去。

阿宽抽着刀子就要冲出去,我赶紧把他按住。我说,你不消慌,先等一下。阿宽着急地说,还等个屁,再晚半步,我媳妇就被人搞了。我说,你现在冲进去太早了,至少也要等他脱掉衣裳。阿宽说,我等不及了,你快点放开。我死活不松手,我说,现在他们啥也没干成,就算你冲进去也是白搭,他们肯定不会认账。阿宽把牙齿咬得咯咯响,他说,老子捉到他,就要他狗命!

那个人走到阿宽家门口,伸手在门上敲了几下。阿宽说,你听到没有?这个敲门的声音,肯定就是他们偷情的暗号。我紧紧按着他,说,你再着急也急不到这个地步,先看看再说。小米的声音从屋里传出来,她问,是谁?那条人影说,我是王东。小米说,院门没有关,你进来吧。那个人走进院子,他的身影搁在明亮的灯光里,果然就是王东。

阿宽蹬着脚说,老子早就怀疑这个狗杂种了,有一次我和小米从他家门口经过,我好像看到他朝小米挤眼睛。我说,他来你家,也许有别的事情。阿宽气愤地说,大晚上跑来,还能有啥事情嘛?

王东走进院子,但他很快就出来了。他出来的时候,手里多了一把斧子。他说,好端端的,我家的门板就掉出来了,我先借你家的斧头用一下,把门装上就送来还你。小米说,也不急着用,你明天再还吧。王东说,那我就明天再送来。这么说着,王东离开了院子,重新消失在夜色里面。

我放开阿宽,责备说,你看嘛,要是你冲进去,事情就坏了。阿宽拍着胸口说,还好你有远见,紧要关头把我拦住了,要不然小米肯定把我骂得半死。我说,你从小就是急性子,也不晓得改,你差点就打草惊蛇了。阿宽说,下次听你的,有十足的把握再说。我把他拉回草堆,说,遇到事情一定要冷静,千万不能冲动。

气温越来越低了,我和阿宽钻进草堆里。我觉得仿佛穿着一件厚实的衣裳,我从来没穿过这么暖和的衣裳。时间慢慢过去,我们看到小米关上院门,接着关了里面的电灯。村子里所有的灯光都在时间里消失不见,星光暗淡了,月亮也躲在云团后面。眼前黑漆漆的,屋舍、竹林、田地全都失去踪影,仿佛根本不存在。我连旁边的阿宽也看不见,只能听到他呼吸的声音。

我说,阿宽,我们走吧,奸夫肯定不会来了。阿宽说,现在不能走,也许奸夫正在半路。我说,小米都睡了,人家要来,早就来了。阿宽说,这种事情,总是越晚越好,如果我是奸夫,也要等所有人都睡熟了才会出来。我说,我想回去睡觉,我实在太困了。阿宽有些生气,说,这种关键时候,我正需要你帮忙,你咋能走呢?我打着哈欠说,我觉得奸夫不会来了,奸夫也是人,他也要睡觉。阿宽说,如果你现在走了,我肯定和你翻脸!

在这个漫长得看不到尽头的夜晚,想象中的奸夫始终没有出现。阿宽就像一只愤怒的公鸡,紧紧地盯着前方。我实在挺不住了,我歪着脑袋在草堆里打瞌睡。我睡得正香,忽然就被阿宽捅醒了。我睁开眼睛,紧张地说,是不是奸夫来了?阿宽有些失望地说,昨天晚上鬼影子都没看到。

这个时候我才发现天已经蒙蒙亮了,被黑暗收藏了一个晚上的村庄,终于重新浮现在眼前。那些早起的公鸡,正敞开嗓子叫唤。我没想到自己居然睡了一个晚上,我擦掉挂在嘴角的口水,说,现在天亮了,你打算咋办?总不会还要等下去吧?阿宽说,今天就到这里,奸夫再傻,也不敢在这个时候跑来。我钻出草堆,说,那我睡觉去了,熬了一个晚上,我快困死了。

阿宽很不高兴地说,你熬个屁,昨天晚上你睡得像死猪一样,也许奸夫恰好听到了你的鼾声,所以悄悄溜走了。我不想和他吵架,我感到全身酸痛,我准备回家捂紧铺盖睡觉。我走了几步,回头问阿宽怎么办。阿宽说,如果我现在回家,小米肯定会看出破绽,我要去工地,晚上我们再来。我吓了一跳,失声说,今晚还来啊?阿宽说,当然要来,如果不来,这个晚上就白等了,我们一定要把奸夫捉住。我皱着眉头说,要是奸夫一辈子不出现,你总不会守一辈子吧?阿宽满脸无奈地说,你就再委屈几个晚上吧,我实在咽不下这口恶气啊。

我拖着疲倦的身子回家后,竟然没有空闲睡觉。昨天晚上,小偷从院墙缺口翻进来,偷了我家几只鸡。我担心小偷再次光顾,把圈里的两头肥猪偷走,不得不继续修补院墙。我拿着铁锤,不停地敲打石头,把它的棱角敲掉,然后和着石灰,砌到断墙之

埋伏 曹 永

上。在这个过程中,我的脑袋有些晕,有那么一刹那,我甚至觉得不是自己在劳动,而是一个机器人在劳动。

我的铁锤不停地举起,又不停地落下,我感到力气正在悄悄溜走,我的身体软得就像一根草绳。我很想坐到屋檐下面休息一会儿,但我很清楚,只要坐下去,我肯定不想再站起来了。我昏头昏脑地干活,有时也会停下来擦汗,顺便抽一支烟。歇气时,我往往会想起阿宽手里的刀子。那把猪杀刀仿佛插在我的脑海里,怎么也抽不出来,只有埋头苦干的时候,我才会暂时把它忘记。

几个孩子赶着牲口走向村外的山坡上,牲口的叫声从我的耳边飘走。邻居从门口经过,他们停下脚步和我打招呼,问我干啥。我说我在修院墙。他们说,你的脸色很不好看。我告诉他们,昨天晚上没有睡好。他们说,你昨天晚上干啥去了?怎么没有睡好?我不想搭理他们,只顾埋头砌墙。

院墙就像一条伤口,正在慢慢复原。时间悄无声息地流走,热力渐渐从我的身上减退,当我把最后一块石头砌好的时候,我看到夜色就像一团乌云,正从远方飘来。我放下铁锤,坐在院子里抽烟,我把烟雾从嘴里吐出来,然后眼睁睁地看着它消失在风里。我很疲惫,但我非常清楚,正在等待我的,仍然是一个没有睡眠的夜晚。

吃过晚饭,我就像一个小偷,悄悄潜回昨晚藏身的草堆。这个时候,阿宽还没回来,也不清楚他还要多久才能回来。我钻进草堆,把脑袋伸到外面。我觉得自己的脑袋就像一个搁在草堆上的南瓜。草堆里散发着一股腐臭的味道,让我感到有些难受。我很不喜欢这个脏兮兮的鬼地方,但我不能回家睡觉。我是阿宽的表哥,必须埋伏在这里,直到把事情了结。

周围很安静,远处偶尔传来几声狗叫。我把目光投向阿宽家的方向,阿宽家的院落里,有一粒灯泡在和黑暗对抗,除此之外,我啥也看不清楚。尽管我看不见前面的景象,但我对阿宽家无比熟悉,我知道他家的院墙上种着几盆仙人掌。那些仙人掌全身是刺,简直就像几只豪猪。阿宽家的院落里还有两棵苹果树,秋天的时候,它们会把成熟的苹果挂在枝头。

在疲倦的袭击下,我觉得自己快要撑不住了。我艰难地扭头朝村口看了一眼,但只看到一片漆黑。我不晓得阿宽多久才能回来,甚至不清楚他还会不会来。我的眼皮像灌了铅似的往下坠,我对此没有丝毫办法。我打算闭上眼睛休息几秒钟,没想到两块眼皮合拢之后,竟然牢固地粘在一起,再也无法分开。

也不知过了多久,我忽然被阿宽推醒。他说,你不好好守着,怎么睡着了?我说,我实在撑不住了,眼睛快要睁不开了。阿宽埋怨说,你办事从来就不牢靠。我说,我还以为你不回来了。阿宽说,早上回去晚了,被老板臭骂了一顿,还说如果我再迟到早退,就扣我半个月的工资,那可是我的血汗钱啊。我说,你放着好日子不过,偏偏要自讨苦吃。阿宽问我，到底睡了多长时间？我揉着脖子说，我也不晓得自己睡了多久，我总不能算着时间睡觉吧。

阿宽警惕地说，会不会趁你睡着，奸夫已经溜进去了？我往那边看了一眼说，灯还亮着哩。阿宽说，这可说不准，也许他们开着灯搞，小米这女人，总喜欢在灯光下面搞。我说，你肯定撞鬼了，净想些乱七八糟的东西。阿宽说，她是我媳妇，我最清楚不过了。阿宽这么说完，就拿着刀子，钻出草堆。我问他要去干啥。阿宽说，我悄悄过去看看，这种事情，总是稳妥些好。我说，你何消白跑一趟？阿宽说，我们不能这样傻等，要是奸夫已经摸进去，那可就吃亏了，没逮着不说，还要帮他们望风。

看到阿宽提着刀子走过去，我也赶紧钻出草堆跟在后面。眼前黑乎乎的，但我对阿宽家门口的地形很熟悉，就算闭上眼睛也不会走错。阿宽在院门口停下脚步，他把杀猪刀插进门缝，仔细地拨门闩。院门像耗子似的吱吱地叫唤了两声，然后伸手一推就开了。我和阿宽像两个小偷，轻手轻脚地往前走。灯光从窗口流淌出来，安静地铺在地上。我们把耳朵贴在冰冷的门板上，仔细聆听里面的动静，我们听到小米脆生生的声音。小米说，你不在床上玩耍，怎么跑下来了……

我一听，肚子里的火噌地蹿出来了。我用胳膊捅了捅阿宽，低声说，没想到小米屋里真有奸夫，我们不要手软，冲进去就给他几刀。阿宽有些诧异，说，你不是总劝我不要乱来吗？怎么要下狠手了？我说，你媳妇被人搞了，你不生气呀？阿宽说，我当然生气，我只是觉得奇怪，你咋会忽然冒火了？我咬牙切齿地说，简直太不成体统了，我没法不冒火，赶紧动手，我再也忍不住了。

我感到血液像野马一样在身上奔跑，我已经准备好一场凶残的殴打，只要捉住奸夫，我就把他的脑袋拧下来做板凳。我退后两步，抬腿踹门。我踹出一声巨响，门蓦然弹开了。我和阿宽冲进去后，却没有找到目标，只看到小米坐在床边打毛衣，一只猫在地上追逐着线团跑来跑去。

小米吃惊地看着我们，说，你们干啥？我往屋里瞄了一圈，啥也没看见，于是悄悄缩到阿宽的背后。小米盯着阿宽手里的刀子说，你不在工地干活，提着刀子跑回来干啥？阿宽跷着屁股往床下看了看，诧异地说，怎么只有你一个？小米说，哎呀，我明白了，你怀疑我偷汉子啊。阿宽有些底气不足地说，我刚才明明听到你和什么人说话嘛。

小米像只愤怒的母狮子，顶着一头乱七八糟的头发说，我和猫说话不行啊，你十天半月不回来，我给你操持家务，累死累活就不消说了，偏偏还要被你怀疑，我不想活了。阿宽放下刀子，不停地向小米解释，但小米不听，她抹着鼻涕说，日子没法过了，我还不如死掉算了。阿宽说，都是我的错，你莫哭了，我已经认错了，你还要咋办嘛？小米推着阿宽，说，你滚出去，我不想看到你，你快点滚。

看到他们两口子吵嘴，我走过去打算劝架，没想到小米照样不买账，她连我一块儿往外推。她尖声说,你也不是好东西,男人全都不是好东西,你们都给我滚。小米推着我们往外走,刚刚迈出门槛,她就把门紧紧关上了。灯光从门缝里透出来,像一条线似的照射在地上。小米哭泣的声音,从屋子里飘荡出来,凶猛地钻进我的耳朵。

我皱着眉头说,你媳妇哭起来就不会停,简直吵死人了。阿宽说,我就喜欢爱哭的女人。我挖苦说,你的爱好还真奇怪哟。阿宽还嘴硬,他说,我就喜欢小米这个样子。我问他,现在咋办?阿宽说,我得尽快赶回工地,明天还要接着干活。我说,但你媳妇还哭着哩,总不能让她一直哭下去吧。阿宽说,她是哭给我们听的,我们走了,没听众她就不哭了,过一会儿她的气就消了。

我有些愧疚地说,没想到错怪小米了。阿宽叹着气说,我真是鬼摸脑壳了,我咋能怀疑小米呢?从今往后我再也不会这样了。我说,小米是个好女人,她是全村最好的女人。阿宽说,以后我要好好待她,就算她要吃我身上的肉,我都舍得割下来给她。我说,啥都不要说了,你赶紧回去吧,明天还要干活哩。

阿宽走了,他走得很急。我猜他肯定走到半路还会为刚才的事情后悔。我站在那里抽了一支烟,这种烟劲道足,抽起来很过瘾。有风吹来,我感到无比凉爽,风呼呼地响着,我知道它肯定是碰到了什么东西,要不然不会发出这种声音。一支烟终于抽完了,我把烟屁股扔到地上,用脚重重碾碎,然后开始往回走。

我要去阿宽家,这个时候小米应该没再哭了。小米是个好女人,只是太喜欢哭了。很多时候小米不敢哭出声音,她就抱着我的胳膊乱咬,我的膀子上现在还有几条伤痕。我就像一阵风,经常在阿宽的身边出没,但他永远不能把我抓住。阿宽相信爱情,在我看来,阿宽肩膀上长着的不是脑袋,而是一块树疙瘩。在这个世界上,就算相信有妖怪,也不该相信真爱的存在。

(原载《山花》2012年第21期)

2012年

曹 永

狂奔的少年

一

没有人知道他是什么时候进村的，大家发现的时候，他已经坐在王维昌家门口的青石板凳上了。第一个看到他的是王维昌十一岁的儿子王小响，当时王小响赶着牛从山坡上回来，远远看到场坝里坐着一个人，以为是来了亲戚，因为家里没有人，所以等在门口。王小响挥着手里的树枝，朝牛吆喝几声，加快了它们行走的步伐。直到王小响走近了，才发现门口坐着的是一个叫花子。他的头发乱蓬蓬的，仿佛顶着一个鸡窝。身上的衣裳不仅破烂，还脏兮兮的，脖子上黑黢黢的涂满泥垢，就像天热的时候，一头刚从泥水里钻出来的花母猪。

王小响对叫花子多少有些畏惧，他朝叫花子"喂"了一声。叫花子听到了，抬起头，咧开嘴，朝他呵呵呵地笑，嘴角还流着口水。王小响断定叫花子的脑袋有毛病，瞅了一眼他嘴角的口水，觉得有些恶心。一阵风吹来，王小响仿佛闻到一丝鸡屎臭味，他于是皱着眉头，缩着鼻孔说，不要坐在我家门口。他看到叫花子不动，就捡起一块石头朝他打去。叫花子看着从耳朵边飞过的石头，还是朝他傻笑。王小响捡起石头还想再打，但看叫花子粗胳膊粗腿，长得比自己强壮，怕他发起横来自己招架不住，于是又把石头扔掉了。他挥着手说，不要坐在这里了，你要饭就去别的地方要。

叫花子又朝他笑了几声，提起旁边的一根棍子，站起来走了。这个时候，王小响才发现叫花子是一个跛子，走路的时候，仿佛胯下骑着一匹无形的大马。叫花子经过八婆家门口的时候，路边忽然跑出来几条狗，朝他大呼小叫地扑了过去。叫花子挥起棍子，

狂奔的少年 曹 永

和那些狗打了起来。如果在平时,王小响肯定会跑过去看热闹,但这个时候,牛还没有进圈,他有些顾不过来。王小响打开门,把牛往里面赶,前面那头老黄牛仰着头,哞哞地叫了几声,然后不慌不忙地走进院子。

王小响关了牛重新跑出来的时候,叫花子已经不见了,八婆家门口空荡荡的,啥也没有,甚至连那几条狗都不见了影子。路上只有一些草屑和尘土,在晚风的勾引下不知疲倦地跑来跑去,最后飘向远方。

王小响于是爬上院墙,眺望远方。站得高,果然就看得远,他看到曹明清正往他的杂货店里搬东西;还看到王金富正站在屋子后面,握着家伙,对着一棵大树撒尿;他甚至看到曹贵三正和媳妇吵架,不过,只能够看到他两口子指手画脚的动作,却听不到他们的声音……王小响看到许多事情在村子里同时发生,却没有看到叫花子的身影。他对此有些失望,于是跳下院墙,顺着小路追了过去,但前面有很多条路,不晓得叫花子往哪条路去了。

不知为啥,王小响对叫花子一下子充满了好奇,他急于了解叫花子跑到哪家门口去了?在哪家要到饭?别人会不会像他一样,把叫花子赶走?

王小响刚刚跑过八婆家门口那片竹林,就看到几个孩子趴在地上,正往一条门板宽的地缝里张望。那条地缝是半个月前出现的,那天晚上落了一场雨,第二天就有人在那里发现了地缝。开始几天,大家担心孩子不小心掉进去,都说要填起来,可过了很多天,始终没有人动手。

王小响跑过去问他们看啥。一个孩子抬头看了他一眼说,刚才我们看到一条蛇。王小响说,蛇咋会钻到里面去呢?另一个孩子说,我也看到了,我们追过来的时候,那条蛇已经钻里面去了。王小响嘴上说不信,却又忍不住走过去,趴在地缝边往里探望,他看了半天,也没有看到传说中的那条蛇,里面除了几块黑不溜秋的石头,别的啥也没有。

地缝里凉飕飕的,里面直冒冷气。王小响渐渐感到有些恐慌,他想爬起来就跑,却又担心被孩子们嘲笑。王小响就像一条四脚蛇似的趴在地缝边,连大气都不敢出,身上的毫毛一根根立了起来,他害怕那条蛇突然从缝隙里钻出来。

就在王小响无比紧张的时候,他爹娘出现了,他们扛着锄头,正从地里回来。王维昌看到儿子站在地缝边,跑过来提起他就是一耳光,说,你跑到这里来搞啥?不要命了啊,要是掉下去怎么得了?王小响捂着脸庞,疼痛像火苗似的在手心跳动。看到他泪珠在眼眶里打转,他娘有些心疼儿子,埋怨王维昌下手重了。你就喜欢打他,要是让你打傻了,看你以后咋办?王维昌说,打傻了也比掉下去好吧,要是掉进去,还不晓得摔成什么样子。

王维昌拉起王小响就走,走了几步,又回过头来,对那几个孩子说,你们也赶紧回家,以后不准在地缝边玩耍,要是下回再让我看见,就打你们的屁股。其中一个孩子嘟着嘴说,你又不是我爹,你敢?王维昌说,老子咋不敢?教训你一顿,你爹还要请我喝酒呢。那群孩子朝他吐了一泡口水,然后飞快地跑了。

在往回走的过程中,王维昌又训了儿子几句,问他跑到这里干啥。王小响说来看叫花子。迎春社的日子寂静得如一池死水,叫花子的出现,仿佛一块石头扔进了池塘,激起王维昌内心的涟漪。他搓着手,兴奋地说,哪来的叫花子?这年头谁还要饭啊?王小响已经不那么伤心了,他说,那个叫花子看起来有点傻,还是个跛子。王维昌说,叫花子呢?跑哪里去了?王小响抹掉脸上的泪水说,好像往这个方向来了。王维昌有些惋惜地说,那我怎么没有看到?王小响说,肯定去别的地方了。

父子俩边走边聊,没过多久,他们的关系就和好如初了。王维昌拉着儿子的手,向他打听叫花子的模样。当他听完王小响详细的叙述之后,激动得直跺脚。他说,娘的,村子里几年都没看到叫花子了。

二

第二天中午,叫花子重新出现在村子里。村民们就像雨后的蘑菇一样从各个角落钻了出来,他们对叫花子表示出浓厚的兴趣,就像看谁家新媳妇似的跟在后面,还小声地评头论足。王小响和一群孩子站在一起,他发现叫花子走到哪里都很受欢迎,很多人都从家里拿东西给叫花子吃。

叫花子用胳膊夹着棍子,他的手里还端着一个破碗,里面有半碗米饭,饭上有几片腊肉,还有一些酸菜和洋芋。叫花子边走边吃,由于吃得太快,有几粒米饭顺着他的嘴角掉到了地上。因为不断有人施舍,所以他的碗很快就装不下了。还好一路上他都在吃,他用一双油腻的手,抓起那些从碗里冒出来的食物,不断塞进嘴里。叫花子吃得很快,迎春社的人从来没有看到谁吃饭吃得这么快,他们都有些惊讶,有些人甚至惊得眼珠都快滚出来了。

王小响的父亲王维昌看着叫花子那吓人的吃相,说,啧啧,看他的样子,好像几天没吃饭了。旁边的王金富说,是啊,他咋吃得下这么多东西呢?你看,转眼的工夫,一碗饭就让他吃得差不多了。曹贵三插嘴说,这种人饱一顿饿一顿,只要有东西,他就拼命地吃。王维昌摇着头说,再吃下去,也许要把他胀死掉。

王金富说,看他身体倒是很结实的,应该有些力气,不如哪个把他带回家,给他换件新衣服,留下来干活算了。曹贵三嘿嘿笑着说,白苓的男人不是死掉很多年了嘛,不如把叫花子洗洗,送给她算了。王金富说,这话要是让白苓听到,她肯定撕烂你这张臭嘴。曹贵三吓得吐了一下舌头,果然不敢再开玩笑了。王金富说,谁把叫花子带回家,

狂奔的少年 曹　永

让他帮忙干活吧。

村长曹树林说，剥削劳动人民，那是旧社会才有的事，要是连叫花子都压迫，传出去我们迎春社还怎么见人？王金富悻悻地说，又不是让他白干，还要给吃给穿嘛。曹树林沉着脸说，那也不行，难道我们迎春社连一个叫花子都养不活吗？这么大一个村子，掉在桌子上的饭都能让他活下去。

王金富说，可是，让他在这里待下去，不晓得根底的人，还以为我们村现在还有叫花子，这样也丢大家的脸。两年前，王金富曾经偷过王维昌家地里的南瓜，王维昌一直对此耿耿于怀。他说，叫花子不偷不抢，有啥丢人的？王金富不愿当着这么多人和他吵架，恨恨地瞪了他一眼，不说话了。

曹树林咳嗽了几声，让大家安静下来，然后威严地说，以后大家吃饭，看到叫花子的时候就给点，好坏都可以嘛，不管咋说，我们迎春社总是养得起一个叫花子的，有几次乡里的干部下来检查工作，都说我们迎春社村民风淳朴，我们要对得起这个评价。

众人议论一阵，都说不能让这个叫花子在迎春社饿肚子。曹贵三甚至表示，他家的烤烟房反正都是空着，实在不行，可以腾出来给叫花子住。曹树林思索了一下说，就算你同意，你媳妇肯定也要反对的，再说了，要是他在你家住惯了，待下来就不走了，以后你家烤烟的时候咋办哟？王维昌说，村南那个山坡上有一个山洞，可以让他住那里嘛。曹树林说，这些叫花子都是尖屁股，你让他住，他还不一定住哩，睡觉的问题我们就不要管了。

在大家讨论的过程中，忽然有人打听叫花子是什么时候来的。王小响听到这话，兴奋地从人群里钻出来，说，我晓得。王小响接着补充道，昨天，我放牛回来的时候就看到他了。又有人问，叫花子是从哪个方向来的？王小响不晓得叫花子到底是从哪儿来的，但他不愿意失去这个受到关注的机会，他往南边一指说，他顺着那条路来的。大家顺着他手指的方向看去，村口那条小路就像一根绳子，弯弯曲曲伸向看不到的地方。

这个时候，王小响发现叫花子走到曹明清的杂货店门口了，他手里的破碗已经不见了，取而代之的是一根骨头，那根骨头被他舔得油光闪亮。忽然，路边窜出一条黄狗，如箭一般向叫花子射去。不晓得那条黄狗到底是妒忌叫花子拥有一根充满诱惑的骨头，还是觉得叫花子好欺负，反正叫都没叫一声，就朝叫花子扑去了。当叫花子反应过来的时候，他的裤脚已经被狗咬住了。叫花子抬起脚，试图挣扎，没想到"哧"的一声细响，他的裤子被撕开了，就像一块布那么挂在叫花子的身上，被风一吹，还飘扬起来。

大家看到叫花子狼狈的样子，都忍不住笑了起来。他们没有想到叫花子的脸那么黑，他的腿居然那么白，就像刚刚在河里洗过一样，简直白得晃眼。

那条狗扯裂叫花子的裤子，还不肯罢休，准备扑过去再次进行攻击。但叫花子已经从胳膊下面把打狗棍抽出来了，他抬手就给那条黄狗一棍子。叫花子正打算用棍子好好收拾一下那个狗东西，但一抬头，又看到两条狗凶狠地扑来，他吓了一跳，转身就跑。前面的路上，不晓得谁放了几捆干柴，叫花子眼看无路可去，赶紧调整逃跑的方向，拖着他的打狗棍，跛着脚，摇摇晃晃地钻进了曹明清的杂货店。

那几条狗紧跟着扑过去，想把他逮住，但终究还是晚了一步。店门被叫花子关上了，它们吃了闭门羹，显然有些不甘心，几条狗围着杂货店打转，其中一条狗还用嘴去拱门。

这时候，大家更兴奋了。他们很想知道叫花子跑进去的情形，他们相互打听曹明清在没在家。他们激动地说，如果只有他媳妇在家，那肯定会被吓得半死。王金富告诉大家，他先前挑水的时候，还看到曹明清坐在门槛上算账。众人"噢"了几声，搓着手说，那就有好戏看了。

王小响看到大家的注意力已经转移到别的地方，心里有些生气，于是捡起一块石头朝狗扔过去。那几条狗正全力对付叫花子，忽然看到石头飞过来，吓了一跳，朝他汪汪叫了起来。王小响看到那几条狗龇牙咧嘴的样子，更是火冒三丈，捡起石头又打。那几条狗发现势态不好，赶紧拖着尾巴跑开了。

大家接着猜测叫花子会不会钻到屋子里，钻进去了又会不会拿东西？他们急于了解事态的发展，但那道门始终紧紧关上，仿佛一定要保守里面的秘密。大家于是又在等待中急躁起来，有几个小孩甚至爬上旁边的苹果树，打算居高临下朝里面张望。

就在大家急得直挠头的时候，店门忽然吱地叫了一声，然后从里面吐出两个人来。最先吐出来的是叫花子，大家发现他的手里还拿着一条裤子。他跑得很快，因为腿不利索，在跑的过程中几次差点摔倒。紧跟着店门吐出来的是一脸气愤的曹明清，他的手里拿着叫花子的打狗棍。

看到二者的距离愈来愈近，王小响暗暗替叫花子捏了一把汗。他希望叫花子不要被抓住，至少不要马上就被抓住，毕竟叫花子是他最先发现的。王小响在心里忍不住为叫花子加油，但叫花子很不争气，没跑多远，就被曹明清扑倒在地上了，这让王小响多少有些失望。曹明清一边骂，一边挥起棍子乱打，叫花子被打得哇哇叫唤。

大家围过去，劝曹明清不要打了。曹明清不干，他愤愤地说，这个狗杂种，居然敢跑到我家里去偷东西。王金富说，再打就让你打死了。曹明清喘着气说，打死算了，大不了挖个坑把他埋掉。

曹树林背着手走过来，说，只怕事情不会那么简单，你要是打死他，就得抵命。曹明清抬手又打了一棍子，说，那老子就打他个半死。曹树林说，那也不行，把他打伤，你也要出医药费的，要不然，派出所饶不了你。曹明清显然有些心虚了，说，派出所连叫花子也管？曹树林说，当然管，叫花子就不是人啊？曹明清说，可是他偷我的裤子。曹树林皱着眉头说，你这条裤子都旧得不像样子了，还好意思说。曹明清不服气地说，再旧也能穿嘛。曹树林瞪着他说，不管咋说，你也做了几年生意了，早就是村里的有钱人了，咋能为了一条破裤子欺负叫花子呢？大家都看不下去了。

曹明清朝大家看了一眼，发现所有人都板着脸，冷冷地盯着他，这让他很不自在，他扔掉棍子，对叫花子说，打几下就得这么一条裤子，便宜你了。叫花子抱着头，紧紧地缩成一团。曹明清挤出一个生硬的笑脸，给众人发烟。大家吸了几口烟，脸色才慢慢好转了。

三

晚上，王小响做了一个梦。他梦到洪水从四面八方涌进村庄，被洪水席卷而来的，还有木头、杂草和动物的尸体。那些来路不明的洪水就像一张怪物的大嘴，一点点把村子吞了下去。惊恐的王小响试图往高处逃窜，但他跑到哪里，洪水就涌到哪里，洪水就像他的仇人，对他穷追不舍。他没有地方可去，最后像一只猴子，爬上了一棵大树。洪水漫过树根，迅速地涌上来，首先淹没他的脚背，接着是小腿，接着是大腿和腰部……

就在洪水漫过胸口，逼近下巴的时候，王小响忽然被一声惨叫从梦中惊醒过来。他睁开眼睛，发现自己大汗淋漓，屋子里黑压压的，什么也看不清楚。他听到那声惨叫过后，是一连串急促的叫喊声。那些喊声就像土里的蚂蚁，密密麻麻地钻进他的耳朵。王小响心惊胆战地听了一会儿，估计有人掉进了不远处的那条地缝。

王小响伸着脖子叫娘，但除了娘的鼾声，他没有听到别的回答。他再叫爹，王维昌沉默了一会儿说，大半夜了，还鬼叫啥？王小响说，外面有人在叫。王维昌竖起耳朵听了片刻，说，除了你的声音，我啥也没有听到。这个时候，外面的人似乎喊累了，果然停了下来。但没过多久，那个喊声又从窗户和门缝里飘了进来。

王小响说，外面又叫起来了。王维昌翻了一下身说，不早了，赶紧睡觉。王小响说，爹，我害怕，睡不着。王维昌不耐烦地说，睡不着就数绵羊。王小响于是开始在脑子里数绵羊，一只，两只，三只……他差不多把村里的绵羊全数完了，还是睡不着。睡意就像一个势利的小人，在危难中离他而去。王小响再次叫喊，但这一次，不仅娘没有声音，就连他爹王维昌也没再理会他，仿佛他根本就没有醒过。

听着外面的叫声就像夏天的蚊虫一样密集，王小响越来越怕，他身上的毫毛就像松针似的，全都竖立起来了。他用被子把自己捂成一团，但那个恐怖的叫喊声仍然像水一样浸了进来，最后顺着他的耳朵，一直灌进身体。王小响想找个地方躲起来，可是夜色就像一匹巨大的黑布蒙蔽着四周，让他无处可逃。

王小响忽然感到很冷，他紧紧地抱成一团。王小响想大声呼喊，以此和外面的声音对抗，但他的牙齿咯咯地碰在一起，却发不出半点声音。恐惧就像先前梦到的洪水，一浪接一浪地朝他扑来。王小响不停地颤抖,他伸手朝额头上摸了一下,发现上面全是汗水。尽管睁着眼睛和闭上眼睛都是黑暗,他还是闭上了眼睛,闭着眼睛的时候,他总算感到不那么害怕……

　　第二天早晨,王小响惊奇地发现,自己居然在挣扎中睡了一觉。想到昨晚的呼叫声,他爬起来就往外面跑,由于跑得太快,一只鞋子飞了出去。他没有停下脚步,就像一条野狗,敏捷地窜出了大门,朝地缝的方向奔去。地面坚硬且冰冷,让他的脚有些发麻,等他跑到竹林边,王小响看到前面围着一群人,他心里一紧,晓得地缝果然出事了。

　　王小响挤进人群,一直把目光递进地缝,他看到里面趴着一个人,从衣服上推断,里面的人是叫花子。叫花子的身下流着一摊血,那些血浸进了泥土,看起来已经不再那么鲜艳,倒有些像煤渣子。渐渐地,昨天晚上消失的恐惧感重新回到了王小响的身上,他不由得往后缩了一下。王小响踩到了一只脚,回头一看,看到他爹王维昌正出神地盯着里面。

　　曹贵三摇着头说,这个叫花子,咋就那么不小心呢?王金富说,路不熟就不要乱跑嘛,又是晚上。曹贵三盯着王金富说,你咋晓得他是晚上掉进去的?王金富神色有些慌张,说,我咋会晓得他啥时候掉进去的呢?只是这么大的地缝,白天一定看得见嘛。

　　王金富看到弯腰驼背的八婆走了过来,急忙说,八婆,地缝离你家最近,你听到什么了吗?八婆摇了摇头说,我年纪大了,耳朵不好,天一黑就睡觉了,我能听到什么呢?王金富看了大家一眼说,八婆家这么近都没有听见,我们咋会听见呢?

　　王小响张开嘴,想告诉大家,昨晚他听到了叫花子的叫喊,但他刚说了两个字,嘴巴就被后面的王维昌捂住了。王维昌踹了他一脚,骂道,鞋子都没穿,你咋就跑出来了?

　　村长曹树林披着衣裳过来了,他说,你们不要吵了,谁下去看看叫花子还有气没有?大家仿佛没有听到,都面无表情地站着。曹树林有些不乐意了,指着曹贵三和王金富说,你们两个下去看看。在村长的指使下,曹贵三和王金富很不情愿地跳进了地缝,他们把叫花子扳过来,伸手在他的鼻子边探了一下说,没气了,早死了。曹树林说,先把尸体弄上来再说。

　　叫花子僵硬的尸体很快就被弄上来了。王小响站在远处,看到叫花子的脸色白得有些吓人,下面还穿着从曹明清家偷来的裤子。地上冷冰冰的,一股瘆人的凉意顺着王小响的脚,一直爬上他的身体。王小响发现叫花子的眼睛半睁着,怎么看都像是在打量自己。

　　回想昨晚的叫喊声,王小响感到莫名的惊恐。他打了一个冷噤,慢慢往后退,退了几步，他忽然转身就跑。王小响跑得很快，他愈跑愈快，仿佛后面追着一条恶狗。王小响的脚弹起一截树枝，听到响声，他回头看了一眼。恍惚中，他看到叫花子正拖着棍子，跛着腿从后面追来。王小响被吓得魂飞魄散，迎面扑来的凉风，就像一盆冷水，淋遍了他的全身。王小响在恐惧的追逐下拼命地跑，他在狂奔的过程中，忽然泪流满面……

（原载《山花》2012年第2期）

2012年

孟学祥

无处容身

一

张明秋和陈力智进的不是一个厂，一个在玩具厂，一个在家具厂。两个厂都经常加班，尽管他们在城市边缘租下一个属于他们自己的家，但是他们在一起相聚的时间却很少，只有在陈力智连续加班后获得一段休息时间，张明秋才有机会同陈力智聚在一起，夫妻间也才能够找到温存的机会。对于一对新婚燕尔的小夫妻来说，十天半月才相聚那么一回，渴望和等待见面的机会就成了一种煎熬。春天来临了，一部分民工都返乡去种庄稼，而工厂里的工人就更加吃紧，厂方为了赶进度常常叫工人们加班，一加就是四五个小时，张明秋回家就常常碰不到陈力智，即使两个人好不容易聚在一起，张明秋也感觉到陈力智的气势已经大不如前。

下班走进出租屋的张明秋看不到陈力智，心中就感觉空荡荡的，就感到一种前所未有的失落，有时连饭都懒得吃就早早地躺到了床上。独自一人躺在床上的时候她就特别想念他们在家的那些日子：一同上坡干活，一同携手回家，一同做家务，相拥相偎躺到床上聊天……那是个多么惬意的日子啊。

听到门响时，张明秋并没有意识到门没关好，而以为门是被陈力智打开的，当她意识到进来的不是陈力智时，她的头上、脸蛋以及颈部已经全部被一件衣服给蒙住了。张明秋在疼痛中挣扎、叫喊，她在床上翻滚，大约挣扎了十分钟，已经没有了力气，也失去了挣扎的勇气。等她感觉到蒙在脸上的衣服有所松动时，她使劲甩开了蒙在脸上的衣服，好一会儿后眼睛才慢慢睁开。但她却什么也看不见，屋里的灯不知在什么时候已经被关上了。刚才压在脸上的那一双手现在已经移到了她的乳房上，并在她的乳房那个地方来回游荡着，无论她怎样挣扎，那手就像一块磁铁一样，紧紧地依附在她的乳房上。张明秋使劲呼喊陈力智的名字，嘴巴张开刚喊了一声，一个声音就恶狠狠地说："再喊，再喊就整死你。"张明秋不敢再出声。而此时陈力智还在厂里紧张地干活，老板说今天不加班，只要把手上的活干完就可以回家去休息。陈力智想早点把活干完，然后回家给张明秋一个惊喜。

张明秋摸到一只枕头，她只能用这只枕头来做最后的抵抗，她把枕头当作武器向压在她身上的那个人打去，那个人的头扬了一下，枕头被挡开了，枕头被挡开时那人的手也从她的乳房上移开。当张明秋听到枕头掉落到地上的声音时，那双手又重新落到了她的乳房上，随后一张嘴也落到了她的脸上、眼睛上、鼻子上和嘴巴上，自己的身体也被一个强壮的身体紧紧压在了床上。张明秋努力呼喊陈力智，说："力智快来救我，我快完了。"但她的声音却没能从喉咙里冲出来，一张大嘴已经严严实实地盖住了她能够送出声音的地方。

待一切过程像水上的波澜归于平静之后，张明秋听到了自己的呼吸声，身上的那个黑影不知是什么时候离开的。张明秋打开灯，看到自己的乳头上有两个深深的牙印，疼痛从牙印里漫出来，慢慢扩散，然后一下子就浸透了她的全身。张明秋用手在乳头上轻轻地揉着，揉着揉着疼痛感就减轻了许多，揉着揉着张明秋就听见自己喊了一声，但喊的什么她已经想不起来了，也许喊的是丈夫陈力智的名字，也许喊的是别的什么，因为还没有等她弄清楚自己喊的是什么，疼痛和屈辱的浪潮就让她昏了过去。

张明秋感到有点口渴，她想去找水喝，从床上爬起来时她才感到自己的身子就像散了架一样，一点力气都没有。在床边坐了好一会儿，她才穿上衣服并走过去端起水杯，喝下大半杯水。随后张明秋将屋子里里外外检查了一遍，屋里所有的东西都还整整齐齐地放在它们原来待着的地方，没有被动过也没有被翻找过的痕迹。什么东西都没有缺，衣服口袋里的一百多元钱没有被动过，放在床垫里的三张存单也没有被动过，存单上的数字是她和陈力智这一年多来打工的全部积蓄，已经有了五位数字。也就是说这个人进家来的目的不是为了东西和钱，而是冲着自己来的。这个人是谁呢？就在张明秋努力去想那个人的时候，门外传来了用钥匙开门的声音。这声音把张明秋吓了一大跳，她紧张地问是谁，听到陈力智的回答后张明秋悬着的心才慢慢落下来。

陈力智进门看到张明秋站在屋子里两眼紧盯着自己，这让他感到有一点奇怪，以前他每一次回到家，张明秋都已经睡到了床上。但他并没有多想，而是关切地问张明秋：

"你怎么了？为什么到现在还不睡觉？明天还要上班呢。"

张明秋看见陈力智的那一刹那，心都还没有完全平静下来，她没有想到陈力智现在会回来，她更弄不清楚陈力智现在为什么会回来，陈力智的问话灌进她的耳朵里，她的脑子还是一片空白。陈力智从黑夜里挤进有光线的屋子里，五官挤在灯光下，脸上看不出一点表情。

陈力智看到张明秋呆呆地看着自己不说话，他以为张明秋刚刚被自己惊醒。关上门后他走过去拉起张明秋的手，轻轻问她："是不是我吵到你了？我本来今晚是要在厂里加班的，老板后来不要我们加班了，我没有告诉你是想给你一个惊喜，没想到吵到了你。你先去睡吧，我洗好脸后就马上过来。"

陈力智洗脸时想把房间的灯关了，这是陈力智的习惯。每次回家晚了他不会轻易去打开房间的灯，目的就是为了让张明秋好好休息。他的手刚一接触到开关绳，张明秋就大声喊了起来：

"不，不要关灯！"

张明秋的声音把陈力智吓了一大跳，他下意识地把手从灯绳处拿开，张着嘴巴不解地看着张明秋。在陈力智目光的注视下，张明秋突然意识到了自己的失态，她努力笑了一下，做出撒娇的样子对陈力智说：

"我不想关灯，我要看你洗脸，我要等你一起上床。"

陈力智还站在原处看着张明秋，张明秋过去推了他一把，叫他快点去洗。此时的张明秋已经完全恢复了情绪。

陈力智拥着张明秋躺在床上，陈力智的手伸向张明秋的身上，张明秋条件反射似的从床上弹了起来，她的这个动作吓了陈力智一大跳，陈力智不快地问：

"你怎么了？"

张明秋用手抓住陈力智再一次伸过来的手，把它们从自己的身边拿开，轻轻地说："我也想洗一洗，汗太大了。"

张明秋走进卫生间，并关上了卫生间的门。陈力智躺在床上，想着进家时张明秋的一些反常行为，总觉得今天晚上张明秋的行为有些不可思议。张明秋回到床上时，陈力智要把灯关掉，张明秋不让，陈力智看了张明秋一眼，张明秋的脸红红的，就像三月的桃花一样鲜艳夺目。陈力智突然想到刚谈恋爱时他和张明秋第一次在老家桃园里幽会时的情景，那时张明秋的脸红红的，就像是桃花粘到了脸上，那是他们唯一一次在白天也是在野外幽会。

张明秋和陈力智并排仰躺在床上，张明秋叫了一声"力智"，陈力智支起身子，把张明秋拥入怀中，当他习惯性地用手往张明秋的脸上摸去时，却摸到了一手的泪水，陈力智惊住了，片刻之后才回过神来。陈力智问：

"秋，你怎么了？"

张明秋对陈力智的问话未作任何反应，索性让眼泪像断了线的珠子似的从脸上流下来。陈力智一边叫着张明秋的名字，一边手足无措地在张明秋的脸上、手上、身子上轻轻地抹着,他感到无法理解,张明秋怎么说哭就哭了呢?

好久好久以后,张明秋才止住了哭声,她把自己往陈力智的身上靠了靠,用一副幽幽的口气对陈力智说:

"力智,我们回家种地吧!"

陈力智以为自己听错了,他在黑暗中努力睁大眼睛,想看清张明秋脸上的表情。黑暗中他没有办法看清楚,他只能用手把张明秋紧紧抱住,让张明秋光滑的皮肤和自己的皮肤紧贴在一起,让张明秋的心跳和自己的心跳一起有节奏地运动着。陈力智问张明秋刚才说什么,张明秋这一次加大了音量,说:

"力智,我们回家种地吧!"

张明秋昨夜一夜都没有睡好,睡梦中有一个人老是紧紧地压在她身上,压得她几乎喘不过气来,这个人一会儿是陈力智,一会儿又是她不认识的人。她刚迷迷糊糊地睡着,陈力智就把她叫醒了,起床时她看到窗外已经透出了朦胧的晨光。陈力智的厂子比较远,每天总是比她先走出家门,出门前,陈力智对她说:

"秋,我先走了,早餐我已做好放在桌子上了。"

说完这句话,陈力智就推开门走了出去。这就是陈力智和张明秋两个人在城市谋求的生活,每天去上班,两人就是这么匆匆忙忙各奔东西,告别就像是一种公式,就是那么一两句简简单单的话,有时连这两句话都可以省下不说,起床后两人共同把早餐做好后匆匆扒拉进肚子里,然后就匆匆锁上门离开,出门后一个往东一个往南,就像两个完全不相识的陌路人。

张明秋对着镜子梳妆时发现自己的眼圈红红的,用粉擦了好多遍才勉强盖住。

走出家门后,张明秋的身体还是感到了一种不适,她感到害怕,害怕大街上的人和工友们会从她脸上的变化看到她昨夜所经受的耻辱。

一直到走进厂区,张明秋的情绪才基本恢复,她什么也不敢再想了,一走上工作台她就成了一个货真价实的打工妹。张明秋是厂里的老工人,也是很娴熟的技术工,平时活干得又快又好。但今天张明秋的手却不大听使唤,别人的活出来了,她的活都还没有出,大脑老是集中不起来。紧张的干活阶段没有谁发现她的反常,直到工间休息时见她还站在工作台上发呆,几个要好的姐妹过来叫她,叫了好几声她才听见。姐妹们问她怎么了。张明秋却答非所问地不是说这就是说那,直到管工的过来问她是不是家中出事了,她才清醒过来。

二

进入生产旺季,工厂的活越来越紧,张明秋与陈力智在一起的机会越来越少,特别是陈力智的工厂进行调班,把陈力智调到夜班后,他们两人就很少再有见面的机会。上白班的张明秋下班回到家,看到的只是陈力智为她做好的饭菜。开始张明秋吃着这些饭菜还感到很温馨,独自吃了一个多星期后,张明秋开始感到腻味。一天下班,张明秋在外边的小吃摊上吃了一小碗面条,进到家后把陈力智做好的饭菜倒进了下水道。她和陈力智没有冰箱,这样的饭菜如果不吃掉到第二天就会变馊。第一次倒掉陈力智做的饭菜,张明秋觉得过意不去,觉得很对不起陈力智,第二次第三次倒掉后张明秋就觉得自己是在侮辱陈力智了。一天快要下班,张明秋给陈力智打了一个电话,她知道陈力智这个时候该起床做饭了,她对陈力智说:

"力智,今天不要为我准备饭菜了。"

陈力智问她为什么。她说:

"我不想吃饭了,等一会儿我回来自己煮面条吃。"

打过几次电话后,陈力智就对张明秋说:

"你也不要光吃面条,不行的话你就在外边买吃的吧,吃饱吃好第二天才有精神干活。"

张明秋很想对陈力智说:"力智,难道你就只知道吃饭干活吗?"但是张明秋没有说,她什么都没有说。

张明秋一直有一种预感,预感那个曾经侵犯过她的人还会再来,于是每天回家都有意无意地不把门关死,进家也没有把灯打开,而是静静地坐在黑暗里,睁大眼睛紧盯着那道虚掩的门。张明秋渴望那个人来又害怕那个人来,她就在这种焦躁和难耐中一天天地期待着。

终于等来了那个人。他进门时张明秋就看到他了,门被关上的一刹那,张明秋说:"你终于来了。"张明秋的话吓了那个人一跳,那个人一下子就站在了门边。张明秋又说:

"你胆真大,你就不怕我报警吗?"

那个人不说话,还是在门边站着。张明秋注意到他很紧张,他的手在微微颤抖。虽然他的脸上蒙着一块布,但露着的那两个眼睛却不停地东张西望。这一刻,张明秋看到了那眼睛后面的胆怯。张明秋想不到这样一个人也知道害怕。张明秋就想这个人肯定也是一个打工仔,肯定不是那种很坏的人。

那个人在门边站了好一会儿,终于适应了屋里的光线。当他看到屋里只有张明秋一个人,看到屋里不像是潜伏着危险时,他终于开口了,他说:"我知道你不会报警,我知道你也想着我。"

他的话一出口,张明秋就很生气,张明秋对那个人说:

"你凭什么知道我不会报警?你凭什么说我一定会想着你?"

无处容身 孟学祥

那个人说：

"凭我的感觉，那天我从你这里出去的时候，我就知道你不会报警，我知道你也很寂寞，我知道你也想得到别人的安慰。"

那个人边说边向张明秋走了过来，来到张明秋身边，不容张明秋多说就一把把张明秋抱进了怀里。张明秋闻到了一股气味，一股男人的气味，这股气味与丈夫陈力智的气味有着截然不同的感受。陈力智的气味是压抑的气味，是沉重的气味，是让人感到疲累的气味。而这个人的气味却是一种放荡的气味，是一种无所顾忌的气味，是让人什么都不想，只想尽情去享受男女之悦的气味。但张明秋的心还在挣扎，还在自欺欺人地做着与身体的需要有着截然不同感受的挣扎。张明秋一边无力地推着那个人，一边说：

"难道你不知道这样做是在犯罪吗？"

那个人更紧地拥着张明秋，用嘴隔着那层蒙脸的布，吹气如兰地在张明秋的耳边说：

"我知道我这样做是在犯罪，但我控制不住我自己。那天晚上从你这里出去后，我以为你会报警，我就躲了起来。后来我忍不住又偷偷地来看过几次，见你没有报警，发现你回家时门还总是没有关死。开始我以为是你给我做的圈套，我就在你家附近观察了许久，后来我实在忍不住了。我想就是你给我安圈套我也要来，同你见一面就是被抓住了也值得。"

那个人的话让张明秋恨死了自己，可是那个人却没容她多想，那个人把张明秋更紧地往他的怀里拉，张明秋的乳房隔着衣服就很紧地贴在了那个人的身上。张明秋感到自己的乳房胀了起来，很紧地顶在那个人的胸膛，同时张明秋也感觉到那个人也很紧地抱住了自己。尽管如此，张明秋的内心还在做着苦苦的挣扎，内心在一遍又一遍地叫唤着："力智，我是被强迫的，我不想背叛你，我真的不是自愿的。他是在犯罪，是他强迫我的。"

那个人无法知道张明秋此刻的内心所想，他只知道他的需要，他只知道张明秋也有这种需要。张明秋的两个乳房就像两座活火山，烧得他的心什么都不想了。他的手从张明秋的衣服里伸进去，一下子就捉住了那两个让他日思夜想的乳房，他在捉住的那一刹那闷哼了一声，张明秋也在那一刻呻吟了一声，一股快感就从乳房漫向了全身。

张明秋终于被那个人抱到了床上，张明秋一边挣扎一边喃喃地说：

"你是在犯罪，你是在犯罪！"

那个人脱掉了张明秋的衣服，不，准确地说，是张明秋帮助那个人脱掉了自己的衣服。衣服被脱下来后，张明秋就知道现在自己的这个身体已经不属于自己了，它已经不再听命于自己的意识，欲望已经把她引向了罪恶。那个人也脱光了衣服，当他扑到张明秋的身上时，张明秋对他说：

"把你脸上的布也取下来吧。"

那个人就在那一刻呆了一下，直到张明秋又说了一遍，犹豫了一会儿，那个人还是把脸上的面罩取了下来。于是张明秋就在黑暗中看到了那个人的脸，那是一张很年轻而且还略显稚气的脸。张明秋想这张脸可能二十岁都还不到，于是在心中叹了一口气。那个人向张明秋进攻了，他用手在张明秋的头上、耳朵、脸上、身上、大腿上揉来揉去，张明秋叫了出来，张明秋一边扭曲着自己的身体，一边大声地叫着说：

"你这个魔鬼，你是在犯罪。啊！你这个魔鬼，你是在犯罪，你是在犯罪！"

那个人像是为了安抚张明秋，更像是为了制止住张明秋的叫喊，用嘴不停地在张明秋的脸上寻找着，他终于找到了张明秋的嘴，然后用嘴堵住了张明秋的叫喊，他觉得这样做还无法制止住张明秋的叫喊，他又把舌头伸进了张明秋的嘴里，同张明秋的舌头搅在了一起。不知过了多长时间，那个人从张明秋的身上歪了下来，躺到了张明秋的旁边。张明秋的意识又回到了自己的身上，她嗅到了欲望结束后身体发出的汗臭，男人的汗味混合着欲望的味道弥漫在她的四周。她的身上出了一层细汗，骨头几乎被刚才的疯狂震散架了。她知道他就躺在自己的身边，是一个伸手就可触摸到的真实的男性躯体，刚才就是这个男性躯体带给她那种犯罪般的快感，让她产生罪恶，而且这个罪恶让她觉得自己很贱很不要脸，让她永远都不能原谅自己。城市夜晚的喧闹和来来往往的车声从张明秋的耳边飘过，她想从这些声音里辨出靠近门边的脚步声，这样她就可以名正言顺地喊叫，这样她就可以得到解脱。但是她一次又一次地失望了。她听到了一个叫门声，但那不是在叫她的门，所叫的门打开后那个叫门声很快就干干净净地消失了。

躺在身边的那个人坐了起来，张明秋听见了他下床找衣服的声音。张明秋也从床上坐了起来，并对那个人说：

"不准走！"

那个人愣了一下，然后继续找衣服，找到衣服后从衣袋里摸出一张钱塞到张明秋手里，对她说："你拿去吧。"

凭感觉张明秋知道手里的这张钱是一张一百元的大票，那个人把钱塞进她手里时，她的眼泪就不争气地流了出来。要说刚才那个人带给她的是犯罪感的话，那么现在这张钱带给她的就是最大的耻辱，这个耻辱不但侮辱了她的人格，还侮辱了她的感情。张明秋抹了一把眼泪，把手中拿着的钱扔在床上，跳下床从那人的手中抢下衣服，扔到了远处。张明秋对那个人说：

"你不能就这样走了。"

那个人呆了一会儿，对张明秋说：

"真的，我只有那么多，而且还是今天刚从一个老乡那里借来做生活费的，不信我去拿衣服来翻给你看，一点多余的都没有了。"

张明秋给了那个人一巴掌，那个人捉住张明秋的手，说：

"我长这么大除了被父母打过,还没有被外人打过,我要让你记住打我的代价。"

那个人于是又把张明秋扑到床上,用赤裸着的身体向张明秋进攻起来,一边进攻一边恶狠狠地说:

"我叫你打我,我叫你打我,我要叫你付出代价!"

张明秋和那个人在床上滚过来滚过去,那张钱在他们的身下也被碾来碾去。开始张明秋还感到钱硌在自己的背部所带来的痛楚,不一会儿她就什么也感觉不到了,只有身体深处的那种快感,才是带给她最真实的感受。

待一切都平静下来后,张明秋的手还紧紧地搂在那个人的腰上,那个人想掰开张明秋的手,他刚一有动作,张明秋就把他抱得更紧。张明秋对他说:

"你休想就这么走了,我是不会让你就这么走掉的。"

那个人对张明秋说:

"可我什么都没有了,真的。要不你叫警察来抓我吧,我保证不跑。"

张明秋不说话,而是把头更紧地往那个人的怀里拱,然后一口就咬住了那个人的胸部,咬得那个人大声叫了起来。

张明秋把嘴从那个人的胸前移开,然后对那个人说:"你走吧。"

那个人穿好衣服后,张明秋从床上摸出那张已经被碾压得皱皱巴巴的钱,递到他的手里说:

"把你的钱拿去。"

那个人犹豫了一下,还是从张明秋手里接过了那张钱,又拥抱了张明秋一下,轻轻地在她耳边说:

"我会记住你的。"

在那个人转身的时候,张明秋叫住了他,张明秋对他说:

"你还没告诉我你是哪里人?叫什么名字?"

那个人说出了一个名字,他说这名字是真的,他不会骗张明秋。那个人还说了一个地址,说那个地方是西部某省一个边远的山区,说那里很穷,生活在那里的人都没有钱用。

那个人还说他今年二十二岁,从家里出来已经半年了,由于没有文化,在这里找不到工作,从家带来的钱用完后,就在老乡那里东一顿西一顿地混饭吃。后来老乡们见他迟迟找不到工作就开始嫌弃他,他只好到处流浪。白天害怕查暂住证,他就到山上去住,晚上才从山上下来找点吃的东西。

张明秋一直在听,一直静静地听他把话说完。张明秋没想到他会对她说这么多,没想到他会把什么都告诉她。直到他说完,张明秋都没有说一句话。当那个人不再说话时,张明秋开口了,张明秋对那个人说:

"没有文化没有本事你出门来做哪样?你以为这里的钱就是好找的吗?"

那个人说他家太穷了他才想到走出来,开始听人说这边的工作好找,没想到这边可做的事情虽然很多,但哪个地方都不喜欢他这样一点技术也没有一点文化也没有的人。他说他现在很想家,但是又不敢回家,家里还指望他找到钱给家里修房子呢。

又是贫穷,又是房子。张明秋的心疼了一下,她突然想到了自己和丈夫的努力,想到了到现在都还在厂里加班的丈夫,这一切还不都是因为贫穷,因为房子吗?

张明秋从自己的衣服里拿出两百元钱,递给那个人并对他说:

"拿这点钱做路费回家吧,回家跟父母好好种地,你还小,不要在这个地方学坏了。"

那个人没有接张明秋手上的钱,向张明秋说了一声"谢谢",然后拉开门走了出去。直到门在他的身后被关上,张明秋都还没有从愣神中醒过来。

三

几天之后,陈力智的厂里不再加班,他终于又有了和张明秋在一起的机会。然而张明秋却再也找不到从前两人在一起的那种感觉,这一点陈力智也感觉到了,而且陈力智还感觉到自己的身体也大不如前。躺在床上,夫妻间也不像以前那样去渴望身体上的接触,相反,却感觉对方身体有种从未有过的陌生感。其实对于他们来说,夫妻之间的生活已经很次要,他们只是想通过身体的接触来取悦对方,维持夫妻间那点仅有的亲情关系,让对方从心理上得到一种快乐和安慰。但越这样他们越感到很不如意,太多的不如意更让他们感到很失落。

陈力智睡不着,张明秋也睡不着,这种失眠已经困扰他们很长时间。即使是很深的夜晚,有一个人的身体轻轻动一下,另一个人的身体马上就会做出反应。张明秋说:"力智,我睡不着。"陈力智也说:"这鬼天气闷闷的,让人一点都不好睡。"

有一天,张明秋对陈力智说她可能怀孕了,陈力智一下子从床上弹起来,拉着张明秋问:

"不是说好我们现在不要孩子的吗?"

张明秋说:"已经怀上了,你说怎么办呢?"

陈力智问是哪个时候怀上的,张明秋说她也说不准准确时间,反正已经好长一段时间了。于是陈力智就扳着指头算,却算不出个所以然来。陈力智的大脑恍恍惚惚的,他感到很沮丧,有孩子就意味着原来的计划全部被打乱,或许还不能正常去上班,不能正常上班,希望通过打工找钱回家修房子的愿望就很难再实现。

张明秋问陈力智要不要这个孩子,陈力智不说话,而是一动不动地躺在床上,睁着眼睛看着黑暗中的天花板。张明秋又问了一次,陈力智才回过神来,他反问张明秋:

"你说呢?"

张明秋的内心是复杂的,自从怀疑自己怀孕以来,她的内心就一直在斗争着,她感觉这个孩子不是陈力智的,而是那个人的。说心里话,她想要这个孩子,但她又害怕要这个孩子,她很希望陈力智对她说不想要这个孩子,于是她就可以名正言顺地去把这个尚未成形的生命从她的身体里驱除出去。而现在陈力智又把这个问题抛给她,她不知道是什么意思。犹豫了好久,她生怕打破什么东西似的又去征求陈力智的意见,用小得不能再小的声音说:"我去做掉吧?"

陈力智把张明秋紧紧地抱在胸前,像抱一个宝贝,双手不停地在张明秋的身上摩挲。张明秋的眼泪流了出来,流在了陈力智的脸上,陈力智一边帮张明秋擦泪,一边对张明秋说:

"我虽然还听不到孩子的声音,但是我摸到了他的声音,他好像在对我说'我是你的孩子,请你让我留下来吧'。"

张明秋哭得更厉害了,张明秋边哭边说:

"不,他说他还不愿意来,是不是,力智?孩子是这么说的,他说他来得不是时候。他说他会给我们增加许多负担的。"

张明秋的话还没有说完,陈力智也流出了眼泪,他没有让眼泪从眼角流出来,他硬生生地把流到眼角的泪花憋了回去,他叹了一口气,这一口气叹得很长。陈力智的心中很不是滋味,听到张明秋说怀上孩子后,他想做的第一件事就是如何动员张明秋把孩子做掉,他知道这样做对张明秋来说是残酷了一点,但至少他们还可以继续打工,还能够找到更多的钱,然后再去生一个孩子,现在一切都乱了。如果张明秋一开口就对陈力智说想生下这个孩子的话,陈力智会提出反对意见;然而当张明秋说不想要这个孩子时,陈力智就在那一瞬间改变了自己的主意,他突然想自己不能太自私了。是的,他们太寂寞了,张明秋太寂寞了,有一个孩子对于他们来说,日子可能会更欢快一些,虽然有了孩子以后他们现在一成不变的生活会被打乱,至少他们的生活压力,会因孩子的到来所生出的家庭乐趣而得到缓解。

张明秋刚才一直都在犹豫该不该要这个孩子,她也一直在想如果陈力智提出不想要这个孩子,她还会考虑一番。刚才她说出的那一番话一半是征求陈力智的意见,一半是试探陈力智的态度。陈力智越说要留下这个孩子,她就越觉得对不住陈力智,她委实想把孩子生下来,给陈力智一次做父亲的机会,可她又害怕把孩子生下来。如果生下来的孩子不是陈力智的,她的心会一辈子都得不到安宁。

陈力智请了一天假陪张明秋到医院去检查,检查完后医生疑惑地看了他们很久,然后才对他们说张明秋没有怀孕,张明秋的例假没有按时来,是因为内分泌失调造成的。这种情况往往是因焦虑、生活压力增大或心情烦躁不安而出现的一种暂时现象,只要注意把生活调理顺当，把心情调整好就会慢慢好起来。

医生说话时陈力智看见张明秋的脸红了一下。陈力智想，张明秋怎么就那么傻呢，自己怀没怀孕都不知道，要跑到医院里来出这个丑（至少陈力智认为让别人来评判自己是不是怀孕是一件丑事）。陈力智和张明秋悻悻地从医院走出来，走到大街上，张明秋说："力智，我们还是去上班吧，这样我们就只算请半天假，我们还可以拿到半天的工资。"

同张明秋分手后，陈力智的心头像爬着个小虫子，特别不是滋味，他闷头闷脑地在大街上走着。分手后张明秋就坐公共汽车去了她的厂里，张明秋叫陈力智也坐车去上班，陈力智答应了。但陈力智没有去坐车，他不想去上班，送走张明秋后陈力智就这样闷头闷脑地在大街上走着。

陈力智撞上了一个人，那个人的身上带着浓香，还没有看清所撞的人，一股浓香就钻进了陈力智的鼻孔。陈力智说对不起，可是被撞的那个女人说她那里被陈力智撞疼了，问陈力智怎么办。说这话时女人挺着她那高耸的乳房，并用手指给陈力智看，说刚才陈力智撞的就是那里。陈力智只看了一眼就把眼睛别向了远处，陈力智发现自己在看女人时，心里突然就生出了一种不干净的想法。陈力智连说了几声"对不起"后，想绕开女人向前走去，路却被女人挡住了。

女人把手搭在陈力智的肩膀上不让他走，女人对陈力智说："你不能就这么白撞我，你要给钱，不然我就喊了，我说你对我耍流氓。"陈力智想挣脱，女人却用高高的乳房裹住他。陈力智忽然明白女人是干什么的了，陈力智就在这时产生了一种从未有过的冲动。陈力智把同女人撕扯着的手收回来，并顺势抚到了女人的脸上，然后慢慢地往下移，他终于触摸到了女人高耸的乳房。陈力智对女人说："姐姐你好靓啊，撞疼这么靓的姐姐，我的心也不好受，干脆我连人都赔给姐姐吧。"

女人已经在这里站了一上午，期待了大半天，都没有等到她想等的人。从她身边经过的人倒是多，但那些人都不愿意靠近她，还有些人在经过她身边时就把脸别往一边，偷偷往地上吐口水。女人不在乎，她对这些行为已经习惯了。女人看到别人吐口水时心里也不痛快，不痛快就在心里骂，女人恨恨地骂那些人装什么假正经，说不定内心更龌龊。

大半天没有生意做，女人的心里很烦躁，烦躁的女人就没有好心情，没有好心情的女人看哪一个人都不顺眼，女人就想骂人。女人骂人是用心骂，女人把所恨的人从心里翻出来，一个一个地骂，一遍一遍地骂。女人开始是骂那些同她有着一样职业，而又比她年轻的女人，骂那些把男人从她身边抢走的年轻女人。骂完那些年轻女人，女人就骂大街上的人，骂那些一个个从她身边经过而不愿意多看她一眼的男人。女人站在那里一遍又一遍地骂，直骂得心火上涌也没有哪一个人肯上前去搭理她。

女人想，我不能白白在这里站大半天，这时候女人就赖上了从这里经过的陈力智，女人原来只想从陈力智那里讹两个钱，没想到陈力智是那样地善解人意，且还是那样地年轻，说出来的话还是那样地可人。陈力智的话让女人忘掉了心中的所有不快，像是刚刚尝了一口蜜，甜味还留在舌尖并从舌尖上荡漾到心坎里。女人从来没有听到男人对她说过这么好听的话，很多男人到她那里就是急急地扑到她的身子上，把多余的能量释放到她的身子里，完事后裤子一拉，把钱往她身上一摔就急匆匆离开，走时都不多看她一眼。女人知道陈力智的话不会有很多真实的成分，可是她爱听，尤其是在这里站了大半天，受了这大半天的冷遇后她更爱听。

女人把嘴靠近陈力智耳边，说："兄弟，你蛮懂风情的嘛。你这个人姐要了，姐保证让你舒舒服服。你不要看那些人比姐年轻，但她们的功夫还没有姐的高呢。"

陈力智被这种声音迷惑，整个灵魂似乎已不属于自己，他现在只想更紧地抓住这个女人，不使她离开自己的身体。陈力智把女人搂住，陈力智的胸碰到了女人的乳房，陈力智的脸感受到了女人嘴里呼出的热气。

陈力智和女人像两个热恋中的情人，攀肩搭背地朝不远处的出租屋走去。出租屋里是安静的，语言成为多余，只有动作才是这里最需要的。

大街上的人一个个从出租屋边走过，车子也一辆辆从不远处驶过，这些全然不影响出租屋里两个人的激情。陈力智像做了一场梦，在这个白天之前，他从来没有这样放纵过自己。与张明秋在一起，只是一种需要，根本就谈不上什么享受，而这个女人却带给他许多全新的感觉，让他懂得男人和女人间的那点事不光是一种需要，同时也是一种享受。

完事后陈力智掏出二十元钱给女人，女人不接，说要五十元，还说没有五十元就别想从这里走出去。陈力智犹豫了一下，把二十元放到衣服的口袋里，重新掏出了一张五十元的大票。女人接过钱后就赶陈力智下床，陈力智还想在女人的床上多躺一会儿，女人说不行，钱货两清后就得走人，这是规矩。女人把陈力智的衣服扔给陈力智，叫他快点穿上。说完后女人看也不看陈力智，就急急忙忙从床上爬起来，急急忙忙往身上套衣服，边套边催陈力智也赶快把衣服穿上。

女人坐到镜子前往脸上补妆，见陈力智还在那里没有把衣服穿上，女人很不高兴地对陈力智说："你怎么还不穿衣服走人呢？"陈力智看了女人一眼，这一眼是复杂的，是怨恨的。陈力智想，虽然女人的乳房很大，但脖子却很小，只要双手一拢，轻轻一掐肯定能掐断。陈力智从床上坐起来，没有去抓自己的衣服，只想走到女人的身后去掐女人的脖子。女人就在这时化好了妆，化好了妆的女人回头看到了陈力智，女人对陈力智说："兄弟，赶快穿衣服走吧，这种事不能做多，做多了伤身体。你不能老是睡在我这里，你睡在这里我就没活可干了，没活干我就找不到钱，我必须要找到新的活干才行。

我家里有老人要养,孩子要上学读书,房子烂了要等我寄钱去修呢。"

女人的这几句话熄灭了陈力智心中的那把邪火,同时也挽救了她自己的一条命和陈力智的一条命。陈力智默默穿上衣服,他问女人为什么不好好打工要来做这个,女人不说话,只看了陈力智一眼,然后对陈力智说:"你走吧。"

陈力智刚走到门边,女人叫住了陈力智,女人把三十元钱递给陈力智,女人对陈力智说:"我知道这钱对你来说也不容易,拿去吧,我今天也学雷锋做一回好事,只收你二十元。"

陈力智没有接女人递过来的钱,只是冷淡地走出了女人的大门,临出门前陈力智说了一句话,女人听到陈力智说他不想在这个地方待了,他要回家去种地。

四

推开屋门,看到张明秋在屋里,陈力智吓了一大跳,陈力智问张明秋:"你没去上班?"

张明秋不说话,张明秋的目光久久地停留在陈力智的身上,似乎要把陈力智的灵魂看透。看到陈力智的同时,张明秋还闻到了陈力智身上的香水味,那股气味就像一把重锤,一下子击中了张明秋的心脏,让张明秋有种想要呕吐的感觉。

张明秋问陈力智是不是去找女人了,陈力智说没有,说出"没有"这个词时陈力智的底气明显不足。

张明秋走到陈力智身边,用鼻子在他的身上嗅来嗅去,陈力智的身上散发出一股陌生女人的气味,让她一下子就断定陈力智肯定去找女人了。张明秋对陈力智说:

"力智,你不去找女人,身上哪来的这一股香水味和陌生女人的气味?"

陈力智仍坚持说没有,因为陈力智没有在自己的身上闻出张明秋所说的味道,陈力智想,肯定是张明秋在有意诈他。从那个女人的出租屋出来后,陈力智又在大街上溜达了好久,真有味道也早已散光了。陈力智却没有想到,女人对男人身上传出别的女人味道比较敏感,而这种敏感是男人无法感受得到的。陈力智越说没有,张明秋就越断定陈力智刚才一定去找了另外的女人。

对于陈力智去找别的女人,张明秋认了,甚至张明秋还希望陈力智在外边有别的女人,这样她就不会有愧疚,就不会感到对不起陈力智。张明秋只希望陈力智对她说实话,陈力智却偏不对她说实话,这让她感到很气愤。陈力智这样做不光是欺骗了她的感情,还欺骗了她的思想。想到这儿,张明秋的右手就突然举了起来,然后重重地落在陈力智的左脸上。张明秋听到"啪"的一声,她的右手就传来了一股麻木的感觉。她看见陈力智的身体动了一下,几乎歪到一边去。陈力智捂着火辣的左脸,感到张明秋这一掌就像一把刀一样,在切割他的脸的同时,也在切割张明秋自己的心,不然她不会使这么大的力。陈力智想,看来我真的把她的心给伤透了。

张明秋打完陈力智后就哭了,捂着脸返身跑出了屋子。陈力智看到张明秋的头发从头顶散落下来,一飘一飘地从门边消失。张明秋走后,陈力智也开始流泪,泪流了好一阵后,他才擦去脸上的泪花,也走出了家门,他想他应该去把张明秋找回来。

陈力智在街边追上张明秋,他去拉张明秋。张明秋对他说:

"不要拉我,我是死是活也不要你管。"

陈力智不说话,只是用力拉着张明秋。张明秋则拼命摇晃着身体,想以此来摆脱陈力智的手,一些路人停下来观看他们两人的举动。陈力智把张明秋抱进怀里,张明秋在陈力智的怀抱里猛烈挣扎,还是没能挣脱陈力智的怀抱。张明秋又抬手打了陈力智一耳光,这一耳光没有刚才那一耳光下重。陈力智捉住了张明秋的手,把张明秋的手往自己的脸上拉,并对张明秋说:

"你打吧,只要能让你的心情好受一点,你就狠狠地打吧。"

陈力智的话反而让张明秋的手停了下来,手停下来后张明秋不哭了。张明秋用手抹了一把脸上的泪,然后又用手抚摸着陈力智的脸,问陈力智痛不痛,摸着摸着张明秋就又哭了起来。

陈力智是半推半抱着把张明秋弄回家的,张明秋倚在陈力智的身上,就像陈力智身上吊着的一片肉。在他们的身后,紧跟着许多好奇和复杂的目光。

陈力智和张明秋都各怀心事,从此以后,他们虽然还睡在同一张床上,却已经没有了身体的接触。有时陈力智想同张明秋亲热,兴趣刚刚上来陈力智就想到了那个女人,想到了从那个女人那里获得的那种享受,然后陈力智就觉得自己已经没有了欲望,自己的欲望已经全部留给了那个女人。那个女人不光让他背叛了自己的家庭,背叛了自己的老婆张明秋,还让他背叛了自己的身体。

张明秋原谅了陈力智,张明秋想陈力智在外边有女人,然后她就和他扯平了,今后谁也不会觉得对不起谁。张明秋不想同陈力智亲热,张明秋受不了那天嗅到的陈力智身上另一个女人的味道,特别是一想到陈力智同另外一个女人在一起颠鸾倒凤,她就有种想要呕吐的感觉。每当陈力智挨上她,向她传递出某种信息时,她都会叫陈力智去好好洗一洗,结果陈力智还没有洗好,两个人已经都没有欲望了。

春天的气息越来越浓,街两边的树叶都换上了青翠的淡绿色,那些落叶的树都长出了新的叶子。陈力智想,这个时候应该是庄稼下种的时候了,把去年秋天收上来的种子下到刚翻犁过的香喷喷的土里,要不了多久土里就会长出惹人喜爱的幼苗来。

张明秋迷恋上了春天,迷恋春天那浓浓的蓬勃气息。春天的白天越来越长,有时下班回到屋子里天都还没有黑尽,每当这个时候张明秋就站在门口,看着不远处一棵已经长满绿叶的大树出神。张明秋的眼睛就像一把梳子,在树叶间梳来梳去,有时一梳就是很长一段时间。她在想什么呢?看到张明秋那目光痴呆神迷的样子,陈力智就感到自己的心口堵得慌。

五

和陈力智玩得好的工友李国林要回家了,陈力智问他为什么现在要回家,李国林告诉陈力智,他老婆趁他这几年不在家的时候,给他戴了绿帽子。李国林对陈力智说:

"你说我外出打工是为什么?还不是为了那个家。我在这边辛辛苦苦地干,老婆却在家和别人舒舒服服地享受,你说我在这里干还有什么意思?"

陈力智问李国林:"是不是要回去杀了和你老婆在一起的那个人?是不是要和你老婆把婚给离了?"李国林沉默了好久,然后对陈力智说:"女人一个人在家也不容易。"李国林说他很想老婆和孩子,老婆一个人在家帮他带孩子,照顾老人,其实也挺难的。想想老婆的这些好处,他什么都忍了,他说只要那个男人不再来纠缠他老婆他就放过他。李国林说他更不能离了自己的老婆,没有她就没有人在家帮他管教孩子,他的孩子就不会成人,他不想让自己的孩子没有妈,为了孩子,他能忍,他什么都能忍。李国林走的时候请陈力智喝酒,结果陈力智喝醉了,这是他出来打工后第一次喝醉。

张明秋在厂子里加班,张明秋已经有很长时间没有到出租屋里来过夜了,张明秋对陈力智说:"我们分开一段时间,也许会好一些。"陈力智也想,分开一段时间,可能感觉会好一些,他觉得两个人住在一起,互相影响,情绪都不太好。于是陈力智就同意了张明秋的建议,陈力智想把租下的房子退了,两个人都住到各自的厂里去,这样可以把房子租金节省下来,张明秋不同意,张明秋说:

"我们又不是长时间分开,我们只是暂时的。房子留在这里,我们就会想到在这里我们还有一个家,我们就还会多一份对彼此的牵挂。"

自从张明秋住到厂里后,陈力智也开始迷恋上了吃完饭到屋外去散步的时光,以前他认为吃好晚饭,到屋子外的大街上去走走看看,那是城里人的事,不是他这种打工仔应该做的事,那都是一些闲着无事的人才干的事情。现在他却不想吃完饭就把自己关在屋子里,更不想一个人早早地就睡到床上去。以前张明秋在家,他们都盼望天黑,天黑后再把灯关上,整个世界就是他们的了。现在陈力智却害怕天黑,天一黑他就感到孤独和寂寞。

下了班从工厂的大门走出来,陈力智又一次走到了大街上。夕阳西下后,淡红色的光线斑驳在他的周围,他的目光也像一束阳光,在大街上的人流中扒来扒去,脚步跟着目光移动,不知不觉地就走进了一个地方。

从一间出租屋里走出来一个人，走到光线下后陈力智才看到是一个女人，那个女人叫了陈力智一声"老板"，这声"老板"吓了陈力智一大跳，陈力智说他不是老板。女人笑了一声说：

"你就是老板，你就是我的老板。"

陈力智跟着女人往出租屋里走去，他们经过一条不是太长的巷子，巷子里也有很多女人，她们都用一种贪婪的目光看着走在女人后面的陈力智。女人突然紧紧地把陈力智拉到自己身边，陈力智就利用这个机会，把自己藏到了女人的阴影里，以此来避开其他女人的目光。

陈力智提着裤子从女人的出租屋里出来，巷子里的女人们都看着他，有人还放肆地问他一次过不过瘾，要不要换点新鲜的。陈力智勾着头加快了离去的步伐，走出巷子时陈力智轻轻地骂了一句：

"一群可恶的母鸡！"

陈力智向自己和张明秋的出租屋走去，走近出租屋时，他刚好看到张明秋从出租屋里离去的背影。陈力智的头一下子就大了，他想张明秋一定是在他去那个女人的出租屋时回来的，在屋子里不知等了多久，没见到陈力智后才选择离去。看着张明秋离去的身影，陈力智想叫住她，张嘴时他突然想到了那天张明秋说在他身上嗅到了其他女人气味的话，他就把嘴闭上了。陈力智用力吸了吸自己的鼻子，想印证一下自己是不是还带有女人的气味，如果没有气味了再叫住张明秋。张明秋就在这个时候走远了，陈力智再一次看到的只是大街上众多的陌生背影。

陈力智在距自己出租屋不远的地方站着，他不想马上就回到屋子里去，他想张明秋回来了，自己就不能把另外一个女人的气味带回去。他要站在这里，让大街上的风，把残留在身上的女人气味吹散后他再进家。大约过了几分钟，陈力智再一次看到了张明秋，张明秋一手提着一个大塑料袋，袋中的一次性饭盒刺入陈力智的眼睛。张明秋用手敲了一下门，然后掏出钥匙把门打开，张明秋推门的响声，敲打在陈力智的心尖上，陈力智紧张得有些快支撑不住了。

陈力智的手机响了，张明秋对陈力智说她回来了，并已准备好了晚饭，叫陈力智下班后就赶快回家吃饭。张明秋知道陈力智今天没有加班，他们昨晚已经联系过，那个时候张明秋并没有说她今天要回家。

陈力智花二十元钱进了一家澡堂。接到张明秋的电话时陈力智说他在外面洗澡，挂上电话后陈力智就去了不远处的一家澡堂。

从澡堂里出来时大街上已经灯火辉煌，出澡堂不远陈力智就碰到了一个女人，女人笑嘻嘻地问陈力智要不要特殊服务，陈力智不说要也不说不要，从女人的身边走开时女人也没有来纠缠他。

张明秋听到陈力智说在洗澡,她的心热了一下,"洗澡"这个词曾经是她和陈力智之间的暗号,双方如果来兴趣了就说要去洗澡,于是另一方就会积极地加以响应。而自从上次不愉快的事情发生后,她和陈力智之间好久都没有用到"洗澡"这个词了。

张明秋并没有细想陈力智为什么要到外边去洗澡,而不是在家中洗澡,她只是想,陈力智去洗澡了,她也可以在家中洗一个澡,于是张明秋就去洗了一个澡。

张明秋穿了一件半透明的睡衣,这是她为了今天回家而在下班前去买的,是一个要好的姐妹推荐给她的,那个姐妹说这种睡衣特别性感,并说因为穿了这件睡衣,害得她老公一晚上都在折腾她。那个姐妹陪张明秋去买了这件睡衣,试穿时张明秋在镜中看到了自己,睡衣穿在身上,张明秋想起那个姐妹描绘她老公折腾她一晚上的情景,心中就泛起了一股久违的灿烂春潮。张明秋没有告诉陈力智她今天要回家,她想要给陈力智一个惊喜,张明秋就为这个惊喜提前请了一个小时的假,她想她应该在陈力智到家前,为陈力智把吃的东西准备好。

张明秋没有想到一件睡衣会有那么大的魅力,洗好澡后张明秋把睡衣穿到身上,对着镜子,张明秋看到了睡衣中朦胧的自己,曲线玲珑,风韵迷人,她一下子就脸红了。陈力智回到家,张明秋已经在睡衣外套了一件外衣,张明秋问陈力智:

"你洗好澡了?"

陈力智说洗好了。陈力智说下班后工友们都到澡堂去洗澡,他也跟着去了一次澡堂。张明秋并没有认真去听陈力智在说些什么,她坐到陈力智身边,嘴对着陈力智的耳朵说她也洗过澡了。张明秋说屋子里很热,叫陈力智把衣服脱了。张明秋就脱去了睡衣外面的衣服,陈力智就看到了朦胧中的张明秋。

陈力智和张明秋都找回了那种久违的感觉。从激情中清醒过来后,张明秋说这一次的感觉就跟那一次在桃树林中的一样:垫着树叶和嫩草,阳光从树叶和花朵的缝隙中洒下来,花花绿绿地洒在人身上,鲜花和野草的清香透进鼻子中,淌进心坎里……这一切都让人很着迷,很新鲜很刺激。张明秋的睡衣是粉红色的,张明秋把睡衣穿在身上,问陈力智像不像一朵开放的桃花,陈力智既不说像也不说不像,而是把张明秋又一次拉进怀里,张明秋的身体又一次被陈力智打开,陈力智又一次把自己埋进了张明秋的身体里。陈力智感觉自己的身体就像一部发动机,源源不断地涌动着生命的源泉,让他一次又一次地向张明秋敞开和释放。张明秋想把睡衣脱下来,陈力智却不让,张明秋说:"你这样会把我的桃花给弄坏的。"陈力智说:"我就要把你的桃花弄坏,我就要把你这朵桃花弄坏!"

陈力智没有想到自己的女人穿上睡衣后比他刚才经历过的那个女人还要新鲜,新鲜得让他欲罢不能,让他激情迸发,让他找到了从没有过的感觉。筋疲力尽后陈力智还紧紧地把张明秋抱在怀里,舍不得放开,直到张明秋对他说"我们该吃饭了",他们才从床上爬起来。

六

张明秋听到自己的肚子里传来了一种特别的声音，像是有人在自言自语，又像是有一个小孩在叫妈妈。这种声音总是在夜深人静的时候准时发出。张明秋被这些声音包围了好些日子，她很想仔细分辨声音是来自何处，但当她睁开眼睛支起耳朵在黑暗中搜寻时，却又听不到了。

张明秋自己去了一趟医院，这一次她没有让陈力智陪她去，接待她的医生询问了她的症状后，给她开了一张化验单，交给她一个小杯子，叫她到卫生间去取一点尿拿到化验室去化验。不一会儿，结果就出来了，医生告诉张明秋，说她的这种症状叫怀孕综合征，是孕期妇女的一种精神幻想，没什么大碍，只要注意休息，不要过分兴奋、紧张、劳累，一段时间后就会自然消失。

张明秋没有告诉陈力智自己怀孕的事，从医院回来后她以为那种声音会消失，可当她躺在陈力智身边迷迷糊糊准备睡过去时，那种小孩说话的声音又传进了她的耳朵，把她从迷糊中唤醒过来。"妈妈！"这回张明秋听得很真切，孩子一定是在叫"妈妈"这两个字。一想到自己将要做母亲，张明秋笑了。笑过后张明秋就想自己真笨，上次以为已经怀孕了，结果却是虚惊一场，这一次明明是怀孕了而自己却不知道，真是傻到家了。

陈力智还是知道张明秋怀孕了，当有一天他看到睡衣中张明秋那微微隆起的肚子时，他才知道他播下的种子已经在张明秋的土地里生根发芽。这是他和张明秋早就商量好了的，自从他们又住在一起后，他们就决定要生一个小孩，他们做了一下估算，假如张明秋能怀上孩子，到明年春天孩子就可以降生，那时他们就可以回到老家去把孩子生下来，然后就在家种地抚养孩子直到他（她）长大成人。

随着张明秋的肚子一天天大起来，陈力智叫张明秋把工作辞掉，不要再去上班，陈力智说反正离回去的日子也不远了。陈力智让张明秋好好在家休息，等他再干一段时间，工钱结算后他们就双双回家。张明秋不同意辞工，张明秋说他们厂的活不是很累，只要老板不赶她走她就还可以做下去，多做一点他们的收入就会多增加一分。

怀孕后张明秋不再穿那件睡衣，她把它收拾起来放进了装行李的大箱子中，陈力智问她为什么要装进箱子里而不是收到衣柜里，张明秋说：

"反正现在已经穿不上了，等以后要再穿的时候就已经回到家了。"

陈力智问张明秋回家后还敢不敢穿睡衣，张明秋说在家光着身子都不怕，为什么就不敢穿睡衣？

陈力智在张明秋的声音里思索，陈力智想他和张明秋结婚三年多，出来打工三年多,他们是应该回家养育儿女了。

陈力智在巷口碰到了那个女人,那个女人说她是专门来这里等陈力智的,她问陈力智为什么这么长时间不到她那里去了。那个女人说:

"我从没有记住过那些从我身上爬走的哪一个男人,我却记住了你。你这段时间为什么不来了?"

陈力智不回答女人的话,陈力智想从女人的身边绕过去,女人用身体挡住了他的去路。陈力智问:"你想干什么?"女人说:"我只想跟你说两句话。"

女人说她想找个人说话,想来想去却找不到要说话的人。女人想到了陈力智,女人说在她认识的人当中只有陈力智她还有印象。女人就专门到这里来等陈力智,女人就想把她心里的话拿出来找陈力智诉说。女人说她在这里的生意越来越难做了,如今做这门生意的人越来越多,那些人也越来越年轻,越来越比她有姿色,也越来越有文化和品位。现在很少有人再愿意登她的门。女人说她想回家,她说她已经有五年时间没有回过家了,不知道这次回去以后丈夫还要不要她,孩子们还认不认她?女人说她在这里的五年里,丈夫从没有给她来过一封信,也没有给她打过一次电话,每次都是她给家里汇钱后,再给家里打电话问他们收到钱没有,而每一次都是在上学的儿子接电话说钱收到了,然后就再没有多余的话。女人说她儿子明年就要考大学,所以她今年一定要回家去看看,就算儿子不认她丈夫不要她,她也要回家看看。女人说她很想家但又害怕回家。女人说要不是为了孩子,为了那个家,她也不会走到今天这个地步,也不会人不人鬼不鬼地生活在城市的屋檐下。

女人没有把陈力智拉到出租屋里去说话,也没有站到街边去说话,而是像城里人一样把陈力智拉到了一家酒吧。在酒吧里的消费是女人付的钱,陈力智要付钱,被女人挡住了,女人说今晚该她来付钱,说这是她第一次花自己的钱到酒吧里来消费。女人没有纠缠陈力智,只说了一会儿话后就走了,女人说把心中想说的话说出来后就不会再堵得慌,说今晚上就可以睡一个安稳觉了。临走时女人问陈力智有没有孩子,问陈力智想不想自己的孩子。

陈力智回到家,张明秋还没有回来,张明秋他们厂这段时间下班一直比陈力智他们晚,说是要赶一批货。张明秋说赶完这批货她就不做了,她就可以在屋子里帮陈力智做饭,等陈力智他们厂放假后就可以回家了。

张明秋走在回家的路上,她今天向厂里辞了工,老板在批准她辞工后还给她发了一个红包。老板说红包是给张明秋未来的孩子,老板对张明秋说:

"生下孩子后,希望明年你还来我们厂做。"

有一个男人从张明秋的身边走过,男人撞了张明秋一下,男人没有对张明秋说"对不起",男人的脚步迈得很匆忙。张明秋想这个人一定有很着急的事要办,不然不会走得这样行色匆匆。秋风就像行人的脚步，在大街上急匆匆地走着。张明秋心想生活就是这样，让人忙忙碌碌地不知道停歇下来。张明秋感觉到了自己身体内的胎儿动了一下，像是在回应她的思想，想完她就淡淡地笑了。张明秋用手轻轻地拍了拍自己的肚子，低低地说：

"宝贝，别动，现在想出来还早，以后你有的是时间，以后的生活恐怕你也要和当妈的我一样，一天到晚忙个不够。"

秋意越来越浓，郊区的庄稼被收割过后，城市里就飘荡起了近冬的冷风。张明秋辞工走出了工厂的大门。陈力智仍然按部就班地到厂里去上班，他已经向老板递上了辞工的报告，老板也同意了他的辞工要求。干到月底结算工资后他就可以离开工厂，也就是说再有二十天，陈力智就可以和张明秋双双踏上返家的路了。

七

一股冷风灌进张明秋的脖子，她把身上的衣服裹了裹，推开了银行的大门。一股热风从银行里向她迎面冲来，脚刚跨进银行大门时，她感觉到门外的冷风和门内的热风相互撞了一下，冷风融进热风里，热风裹住了冷风。张明秋拿着营业员递给她的两千元钱装进包里，把包带挎在左肩上，把包拢到胸前用右手护住，左右看了看才走出银行大门。门外的风还是那样冷，张明秋打了一个喷嚏，鼻涕流了出来。张明秋放开护住包的手，打开包去翻找手纸，她的手还没有翻到手纸，一双粗壮的手臂就从后面搂住她。那双手搂住她的同时顺势用力一带，张明秋就倒在了地上。倒在地上的张明秋下意识地紧抓住包，但是一只脚从侧面伸出来踢到她的肚子上，疼痛使张明秋放开了护住包的手，包随后也到了别人的手里。

"打劫啦！"

张明秋听见自己喊了两声，但第二声被肚子传来的疼痛压了下去，随后她就听见了自己一声接一声的呻吟。张明秋的呻吟声引来了许多路人，他们看到张明秋倒下的地方有很多血，有人打了110和120的电话。被抬上车时张明秋还在一遍又一遍地说着"我的包我的包"，张明秋对来救她的人说她的包被抢了，所有的人只看到她的嘴在动，却不知道她在说什么。

陈力智往家赶时接到了一个电话，他以为是张明秋打来的，没有仔细看就把手机凑到了耳朵边。当听出是一个男人的声音时，一种不祥的预感就从心底冒了出来。那个男人告诉陈力智，说他是派出所的，现在在某某医院，说陈力智的爱人张明秋被抢劫并被打伤，现在正在医院抢救，叫陈力智赶快到医院去。

陈力智在医院见到了那个给他打电话的人，陈力智也在医院见到了张明秋，张明秋躺在一张病床上。陈力智看到了张明秋的脸,张明秋的脸惨白惨白的,衣服上、裤子上沾着暗红色的血迹。陈力智问张明秋怎么了。张明秋只是一个劲地流泪不说话。

另一边站着的一个白大褂说:

"送来的时候她一直昏迷着,才刚刚苏醒过来。我们做了很大努力,孩子还是没有保住。"

张明秋"哇"的一声哭了,她的哭声十分响亮。张明秋哭的时候,陈力智只是呆呆地站着,不知道自己该干什么。陈力智的脸已经被愤怒烧红,呈现出一种绝望的表情,两只手紧紧地握成拳状,心中憋着一股怒火却不知如何发泄。好久好久,陈力智才放开拳头,伸出手去帮张明秋擦拭流到脸上的泪花,擦着擦着他的眼角也滚出了两颗泪珠,亮晶晶地挂在被绝望烧红的脸颊上。

陈力智陪着张明秋哭了好久,直到派出所的人过来拉他,陈力智才把那一张满是泪花的脸从张明秋的身上移开。派出所的人告诉陈力智,现在不是哭的时候,现在要做的工作是早一点抓到凶手。派出所的人一边说着一边把陈力智拉到了医生办公室,向陈力智询问张明秋今天的活动情况。

在陈力智去上班时,张明秋说她今天要去准备一点回家的东西。陈力智叫张明秋在家休息,说等他结算完工钱后和张明秋一起去准备。但张明秋说她在家闲着也是闲着,出去走走顺便做一些采买,还可以得到锻炼。在陈力智出门时张明秋也出了门,张明秋对陈力智说她要到银行去取点钱买东西,当时陈力智还叫她小心点。

从医生办公室出来,派出所的人对陈力智说:

"陈先生,我们为你和你太太的不幸感到难过,作为警察,我们希望尽快破案,早日抓住凶手好还你们一个公道。我们需要得到你和你太太的配合,如果还有什么情况,请你们及时向我们提供。"

为了照顾住院的张明秋,陈力智提前从厂里辞了工。辞工后无论是白天还是黑夜,陈力智都在医院陪着张明秋。待张明秋好转把她接回出租屋后,陈力智就开始了昼出夜伏的活动,白天他怀揣着一把从市场上买来的水果刀,来到张明秋出事的银行门口,像猎人一样眼睛不停地晃动在银行门口过往的人身上。他怀疑从银行门口走过的每一个男人,他甚至怀疑那些取了钱从银行里走出来的人。谁要是在银行门口站的时间久一点,陈力智的目光就紧紧地锁定在他的身上。

陈力智在银行门口守了将近一个星期,他终于等到了他要等的那一刻。他看见一个女人刚从银行里走出来,一个二十多岁的男青年从女人的后面快跑上去,一把就搂住了女人,随后女人就被摔到了地上,女人背着的包就到了男青年的手里。男青年跑过陈力智身边,陈力智伸出一只脚,跑着的人就摔到了地上。陈力智刚把男青年扑到地上,有几个人就向他跑了过来,那些人边跑边亮出明晃晃的刀子,指着陈力智说:"你是不是不想活了？"

陈力智把扑在地上的人从地上拉起来，一只手搂在他的脖子上，另一只手掏出刀指着那些跑过来的人说：

"你们只要一过来我就先做了他。"

那些人被陈力智的举动惊呆了，还没有等他们反应过来，从他们的四周又冒出几个人来，后来的人用黑洞洞的枪口指向他们，他们拿刀的手就软耷耷地垂了下来。至此陈力智才明白，不光他一个人在这里等候这些人，警察也在这里等了这些人很长时间。

陈力智和张明秋还是没能回家，参加完这个城市为他举行的见义勇为表彰大会后，年关就近了，回家的火车票已经卖光。孩子不在了，回家的意义也失去了。他们原本就是两手空空地来闯荡城市，希望城市不光带给他们全新的生活，还能带给他们快乐，带给他们畅想。但在城市屋檐下待了这么长时间，他们不但没有收获快乐，反而首先收获到了伤心，这样的结局让他们感到心痛。陈力智和张明秋在摒弃了内心的伤痛后，决定暂时不再回家，他们不希望把城市的伤心带到家乡去，带到他们渴望的故乡生活中去。最终，他们选择了仍然留在城市里讨生活。

陈力智和张明秋离开了这个他们打工三年多的城市，踏上了开往另外一个城市的长途汽车，到另一个城市去重新开启他们又一轮的城市生活。

（原载《章回小说》2012年第8期）

2012年

孟学祥

弯 河

引 子

　　弯河镇的河本来不叫干河，因为河中没有水后才叫干河。

　　弯河镇的河原本是一条很美丽的河，河水长年不断，清澈碧绿，两岸翠竹簇拥，垂柳成林。弯河镇的河原来的名字叫姚家河，姚家河是因发源于姚家坡而得名；弯河镇的河也叫弯河，弯河是因河流到小镇边后在此拐了一个大弯，将小镇圈抱入怀，使小镇一面靠山三面环水而得的名。我所居住的这个小镇原来叫姚家湾，后来改名叫弯河镇，同时小镇也因河水的环绕而被美称为"玉水金盆"。

　　姚家坡是弯河的源头，姚家坡的地名源于那里曾经是姚家的私人林场，后来政府把林场收归国有，然后把姚家林场改成了后来的国有红星林场，姚家坡也被改叫红星坡，但是弯河镇的人还是习惯把那里叫姚家坡，把红星林场叫作姚家坡林场。

　　姚家坡林场原是我们县里最大的一个林场，林场的工人以前负责砍树，也负责种树，再后来就只见他们砍树而不再见他们种树，再后来树砍光后林场的工人们没事情做，就都回县林业局去领低保，林场就再也没有人去上班了。20世纪90年代中期，我们这里搞退耕还林，政府号召植树造林时也叫县林业局去植树，县林业局说那个地方是弯河镇的地界，应该由弯河镇在那里种树，而弯河镇政府说林场是国有的，一直归县林业局管，应该由县林业局在那里植树造林才对。于是大家就一直在那儿扯皮，姚家坡就一直没有被种上树。后来有人在姚家坡挖出了煤，于是四面八方的人都拥到那里去挖煤。见有钱可赚，县林业局又派人到那里去管理，弯河镇政府也派人到那里去管理，双方都争着去管，结果谁也管不住。官司打了几次都没有什么结果，而好好的一个姚家坡，就在这种互相扯皮的官司中，被四面八方涌来的挖煤人挖得千疮百孔。所以，我们弯河镇的人都说，是因为姚家坡的龙脉被挖断了，才使弯河变成了今天的干河。

一

没有水，弯河就像一条死蛇，丑陋地包围着小镇，河中原有的沙石在水流干后，也被人取走，变成了一栋栋拔地而起的楼房建筑材料，于是河中间就只剩下那一颗颗无法搬动的硕大卵石。得不到水的滋润，裸露的卵石经太阳一晒，白森森的，犹如死人的白骨摊在河道中。没有河水，河湾的许多地方都变成了天然的垃圾站，垃圾东一堆西一堆，散发出难闻的气味。"玉水金盆"已经名存实亡。小镇的日子一直都很平淡，现在河里没有水了，那日子就更加平淡了，平淡得就像河中间那惨白惨白的石头，一年四季不管春夏秋冬，都是那种灰蒙蒙的老样子。

姚一明要回来了，姚一明不光回来祭祖，而且还要回来办企业，回到家乡的土地上投资开发。这条消息一直是这一段时间弯河镇谈论得最多的话题。

弯河镇在地域上是一个大镇，但在经济上却不是大镇。弯河镇的若干任领导都知道光凭自己的实力，在弯河镇这块贫瘠的土地上是折腾不出钱来的，于是就都想搞招商引资，都想通过引进别人的资金来使弯河镇的经济有起色。可这么些年招来招去，招到的都是一些空手套白狼的家伙，这些人从沿海一带涌来，用很少的钱做诱饵，然后到这里套取一大笔扶贫贷款后，就无声无息地消失了，留下的都是一些既不能吃也不能用，还又值不了几个钱的烂机器。姚一明要回到家乡弯河镇来投资办企业，这可喜坏了弯河镇的现任党委书记周子军。姚一明这个马来西亚最有钱的大老板，只要肯在弯河镇投资，弯河镇的经济就一定会腾飞起来。而姚一明要回到弯河镇来祭祖，这也愁坏了周子军，愁的是姚家在弯河镇上已经没有什么亲人了，至于姚家的祖坟在什么地方？周子军问了很多人都没有谁能够说得出来。说不出来就意味着找不到姚家的祖坟，找不到姚家的祖坟，姚一明来了后就找不到祭祖的地方，找不到祭祖的地方，这姚一明肯定会不高兴，不高兴说不定就不会到弯河镇来投资，这个问题就成了这段时间一直都在困扰着周子军的非常棘手的问题。

周子军在镇上走访了部分上年纪的老人，很多老人都说不出姚家的祖坟在什么地方，其中一个老人对他说：

"去找你爷爷吧，姚家的祖坟只有他知道。"

周子军来到县城，来到了周忠良的家。

八十二岁的周忠良身体很好，他当了三十一年的县长、九年的县委书记、五年的人大常委会主任。从权力的位置上退下来后,他曾有过一段时间的迷惘和失落,在这种失落中他学会了打麻将,学会了很多在当领导时没有学会的玩耍方式,而且随着玩耍方式的增多和年龄的增大,那种当初曾有的迷惘和失落,就一天天在不停地玩耍消磨中消退了。

周忠良不愿提姚家的事,也不想提姚家的事。当周子军向他提姚家的事时,他和几个退了休的老头正在打麻将,上家打了一个该他和的牌,可他正听周子军说话,结果错过了机会,使他那一把牌没和成。牌没有和成周忠良就很不高兴,周忠良一不高兴就很不想听周子军这个孙子说话,更不想对他说什么姚家的事。

周忠良不想提姚家的事,而周子军却一定要找到姚家的祖坟。为了找到姚家的祖坟,周子军就丢开别的工作不管,天天泡在县城,泡在周忠良家里磨周忠良。周忠良不理会周子军,天天去打麻将,周子军就天天陪着他打麻将,直到三天以后,不耐烦的周忠良才问周子军:

"你为什么要找到姚家的祖坟?"

周子军就告诉老爷子,说他必须找到姚家的祖坟,找到姚家的祖坟后他要把它维修好,他要让姚一明来祭祖的时候有个好心情。有了好心情,姚一明才会把钱拿出来,拿到弯河镇上来投资。

周忠良躺在椅子上,一边听电视新闻一边听周子军说话,当他听到"姚一明"这三个字时,将上身从躺椅上欠起来,盯着周子军问:

"你说谁?你说姚一明要来祭祖?姚一明要来投资?难道他没有死?"

周子军说:

"他没有死,他还好好地活着,他不光好好地活着,而且他还在马来西亚做了大老板,现在很有钱。他要回乡来看看,回到老家来祭祖,而且还要拿钱来家乡投资办企业。"

周忠良盯着周子军问:

"你说姚一明真的没有死?"

周子军也盯着周忠良说:

"他真的没有死。"

周忠良很认真地问周子军:

"你说他要拿钱到家乡来投资?"

周子军也很认真地说:

"是的,这是千真万确的事,肯定不会错,这是县委书记和县长亲自对我说的。"

周忠良又问周子军:

"你就那么相信吗?"

周子军说：

"我相信。我不光相信县领导，而且我也相信姚一明。"

周忠良又躺回到躺椅上，过了一会儿才抬起头对周子军说：

"你不是想找到姚家的祖坟吗？那我告诉你，姚家没有祖坟了，姚家的祖坟在1958年就被挖了。我不想对你说姚家的事，是因为姚家和我们有仇。你太爷是在姚家坡上砍柴，被姚家林场的人抓去打死的，而姚一明的父亲又是我带人去抓来枪毙的。今天知道了这些，你还会那么相信姚一明吗？"

周子军回到弯河镇，把自己关在办公室里，一直关了两个半天和一个黑夜，到第二天的下午，周子军把镇长和镇里几个主要领导喊进他的办公室，关上门后周子军对他们说：

"我们不能让姚家没有祖坟，我们不能失去这次机会，我们不能让姚一明这个财神爷回来后，因看不到祖坟，然后失望而归，然后又把他的钱带回马来西亚。"

二

七十九岁的姚一明一踏上中国的土地，似乎一下子就变得精神起来，走下飞机舷梯时，他甩开搀扶着的一双儿女的手，自己一步一步下到了地面。

姚一明带着儿子和女儿住在县城的宾馆里，姚一明很想马上就到弯河镇去，但接待他们的人说此刻他们还不能去，弯河镇前段时间下大雨，山洪把路都冲断了，现在正在抢修，只有等路修好了再去。

姚一明和儿子、女儿就在县城等，一等就等了近一个星期。这一个星期里，姚一明吃不好睡不好，他脑子里想的都是那朦朦胧胧的遥远故乡，每一次做梦梦见的，都是那似曾相识的故乡的影子。

姚一明向儿子和女儿描述故乡，描述姚家坡，描述弯河，描述姚家坡的原始森林，描述弯河的美丽。他对他们说：

"姚家坡的森林，那才是真正的森林，满山满岭都是原生的大树，郁郁葱葱，一望无际。森林里边还有许多动物，它们自由自在地生活，自由自在地成长。弯河才真正是世界上最美丽的河，一年四季水流不断，清澈见底，岸边垂柳依依，水中鱼儿成群。姚家湾是一个美丽的地方，一面靠山，三面环水。寨门前又有一片很大很大的桑树林，桑树林旁边又是一片很大很大的河柳林，村寨时时刻刻都掩映在绿树丛中，那才是真正的人间仙境。"

儿子和女儿生在马来西亚，长在马来西亚，成家在马来西亚，生儿育女在马来西亚。他们不知道姚家坡，不知道弯河，不知道姚家湾，他们更无法理解和想象出姚一明心中的那道风景。在姚一明的叙述中,他们只是被动地听着,被动地接受着。作为儿女,陪姚一明到中国来,他们只是为了帮父亲在有生之年,完成他思乡的心愿。

姚一明来到弯河镇,站到弯河边,久久地注视着已经没有水流过的弯河,很久很久,姚一明才问陪同在身边的县长:

"河里的水呢?河里的水都到哪里去了?"

县长不知道,又掉头问跟在身边的周子军:

"河里的水呢?水都到哪里去了?"

周子军不知道,想了好一会儿才说:

"水呢?水到哪里去了呢?我来这里上任时这河就已经没有水了。"

姚一明没有说话,他走下河床,县长跟着他走下河床,周子军也跟着走下河床,姚一明的一子一女也跟着走下河床。姚一明站在一颗被太阳晒得发白发亮的石头上,就这样站在石头上,久久地看着干枯的河床。很久很久,一滴眼泪从他的眼眶溢出,滴落在石头上,再慢慢化开,然后又慢慢干涸。

姚一明背对着大家,没有谁知道他流泪,只有他的一双儿女一左一右搀扶在他身边。姚一明从石头上走下来的时候,眼睛还是红红的,面对着县长等人探究的目光,姚一明说:

"我们走吧,河里的风太大了,眼睛受不住。"

姚一明来到姚家坡,来到周子军他们为他找到的"祖坟"边,带着一双儿女在两个破败的土堆前跪了下来。周子军叫人去帮他摆上早已准备好的供品,被姚一明的儿子制止住了。姚一明示意一双儿女从包里取出他们从马来西亚带来的供品——两双布鞋、两件老人死后穿的寿衣,然后摆在两个土堆面前。

祭祖时姚一明没有落泪,姚一明的一双儿女更不会落泪。姚一明带着一儿一女在两个土堆前跪着烧了很多纸钱,那是真正的纸钱,而不是像现在一些人家烧的像人民币一样的冥币。县长、周子军及一大帮陪同的人就站在远处看着,看着他们将纸钱点燃后飘出袅袅的青烟,又看着青烟升到空中后再慢慢淡化。纸钱快要燃完时,姚一明又将两件衣服和两双鞋子放到火堆上,先是冒出一股黑黑的烟雾后,火就熊熊地旺了起来。待火全部燃尽,姚一明从两个坟堆上各装了两袋土,分别装到儿子和女儿的包里,然后才从土堆边离开。

祭祖是一个漫长的过程,漫长得县长和周子军一行早就已经不耐烦了,如果不是为了争取姚一明的那一份投资,他们可能早就离开了,特别是周子军,对整个这样一个过程更是不以为意,刚开始他看到姚一明一家走向那两个土堆时,心中还涌动出一丝丝的担心和不安,但当他看到姚一明那虔诚的样子时,心中的那点担心和不安随之立即遁去,转而就有了完成一件杰作的那种满足,和滋生出一种耍小聪明来愚弄别人,使别人上当的幸灾乐祸的快感。

祭完祖后本应该就回去了，可是姚一明不走，他坚持要到姚家坡去走走看看，这是一个原计划没有安排的路程。陪同的人虽然心中很不快，但也只好跟着，一行人又稀稀拉拉地向山坡上爬去。

三

周忠良病了，自从听到姚一明还活着，而且要回家来祭祖和投资一事，周忠良就病了，刚开始只是心病，后来就真的是身体病了，躺到了床上。

周忠良病了，这病说轻也不轻，说重也不重。说轻吧，一天到晚躺在床上，浑身无力，就是起不了床；说重吧，医生上门检查又说没什么大事，主要是思想负担过重引发的心理机能紊乱，只要好好休息，不去想那些杂七杂八的事情，过几天自然就会好了。

周子军回家来看望生病的周忠良，一见面周忠良就问：

"姚一明来了吗？"

周子军说来了。

周忠良问：

"姚一明是不是去弯河镇了？是不是去祭祖了？"

周子军说去了。

周忠良说：

"他家的祖坟早都不在了，他还去那里祭什么祖？"

周子军说：

"我随便找了两个土堆就把他哄住了。"

周忠良一下子从床上弹起来，指着周子军的脸骂道：

"你放屁，这种损人的事你也做得出来，亏你还是共产党的干部，共产党光明磊落的品格你一点都不具备，你这不是在给我们周家抹黑，给共产党抹黑吗？"

周子军待周忠良发完火，平静了好一会儿后，才对他说：

"爷爷，我知道这样做不光明磊落，更对不起人，但是我没有办法，姚一明找不到祖坟，他就没办法祭祖，祭不了祖他就不会到弯河镇来投资，没有姚一明的这笔投资，我们弯河镇的经济就振兴不起来。"

周忠良余愤难消，在同周子军说话的时候，虽然用的还是质问的语气，但已经不像刚才那样冲动了。

"那笔投资对弯河镇就真的那么重要吗？难道你为了那么一笔现在还不知道有没有的钱，就可以去违背良心吗？"

周子军没有再同周忠良理论下去，待周忠良对他发过火趋于平静后，他才从周忠良的病房里面走出来。同周忠良的争吵，使周子军的心情差到了极点。他知道，在这件事情上，他处理得很草率，也有点过分，但是他只能这样做，他别无选择。周子军不想立即回到弯河镇去，他把驾驶员打发到县招待所去休息，然后自己驾着车在县城的大街上慢悠悠地逛着，从下午三点过一直逛到下午五点过，他才到招待所把车交给驾驶员，由驾驶员驾车赶回弯河镇。

周子军走后，周忠良一直都在想姚一明的事，想姚家与他们周家的恩恩怨怨，这种恩恩怨怨就像一团扯不清的乱麻，一生一世都缠绕着他，让他一生都得不到安宁。

周忠良越想避开姚家却越是避不开，周忠良不想忘掉那段耻辱，但那段耻辱却一直滞留在他的心中，无论他仕途多顺，官当得多大，都没能够把这一段耻辱抹去。那件事就像刚刚发生一样，无时无刻不清晰地再现在周忠良的脑海里。那是弯河镇解放之初，当时的民兵队长周忠良，带人去抓"大恶霸"姚家林场的场长，对他实行民主专政。为了报杀父之仇，周忠良把他送上了"断头台"。周忠良的母亲哀求周忠良不要去做这件事，周忠良坚决要去，说是要为父亲报仇。周忠良仍然记得，那天母亲就跪在他的面前，一字一句地对他说："你去吧，你去吧！你知不知道，你去杀的那个人才是你真正的亲生父亲？"

在那一刻周忠良又见到了自己的母亲。在那个人被枪毙不久，母亲也病了，母亲临死时再一次告诉周忠良，被他杀掉的那个人是他的亲生父亲，叫周忠良经常去看他，逢年过节给他送点吃的，让他在阴间好好做人，不要当野鬼。周忠良拒绝了母亲，他就看到了母亲的痛苦状。周忠良的母亲死后，就一直没有把眼睛合上。

从那个时候起，周忠良就认为那是他一生的耻辱，也就是从那时起，他就把这个耻辱当成了一个人的秘密，残酷地封杀在记忆的深处。那个人死了，给他带来这个耻辱的母亲也死了，他认为这些事就应该一了百了，就不会再出现在他的记忆深处了。想不到在他快要入土的时候，这个耻辱又重新从记忆中冒出来，并纠缠上他们周家。

周子军走后，周忠良就这样一直躺在病床上，躺在病床上的他就一直在梳理内心深处的记忆，越梳理就越难受，越梳理就越不是滋味。最后他干脆从病床上爬起来，拉开门悄悄走了出去。

周忠良走进县招待所，一进值班室劈头就问：

"那个从马来西亚来的人住在什么地方？"

服务员并不认识周忠良，此时正捧着一本言情小说看得津津有味。周忠良的话把她吓了一大跳，她抬脸见是一个老头，就没好气地说：

"你是谁？你找哪一位？"

周忠良没有理会服务员的问话，继续重复着刚才的话：

"那个从马来西亚来的人住在哪里?"

服务员说:

"他们去弯河镇还没有回来,他们说要在那里待一个星期。"

在来招待所的路上,周忠良就想好了,见到姚一明,他先替周子军向他道歉,然后就带他去找姚家的祖坟,找到姚家的祖坟后,就告诉他过去和现在所发生的一切,然后就同他了结这一生一世结下的恩恩怨怨。在招待所没有见到姚一明,周忠良的内心冒出了一股淡淡的失落感,同时又生出了一股紧张过后的虚脱感。

走出招待所,周忠良突然感到很累很累,他慢步来到紧邻招待所的河滨公园,选择树荫下的一个凳子坐了下来。周忠良这一坐就再也没起来,待医院指派护理他的护士和他的家人找来的时候,他已经停止了呼吸。

周忠良就这样走了,带走了一个只有他知道的秘密,对于他来说,这应该是一种最好的了结方式。他走了,常年附在他身上的耻辱就再也不存在了。对于他的死,县城里有各种各样版本的传说,那都是些后话。没有谁把他的死同姚家联系起来,更没有人认为他与姚家有瓜葛。人们说他是老死的,累死的,说他那种死法最值,不受罪也不拖累任何人。

周忠良死后的第二天,姚一明一家人从弯河镇回到了县城,姚一明一到县城就打听周忠良,当他得知周忠良已经死后,就叫两个儿女陪着来到了周忠良停灵的地方,他先给周忠良鞠了三个躬,然后才抹着眼泪说:

"你为什么不等我来就走了呢?我还要向你打听父亲埋的地方呢,他们说只有你才知道,你为什么不告诉我就走了呢?你的心就真的那样狠吗?"

接到父亲从县城打来的电话,得知爷爷已经去世,听完电话,周子军长长地出了一口气。此刻他不知道自己是该喜还是该悲,爷爷死了,就等于倒了一棵影响他仕途升迁的大树,今后的日子就不那么好过了。但是爷爷死了,他昨天和爷爷争吵的那个话题就不必担忧了,他知道如果爷爷还在,以他的脾气,一定会去找姚一明讲清楚祖坟的事。如果是那样,他为姚一明祭祖所做的一切努力,都会化为泡影,他和他的弯河镇就将得不到姚一明的眷顾。

四

姚一明站在姚家坡上,望着到处都是的小煤窑、到处都被开挖得千疮百孔的山,心中的血几乎要喷出胸腔。他一路走一路都在心中问自己:这就是姚家坡吗?是姚家上几代人花费心血创办的姚家林场吗?

姚一明在姚家坡上没有看到树木,更没有看到原始森林,姚一明看到的只是一个挨着一个，用茅草盖起来的工棚，和那些全身漆黑站在工棚门口或者某一个煤洞口，用不怀好意的目光盯着他们一行的挖煤人。姚一明问他们一天挖煤能挣到多少钱，一连问了好几个人都得不到答案。

姚一明不再想树，不再想森林，从姚家坡下来在弯河镇吃饭时，姚一明尝了一口鱼汤后对儿子和女儿说：

"这不是河鱼，这是自家池塘里养的鱼，这鱼汤泥味重。以前弯河里的鱼很多，我们在河里洗澡，一个猛子下去就能抓上一条大鱼。"

姚一明在弯河镇住了六天，这六天里姚一明把弯河镇的里里外外都看了个遍，投资的事他却一个字都没有提。周子军好几次把话提出来，可话刚出口就被姚一明用话岔开了。

临离开弯河镇的头天晚上，周子军请姚一明一家人吃饭。席间，姚一明对周子军说：

"周先生，我感谢你这些天来对我们一家的照顾，让我们感受到了故乡的热情和温暖，有机会我们真诚邀请你到马来西亚去做客，我们一家也一定会为你做好安排，把你接待好。"

见姚一明不提投资的事，周子军终于再也忍不下去了，他先向姚一明一家敬了一杯酒，然后就直截了当地问姚一明：

"姚先生，你看我们今天晚上是不是来谈一谈投资的事？"

姚一明说：

"周先生，也许我要让你失望了，因为我已经决定不在弯河镇投资了，这里边有很多因素，我就不对你说了，回到县城后我会与你们的县长先生说清楚。但作为弯河的儿女，我还是想为它做点事情，这样吧，我借给你五十万美金，借期为十年，不收利息，你拿去发展弯河的经济，十年后我来收借款本金，如果我不在了，我的儿子会来问你要，你看行不行？行，五天以后你就同我们到省城去，我把我的律师和财务总监从马来西亚叫过来，办好一切手续后钱就可以划过来了。"

周子军现在想的只是钱，只要能从姚一明那里弄到钱，不管是投资款还是借款，是钱就行。何况姚一明说借十年，十年后他周子军还不定到什么地方去了。到那时，让姚一明找别人要去，他周子军可管不了那么多。

姚一明又对周子军说：

"周先生既然答应了，有一些条件在这里我也要对周先生说清楚。这笔钱是借的，既然是借款就要有借款合同，还必须要得到法律的保护和认可。这笔钱只能用在发展弯河的经济上，为了保证不被挪作他用，要必须由我的财务总监来监督使用，不合理的支出他有权制止。"

姚一明的条件让周子军的心凉了一大截，这狡猾的资本家，钱是给你了，但是却让你看得见摸不着，与其这样，你还不如不给。周子军此刻连骂姚一明祖宗十八代的心都有了，但是他的脸上还不得不装出一副讨好的笑容。

姚一明来到县城，在招待所里等了一天，原说好的县长要来见他，可是县长没有来。第二天，姚一明只好带着儿子和女儿找到了县政府。见姚一明没有投资的打算，县长对姚一明就很冷淡，在办公室里打过招呼后，就把姚一明一家晾到一边，装模作样地做他的事情去了。

姚一明不怕县长冷淡他，他来找县长，就是想买下姚家坡，买下姚家的那一份祖业。

姚一明最后没有买下姚家坡，但他用两千六百万元人民币把姚家坡租了下来，租期为二十年。

尾　声

姚一明回马来西亚去了，围绕他回乡祭祖所发生的一些事情，如今成了弯河镇的热门话题。姚一明和玉水县政府签订租赁姚家坡的合同生效后，玉水县组织公安、国土、矿产、林业等部门的人员来到姚家坡，对姚家坡的小煤窑进行了清理，烧了工棚，封了煤洞，把所有在姚家坡上挖煤的人全部赶离姚家坡，并派工作组日夜在山上驻守，不准任何人再到姚家坡上去挖煤。

第二年春天，姚家坡森林资源股份有限责任开发公司在姚家坡原林场所在地成立，公司董事长是姚一明，副董事长是姚一明的儿子和弯河镇的镇长，弯河镇的镇长还兼任总经理职务。公司成立的那天姚一明没有到场，去年从老家祭祖回到马来西亚后，他就病倒了，一直躺在病床上没能下地，想来他的日子也不会太长了。

姚家坡的树长起来了，但弯河还是干河，一直没有水。如今弯河镇的人已不再往河中倾倒垃圾，他们说或许有一天，这条河还会流来清澈的河水。到那时，人们或许就会重新记起它的名字，就不会再叫它"干河"了。

（原载《山花》B版2012年第6期）

2012年

孟学祥

失　真

　　葡萄那密如蛛网的藤蔓罩在小院上空的葡萄架上，小院右边靠围墙的花坛里那棵枝叶茂盛的无花果树和沿着围墙开放的各种花朵，在夏天的日子里让小院显得生机勃勃。坐在葡萄架下的外婆看见我和女儿推门走进小院，立即惊恐地大喊大叫起来，一遍又一遍地用含糊不清的话语质问我是谁，一边问还一边不停地挥动着不太灵活的双手，做着想把我和女儿赶出门的姿势。听到外婆的叫声，母亲从屋里走出来，母亲告诉外婆我是冬丽，是她的外孙女，是过来看她的。在母亲的安抚下，外婆终于安静下来了，双手不再舞动，但嘴里还在咕咕哝哝地念着，叨咕着一些我听不清楚的词语。

　　进家后母亲告诉我，外婆现在比以前更糟糕，记忆一直没有恢复过来，最近变得连家里人都不认识了，只要有人推门进家她都要问是谁，然后不管人家回不回答都想把进家的人赶出去。

　　我和母亲在客厅说话，三岁半的女儿哭哭啼啼地跑进来，一边抹泪，一边说祖祖抢了她的玩具。母亲把女儿拉进怀中，一边为她擦拭脸上的泪花，一边哄着她说，宝宝别哭，等一下姥姥去祖祖那里帮你抢回来。

　　女儿拉着我和母亲来到庭院，外婆拿着从女儿手上抢来的万花筒正聚精会神地把玩着，看到我们，外婆立即把万花筒紧紧抱在怀中，一脸不安地看着我们。这时的外婆看上去像极了一个无助的孩子，满脸惊恐，满脸不安。母亲想从外婆手里把万花筒拿过来，外婆一边护着万花筒一边说"不"。我对母亲说算了，等一下上街的时候我再去给女儿买一个。女儿还在上气不接下气地抽噎，母亲对女儿说，宝宝乖，这个留给祖祖玩，姥姥和宝宝上街去买个大的，更好看的，宝宝自己玩，不给祖祖玩。

失真 孟学祥

母亲带女儿上街去买玩具,我陪着外婆坐在庭院的葡萄架下。把玩了一会儿万花筒后,外婆突然叫了我一声"冬丽",我吓了一大跳。外婆说,你和你妈一样,都是骚货,都不听我的话,早晚要吃亏的。我愣在那里摸不着头脑,不知道外婆怎么会对我说出这样的话。还没有等我厘清思路,外婆又接着说,你妈不是个东西,都一大把年纪了,还找个老男人,一天到晚在我面前晃来晃去,你也不是什么好东西,还没有结婚就生孩子了。我急赤白脸地告诉外婆我已经结婚了,大前年结的婚。但我说的这些话,外婆根本就没有认真听,外婆说完她刚才的那些话后,就像没有看到我这个人一样,继续把玩手上的万花筒,全然忽略了我的存在。

很多人都认为我外婆生病后就糊涂了,但我始终认为外婆不是真糊涂,最多也只是半糊涂半清醒的那种,假如外婆真是糊涂,那她就不会说出那种思路清晰的话。母亲说那才是外婆思路不清晰的表现,思路不清晰的人常常会说一些让人摸不着头脑又让人十分尴尬的话。如果是一个不了解外婆的人,乍一听到外婆说这些莫名其妙的话,可能还会因此而产生误解。母亲和女儿上街回来后,我把外婆的话说给母亲听,母亲笑着说,什么老男人,就是你爸,你爸每天从外面回来,你外婆就会问他来干什么,是不是想来勾引她的女儿?母亲说,你别把外婆的话放在心上,她都成这样了,一时糊涂一时清醒的,话根本就不值得一听,就是清醒时说过一些言重的话,作为小的,我们也不要跟老人计较。

母亲的话让我无话可说。在这一点上,我特别佩服母亲,母亲和父亲结婚的时候,由于没有取得外婆的同意,被外婆扫地出门,一直不准她进家。那段时间,母亲和父亲自己在外边租房子住,两个人苦苦支撑着一个一无所有的家。而作为玉水县最高领导的外婆,不但自己不管母亲,还不准其他人对母亲和父亲给予照顾。县教育局的李子秋局长因为和外公关系好,在母亲怀我的时候为了照顾母亲,把母亲从县一小借调到县教育局教研室,外婆知道后把李局长狠狠地批了一顿,而且不容置疑地要李局长把母亲退回学校。最后如果不是外公出面,母亲恐怕到退休都还会在学校站讲台。母亲曾发誓一辈子都不会进外婆家的门,一辈子都不会沾外婆的光,外婆生病后,母亲却站到了照顾外婆的第一线。

女儿似乎忘记了刚才玩具被抢的伤痛,刚到家不一会儿就跑到庭院里和外婆玩在了一起。女儿的新玩具是一只会唱歌的小白兔,此时的小白兔已经到了外婆的手上,刚才被外婆抢去的万花筒又回到了女儿手中。女儿坐在小凳子上聚精会神地观赏着万花筒,外婆把唱歌的小白兔贴在耳朵上,一会儿放到左耳边,一会儿又放到右耳边,那神态似乎全被小白兔的歌声陶醉了。看腻了万花筒的女儿把万花筒递到外婆面前,大声说,该我听歌了,你来看这个。外婆听话地把小白兔从耳边拿过来,乖乖递给女儿,从女儿手上换取了万花筒。看着这一对正玩得不亦乐乎的老人和孩子,母亲笑着对我说,看看你外婆,现在和你女儿没什么区别,也是一个需要人呵护的老小孩。

外公去世后,母亲才从她和父亲居住的高楼搬到一号院,同外婆住到一起。一号院是外婆居住地的简称,在一号院居住的大多是玉水县历届正县级位置上退下来的领导和部分副县级领导。一号院占地八百八十平方米,里面的房子都是20世纪80年代修建的阁楼式建筑,这些建筑飞檐琉瓦,独立成户,每户占地一百二十平方米,一户一楼一底,外带一个小院落,院落与院落之间用围墙隔着,一家一户形成了一个独立的门户。一号院曾经是玉水县权力的象征,是玉水县人民景仰的居住地。住房制度改革后,住在这里的老领导们都象征性地花了一点小钱,就把这些别墅式的阁楼买了下来。曾有房地产商想打一号院的主意,现任的县领导也想把一号院这片处于县城黄金地段的土地置换出去,那些曾经是玉水县最高权力首脑的老干部们,利用曾经权力织下的各种关系,把一号院保了下来,使一号院在一片高楼的包围下,变成了玉水县城一个独特的风景,一片置身于闹市中心的花园别墅。

看到祖孙俩玩得很高兴,我和母亲回到了客厅。母亲告诉我,外婆就这样时好时坏,好的时候她还会回忆起从前的一些事,然后会和母亲唠叨她从前的风光,她在曾经的位置上处理过的一些事情,坏的时候外婆就会变得连母亲也不认识。母亲刚搬到一号院的那段时间,外婆常常问母亲是谁。母亲说,我是你女儿。外婆说,你不是,我女儿比你年轻漂亮。接着外婆又说,你不要到这里来打什么主意,我们这里是老干部楼,到处都有警卫守着,你乱打主意我就叫警卫把你抓走。

外婆的举动像个孩子,但她的思维却超出了孩子的范围。不能行动的外婆每天天亮后都要让父母把她从家推出来,推到庭院的葡萄架下,风雨无阻。坐在葡萄架下的外婆时刻都很警惕,院子里的风吹草动都会立刻让她睁大眼睛。下雨或寒冷天气父母推她进屋,如果她还不想进屋,就会大喊大叫不肯进去,她说她要在这里看家,只要她在谁都不准进到这个家来拿走她的东西。

女儿跑进来说祖祖流口水了,口水淋在她的小白兔上,脏死了。我叫女儿去把小白兔拿来我帮她洗干净,女儿不干,说要换新的,小白兔上沾了口水,变得很脏很恶心,她不要了。女儿不依不饶地吵闹着,把我吵得一下子也变得烦躁起来。母亲制止了我对女儿的呵斥,她把女儿拉到她身边,说,不要就不要了,过一会儿姥姥再带你去买个新的。女儿依旧不依不饶,说现在就要去换新的。当我扬起的手准备落到女儿的身上时被母亲拉住了,母亲继续哄着女儿说,宝宝乖,宝宝不闹了,等一会儿祖祖睡着后,姥姥就带宝宝上街去,买一个好好看的玩具,我们不给祖祖玩。宝宝现在就到门口去看,看祖祖睡着了没有,睡着了就来告诉姥姥,姥姥带我们宝宝上街去买玩具。

中风落下的后遗症,让外婆从一个精明强干的女人,一下子变成了一个地地道道的邋遢老人,嘴略微有些歪斜,大部分时间都有口水从嘴里流出来,亮晶晶的,从嘴角延

失真 孟学祥

伸到衣服上，让人感到很恶心。母亲给外婆做了一个围兜，罩在外婆的衣服上，外婆看上去活脱脱像个孩子。外婆的表达不再像从前那样清晰，更糟糕的是，病后的外婆常常说出一些让人摸不着头脑的话，做出一些让人无法理解的举动，经常会把人弄得哭笑不得。记得外婆刚从医院出来不久，我和丈夫来看外婆，我丈夫姓杨，而外婆逮着丈夫就叫小张，搞得丈夫和我都莫名其妙。回家后丈夫就追问我，是不是曾经带过姓张的男子去过外婆家？我百般解释丈夫都不相信，为此还和我闹了一段时间的不愉快，后来还是母亲出面向丈夫解释，说外婆把丈夫认成她原来的驾驶员小张了。外婆在位时的驾驶员张师傅，我和丈夫小的时候都认识，那是一位长得很帅的小伙子，外婆退休后他又给新来的县委书记开了两年车，才改行去做别的事，现在也已经是五十多岁的人了。

外婆从县委书记位置上退下来不到五年就中风了，中风后的外婆在医院躺了两年多时间，我们一直以为外婆会变成植物人，变成一个只知道吃和拉的"造粪工具"。让人没想到的是，在医院抢救了一段时间后，外婆奇迹般地恢复过来了。除了失去记忆、不能下地走路外，知觉、说话、行动也慢慢恢复了。外婆醒来后做的第一件事就是用手去抓东西，外婆这个奇特的动作让见多识广的医生都觉得奇怪。医生说外婆的恢复是个奇迹，如果照顾得好，也许还会恢复一定的思维，能自己走路和做事。那个时候外公还在，外公把外婆从医院带回家，独自一人担当起了照顾外婆的责任。外公照顾外婆十多年，这十多年来，奇迹并没有在外婆的身上发生，外婆除了说话变得比初出院时清晰了一点，思维和行动仍如出院时的老样子，没有多少改变。从体委主任岗位上退下来的外公，身体一直很棒，为了照顾外婆，他的身体却一日不如一日。外公到死那天都没有住过院，用他的话说要不是外婆住院，这一生他还真不知道医院的大门朝哪边开。

"妈，饿。"坐在葡萄架下择菜的我和母亲同时听到了外婆的叫声。外婆的眼睛已经从万花筒上移开，移到了母亲的脸上。母亲连忙放下手上的菜，进家拿来一块蛋糕，递到外婆手上，外婆立即狼吞虎咽地吃了起来。

中风后，外婆躺在床上昏迷了将近一年，我们以为外婆从此后将不会再苏醒，也不会再说话。然而就在我们对外婆的苏醒不再抱任何希望，一家人也开始讨论着如何为外婆准备后事时，外婆苏醒过来了。苏醒过来的外婆对这个世界已经完全陌生，睁开眼看到站在她病床边的一大家子人，外婆那没有血色的手就抓在了我母亲的手上，并且不伦不类地叫了一声"妈"。那一刻，不光母亲愣住了，在场的所有人都愣住了。医生给我们解释，可能是母亲和大姨二姨天天在外婆的病床边"妈、妈"地呼唤着，外婆苏醒过来后也就自然而然地说出了这个字。从那以后，母亲就这样不断变换着角色在外婆的面前生活着，外婆糊涂时母亲就是外婆的"妈"，外婆清醒时母亲就是外婆的女儿。

"你是谁？出去，不准乱进我的家。"外婆的声音刚落，父亲就推门走了进来。女儿亲热地叫了一声"外公"，父亲一边同我打招呼，一边把女儿抱起来。女儿用手去拨

287

弄父亲的胡子,一边拨弄一边说,外公,祖祖的口水弄脏了我的玩具,我要新玩具。放下女儿后,父亲说,妈今天不再大喊大叫,原来是有玩具玩了。

如雨后春笋般出现在玉水县城的高楼严严实实地圈住了一号院,在这些高楼的衬托下,一号院看起来显得很不伦不类,显得与外面的世界格格不入,除了曾经的显赫身份,一号院的老人们几乎都快要被人遗忘。曾经人来人往、热热闹闹的一号院,随着县行政中心的搬迁一点一点被冷落。因为四周的高楼,阳光也很少再光顾一号院,上午十点多钟才走进一号院的阳光,还不到下午三点钟,就慢慢远离了一号院。

太阳还没有完全从远处的山顶上落下去,一号院就开始进入了朦胧的夜色中。我去葡萄架下推外婆进家吃晚饭。没有阳光的葡萄架下,外婆一心一意地把玩着手上的万花筒。她一会儿把万花筒放在左眼,一会儿放到右眼,不停地轮流着让万花筒对着自己的眼睛,时不时地发出"嘿嘿"的自乐声。我说,外婆,我们进家吃饭吧。也许是外婆的精力仍集中在万花筒上,我连说了好几遍外婆都没有搭理我,眼睛仍盯着万花筒,仿佛身边没有我这个人。

见外婆不说话,我只好用手去推轮椅,轮椅刚被推动外婆立即惊叫起来,外婆的叫声凄怆而高亢,不光我被吓了一大跳,就连在家中做家务的母亲也被外婆的叫声吓得跑了出来。母亲问我怎么回事。我告诉母亲我也不知道是怎么回事,我刚刚推动轮椅外婆就叫起来了。母亲没有再问,自己去推外婆的轮椅。母亲推动轮椅时外婆虽然不叫了,但却将万花筒紧紧抱在怀中,生怕别人会抢她的万花筒一样。

跨过门槛,我和母亲、外婆都置身在了灯光下,也许是长期没有很好地得到阳光眷顾的缘故,外婆的脸看上去很惨白很恐怖,和死人的脸没多大差别。不知什么时候外婆的一只手已经紧紧抓在了母亲手上,目光中转动着恐惧和无助的表情。母亲指着我对外婆说,妈,您看清楚了,她是您的外孙女,是我们家冬丽。

在母亲的安抚下,外婆终于把怯怯的目光投到了我的身上,手仍然放在母亲的手上,仍紧紧地抓住母亲不放。母亲把头挨近外婆的耳边,不断地安抚着外婆,慢慢地,外婆脸上的肌肉一点一点地放松下来了。我蹲下身子,把手轻轻放到外婆的手上,轻轻地叫了一声"外婆"。外婆的手白嫩白嫩的,手上的血管清晰可见,我的手抚摸在外婆的手上,感觉她皮肤下面的肌肉是空泛的,是不结实的,稍微加一点力,就能摸到骨骼了。外婆想把手从我的手里缩回去,我固执地抓着不放,并不间断地轻轻叫着"外婆",终于,外婆的手不动了,接着外婆把一只手抬起来,轻轻地放到我的头上,然后我看到外婆的眼里滚出了几滴晶莹的泪花。

我喂外婆吃饭,就像喂我的女儿,外婆一小口一小口地吃着,然后慢慢地咀嚼,每吞完一口饭外婆都要看我一眼。这一刻,外婆就像一个地地道道的小孩子,一个生活还不能自理,离了大人的照顾就无法生存下去的小孩子。吃完一碗饭后我起身去添饭,母

失真 孟学祥

亲说要小半碗就行了，已经差不多够了。母亲的话刚说完，外婆立即大声说，冬丽，多添点，我还没有吃饱。

女儿也端着碗来到我和外婆身边，一边看着我喂外婆吃饭，一边也时不时地从自己的碗里拨出一些饭喂进外婆的口中，后来就变成了我喂一小口，女儿喂一小口。外婆愉快地吃着我和女儿喂出的饭菜，完全忘记了与我们相处的陌生和恐惧，女儿也完全沉浸在喂外婆吃饭的快乐中，完全忘记了外婆的口水和邋遢。

外婆叫出我那一声"冬丽"的时候，我都以为外婆已经有记忆了，但是除了"冬丽"那两个字，外婆再没有与我说过一句清晰完整的话。喂外婆吃饭时，外婆吃一口看我一眼，吃一口看我一眼，眼睛里流露的不是老人看孩子那种慈祥的目光，而是那种怯怯的带着乞求的目光，包括女儿给外婆喂饭时，外婆也用这种目光看女儿。我一边给外婆喂饭一边对她说我是她的外孙女，今天特地请假带孩子来看她。但无论我怎么说，外婆就像没听见，除了吃饭再没有多余的动作和反应。喂完碗里的饭，外婆还紧紧抓着我手上的碗不放，眼里仍流露出乞求的目光。我想再去给外婆添半碗饭，却被母亲制止了。母亲说晚上外婆只能吃这么多，再吃就过量了。我用力把碗从外婆的手上拿开，外婆却紧紧地攥住碗边不放，目光乞求地看着我。就在这时我清晰地听到外婆叫了一声"妈，饿"，外婆的这一声呼唤让我忍了许久的泪水终于从眼里滚了出来。

母亲早已习惯了外婆这种乱辈分的称呼。见我还在那里和外婆僵持着，母亲赶过来从我和外婆的手上取走了饭碗，说等一下要睡觉的时候再给外婆吃一点零食就行了。放下碗，母亲顺手轻轻帮我擦去了脸上的泪花。母亲对我说，孩子，不必这么难过，你外婆已经没有自主能力了，我们要把她当成孩子来照顾，吃喝拉撒我们都要样样为她调剂好才行。

在外地居住的大姨二姨有时也会到一号院来住个十天半月，与父母亲一道轮流照顾外婆，更多的时候只是父母在管着外婆。为了照顾外婆，六十岁都还不到的母亲不得不提前从工作岗位上退下来。在一号院这个只有三个老人的家里，外婆有时是母亲的妈妈，有时又是母亲的女儿，外婆的双重身份一直在母亲的生活里颠来倒去地出现，这种生活的双重演绎也常常会把母亲弄得哭笑不得。第一次听到外婆叫"妈"的时候，母亲说她那个时候也像我一样，流了好久的泪。母亲说外婆年轻的时候就是这个家的一把大伞，罩着这一大家人无忧无虑地在玉水县生活。我知道年轻的时候母亲特别恨外婆，尽管如此，母亲还是不止一次地对我说，有外婆这把伞罩着，她和大姨二姨这些做子女的从小到大一直都感到很安全。后来母亲和大姨二姨都成家了，都先后做了母亲，但她们都还习惯仰仗着外婆生活。即使是被外婆赶出家门的母亲，也因为外婆的关系，在玉水县的工作和生活一直都是顺风顺水的，没有多少波折。以前周末之余，在外地工作的大姨二姨都要赶到外婆家来与外公外婆相会，都要在那里听上一阵外婆的唠叨后才启程回到自己的家。那个时候从外地过来的大姨二姨,在去看望外婆的同时也都会悄悄走进我们家,同我母亲说上一会儿话,看到我们家的生活困难,也会悄悄塞一些钱给我母亲,直到外婆生病后母亲才知道,那些钱就是外婆假大姨二姨的手送给母亲的。作为母亲的女儿,我一直无法揣摩外婆和母亲的关系。说外婆不爱母亲吧,却常常假借大姨二姨的手来关心母亲,关心我们一家的生活;说外婆爱母亲吧,她还在县委书记位置上的那些年,却不准母亲走进她的家门,不准母亲叫她"妈",更没有利用手上的权力在工作上帮助过母亲和父亲。

为了帮外婆恢复记忆,母亲经常翻出外婆在位时的照片给她看,希望外婆能从这些照片中寻找到自己的影子,慢慢让记忆恢复起来。每次外婆都是认真地翻看着每一张照片,但是每看一张她都会问母亲,这是谁家妹子?或者这是哪一个领导?为什么要把照片送给我们看?每当母亲告诉外婆,这些都是她自己的照片时,外婆就会拿着照片死死地盯着,然后大声说,你骗人,你以为我不清楚,那些事其实就是你做的,你不说我不说,我们心中有数就行了。外婆这些没头没脑的话,每次都会把母亲说得晕头转向,不知所措。

父亲端来一盆水放到外婆面前,蹲下去脱掉外婆的鞋子,把外婆的脚放到水里,开始给外婆洗脚。我想代替父亲去给外婆洗脚,父亲不让。父亲粗糙的大手在水盆中来来回回地动着,一边帮外婆搓脚一边顺便给外婆按摩脚上的穴位。母亲曾对我说过,为了帮外婆按摩,父亲专门去县城的盲人按摩诊所学了一个多星期。

外婆一直不喜欢父亲,而且还很憎恨父亲。在外婆的潜意识里,正是因为父亲的花言巧语,才让母亲背叛了外婆,藐视外婆的权威。父亲和母亲成家后不但没有获准走进一号院,原本还有可能得到升职的机会也因外婆从中作梗而泡汤。父亲第一次走进一号院,是我和弟弟把他送过来的,是在外婆生病过后外公去世,母亲住进一号院照顾外婆快一年后,在我们的劝说下父亲才肯住进一号院,而那个时候外婆已经不认识父亲了。

父亲一丝不苟地帮外婆敷脚按摩,几滴细细的汗珠从父亲的鬓角边流了出来,看到后的母亲找来一张毛巾,仔细地为父亲擦去脸上的汗滴,动作是那样地默契,是那样地自然,而被服务的父亲仍没有停下手上的动作,仍专心地做着他该做的事情。我想这个关爱的动作父母亲不知要演练多少次才会做得如此纯熟,如此自然。退休后的父亲除了爱和从前的同事们打点小麻将娱乐外,基本上没有什么不良的嗜好,以前还没有来照顾外婆时父亲都是饭碗一放就出去找人打麻将,每天不到深夜十二点都不归家。而自从到一号院来和母亲一起照顾外婆后,父亲不得不在每天吃完晚饭后,先给外婆洗脚、按摩,帮助母亲把外婆搬上床后才离开家。

外婆的手不知道什么时候放到了父亲的头上,父亲的双手和目光仍旧专注在外婆面前的洗脚盆里,完全没有注意到外婆的变化。外婆的手轻轻地覆在父亲那一缕白发上,双眼认真地盯着父亲的头，我不知道此时此刻的外婆是否认出了父亲，是否真正看到了父亲头上的白发。给外婆按摩完从凳子上起来的父亲在直起腰板时踉跄了一下，站在旁边的我连忙伸手扶住了父亲。父亲接过母亲递过来的茶杯，喝了一口后把茶杯提在手上，弯下身子亲了女儿一下，说，外公玩去了，你要在家好好陪祖祖，祖祖不听话等外公回来你就给外公说。

母亲把外婆推进房间，我帮助母亲把外婆搬到了床上。外婆拉住母亲的手说，三啊，不是妈说你，你都一大把年纪了，儿女们都已长大成家立业，你还弄个老男人在家，不明不白地搅在一起，让儿女们看到成什么话。也许是早已经习惯了外婆的这种唠叨，对于外婆的这句话，母亲没有说什么。把外婆安置好后母亲走出房间来到我和女儿旁边，此时女儿已经在我怀里睡着了，把女儿洗好放到床上后，我和母亲才得以坐下来休息。母亲对我说，如果没有你父亲，我可能早就被拖垮了。母亲说外婆现在比刚出院那段时间更糊涂。如今除了每天活跃在外婆跟前的母亲，所有出现在外婆眼前的人，包括父亲和经常来看外婆的大姨二姨，个个都是陌生人，都是外婆防范的对象。

我陪着母亲一边等父亲一边说话，已经十一点钟了，父亲还没有回来，困意已经袭上了我的大脑，我连着打了好几个哈欠。母亲说不到十二点父亲是不会回家的，叫我不用等他，累了就先去休息。其实我也不是在刻意等待父亲，只是想多陪母亲坐一会儿，多听听母亲说说外婆的事。在母亲的多次催促下，想想明天还要坐长途汽车赶往我工作的城市，于是不得不离开母亲去休息。临睡前，我再次走进外婆睡觉的房间去看外婆，灯光下我发现外婆还没有睡着，眼睛睁得大大的，一直盯着房间门的方向，手上仍紧紧地握着那个从女儿手里抢过来的万花筒。我刚走到床边，外婆就伸出手来拉住我，用嘴对着我的耳朵说，你妈偷偷和一个老男人相好，他们天天就在我的眼皮底下咕咕哝哝，样子很亲热，你要好好管管她。从外婆的房间出来我告诉母亲外婆还没有睡着，母亲说她知道，她说外婆每天晚上都是这个样子，不听到父亲打麻将归来开门进家的声音，她是不会睡觉的。

原来是这样啊，母亲没有把外婆房间的灯关上，是知道外婆不会睡着，外婆没有睡着，是因为她一直在等着听到父亲开门进家的声音。

（原载《山东文学》2012年第7期）

2012年

孟学祥

惶恐不安

一

父亲一直在为一头麝的叫声惶恐不安。

整个村子都睡下后，那头麝又叫了起来。我听到了父亲起床的声音，从楼板的缝隙里我看到父亲推开小门，坐到了火坑边。父亲开始装烟点烟，火柴划着的声音在寂静的深夜里响得特别明晰、刺耳。父亲抽烟抽得很猛，烟斗里的火焰在亮了很长时间后才熄灭下去，熄灭下去就又马上亮起来。父亲就这么一直长时间地在火坑边坐着，一直连续不断地抽烟，一直听着那头麝在村子附近的山头上一遍又一遍地哀叫，家中随便哪个劝都不去睡觉。

麝在山上叫了三天，父亲也被它的叫声折腾了三天。第四天晚上，麝的叫声没有了，当全家人以为父亲会睡个安稳觉时，半夜里父亲又起床了。父亲起床后还是坐在火坑边抽烟，黑夜里看不见父亲吐出的烟雾，烟斗里一明一灭的火焰却十分清晰。

与这片土地上的许多农人一样，父亲既是个庄稼汉，也是个猎手，只不过父亲同别的猎手不同，父亲打猎不是用枪，也不依靠猎狗，而是用套索，父亲上山打猎就是上山去安套索。父亲把套索安放在野兽经过的路上，套索的一头是一个机关，另一头吊在一棵弯下来的小树上，野兽踩上套索的机关后，小树就会弹起来，把不走运的野兽牢牢地套住吊在半空。

麝不再哀叫的第二天，天刚亮父亲就把我从床上叫了起来，父亲说他安的套索套住野物了，叫我和他一起上山去取。

惶恐不安 孟学祥

村子还睡在黎明的朦胧中，四周的大山也还睡在朦胧中。早起的大雾在村子和四周的山上扯起一幅一眼望不到头的幔帐。大雾中的山路是模糊的，我们往山上走的时候，小鸟们才刚刚起床，在被我们的脚步惊吓后还来不及发出叫声，就"扑"的一声从路边的树丛中飞出来，匆忙中不光吓住了它们自己，也把跟在父亲身后的我吓住了。

父亲走得很急，脚步叩响在山间小路上，搅落路边茅草上的露珠，露珠濡湿了父亲的衣裤，也濡湿了跟在父亲身后的我。我们爬山的时候，天就越来越亮了，前方视野里，很清晰地出现了山的轮廓、树的身影。雾往高处走了，我们追逐着雾的脚步，亦步亦趋地往高处的大山上爬去。

上到山顶时看见了太阳，太阳仿佛就是从我们的面前一下子冒出来的，看上去就像挂在不远处树尖上的一个火球。火球离山很近，离树很近，树下方那一片稠密的大雾就是我和父亲要去的地方。

走进树林中，雾不见了，那山那石头那些树木完全清晰地映进了我们眼中。父亲带着我找到了他的第一条套索，套索的一头被捆在一棵手臂粗的小树上，被去了尖的小树呈弯曲状立在路坎上，如果不留心，是看不清楚的。父亲用一根木棒弄开套索另一头的机关，小树立即弹了起来，一下子就伸直了腰，这条套索什么都没有套到。父亲把套索从小树上解下来，放进带来的口袋中，继续往前走。第二条套索也是什么都没有套到，父亲还是用木棒弄开机关，把解下的套索装进口袋中。父亲一路走一路收捡那些他安放在路上的套索，我跟着父亲的脚步行走在密密的林海中，父亲安放的很多套索都是在危险的悬崖边上，那些只有动物才会经过的小路上。

不知收了多少条套索，当我们来到一个悬崖边时，一眼就看到了一只麂，那是一只被父亲安放的套索套住后腿的麂，麂耷拉着脑袋，被手臂粗的小树紧紧地倒吊在半空中。舌头从麂的口里伸出来，除了吊着的那条腿，其余的三条腿呈"八"字形向外伸开。看来这头麂已经死去多时了，死前它一定做了好久的挣扎。

我和父亲喜形于色地向悬崖边奔跑过去，来到那头死麂下面，父亲迫不及待地用刀砍断吊着麂的小树，吊着的麂被放到了地上。躺在地上的死麂就像刚出生不久的黄牛犊，腿长长的，头细细的，身上的毛光滑滑的，看上去特别惹人怜爱。当确知这头麂已经死了的时候，我突然间生出了一种说不出口的难受。也许是受情绪的感染，父亲去解捆在麂后腿上的套索时，我看到这头麂动了一下，然后就看到麂闭着的眼里滚出了两串泪花。那一刻我惊呆了，我叫了一声父亲，父亲回头看了我一眼。我告诉父亲这头麂还活着，父亲一边解套索一边说，腿都冰凉了，哪里还会活？麂的身体已经冰凉了，我用手去摸麂的身上，摸到了一股冰凉，同时也摸到了一股僵硬。我相信麂已经死了，但是我也相信刚才我看到的一定是真的，麂动了一下，而且还淌了两串眼泪，现在这两串眼泪还流淌在麂的眼角。

293

父亲告诉我这是头母麂。当父亲准备把麂的身体翻过来用绳子捆上时，我看到父亲突然僵在了那里，父亲的一双手放在麂的身体上，久久不见动静。随后，父亲丢下准备用来捆扎麂身体的绳子从地上站了起来，然后走到一边去抽烟。我看到父亲的手在抖动，往烟斗里装烟丝时，很多烟丝都撒在了地上。我不知所措地看着父亲，父亲大口大口地抽烟，抽完一杆后又接着装第二杆，直到抽完第三杆烟，父亲才对我说：

"三，那是头母麂，它身上带崽了。"

说完这句话后，父亲就从地上站起来，目光空洞地看向丛林的深处，看向躺在地上的死麂，然后就自言自语地重复着一句话："没想到是一头带崽的母麂，我真是作孽啊！"那一刻，我看到父亲脸上写满了痛苦的表情。

我看着父亲，不知道该说什么，对于没有带崽和带着崽的母麂，我不知道有什么区别。刚才看到母麂的时候，父亲并没有表现出异样，还同我一样只是沉浸在套到猎物的喜悦中，当知道母麂的身上带着还没有出生的麂崽时，父亲的情绪一下子就变了，而且还表现得十分痛苦。父亲表现得烦躁不安，我不敢再多说话。我用手扶着一棵小树，在一边怯怯地看着父亲。

父亲装好烟杆，来到死麂旁边，把死麂的四条腿拉起来，想把它们按前后顺序并拢在一起。麂的腿已经僵硬，父亲努力了几次都没有成功，明明看到腿已经并拢了，父亲的手一放开，它们就又支棱着岔开了。父亲一边做着这些事情，一边喃喃地说着一些我无法听懂的话：

"我已经跟山神说过了，叫山神告诉你们，有家有室的不要走这条路，没想到山神没管好你，你还是走这条路了。我不是有意害你，更不想害你的娃。我也只是想找口饭吃，你就原谅我吧。"

折腾了好久，父亲都没有把死麂的腿并拢放齐，最终父亲放弃了他的努力。父亲从地上站起来，用柴刀砍了两根木棒，把一根递到我手里，轻轻地对我说："三，跟我去那边挖坑吧。"我拿着木棒茫然地跟在父亲的身后，很想问父亲挖坑干什么，好几次话都溜到嘴边了还是没敢问出来。对父亲，我已经习惯了惧怕，更习惯了服从，父亲叫干什么就干什么，我从来不敢多嘴。

父亲在不远处的悬崖脚下选了一个能避风雨的地方，开始用手中的木棒在地上戳土，一边戳一边用手把戳松的土捧出来放到一边，我也学着父亲的样子一边用木棒戳土，一边用手把松动的土捧到一边。过了一会儿，父亲说可以了。随后父亲放下木棒，走到死麂边，抱起死麂向坑边走来。父亲把死麂侧卧着放到坑里，把支棱着的四条腿并拢，然后叫我把坑边的石头拿过来压住死麂的腿。死麂的腿被压住了，父亲也把手腾出来和我一起捧起地上的泥巴往死麂的身上盖。直到死麂一点都看不见了，父亲才从地上站起来对我说：

惶恐不安 孟学祥

"它有崽了,我们不能吃它,把它埋起来,别的野兽就不会伤害到它。"

我还是不明白父亲的意思,我更可惜这已经死去的猎物,如果带回家,我们家将会有几天香喷喷的肉吃。父亲做事从来都有他的道理,他不想说别人也问不出个所以然来,我更不敢多问父亲,怕问下去换来的就是一顿责骂甚至暴打。

埋完死麂,父亲还掰来三根小树枝,像上香一样插在这堆泥土上。做完这一切父亲才对我说,我们回家吧。

临离开这片山前,我一步三回头,总是恋恋不舍地看着埋麂的那片山崖,我真弄不懂父亲为什么会把这到口的美味埋到地下。虽然心有不甘,但我仍不敢向父亲发问。回转时因为有心事,我们的脚步都走得很慢,来时的好心情已荡然无存。我走在父亲的前面,没走多远就开始喘气。父亲也好不到哪里去,走在前面的我虽然没有回头,还是听到了父亲粗重的喘气声,刚刚从半山上到山顶,父亲就叫休息了。坐下来的时候,父亲对我说:

"三,今天我们套到母麂的事,回家不准对人说,到家后我叫你妈煮鸡蛋给你吃。"

二

通往家的那条路,是在阳光下把我和父亲送到家的。我和父亲疲惫不堪地推开家门,看到家中坐了许多人。父亲把他从山上背回来的套索,扔到了院子里一个堆放杂物的地方。那里其实就是家中的垃圾堆,堆在那里的东西都沾满了岁月的尘埃,很多原来用过的物件,只要一被放到那个地方,就很少再被翻动过。

母亲说有一条大蛇盘在她和父亲睡觉的床上,她见到那条蛇时,那条蛇还对她昂着头,吐着信子,咝咝地吹着气,不让她靠近。母亲一会儿说那条蛇有镰刀把粗,一会儿又说有手臂粗,一会儿又说有人的小腿粗。

蛇的造访给我们家带来了恐慌,母亲一看到那条蛇就被吓呆了,吓傻了。那条蛇趁母亲呆愣的时候,从容地从父亲和母亲的床上梭下来,从容地从母亲的面前梭过,然后就消失得无影无踪。等母亲惊叫出声,住在距我们家不远的二叔二婶、奶奶和其他人赶来时,蛇已经不见了。

母亲叙述时,父亲就坐在凳子上抽烟,一口接一口地猛抽,仿佛母亲叙述的事与他无关,仿佛家中坐着的这些人都与他无关。在母亲的叙述中,谁也没有注意到父亲的反常,但我注意到了。母亲叙述时,父亲拿着烟杆的手一直在抖动,脸上的肌肉也一直在抖动。一直到抽完第三杆烟,母亲的叙述接近尾声时,父亲的手和脸才平静下来。

奶奶要去请神婆来帮我们扫家,征求父亲的意见,父亲同意了。扫家的事一直是奶奶帮我们家料理的,神婆来的那天,父亲早早地就赶着牛上坡干活了。神婆到家母亲打发我去坡上把父亲喊回家，父亲只是"哦"了一声，我离开时他并没有从地里出来。从那次上山收套索回来后，父亲的话就少了，除了干活，其余的时间都是一个人坐着静静地抽烟，一杆接一杆地抽。家里人同他说话，经常就用"哦"或者"行"来回答，很少说一句长一点的话。母亲怀疑父亲中了邪，且中邪的事肯定与蛇进我们家，并且盘绕在他们的床上有关。

我做了一个梦，先是梦见母麂被父亲的套索高高地吊在一棵树上，长长的舌头伸得十分怕人。父亲叫我去把那头麂放下来，我向着死麂走去时父亲不见了，我拼命地呼唤着父亲，声音总是大不起来。正在我努力寻找父亲时，我看到了一条大蛇，蛇吐着长长的信子，张开大口向我咬了过来，我大叫一声，从梦中惊醒过来。还惊悸在噩梦中的我醒来后就听到了一阵声音，那是之前我很熟悉的声音，是一头麂在村子边的高山上发出来的。麂的叫声凄厉而又悠长，就像是谁在黑黑的暗夜里哼唱着如泣如诉的挽歌。因为刚才的噩梦，因为麂凄厉的叫声，平时天不怕地不怕的我，在这个夜晚感到很害怕。

父亲在黑夜里坐在火坑边抽烟，烟斗里的火一闪一闪的，总是在麂叫起来的时候，明明灭灭地从火坑上方楼板的缝隙里飘进我的记忆中。有时候我明明是睡着的，明明是在睡梦中看到父亲抽烟，醒来时透过楼板的缝隙，看到父亲却是真真实实地坐在火坑边。

我不知道那是一头什么样的麂，白天二叔和寨上的几个猎手，带着猎狗把村子周围的大山都搜了个遍，就是不见它的踪影。而一到晚上夜深人静的时候它就来了，它不光搅得父亲坐立不安，也把整个寨上的人搅得坐立不安。二叔和寨上的几个猎手曾组织过晚上追捕，明明听到它是在这个山头叫出的声音，可当追捕的人爬上这个山头时，声音已经转到了另一个山头上。寨上的人来找父亲，叫父亲去放套索套这头麂，父亲说没有用，这头麂是山神的孩子，套索也套不住它。

不知道父亲是什么时候把丢放在杂物堆里的套索拿走的，有一天我去那里翻东西不见了那些套索，就去问父亲，父亲说他拿去烧了。我不解地看着父亲，想从他的脸上看看他是不是在哄骗我。父亲的脸很平静，完全看不出任何表情。我偷偷去问母亲，母亲说那些套索的确是被父亲拿去烧了，是放在灶里烧的。我不知道父亲为什么要烧掉那些套索，平时父亲把这些套索看得比家里的任何东西都要金贵，如果发现我拿他的套索去玩耍，他就会不问青红皂白，狠狠地把鞭子抽到我的身上。

扫家并没有扫去父亲脸上的阴霾，也没有扫去我们家的阴霾。尽管神婆把神符贴满了我们家的每一根柱子和每一个门梁，还是有蛇经常光顾我们家。有一天，父亲和母亲都在家，我在杂物堆旁边看到了一条蛇，那是一条比镰刀把大不了多少的蛇。当我拿着锄头准备向蛇劈下去时，父亲赶来了，父亲从我的手里夺去锄头，蛇钻进了杂物堆。父亲用锄头把杂物刨开，蛇就蜷缩在地上，我以为父亲会挥舞着锄头，向蛇狠狠地劈下去。但是父亲没有，父亲只是用锄头轻轻地拨弄着蛇，蛇伸开身体后就向着院子里梭去，然后一头扎进了屋山头的竹林中。我和母亲都惊愕在父亲的行动中，直到蛇梭走看不见了，母亲才责怪父亲为什么不把蛇打死。父亲一边用锄头把弄乱了的杂物归拢，一边对我和母亲说："让它走吧，它又没有伤害到我们，我们何必又去伤害它呢。"那是我长这么大以来，看到过父亲最仁慈最温情的一面。

屋山头的竹林是一片老竹林了，竹林的旁边是一片密集的粽粑叶林，粽粑叶林是蛇隐藏和做窝的好地方，我经常看到有蛇在那里出没。以前的蛇总是和我们保持着一定的距离，从不会远离粽粑叶林，远离竹林而光顾竹林边上的我们家。自从有一条大蛇盘绕在父母的床上过后，蛇就频频光顾我们家了。虽然它们很少进屋，但有时我会在院子里和竹林边发现它们，它们就像来走亲戚，又像来偷窃，遇到人时才慌慌张张地梭到竹林里躲藏起来。

冬天里，父亲把粽粑叶林砍了，并把粽粑叶的根也挖了，把延伸到屋子附近的竹林也砍了。父亲刨开粽粑叶林的根时我没有看到蛇，蛇在这个冬天可能已经搬迁了。千丝万缕的粽粑叶根被父亲从土里刨出来，背回家当柴火填进了灶坑。挖到一个岩脚时，父亲看到了一条小蛇，小蛇比拇指大不了多少，蜷缩着身子一动不动地静卧在岩石下。父亲没有惊动小蛇，而是小心翼翼地抱来几捆粽粑叶，把蛇冬眠的地方盖了个严严实实。

那头麝还在叫着，也许已经习惯了它的叫声，父亲不再半夜起床抽烟。寨上的人也已经习惯了麝的叫声，当麝的叫声缥缈在村子的上空，不再给大家带来烦躁。寨上的狗在开始听到麝的哀叫时还会狂吠不止，现在也习以为常。当麝的叫声起来时，它们会狂吠一阵，仿佛在给麝的开曲和鸣。这个过程持续不了几分钟，狗就安静下来了。

冬天下了一场很大的雪，雪把山上的树和竹林里的竹都压断了不少，那场雪过后，山上再也听不到麝的叫声了。人们说也许麝走了，也许被冻死在哪个旮旮角角了。雪化的那天，我家的狗和寨上的几只狗，在屋山头的竹林里狂吠不止，父亲和二叔赶过去看。不一会儿，二叔就扛着一头死麝从竹林里走了出来，那是一头公麝。

麝死了，死在我家屋山头的竹林中，谁也不知道它是什么时候走到那里去的，更不知道它是怎么死在那里的。那头公麝估计已经好久没有吃东西了，二叔剥开它的皮时，我看到它已经变得瘦骨嶙峋，肚子都凹了进去。

那一段时间，寨上人都在议论这头死麝，都在议论它的叫声和它离奇的死亡，只有父亲没有参与议论。父亲和我一直都保守着一个秘密：埋在山上的那头母麝和它肚子里的孩子。父亲一定心知肚明这头公麝为什么要到山头上来哀叫，又为什么会到竹林里来了结它的生命。当二叔把剥开了皮的麝肉要送一些给我们家时，父亲坚决地推辞掉了，而且父亲还不准我到二叔家去吃炒好的麝肉。麝死去后的一个多星期，半夜醒来时，我都还看到父亲在火坑边抽烟。

公麂死掉了，村子里再也听不到麂的叫声，村子四周的山也一下子变得宁静和寂寞。二叔他们这些业余猎手在干完农活后，还是会背上猎枪到山上去寻找猎物，可是他们能猎到的野兽越来越少，就连平时他们很少去猎取的野鸡，也很难再撞上他们的枪口。

二叔来找父亲，想同他学安放套索。父亲说他把套索烧掉了，而且从此不再安放套索捕猎。二叔不相信，以为父亲不愿意教他，和父亲吵了起来。二叔说："既然你已经不再安放套索捕猎了，就应该把山神咒语拿给我，让我也用套索来捕猎。"二叔一提到什么山神咒语，父亲就不说话了。无论二叔怎样请求、指责和谩骂，父亲都一动不动地坐在凳子上抽他的叶子烟，把烟雾吐得满家都是。最后，二叔把奶奶搬了出来，父亲还是不为所动，还是坐在凳子上抽他的烟。

父亲就这样和二叔闹翻了，二叔走后，母亲责怪父亲不应该这么固执，那个什么山神咒语既然已经不需要了，就送给他去，何必因为一点小事把兄弟间的感情闹僵……母亲的话还没有说完，父亲把烟杆一扔，腾地从凳子上站了起来，气势汹汹地指着母亲吼道："你一个妇道人家该干什么就去干什么，不要在这里啰唆，我的事你少来管。"父亲边说边向门边走去，并随手拉开门，用力一摔就走了出去。

父亲的行为变得越来越古怪，一点小事稍不顺心就会发火，家中谁也不敢惹他，尤其是我，本来就怕他，看到他的行为变得古里古怪就更怕他了。

父亲用粽粑叶盖在岩脚的那条小蛇还是死了，冬天的大风把岩洞口的粽粑叶吹开后，大雪飘进了岩洞中，冻住了正在冬眠的蛇，雪化后，蛇再也没有醒过来。春暖花开的季节里，我和父亲在岩脚下找到了那条小蛇，那时它的身体已经腐烂了。父亲叫我用泥巴盖住蛇的身体，同时也盖住了一个没有人知道的秘密。父亲把去年冬天割倒的粽粑叶集中起来，在挖开的土里堆成一座像坟一样的小山，然后在小山脚下点起火，一股黑黑的浓烟瞬间就弥漫了整片山坡。不久后，父亲在这片被他挖开的土里种上了庄稼。

屋山头的竹林被冬天的大雪压死了许多，春天生长出的竹笋也不再像从前那样茂盛。让人难过的是庄稼丰收的季节里，雪后余生的竹子都开起了小白花，随后这片山野所有的竹子都开了花。

三

花开毁掉了一大片竹林，开过花后的竹子就枯了死了。竹林没有了，粽粑叶林也被父亲用柴刀和锄头给毁掉了，屋山头、屋背后没有遮挡后，一下子变得豁然开朗起来。

自从父亲刨了粽粑叶林的生存之地后，在那里出没的蛇也不知跑哪儿去了。只有那

惶恐不安 孟学祥

条长眠在岩脚下的小蛇还会给我带来回忆,每次从那里经过时,我都会忍不住要到那个岩脚去看看,看看有没有新的蛇会住到那里。

春种完后,父亲就疯了。父亲的情绪异常,我们家的人都知道,但没想到父亲会疯。一段时间以来,父亲总是在大半夜起来,静静地坐到火坑边抽烟,一杆接一杆地抽,抽得睡在火坑上边楼上的我,被烟熏得都受不住了。白天,父亲有时也会一个人坐着抽烟发呆,或对家门前的大山发呆。由于父亲一贯脾气暴躁,在抽烟或发呆时,家里谁也不敢去招惹他。直到有一天,在坡上干活的他突然扔下锄头,跑回家在家门前大声地喊着说他"杀人"了,杀的是一个母亲和它的两个儿子,他把它们埋在了山上的岩脚下。

父亲疯掉的日子里,我们家乱成了一锅粥。父亲除了一直嚷嚷他"杀人"的事外,行为并没有什么不正常,他甚至还可以上坡去干农活,只不过有时干着干着,他就会丢下干活的工具,跑回家站到家门前大声嚷嚷他"杀人"的事。天黑后,父亲不再上床去睡觉,他整夜整夜地坐在火坑边抽烟,即使我们把他诓上床,不一会儿他就又爬起来。他说他要等一个人,那个人是一个丈夫,是两个孩子的父亲,那个人的妻子和孩子都被他杀死了,那个人一定会来找他。那是山神告诉他的,他要等那个人来向他索命。为了让父亲能够躺下休息,我们在火坑边铺了一张床,希望父亲能在那张床上躺下来。但是每天深夜我被尿憋醒时,都还是会看到火坑边闪烁着父亲抽烟的火焰。

我把父亲套到母麂又埋掉的事告诉了母亲,母亲又告诉了奶奶和二叔。父亲疯掉后二叔原谅了父亲,又和我们家开始来往。奶奶说父亲发疯肯定与他套到有崽的母麂有关,肯定是那头母麂在作怪。奶奶一边准备去请神婆来家给父亲做法事驱邪,一边叫我带着二叔和堂哥去找那只被父亲埋掉的母麂,要把它的尸骨挖出来用火烧掉。

我领着二叔和堂哥向山上走去,上山的路比以前跟父亲上山时萧条了许多。才一年多的时间,那些原先在山坡上长着的大树,不知又被谁砍去了好多,在这些树曾经生长的地方就冒出了一些光秃秃的枯树桩,丑陋、狰狞地在山坡上东一处西一处地排列着。我不明白怎么会发生这种事,从二叔和堂哥的谈话中,我才知道这些树是被人偷砍去换钱的。

没有了大树的遮挡,山顶上的风比我和父亲来的那个时候大多了。站在山顶上经风一吹,我突然打了一个寒战,从山顶往下看,远处的山、树、草都一目了然,我们要去的树林也稀朗了许多,曾经被树林掩映的我和父亲埋藏那头母麂的那片山崖,在阳光下清晰地映入了我的眼帘。

我们沿着山腰的毛毛路来到那片山崖脚,一到山崖边我就看到了那个熟悉的埋藏母麂的那堆土,那是若干次出现在我梦中的地方。走到那堆土跟前时,我才发现情况不对,原先我和父亲挖掘的土坑清晰地展现在我们的面前,而土坑里却什么都没有,连一根麂的骨头都没有找到。二叔一次次地问我是不是这个地方，我说肯定没错。但母麂的尸体怎么就不见了呢？即使腐烂了也应该还有骨头啊，现在却连一根骨头我们都没有找到。为了找到麂的尸骨，我、二叔和堂哥顺着崖壁来来回回找了好多次，崖壁下除了这个地方是平地和有土外，到处都是斜坡，到处都是石头，根本没有埋藏东西的地方。最后，我们不得不垂头丧气地离开这里回家。

母麂尸骨的丢失成了一个谜，成了一个无法解释的谜。奶奶看到我们没有把母麂的尸骨带回来，连说了几句"这是天意"后，脸上的表情就陷入了深深的绝望中。奶奶告诉母亲，父亲的病只能死马当活马医了，如果神婆驱邪也驱不好的话，就只能听天由命了。奶奶说话的时候母亲哭了，哭得很伤心。

神婆驱神那天，嫁出去的两个姐姐和姐夫都来了，全家人紧张地盯着神婆施法，把治好父亲病症的希望都寄托在神婆的行动上。父亲也安安静静地坐在火坑边抽烟，仿佛这个家所发生的一切跟他都没有任何关系。神婆施好法要从我们家离开时，我们家送她的那只大公鸡发出了凄惨的叫声。这时，谁也想不到父亲竟从火坑边冲了出来，以他这个年龄少有的敏捷，从神婆的手上抢下大公鸡，三下五除二解开捆住公鸡腿的绳索，把公鸡放跑了。父亲整个动作的完成仅仅只是一两分钟的事，等家里所有人反应过来时，公鸡已经跑得连影子都不见了。此时的父亲又坐到了火坑边的凳子上，继续吧嗒着抽他的叶子烟，就像什么事都没有发生一样。鸡跑了，不光神婆很尴尬，我们家人也觉得很尴尬。最后母亲给了神婆三元六角钱，才算把神婆打发走。

神婆没能够把邪从父亲的身上驱开，父亲的病越来越重，最后竟发展到动手打人了。在村子里，父亲只要看到谁捉鸡、追猪、打牛、撵狗，不管是大人还是孩子，都会毫不犹豫地冲上去，一边念念叨叨地不知说些什么，一边毫不犹豫地阻拦或夺下那人手上的工具，甚至在发生争抢时，他还会伸出手去打人。

我们把父亲关进一间单独的屋子里，并锁上了屋子门。被关在屋子里的父亲，就整日整夜地坐在屋子里抽烟，不吵也不闹，就像一个听话的孩子。为了不让父亲孤单，有时妈妈去陪父亲，有时我也去陪父亲。没有犯病的时候，父亲就会给我讲他年轻时的事，讲他安放套索的事，讲他在这片土地上独特的狩猎传奇。有一次，见父亲讲得高兴，我就问他安放套索是不是要山神咒语相助，他是不是像别人讲的那样，真正藏着山神咒语？听了我的话，本来还讲得兴高采烈的父亲突然就不说话了，然后拿起烟杆，装上烟自顾自地吸起来，仿佛房间里没有我这个人存在一样。有时候我们也会陪着父亲走出家门，站到院子里来呼吸新鲜空气。每当这个时候，父亲就会倚着大门，眼睛一眨不眨地盯着远处的大山，直到站累了看累了，才又默默地回到房间里去休息。

进入又一个冬天，父亲卧床了，先是不断地咳嗽，然后是发烧，医生来看过几次，打了几次针都不见好转。最后一次给父亲打完针，医生把母亲拉到门外边，对她说父亲已经不行了,趁现在他还能吃就多给他做点好东西吃,看样子他也就是一两周的时间了……医生后面的话我没有听清,但是我知道父亲的病已经相当严重了。

一直迷糊着的父亲突然有一天变得清晰起来,他叫来母亲,把他曾经借过谁家的钱和谁欠他的什么都交代给了母亲,一笔笔一点点都交代得十分清楚。那一刻,我感觉父亲根本就没有生病,除了躺在床上外,记忆和常人没有什么区别,我没有想到父亲那是回光返照,而我还以为是父亲病好的征兆。末了,父亲叫我从他的床脚下把那口小木箱子拖出来。那是一个比装米的升子大不了多少的木箱,木箱上挂着一把老式铜锁,铜锁的钥匙一直挂在父亲的腰上。父亲挣扎着把攥在手上的铜钥匙递给我,示意我帮他把木箱打开。木箱里除了几页发黄的草纸外,什么都没有,这些草纸由一根线连在一起,有点像古代的线装书,纸上画着一些动物的画像。父亲叫我把那些草纸拿给他,在取这些草纸时,我看到草纸的第一页上画着一幅画,那是一头麝的画,画的下方写着字,由于屋里光线很暗,我没有看清那些字是什么。

我刚把那些草纸拿在手上,父亲就迫不及待地抢了过去。还弄不清楚是怎么回事,父亲就在我和母亲的惊呼声中,把这些草纸丢进了熊熊燃烧的火坑中,转眼间一股火焰飘出来,草纸就化为了灰烬。

(原载《青年文学》2012年第10期)

2012年

谢 挺

手心的温度

镜子里的人面色灰暗,至少和昨天比起来,徐明义已经不再喜欢这张脸,如果可能,他一定会像揭面膜那样揭下来,再从窗子里丢出去——

这种自怨自艾的情绪是徐明义翻来覆去摆动脖子时产生的,并且开始弥漫。可能是这个原因,剃须刀才会猛地在他的下巴上留下一道血痕,倒不是太疼,只可惜一整天都得扛着这道印记了。

出现这种失误很明显与李敏的那句话有关系,尽管这句话可能已经被李敏说了大半年了,但遗憾的是,直到昨天才落进他耳朵里。徐明义自认不是小气的人,但这句话透露的信息太多,凭他的记忆,似乎谁对他的鉴定都没这么彻底,所以他才会这么触动,这么感慨,以致当时就像被武林高手点中了穴道。他宽慰自己,深呼吸,多想点高兴的事,偏偏这句别人的转述(还不是李敏亲自告诉他的)就有这么大的威力,他整晚都在床上翻腾、上洗手间、开关电视——结果,还是失眠了。看来接下来的几天,甚至更长一段时间他都得在这句话的阴影下生活。

到昨天,李敏结婚已经大半年了。这是她的二婚,一年前,也就是李敏和莫同离婚时,徐明义和王则迅速成了她身边两个最活跃的追求者。两人心照不宣,各献各的殷勤,吃饭、看电影、辅导孩子——表面上他们俩旗鼓相当,结果不到两个月,李敏就决定嫁给王则。做出这个选择一定有原因,但直到昨天徐明义才真正弄清楚,他已经忘了李敏当初是如何解释的,但肯定不是昨天这个意思。

聚会并没有王则夫妇,但聚会的由头却是他们一个共同的朋友要去美国,王则夫妇因为缺席，就成了一个公共话题。在场的人都知道徐明义参与过那场婚姻竞争，并且成了王则的手下败将，因此，他也弄不清当时大家谈他们俩是不是针对他来的。反正这半年，这件事并没有过去，最清楚这一点的莫过于徐明义，他原本懒洋洋地缩在沙发里，酒吧的灯光很昏暗，酒精外加空调吹来的暖风，他已经昏昏欲睡了，但"李敏"两个字还是如雷贯耳。

"……你下午不是喊过李敏了吗？他们两口子到底来不来？"

"谁知道的？她随口这么答应，我看最好别当真……"

"前天，我还在街上遇到他们俩，手拉手，两个好像刚从三亚回来，一个个晒得——我说李敏怎么弄了副墨镜，原来脸上都晒出了疙瘩……"

"他们倒是会玩，这个时候跑去三亚……"

"她家那个很会玩的……"

这个"玩"字显然有别样的意思，有人因此笑了。

徐明义耳朵支棱着，他想确定李敏到底来不来，膝盖却被人敲了一下，打得倒不重，可那个位置刚好可以表演条件反射，于是他的腿弹簧一样竖起来，看情形反应有些过头。

打他的人叫刘奔，就是那个准备去美国的。

人家要走了，徐明义也不好生气，但还是忍不住抱怨，搞恐怖活动，小心美国佬把你送到牢里去！

刘奔才不理会这中间的调侃，一把将他的手握住了，然后趁着他惊讶，另一只手就在掌心摩挲起来：

"我要不把这个事弄清楚，就是去了也不甘心——果然是凉的——李敏是这么说的吧？他的手心是凉的，你们也来摸摸，还真是这么回事，一个人的手心怎么可能是凉的？……"

刘奔的话是冲他老婆说的。结果，他发憷的当口，在场的人依次都把他的手拿去摸了一遍。那场面就像遇到了超市大减价，不看白不看，不摸白不摸，完事了所有人还乐呵呵的，纷纷点头认可。

原来，这便是李敏没有选择他的原因。

但为什么掌心发凉就会落败？这里面有什么讲究？这似乎又不是谁都说得清道得明的。有人说会不会和身体有关系，或者与性能力挂上钩？但马上有人站出来替他说话，徐明义身体很棒的，但谁都清楚这种辩驳很软弱——最后的结论，大家一致认为，不管是不是真的，肯定不会是刘奔编出来的，因为他很女性化，不像哪个男的能编得出来。

李敏的婚姻危机还是徐明义最先看出来的。

那时还是个苗头，很多大变革毫无例外地要从苗头开始，表面上风平浪静，真正的风暴却在不为人知的地方酝酿。当然这并不是说徐明义有什么洞察力，相反，如果别人脸上没留下疤痕，或者闹上法庭，他其实也很难注意周围又多了几个单身男女。但误打误撞是不是更有说服力？李敏的例外说明他们有缘，接下来的事他将粉墨登场，只是这个"缘"字好像也有大有小。

那是在一个规格很高的接待会上，从部里来的领导，连同省厅领导来了一堆。会议要开一整天，长篇大论的讲话让人昏昏欲睡。徐明义同往常一样缩在门边，他眯了一小会儿，正打算偷个空子出去抽支烟。外面却进来一个黑影，黑影猫着腰，穿过媒体席，小心地在他旁边坐下来，这样一来他出去的通道也被堵死了。

不过，等他看清楚来人，烟瘾也随之消散，因为来人正是李敏。李敏的丈夫莫同和徐明义是大学校友，比他高一届，两人只是一起打过几次篮球，本来也不怎么熟悉，完全是李敏的缘故，徐明义才高看他，校友会后还坚持走动，一起打打牌。

李敏和徐明义在一个系统，虽属于不同的单位，但在隔三岔五的会议上也能见到。

她是这样一个女人，任何场合都未必最醒目，比她艳的、活泼的、风骚的女人大有人在，但过一段时间你就会发现这个温和可人的李敏是真妖冶，不是那种化妆品包装的会一洗就掉的。

徐明义和李敏还有一次特别的经历，也是这段经历让他们较之同事、校友家属又多了一层不为人知的默契。那是有一年中秋，两人分别替单位采购月饼，他们在批发市场大门口不期而遇。

徐明义帮李敏找了个月饼商，东西地道，价钱也不贵，关键是——徐明义伏到李敏耳朵边悄悄说："一盒大概可以赚一百！"李敏原本就有心吃回扣，这样一来等于有人直接把钱送到她包里，何乐而不为？关键是徐明义以后也不跟她提这事，而且从事后的迹象上看，他和任何人都没提，包括莫同。

"今天这种时候你也敢迟到？副省长已经讲完了，一会儿就该你们头儿啦！"

徐明义埋下头，压着喉咙发出恐吓的口吻，其实他只是想同李敏开开玩笑。

"是吧？我家里有事……"

李敏的反应显得有些麻木，这多少不像她的为人。

"怎么？昨晚又扑金花啦？"

李敏很喜欢打牌，而且麻将和金花相比，她似乎更喜欢后者。据说它刺激，不确定因素多，表演的成分大。徐明义认识的好几位女性都热爱扑金花，三张牌已经是最简单的道具，却也是最宽大的舞台，唉声叹气也好，不露声色也罢，再或者声东击西、李代桃僵，总之，一切手段、肢体语言都是打牌的组成。

手心的温度 谢 挺

"唉，哪有这个心情……"李敏意外地摇头，手指上绕着一堆钥匙串，一把接一把地捻着。

"怎么？吵架啦？"

徐明义想起李敏有过一个成功的案例，曾经用最小的牌赢了最大的牌，对手当时拿着一副A豹……徐明义想任何人都愿意听这种恭维的话。

这时会场却响起一片掌声，原来台上一位领导的发言结束了，上午的会也随即结束。趁大家纷纷从座位上站起来，徐明义对李敏说了句"你要当心呢，眼圈都是红的"。他说这话绝不是有所指，纯粹是有口无心。但结果呢，他看到李敏马上像闹牙痛，手一伸开把半张脸都捂了起来。

会后有聚餐。但他们一起下楼，徐明义才发现，李敏捂脸不是闹牙痛——她哭了，这一点出乎他的意料。顿时，他变得手足无措，A豹也不敢提了，忙摸出纸巾给李敏递过去。

李敏说："我们到外面吃点吧，别跟他们吃了。"

"好的好的。"徐明义不敢反对，尽管他的胃早就准备好消化会议伙食，但还是顺从了李敏的意思。

那顿饭也成了莫同的声讨会。李敏向徐明义展示了藏在小臂内侧的一块淤青，并说这并不是她身上唯一的一处。

徐明义看得发呆，半天才想起问为什么。

"不为什么，过不下去了。徐哥，你也是有过家的人，你老婆出门时，你会不会掀起她的裙子检查透不透明？她稍晚回来一点，就满世界打电话，搞得所有人都知道她不顾家？……"

徐明义很惊讶，当然，与其说是惊讶不如说是欢喜。这么说，从前他们两口子过得还像那么回事，全是莫同作秀了，其实他早就看出来了，他才不相信莫同的那些鬼话。

轮到徐明义开口了，他只是泛泛地劝了两句，他离婚时别人劝的话，又被他原封不动地找了出来。那时候他是当事者，麻木不仁，现在呢，他是劝说者，才发觉这些话全都言不由衷。什么叫劝和不劝离？离了才叫皆大欢喜！反正他发现，听到李敏要分手，惊讶的背后竟是高兴，最初他以为自己在幸灾乐祸，这世上又多了两个倒霉蛋，他为这个高兴。这显然低估了他自己……不过，说到底他又没太当真，以为这只是李敏的气话。

又过了两个星期，他听到一位女同事也在说这件事，才相信这一切都是真的。徐明义心里一震，不知为何，这个辗转而来的消息竟比他亲自听来的要真实。忽然，他就觉得有一肚子的话想找个人倾诉，这个人当然最好是李敏，给她一点安慰和鼓励。但他遇到了王则，他告诉王则，李敏要离婚啦。

王则是李敏母亲的学生。如果单凭这层关系，或许他也没有理由继续在李敏身边出现。有一次他们去看一个得了肺结核的朋友（医院在郊区），用了王则的车，于是他不时地会参加一些他们的聚会。你想，一个人如果什么事都不做，还有辆车，大概谁都不会把他忽略的，况且在女人眼里，王则那种慵懒的神情是不是异常迷人也说不一定。徐明义倒霉就倒霉在这不期而遇上。

当然，徐明义说的都是虚拟语气，可能、也许、大概——他们就在路上遇到的，然后一起面对面抽了一支烟！当时王则也没什么表示，徐明义也就没意识到这个消息有多宝贵。一个星期后，他打电话去李敏的办公室，得知李敏病了。犹豫再三，他决定去李敏的父母家看看。

徐明义到楼下才打电话。李敏说："是吧，我正在下楼，我们正准备出去呢。"

徐明义没有注意李敏电话里说的"我们"。他原地站着，手里提着一袋子水果、芝麻糊、早餐奶，反正一堆不太贵也不太贱的东西。

他的确用了心，在超市里花了近一个小时，他不知道就是这挑挑拣拣的毛病，让有的人在他前面捷足先登了。

楼道里响着高跟鞋的嗒嗒声，李敏转了出来。随即在她背后出现的人竟是王则。当时那种尴尬——主要是徐明义，因为他提着东西，倒像偷东西时被人抓了现场。

"要出去？好点了吧？"徐明义的眼睛只好紧盯着李敏。

"打算给我老爹他们去买台电视，要不你也和我们去吧？"

"那……"他无奈地将袋子举了举，这些礼品最终被留在小区的值班室，回来时也好像被忘掉了。

应当说王则把一种还在朦胧中的东西挑明了，他的举动让徐明义明白，他其实也可以这样做，他也有这个权利的！但无形中他迟到了一步，追上去不仅让人滑稽，还给人一种不沉着的印象，而且分明像一个不成功的模仿。因此，徐明义跳出来跳得有些被动。他越痛恨这种感觉，也就越觉得王则这个人阴险。

那时候，李敏的离婚还没有成功，还在进行之中，这也是徐明义需要顾忌的。但王则不一样，他是李敏母亲的学生，说起来较他离李敏更近。更何况他还年轻，也就有了直截了当的权利。从这件事上徐明义看出自己一开始犯下了很大的错误，他瞻前顾后，担惊受怕，只希望李敏和莫同脱得干干净净，好让他适时出场，就像球赛的上半场下半场——他把所有的注意力都放到莫同身上了，没想到半道上有人截和。

这或许才是他不情愿的，王则不光年轻，他父母那一辈在整座城市为他铺就了一个庞大的网络，据说他们的家族有铺面，还有人做省厅一级的官……这种人徐明义平常懒得去碰，他瞧不起莫同，但王则又瞧不起他，他不得不和一个更年轻的人去比拼，这似乎超出了他的能力。

那天他们抬着一台大彩电上五楼，虽叫了两个卖气力的背篼帮忙，但还是费了不少劲，李敏在后面不停地问要不要歇一下——都累得够呛，但徐明义为了抹掉年龄，更准确地说是体力上的差距，硬是一步没停，结果他回家连拿钥匙开门的力气都没有。

他们最后一次对峙也是在李敏的父母家。不同的是，这一次他抢先到的。这一次，他打算问一问李敏，她和莫同的离婚办到什么程度，他正在心里斟字酌句，如何才不显得那么不善良，门铃却响了。徐明义心里一颤，最难过的是这时候进来的人是莫同。

还好，是王则。进门之后，他们就没有看对方一眼。

那天他们三个人围着李敏的儿子，看他做作业。

"小明的早餐是面包，面包烤一面需要两分钟，烤背面需要一分钟，一只烤炉一次可以烤两片面包，小明烤三块面包最少需要几分钟？"

巧了，这个题目徐明义的儿子也遇到过，正好帮着辅导。他听到王则用一种近乎耳语的声音在描述他同学（也就是李敏母亲的学生）的一段趣事，然后一起偷偷地笑。过了一会儿，孩子又要完成一项手工，用纸做出一个金字塔——这一次，王则也参加了。两人的进度不分先后，只是王则的个头略大，李敏只好问儿子："你觉得叔叔的好还是伯伯的好？"

徐明义听到耳朵里觉得话里有话，他笑了一下，发现王则抿着嘴，嘴角饱含深意地翘起来。

两个星期后的一天李敏告诉他，她想去南方散散心。徐明义去订的机票，又找车把李敏送到机场。

过安检前，李敏说："谢谢你啊，这么多天，真够辛苦你的——来，拥抱一下。"

他听命地和她抱在一起，很用力，当时徐明义沉醉在那股从李敏头上冒出的气味当中，李敏顶在他胸前的那对小乳房让他如醉如痴。他不知道李敏这是在跟他告别，间接地也把她的决定告诉了他。

原来王则已经提前到了广州，两人为了避人耳目，才决定各走各的。结果，一时疏忽他们把身份证一起落在一家酒店，好心、负责任的酒店又把它们寄了回来……

莫同的电话。

每天下午五点钟的时候，徐明义的手机都会响一次。莫同的公鸭嗓传过来："我们在'老朋友'……"不等他答应，那边就挂线了。

莫同说的"老朋友"其实就是他们接下来打牌的地点。除了他们俩，最近还有两个老单身投身到这种没头没脑的夜生活中，他们不停地更换地点，有时候就像歌星串场，一晚上要去三个以上的咖啡厅、酒吧。

徐明义也没想到他会和莫同走得那么近，对莫同他一直心怀愧疚，因为他打过李敏，也就是他前妻的主意，哪怕没有得逞，还是让他有些不忍，而从结果看，他被某种不可言说的神秘推到了莫同的战壕里，成为某个目标的对立面。当然，都有过程——

有一天夜里，大概快凌晨十二点，他接到了莫同的电话，当时并不知道这是莫同的电话，所以把他诧异得挖空心思想找出对方的居心：

"老同学来玩吧……"听上去莫同已经喝了不少，舌头都在嘴里打转儿，"大哥，你就不能心疼心疼兄弟吗？"这时候电话显然转到一个女人手里："来吧来吧！"

"你……哪位？"

"哟，听声音就够性感的，来吧来吧。"随即挂断。

徐明义发了半天愣。

那天他到底没去成，因为直到天亮都没人再打来电话，他既不知道喝酒的地点，也不知道跟他说话的女人是谁，是莫同的朋友还是夜总会的小姐？莫同会不会没带钱被人扣住？……不过，第二天他们联系了一次，莫同解释了一下当时的状况（的确喝高了），此后他们就开始频繁走动。怪的是，他们的牌友，还有那些小姐都像走马灯似的在他们之间来来往往，唯一固定的就是他们俩，两个人真像被什么力量推到了一起。

他到"老朋友"的时候，莫同已经占了个靠窗背门的位置，正歪着脑袋看街景。

"都先喝上了？"桌上放着一扎啤酒。

"我只是漱漱口——哟，盖章了？谁给你盖的？"莫同指了指他的下巴。

"妈的，就你眼睛好——看不出来啊，刮胡子刮的。"

徐明义假装生气的样子让莫同很高兴，所有的皱纹能翻的全翻了出来。

"刘奔走了？"

"是啊，他说你不去送他，他以后也不会理你啦！"

"唉，我不是不方便嘛……"

"有什么不方便的？"

徐明义明知故问，这其实是莫同的老毛病，凡李敏可能出现的场合，他都不愿意去。但他不知道昨晚李敏也没去成，徐明义不打算说得这么清楚。他转去问老七，还有伟章，也就是他们近期的两个牌友怎么没来。莫同果然不再追问，说快了，全在路上了。正这么问，弹簧门开了，两位新搭档不约而同地从外面进来。看上去就像同路，其实却不是一回事。

伟章说："我倒想一起，人家未必愿意。"再看看跟在后面的老七，就明白怎么回事了。莫同惊叫着说："别是他把网友也带来了吧？"

老七身后跟着个女的，浓妆艳抹的。伟章说："这家伙肯定不喜欢人家才把她带过来的。"

女孩紧跟着老七，小眼睛大鼻子，果然丑得厉害——这种场面可能老七没交代过，让她很意外。不过遇到点惊奇对她显然是好事,至少眼睛大了些,也像那么回事。但等她坐下,还是惹得一阵骚动,虽然女孩长相不佳,但毕竟年轻,扭扭捏捏的样子也蛮动人。老七一本正经地给她介绍:"徐哥、伟哥,这是莫哥。"

"什么莫哥?叫叔叔,叫叔叔。"

"老七,你好下得了手。"

"来,小妹,坐我这儿来,这些家伙都不是好东西!"

小女孩倒沉得住气,刚开始还云里雾里,只待了一会儿,就把每个人的脾气全吃透了。她开心地说:"打牌有什么意思?大叔,我要是你,我情愿在家里待着——我才不想打牌——要不我们去JJ蹦迪?"

一席话让几个老男人头顶能站的头发全站了起来。莫同岁数最大,首先反对,跳舞有什么意思?一进门就像被当头打一闷棒!折中的办法是他们放弃打牌,小华也不去什么迪厅,大家找一桩都不会反感的事,而这种事大概也就剩下去KTV唱歌了。

这是个年轻的晚上,大家轮番表演歌声,这种地方也有些日子没来了,现在要是没个理由谁还跑出来唱歌?不过这样一来上KTV反而有了新鲜感。徐明义说:"莫哥当年可是男高音,帕瓦罗蒂十一世。"莫同摆手,说:"老了老了,能唱准音就不错了。"小华问:"你会唱《菊花台》吗?"

除了独唱,主要就是和小华对唱,等他们选歌时才发觉要和小华对在一起也并不容易,尤其像莫同、徐明义,童安格之后就没再学过什么歌,所以唱来唱去无非是《明天你是否依然爱我》《一无所有》。莫同本身喜欢出风头,拼了命才找到一首小华也会的《童年》,唱完一副成绩斐然的样子。

徐明义唱了一首《我是一只小小鸟》,这首歌难度很高,但唱完却不讨好。莫同说:"你怎么把隐私也暴露了?"结果还没等徐明义问,小华在那儿已经心领神会地笑了。

徐明义看出他有出风头的意思,便想恶心他,故意问:"是不是对小姑娘有意思?我去帮你问问老七,让他让给你。"

果然,莫同一副受到污辱的样子,说:"哼,就她——可能吗?"幸亏小华已经开始唱歌了,没听到。

那天他们一共叫了两件啤酒、五瓶红酒,结果啤酒喝了一件,红酒喝个精光。莫同看唱歌没他什么事,就倡议斗酒。哪知就这个平时的长项也撞到人家枪口上了,那个叫小华的姑娘酒量好得惊人,丝毫不怯场,高来高接,低来低挡。

"莫大哥,要不我们来个双杯吧?"

莫同知道被人架住了,也不好退让。有人提议他们喝交杯酒。

"交杯就交杯!"

于是两人兴致勃勃,各自抬两只杯子在手上,再把手臂蛇一样缠绕到一起,这么一来,再低头够酒杯就必须扭成一个动人的姿势。徐明义也是第一次看到这么复杂的喝酒方式,兴奋得直拍桌子。忽然间他脑子里就翻出一个念头来,他问小华:"老莫的掌心是冷的还是热的?"

"热的啊。"小华摸完了问为什么,她自然不清楚这中间的差别。

徐明义也不清楚,说:"你问老莫啊,老莫你告诉她。"

莫同有些不行了,眼睛也睁不开,"唉"了一声才解释说:"这还不简单,冷的就是冷血动物呗,我肯定血热得要命……"

这会不会是答案?徐明义也无法确定,也可能莫同和李敏的答案原本就不一样,否则他们为什么要分手?

他们十二点才散。通常是轮流结账,这一天本来轮到老七,但他和伟章领着小华早走了,莫同喝得有些人事不省,只好由徐明义掏钱,看账单的时候徐明义的眼睛都绿了,所幸的是钱包还是给他面子。

徐明义原本想让莫同自己回去,他自己第二天有事,便问莫同行不行。

莫同摆摆手,说:"行、行,你走吧!"然后一头扎在路边的花坛上。徐明义忙去扯他,莫同说:"拉什么?我想解个手。"

徐明义看他成了这副德性,只好咬牙替他拦车,这个点空车倒很多,徐明义一伸手就停了两辆——他把莫同塞到后座,自己也跟着钻了进去。原打算把莫同丢在他们家楼下,如果路上有背篼,给别人五块钱让他把莫同背上楼。但一到莫同那个院子,徐明义一看黑灯瞎火的,哪有什么背篼?这世上也没哪个傻瓜会守在这儿等他们,只有他当这个苦力了,得,省五块钱吧。但莫同家在七楼,爬上去,不光要有向上的力,还得纠正莫同的地心引力,以及他东倒西歪莫名其妙的力量,所以,一通楼爬下来,徐明义觉得这活不是省了五块,而是赚了一百块。

徐明义已经有两三年没上这里来了。

头几年莫同刚成家,也是他们两家走动最频繁的时候,那时莫同刚娶了个漂亮老婆,还有些显摆的意思,加上他也好热闹,常在周末在家里弄个饭局加赌局。那时候,莫同还兼了份差,替人画画图纸,赚些小钱。别小看这几个小钱,硬是让李敏把别的同学太太全比了下去。几乎所有的女人都认为李敏的漂亮是因为她会穿着,而会穿着是因为有个能赚钱的老公,这给当时还在做别人老公的徐明义带来了不小的压力。莫同还把家里刷成粉红色,柜子也是一种离经叛道的银灰色。李敏和他互相讥讽对方的欣赏水平,不过听到旁人耳朵里,又成了一种显摆。当然,那是他们还好的时候。

让徐明义吃惊的是,那几间屋子,颜色虽然还是那种让人不安的粉红色,但屋子却像遭到打劫,甚至更糟糕,像搬家公司刚搬完家——客厅里就剩下两张椅子,中间则是一张办公桌,也像哪个单位淘汰下来的。

莫同一进家门酒仿佛一下子全醒了,问徐明义喝不喝水,自己却跑到卫生间去小解。出来后还要给徐明义倒水,徐明义嫌他没洗手,忙说不要。这时候他才注意到顺着客厅墙根还站着个衣柜,衣柜旁是一排空啤酒瓶。

"你这是怎么了?让人打劫了?"

莫同却不回答,只自顾自地说:"我这儿可有顶级铁观音,我的一个老关系给的,不喝白不喝。"说完只顾上厨房。徐明义看他这么固执,也就不再拦他。

"这酒喝得,连尿都是股酒味!"莫同拎着一只玻璃瓶重新回来,他的步态倒看不出醉意了,但话里却透着酒气。怎么泡茶却又扯上尿?徐明义皱了皱眉。

莫同把一只玻璃瓶往桌上一顿,说:"你还没回答我!"

"什么?"

"前面我问你,他们去送刘奔了没有?"

徐明义摇了摇头,他知道这个"他们"其实指的是王则。

莫同叹了口气,说:"早知道这样就去了,刘奔的孩子怎么说也叫过我干爹的……"

"你怎么又喝上了?"徐明义发现莫同刚放在桌上的不是茶,还是酒,一瓶烧菜用的黄酒。

"醒一醒,没酒了,这是料酒——你也来点吧?还是几年前李敏买的,有一回大减价,她一口气买了十多瓶……"

"算了吧,你这儿怎么了?出什么事了?"徐明义指了指空荡荡的房间,这是他第二次问。

"怎么?不好吗?"

"你自己搞的?我还以为出什么事了。"

"能出什么事,都这样了……"莫同嘿嘿一笑,又把皱纹全翻了出来。突然间他诡秘地把头伸过来,声音也压低,味道却更浓了。"有一天,我心里一烦,全把它们堆到了隔壁,结果,我刚一顺完,就发觉天全亮了!"

莫同说到这儿发出几声干笑,好像天亮是件很滑稽的事。

徐明义很吃惊,因为他前面猜想的是莫同把这些烦人的家具卖了,再不就是劈成柴,一把火烧光——没想到,这家伙再心烦,也只是把它们锁起来。徐明义一直有些同情莫同的,倒不是因为他丢了个老婆,而是快一年了,这家伙愣是没从这件事情中走出来。莫同家是两室一厅,这么说,那把上锁的房间里堆着他们用了十五年的旧家具。

"老莫是情种啊。"徐明义这句话说得很感叹,颇有些肺腑之言的意思,"你打算怎么办?以后经常进去,像哪部小说里写的,坐在里面追忆往事?"

莫同喝了口料酒,他不说话了。也不知道是累了,还是不想说,这么沉默了一会儿,才放下料酒瓶,两眼直勾勾地盯着天花板:

"她结婚前我还打过一个电话,问她要不要这些家具,要的话,我就送给她,结果……"

莫同停下来,徐明义不用问也知道,结果也该是拒绝,于是很同情地看着他。

"其实她误会我了,她这样一个人,我怎么会去伤害?我只是想让她省点事——她过好了,我能不高兴吗?我们都会替她高兴的,是吧?……"

徐明义一怔,他忽然意识到,莫同应该没醉,而且他以为莫同不知道他追过李敏,做丈夫的通常都会被蒙在鼓里,作为这世上最糊涂最不省人事的那一个——现在看来误会的是他。莫同什么事都知道的——是啊,就像喝醉酒,他坐在从前那些家具堆里,也该摸索出点门道来了。当然,他想的更多是李敏,是王则,真正击败他的是他们!

"别发呆了,干脆陪我再喝点吧,都过去了,我不会有事的……"

莫同把他面前的茶水泼掉,又把酒瓶里沾了他口水的料酒倒了进去,再推回来。

看情形这酒他还非喝不可,徐明义有些犹豫,前面莫同没有嫌弃他,他就该投桃报李。只是,这一天他似乎明白了一个道理,过去他把自己的失败全归结到王则身上,但王则没将他放在眼里,莫同同样也没把他放在眼里。

他们都没把他当回事!徐明义窘得只想变成那杯料酒,然后被自己喝下去。

(原载《青年文学》2012年第1期)

2012年

何文

暂告平安

胡甲接到老婆电话后就火冒三丈，他实在讨厌她用过去走街串巷推销豆腐的大嗓子催他赶回自家经营的小饭馆，就因为她的鬼吼辣叫，悬挂在他头上鸟笼里的鸟吓出的粪便刚好飘进了他的脖领，而他一哆嗦，才从家里偷来的出自民国年间的紫砂壶掉地摔成了几瓣，当时他好不容易才和荫钻巷古玩店皮老板讲好价，他还满心指望拿到钱后请马汁潇洒一回哩。在返家的路上，他越想越气，本来他还只打算偷偷摸摸捣捣蛋，这一下他不想隐瞒，决定离婚。反正不分手他也沾不了任何光，背着老板名，还不如成天在饭馆里窜来窜去的小工，他一样不得，婆娘对他玩的是装憨政策，还成天哼哼唧唧道艰难。其实他最清楚，不管饭馆找不找钱，光凭她父母过去当艺人打着快板走南闯北顺手牵羊搞来的不少宝贝就够她吃好久。这些都不说，她脾气还不好，常常被啰啰唆唆的事威吓，要么张开五指在他脸上留下血痕，要么提了瓶子砸破他脑袋。胡甲真的后悔和她初次见面就喝醉把她干了，他当时只晓得她长得阳光，自己又没有着落，要是早点遇见街边土医师，早点让对方从自己精细好看的脚型判断出绝不可能是去世的农民夫妇所生，再不济也是没落贵族后裔的话，他肯定去追求城里人了。他现在做梦想的都是向马汁吐露心怀，对，只有家住饭馆附近宿舍A栋三单元的马汁是他的最爱。

胡甲毛焦火辣地冲进巷中自家饭馆正要朝婆娘吼出那两个字，足底一下踩着软的，他赶忙单脚撑着身子左跳右蹦躲开雀跃着红红绿绿满地滚的西红柿，老婆自打听说生吃西红柿能治疗男人前列腺疾病就大量购买，她神颠鬼倒地断定他有这方面毛病。胡甲站稳身子后面对婆娘才吐出的话淹没在旁边一笼子受惊吓的鸡叫声里。婆娘非常不满，胡甲进来时，芦花公鸡正踩着母鸡欢快地扇着翅膀，只有那样子生下的蛋才能孵小鸡，而她本来准备完事后就宰了芦花公鸡给她哥炒辣子鸡的。胡甲却连鸡带她哥都烦，那位大舅子真的精，常到店里白吃白喝，好不容易从养鸡场朋友处骗来几只家禽给妹子，这大舅子还要揩点油。不过他现在不想和婆娘讨论她哥的为人，他真正要的是重复那两个字。不过肩上挨了婆娘挥来的一巴掌后，他暂时改变了主意，巴掌本身不重，婆娘只是禁止他啰唆，她要他立马去送外卖，A栋三单元马汁点的。这可真是让胡甲没想到啊，他本来还要编筐斗篓篓找理由去敲马汁门的。胡甲这下无论如何都不能惹毛婆娘。婆娘还以为他待着不动又想偷懒不愿跑腿，拍着巴掌说，你不去谁去？小工盲肠炎犯了请假去了医院，我见不惯那女人外加必须守着店。婆娘才听不得他说什么店里生意清淡，半天不见一个客人之类的屁话，更是伸手堵回他再提出什么必须买把椅子放门口，让他今后像大爷一样坐着收钱或监视小工的条件，她对他前天帮人搬冰箱扭伤了腰不抱一点同情，又不是搬家公司的去逞什么能。婆娘动作麻利，三下五除二一盒鱼香肉丝盖饭就套上了塑料袋，胡甲也不想再建议她饭菜要足厨艺要精，提了饭盒要走，婆娘双手扶稳他撞得摇摇晃晃的灯泡，叫他不要忙，吓得胡甲内心狂跳，生怕被婆娘捕捉到蛛丝马迹。婆娘却要他再带上一塑料袋免费的泡菜。胡甲才知她讨好马汁是想叫她也带些客人来，后天是饭馆开张一周年纪念日，她才不相信马汁与众不同不屑于干拉客这种事，只怪胡甲无能，憨得很，一个女人都搞不定，他这辈子如果能做成一桩事，她保证用手掌煎鱼给他吃。胡甲却背着她伸手进抽屉扯走几张红色纸币，跨出门后心想，憨的是你。

话又说回来，胡甲边走边想，老婆再鬼也不可能把他和马汁搅在一起。那个长相清秀、衣着朴素的女人，进进出出疾步如飞，路经饭馆更是半眼不看，惹得婆娘N次骂她骚女人。胡甲忍不住去调查一番，事实证明，婆娘又是错的，她老公自打踩着椅子安装灯泡跌下来摔飞左卵蛋后就几乎天天不回家，从那时起，他就对马汁有好印象了。终于和马汁搭上腔还得感谢上个月宿舍楼的刁民们串通不交水费逗毛了自来水公司断掉水，那几天他家饭馆生意爆好，最后连马汁也不得不坐进来。婆娘实在见不惯马汁翘着兰花指说她家金鱼渴死了的样子，更受不了马汁不是怀疑白菜太绿加了色素，就是疑心米饭太白添了漂白粉，特别是马汁半天吃了两粒饭简直像猫抓她的心似的，痒得难受。胡甲却是由衷地赞叹马汁斯文，他非常反感老婆乱讲马汁吃不下是痔疮犯了，他已问过马汁，人家细嚼慢咽是要先嚼碎了端回去喂婆婆，因为她另一半的妈才拔了牙。马汁临走还不忘端一份饭菜给家里正做功课的儿子。那天受感动的胡甲嘴上赞同老婆的观点，觉得和马汁那种人半天也处不下去，暗地里却拎了一桶水嘿哟嘿哟上七楼送给马汁，他知道断水比停电更惨，尤其是热天。马汁非常高兴地送他出门，就因为关门前多看了他一眼，让他下楼崴了脚。而正因为看病，才被土医生诊断出他的出身。

胡甲虽然肯定马汁高兴见到他，可也没料到她会迎候在楼道口，抹了口水才搞清楚，她出门丢垃圾时，门却因风锁上。马汁哆哆嗦嗦使劲按住被风吹起的衣角，请他帮忙。胡甲二话不说随她敲开邻居家房门，从阳台爬进马汁家，穿过弥漫着咖啡香的客厅打开房门。马汁拉开他以免碰掉墙上的画框，随又慌忙闪身。胡甲狠掐自己不准再打饱嗝，估计她会害怕那股韭菜味。胡甲深吸一口气，挺着胸脯正要约她做一次有意义的外出活动，马汁却要他先去卫生间净手。胡甲边走边打量屋子，他已了解过，这套房子是马汁买的，连同所有家具，她老公没出一分钱。胡甲捏紧拳头，恨不能一下打碎食品柜上放歪的"婚纱照"。只顾了义愤填膺，没看脚下，绊了一堆鞋子，身子一歪撞开卧室门，她孩子正端坐在桌前读书。胡甲正奇怪她为何不叫小崽开门，马汁白皙细长的手指放在嘴前"嘘"的一声不准他说话，小孩学习时是不能打扰的。她对儿子的要求可了不得，假期每天五点起床读书，六点半烫脚，七点进餐（牛奶一份，加入食糖十五克、红烧肉六坨、水果四片），然后读英语、写作文、弹钢琴，弹奏前须先背诵"坐在钢琴旁连最幸福的国王也不羡慕"的语录。胡甲由衷地钦佩马汁，老婆有她一半他早就让她生下小崽了。他实在讨厌茁壮的婆娘，每晚关上门就脱得一丝不挂地躺在床上，也不管人家心里烦不烦，不停地在他耳边唱着"八月瓜，九月诈，十月摘来诓娃娃"的难听民歌。只要他稍有不耐烦，她就会念叨最近张跛子又来找她。其实胡甲一点也不嫉妒，他又不是不知道，张跛子原先帮人送牛奶因偷东西才从牢里出来。胡甲最不能容忍的是，每次完事后老婆就从他兜里搜钱，这和吃"鸡"有哪样区别嘛？不过胡甲对马汁钦佩归钦佩，关上房门的刹那间他还是忍不住想抚摸一下挂在落地衣架上色彩暗淡的文胸。胡甲知道自己虽然不是好东西，可他的的确确是出于同情，因为他认定那物品已被冷落好久了。可还没等他伸出手去，一旁飞来的毛巾就遮住了文胸，这让胡甲倒抽一口冷气，马汁明明端了盒饭奔厨房的，竟能觉察到他的心思。而响起的鼻音更是让他一阵心惊肉跳，突然担心随即到来的巴掌，他一扭头却碰着什么悬吊物，正要举头看垂着的床单，走在前面的马汁突然一停，弯腰去捡掉地的塑料袋，翘起的屁股一下抵住他前面，她直起腰时，胡甲的双腿还在摇晃，哆哆嗦嗦要求她移开床单，好让他去卫生间。严肃的马汁就双手拿了撑衣杆把床单移至一边，晃动的床单一角触到她的鼻子，她一个喷嚏，却震掉了裤扣，她慌忙丢了撑衣杆抓住掉下一半的裤子，逗得胡甲哈哈笑了一半就赶紧打住，才要道歉，马汁早已闪身进屋，胡甲真想扇自己一个耳光，真的，如果因此让外出之事泡汤，他就要扇自己。胡甲在门口来回走动，觉得马汁进去了半个世纪都不止，正要鼓足勇气唤她，卧室门一响，马汁又出来了，换了装束的她一本正经地说以为他会走，说得胡甲好不沮丧。当马汁表示想他留下有事要讲时，胡甲差点被口水噎住，一阵咳嗽后称也有事跟她说。马汁锁了眉尖问，没有洗手？她要求他先讲，胡甲看着她的冷脸，忽然哑巴，半天吐出来的话变成求她帮忙带些亲朋好友来店里坐坐。马汁"呼呼"两下吹走滑落在眼前的发丝，问，讲完了？依她看来，要想生意好，菜就要有特色，她建议胡甲立马去郊外叠翠山树林里搞些野味，保管饭店生意兴隆。而她留他就是要讲这个。几天前就想给他提这个建议,今天她恰好也要去叠翠山办事,两人正好结伴。幸福透了的胡甲确确实实不知该表扬自己还是马汁,因为他们两个都是够精彩,不光都编一个堂而皇之的外出理由,而且连地方也想到了一起,他原就打算约马汁去叠翠山的,只有秋天的叠翠山最适合表达宝贵的爱情。偷着抹去眼泪的胡甲侧身让马汁去打电话叫婆婆过来照看孙子,然后帮着拎包出门,路经饭店他回去一趟,朝婆娘的背影吆喝一声"拉客去了",就溜到巷口和马汁会合,上了的士。

　　胡甲根本不相信南郊叠翠山温泉旁的树林里会有什么野味,那里曾经人山人海,但最近爆出叠翠山温泉是硫磺和井水勾兑的小道消息,使生意一落千丈。所以一路上马汁说什么坑大坑深的,他都觉得很可笑,他能理解马汁对幸福又爱又怕的矛盾心情,要不是司机从后视镜看他们,他就要握住马汁的手表示她弯弯绕绕的性格更让他痴迷。下车徒步走进树林时,马汁显然放不开,老是假兮兮地寻找挖坑的理想之地。胡甲当然就要注意调节气氛,他笑嘻嘻地要求她指出他和农民工的区别,马汁摇头表示做不到,胡甲承认,艰辛的生活让他一张帅气的脸有些粗糙,他坐在斜坡上脱下鞋袜向她展示自己的脚,而且他还想表扬她没看到脚之前就能和他站到一起。马汁惊恐、害羞地要他停止这不够规矩的动作,赶紧干正事。当马汁真的从背包里拿出工具叫他刨坑捕捉野味时,胡甲好气又好笑,好想问她要装到什么时候。但一看她那张严肃的脸,又忙叮嘱自己,马汁可不是一般的女人,只好保持耐心慢慢适应马汁的口是心非,所以他装模作样照她吩咐的去做,在她离去后他就扔了工具坐下歇息,林中鸟叫着"找——爱人"飞远,胡甲估计马汁已在农家乐盼他盼得不耐烦,这才不慌不忙熄掉烟,拍拍巴掌吹着口哨出了树林。

　　马汁的确不耐烦,她刚从散落在附近的农家乐兜了一圈回来,撞见胡甲就责怪他不守在林里会放脱野味。胡甲却强颜欢笑,表示自己会捉住真正的野味。他劝她不必再跑,左边竹林前这家就行。马汁边走边眨眼,不明白他的话是什么意思。胡甲挺胸保证自己经得起任何考验,马汁忽然觉得他滑稽可笑,随他迈进大门,她不准他拉自己的手,刨坑后洗了手也不行,他的手粗糙得像刀一样,下雨了她自己会躲,就算淋了雨她也愿意。马汁看着他,认认真真劝他快回树林,说不定来了野味。她一张秀气的脸上的确满是诚意。轮到胡甲眨眼睛了,她如此的七弯八拐倒让他有些始料不及,索性单刀直入,问,你莫非不是在等野味?马汁低头躲过沙沙作响的树叶,脸色发红,怪他说话难听。忽又抱紧双臂闪到他身后,一阵风裹着水汽吹来,胡甲习以为常,城里的太阳郊外的风,山里下雨当过冬。他正为能给她遮风挡雨而骄傲,马汁却走到屋里柜台前,询问一番后吊着脸出来,也不看胡甲的笑脸,到了廊上才回头叫他把她放在柜台上的背包拎过来。胡甲递还物品时指出没必要老是比较,每一家价钱都差不多的,其实出来玩关键的是人。他真的喜欢她红着脸点头的样子,他非常体贴地叫她待在廊上,"我去订饭菜"

暂告平安 何 文

这句话还没说出，就赶紧去扶差点被她碰翻的张扬着五颜六色花朵的钵钵，他不明白她慌着去哪里。

她要去方便。

胡甲问，是大的还是小的？马汁脸色泛红，嗔怪他粗俗不健康。胡甲承认自己不够文明，但他本意是好的，小号就在树下解决不必去后院厕所，那里有狗，这里的狗专咬女人肥腚。马汁甩下他径直跨进后院，"妈吔"一声赶紧返身还撞着了胡甲，他非常顺势地抱住她，马汁急着挣脱，她的问题还没解决，她左看右瞄，看来只得听他的。她要他在前面放哨，不等他彻底就位，她便钻到树下，胡甲刚看见一片白光，马汁便又跳起来，胡甲追悔莫及，一路小跑跟着她表示保证不再偷看，——他一下停住，马汁扑进前院，那里传来她和男人的欢笑声。

胡甲沮丧地返回树林，他可不是来守野味的，尽管现在他相信山里有野味，也相信马汁的确是为他的饭馆考虑。他打算在林里避过雨后下山，饭馆生意兴隆与否关他屁事。

胡甲确实没想到马汁又会来找他，当时他正在树后小便，甩干残滴后，面对走来的马汁，他忽然吐掉口中的烟头，命她走远点，不要坏了他的好事，一边又假兮兮地在陷阱上铺满落叶。

她换了人似的靠近他，递来面包和矿泉水。胡甲不要，气都气饱了。马汁不气，朝他亲切地笑。

胡甲拼命眨眼，心想，莫非相比之下我更优秀？看来还是土医生说得对，没有女人抵挡得住我的吸引力。他体内的血液不由往上涌，抓过马汁的面包就啃。她要他吃饱了给陷阱做个标记。"陷你个头——"胡甲吞下这句话哈哈地笑，他恢复自己观点：哪有什么野味？马汁摆手不让他说话，她要接听手机，是老公打来的，告诉她一个好消息，以后打麻将可以刷卡了。马汁"嗯嗯"应着挂断电话，面色阴沉。胡甲赶忙把水瓶递给她，又骂自己该死，她咋个可能喝他喝过的？好在发现她身上有面包屑，便伸手拍打。马汁表示感谢，她的声音很轻，她说她早就看出他喜欢她。胡甲只觉鼻子发酸。马汁说事到如今，她也不想再瞒他。她盯着胡甲问，你说一个女人婚姻不幸福，该不该另有追求？胡甲使劲憋回涌上来的饱嗝，一脚射飞地上的残叶，表示那就是她老公。马汁感谢他的理解和支持，她就知道他肯为她做一切。胡甲心里第一百遍保证回去就和老婆离婚，无非把饭馆全部盘给她。他哆哆嗦嗦扑向马汁，她闪开身子，他差点一个扑趴倒向陷阱，幸好被马汁拉住。他握紧她的双手说，我们这就走。马汁赞叹两人超级心有灵犀，她还没说，他就知道要随她去找庄归。胡甲问庄归是谁时，这才想起是农家乐里那个男人。忽然他就不乐意了，他们的事为何要让那人掺和进来？马汁捂嘴咻咻地笑，嗔怪他笨，他们当然要找庄归，她就指望他帮这个忙呢。

317

胡甲真的搞不懂她葫芦里卖的什么药。

马汁两片薄唇翻上翻下，半天胡甲才明白，她过去的恋人庄归如今荣归故里约她来此地见面。胡甲非常失望她并不是因为他有魅力而抛弃庄归，她来找他帮忙，是因为过去她曾使劲伤害过庄归，如今人家要求她做一桩让他感动的事才能重归于好，故她琢磨出一个挖陷阱又阻止庄归掉下去的"感人"计划。胡甲甩手就要下山，他心烦，却被马汁拉住，她还没说完，现在的问题是，庄归不相信有人会蓄意害他，她只得求胡甲和自己去给庄归说。

说哪样？胡甲又糊涂了。马汁求他不要装憨嘛，莫非连这个都不知？她要他去向庄归承认，说自己在去温泉必经的树林里挖坑的确想谋财害命。胡甲起码蒙了二十分钟，忽然抓住马汁，他要认认真真研究研究她那颗好看的脑袋，他实在奇怪那里面咋个能颠二倒三冒出这种烂点子。马汁并不挣扎，温温柔柔地看着他，问：

你答应了？

胡甲鼻涕眼泪差点一起飙出来。

马汁重复"我知道你肯为我做一切"的话。

胡甲颤抖着丢开她，他为不能敲开她脑壳而几乎要吼叫，慌忙点上一支烟稳住自己，说，承认谋财害命会惹来麻烦，比如坐牢什么的。马汁不高兴了，翘着嘴说，你为心爱的女人吃点苦算哪样？就算被枪毙，我也保证会去你坟上烧香。噫，马汁觉得他想问题的样子蛮逗人的。她不明白他犹豫什么，该不会留恋以往一再抱怨的糟糕的小饭馆的日子吧。马汁抓住他的手臂使劲摇晃，求他心肠软些，起码得有点同情心嘛。胡甲的眼光没有离开她，终于意识到面对心像狼一样的马汁，自己必须迅速恢复为一个烂仔，不能再有什么幻想，为此，他心里突然一阵轻松。

马汁还在催他，她的朋友庄归先生已在农家乐等得不耐烦了，然后他们还有好多事要办，她要和他一起去昌城，这对她的一生都非常重要。

胡甲强忍着才没朝她竖猫鞭。忙哪样？寒露、霜降，胡麦豌豆在坡上，是你的跑不掉。他要她先讲讲，帮忙有什么好处？

马汁显然蒙了，半晌，一边问他要什么好处，一边接听手机，吩咐儿子写作文，题目叫《金色的秋天》。

胡甲飙一泡口水，决定把痞玩到底，他心里已有了报复的计划，他告知她钱是要的，但光有钱还不够。

马汁再次翘嘴，表示不相信他喜欢她。

胡甲两手捂耳，马汁赶忙表示一切都好商量，现在先去农家乐向庄归承认自己的阴谋，并带他来指认现场。

胡甲好笑，暗骂她又憨又坏，随她出了雾气弥漫的树林走进悬吊着红灯泡的农家乐。远远看见堂屋里留着山羊胡的老板提下铁炉子上咝咝响着的水壶，炖上一锅香菇海带排骨，旁边站着的男人患过小儿麻痹症，短一截的小腿稀里哗啦来回圈了半天，然后在垫了报纸的板凳上坐下，一边向老板咨询用温泉水龙头对着肚脐冲是否会帮助肠子蠕动从而达到减肥的目的？胡甲估计这就是那位叫庄归的，他打心里不喜欢这种款式的男人，精打细算，名堂特别多。可他身旁的马汁却是带着从未有过的灿烂笑容走上去，刚要对那背影宣布带回……胡甲突然一把捏住她的手臂，拉到一边，悄声说，先谈条件。马汁要求他先见庄归。胡甲坚持己见，不然他就走。马汁慌忙扯住他的衣袖问，什么条件？怕人听见？可以回避，但必须快，三下五除二。他保证做到，无非就是和她找点感觉。马汁也顾不了他在讲哪样，只要求胡甲松开手，他干力气活的不知道自己手劲大，捏得她血脉不通，麻麻木木的，怪难受。嘿嘿，胡甲扬手飞快接住柜台方向扔来的房门钥匙。马汁正要揉眼看个明白，胳膊已被他挽住上了吱嘎作响的木楼梯，一路上她要求两人离远些，被人撞见多不雅观。胡甲根本不听，绕开走廊上那泡猫尿，带她朝右拐，到了客房前，马汁一下全身僵硬，死活不进去，有话就在门外讲，钥匙插进锁孔也没用。胡甲"吧嗒"一下关闭廊上灯，她刚要叫，胡甲盖住她的嘴，耳边告知附近危险，有流浪狗。胡甲肩膀一下撞开房门，连裹带卷把马汁整进屋。门在身后锁上时，马汁满脸通红，喘着气问他没有让狗进屋吧。胡甲让她放心，"唰"一声拉上窗帘。马汁又紧张，问他到底要提什么条件，一定保证不能对她使坏！胡甲像没听见，一脚踩死爬过来的蟑螂，马汁咕哝一句"好恶心"，又瞪大眼。胡甲不慌不忙从荷包里摸出所有东西放在桌上，再从打火机、香烟盒、散币等一大堆乱七八糟的东西中挑出刚从柜台上拿来的避孕套。马汁扭身要跑被他捉住，她跺着脚威吓要叫喊了。胡甲停住，表示除非她放弃计划。马汁忽然镇静，拉他避开天花板上掉下的蛾子，心平气和地告诉他，虽然她不反对婚外恋，但她要找最好的。胡甲拍胸打肚保证自己就是最好的。马汁不看他，双手合十，眯着眼赞叹庄归才是她向往的，儒雅之极，哪怕和他去农村过节，围坐在篝火边，晚上好多人挤在一张大床上，也都是诗情画意。胡甲死命吞下"小儿麻痹症有啥私情"这句话，一再声明自己尽管文化差点，但聪明哦，床头柜上牌子上写的"温馨提示"几个字，她教一遍他就记住了，而他教她电水壶烧水冒泡就是水开，讲了十遍她都不明白。胡甲放肆地拍着她的肩膀说，现在明白了，你平时在家就是指手画脚，具体事由崽子的奶奶做。马汁脸上红一阵白一阵，声明婆婆不亏，她明知老人买菜揩钱去打小麻将，仍然多给她钱，老人不领情，说话还气人，本来她打算扔掉家里那台饮水机，婆婆不准，明明想要，却叫卖给她，又说顶多值两块钱，结果她还要打的把饮水机送到郊外婆婆家。马汁边说边拍打胡甲，不准他笑，更不能趁机动她。马汁表示，真的不能答应他的条件，想起和他做那事她就起鸡皮疙瘩，连他人高马大却穿着小一号的白衣白裤外套黑色西装的打扮都让她见不惯，非常没有教养。胡甲已经没有耐心听了，他要照他的套路来办，拉开柜子抽屉拿了塑料袋，一头钻进卫生间，把洗脸池边所有香皂、牙刷、浴帽、刮胡刀装进袋子。马汁跟进来，冷冷地问，你原先是干什么的？开饭店前。她侧身让他弯腰取下马桶边悬吊的手纸。胡甲一边整理塑料袋，一边回答：

偷东西。

她问，再以前呢？胡甲说在河谷地带靠吃打屁虫治好了风湿。再以前嘛，他称在坐牢。胡甲推开惊恐的她，一扬塑料袋打死墙上爬来爬去的四脚蛇，面对自称险些晕厥的她，他说，走，退房！马汁恨得直跺脚，却震掉了挂在墙上的吹风机，落下来砸住水龙头开关，立马四处飙水，喷得马汁一脸都是。胡甲扯了毛巾裹住她的头一阵乱抹，马汁急得乱跳，这个样子咋个见庄归嘛？胡甲连忙道歉，马汁照了镜子真想咬他，胡甲忍住笑，打开袋子取出梳子。马汁不挣扎了，显然不只是因为他在发廊干过手上有一套，她更想拖住他再谈谈别的条件，比如加钱。胡甲固执，绝不更改！马汁也生气，说走就走！被他玷污宁可自杀，比如买包灭鼠药。马汁嘴上说走可身子并不动，当然这和胡甲拦住她也有关，他说他也要为她生命负责，为了安全起见嘛，他毫不脸红地从她兜里搜走所有钱装进自己的荷包。马汁呆了片刻，推开他奔出卫生间，在开裂的地板上一个趔趄，"妈吔"一声，胡甲眼疾手快一把抱住她，马汁又跳，说人家庄归要干啥事先都要征得她同意，胡甲却是加倍使劲抱，忽然感到手背湿湿的，原来马汁已是泪流满面。这抽抽泣泣让胡甲十分恼火，他没有那么坏嘛，下半辈子一定好好和她过。马汁骂他讲话太难听太嚣张。胡甲急了，表示自己虽然姓胡，但绝不胡打乱说，他会开车，哪怕跑黑车也能保证她天天美酒加咖啡。马汁"扑哧"一笑，随后瞪他一眼，跟着眼圈又红，更是哭得厉害，她双手蒙住脸，一会儿又张开手指露出一双眼睛，叫他去她包里拿纸巾。胡甲打开她的背包，看见里面有红色睡衣、日常生活用品，以及一瓶中药汤似的水水，肯定是避孕药，看来真是准备和庄归私奔的。胡甲忽然难受得号啕大哭，他猛地端起一杯烫开水一口喝下，满嘴白泡，倒地不起。马汁骂他装死，说这又不是酒。连喊几声不见动静，慌慌张张踢了他一脚，见仍无反应，便俯下身来摇他。胡甲顺势在她脸上来了一口，马汁睁大了眼睛，她实在惊讶事情咋个会变成这样！他的蛮横不讲理竟然让她着迷，她现在好想听一听他那些乱七八糟的经历，那对她来说绝对是一个完全陌生的领域。

对视着，胡甲的手放到了她的衣扣上，马汁娇羞恼怩，但是没有躲闪。胡甲可没料到马汁这样精彩，一边任由他宽衣解带，一边接听儿子的电话，面不改色地告知自己在加班搞报表，等会儿要送领导审查，不知搞到几点，并吩咐乖儿子做完作业可以看十分钟电视，然后读爱尔兰童话，同时不忘叮嘱孩子奶奶，冰箱里有虾，另外，不能用洗衣机搅羊毛衫，床单不能拿到火上烤，上次就烤了一个大洞。她关掉手机，从从容容要发呆的胡甲赶紧抱她，舔她。完事后一脸严肃地训斥他黄色不健康，又要求他庄严发誓

暂告平安 何 文

三遍，绝不能对任何人讲！这可真让胡甲开了眼。

有人敲门。

吓得屁滚尿流的马汁赶紧抓衣裤，胡甲却是斜叼着烟冷冷地说，女人嘛！然后不紧不慢系上皮带。

是老板，马汁张开嘴就喊庄……胡甲伸手堵回她的话，一听就知道，庄归那人肯定烫坏了肚脐拉肚子。

马汁抓住胡甲的胳膊，催他快去兑现自己的承诺，同时把袜子悄悄塞到他手里。

胡甲随她出门，心情愉快地按照计划在走廊尽头猛一闪身奔向右边楼梯口准备溜走，身后"咚隆"一声，胡甲猛然停住，回头看见绝望的马汁跌坐在左边楼梯口，他犹豫再三，还是过去扶了她一下，马汁叫了一声赶紧捂住嘴，胡甲顺其目光看向堂屋，那里站着公安。马汁发誓她不知道庄归会叫来公安，如今只能看胡甲的了。胡甲想走又停住，他实在迈不动一双腿，嗯，他头脑里的的确确全部是对她的该死的感情，诅咒自己一千遍也不顶用，他一横心，决定改变计划，好大一回事，无非就是坐牢，逛公园一样，又不是头一次。胡甲扶起马汁，很潇洒地要她把塑料袋带给老婆，婆娘一辈子喜欢不要钱的东西。他视死如归一般和她一同下楼。走到大堂再次停住，公安带着庄归朝外走，姓庄的边走边怪马汁来得太晚。胡甲半天才搞明白，庄归先前嫖娼拒不给钱还威吓人家，小姐气不过报了警。

胡甲来不及核实庄归是否有意通知马汁来付嫖款从而羞辱她，他和马汁匆匆离开了夜雨中的叠翠山，一路上两人都不说话。到了宿舍前她才开口要他陪自己上楼，楼道里的声控灯坏了，她害怕。胡甲一声不吭就和她上了楼，马汁软软地靠着他。胡甲真想唱支歌哟，他心里不能不乐，他坚信遭此打击的马汁一定明白了他才是值得她爱的。刚和马汁进屋，手机就响了，好长时间没有动静的婆娘作怪兮兮地不打电话却发来短信，询问他眼下死在哪里回不回家。胡甲愉快地回复短信，称现在在天堂，不回来了。装好手机后，他便像主人一样吩咐马汁坐着不要动，他会去给她倒杯开水，然后去通知孩子的奶奶最好立马收拾细软走人，住郊外有哪样稀奇？无非多付点钱，他不会和老人纠缠，钱他出了，要做的事挺不少，今晚睡的大床也要收拾收拾，他忌讳她男人盖过的被子。让胡甲不安逸的是，恢复了精神的马汁很不听话，在他换拖鞋的当儿，径直去了儿子房间，不过让他没想到的是，马汁竟然通知小崽子不用再看书，不管是哪个叔叔送的，看成眯缝眼将来戴眼镜怪丑的。更令胡甲惊讶的是，马汁还笑盈盈地告诉儿子，才和李阿姨联系过，明天他不用去英语补习班，她带他去补习班旁边的电影院。小崽子将信将疑地问，里面不再儿童不宜啦？什么叫色情？胡甲忙插嘴是蛇情，老蛇的感情。马汁点头称是。小崽子欢呼，抛飞了绘笔。胡甲骨子里就不喜欢学习，他真的想为马汁鼓掌。马汁却制止，把雨关在窗外后，微笑着招手要他随她去客厅。胡甲心领神会地跟着笑，他知道这下该谈正事了,其实在过道上讲一样可以,客厅里太正规,他不太习惯,茶就免了,咖啡还可以品尝品尝,不用叮嘱,他这边没得问题,保证明天就和婆娘去办离婚。马汁打开连着客厅的阳台门,叫他帮忙搬东西。胡甲觉得先清理一下也对,换回自己的鞋子也应该。他把阳台上的旧箱子搬出来,连同音乐碟、书籍之类统统打包,不消问,这些物品肯定都和庄归有关。马汁不准他翻看,她关上阳台门,一如既往严肃地要胡甲捆好箱子扛到楼下垃圾箱扔了。胡甲由衷地赞赏马汁一笔勾销过去的决心。马汁长出一口气,她现在的的确确想通了,她要和老公好好过日子,让生活重新走上正轨。马汁不喜欢胡甲呆呆地站着不动,更不想听他什么丝毫没有嘲笑她的意思的解释,她认准他先前帮她是怕她告他强奸。马汁回过脸,弯着小手指抠一抠细眉,对走进客厅的老太太介绍胡甲:这是收荒的师傅。婆婆说胡甲好白,马汁不以为然,杰克逊也白,实际上是黑人。马汁边说边打哈欠,经过胡甲身边,还奇怪他咋个还不行动,她不会少给他钱。转身又和婆婆商量,明天孩子爸回来,炖一只鹅,炒一盘青椒肥肠,蒸一份盐菜肉,红烧黄花鱼肯定要,这些都是老公大明喜欢的。另外,大明喜欢玩,她准备挪开沙发,在空地支一张麻将桌。婆婆笑了,说,这才叫懂生活,大明再批评你一样兴趣不得,我骂他。老太太的眼光不断朝胡甲射,悄声告诉儿媳,总觉得这收荒师傅很贼,干脆检查一遍,如果少了东西好报警。马汁说,抽屉里的钱呢?肯定又是老妈你拿去打牌输了。老人舌头打转,叽里咕噜地说,你今天出去一天,我里里外外打扫卫生,算我的工钱吧。

胡甲一句话没说,悄无声息地出了门,赤手空拳,甚至连先前装进兜里的钱也留在柜子上。

雨滴滴答答地下,远远看见亮着灯的饭馆,不消说婆娘仍在忙碌,见到他肯定又会埋怨一整天又到哪里睡去了,早死几年要睡多少。其实她就是刀子嘴豆腐心。走进饭馆,一眼就看见新买的椅子,不用说,这是老婆特意买来放到门口,便于他以后坐着收钱的。胡甲心里忽然一阵滚热,眼睛一眨一眨就有点湿,他唯一想对老婆说的,就是保证以后踏实做事。前厅空无一人,他往后屋走,脚步很轻,要给老婆一个惊喜。屋里有男女的话音,断断续续,男声是张跛子,结结巴巴表示爱,老婆咯咯地笑着,同意明天办离婚。

胡甲头皮发麻,心咚咚乱跳。

退到门口,雨不停地下,手机在响,马汁打来的,奇怪他咋个变斯文了?怎么不继续蛮不讲理了?

(原载《山花·上半月》2012年第8期)

2012年

王 华

香 水

彭人初的上半身是全村最英俊的,但因为那两条小儿麻痹后遗症的腿,别人还是习惯把他归为丑人那一类,总喜欢在他的事情上打折扣。他不干。他是镇中心完小的教师,虽然只是个民办教师,但全村只有他一个。他还会写一手"我"字体的毛笔字,过年的时候,全村的对联都是他写。村里哪家要办个红白喜事,要写个人情簿子,也离不了他。甚至在学校,逢上国庆节、建党节要出墙报的时候,他也是缺一不可的人物。他认为这些光辉足以弥补他下半身的缺憾,甚至是一种可以比别人更加骄傲的资本。因此,他从来不在人前为自己的残疾汗颜,也不在追求和向往这类大事上给自己打折扣。

他心里很喜欢同事陈丽丽。虽然他一直没开口对她表达过这份喜欢,但他也从来没有遮掩过,不管在人前,还是在人后。不表达并不代表他自卑,只是因为陈丽丽已经结了婚,他认为表达也没用。但别人更愿意把他的不表达看成是癞蛤蟆向往天鹅的自卑,是不敢表达。

他敢吗?他们背着他的时候说。

你敢吗?他们当着他面的时候说。

陈丽丽是镇中心完小最漂亮的女教师。那时候,不是个个女人都敢抹口红喷香水的,怕人说。可她把这当成家常便饭,就因为她漂亮,她不怕人说,人们也不说。陈丽丽漂亮但不骄傲,因此人人都跟她亲近。任何人跟她亲近,别人都没意见。可彭人初跟她亲近,别人就有意见。好像因为彭人初的丑,就会毁了陈丽丽的美一样。学校三十几个教师,大半是女的,就那么十多个男的,天天往陈丽丽跟前凑。彭人初也凑,别人就说,老彭,有人找你哩,好像是你媳妇。彭人初还没有媳妇,他们这是故意奚落他。奚落他也不是恶意，主要是不想看他往陈丽丽跟前凑。要是彭人初在先，别人又会说，不是跟你说你媳妇来找你了吗？在校门口站着哩，快去快去。要是他不走，人家还有话说——你还真是个有远大理想的人啊，连我们都不敢有非分之想，你倒是不屈不挠啊。

男同事都往陈丽丽身边凑，别的女同事就自然而然地开发了一种很刺激的游戏——脱裤子。这个游戏没有固定的时间，只要没有学生在场，只要是男在前，女在后，随时都可以发生。即使是女在前，男在后，也有可能发生。只要女的想开心，她可以故意回头跟男的说话，稍落后于他，然后趁其不备，"唰"地将他的裤子往下一扯。那时候男人们都喜欢穿一种侧面带两条竖杠的运动裤，这样的裤子一扯就掉。彭人初也穿这种裤子，但从来没人去扯过。学校其他男教师的裤子都被脱过，就他没有，他成了唯一。他心里很不喜欢这种唯一，于是，他决定牺牲时尚，不再穿带杠的运动裤。这样，他又成了全校唯一不穿时尚运动裤的男教师，倒显得个性了。原则上，他可以接受这种唯一。

他开始关注有关口红的学问，为此，他专门去了一趟县城，在县城最大的一家书店里找到了有关口红的书，并买了回来。有自知之明并不等于要自卑，这是他的原则。他研究口红就是为了在陈丽丽面前表现得与众不同，从而博取她的另眼相看。因为陈丽丽的一视同仁，他唯有争取另眼相看，才有机会跟陈丽丽凑到一块。

他潜心研读买回来的那几本有关口红的书，再往陈丽丽跟前凑时，陈丽丽果然对他大大地刮目。陈丽丽睁大她好看的眼睛，一眨不眨地听他卖弄刚刚得来的知识。

大约在1660年至1789年这个时间，在法国和英国，男士间也流行涂口红。

是吗？我从来没听说过男人也喜欢涂口红。陈丽丽表现得很高兴。她对每一个来跟她凑的人都很友好，只是友好而并不是由衷的愉快。但今天她对彭人初表现出的绝对是由衷的高兴。

古埃及的男性也喜欢用口红，但他们大多使用黑色、橘色、紫红色。彭人初说。

哦！我也有支紫红色的。陈丽丽在抽屉里找，找出那支紫红色的口红给彭人初看。是这种吗？

彭人初认真看过，说，应该是这种。又说，不过当时的口红可不是这种形状的，这种管状口红，是在1915年才由美国一家制造商推出来的。

啊！陈丽丽感叹着，拿过书桌上的小镜子看自己的嘴，发现它有些暗淡了，就将那支紫红色的口红拿起来往嘴唇上抹。

彭人初看着她变得更加鲜润欲滴的嘴唇，心里涌起一股莫名其妙的邪恶感。鬼使神差地，他张嘴就说，某些社会学家认为，身体的装饰始于性器官，而嘴唇令人联想到阴唇，唇部的彩妆暗示性行为。

陈丽丽飞快地瞅了他一眼，脸色突然有些板结。彭人初以为自己完了，正好有人过来打岔，说，老彭，你又凑这里啊，你媳妇来接你了，快去。他真就打算站起来离开了，可陈丽丽却意外地站到了他这一边。以往别人从她身边赶彭人初走，她永远都是一种玩笑表情，一种谁来谁去都无所谓的表情。第一次，她有了认真的态度。她对来打岔的人说，你媳妇才来接你了，你去吧，我跟老彭正说正事哩。

人家讨了个没趣，走开了。

陈丽丽说，老彭，接着讲。

彭人初实现了预期的愿望，陈丽丽对他刮目相看了，别提有多鼓舞了。他目不斜视地盯着陈丽丽，接着往下卖弄。

他说，历史上记载，女人最早的口红，是用湿木棒蘸取从植物中萃取的色料，再涂抹在嘴唇上。后来，又将植物色料加入油膏中，调和成嘴唇和脸颊都可以用的胭脂，装在罐子中。在我们中国，还出现过"口红纸"，那是把植物的色料染入油纸中，女人上妆时双唇在纸上轻轻一抿，就行了。

考古学家发现，世界上第一支口红产生于约五千年前的苏美人的城市乌尔。这说明，自从有了女人，口红就有了。女人爱美，口红就成了必不可少的化妆品。但据说在维多利亚女王时期，口红被视为妓女的用品，使用口红是一种禁忌。19世纪美国流行苍白，口红和化妆品被视为禁忌……

那一阵，彭人初的父母焦灼得不行。因为他的弟弟彭人善实在到了该说媳妇的时候了。二十五岁了，不说不行了。村里到了二十五岁还没说媳妇的，就彭人善了。原因是父母一定要依个先后，老大人初没说上媳妇之前，老二人善就不能说媳妇。要是哪家打乱了这个先后顺序，老大就很难说上媳妇了。别人想，你家老二都说上了，为啥老大还没说上？那老大肯定是有问题的。没问题都会让人以为有问题呢，更何况老大人初确实有问题。这之前，父母一直在为彭人初努力，找的都是与彭人初般配的。可彭人初很反感这种般配，结果一个也看不上。父母觉得该跟他来一场严肃的谈话了。

母亲说，你弟今年都二十五了。

父亲说，再不说媳妇就说不上了。

那时候，他手里拿着一本很花哨的书，上面有关于香水的内容。这本书同样是他利用星期天到县城最大的那家书店里买的，同样是为了博取陈丽丽的刮目相看。有关口红的学问，他已经无法再深入下去了，能找到的资料就那么多，于是他决定将注意力转移到香水之上。只要是陈丽丽喜欢的，他就要关注。

父母说话的时候，他正在研读那篇关于香水的文章，头低垂在书面上，对父母的话充耳不闻。父母并不反对他看书，作为一个教师，经常看看书是应该的。但他们这时候需要他态度端正。于是父亲便把声音提高了，说，你倒是放个屁呀！他这才把头抬起来，说，那你们就赶快给我物色一个嘛。母亲急了，说，我们给你物色的，你都看不上，我还以为你心头有数呢。彭人初看着书页上那只硕大而华丽的香水瓶，心里说，我倒是心里有数，可那数不是我能说了算的。他虽然有所追求，但绝不盲目。

母亲说，那你说你到底要哪种样子的？

他说，不能是残疾人，不能太丑。他看着母亲，神情明明白白，这种要求不过分。

父亲说，可你还是个残疾人呢。

他说，我是个教师，在镇中心完小教书。

父亲说，可你不就是个民办教师吗？工资还不如在家种地挣得多。

父亲专拣有劲儿的说，使他心头很不高兴。他把书"啪"地扔到桌上，说，我会转正。

这场谈话到此结束，父母虽然都不高兴他最后那态度，但转身就急忙替他张罗。这一回，确实说了一个完好无损的，但彭人初还是觉得她鼻子塌了些，嘴大了些。不过，父母很喜欢她那高高大大的身板，说放在庄稼地里绝对是把好手。而且对于他们来说，更主要的是人家没嫌弃他们大儿子是个残疾。

父亲说，人家都没嫌弃你，你倒嫌弃起人家来了。

他不跟父亲理论，见了那姑娘，他问，你不嫌弃我是残疾？

姑娘说，不嫌。

他说，是因为我是教师吧？现在虽然是个民办教师，但一转正，我就是公办教师了。

姑娘说，是。

回头他便对父母说，现在你们可以去忙人善的事儿了。

接下来他便继续专注于香水，有关媳妇的事，全权交给父母去忙碌。弟弟人善很快就说上了媳妇，他们两兄弟都要娶媳妇，父母就得考虑分家的事情了。

父亲说，你们两兄弟都成了家，就得一个住上面，一个住下面。

父亲嘴里的"上面"，指的是老屋，就是现在他们住着的地方。"下面"是指老屋下面的圈舍，那是养牛养猪的地方，但也是瓦顶，而且猪圈旁边还用木板装了两个房间，家里来个亲戚要留宿的时候，他们两兄弟就到那里住个一晚半晚的。就是味道不好闻一点，房间同样是地楼木板墙，一年四季干干爽爽的。他正研究香水，父亲提起这回事的时候，他突然想到要是用香水喷喷，那猪圈里的味道可能会好闻些。但很快他就把自己推翻了——用香水洒猪圈，不是糟蹋吗？

看他走神，父亲便咳嗽了一声。他是在跟他要意见，不是来看他出神的。

他只好收回心思，说，那我住下面吧。

他给父母和兄弟都带来了意外。在他们看来，他是老大，还是残疾，要求留在老屋都不用找别的理由。再说，一个残疾人再加上没个正经房子，折上折啊。可他说，我虽说是个残疾,但我是人民教师,弟弟虽然是个健康人,但他只是个修地球的。我住猪圈也能娶回媳妇来,他住猪圈可就不一定了。

彭人善说,大哥别让着我,我好脚好手的,勤快点,很快就能把下面改善一下的。

彭人初说,我没让你,这是最正确的分配。

母亲在眉头上挤出个疙瘩来,说,人初,你别逞能,你还要娶媳妇哩。

彭人初说,我说过了,我住下面照样能娶媳妇,但弟弟住下面,就不一定。

父亲说,这可是你自己选的,到时候可别后悔。

彭人初说,绝不后悔。

父亲说,那就这么定了,老大人初住下面,老二人善住上面。父亲的脸色很不好看,彭人初仔细辨认,发现父亲表情里头有很多破罐子破摔的成分。这破罐子就是他彭人初。父亲说,虽说手心手背都是肉,但老二生得完好,住在好房子里就是好上加好。不求两个都好,求一个好上加好也行。他没接着往下说,但彭人初知道后面是什么话。

事情并不是彭人初说的那么乐观。听说他分得的是猪圈,那位十分讨父母喜欢的粗壮姑娘不答应了。

跟猪住一起,我是牛还是羊啊?她说。

彭人初看着她粗壮的身材想了想,说,你是牛,我是羊。

姑娘不喜欢开玩笑,瞪他一眼,走了,从此再不回头。

父母和兄弟都急了,说,还是换回来吧。

彭人初说,才一个姑娘跑了你们就慌了?这天下三条腿的猫难找,两条腿的姑娘有的是。

父母就又找人替他说了一个。这一个,连他的面都没见,一打听到他分得的是猪圈,就把眼睛掉到了后脑勺。

再找,父母就跟那边说,彭人初分得的是老屋,可彭人初不允许父母骗人。照实说,我就不相信,个个都只看猪圈,不看我?他说。他说这话的时候是坐着的,跷着二郎腿,眼里的自信把腿上的凄凉光景全遮蔽了。于是,媒人说,下一回我把姑娘带过来,你直接跟姑娘说话,就这么坐着。媒人一片好意,他却感到受伤。他说,行,下回就直接带到我跟前来,就在下面猪圈里,我站着跟她说。父亲一听就冒了火,一张嘴声音就很高,怒骂他,你跟老子严肃点,这是在谈你的事儿。母亲瞪父亲一眼,也回头说他,我们是在关心你的终身大事,不是在跟你开玩笑。你不为自个儿着想,还得为你弟弟人善着想。母亲的话也是点穴似的,专找要害地方下手。

他两条腿不齐,上个坡下个坎都很困难。他家到镇中心小学和中学那段路,去时是下坡,回时是上坡,路是黄泥路,几百年来没改变过。一下雨,那路就变成了泥鳅背。好腿都走不好,更何况他那两条不齐的小儿麻痹腿。打上小学开始,到上完中学,下雨的时候，就全靠弟弟人善牵着他对付那条路。后来他不上学了，却又成了镇中心小学的一位民办教师，依然离不了那条路，也就依然离不了弟弟人善的帮助。一到下雨天，弟弟人善第一件要紧事就是把他送到坡下，第二件要紧事就是到放学的时候去坡下接他。母亲说得对，他就是不为自己着想，也不能不为弟弟人善着想。他娶不了媳妇，那弟弟人善也得不到娶媳妇。他必须严肃对待自己的个人问题。

听说媒人又替他说了一个姑娘，他就写了一副对子，叫媒人拿上。对子并非他自己创作，不过是随手抄来的两句：天马追星惊皓月，白龙潜水闹西风。对方懂不懂这副对子的意蕴他不管，他要显摆的是他的能耐，写字的能耐。农村很看重会写字的人，这一点他很清楚。

媒人拿了这副对子，果然就把姑娘带回来了。他依然坚持要在猪圈里接见。娶过来也是要把人家放在那里的，瞒得了初一还瞒得过初二？这是他的理由。

拗不过他，两人见面的地点就定在圈舍。媒人领着姑娘来到圈舍的时候，他假装正在看书。他坐在猪圈隔壁的房间里，床前是一张简易的桌子，桌上放着几本书、一个小墨碟、毛笔和白纸。墨汁是刚倒出来的，毛笔已经洗好了，但还没写过一个字。这都是做给姑娘看的，是道具。他手里的书也是道具。

他坐在那里，跷着二郎腿，书放在膝盖上，不动声色地看着姑娘。姑娘对书没兴趣，看他见了自己也不站起来，便问，瘫的？媒人忙说，哪呢？人家是人民教师，在镇中心小学教书哩。媒人这话他爱听，于是他送了她一脸微笑，还有一个示意她走开的眼神。媒人悄悄撤退，临走时还冲他挤眼睛，好像他们之间真有过什么密谋。

媒人走后，姑娘又问，你就住这猪圈？

彭人初说，我隔壁是猪圈，我住的这间不是。

姑娘左右看看。

他开始写字，好像此时他不是在相亲，而是闲得没事。

姑娘看了一眼，说，媒人拿到我家那字，真是你写的？

他说，你说呢？

姑娘看了新落到纸上的黑字一眼，说，我看应该是。不过她好像更关心他的腿。听说你有点小残疾，莫不真是瘫的？

彭人初把毛笔一扔，呼地站起来，说，我哪是瘫的？

看他果然站了起来，姑娘相信他不是瘫的了。只是，他没法让站相好看一点，因为两条腿不齐，屁股就自然而然向后撅。你得过小儿麻痹症？姑娘见识倒还蛮不少。他说，是的，但我是教师。姑娘点了两下头，目光投向桌面。那里横躺着一支毛笔，还有一个没写完的字和一大块墨斑。

那字我认不得。她说。

香水　王　华

你读到几年级？彭人初问。

我只读完一年级，我读书不上心，一年时间全拿来打瞌睡了。她竟然笑了笑。姑娘生了一张长脸，还是弯刀形，不过，这个笑倒也有些辉煌。

于是，彭人初也笑了笑。你不爱读书？他问。

那时候是不爱，后来又想。姑娘说。

彭人初一边听她说话，一边重新拿起了笔。后来想了也没上？他问。

姑娘摇了摇头。彭人初没看见她摇头，便回过头来看着她，专门等她回答。于是她说，没有。她的眼睛盯着他的笔尖，似乎她对此真的很感兴趣。彭人初说，你现在还想读书不？姑娘笑起来，说，我都多大了！彭人初也嘿嘿笑，说，也是。他渐渐地更加自如，腿脚早站累了，他颠了两步。楼板在脚下咯吱响，手上的笔却健走如飞。他说，我们村的姑娘们也都像你这样，最多也只上到五年级。当然，我说的是像我们这个年纪的。男的倒是上完小学的多，但会写毛笔字的就我。村上逢年过节，红白喜事，他们都离不了我。这样说完他就抬起眼来看姑娘，确认在她眼里看到了仰慕之后，他跟自己点点头，把那张写满了字的纸揉了，扔到桌子底下。

姑娘说，别弄烂了呀。她一脸可惜，好像那字是她写的。又说，我认得上面一个字。彭人初问，哪个？她说，丽，我的名字也是那个字。彭人初不觉红了脸，他写了满满一纸的"陈丽丽"。写下这些字不是鬼使神差，完全是因为他平常写习惯了。好长一段时间以来，他总在写这个名字。

姑娘说，我叫张丽。

张丽，好名。彭人初冲她笑了笑，渐渐恢复了脸色。

张丽体贴地说，你别老站着，坐下吧。

他就坐下了。他说，脚真累，你也坐吧。

张丽就坐到床沿上，看他不写了，笑笑说，接着写呀。

彭人初笑笑说，不写了，跟你说话。

张丽说，哪有那么多话说？写吧，你写的字很好看。

彭人初说，我们学校每一次出墙报都得有我，就是因为我的毛笔字好看。

张丽说，就是这桌子简单了，我叫爹给我打一张写字台，柏香板儿的。

张丽对他的残疾身子和破旧住房都忽略不计，他的个人问题就算解决了。父母松了口气，他也松了口气。怕夜长梦多，父母赶紧替他张罗往下的事儿，送"放话礼""烧香礼"，接下来就请先生看年月择日子。

彭人初一概不管，好像那些事儿跟他没关系。这一阵儿陈丽丽被一些家事惹得不开心，他也跟着不开心。按理说，陈丽丽的家事跟他彭人初有什么关系呢？就像学校别的男同事们，虽然也喜欢往陈丽丽跟前凑，但她的家事跟他们有什么关系呢？即使有点关系，那也只不过是为他们提供了一点似乎可以乘虚而入的可能性而已。看陈丽丽被搞得焦头烂额，他们便说，嗨！愁啥呢，他不仁你就不义，你也可以找快乐嘛。他们不光把话说得明白，眼神也很明白。但彭人初不，彭人初像愁自己的事儿一样，嘴上起泡，眼圈发黑。

陈丽丽的丈夫是镇中学的一名体育老师，叫陈军。跟陈丽丽一样是县城里头的人，区别是陈丽丽生在一般人家，他生在不一般的人家。就因为他生在不一般的人家，他便可以不上一天课照样拿全工资，而别人却不能。当兵回来就分到学校，只第一天上过一节体育课。之后的时间，学校就见不着他的影儿了。他不到学校，也不在家，天天和自己那帮哥们打牌。打牌是明着的，据说暗地里还吸白粉。有一阵，听说他打牌赢了一辆车、一栋楼房，就不想打了，就回到学校来了，打算认真做教师了。可屁股还没坐热，牌友们就撵来了。他们开了辆面包车，把他拉上车走了，又打牌去了。哪能赢了就不玩了呢？不够哥们嘛。没几天，他赢来的车和房又成了别人的了。这些对于陈丽丽来说，并不是什么大不了的。他们结婚前她就知道他爱赌，结完婚又知道他还吸粉。但这一点都不影响她对他的感情。陈丽丽喜欢生得好看的男人，喜欢过宽裕的日子。这两样他都能给她，她很满足。但是现在，有人撼动了她的这份满足。这人是另一个女人，这女人不光生得比陈丽丽美，还天天和陈军一起打牌，一起吸粉。两人公开在街上勾肩搭背，女人的老公已经跟她离婚了。

那陈丽丽要不要跟陈军离婚呢？

这个问题在别人那里很简单，但到了陈丽丽这里就成了一道难题。跟别人一样，彭人初也总要她离。但他又跟别人不一样，当陈丽丽犹豫的时候，他就同她一起犹豫。陈丽丽不恨陈军，只恨那女人。

主要是因为我经常不在他身边，所以那女人才乘虚而入。彭人初对陈丽丽好，陈丽丽就跟他推心置腹。况且，离开陈军，我会活不下去的。她当着彭人初的面流了泪，两条清流从她好看的眼睛里淌下来，直淌到她丰润的嘴唇上。那嘴唇依然好看，但明显不如以前精致。口红还是早上涂上去的，吃完中饭也没补。

你要是离不开陈军，那就不离。彭人初见不得她流泪，好像那泪是他心里流出来的，带走的是他的感情。一看见她流泪，他的心就空了。

我是不想离，离了陈军我活不了。陈丽丽继续流泪。

那就把那女人赶走。彭人初说。

可怎么赶呢？我天天得到学校，她却天天黏在他身边。陈丽丽把一双潮湿的眼看向他，跟他要主意。彭人初哪里有主意？他只不过是急她所急，恨她所恨而已。他觉得自己像一棵向日葵，陈丽丽是太阳。太阳夺目的时候，向日葵就夺目。太阳暗淡的时候，向日葵就跟着暗淡。向日葵希望太阳永远夺目,他也希望陈丽丽永远夺目。

不管如何,你不要太折磨自个儿。彭人初说。

你说,我是不是也该打牌吸粉?这样就可以天天跟陈军在一起了。陈丽丽说。

你可不要太傻。要我说,找几个人把那女人打一顿,她也就消停了。彭人初说。

打她没用,关键是陈军需要关心,需要有人同他一起受苦。那女人就这么做了,我没有。陈丽丽说。

你觉得陈军是在受苦,不是在享受?彭人初很奇怪地问。

陈丽丽说,他怎么会是在享受呢?你不晓得吸粉的事儿,一要吸就有,那是快活,可要是想吸的时候没有,人就会生不如死。陈军也痛恨那东西,但他已经上了瘾,没办法。我劝他戒,但他做不到……我对他,太缺乏关心了……

如果这种想法发生在别人身上,彭人初会觉得这人不可理喻,但陈丽丽这么想,他不光理解,还深表同情。

陈丽丽的问题还没解决,他娶回了张丽。他在张丽的名字后面多加了一个"丽"字,人前人后,他都叫她张丽丽。他不向任何人解释为什么要这么做。

张丽说,我明明叫张丽,你为啥要叫我张丽丽?

他说,你不高兴叫张丽丽?

张丽说,高兴。

有一晚,两人做着事,张丽突然说,在家的时候,我爹也叫我丽丽。彭人初打了个颤,停下了。

不要停啦。张丽说。

你这时候说你爹,我还能搞?彭人初说。

你刚才叫我丽丽……爹确实是这样叫我的,我们村里的长辈们也这么叫我。

彭人初从她身上滑了下来。

我刚才叫你了?他问。

叫了。张丽说。

彭人初暗地里叹口气,说,睡吧。

张丽很快就睡着了,彭人初没有。彭人初又想起同事们开他玩笑的事儿,这个玩笑事关陈丽丽,也扯上了张丽。

陈丽丽这一阵儿消瘦了很多,还常常请假不来上课。即使来了,也是上完课就赶车回县城去了。学校里脱裤子的游戏仍在继续,同事们并没有因为陈丽丽的变化而减了他们寻开心的兴致。只是偶尔,他们会在背后议论一下陈丽丽。

怕不是陈丽丽也吸上了?

你从哪里看出来的？从她瘦了？还是黑眼圈？女人闹离婚的时候都这样。

我凭直觉，因为我见过吸那东西的女人，就她现在这样儿。更何况你说的也不对，她根本就没闹离婚。她不离，陈军也没说要离。

她真不离了？

要离早离了，她舍不得离。

想不通，要是我，那样的男人，早踢十万八千里去了。

个人想法不同，你当垃圾的，人家当宝贝。

彭人初从来不参加这种议论，撞上了也只是闭着嘴。这种场合谁的嘴闭着，就等于开会表决时其他人都同意就他不同意一样。大家便掉转话头，拿他开起玩笑来。

彭人初你就别想好事了，陈丽丽就是离了，也轮不到你。

也可以，但得把你那两条腿拉一样齐了。

拉一样齐了也不行，陈丽丽一瓶香水就五十块，除非他让媳妇开银（淫）店，让媳妇挣钱来养活陈丽丽。

哈哈哈！大家一起狂笑。

彭人初很狼狈，脸像得了白癜风一样白一块红一块。他可以容忍别人拿他和陈丽丽开玩笑，但无法容忍最后那一句。倒不是因为他太爱自己媳妇，容不得别人糟蹋，而是因为自家媳妇生得很不好看，别人这样说就是在践踏他的自尊。

看他急，大家把笑刹住，以为他要发火，早做好了准备，可没想到他什么也没说就走开了。

彭人初是个"事后能"，往往要事情过后脑子才清楚。过后他脑子里冒出一套一套的锋利说辞，足以把那帮开他玩笑的家伙抽得瞠目结舌、嘴歪眼斜。可事情已经过去了，又不能像电影一样重演一遍。那些话也只能在肚子里演说给自己听，一遍一遍过着干瘾。只是每一次都免不了要痛恨自己，鞭打别人的同时，也抽上自己一回。

张丽在一边睡得很熟，熟得几乎听不见她的呼吸声。猪在隔壁打呼噜，似乎还长长地叹了口气。粪味儿一阵一阵地飘进鼻子，一阵是牛粪的，一阵是猪粪的。彭人初因为烦躁，就想把别人都弄醒，把张丽弄醒，把猪们牛们也弄醒。他翻身下床，先是床"吱呀"了一声，接着楼板"吱呀"个不停。

张丽醒了，问，去哪儿？

他说，起夜。

张丽没声了，接着是隔壁的猪哼哼了一声，还长长地叹了口气。但接下来他们都很快又睡过去了，只留下此起彼伏的鼻息声。对于一个渴望睡觉却睡不着的人来说，那鼻息声很让人嫉妒。彭人初继续起夜这件事，楼板继续在他的脚下呻吟。开门时，门差不多是惊叫了一声，再跟着是木楼梯发出的响动，圈舍里三头猪、一头牛，甚至吊在墙壁

香水 王 华

上的蚊虫，全都给吵醒了，哼哼嗡嗡一阵，牛也起来撒了泡尿。有一头猪翻了个身，还放了个很文秀的屁。彭人初一边撒尿一边拍着趁机袭来的蚊虫。撒完尿往回走的时候，牛的尿还没撒完。空气中一股强烈的尿味袭来，热烘烘骚呼呼的。他知道自己那泡尿没那么大的能量，是牛的尿弄的，所以他免不了要骂上一句，以此安抚一下自己的鼻子。

往回走，又得是一番惊天动地，但这一回，他没得到多少回应，而且他突然发现自己也不烦躁了。于是，他悄然睡下，迅速进入梦乡。

陈丽丽果然也吸上了白粉，这是她亲口告诉彭人初的。老听同事们这么议论，有一天彭人初就把陈丽丽堵在了寝室门口，当时陈丽丽正准备出门赶车回家。这一阵她总是这样，上完课就逃也似的往家里奔。

又要回去？彭人初做了一副忧国忧民的表情问她。

是的。陈丽丽往后退，表示可以让他进屋聊两句。

彭人初从她身边走过去，站到屋子中央。这样他和陈丽丽的位置便掉了个头，那样子倒像他是这屋子的主人，陈丽丽是来访者。

他们老说你也在吸那东西，是真的？他低声问。

陈丽丽说，是。

真的？

真的。

为啥？

这样，我就把那女人赶走了。

就为这个？

陈军得戒毒，我得陪着他。

你这叫啥？有福同享，有难同当？

我愿意这样。

彭人初的日子从此暗淡无光。

太阳来了月亮走了，月亮来了太阳又走了，日子永远在一个漩涡里打着转儿。在一个太阳明晃晃的中午，张丽在圈舍里生下个姑娘。姑娘长得像彭人初，大眼，挺鼻，总之很好看。彭人初拿她当宝贝，一回家就搂在怀里。紧接着彭人初又转了正，成了公办教师。双喜临门，彭人初这才从陈丽丽的阴影里走了出来。有了女儿，他觉得自己正在渐渐忽略陈丽丽。

陈丽丽和陈军一起进了戒毒所，错过了这一次转正的机会。彭人初很为她惋惜，但已经不像以前那样有切肤之痛了。

从戒毒所出来后，陈丽丽焕然一新地出现在大家面前。那天，阳光灿烂却不酷热，

333

陈丽丽挽着陈军的手臂，浑身上下怒放着幸福的光彩。于是大家都相信，她或许真的做对了。同事们都避而不谈戒毒所，只说别的。

这一回，我们学校转了三个。你要是参加考试，也转了。

转了哪三个？陈丽丽一点也不因此而黯淡了心情，她是真的无所谓。

张明会、田静、彭人初。

彭人初也转了？陈丽丽在人堆中找彭人初，同事们就自觉地让开，让彭人初显露出来。彭人初在和陈丽丽对视的时候，显得有些窘。他不明白这是为什么，只知道在陈军面前他的心有些缺少镇定。

陈丽丽冲他呵呵笑起来，说，太好了，老彭，你这回算是圆了梦了，回头让你媳妇给你个奖励。陈丽丽辉煌的微笑像阳光一样普照着他的脸。

彭人初咳了一嗓子，说，对于我来说，转正确实很重要，不像你，无所谓。

陈丽丽哈哈笑起来，说，对我也重要，下一次我肯定转。

见陈丽丽笑，大家也都笑，又扯了几句，陈丽丽就要送陈军去中学了。陈军从戒毒所出来，就决定洗心革面，认真做他的体育教师。中学离小学一千米远，都临近河边。连着两间学校的是一条石板小路，两人紧挨着，并排走着。但别人从后面看去，无论如何都觉得没必要这么走。

路那么窄，怕挤一个到田里去了。

路下面是稻田。但说话的人不是真担心，是想说笑话，话里明显带着酸味，谁都听出来了，但谁都不会去笑说话的人。

第二天，陈丽丽主动找彭人初说话。

我听说你媳妇给你生了一个姑娘？她问彭人初。

彭人初说，是的。

太好了，你幸福死了吧？陈丽丽说。

彭人初应付着点点头，问，陈军这回真变好了？

陈丽丽说，当然变好了，他都回来上课了，这你都看到了。

彭人初没吭声。

陈丽丽说，哪天把你家小姑娘带到学校来让我们看看吧，还有你媳妇，我们都没见过，我们看一眼，又不会把她们看化了。

彭人初果真把他的小姑娘带到学校来了，只不过他没让媳妇露面。这天赶集，到学校门口的时候，他就支媳妇赶集去了，只叫她过半小时后来校门口抱孩子。当时学校正上着课，教师宿舍里很安静，彭人初便直接把小姑娘抱到陈丽丽的寝室去了。陈丽丽一见小姑娘就表现出很喜欢的样子，从彭人初怀里抢过去，放在自己怀里颠。

香水　王　华

长得真好看，像你。陈丽丽说。

彭人初说，要长得像你就更好看了。

陈丽丽白他一眼，看出他在开玩笑，便没计较。她说，我看她长得比我更好看，起名儿了吗？

叫红豆。彭人初说。

红豆？陈丽丽很惊讶。

彭人初点点头。

这名儿起得太好了，你真有想象力。陈丽丽说。红豆被陈丽丽颠得很开心，咯咯笑起来，看她乐起来的样子更可人，陈丽丽说她今后也要生这么一个小姑娘。彭人初突然想到她吸过粉，吸过粉的女人还能不能生孩子呢？即使能生，又能不能生出这么聪明可爱的孩子来呢？彭人初替她忧虑。陈丽丽逗红豆乐了一会儿，看彭人初沉默着，便找话跟他说。你说我生下个小姑娘来有她好看吗？彭人初说，肯定比她更好看。陈丽丽满意地笑笑，把孩子还给他，从抽屉里拿出一瓶香水，说，这是你推荐给我的香型，我才买的。一提起香水，彭人初说话的欲望就倍增，他钻研了好长时间的香水，一肚子学问还没来得及全部卖弄给陈丽丽呢，但陈丽丽却拿了香水往红豆的衣服上一个劲儿地洒。一大股奶腥味儿，还有尿骚味儿，得压一压。陈丽丽说。这话一出来，彭人初说话的欲望就缩回去了，自卑缩头缩脑地要出来，他把它压了回去。

得送她走了，我下一节有课。他说着抱起红豆出来了。半个小时还没到，离下一节课也还早，但他抱着红豆出了学校，到通往镇街的那截小路上等张丽。张丽准时到来，可他却嫌人家慢了。他脸色不好看，红豆身上又多了一种味，张丽就生出很多疑虑。

不高兴哪个？我是恰好半个小时就来的。张丽说。

我下一节有课，你就不晓得提早来呀？彭人初说。他说着这话，已经掉头走了，样子好像真的很着急，其实是怕被熟人看到，怕熟人看到他跟丑妻在一起。张丽不懂他的这种虚荣，在后面跟着追说，红豆身上哪来的怪味？你弄啥在她身上了？他一边逃也似的颠着两条不一样长的腿，一边头也不回地说，不是怪味，是香水。

过去很多年后，二十不到的红豆从广东回来看望她父母，她母亲张丽一鼻子就闻出她身上的香水跟当年陈丽丽洒到她身上的香水是同一种味道。

一定是同样的，我记得很清楚，当年你爸从学校把你抱出来，我闻到的就是这种香味。张丽为自己能得出这个结论而得意，也为自家姑娘身上有了香水味而得意。

他爸，你过来闻，我姑娘好香啊。张丽兴冲冲地叫着彭人初，彭人初却没有过来。红豆惊艳得好像朵罂粟花，跟出门前完全判若两人，他心里莫名其妙地发怵。红豆上完初中就跟村里的几个姑娘小伙相约着出门打工去了。出门的时候还是颗青皮郎当的生果，可没想到才两年时间，竟然起了脱胎换骨般的变化。

我家姑娘都洒香水了，看看，多香。不光香，看我姑娘，生得……啧啧，跟朵花儿似的。张丽一个劲儿地夸赞，围着红豆转来转去，爱不释手。彭人初看不惯，说，行啦，哪有自家把自家姑娘夸成这样的？也不怕别人笑话。

张丽哈哈大笑，说，让人笑去，我就是要夸。我家姑娘长得这么好，我喜欢夸。

彭人初说，光好看有啥用，得有本事。

张丽说，她当然有本事了，她没本事能挣那么多钱给你修房子？你有本事，你当了这些年教师，房子修了几回也没修得出这猪圈去。要不是她出去挣钱，我们能推了猪圈修正经房子？

彭人初脸上一烧，不吭声了。

红豆为了让妈闭嘴，赶紧打开包往外掏礼品，一件黑色皮夹克。红豆说，这是给爸的。送到彭人初手上，要他穿上试试。彭人初试穿衣服的时候，闻到了红豆身上的香水味，真真切切的是陈丽丽洒到红豆身上的那种香型。那是彭人初曾经推荐给陈丽丽的香型，以单一丁香花花香为主体香调，清闲淡雅，若有若无。事情偏偏就巧合成这样，时过境迁，陈丽丽带着这种香水味离开了人世，红豆又带着这种香水味回来了。

陈丽丽是吸粉过量而死的。从戒毒所出来没多久，陈军又吸上了。他已经把他那双不一般的父母吸成了穷光蛋，又把自己和陈丽丽的那个小家吸成了空壳，再吸，就只有想别的办法了。所谓别的办法可以是偷，可以是抢，可以是杀人放火，但他选择了让陈丽丽去卖淫。有一天半夜，她把卖淫挣来的钱交到陈军手上，看到他拿着这钱从别人手里接过一包白粉的时候，她便提出自己也要吸一口。丈夫当然没拦她，他甚至因此而充满激情地跟她做了一回爱。就这一口，陈丽丽把自己结果了。

陈丽丽死后，彭人初就渐渐地把这种香水味忘记了。可今天红豆却带着这种香水味满屋子走来走去。香水味一直在家里飘了十来天，他也莫名其妙地忐忑了十来天。之后，红豆出门而去，才将香水味也一同带走了。

那一年，彭人初退休了。过年的时候，红豆没回来。彭人初照常向回来过年的打工仔们打听，你们厂里放假，怎么红豆厂里不放假呢？

人家反问，谁跟你说红豆厂里不放假了？

他说，红豆来电话说的。

人家说，哦，红豆那不叫厂，叫店。她们其实很自由的，怕是她不想回来过年吧，回来一趟要耽误挣钱呢。

他问，她不在厂里了？

人家说，她一开始就不在厂里啊。

张丽抢过去问，那是个啥店？

香水　王　华

人家说，银店。

彭人初脑子里轰的一声，就听张丽尖声大叫起来，啊哈！我家红豆开银店了？开银店是卖啥？人家已经走远了，声音被他从正前方吐出去又折回来，开银店能卖啥呢？卖银嘛。

张丽像个疯子一样跑到老屋里去宣传红豆开了银店，彭人初追上去当着父母兄弟的面狠狠甩了她两个耳光。那两个耳光把张丽给得罪了。张丽从来没挨过他打，所以这两个耳光便犹如珍宝一般稀罕和深刻，她因此而把弯刀脸拉直了整整两天。要是彭人初不出事，或许她还将继续拉下去，不知拉到哪一天，但彭人初出事了。

退休以后，彭人初爱去赶集。集上有家豆花酒馆，是学校一个同事家母亲开的。以前他们常在那里吃豆花喝小酒。退休以后，他不爱去学校了，但每次赶集都要去豆花酒馆吃一碗白豆花喝二两白干儿。如果那位同事正好在，就聊聊学校的事。如果那天既喝了酒，又跟同事聊上了天，他就很满足。

这天他又要去赶集，可头天夜里下了一场雨，路面很滑，碰巧又得罪了张丽。自从他娶回了张丽，人善就把下雨天帮他下坡上坡的大事交给了她。这一天，张丽使了下性子，想让他尝一下苦头。他也使性子，明知道那路被雨泡过后是何等的恶劣，可他还是要去。他要去也行，只要示一下矮，叫张丽陪着就不怕了。可他没有，他只拿了根竹竿，这根竹竿后来跟他一起摔下了坡。竹竿没事，他摔瘫了。

按医生的说法，他瘫得很奇怪。没断腰，没断腿，神经也见不着毛病，可就是两条腿站不起来了。他说他的两条腿不像是自己的了，没感觉了。可医生用小铁锤敲打他腿的时候，他却知道痛。

反正他瘫痪了。

张丽要打电话叫红豆回来看他，他一听就把正喝着水的杯子砸到了地上。他们现在住的房子是水泥地板，杯子掉地上的声响是很了不起的。所以张丽知道他发了火，可不知道他发火的由头。

这是为哪样？我好心让姑娘回来看你呢。她一边急着拿扫帚扫碎玻璃碴，一边咕哝。

但她没去打电话。

彭人初突然变得不爱说话了，好像那一跤不光摔瘫了身子，还把他摔成了哑巴。看他一天闷得像块石头，张丽怕他闷出别的病来，就试着找些书来给他看。张丽不懂什么书好，看到一些花哨的，虽然早被彭人初丢在烂纸箱里发了霉，但她认为那书花哨好看，就收拾一番给他拿来了。那是多年前彭人初曾经着迷过的一些杂志，上面有关于口红和香水的内容。可现在彭人初不仅不看，还将它们打到了张丽的脸上。张丽被打痛了脸，跑到老屋父母面前哭。兄弟人善见了便替她拿主意，说，大哥这是瘫了身子心情不好，越是这种时候，越是需要你对他好。张丽说，我对他够好的了。人善说，那就打点酒回家去，他喜欢喝酒。

张丽当真就去了一趟镇上，打回来一斤白酒。

可彭人初把酒也砸了。

这一回，张丽没有跑到老屋去哭。她骨子里有股犟劲儿，犟劲儿一上来，她自己也有主意。她一声不吭地背起了彭人初，她一口气把彭人初背到了镇街上的豆花酒馆，大着嗓门冲老板娘喊：来两碗豆花、三两酒，一杯二两，一杯一两。两碗豆花有她一碗，二两一杯的酒是彭人初的，一两那杯是她自己的。

连着背了两回，彭人初脸皮软和了，开始跟她说话。

今天的饭很糯，你加糯米了？

菜里头盐放多了，盐吃多了会得高血脂的。

看他有了起色，张丽便把每集背他上街喝豆花酒当成一项工作来做，从不懈怠。从此以后，从他家通往镇上的那条黄泥土路上，每逢赶集那天，便会看到一个女人背着一个男人下去上来。男人一天天变得瘦小下去，女人一天天被衬得强壮起来。有一天，彭人初在背上问她，我重不重啊？张丽说，你不轻。彭人初突然哈哈大笑起来，说，你个大老粗也变得会说话了。

（原载《民族文学》2012年第1期）

2012年

黄 冰

红楼里的小乔

小乔,我们都习惯这样叫她,年老年少的都这么叫。小孩子们则叫她小乔阿姨。所以,至今我们仍不知道她的全名,这并不重要,叫她小乔,反倒有种亲切感。

儿子刚满月,我和丈夫就从母亲家搬回到自己的家。还是因为有了儿子,他们单位才大发慈悲分了这一室一厅的旧房。这不是正规套房,不过是一幢两层楼木质结构的老屋,被学校老师们称为红楼。虽说是旧房,但它的资历却是不可轻看的,据说二十年前,红楼是学校里的"高知"才有资格住的,虽然它早已失去了往年的风采,却像文物似的伫立在学校的中央,也如同文物似的存在于每一个人的心里。我有些气闷地对丈夫说,你熬了这么多年,就熬了这么间房?我受委屈也算了,儿子也要跟着受委屈了。丈夫却不在乎我的不高兴,他说,这就是你的命,你认也得认,不认也得认。我抱着小小的儿子,只好说,行啊,好歹你也算高知,不过是二十年前的。丈夫解嘲地哈哈一笑,挥挥手,煞有介事地说,行,那咱们就搬家吧,只要有个不淋雨的地方,让咱们回到宋朝也行……

房子是红砖砌成的,里面的木架漆着很重的红色油漆,只是年深月久,架上的红色都已经裂得斑斑驳驳的。屋顶上方用木架子拼成的小方格也渗着深浅不一的"飞天图",像一幅没有装裱的陈年古画。我时常躺在床上看这些"飞天图"。有时我看它们像一群披着长纱的仕女,正在赶去参加宫廷的盛宴;有时又觉得它们像一群狂奔的天狗,正在围猎从月宫里走失的玉兔;有时那些暗斑又像一层层密集的乌云,重重叠叠地压在我的头顶上……

我们搬进去的时候,小乔已经住在隔壁了。我第一次见到她,是一天中午,她正蹲在我们公用的小池边用一口大木盆搓洗衣物,手上沾满了白色泡沫,肥皂沫像朵朵盛开的木棉花漂在池子里。我提着水壶径直来到水池边,我看她时,她也正好用眼睛朝我打量。我是个不善交际的人,与人交往总是很被动,特别是生人,如果对方不是主动跟我搭讪的话,我脸上的表情也一定是很僵硬的。因此,我只是无声地看着她手上的泡沫顺着流水淌进水沟。小乔面无表情地把池中的盆子向外挪开,我便把水壶放进水池。可能是被她的生硬影响了,我有些莫名的紧张,但还是忍不住小心翼翼地打量着眼前这个陌生女人——年龄在三十四五岁左右,穿着一件宽大的浅灰色休闲毛衣,一个松松垮垮的很随意的发髻垂在脑后,脸上没有一丝人为的粉饰,身上散发着一种朴素天然的美,这种美使人迷惑。我甚至想,如果她不是这么严肃不好接近的话,我会不会跟她搭讪?水叮叮当当落进水壶里。在两个无话可答的陌生人之间,水声变得十分夸张。相反,她洗衣服的动作显得非常安静,仿佛在揉搓着一段平淡时光的皱褶。

我把水壶装满,又把几根香葱从头至尾洗了三遍。正准备离开时,一阵突如其来的谩骂声从我和小乔的头顶划过。一个男人撕扯着粗壮的嗓门,仿佛一把尖锐的剑把这个静谧的时刻划成一堆残落的碎片。我用眼睛寻找这个声音,但那个声音却仿佛是从一个隐藏着的门缝里挤出来一样,我只能闻其声而无法见其人。接着一个女人的声音也从同一个方向传来,女人的声音也同样洪亮,夸张的声调与舞台上字正腔圆的京剧唱腔一模一样。男人说,要走你走,我不会走。女人说,干吗我走?房子是我的,走的该是你。男人说,你吃我的,穿我的,到头来我竹篮打水一场空啦……女人说,我怎么吃你穿你啦?我怎么说也是国家干部,我的工资养得活我自己,要不是我的房子,你睡大街上去吧,要离就离,就当我白捡了条养不家的狗。我甚至从这声音里看到了两人一直端着的身段。接下来的是断断续续的哭腔,这哭腔却跟刚才的骂声不同了,哭声突然没有了唱腔,像已经走下舞台,跟任何一个妇人伤心时的哭声没有差别了。我暗自笑起来,这么具有穿透力的嗓音,不注意听词还真以为他们是在为晚上的演出排练呢。我发现小乔也受到了谩骂声的干扰,她揉搓衣服的动作也突然停下来,好像这声音跟她有关似的。

男人与女人的叫骂很快就升级了,一种很真实的响声从屋里传过来,是那种实实在在皮肉相交而发出的声音。真实的战争开始了,厮打声与谩骂声变成了一场狂风骤雨扑面而来……我的心里充满了厌恶,同时又充满了好奇,好奇究竟是来自哪个门内的战争呢?我的表现和我眼前这个女人形成了鲜明的对比。她快快地搓着衣物,然后倒干净盆里的水,端着盆进了屋去……

我与小乔的门窗正好相对,因此,后来我常常不经意地就会看到小乔家里的一切。她的居室相当简单,一张单人床,一壁很窄的立柜,靠窗的这面我无法看见,我想应该摆放的是写字台吧。有时我也能通过小乔屋里的立柜上狭长的镜子,窥见一些影影绰绰的我无法看清的场景,因此常常令我有种虚幻的感觉,不知道是镜子的缘故还是心理作

红楼里的小乔 黄　冰

用，总之，那面镜子总是时隐时现地将小乔的另一面真真假假地展现给我。

我时常看见她打开门来，静静地坐在床边上织毛衣，我儿子哭闹时，我就会感觉到她的眼睛正朝着我的房里看。儿子的啼哭声有时让我心烦意乱，我一点办法也没有，我只好抱着他在屋里踱来踱去。那天，儿子的哭声再次惊动了对面的小乔，我听见她对着我的窗口说了句，可能是哪儿不舒服吧？我朝她笑笑说，不知道怎么回事，总是不停哭。她放下织着的毛衣，走过来，摸摸我儿子的额头，又摸了摸儿子的小肚子，儿子立刻蜷缩着双脚。她很肯定地说，闹肚子了，你家里有药没有？我说有。小乔替我抱过儿子，我便立即去抽屉里找药，拿着药盒上的说明看了半天，也不知道该给儿子吃些什么药。小乔见我不知所措的样子，在我身后说最好给他吃点婴儿素。我按照小乔的提示，终于在那些乱七八糟的药品中找到了药。儿子在小乔的摇晃中好像安静下来了，却死活不肯张嘴喝药。小乔捏着儿子的鼻子，他立即张大嘴大哭起来，药便因此灌进了儿子的嘴里。我松了口气，小乔仔细地为儿子擦去流淌在嘴角的药液，我感激地说，谢谢你。小乔不善言谈，她只是告诉我以后给小孩吃东西一定要注意，孩子的肠胃太弱。她的语气里充满了心疼和爱怜，我本想再跟她聊聊天，想问问她孩子多大了，但小乔已经把儿子递到我怀里，转身回屋去了。

在我还没来得及准备好去做一个母亲，儿子就已经降临，我在这个角色中完全像个小学生，糊里糊涂地做了母亲，却不知道这一声"妈妈"的背后会有许许多多的责任，但儿子的第一声啼哭已经向我宣告，我不得不在手足无措中担负起母亲的责任来，沉重的角色时常压得我喘不过气来，仿佛整个世界都担在我的肩上。

搬进红楼好长一段时间，我觉得自己一直难以适应周围的一切。红楼的墙壁隔音极差，楼上的脚步声格外扰人，更让人无法忍受的是，头顶上夜间时常传来从便盆里发出的声响，趁夜深人静肆意地侵扰我。这一切都野蛮地入侵着我们的生活。我无法克制内心的焦灼，我常常在半夜醒来对着天花板哀叹，真是人间地狱。

后来我才知道，我们头顶上住的正是那对用京腔吵架的夫妇。女的是学校老师，男的是京剧院唱老生的，难怪他们连吵架也这么职业。他们不但声音尖厉，连走路的姿态也如走台步，每一步的节奏都沉甸甸地压在我们的头顶，特别是想起那男的的肥胖身体，总担心有一天，这楼板真的担不住。我们不得不陷在这种无休止的困扰中。好在房子只是暂住的，我幻想着能够早些逃离此地。我有一次恨得要死，当那种来自于头顶的便盆声再次在半夜把我吵醒时，我推醒丈夫说，我恨不得一把火将这幢破红楼给烧了。丈夫总是在我需要灭火的时候加油，他说，我能帮上什么忙不？

中午，儿子已经睡熟，周围有了片刻的安静。只有树上的知了长一声短一声的，那声音延伸着，像一条长长的线，缠住了红楼的四周……我走到窗前，掀开米黄色粗布窗帘，探头看了看对面，小乔的房门是紧闭的，但窗户却半开着，我很近地就能从她家的窗口那儿看见,小乔端坐在窗前,一动不动,她古怪的神情吸引了我。我分辨不出她此刻的表情里夹杂着什么,我看见她的鼻头有些发红,像刚刚哭过,她的头半低着……我几乎要将头探出了窗外,但我却无论如何也看不到她面对的是什么,也无法想象是什么东西让她如此出神。我害怕这种窥视被小乔发现,但后来我发现这种担忧是多余的,她的眼睛丝毫没有离开过那张写字台。

我无法将心中的疑团解开,只是,后来我发现她常常这样,同样的表情,同样的姿态,同样长久地坐着,一两个小时或更长的时间,我强烈地感受着她神情中的某种让人不敢接近的东西。

或许是对小乔一开始就充满了好奇,所以我常常不由自主地透过她家的门窗,想要更多地了解她的一举一动,以解开我心中的疑惑。有时候,她的屋里没有一丝动静,有时却又会见她在小屋里独自忙碌;有时我会无意从那扇半掩着的窗口发现小乔的衣橱大大地打开来,见她对着镜子反反复复地试穿着一件件各种款式质地各异的衣装。她似乎沉浸在这种不为人知的动作中而快乐无比,我甚至还听见了从小乔嘴里轻轻哼唱出的歌谣。

虽然我与小乔已经算认识了,但对她的印象仍很模糊,她像幻象一般游离,让人无法真实地接近。有一次我问丈夫,小乔是怎么一个人?丈夫和小乔是一个单位的同事,对她的了解应该会更多一些。但丈夫却干净利落地说,不知道。丈夫属于那种连自己的生活都懒得去搭理的人,我的好奇就常常招来他的指责。别弄得跟小市民似的,他说,这可是大学。我不理他,女人的好奇心总是驱赶着我,我放不下心里那份对小乔生活探究的欲望,我想,按常理,一个三十多岁的女人应该有丈夫,有孩子,三口之家对一个中年女人的重要性我深有体会。而小乔呢,她有一份什么样的生活?

那个男人出现在小乔家的时候,我儿子已经开始蹒跚学步了。男人大概四十岁,个头不高,瘦瘦的,很精干的样子。

这个男人的出现事前一点征兆都没有,突然出现就改变了一切,小乔的生活一下子变成了两样。从前的安静被热闹的锅碗瓢盆代替了,两人什么时候都影形不离的,一起买菜,一起蹲在水池边上洗菜淘米,一起围着小饭桌吃饭……仿佛生活突然间在那个小屋里兴致勃勃地开始了……我心里暗自好笑:男人像什么?像盐?一个独身女人寡淡的生活里突然撒进一大把盐,你说会有什么奇迹发生?

曾经没有人间烟火的小乔的屋里现在常常飘出一股股让人嘴馋的美味菜香。显然,小乔的生活开始出现了一次重大转机,她那张已经不年轻的脸上开始涌动着一种由衷而灿烂的笑。小乔的话多了起来,虽然不知道她在小声地跟男人说些什么,但从她脸上的神情就明显地看到,她的生活翻开了新的一页,她像一只小喜鹊正在不遗余力地营造

红楼里的小乔 黄　冰

自己的小窝。有一次，我甚至听见小乔大笑的声音，我以为自己听错了，那个大笑的女人跟小乔像两个完全无关的人。男人显然也不漠然，此刻，男人应该是打开小乔心房的那把钥匙吧，男人总是脚不停手不住地进进出出为小乔做这做那，不断回应着小乔的呼唤。我不得不"嫉妒"地对丈夫说，你看人家小乔好有福气，找了个男朋友又能干又听话，真让人羡慕。丈夫却主动劝我说，不要什么都拿去跟人比，人比人气死人。不说还好，听他这么一说我真就有股火气往上蹿。其实我知道，是因为成天带孩子使我变得疲惫烦躁，总在问自己，这种生活什么时候才是头，儿子什么时候才能长大，也不知自己的生活是不是将永远这样的"暗无天日"。

有时，小乔闲下来，会过来逗逗已经满地跑的儿子。来，小乔阿姨给你糖吃，来呀，过来。我见儿子摇头晃脑地走到小乔屋里，稚嫩地叫着"小乔阿姨"。小乔将大把的糖果塞到儿子的小衣兜里。有时候，小乔耐心地教我儿子唱一些好听的儿歌，她讲的故事里总有一只聪明的小白兔和丑恶的大灰狼，小白兔和大灰狼斗争的结果总是小白兔胜利，大灰狼被赶走了，赶到了很远很远的沙漠里……儿子拍着小手和小乔阿姨一起哈哈大笑。只是偶尔的流露中，我明显觉出小乔心中有种隐隐作痛的东西。在与我儿子一起沉浸在快乐当中时，我看见了她眼里的另外一种神情，是那种突然从这种氛围当中离开的神情，这种神情不易被人觉察，她甚至在逗着我儿子玩兴正浓的时候，脸上突然闪现出别样的表情将这种玩兴带走。我感到害怕，但究竟怕什么我自己也说不明白，每次见到她的这种表情总会深深地刺激着我。小乔的生活里究竟发生了什么，让她生活在这种不安当中。这种不安是平常人无法触及的，也是无法想象的。

好在这个男人出现之后，我已很少再看到她走神的时候，不过，那种神情像长在身体里的一样，像一个人身体的一部分，可以假装忘掉，但却实实在在永远存在。只不过暂时被外界干扰，然后短暂地遗忘了。那段日子里，小乔内心的欢愉总是不经意就流露出来。她上菜市场买了新鲜莴苣菜和小辣椒总要分给我一大把；到了傍晚，她那扇窗户总是紧闭着，里面灯光柔和而温馨，家的感觉已经开始从那灯光里折射出来。

相比起来，我们一家人的生活平淡得多，我成天感到除了累还是累，对丈夫，对儿子都缺乏耐心。有时候，儿子不听话，我在烦躁中常常动用"武力"，并以此来让儿子妥协。没想到，儿子咧着小嘴大哭，并趁我不注意，他就哭喊着往小乔阿姨家去"求援"。小乔的"救援"行动十分及时，她抱起我儿子说，干吗打他呢？他才多大，当妈妈要耐心一点，不哭不哭，阿姨给你唱歌好吗？也怪，儿子一会儿就被小乔哄得破涕而笑了。我又在丈夫面前提起小乔，丈夫仍是漠然的样子，我只好把话头捻断了。我认为小乔的生活会像人们以为的那样——恋爱、结婚。

我理所当然地认为生活原来就应该是这样的，就像一条弯弯曲曲的小路，走到尽头必有村庄。但是生活的变化往往让人难以意料。

不知从何时开始，那个神秘的男人突然从小乔的生活里消失得无影无踪。男人仿佛只是一根燃烧的火柴，在小乔的生活中一闪而过，几乎没留下什么痕迹……小乔依然是一个人，又开始与寂寞为伴，她不再像从前那样试穿着一件件美丽的衣服，也不再长久地坐在窗前发呆。男人从小乔的生活里消失了，小乔仿佛也从我的生活里消失了一样。有很长一段时间，大白天小乔屋子里的门窗紧闭，直到深夜，才听见小乔的脚步声迟迟疑疑地走近，接着是钥匙转动门锁的声音。每个声音、每个动作都在深夜的静寂中清清楚楚地传进我的耳朵。我不得不睁着眼睛，等外面重新安静下来。我看见从小乔屋里突然亮过来的灯光，把那块米黄色窗帘照得很刺眼。我守着窗帘上的那块刺眼的灯光，直至那片亮光熄灭。

　　我与小乔的生活的确有着一道无法逾越的沟壑。有时我想跟她聊天，但是每次小乔都回避着某些话题，使我不敢轻易地去触及它们。小乔是一个永远的谜。我只能这样想。或许，在我窥视着小乔的生活的同时，她也同样在关注着我的生活，包括我那个时常啼哭的儿子。

　　时间在不知不觉中过去，夏天迫不及待地到来了。这年的夏天异常炎热，红楼里的每家每户都不得不将房门打开。傍晚，从每个不同门里发出的电视声、麻将声、大着嗓门的喝酒聊天声……交杂地含混在闷热的空气里，跟热烘烘的空气一样，永远挥散不去。只有小乔的屋里是安静的，虽然她的房门也一样大大地开着。从我屋里发出的是永远的啼哭声，我盼望着儿子有一天会停止他的哭泣，快点长大。

　　儿子常常莫名其妙地哭泣，这种哭泣成为儿子对付我的武器，也仿佛成了对小乔的召唤。只有这个时候，小乔才会走出门来，抱过儿子，爱怜地哄着他，然后抱他到她的屋里去。这已经习以为常。我利用这点空余时间将儿子的衣物迅速地拿到水池边冲洗。这天，我感到儿子在小乔屋里的时间过长了些，就放下手中的活，走到小乔的屋前，像往常一样，我没有敲门便推开虚掩着的门进去，但出现在我眼前的情形却让我不知所措，我看见小乔将我儿子紧紧地抱在胸前，她的上衣解开着，儿子正吮着小乔那只几乎干瘪的乳头。我不知道这是为什么，当时我大脑里一片混乱。这时小乔突然看见了我，她慌乱地将衣服拽下来，遮住了那个刺眼的部位，面如土色。我没说什么（我应该说点什么），只是很机械地从小乔的怀里接过儿子，转身离去。我感到自己的手有些微微发抖，或许母亲对儿子的爱是一种极其狭隘自私的，我不愿意另外一个女人来与我共享做母亲的快乐。小乔的行为深深地刺激了我，她为什么要这样做？我走进自己家，看见儿子安然无恙，这才稍稍平静些。过了一阵，我看见小乔的房门已经关了起来，而屋里一点动静都没有，窗户也严严实实地紧闭着，我无法设想小乔此刻将会如何，小乔的形象瞬间在我的大脑里重新变得模糊起来。

　　我无法理解这种不合常理的行为，也不能排解这种疑惑，小乔为什么要这样做？

或许这是我的生活阅历所无法理解的。我没有对任何一个人说起过这件事,包括丈夫,但我却对小乔产生了一种畏惧。而她家紧闭的门窗已经告诉我,我将永远无法进入她的世界。

后来的一些日子里,我几乎是在有意回避小乔,但完全避开却又是不可能的,我们俩对门之间相隔的距离不过两步之遥。我虽然无法理解她的行为,但我本能地不想伤害她。所以,我们仍然照常会说一些闲话,但我却有些警惕,不想让她再接近我的儿子。小乔依然会在她闲下来时逗我儿子玩,但对我儿子不再有一丝亲昵的举动……刮大风的那个晚上,窗外的学生楼里传来阵阵声嘶力竭学唱摇滚的吼叫声,我漫不经心地哄着儿子睡觉。我用手撑着头,斜靠在床头,给儿子唱着那首天天都在哼唱的儿歌:"风不吹,树不摇,鸟儿要睡觉,小宝宝要睡觉,眼睛要闭好……"我自己都快要被催眠曲弄睡着了。不知过了多久,也不知道天亮没有,我被儿子一声乍起的哭声惊醒,我看见儿子已经站到了他的小床边,朝着窗户的方向大声哭叫。我扑过去抱紧他,我想他是做噩梦了。以前我并不相信小孩子也会做梦,我认为他只是个没有思想、没有意识的小动物,他的世界里还是一片空白。我抱着儿子想让他安静下来,但儿子的哭声却越来越大,他用手指着窗户。我朝窗户看去,窗帘上的花纹被映照得通红明亮,我不知道是霞光还是灯光,那亮光强烈地穿过窗帘,我走过去掀开窗帘。出现在我眼前的竟然是一片熊熊大火。着火了!小乔的屋子着火了!我看见从小乔的屋里腾起的火光。我赶紧叫丈夫,失火了,小乔的屋子着火了!接着,整幢楼房里的人都惊醒过来。

衣装不整的男人们端着盆提着桶冲出屋子,我看见丈夫赤着双臂在浓烟中出没,他和另外一个男人用脚使劲将小乔的房门踹开,然后人们便用大大小小的盆往屋里泼水……有人惊慌大叫——快找找小乔!救火的人一片忙乱……

大火扑灭以后,小乔的屋子里还残留着一股股袅袅升起的黑烟。我走进去时,屋里已经被黑乎乎的灰烬弄得面目全非。

救火的人群惊魂方定,女人抱着孩子在一旁议论纷纷。除了我,大概还没有人注意到一边呆若木鸡的小乔。我走过去,递一杯水给她,我想她已经被吓傻了。

小乔的反应令我吃惊,她冷漠地拒绝了我手中的杯子,说,谢谢,不用。

这时人群纷纷围过来,大家七嘴八舌地问,小乔,火是怎么烧起来的?你一个人,好好的怎么就失了火?有人埋怨,你知不知道这房子就是一把干柴?差点整栋楼都完蛋了!有人气呼呼地朝小乔嚷,你不活,我们还要活!又有人赶紧息事宁人地说,事情过去了,算了算了,又不是故意放的火,大家回去睡觉……人群叽叽喳喳地散去。我拉住小乔的手说,上我们家去,事情明早再说吧。

小乔不说话,事实上她一点反应也没有,只是把背对着我,独自面对着焦糊的壁板站着,像是什么也没有听到。我说,小乔,走吧,到我家里歇歇再说。但小乔却对我说，她想一个人待一会儿，让我回去。

我满腹狐疑地离开了，我看见她的双眸像扑灭了火焰的木炭那样充满哀伤和绝望。

第二天，我过去帮小乔收拾屋子。我这是第一次仔细看清了小乔居所里的每个角落。我在屋角发现了一本厚厚的影集依然完好无损地躺在那里。我看到了扉页上的照片，一个女人和一个小男孩，男孩大约四五岁，女人显然就是小乔。

因为火灾，一段时间里，周围的人们时不时地就会议论起小乔来。我才从那些议论中得知，小乔原来有一个儿子，八年前，儿子病死，丈夫和她离了婚，一个人住在这里。我听着小乔的故事，我的眼睛有些潮湿，我突然想到自己的儿子，深深地体会到一个痛失爱子的母亲的痛苦和绝望。人们都觉得她招人怜爱，人们不停地议论，不断地说，多么可惜……我不明白这可惜对谁而言，对小乔的漂亮？还对小乔身边的男人们？

后来，小乔就不见了。除了那本厚厚的影集，她什么也没有拿，事实上屋里也没有什么可以再带走的。

此后，我再没见到过小乔。不久前，只听说她结婚了，嫁给一个比她年长近二十岁的离休干部。

后来，我们从红楼里搬走了，搬到一幢八层住宅里。搬家那天，我抱着被褥差点在水池边被什么东西绊了一跤，低头一看，是小乔洗衣服用的大木盆。因为久不使用，木盆已经开始朽坏了。

（选自小说集《一个人的地老天荒》，贵州人民出版社，2012年8月；

《一个人的地老天荒》获贵州省首届专业文艺奖二等奖）

2012年

黄 冰

如灰的季节

我清楚地记得,那是一个冬天里难得的晴天,阳光普照大地,屋子的墙壁上清晰地印着窗框的影子。我坐在床边,看着儿子长生和媳妇桂芬为我打点行装。我的视线顺着他们的动作游动。我看见长生从提包里拎出一个布兜,那是他刚才放进去的,他把布兜举到鼻子下嗅嗅,嗅完,没有再放回包里去,而是把它很随便地扔在腾空的床上,也不问问我愿不愿意。他"唰"的一声拉上拉链。我明白,他们是要把我送往一个很远的地方。那里一定依山傍水,是一个好去处。

我没有说话,虽然长生一刻不停地在我耳边念叨着。不,应该说,我已经有很长时间没有说话了。在我的记忆里,大概有两三年的光景了。不知道为什么,突然有一天,我就不再想说话了。开始我还时常自言自语,后来,我就干脆不说话,只在心里想着,想一些很久远的事情。丈夫死后,我便成了那个年代唯一的知情人。虽然当初也想跟长生叙叙,可是我发现,长生听我提起往事旧人就显得不耐烦,我还听见桂芬跟长生说,真是人老话多,树老丫多……我便不再在他们面前说了,只是独自去想那些久远而又令人难以释怀的岁月。那些逝去的日子,像一阵阵被人击响的鼓声,有种又闷又响的音色;当这种音色击响的时候,我甚至还会感到一种幽怨和惆怅,也许还有永别的意思。

我是一个有儿女的老人。回想当初,轮流到三个儿女家各住上一段时日,我为他们看小孩、做饭、洗衣。每当我端起饭碗,听见牙齿嚼得那些饭粒和蔬菜咯咯地响,我就知道我的牙很好,我很愉快。后来,有一天,我坐在沙发上看电视,我张开嘴打哈欠,那只是一眨眼的工夫,我的嘴忽然就合不上了,从下颌骨那里发出一阵阵疼痛,我知道是下巴"掉了"。我叫女儿帮我拍一下，她用手在我下颌骨的地方使劲往上推，我听见自己的骨头发出"咯吱咯吱"的声响。女儿很在行地说，脱臼了。自那时候起，我就时常这样。有一次，我正在洗床单，我听见女儿对女婿说，老妈以往洗床单只要个把钟头，现在却洗了一下午还洗不完。我老了，我想。的确，一段时间来，我连吃最软的饭也得在嘴里磨上好一阵才咽得下去，我真的是老了。

　　按照传统的观念习俗，娘老了是要和儿子住在一起的，儿子是天经地义要为母亲养老送终的。有一天，长生把我从上海接了回来，将我安置在这间小小的房间里，这小屋就成了我每天饮食起居的场所。自从我住进来后，两个女儿就仿佛忘记了我。我也不去想许多，只是每天足不出户。刚开始时，我常常把那个包裹打开来，翻看里面的"宝贝"，我用一些旧的蓝色卡其布里三层外三层地包着，里面除了一些发黄的照片和信件之外，还有一只玉镯，它几乎跟了我一辈子。虽然过去了许多年，但每次看见它时，玉镯总在我的眼前闪着片片的红烛光，那是我新婚之夜的烛光。

　　整整一个白天，我就坐在床上，想着我年轻时候的那些年月，我甚至不知道现在是哪一年哪一月哪一天。总之，吃饭的时候，长生或桂芬就会把门打开，送来饭菜。我困了，就躺下来睡上一觉，醒来的时候，有时便伏在窗前的桌子上，看外面。楼下是一个菜场，那里常常车水马龙，人群熙攘。我看见那些引车卖浆的人们忙碌地穿梭其间，叫卖声不断，讨价还价声亦不休，从清晨一直要到傍晚才会静下来。当然这种吵闹已经于我无碍，我感到自己与近在咫尺的人们之间已经竖起了一面巨大的屏障，眼前的人们，每天都在为柴米油盐奔波劳碌的时候，我却欣然感到眼前的一切都与我相去甚远了，我曾经劳碌奔波的年月也已日渐褪色。

　　有时候，我用一些卫生纸，弯下腰去擦那些并不显脏的地板。有一些不知什么时候掉在地上的饭粒、纸屑和已经干成了不同形状的水渍，我心情好的时候就把它们擦得干干净净，但更多的时候，地上什么也没有，我也会把床前这一小块地板擦一下，让它保持和别的地方不一样的干净和色泽。直到那一小块地板显出像铜镜一样的光亮，我能看到粗糙的手影，才肯作罢。然后感到腰背发酸时，才又躺到床上，继续闭上双眼养神。长生进来，给我一个又大又红的苹果，他把苹果递给我，说，给你一个大苹果。说完就转身出去了。我没有回答他，只是睁开眼看了看苹果。这个苹果很大并且很红，我舍不得吃掉，就把它放在床头上，我的床头上已经有了三五个同样的大苹果，可是，其余的那几个已经没有像今天他给我的这个那样招人爱了，有些发皱，干涩得像一张老人的脸。

　　有时候我也做梦，人们说做梦是年轻人的事，可我却清楚地记得我的那个不断重复的梦，我梦里的那幢老屋，生活了大半辈子的旧屋，梦里透着浓浓的檀木香味，它真

如灰的季节　黄　冰

的就如烟如梦，从我的脑海里掠过，然后散去。当我从梦里醒来时，楼下的叫卖声又开始了。

我咀嚼着淡而无味的日子，感觉手中的日子一天天地从指间流走。我常常看见从窗子外斜射进来的阳光，阳光把窗框的投影清晰地印在墙上，恍惚中的那种真实激起我对它的兴趣，我便用手去抓墙上的投影，我一遍遍地捉它，但我的手一触及它，它又会变得游离。桂芬推门进来，"扑哧"地笑了一声，然后走到我的身边，说，站着干吗？别挡道了，让我一下。我笨拙地挪开身体，看见桂芬从身后走过来，拿着菜刀，伸手去割下一串挂在屋檐下的香肠，然后随手便把窗户关上。窗框的投影被移到了墙角，我无法再摸着它，便坐下来。

我常常听见长生和桂芬还有孙子孙女在与我一墙之隔的地方大声说笑。他们说些什么我听不明白，只是觉得他们的说笑声总是有一种与我相隔膜的东西，所以传到我的耳里时就有些恍惚和突然。有时他们把音响打开唱歌，震耳欲聋的声音叫我心慌慌的。不过，时间一长，我也就习惯了。这天，我出去上厕所，从厕所里出来后，见电视里一个身穿戏装的女演员正在唱黄梅戏，听着亲切，便不愿马上回到屋里去。我告诉长生，我想在这里坐一会儿。长生说，那你坐在沙发上。他将我让到沙发的一角，我就坐在那里看电视。那个很耳熟的唱腔，让我想起，那时候我们也常常到戏院去看戏，那时候还没有叫电视机的这种东西，所以我们听戏都是到戏院去，每次从戏院里回来我都会哼唱那么一小段。那时候我的嗓音很好，长生小时候最喜欢听我唱，不管唱什么，长生都会入迷地听。他总说，妈妈，你唱得真好。有一次，长生一直听到瞌睡来了，就靠在我的怀里睡着了，记得我一边摇着怀里的长生，一边仍然哼唱着。慢慢地，这就成了长生的摇篮曲，他总是要等到我哼唱起来时，才肯睡去……我一边看一边想着那些年月。长生和桂芬还有我的孙子孙女坐在客厅里一边嗑着瓜子，一边嬉笑说话。妈，你知不知道她是谁？长生指着他的大女儿，我的孙女小珊问。我说，是小辉。我说完又自顾自地看电视，我不想让他们打扰我。后来我就听见他们哈哈哈地笑了起来。桂芬对长生说，我看真是糊涂了，连自己的孙女都不认得了。其实我心里清楚，他们是以为我老糊涂了，所以总是想着法子来考我。但是我从来都不认为我糊涂，只是不愿去跟他们胡诌。我又听见小辉问我，奶奶，那我是谁呢？我不理他，我想，一个小孩子家，也学会捉弄奶奶了。看了一会儿，长生就把我扶回屋里。我站起来说，你们别笑，你们真以为我糊涂了？我知道，那个是小珊。我又指着小辉说，你呀，是小辉，我的孙子，小珊的弟弟。我得意地说着。心想，你们不是想考我吗？你们可考不倒我。进到屋里后，我听见他们又发出阵阵的笑声。

除了吃饭时间，我屋子的门有时也被人推开，我就知道是小波来了。小波是我大女儿的儿子,是我的外孙。他已经是一个壮小伙子了,但在我眼里,他仍然是那个让我成天追着满地跑的小东西。他虎头虎脑的模样,很让人喜爱。我记得小波小时候,吃饭总是不愿好好吃,每次喂他吃饭,他就开始打瞌睡,所以每次喂饭时,都要在旁边准备一个小铁碗和一个小勺,见他打瞌睡时,就用勺去敲小铁碗,敲出"当当当"的声响,嘴里还一边叫着"'老满'的瞌睡虫又来了,快点起来吃饭喽"。这时,小波又会懒懒地睁开眼睛来,吃上一小口,一顿饭吃下来,碗敲"破"了,小波的瞌睡也烟消云散……小波进来时,就叫外婆。我说,"老满"长高了。小波伸手摸着自己的脑袋,不好意思地说,外婆,以后别老叫我"老满"了,我都这么大了。"老满"是小波的乳名,我习惯这样叫他。自打小波出生那日起就一直跟着我,到他上学那会儿,女儿才把他接回去。一晃就这么多年过去了,我的"老满"已经出落得一表人才。后来他就问东道西的,问我近来身体怎样?问我还好吗?我不说话,只从床头上递给他一个苹果,他推开说不要,让我留着吃。可我执意给他,他不好说什么,就捏在手中。聊了一会儿,小波说要走,我也没留他,小波说哪天再来看我。

　　我伏在窗前,等着小波从这条街上穿过,楼下仍然人群拥挤,我在人群中终于看见了小波的身影,他真的出落成一个壮小伙了。他在人流中穿梭着,很快就消失了。我从窗前回过头来,手就碰掉了那个苹果,小波没有吃,也没有带走,为什么呢?哦,他可能嫌这个苹果已经不新鲜了吧。

　　我每天的日子都如出一辙,我已经有很长时间没有照镜子了,所以,在我的记忆里,我的相貌仍然是那张发黄照片上的模样。那是我三十五岁的照片。那时候,丈夫刚刚大病痊愈,正巧是他四十岁生日,我们就去了相馆合影留念。不久,丈夫便离我们而去,好像就是从那时候开始,我没有再照过相,我也没有心情再去照镜子。我带着三个儿女四处奔波,颠沛流离。从那时开始,我就如同在噩梦中挣扎一般……过去的已经走远了,而今,我已是儿孙满堂,但我依然想不起究竟过去了多少年。总之,那肯定是很久远的事了。

　　有时候,我总是恍恍惚惚地听见有人敲门,在我睡得很沉的时候,那敲门声就会把我惊醒。醒来后,四处一片漆黑,我趿着拖鞋从屋里出来,长生和桂芬都睡得很沉,他们居然没有听见这么急促的敲门声。我打开客厅房间的大门,把门开得大大的,眼前用铁条做成的防盗门紧闭着,但外面什么人也没有。我感到纳闷,明明是有人敲门的,可为什么又走了呢?是不是因为等不及就走了?我站在那里等了一会儿,确定那个敲门的人已经不在了以后,便关上了大门。我正想返回屋里去继续睡觉,就忽然想起,长生不是病了很长一段时间吗?不知道他好了没有?我有些心急,就去推开长生屋子的门,我听见长生的呼噜声很是安稳。我走到长生的床前,轻轻地摇他,一边摇,一边问长生,

如灰的季节 黄 冰

长生，你的病好了吗？我听见长生均匀的呼吸声中有一声呢喃。长生睁开了眼睛，他被我半夜叫醒，有些不高兴。

他说，你说什么？我说，你的病好了吗？我知道长生不高兴，可我也是为他好，我记挂着他的病呀。我说，你不是得了肾病吗？不知道你好没有。长生这时候已经被我完全叫醒了，他皱着的眉和小时候一模一样。他说，妈，你别老糊涂了好不好？我的肾病不是小时候得的吗？我都五十多岁的人了，过去多少年了，怎么你又无端地问起我来了？你快去睡吧。我想，也是，过去多少年了，长生怎么会还没好呢？哦，对了，是在小时候。我自言自语地说。那时候长生是得了一场病，把全家都吓坏了。长生可是我们家的命根子，一家人四处奔波，为他寻医买药。我昼夜为他煎药煨汤，好长一段时间里，我都围在他的病榻前。不过，仔细想起来，那的确是好多年以前的事了。

见长生又转过身呼呼大睡起来，我便起身回屋睡去了。我趿着拖鞋走进屋去，睡下，看了看窗户，窗户上仍然漆黑一团……

我醒得很早，醒来时便听见外面有人敲门。这次，我听见桂芬走过去打开了门，我想，会不会又是像昨晚那样，并没有人呀？

但是，很快，我就听到有人说话了，一个陌生的声音，听声音，年龄大概与我相仿。我仔细听着来人说话。听那人自我介绍说，他叫何二。我回想起这个人名，的确，是有这样一个人，不过，那都是很久远的事和人了。我听见何二说想看看我，长生便招呼着让他进来。我的门被推开，一个满头白发的老人站在我的面前，我记起他曾经是与丈夫奋战疆场的战友，刚从北方回来。他叫我嫂子，很久没有人这样称呼我了。我高兴地笑着说，何二呀，你可老多了。何二也说，嫂子也老了。是呀，我们都老了。想起那时候，何二是我们家的常客，丈夫经常和他一起聊天谈笑，那时候何二很年轻，当然我们那时都很年轻，何二长得五大三粗的，我们就开玩笑说，何二长得可真像《水浒传》里的那个"铁牛"。何二不好意思，他总是傻乎乎地笑，还说，嫂子别笑"铁牛"了。更是惹得我们开心。我跟何二说起这些时，何二张着只剩几颗老牙的嘴笑笑说，嫂子还记得呀。

自那以后，何二就常常来看我，每次他来，我都会很开心，总觉得自己又回到了那个年月里。我们都放肆地张着老掉牙的嘴聊天、大笑。他说，嫂子没变，还那么开朗。我就说，哪能没变？人都老糊涂了。我把存放在床头的水果找出来给他吃，他也很高兴。长生进来，见何二吃着皱巴巴的苹果，就说，何叔，您别吃那个了，时间太长，已经不新鲜了，我给您另外再拿去。我妈就是这样，给她的水果，她不吃，非得把它放坏了，然后就扔掉。长生说罢转身出去，我自言自语地说，唉，这些年轻人都这样，不积蓄一点东西来放着，真是丰年不知荒年的苦呀。等到闹饥荒的时候，我看你们吃什么，到时候你们可别来找我讨。我真的很生气。何二听了就笑说，嫂子您就别瞎操这份心了。我没有瞎操心呀，我们可都是受过这种苦的人，何二，你忘了，那年闹饥荒，我上街去买菜，见那家店里蒸着热气腾腾的包子，我就想带几个回去给小辉和小波他们吃，我手里正拿着一个刚刚出笼的包子，突然从我身后就闪出一只黑乎乎的手，夺走了那个小包子。那时候的人，是饿惨了……桂芬端着茶进来，听见我的话，就有些不高兴地说，现在都什么年代了，还念叨着什么饥荒呀。

我生气地瞥了桂芬一眼，就不作声了。长生也从外面拿了一些看上去很光鲜的苹果进来，放在桌上，说，何叔，您吃。

我越来越感到自己的手脚不灵便，同时也觉得动作越来越迟缓，我看见双手布满的褶皱，记录着我逝去的岁月。在我年轻的时候，曾经遥想过自己老来的模样，可真的到了老来的时候，我却全然不知自己究竟是什么模样了。只是当我看见那些一次次被长生按期用剪刀修剪，一束束掉在地上的白发时，我才知道自己的老态：满头白发，一脸皱纹，还有佝偻着的背。

想着这一切都来到眼前，我便有一种世事炎凉的感慨。我时常想起长生小时候与我亲昵的情形，那时我是儿子唯一的依靠。那时候儿子总是对我说，妈妈，等您老了，我会照顾您，陪着您；等我长大，上班了，有了工资，我给您买生日蛋糕。

我的大脑里总是不断晃动各个年代里不同季节里那个长生的身影。我出神地想着，以至于长生端着饭菜进来时，我竟然一无所知。直到长生直呼我"妈……妈……"时，我才回过神来。长生说，吃饭了。他看见我的目光回应着他时，便放下饭菜转身出去。我愈来愈感到我已经不再是儿子心目中那位可亲可敬的母亲了，儿子早已为人夫为人父，不知不觉中，他已经成了这个家庭的一家之主，什么事都得问一声妈妈的长生已经不见了。

不知从什么时候起，何二已经很长时间没有再来过，我不知道是什么缘故。但是我明白，人人都是这样，越往后走，就越难料想往后的事，我不再去想何二不来的原因，只是忽然感到屋子里又少了一个来看我的人。

……

可能是吃饭时间到了吧，我的门又被长生推开了。他走进来，叫着"妈"。我像是被他的这一声"妈"吓住似的，有些惊慌地看了他一眼，他又接着说，妈，您出去吃饭吧，家里来了好多客人。我听长生说着话，心里不觉一阵惊慌，同时我的确听到屋外有许多吵吵嚷嚷的声音，我有些害怕。

长生没有再说什么，我就被长生搀扶着从屋里走出来。我见屋子里高朋满座，客人们都对着我笑脸相迎，说，伯母，给您拜年了。哦？今天是过年？我才明白，原来是

如灰的季节 黄 冰

新的一年又到了，我依然记得，我的生辰之日应该就是正月初三。没错。我自言自语地说。我听见长生说，妈，您坐在这沙发上，我给您垫高一些，这样好坐。然后又说，妈，您老想吃点什么？我给您夹。我顿时有种受宠若惊的感觉。看着眼前无数张面孔，我有些害怕。

可能是很久没有见到这么多人了吧，所以这样的场面令我本来就不灵便的手碰翻了长生刚刚为我倒上的一杯酒。酒是红色的，像血一样在桌上漫开。听客人们说，这是葡萄酒。长生很小心地替我擦去面前的酒液。我像一尊活菩萨似的被供在宾客中间，我只听见客人们对长生说，长生，你真是个孝顺儿子。长生说，奉养老人是应该的嘛。长生说着，就不停地往我的碗里夹菜，我一边吃着各种美味佳肴，一边听着客人们乱哄哄的谈话。我心里很高兴，我想起早些年的时候，每年我过生日，家里也是高朋满座，客人们都来为我庆贺。当然，那时我很年轻，穿着丈夫为我买的大红色缎子做的旗袍，丰盈的身段和合体的旗袍总能引来众人的目光……我陷在回忆里。后来，我又听见了一声"妈，您吃菜"。桂芬把一只大虾放在了我的面前，我看了看说，我不会吃这个玩意儿。桂芬就伸手来帮我剥去虾身上的那一层壳。我放进嘴里，仍然发现我的牙不好使，我嚼不动。长生又为我夹了一块软软的松糕在碗里。我摇摇头，表示我吃饱了。一个客人说，伯母，您可真享福了，儿孙满堂啊。我笑说，是呀。谁不是呢？人到了老来的时候，都会有这么一天的。我想，这并非我的福气，只是一种极其自然不过的事。我看了看在座的那些客人们，年龄都与长生和桂芬相仿，我想他们的母亲也大概如我这般年纪了吧。我还想说些什么，长生就开口说，妈，您吃饱了就先回屋去休息吧。我心里其实不情愿这么快就回屋去，我刚刚习惯了这个场面，我想多跟客人们说说话，可长生固执地伸出手来，要扶我回屋，我只得顺从他的意思。长生一边说"妈，您走好"，一边搀扶着我进屋去了。

我在客人们的吵闹声中无法睡去，便打开那个包裹来，找出那一张张的旧照片，想着那些时光。有一张照片是我抱着长生，那时候长生大概只有两岁，胖乎乎的，抱在怀里沉甸甸的，两个女儿站在两旁，手里还拿着一束小小的康乃馨。我还记得，她们身上的裙子还是我给她们一针一针缝的。丈夫站在我身后……但是我们的好日子没有过上几年，厄运就接踵而至。我常常努力去回忆，但每次总是无法连贯地把这一切想清楚。只记得我曾经有一个家，有丈夫、女儿、儿子；曾经是一个妻子，一个母亲。但这些好像都已经走得太远了，以至于我每次回忆这些往事的时候，都只有一个个片断从脑海里闪过。我听到门外又开始吵嚷的时候，听见儿子对那些客人们道再见时，我才回过神来。安静下来后，我便躺下来，闭上眼睛，等着瞌睡到来。

又到了第二天，我起床来，照旧坐在床边，两手抱在胸前，等着吃饭。不知过了多久，门终于推开了，我看见长生照例端着饭菜进来，如往常那样放在桌上，然后说，吃饭了。

他没有叫我的名字，也没有叫我妈，我也依旧用以往的那种目光看了看他。我开始咀嚼着饭菜，饭菜看上去可口，但吃到嘴里却索然无味。

小波又来看我了，他说，外婆，我已经大学毕业了，可能要去南方工作，只有等到明年过年时才能来看您了。小波为我买了一些糕点，放在桌上，他走时，又交代我一句，外婆，您可记着吃，可别放坏了。我笑笑，表示答应。我听见小波出门，门关上了，我的心仿佛又被撞了一下。不过，我再不可能去改变什么。我仍然得坐在这里守候着我最后的时光。

我屋子里的人越来越少，我的话也就变得越来越少。好像就是从那一天开始，我就闭口不说话了，不管长生和桂芬怎么对我说话，我都只是睁着眼睛看他们。后来，他们对我的这种态度也习惯了，他们也不再对我说什么。我不想说话了，我真的觉得没有什么可说了。

这一天，我听见长生和桂芬总在念叨着一个叫坪湖的地方，我觉得很熟悉，但是已经想不起来在什么地方，是个什么模样。我只听见他们在反反复复地说着有关坪湖的事情。我隐约地听出，他们好像还为这个坪湖争吵。长生说，不行，那样别人会怎么说。桂芬说，你别管别人怎么说，先想想这样做对妈的好处。儿子却一直反对，他觉得这样做，会让他背上一个不奉养老人的罪名。我似乎明白了，他们是在商量把我送往某地的事。

我开始在这间小屋子里来回走动，不过我并不是在思考什么问题，而是活动我的筋骨，我长时间地坐在床上或躺在床上，浑身上下的骨头都像是酥软的。我就这样来回地走动，我趿着拖鞋，把地板踩得吱吱响。长生和桂芬在屋外说话的声音一次次变得大声起来，我就故意把拖鞋趿得更加响，我不想听他们争吵。后来，他们放低了声音。最后，长生说，那我们先去看看再说。桂芬便没有再说话。

我想说说我要去的地方，听儿子和媳妇说，那个叫坪湖的地方，全是像我这般的老人。我听了，虽然没有做出任何反应，可内心却不乐意，我以为自己最后的归宿就是这间屋子，却没有想到会被送往一个陌生的地方，我不愿意离开我的亲人，但这仿佛又不能改变，于是心里泛着点点涟漪。

我看着长生和桂芬为我收拾行装，心里就像被掏空了似的。当行装都收拾好的时候，我想着这一切都成为定局的时候，我不得不开始想象着那个坪湖。那会是怎样的一个地方呢？是不是我曾经向往的极乐世界呢？

长生和桂芬为我收拾完行装后，为我修剪了重新长出的白发，又为我修剪了手指

如灰的季节　黄　冰

甲。后来，我听见长生说，可能脚指甲也得修修。桂芬就伸出手来为我脱去袜子，桂芬拿着指甲刀，开始用劲剪，但她用尽了所有的气力，我的脚指甲仍然坚硬无比。后来，他们才发现，我的脚指甲不是一般指甲刀所能对付得了的，因为我年轻时缠过足，因此脚趾便生得蹊跷，指甲又厚又硬。长生想了想，很快就想出了一个办法，他对桂芬说，等着，我去拿一把钢锯来。我就这样，一动不动地坐在那里，看他们被我的脚弄得精疲力竭。

我只记得我把那个宝贝似的包裹紧紧地抱在胸前，我害怕他们给我弄丢了。我抱着它坐在车里，汽车飞快地走了一段平坦的大路之后，很快就拐进一条曲折的小道。路很陡，车上的人都被颠得很晃荡，我更是有一种地动山摇的感觉，我的目光也一定是惊慌失措的。过了一阵，感觉就好多了，车子很快又平稳地驶在一片林荫道上。一片片绿色从眼前飞快地滑过。长生仍然不断地说话，不断地问我，我没有理会他。我看着窗户外的景色，好像又看见自己置身于多年前的那个冬季。坪湖的印象一下子又回到了我的记忆里。

不过，那时候的坪湖可没有这样多的高楼和建筑物，也没有这么多的人群，那时候坪湖只有一片茂密的树林和青山。我到过坪湖，我还好像看见自己身穿一件大花旗袍，牵着刚刚学会走路的长生，在树林里追逐，长生晃晃悠悠地跑着，追赶着我，一不小心就跌倒，丈夫和两个女儿也在草坪上嬉笑玩耍。那是我刚满三十岁的那天，丈夫说带我们全家去郊外为我过生日，我们便选定了这个叫作坪湖的地方……

过了许久，长生又凑到我的耳旁，我看出他心里有一种复杂的感受。他说，你知道你去哪里吗？我不想回答他，但看见他眼里的表情，我平静地说，去坪湖。长生见我开口说话了，高兴地又接着问，你喜欢去那里吗？我又说，喜欢。长生便开始喋喋不休地问这问那。我没有再回答他。我只是用以往那种相同的目光看看他，仍然不作声，然后又把脸转向了车窗外。

窗外青山上的无数个像小孩搭的积木似的小红楼，整整齐齐地并列在山腰上，真是好看。

颠簸了很长一段时间后，车子停了下来。打开车门，我就见一个身着白大褂的中年妇女朝我们走了过来，她一眼就落在我的身上。长生搀扶着我下车后，便直接进了一幢很大的楼里。

长生没有说错，的确，我看见，这里除了那些身穿白大褂的人之外，这幢楼里全是像我这般的老人。那个穿白大褂的中年妇女走过来就问，你叫什么名字？我很快就说，郎凤新。桂芬站在我身后立即替我回答说，"郎平"的"郎"。我听见她说，心里就想，不对。然后，我对着那个穿白大褂的纠正道，不对，是"新郎"的"郎"。那个白大褂又问,您今年多大年纪了?这一次,长生也好,桂芬也好,都没有抢先回答医生的问话,他俩只是互相看了一眼。我明白了,长生和桂芬是无法替我回答这个问题的。他们只能站在旁边等着我自己来回答。我想了想说,我三十岁。

对,今天是我三十岁的生日。我,还有我的丈夫以及三个儿女都来到这个叫坪湖的地方,为我庆祝三十岁的生日。我看见我仍然年轻的脸上有着无比灿烂的笑容。

（选自小说集《一个人的地老天荒》,贵州人民出版社,2012年8月;
《一个人的地老天荒》获贵州省首届专业文艺奖二等奖）

2012年

黄 冰

钟 声

陈苓立在窗前的时候,窗外不远处那所监狱的钟声正在敲响。她透过晃眼的阳光,看见犯人们正陆续从四周聚拢来。陈苓站在八楼上俯瞰仅一墙之隔的监狱。密密匝匝的人群迅速排成标准队列,方方正正清一色,像块大青石稳稳当当地砌在那里。陈苓曾被这"当当"声困扰了很长一段时间,常常是她还在梦里时,"当当"声如年迈的老人,沉重蹒跚的脚步严严实实地踏在她的心上。有时这"当当"声直接敲进梦里,她梦见自己正襟危坐在教室里,老师无休无止地提问,她忐忑地盼着教室外的钟声快快敲响,就在她盼望的时刻,"当当"声敲响了,她如释重负地喘了口气。耳边的"当当"声并没有随她的梦一起消失,当她被这钟声拖出梦境,耳边的声音真实地贴着她的耳膜继续敲打时,她有些心烦起来。她轻轻摇摇身边的男人,说:"辛一,唉,怎么回事?从哪来的这老掉牙的声音?"辛一翻过身来睡眼蒙眬地揽着陈苓,呓语般地哼了句:"什么东西老掉牙?"然后继续酣睡过去。陈苓只得硬硬地躺在床上,盯着屋顶那盏方方正正的吸顶灯发呆……

常常这样,那些骤起的钟声不断侵扰着陈苓一个又一个夜晚。

清晨,陈苓总会穿着那件印有蓝色鸢尾花纹的睡衣,一动不动地立在窗前。她听见盥洗室辛一把抽水马桶搅得直响,然后电动剃须刀的"咻咻"声绕过她的身后,当这一切声响停止,辛一照例说了句"不回来吃饭了"便从她身后消失。陈苓看见辛一穿过楼下那片花坛,把摩托引擎发动得"突突突"的,像风一样从陈苓的眼前晃过。

陈苓的视线重新落回高墙里那堆看不清面孔的人群——他们穿着同样的衣服,留着同样的发式,干着同样的事,过着同样的生活……有时,她站在那儿,大脑里会突然冒出纵身一跳的念头,她被自己的这个念头吓住了,但她又无法抑制地继续想象,纵身飞出的那种姿势。此时她的心像冬天里泥泞的小路,不知通往哪里。

有些发紫的阳光从另一道窗口折进屋里,无端地刺眼。时间像一块被嚼得索然无味的口香糖稀稀拉拉地粘在什么地方,吐也吐不掉。

眼前灰色楼群间的距离被六月的阳光抹杀得干干净净。陈苓曾经被眼前的这个片区、这十几栋模样相同的楼房吸引:所有的灰色楼房,都有八层楼高,屋顶上都有一个蓝色的铁皮水箱,窗户像一双双眼睛,等距离地嵌在大楼上,包括她对面那幢灰色楼里的女人。

陈苓最无力抵御这样一种状态:从这高高的楼上飞跃出去,眼前的世界便会突然消失,死亡会是一把利剑,把世界和她的身体彻底分割。她不用再去面对即将来临的未知的明天。但陈苓想到死亡又是没有意义的。因为死亡是需要勇气的,她觉得自己没有勇气来完成这个行动。

当这种状态一次次侵吞着她时,她只能站在窗前,寻找着人群,只有这样的时候,她才感到自己还活着,还呼吸着。她有时甚至希望天空里能滴着雨声,但是当雨真的下着的时候,却没有声音。陈苓本来是个寂寞的人,但她害怕周遭的无声无息。辛一不回来的夜晚,她就宁可开着电视,直到电视里所有频道的节目主持人都报以微笑道晚安时,她也不把电视机关掉,而是盘腿坐在沙发上,看着手里烟头的红光,任电视机里发出类似水花细溅的声音……

对面窗口的那个女人便是陈苓在窗前寻找时出现的。陈苓看见她的时候,她同样站在窗前看外面,一动不动。

一次,陈苓意外地发现那个女人竟穿着和自己一模一样的蓝色鸢尾花纹睡裙,这个发现令陈苓感到眩晕,眩晕使她没法看清女人的模样,倒是女人身上那件蓝色鸢尾花纹睡裙,耀眼地从那片灰色中跳出来。她睁大眼睛想看清那件穿在女人身上的睡衣是否真的跟自己的一样。后来一块巨大的黑色挡住了她的目光,一个黑衬衫男人用手揽过女人,两人相拥着,好长时间后,男人伏在女人耳边,像在低语,女人轻轻地把头低下去,仿佛低到了睡裙里,男人身上那块黑色很重地把女人包裹住。陈苓突然回过神来,为自己的偷窥羞愧起来,她把眼睛转向别处,去看监狱那块无人的空地,但好奇心抑制不住再次把目光拉回那个窗口。男人跟女人已经从窗口那里消失,随后,男人出现在楼下花坛那儿,上了一辆黑色的皇冠车。陈苓将目光重新落回窗口,女人又出现在那儿,目送男人离去,女人明显没有发现陈苓的存在。

很长一段时间,陈苓习惯站在窗口那儿吸烟,看高墙里的人群,看远处的街面上川流不息的车辆,看来来往往匆匆而过的行人,看那个女人……

陈苓盼望辛一能如从前一样给她一个又一个让人心颤的夜晚。她觉得唯有在辛一喘气的时候,她才能抓住辛一。但是很多时候做爱也是失望的,她想拼命抓住他,在某个山坳最深处、雪峰尖顶,在筑满冬泥的长长的死胡同里……但结果是一次次令陈苓失望,短暂的无处逃遁的颤栗幻化过后,辛一的鼾声立即又把她推向无边遥远的空地。辛一还是辛一,无论他夜不归宿还是用厚实的大臂抱着她,她仍然觉得他远隔千里,而她无处可寻。

这时候的阳光开始变得炽热起来,仿佛眼前的一切都蒸腾了,人们匆匆从阳光底下消失,年迈的老人拖着长长的扫帚,把地上的尘土扬起在风中,化成一簇簇迷乱不清的孤影。陈苓回身走到茶几旁点了支烟,站在镜前,对着镜子熟练地吞吸着口口青烟。她拢了拢搭在额前的一束发丝,把头凑得更近一些,看着自己仍然年轻的面孔,隐隐的雀斑无可抗拒地在脸上肆意横行。

黄昏时分,楼里的每扇窗户都向外传递着各种声音,麻将声正在响起,卡拉OK在正午时分格外声嘶力竭,谁家的电视声量极大地传出窗外。远处有火车鸣笛。陈苓回过头,看看自己身后的这间屋子,像死一样沉寂。

陈苓去看那窗户时,窗户大大开着,紫色的窗帘在风里荡来荡去,但那个女人没有出现,这令她有点失望。

监狱的钟声再次敲响,太阳已经走向山的额头,夕晖洒向大楼的另一端,窗外的吵闹声已经平息下来,剩下来的仍然是别人家的麻将声。

就在陈苓吐出青烟的同时,陈苓突然又看见了那个女人,依然穿着那件蓝色鸢尾花纹睡裙,又一动不动地站在那里。女人同样在看着陈苓,那目光让陈苓觉得被人盯住不放似的,她试着轻轻地扬了扬嘴角,想和女人打个招呼,但那一丝挤出来的笑"走到"半途就停了下来,因为她看到女人已经很生硬地把目光移向远处,陈苓不自然地把头转向监狱那端,那儿没有一个人影,只有一堆时常被犯人们敲得叮当响的大铁筒,歪歪斜斜地躺在地上。陈苓突然冒出一个念头来,或许她可以和女人成为朋友,甚至成为无话不说的那种朋友……陈苓为自己的这个荒唐的念头笑起来,她把视线移回到那个窗口,就那么一瞬间,那件蓝色鸢尾花纹睡裙从她的视线里划过,像被风刮出窗外,从高高的楼房上飘落而下,她好像听见了自己不知从哪里发出的恍惚的一声叫喊,然后是一声沉闷的重物坠地的声响,落在楼下那片草坪上,落在监狱一墙之隔的地方。此时好像一切都停止了,包括她的呼吸,停在重重落地的那一声里。

还没回过神来的陈苓惊慌地探出头去,那件落在花坛里的蓝色睡裙歪歪扭扭,她无法确定的是,那个女人是否连同睡裙一起落下。她全身像被电波迅速穿过,身不由己地颤栗起来,并且颤栗不止。她低头看看身上这件蓝色睡裙,有些迷惑而茫然。接着她听见楼下有人大声地喊:"谁在上面扔东西?讨厌!"

此刻夕阳如血,猩红的血色洒在每一个角落巷道里,把那所监狱、那片灰色的楼群照得火红遍体。

　　人群开始陆续聚拢，七嘴八舌地议论着，带着恐慌，带着遗憾，带着好奇，带着亢奋。她想，如果此刻跳下去的是她，又会是怎样的？也会像那个女人一样，血肉横流吗？然后，辛一呢，他会哭吗？他会向一个死亡的她说些什么？陈苓不敢再往下想。

　　一种近乎绝望的感觉掠过陈苓。警车来了，又去了，丢下不知所措的人群急驰而去。窗外的嘈杂渐渐退进黑夜。夜色正式降临的时候，外面又是万家灯火，有只狗毫不知情地狂叫起来，像是谁拿走了它的食物，叫声穿刺着静寂的夜。这时，身后突然响起来的电话铃声让陈苓心惊肉跳，她扑过去，抓起话筒，喂，你知道吗？太可怕了！有个女人跳楼了，就在刚才，两个小时以前，不，三个小时以前……陈苓喋喋不休地说着，怕辛一会挂掉电话。但一个陌生男人彬彬有礼地说，你是小刘吗？陈苓傻傻地拿着听筒，然后挂了电话。

　　陈苓站在窗前，瞪着窗外的灯光，外面很静，真的很静。她用手摇摇挂在空中的风铃，风铃发着冰冷的声音空洞地响着。她看看挂钟，不知道辛一会在什么时候回来。后来陈苓靠在床头，看墙上镜框里微笑的男人和女人。照片上的陈苓穿着紫色晚装，手上一束永不凋谢的盛开的玫瑰。陈苓看着照片，觉得又一次身陷梦中，她不停地想着辛一让人发冷的话。她想，有时候，梦境与现实是无法分清的，孰真孰假？梦境是真实的，还是现实只是一场梦？就像那个坠楼女人在她眼前一闪而过，梦境与现实便在那刻凝固了。其实分清两者并没有多大意义，因为梦里我们同样存在。

　　那轮红月亮分外耀眼地高悬在紫青色的夜空中，真切而清晰。陈苓眯着眼睛看那红色的光环在夜空里扩散，远处的白骆驼飘浮在静谧的黄土地上，骆驼轻盈的步履在风中纷飞起来……

　　早晨，太阳还没露头，天空呈现着紫青色的面孔，把窗外映照成一个黑白而朦胧的世界。楼道里响起了重重的脚步声，陈苓听见门那儿响起钥匙的声音，她仔细地听着那声音的方向，拉了被子的一角，将大半个身体盖住。

　　他们目光相遇的时候，陈苓感到自己的心抽搐了一下，辛一看了一眼搁在床头的那只打开的首饰盒，里面放着从陈苓手上摘下的婚戒。他一语不发转身坐在了客厅的沙发上。陈苓感到一种令人窒息的沉闷在侵蚀她，她听见辛一打火机的声音，她好像看见了辛一坐在沙发上，青烟缭绕在他周围。不知过了多久，窗外的钟声准时地在清晨再次敲起，陈苓仿佛听见了辛一对她的催促，她起身走出卧室，辛一面前有了无数的烟头，皱皱巴巴地躺在地上。

　　陈苓绕过茶几，坐到沙发另一端。

　　我过两天就回去，回H城。陈苓的嗓子有些沙哑，她想，或许是烟抽得太多了。

钟声　黄　冰

　　离婚手续你什么时候回去办都成。陈苓接着说。辛一没有说话,他点点头。一股难闻的酒臭味扑面而来,陈苓的神经感到阵阵痉挛,难闻的气味层层叠叠飘在她的四周。她起身走到窗前,把窗户大大敞开。她习惯地看了看那扇窗户,那窗户紧闭着,巨大的紫色窗帘不留一丝缝隙地把她和她面对的这个世界分割开,男人和那辆黑色皇冠车也不知去向。陈苓突然转过身,走到辛一面前,那个女人跳楼了。陈苓的口吻已经不再像昨夜那样惊慌,而是像在说着一个与她相距甚远的事。尽管如此,她仍然希望能有一个倾听者,她觉得自己无论如何也不能把自己内心的那种恐惧和迷茫赶走。但辛一只是斜倚在沙发上,鼻子里哼出一句"哦"。陈苓忽然感到很滑稽。后来,陈苓无语,辛一无语,屋里弥漫着醉醺醺的倦意,在风中游荡飘散开来。

　　城市披上节日盛装,大街小巷布满衣着盛装的人们,陈苓穿行在人群中,人们穿上了不同时期、不同风俗的服装,每一张面孔都躲在各种狰狞的面具背后,人们随着音乐有节拍地狂欢在城市的大街小巷。陈苓跟着节拍努力跳跃,但她的步伐无论怎么追赶也无法与人们相一致,她被抛在人群后面,人们在追赶中消失在那些楼群后面,无踪无影,只有她一人守着狂欢节残留下的无数残破的面具堆放在街的尽头……

　　陈苓依然站在窗前,站在窗前看那片风景。燠热的风一遍遍刮着她的脸,天空像一块巨大的琥珀,一切都在正午炫目的光线中凝固不动,甚至感觉不到自己的呼吸和心跳……突然,钟声又敲响了,陈苓看见自己身上那件蓝色的鸢尾花纹睡裙在钟声中飘浮起来……

　　如果陈苓告诉你,阳光是紫色的,你信吗?

　　　　　　　　　　(选自小说集《一个人的地老天荒》,贵州人民出版社,2012年8月;
　　　　　　　　　　《一个人的地老天荒》获贵州省首届专业文艺奖二等奖)

2012年

陈谷一

退 休

彭伯退休了,正在给他开欢送会。

彭伯做勤杂工,在这个局服务了四十年。他做过局机关的食堂会计,做过收发和传达,也做过出纳和办事员。最近十年,他专门忙些局里无人管又非得有人管的杂事。而今,他退休了,没有职称,没有官衔,也没得到过别的什么荣誉,连他自己也感到别扭,有点窝囊。

彭伯退休,局里欢送他,是局里有规定,不论谁退休都要开欢送会。彭伯走上了主席台,有史以来,他第一次上主席台和高局长坐在一起。彭伯不习惯被台下一百多双眼睛看着,他按办公室主任指定的位置坐到边上,目光顺其自然地看着窗外那个经常由他打扫的停车场。局里的同事坐车去省外考察,下基层调研,去国外观光,去北京、上海开会也是常有之事。飞机、海轮、软卧包厢,他一次也没有坐过,这辈子不可能见识了。就连他擦洗的高局长那辆上百万的宝马车,他也没坐过,甚至没有人发觉他有想坐一次高局长小车的念头。

欢送会还没有开始,主席台正中间的一个座位空着。又过了十多分钟,高局长才来了。高局长一坐下,就用目光寻找着彭伯。当高局长看见彭伯坐在边上,他说,老彭啊,你坐过来,今天是欢送你呢。高局长一边叫着彭伯一边又向办公室主任说了一句什么,很快有人拿来一个凳子,放到高局长身边。高局长见彭伯不过来坐,就向台下说,大家鼓掌呀,欢迎老彭入席嘛。高局长带头拍巴掌,一阵热烈的掌声后,彭伯只好满脸通红地过去了,有点惶惑不安地坐到高局长旁边那个临时增加的凳子上!他的心咚咚跳着,埋着头,似听非听,简直不晓得人们发言都说了些什么。

退休 陈谷一

欢送会开了四十分钟。

宣布散会后,高局长让人们先走,他又和彭伯说了一会儿体己话。高局长说,老彭啊,你是位好同志,退休后,要注意身体,吃好点,玩好点,好好休息呀。当高局长和彭伯往会场外边走时,又对身边的办公室主任说,你给老彭买纪念品了吗?办公室主任说,买了,已经放到高局长您的小车里。高局长一惊,说,放在我的小车里?办公室主任说,不是,是放在您小车后备厢里。

高局长瞪了办公室主任一眼没有吭声。

办公室主任见高局长生气了,连忙解释说,今儿个是星期五,局里的大客车和几辆面包车都出去了,没有车子送老彭回家。高局长您和老彭住一个院子,我想让老彭搭局长您的车子回去。因为给老彭买了两篓水果作退休纪念,他六十岁了,要是步行,他一个人拿不回家的。

高局长听到这里站了下来。

高局长站的地方,离他的小车还有十几米远。办公室主任见高局长不乐意老彭搭他的车,就去小车后备厢拿东西,把送给老彭的两篓水果拿了出来。

高局长向小车走过去了,他一边走一边说,老彭啊,你是位好同志,局里是你的家嘛,你以后还有机会乘坐的,这次就抱歉了。

彭伯后来一个人步行回家。

彭伯进门,老伴问彭伯,他们没派车送你?彭伯说,局里的车都出去了。老伴问,他们买什么送你作纪念?彭伯说,我没要!是两篓水果,要是拿回家,十天半月我俩也吃不了那么多。老伴有点愤愤不平,她说,上月退休的老郑,局里送老郑作纪念的是毛毯呀!彭伯说,人家老郑是副科长,他级别高,享受纪念品待遇也高嘛。

第二天星期六,彭伯空闲了,第一次大清早起来在大院水池旁边学习打太极拳。

因为是双休日,高局长也早早起来在那里活动活动,呼吸呼吸新鲜空气。彭伯向高局长笑笑。高局长也马上向彭伯笑笑,还说,老彭啊,正有事找你哩。彭伯说,是两篓水果吗?我不要了。高局长说,水果你不要就罢了,我找你,是我家有事,你打完拳,去我家看看吧。彭伯笑笑,知道他家又是什么东西坏了,又要他帮忙修理修理,已经无偿给他服务了十多年。

彭伯打完拳回家,高局长家的保姆来彭伯家了,她来请彭伯。彭伯问保姆,高局长家什么坏了?保姆说,高局长家的抽水马桶堵塞了,彭伯您去掏掏,再不去,局长要上公厕啦。

彭伯这一回没有召之即去,又过了一会儿,电话铃响了。彭伯要老伴去接,老伴接电话一听,是高局长打来的。彭伯老伴说,我和老头子正要出门呢。高局长说,那行,你叫老彭走路快点啊。彭伯老伴说,不急的,不急的。高局长说,他老彭不急,我急嘛。彭伯老伴说，我们俩上街买水果，早点去，迟点去，或早或迟都有卖。不等高局长说话，她就把电话挂了。

电话铃又急促地响起来，彭伯没接，彭伯老伴也没接……

（原载《文艺报》2012年8月29日）

2012年

陈谷一

信

　　小芳来小姨家三天了。小芳没有爸爸，没有爷爷奶奶，没有伯伯叔叔伯娘婶婶，也没有舅舅舅妈外公外婆。妈妈在省城打工，放暑假了，小芳就住在小姨的家里。

　　这是很热的一天。

　　小芳不只是因气候炎热而心情烦闷，还有其他事心烦呢！那个又高又大的刘总，今儿个又来了小姨家。他在小姨宿舍里耍流氓，后来不声不响好像和小姨睡着了。小芳侧着耳朵向那边听了一会儿，在一点声音也没有后，才从书包里拿出笔和纸，蹲着，趴在床沿上，写起来。

　　"娘，您好！"小芳写道，"我来小姨家三天了，是小姨去留守儿童学校接我来的。小姨说，你给她打了电话……"

　　后边怎么写呢？

　　小芳知道娘只上过小学三年级，还不及她，她都读初二了。娘是实在人，憨厚！小芳听村长说过，就连她的名字，娘也是仿照邻居那个刘小芳起的。娘去登记户口时，村长说同一个村子有两个刘小芳容易弄错，要娘另想一个名字，娘想了半天也想不出来。娘被村长逼紧了后来有点发火，她说两个刘小芳没有关系嘛！邻居刘小芳十岁，而她的刘小芳一岁，一大一小，一高一矮，一眼就能认出谁是她的刘小芳。

　　娘跟随村里几个年轻人去省城打工，已经在城里做保洁员三年了。爹去世前治病欠下三万元，娘去挣钱还债。娘离家那天，煮了十个鸡蛋打算在路上吃，看见她哭得伤心，就给她留下了。小芳想，娘想她吗？也许想了，也许没想，娘老实得连手机也不晓得给她买。她在娘的眼里，好像还太小不懂事呢。娘心里有事就给小姨打电话，娘为啥不同她说说话呢？

小芳叹了一口气，伸手抹了一下额前的浅发，继续写道：

"娘，昨天发生了一件事。快中午了，小姨买米买菜还没有回来。一个又高又大的男人开门进来了，那男人能进来，因为他有小姨家房门的钥匙。他突然出现在客厅（后来小姨对我说，他的名字叫刘总），把我吓了一跳！刘总问，你小姨去哪儿了？我说小姨上街了。他问，你几岁？我说十四。他看着我自言自语，说我长得很漂亮。他向我走来，不等我明白他要做什么，他已经从沙发上把我抱起来。他在我脸上狠狠亲了一下，又在我胸上、屁股上摸着，一边摸一边嘿嘿笑，吓得我的心咚咚跳！摸着摸着他要扯我的裤子，要看我裤子里的胯下。我听我们学校张老师说过，这是男人耍流氓！我一下子清醒了，挣扎着，不让他的手伸到我胯下！但他的手有力气，我挣扎得力不从心，我哭了。小姨正巧开门进来，见他抱着我耍流氓，小姨大吃了一惊！小姨跑过来有点发火地推他，从他怀里把我拉过去，问他，刘强飞，你……你……你要干什么……"

后边怎么写呢？

"他们争吵起来，刘强飞要小姨把房子退还给他，还说小姨用了他几十万元钱，小姨就不敢吭声了。他们后来谈的，我不怎么明白，不明白就不告诉娘吧。但是，他们说的，好像是我将来的事儿。他指着我说，这是一个美女，一个未来的鸡婆。小姨说，我姐才不让她做鸡呢。他说，她做鸡不做鸡，莫非由着她？小姨说，没那么简单，没十万八万你想破她的处女？他说，我把她做了，莫非我没十万八万？你是她小姨，你先给我养着，现在也可以，不过嘛，现在她是小了点。小姨说，天下美女你都想弄到手，你嘛，太狠心了！他们一边说一边去了小姨的房间。再后来，关上门，不晓得他们在房间里叽叽咕咕说些啥事儿。"

小芳想了一阵，脸红了一阵，又写上"娘，给我买个手机吧。我想你就给你打电话"，最后写上"女儿：小芳"和年月日。她把写上字的两张纸叠起，对角四折，放进从同学那儿要来的一个信封里。

小芳不知道娘的通信处，知道信寄不出去。正因为她有邮寄知识，她这几年才不给娘写信的。她本来可以给娘打电话，但她不知道娘的手机号码。每次问小姨要娘的手机号码，小姨都说是在公用电话亭打的，娘没用手机！

写这封信，是小芳今儿个上午在长途汽车站门口，看到了从省城打工回来的他们村子的李叔。李叔那年和娘一起出去打工的。李叔说三年没见过她了，她长高了，差一点就认不出她了。李叔这次回来接他女儿去省城上学，他明天回省城，这会儿来城里买明天的车票。李叔还说他已经一年没见过她娘了。李叔说他的公司离她娘做保洁员的那家公司，两地相距一百里。一说到娘，小芳哭了！李叔见她哭，眼睛也红了。李叔说小芳如果写信，他回省城以后，可以想方设法把她的信给她娘捎去。

第二天,小芳早早地来到了车站。她开车前半小时来,正巧李叔和她女儿从那边来了。小芳迎上去说,麻烦你了李叔。并把那封信交到李叔的手里。李叔说,没关系,不麻烦。说完把信放进了他的皮包。小芳的心咚咚跳着,她没看李叔的脸而看着李叔的皮包,真怕李叔把她的信弄丢了⋯⋯

(选自《小说选刊·第二届全国小说笔会获奖作品集·短篇卷》,作家出版社,2012年4月)

2012年

李国清

伤心的酥糖

在梦中白婆婆心里就清楚，白公公是死了的，可他却出现在眼前，这分明是梦。

白公公说，金凤凰，跟我走吧。

白婆婆不愿意，又怕直言伤了白公公的心，就说，我要帮帮莲花。

白公公神情有些凄凉，恳求道，我在那边很孤独，你去陪伴我吧。

白婆婆明白，那边是指冥界，那是一个阴暗、恐怖的世界。人间虽然艰难，却有光明、温暖、欢乐。她还贪恋人生，就哄白公公，说，我也想去陪伴你，可现在还不行，你先在那边等着，过几年外孙们都长大成家立业了，我再来找你。

白公公皱起眉头，说，我不想等。说完他就一把抓住白婆婆的胳膊往前拖。

白婆婆拼命地往后挣扎，并说了实话，现在我还不想去。

白公公瞪圆了双眼，用力把白婆婆推倒在地，然后转身离去。

醒来时，白婆婆很忧伤，在梦里她没有满足白公公的愿望，觉得有些对不起白公公。但如果在梦中跟白公公走了，那也许就醒不来了。这样一想，忧伤和歉意便从她心里消散了。

白婆婆在梦里说要帮帮莲花，其实已是过去的事了。

年轻时，白婆婆当保姆，白公公做挑夫，都靠卖力气维持生活。年迈时，只能靠孩子赡养。他们有一儿一女，儿子寿平二十六岁时得肝癌逝世了，女儿莲花就是他俩唯一的依靠。

莲花的三个孩子是白婆婆一手带大的。那时白婆婆的身体还健康，有足够的劲。她不仅帮莲花带孩子，还为莲花一家做饭洗衣。

伤心的酥糖 李国清

莲花在一家服装厂上班。她和男人的工资抚养三个孩子都有些困难，更何况还要赡养没有任何收入的父母。为了养家糊口，莲花只好在家接活，没日没夜地干。单位领导见莲花家是这状况，也没有为难莲花，只是不发她工资，不过仍然保留着她的工作籍。

莲花的男人在市京剧团拉京胡。他俩是经人介绍结合的，起初那男人图莲花长得好，就不嫌弃莲花的家庭，后来见莲花不停地拿钱拿物去供养娘家，觉得莲花娘家是一个永远填不满的无底洞，就后悔当初应了这门婚事，但因有三个孩子，只好忍受，到了忍无可忍时，就找借口和莲花吵闹出气。等吵闹都不解气时，就动手毒打莲花一顿。

后来男人慢慢地不管家了，每逢休息日都要骑着自行车去郊外钓鱼。一次骑自行车去钓鱼时，被迎面开来的大货车撞上，丧了命。

就这样，生活的重担就落在莲花一人的肩上。为了养活全家老小五口人，夜深了，别人都进入了梦乡，莲花还要咬紧牙关熬更守夜地做衣服。

后来白公公被自行车撞伤，生活不能自理。莲花本想把白公公接来一起过，但屋里住不下，只得让白婆婆回去照顾白公公。白公公是大便起身时，突发脑溢血死亡的，从病发到生命结束只是两个小时的时间。

白公公逝世后，莲花把白婆婆接去。这时白婆婆的腰已经弯曲，再也没有能力像过去那样为女儿操劳家务，反而需要女儿照顾她的生活起居。

莲花家住在四楼，白婆婆的腿没有劲，不能上下楼梯，只能在屋里打转转。不过她总要做些力所能及的事，比如煮饭、烧开水、擦桌子、扫地，又比如把葱或蒜苗的根须弄掉，把米里的谷子和沙粒拣出来。

见白婆婆做事有气无力的样子，莲花就叫她什么都别干，只要吃好睡好就行了。

白婆婆说，干点活身心都舒服，要是什么都不干，心里会发慌。

听白婆婆这么说，以后她要做什么事时，莲花就不再劝阻。

也许是莲花的裁剪技术落后了，或者是顾客的要求提高了，后来莲花做的衣服顾客总是不满意，顾客不是嫌她做大了让她改，就是说她做小了叫她赔——做衣服越来越赚不到钱。于是莲花只好改行去帮人卖化妆品，同时还当钟点工替人家擦玻璃打扫室内卫生等。这样白天除了老三中午放学回来吃饭，其他时间家里只有白婆婆一人在家。

一天天地独自待在屋里，白婆婆这才感到多年前她在莲花家做家务时白公公一人在家的孤寂，由此她对已故的白公公深怀歉意。但她又想，当时她要不全力地为莲花做家务，莲花就不能一心一意地做活路，就拿不出钱和物去供白公公生活。想到这里，白婆婆自言道，人穷命就只能是这样的苦呀。

不过，白婆婆认为，莲花的命比她和白公公都要苦得多。她和白公公虽然贫困一生，却总算和睦相处，莲花和男人却难有和谐。每逢他们吵闹，莲花总会说活着没有意思，老是说死了就一了百了。长期的烦恼让莲花睡不好觉，为了第二天能有精力干活，莲花必须有个好的睡眠才行,这样每天晚上她都要服安眠药。一次,由于遭到男人的毒打,莲花气不过,把药瓶里的安眠药全都吞下了肚。要不是白婆婆发现及时,大喊救命,隔壁侯嫂一家闻声过来,叫来救护车把莲花送进医院进行抢救,那先走上黄泉路的就肯定是莲花,而绝不是莲花的男人。

想起这些,泪水就从白婆婆的眼眶涌出。不过,她虽然流泪,却没有哭出声。不是哭不出来,而是忍着。为什么会这样呢?是她想起早逝的儿子忍不住流出了泪水,莲花一见也不问其原因,就说她作得很,还说她要把一家人都哭死才甘心。白婆婆知道莲花是去找小姑子借钱交三个孩子的学费没有借到而心烦,见她流泪就拿她出气。正是这样,以后白婆婆有什么伤心事,只要莲花在场,她的眼泪都是往肚里流的。

当然,白婆婆知道自己这个年纪是伤心不起的,弄不好就会生病。为了平安地活着,她尽量躲避伤心,同时知道躲避的最好方法就是少想事多干活,手不忙心自闲了。于是白婆婆总是要找事情做。她把桌椅擦了一遍,再去打扫莲花的房间,打扫三个外孙的房间,打扫自己的房间,打扫厨房,打扫客厅兼饭厅,最后将垃圾扫进簸箕,倒进套有塑料袋的垃圾桶里。等干活累了,什么也懒得想,觉也睡得香了。

咚咚咚,一阵敲门声。

白婆婆问,哪个?

我。一个陌生女孩的声音。

白婆婆不知道这个"我"是谁,但对方的声音很是柔和,白婆婆就不忍心隔着门再问"你找谁",而是走过去把门打开。

只见那女孩一脸灿烂的笑,像一轮清晨的朝阳。这让白婆婆心里很愉悦。

女孩说,婆婆您好,请问这是侯小花家吗?

白婆婆露出欢欣的笑脸,用手指着前面隔壁的那道门说,小花家在那里。

女孩离去后,那灿烂的笑脸仍然留在白婆婆的心里。

自从那个女孩来敲门后,白婆婆就时常盼望有人来敲门,哪怕是敲错,至少可以让自己和敲门者说上一两句话。

有了这种期盼,做家务事时,白婆婆就会时不时停下来,聆听门外是否有脚步声。如果听不到,她就会流露出一丝失望的神情;若听到,她的内心会涌现出一阵欣喜。

门外的脚步声由远及近,由小而大,白婆婆的心情也是随着这声音的变化而变化。一听到脚步声,白婆婆就会去猜想是什么样的人来了。可惜,这些脚步声没到白婆婆的门前停止,接着是钥匙在门锁里的搅动声、开门声、关门声。每次脚步声的始终,都给白婆婆留下一个期待、欣喜和失望的过程。

但白婆婆并不因为这些过路的脚步声而失去探究的兴趣,她会从脚步声停止的远近去猜想是谁家的人回来了,接着又猜想是谁回来了。为了证实自己的猜想,当脚步声停

伤心的酥糖 李国清

止时,她就打开自家的门去打量。如果猜错了,她就略微遗憾;若是猜对了,则会内心欢喜。这种猜想让白婆婆乐此不疲,她像孩子迷上猜谜一样,爱上了这个游戏。

越往后猜,白婆婆猜对的次数就越多,后来达到每猜必对。不过,这时就不属于猜想了,而是断定。原因是这层楼一共就四户人家,总人数不到二十,只要有心去记住每个人的脚步声特征,凭经验判断出是谁家来人了其实并不难。当白婆婆能凭经验从脚步声准确无误地判断回来的是谁家的谁时,她对这种证实的游戏就失去了兴趣。

尽管如此,听到脚步声,白婆婆仍然会去打开自家的门。不同的是,这时她开门,不再是为了兴趣的满足,而是为了情感的需求。

这层楼的大人小孩并不知道这个弯着腰的老人为何总是站在门前凝望着他们,但出于礼貌,他们都会热情地与白婆婆打招呼。这种亲切感是白婆婆在自己家里得不到的,无论莲花,还是三个外孙,每天进门时对她几乎都是板起脸的,而且很少叫白婆婆。白婆婆心里涌现出无尽的悲凉。正是这样,这层楼大人小孩的问好,都给白婆婆带来内心的温暖。为了这种温暖的继续和发扬,她就会开门主动地问候他们——林叔,下班哪?侯嫂,你菠菜多少钱一斤?壮壮,放学哪?

当别人进了家关上了门,白婆婆仍然还站在自家门口,她仿佛得到了什么宝贝,欢喜之情在心里久久地回旋。

在这些邻居里,最让白婆婆感动的是侯嫂。

每逢侯嫂从外面归来,见到白婆婆站在门口凝望着她时,她不像别人那样站在自己的家门礼节性地和白婆婆打招呼,而是走过去和白婆婆说几句家常话。说话时侯嫂总是面带笑容,声音也很甜,热情得像一个燃烧的火炉,让白婆婆心里热乎乎的。

同时,侯嫂不仅在口气上对白婆婆亲切,还会今天递给白婆婆一个苹果,明天塞给白婆婆一个香蕉。尽管白婆婆总要谢绝,但每次侯嫂都会用温暖的话语让白婆婆乐意地收下。

这天侯嫂回来时,她从购物袋里取出一颗酥糖,剥开糖纸,把糖塞进白婆婆的嘴里。她说,我妈要活到今天,也和您老人家一样高寿。老人是宝,白莲花有妈,比我有福气,我真羡慕她呀。说到这里,侯嫂的眼泪流出来了。

白婆婆见了也流出了泪水。她感觉到了那颗酥糖的甜,一直甜进了心里。接着,侯嫂又从篮子里抓了一大把酥糖往白婆婆手里塞。

白婆婆想,吃人三朝要还人一席,自己又没有能力还人家的人情,怎么好意思老是接受人家的东西呢?于是她摇了摇手,说,谢谢,吃一颗就足够了。

侯嫂硬是把糖放在了莲花家的饭桌上,说,这几颗糖算什么呀!就算我把您当成我妈孝敬一回吧。

人家把话都讲到了这个份上,白婆婆就不好再谢绝了。

那酥糖嚼着又酥又脆，又香又甜，白婆婆实在是喜欢。这让她联想到自己喜欢吃的沙琪玛和米花糖，回想起了给自己买米花糖和沙琪玛的儿子。儿子说等有了自己的家就接她去安度晚年。可儿子始终没有找到对象，原因是姑娘们知道儿子要赡养父母，都对儿子敬而远之。后来，肝癌夺去了儿子的性命。想到这里，白婆婆感到无比辛酸，眼泪不由自主地掉了下来。

关上家门，白婆婆数了一下那酥糖，一共是八颗。这个数与她家在阴阳两界的人数恰好一致。她认为这绝不是一种巧合，而是菩萨的有意安排。菩萨见她一家的日子都过得太悲苦，就把这糖的甜和快乐，通过侯嫂这个善良人的手传给她，让她全家无论是活人还是亡人都人人有份。这让她十分惊喜。

白婆婆想，为了这个家，莲花实在是太辛苦。我要把自己的那颗糖也给莲花，让莲花得到双份的甜和快乐。

莲花并没有伸手来接糖，而是皱起眉头质问，糖是从哪里得来的？

听到莲花的质问，白婆婆心里很不舒服，这态度哪是姑娘对老娘说话，简直像警察审问犯人。白婆婆本想说偷来的抢来的，但她明白，自己针锋相对只会导致莲花和她大吵大闹，她不愿吵闹，就只好保持沉默。

莲花又问了一次，声音比刚才还高。

白婆婆很窝火，但还是忍气吞声，不过又不得不回答，于是说，是侯嫂给的。

莲花瞪圆了眼睛，愠怒地问，还有吗？

白婆婆把手伸开，里面是五颗糖，有三颗是准备给三个外孙的。

莲花从白婆婆手里抓起那五颗糖，猛地往窗外甩出去，然后回过头高声对白婆婆说，你要想吃什么就讲一声，就是砸锅卖铁我也会给你买。你去要她家的东西，就是给我丢脸。

白婆婆申辩道，我没有要，是她主动给的。

莲花冷笑一声，说，她主动给的？要是你把这家门关好，不会听到什么声音就打开门去东张西望，我就不相信她会穿门术能钻进我们家里来。

忍吧，白婆婆想。随这挨刀砍脑壳的怎么念，老娘不理睬你，就不信你能打碗水把老娘吞了不成？这样一想，白婆婆就闭上了眼睛。

老大说，妈，你就少说两句吧，你这样太伤婆婆的心了。

莲花说，我伤她的心？谁伤我的心？当年那侯母狗咬我手上这一口，差点没有把我的肉咬下来。

老二说，她咬你是被你一耳光扇得失去了理智。

莲花说，这烂母狗张嘴给别人乱说你爸是我咒死的，我就不该打她吗？

老三说，后来侯伯伯和小花都代替她向你道歉了，这么久你还耿耿于怀就不觉得累呀？

莲花说，被咬的是我，我怎么能好了伤疤忘了疼？又何况这伤疤现在还在。

老大对白婆婆说，婆婆，我妈刚才不该发火，但要是你不随便开门，就不会发生今天这种不愉快的事。

白婆婆虽没有搭腔，却觉得老大说得有一定的道理，的确，都是这门惹来的祸。

从此，除了家里谁忘带钥匙叫开门，白婆婆是不会主动地去打开这道房门了。

不过白婆婆心里却不服。她想，如果从此关闭这道家门，那就意味着把自己与外界彻底隔绝了，只有到死那天自己才能走出这道门。这让自己和那些判了无期徒刑被关进监狱的囚犯有什么区别？这么一想，白婆婆的内心就充满了悲哀、怨恨、绝望。

不过白婆婆很快就发现，关闭这门，只能遮住她的视觉，却挡不住她的听觉。于是积压在白婆婆心里的忧闷便消散了，心情由阴暗转为晴朗。

这天，侯嫂和小花的说笑声从门外传进来。

侯嫂说，几天没有见到白婆婆了，不知她是不是生病了。

小花说，不一定是病，也许是她太老了没有力气吧。

侯嫂说，白婆婆这人可亲近了，几天不见挺想念她老人家的。

小花说，的确，白婆婆这样和蔼的老人不多，让人见了好喜欢。

听到这里，白婆婆十分地感动，眼泪不由自主地流出来。她真想打开家门和侯嫂、小花说说话，但这只是她瞬间的念头。白婆婆不开这道门，不是害怕开了门莲花知道了会指责，而是担心开了门后，侯嫂会询问自己这几天为什么不出现？自己又不会扯谎，让侯嫂知道了真相，这对莲花是极为不利的。侯嫂虽然待人热情，却爱说东家长西家短，她要是知道莲花不准自己和外界接触，那等于让这层楼所有的人都知道莲花虐待老妈。常言道，家丑不可外扬。莲花再不好也是自己的女儿，自己不愿意外人在背后说她的是非。所以，这道让自己和外界联系的门，既然莲花不希望开就不开吧。

这样一想，白婆婆的心里就安静了。

一只麻雀飞到了窗台上。

正在擦桌子的白婆婆见了，就停下来观看。

那只麻雀叫了几声，又飞来一只麻雀。两只麻雀你鸣几声，我叫几下。接着，后飞来的那只先飞走了，先飞来的那只也随后飞走了。

白婆婆想，这两只麻雀应该是夫妻。先飞来的那只是公的，后飞来的那只是母的，它们飞来显然是在寻找食物。公的显然是累了想休息一会儿，就停在窗台喊母的。母的听到公的叫它，以为公的找到食物，就赶紧飞过来，结果却一无所获。母的就指责公的不一心寻食。公的说，累了休息一下不行吗？母的说，娃们还饿着肚子在窝里等我们找吃的去填肚子哩，赶快走吧。说完它就飞走了。公的见母的飞走，也跟随而去。

白婆婆想到那些在窝里等待哺育的小麻雀，就为这两只没有在自家的窗台上找到一点食物的麻雀遗憾。这两只麻雀飞走了，别的麻雀还会飞来的。白婆婆不愿再看到后面飞来的麻雀也像前面的这两只一样乘兴而来，败兴而去，于是她就去厨房盛来一勺饭，放在窗台上。以后只要想起，白婆婆都会放点剩饭在窗台上。

哪里来的怪味？莲花问，说完她四处张望。

白婆婆茫然地看着她。

莲花像狗一样顺着异味来到窗前，窗台有一堆板结的米粒。莲花高声吼道，是哪个把饭倒在了窗台上？

三个孩子一听，都奔了过去。

老二说，都馊臭了。他用手蒙住鼻子。

老三说，引来那么多的苍蝇。然后离开了窗台。

白婆婆明白，自己又惹祸了，心里有了几分的忐忑不安。

莲花打量着三个孩子，又问了一次，声音比刚才还高。

白婆婆说，是我放的。

莲花惊讶地望着白婆婆，问，你这样做是为什么？

白婆婆答，给麻雀吃。

莲花苦笑一声，说，老妈呀，你不是开门给家里招惹来烦恼，就是在窗台作怪，不是惹姓侯的，就是惹麻雀，真不知道下一步你究竟会弄出什么花样来，哪一天你才会老老实实地在屋里待着呢？

白婆婆想，等到阎王爷派小鬼来用绳子套在老娘的脖子上，把老娘拖去阴曹地府的那一天，老娘就会像你希望的那样老老实实、清清静静地待在这个家里了。

从枕头下拿出那三颗酥糖时，白婆婆十分欣慰。她想，幸亏这些是留给死去的亲人的，当时没有拿出来，不然就全被莲花这挨千刀的一起从窗口扔下楼去了。

望着那三颗糖，白婆婆感觉自己似乎距活着的莲花和三个外孙是远隔天涯，而离死去的白公公、莲花的男人、儿子却近在咫尺。起初这三颗糖只是自己要给他们一点甜供祭，想不到此时却成了这三个已亡亲人的替身。白婆婆庄重地把糖一颗一颗地排列在客厅的饭桌上，这三个已亡的家人顿时就浮现在她的面前。她抬了一张凳子放在饭桌前坐了下来，她要和白公公、莲花的男人、儿子三人好好地说说话。

左边那颗酥糖被白婆婆视为莲花的男人。她说，吴勤义，虽然你生前和莲花一直不和睦，但毕竟夫妻一场。常言道，一日夫妻百日恩。这些年她一人支撑这个家太不容易，你要保佑三个儿子无病无灾，保佑他们现在学习好将来工作好，保佑他们发大财，这样他们会烧很多的纸钱给你花，让你在阴间有钱打麻将，有好酒喝。

接着，她把右边那颗糖当成儿子。她说，白寿平，你来当我的儿子就是投错了胎，娘没本事，就注定你这一生只能受苦受难。娘劝你要睁大眼睛去投胎，投生到当官有钱的人家，你才会吃到山珍海味，穿上绫罗绸缎，享尽人间的荣华富贵。

最后，白婆婆把中间那颗酥糖看成白公公。她说，白玉龙，你不是托梦要我去陪伴你吗？怎么这么久都不再来看我呢？是我没有随你去惹你生气了？还是听了我的话你在那边耐心地等待着？老头子，今晚你就到我梦里来，要是梦见你时我不再醒来那该多好呀。

和三个已亡亲人说完这些话，白婆婆看见窗外飞舞着两只花蝴蝶，它们静静地在一片树荫里回顾、盘旋，之后再绕过一丛美人蕉朝隔壁院子飞去。白婆婆心里一片欣喜，她以为这是个吉祥的预兆，仿佛自己的心灵和自己的姓名一般，成了一只金凤凰，正展开双翅，飞出自己这衰老的身躯，连同这个孤独、凄凉、无奈的日子，这个逼仄、禁锢她身心的家，通通丢在脑后——她要飞，通过那扇明亮的窗口，一直飞向另一个世界，那里有个正在等她一起说话唱歌的白公公。

（原载《山花》2012年第9期）

2013年

欧阳黔森

扬起你的笑脸

我们知道,山谷里的火很普通,谁都可能见过。也许确实太普通了,我相信很多很多的人,每当记忆中闪现什么的时候,很难是一堆山谷里的火吧!这个很难,于我来讲,却是一个常态。当像我这样的年纪,把回忆看成是一件最美好的事来做时,我想这个常态便不可阻挡了。我记忆中的那堆山谷上的火,整整烧了三十年。在我的脑海里,那堆火从来不曾熄灭过,而那张在火光辉映下的笑脸,至今灿烂无比。

说到火光,我就必须从山鬼开始讲起。

山鬼是一个人。他是乌江岸上最美丽的村庄梨花寨的人,是寨子里最有学问且大名鼎鼎的老师田大德的学生。

大学问家田大德是梨花寨的教书先生,为人洁身自好,尤爱文学、历史,自比"采菊东篱下,悠然见南山"的陶渊明。但是,村里没人懂陶渊明,他很孤独,也不觉无趣,便自取名号叫乌江山人。

说是不孤独,这只是乌江山人田大德嘴巴说的,其实他心里很惆怅。是呀!有了孔子就应该有这样子和那样子,才能说明孔子的学问大。他是乌江山人了,总要也有学生叫山这样或山那样的。可现实不能令他如愿,学生名册里没有一个姓山的。村里也有人小名被称为山娃崽的,可山娃崽这几个字,对于有学问的他来讲,怎么念怎么别扭,这一别扭就让他别扭了好几年。所幸,在他到梨花村教书的第三个年头,终于有个叫山什么的,让他的别扭有了好转。

那天,新生入学,乌江山人田大德老师照例点名。点到龙德隆时,没人回答。乌江山人田老师只好再叫一次龙德隆。

下面最后一排坐有一妹妹崽一娃娃崽。在梨花寨，对未成年的女孩子男孩子都是这样称谓的，那妹妹崽用手打了歪着头看窗外的娃娃崽说，山鬼，老师叫你哩。

那娃娃崽这才扭过头来，看着他的老师乌江山人说，我是山鬼。

老师说，你是叫龙德隆吗？

山鬼好像才意识到他叫龙德隆，不好意思地说，以前我叫山鬼。

乌江山人说，很好嘛！老师叫山人，你叫山鬼，你知不知道古时候有个诗人名号叫诗鬼？

山鬼说，诗人是放牛的还是养猪的？

乌江山人笑了，说，都不是，好好学习，以后你就知道了。

乌江其实不乌，它是一条湛蓝湛蓝的大河。

山鬼总是痴迷迷地面对着大河朝西而坐。河水蓝得泛青，从南边的山峡里挤出来，向北方呼啸着跑到了山的尽头。

山鬼曾问过老师，书上不是说"一江春水向东流"吗？为什么这条大河从南向北流？要是春水才向东流，那么春天里这大河咋个还是这样子流的呀？

老师说，龙德隆同学，"一江春水向东流"绝对没错的，中国的地势是西高东低，水不往东流那就出大事了。

山鬼说，大事已经出了嘛！莫非你不相信自己的眼睛？这条大河明明是从南往北流。

老师歪着头想了半天，一手敲击着山鬼家的一个大南瓜，一手指着远方说，是这地势局部出了大事，你看那边的山直切切地横了过来，这大河还不横着走呀！

山鬼问，那山后是什么呢？

老师说，是山。

山鬼又问，再后面呢？

老师说，还是山。

问到这儿，山鬼不再问了，从此以后，只要他手里没事干，就总是痴呆呆地望着那些山。他太想知道山的后面是什么了，虽然老师告诉他山的后面还是山。

有一次，山鬼实在忍不住，跳下大河朝对岸游去，结果被湍急的浪花推出了一千多米远，才斜斜地靠了岸。可是，此岸已不是那对岸。没得办法，他只好沿着陡峭的悬崖壁攀登，向着他坐在家门口时常痴看的对岸爬去。别小看这一千多米，即使是村里公认的爬山能手山鬼，也要爬行半天。

等他爬到那对岸，又登上那山头，他一下子傻了眼，山的背后的确是山。他一咬牙又登上了一座山头，还是傻了眼，山的后面还是山。他实在没有勇气再翻越一座山头了,如果说他刚才翻越的山矮一点,看不远,再翻越一座更高一点的山是他的理想的话,那么他此时坐在这个高山头上,喘着粗气完全地死心了。前方数不清的山头像春笋一样密密麻麻地耸立着,一直伸向云雾的远方。这时已是夕阳西下,太阳像地里熟透了的西瓜,被人不小心砸碎了,鲜红的瓤儿散落在山巅上,天地间一片灿烂。

那天,山鬼没时间回家了,他早已没有更多的力气。当然,山鬼是饿不死的,他是这山里的孩子,有山就有吃的,就像有山必有水一样千真万确。

山鬼捣毁了一个兔子窝,这狡兔虽有三窟,但也逃不过山鬼的计谋。山鬼其实没花多少时间与兔子捉迷藏,大山里的黄昏离伸手不见五指几乎不足一锅旱烟的工夫。可就这点工夫,对于山鬼来讲是够了的。他寻找到三个洞口,先是从石缝隙里掏泥封住一个洞口,再找来茅草堵住一个洞口点火,然后守在第三个洞口,等兔子受不了烟熏火烤而露头。只要洞里有兔子就没有不露头的,只要一露头,山鬼那双黑黝黝且敏捷的手,要抓住兔子,还不是像山鬼的老师乌江山人摘一个南瓜那么容易。

山鬼抓住兔子的时候,乌江山人田老师正在土坎下摘南瓜。田老师平生最喜爱南瓜,吃的时候,教学生们唱歌:"苞米饭哩个南瓜汤嘿啰嘿,挖野菜哩个当粮嘿啰嘿,田老师和你们在一起呀嘿啰嘿,天天学文化呀嘛学文化嘿啰嘿。"

这首歌经田老师唱了一两回,学生们人人都会唱了。有的同学在回家的路上唱,在家干活也唱,上山放羊也唱,结果满山遍野都是歌声,听一遍两遍没啥子了不起的,可听得多了,家里大人不干了,支书更不干了。支书说,田老师,天天学文化,我们赞成,可你说野菜也当粮就不对了,我们村虽地少人多,大米饭不够吃,苞谷也不多,可我们地里的南瓜多呀!你田老师不是喜欢吃南瓜嘛,吃南瓜就吃南瓜,吃什么野菜嘛!这歌要是传开了,外面的人还以为我们折磨你不给粮食吃呢。

大人们虽然意见大,但毕竟没有人敢把这事当面给田老师说,只是在家里念叨给孩子们听,目的就是叫孩子们别跟着老师瞎唱。可是孩子们不管这一套,不管家长如何念叨,照唱不误,这歌好唱又好听,即便是田老师不叫唱了,恐怕也阻挡不住这首歌的流行了。

时间一长,歌也流传得越来越广了,这进一步引起了家长们的顾虑。可没有一个大人当面给田老师说这顾虑,村里的大人都怕得罪田老师,要是田老师生气而一走了之,这梨花寨不知哪时候再来一个老师。

大人们的顾虑当然是学生们带给老师的,学生们毕竟说得出口一点,他们感觉老师和蔼可亲,像家人一样。老师不是常对同学们说,本老师与同学们早已打成一片,心连心了嘛!既然老师这话都说出了口,同学们还有哪样说不出口的呢?

同学们把大人们的话一说出口,田老师不干了。田老师说,这是艺术夸张,懂不懂?再说,吃野菜有什么不好?在城里,野菜要比家菜贵得多,你们晓得不晓得?这是绿色食品，懂不懂？

有聪明的同学说，绿色食品有哪样不懂的？凡是绿颜色的，能够吃进肚子不害人的东西就是绿色食品。

田老师说，你只知其一，不知其二，绿色的东西也有污染。

有同学说，怎么就污染了，如果菜叶沾了泥巴，洗了就是，莫非城里人吃菜不洗？

田老师说，算了，关于什么是污染，不是一两句讲得清楚，等你们长大了走出了大山就知道了。

有同学问，老师，你为什么喜欢吃南瓜？

田老师说，这个嘛，也等你们长大了就知道了。

有同学不甘心继续问，田老师还是这样回答。于是田大德老师爱吃南瓜，在这一带出了名。从此逢年过节时，好心的家长们不再送田老师糯米粑粑，一律改送大南瓜。金黄金黄的老南瓜放在田老师屋里的板架上，吃一年都吃不完。

田老师并不满足于他的南瓜多，自己在宿舍门前的小坝子左右，各种了一窝南瓜。可别小看这一左一右的两根南瓜藤，看着它们遥遥相对地冒出了芽来，然后渐渐长出长长的芽头。当无数个芽头缠绕在一起的时候，田老师门前的小坝子已成了南瓜藤南瓜叶的世界。

一窝南瓜少说要开六十朵黄花花，结出二十个大南瓜，一个南瓜粗约算十斤重，那么这一窝就能产两百斤南瓜，两窝南瓜四百斤。不但田老师够吃了，田老师养的那两头小猪也会分得一半的口福。

田老师种的南瓜又大又黄，如脚盆般大小，而家长们送给田老师的南瓜还不及半大。田老师总是先吃掉那些半大的南瓜，而自己种的南瓜总是留到最后。他把南瓜们一个个排列起来，使他的住房里除了他自己，也就只有南瓜了。家长们和学生们自然是看到了南瓜的这种放置法，他们没法不看到，他们必须看到，注定要看到，因为田老师就这么一间房子，家长们要来走动走动，学生们要来请教请教。

当家长们赞叹田老师的南瓜大后，又问南瓜为什么长这么大时，田老师当然不能说"等你们长大了就知道了"。虽然这是一句对付爱问这问那的同学最好的法子，但用来对付已长大成人的家长们显然是不合适的。田老师当然有更好的办法来对付这个为什么。他什么都不说，只是面带微笑频频点头，也不知道他算是回答了还是没回答。

看着田老师和蔼可亲的面容，家长们当然会忽略他们问的问题，开始了另一种赞叹。他们称赞道，有学问的人就是不一样，比我们聪明，都是一样的泥土一样的种子，咋个他的就那么大，我们的就这么小呢？

田老师笑得更灿烂了，头点得更得意。这让田老师得意了一年有余。在一个太阳晒得人脱皮的中午，田老师的得意终于被一个学生给毁了。被毁的时候，并不显得怎么悲壮，看似很轻松的一句话，其实就是毁灭了田老师的得意。

那句话是山鬼说的。那时候山鬼正热得心慌，汗水湿透了衣服。那时候山鬼爹正在苞谷地收拾疯长的野草，那时候田老师正逮着山鬼爹无休无止地数落着山鬼。天本来就像失火一样，田老师的数落越来越多越来越快，就在田老师嘴巴要喷火的时候，山鬼为了让自己火烧一样的心凉爽一点儿，已往返数次到井里喝下一肚子的凉水，可喝下那一葫芦瓢井水的一刹那。热呀！热死人了，汗水湿透了的衣裳可拧得出水来。人都这样了，偏偏山鬼还撒得出尿来。尿急当然要撒，可撒的时间和地点都不对，这个对于时间和地点来讲，无甚紧要，在山里撒尿谁也不会在乎什么时间什么地点。这次山鬼例外，他在这时这地一撒，撒出了田老师的秘密。

尿确实太急，山鬼一个憋不住，对着一棵苞谷苗撒开了。山鬼爹见状扯了山鬼一把，痛心地看着苞谷苗说，天热死了，你想燥死它呀！

这一扯，山鬼人歪了，尿也就歪了，歪到了坎脚的水田里。按说田坎也不低，以山鬼的尿急和田坎的高度，水田里还不汩汩潺潺直响才怪，可怪就怪在只传来嘀嘀嗒嗒的声音。田老师忍不住这怪，扭头往下看，却见学生梨花妹的爹龇牙咧嘴的，却不是在生气，而是像在笑。梨花爹手里的鞭子没有扬起来，梨花家的水牛停了下来，山鬼尿淋在牛鼻子上，牛舌头左舔右舔的，剩下的只能是嘀嘀嗒嗒叮叮咚咚的声音了。

人离开犁铧，牛是不会自耕的，梨花爹用力压了压犁铧，犁铧深深地插入了泥土里，他爬上坎来，摸了摸山鬼的头，掏出旱烟来点燃，"吧嗒吧嗒"地吸了几口，递给了山鬼爹。在山鬼爹"吧嗒吧嗒"的吸吮声中，梨花爹说，田老师没事呀！

田老师说，咋个说没事？你们做事靠手脚，我做事靠嘴巴。

梨花爹点头赞许地说，田老师正确，正确。我们干的是苦力，你干的是闲力。田老师说，这种说法不正确，我哪里闲得起来？你们倒是好了，身子累了，睡一觉就好了，我这嘴巴一累就上心头去了，心累可比身子累更累人。

梨花爹疑虑地说，田老师也累人呀？

田老师语重心长地说，你看嘛！你种的头季稻只要五个月育苗、插秧、收割，现在天好，二季稻只要四个半月即有收成。我呢，这叫十年苦读、百年育人，你累还是我累？你不明白吗？

山鬼爹用旱烟头敲了敲山鬼的头，递了一个眼色给梨花爹并赔笑道，小崽子们不懂事，害得田老师累嘴还累到心里头去了。山鬼爹一边说一边扬起巴掌吓唬山鬼。

山鬼脑门挨了一旱烟头，并不怎么痛，又见爹扬起巴掌似打非打，经验告诉他这样不带掌风的巴掌，打在脸上也不怎么痛，他明白这是爹在讨好老师，于是他扬起笑脸，也懒得管那巴掌什么时候上脸。这时他也一门心思地想讨好田老师。想了一会儿，山鬼才想起坏了坏了，尿没撒在田老师的木桶里。山鬼一下子急了，为了显示自己的不急，他故作轻松地说，田老师，我喝凉水太多，撒出来只是热水，不是尿，我的尿是一定要撒在田老师的木桶里的。

山鬼说这话的时候，正是田老师和山鬼爹、梨花爹没说话的时候。山鬼的话，他们当然是听得一清二楚的了，谁都明白了其中的奥秘。一阵难堪后，山鬼爹说，难怪田老师种的南瓜大，原来三十五个小崽崽的尿全部被老师用了。也怪不得，我家鬼崽有一年多不在家里撒尿，原来都是要憋着回的，我家的肥料少了一份，田老师这儿多了一份。三十五个娃崽的尿，供两窝南瓜用，它不大才怪呢！

大家明白归明白，三十五个娃崽的尿依然撒在田老师的大木桶里，田老师也依旧每天黄昏提着小木桶拿一长把葫芦瓢给南瓜浇尿。白天是不能浇尿的，尿燥热，太阳一晒，那样会把南瓜烧死的。

这天，田老师提着木桶来到了南瓜根处，他并不急于浇尿，得等天黑土稍凉了才浇尿。这会儿田老师在干什么呢？他首先得把瓜藤的每一个枝杈仔细地看一遍，然后判断哪个南瓜可能长不大，哪个南瓜长得大。有的南瓜只能摘青瓜，这样就能保证瓜与瓜之间的合理间距，使它们能充分吸收营养，这样才能长大长老长黄。

田老师对南瓜太有研究了，他几乎从未判断失误过，这会儿他就发现，有一个拳头大的嫩青瓜的屁股上，那黄花儿已蔫成了半朵，他伸手摘了下来，这瓜是长不大的，再过十几天，这瓜也会半蔫的。田老师把瓜握在手里捏了捏，还硬朗新鲜着哩，清炒起来一定很爽口。

田老师，田老师……有人在后面大喝一声，又有人在后面轻喊一声。田老师惊得差点掉了手里那个嫩南瓜。田老师回头一看，原来是学生吴狗崽和梨花妹。

吴狗崽见田老师回了头，正想说话，被田老师手一挥给止住了。田老师说，吴恩河同学，你喊山呀你，扯起个嗓门喊什么喊，叫你唱歌你声音不大，不叫你唱你像牛吼。田梨花同学，你说，有什么事？

梨花妹见老师有点生气，自己也有点急了。她结结巴巴地说，田老师坏了，田老师坏了。

田老师打断梨花妹，说，我哪样坏了？你搞清楚哟，老师我哪里坏了？

梨花妹见老师误解了更急了，她一边摇手一边把头摇得像鹅摆头似的，说，不是，不是老师坏了，是山鬼坏了。不，是山鬼该回家喂猪了，他家的猪肚子饿得慌，用嘴啃门槛哩。山鬼他爹找不到山鬼，问老师山鬼在哪里？

田老师说，你们又不是不知道，龙德隆同学今天没有来上课，我还准备问他爹咋回事，他爹倒问起我来了。

梨花妹说，坏就坏在这里了，山鬼没来学校上学，又不在家里。

田老师说，真是坏了，真是坏了，怪事了，这鬼崽儿跑到哪里去了呢？走，与他爹会会脸，看咋个搞的。

　　这是夏末的一个没有星星的夜晚，天上的云层压得很低，几乎与江面起的白雾连接在一起。那云层漆黑漆黑的，却又薄薄的，如墨加了水，轻轻地，又似乎是重重地直往下坠；水面扬起的浪花上那些浓浓的白雾，只能在浪起处水的皮肤上弥漫。

　　天就在这个时候完全黑尽了，梨花寨家家点起了煤油灯，家家烧起了铁锅开始做饭。梨花寨的人家，一天吃两餐，早上十点一餐，晚上八点左右一餐，有忙活更晚下山的，要到九点或十点钟才吃晚饭，吃完了就吹灯上床睡觉，这是梨花寨常年不变的生活规律。人睡觉的时候，狗就清醒了，它们卧在院子里，瞪着双眼，一有风吹草动就汪汪叫个不停。

　　今天是阴天，天黑得比平时早了点，才晚上八点已是漆黑一片。要是在晴天，最少要到八点半以后才黑尽，这黑也黑不到哪里去，天空中的月亮和星星亮着哩。

　　可今天没有月亮星星，田老师带着两个学生深一脚浅一脚地赶到了山鬼家的院子。竹篱笆半人多高，夜太黑，田老师摸索了几次，才摸到了门。吱吱嘎嘎的门响，惊动了山鬼家的大黄狗，它一下子蹿出来号叫着，欲扑到田老师身上，却顺风嗅出了是田老师而改扑为抱。大黄狗两爪紧紧抱住田老师的裤腿，又是擦头又是舌舔，把一个尾巴摇得团团转。田老师弯腰抓了一把大黄狗摆动的尾巴，大黄狗立刻松了爪转身让开了道。

　　田老师一踏脚进了山鬼家的院子，山鬼爹正在煤油灯下给猪上食料，见田老师进来，说，田老师，我家鬼崽呢？田老师反问山鬼他爹，我的学生龙德隆呢？山鬼爹说，龙德隆早就到学校去了。田老师说，龙德隆同学根本就没来过学校，不信你问吴恩河、田梨花同学。

　　吴恩河和梨花妞从田老师身后闪出来，说山鬼就是没去学校。田老师一手握住吴恩河的手，一手握住梨花妞的手正色道，我们现在说正事，要说正话，应该说龙德隆同学没去学校。吴恩河和梨花妞马上改口说，龙德隆同学没去学校，是真的。

　　山鬼爹闻言生气了，他的气首先是表现在手上，只见他随手把葫芦瓢敲在了猪头上，紧接着就应该是把憋在胸膛的气撒泼出来，可他的气刚涌进口里还未吐出来，猪的一声狂叫硬生生地把他的话堵了回去。看来猪受葫芦这一击的确是不轻，不过猪狂退了几步后，又猛扑到食槽继续哼哼唧唧地贪吃。

　　山鬼爹被猪的狂叫吓了一跳，以为把猪打狠了，心里又急又痛，见猪又吃食了，才怜惜地看了一眼猪，转过头来对着田老师们吼出了他那句被猪叫堵回去的话——山鬼，你这个鬼崽子，又跑到哪里去死了？吼完，山鬼爹换了一口气，以探寻的口气说，上次是你田老师说红军不怕远征难，突破乌江盼太阳，红军经过了乌江渡，我家鬼崽就跑去了乌江渡，三天才回来。这回不知你田老师又讲了啥子，我看呀！你田老师讲了啥子，他就到啥子地方去了。

田老师说,不可能哟,我讲课有哪样问题?讲到了月球,莫非他还到月亮上去了不成?

吴恩河和梨花妹说,田老师,真的哩,你上个星期讲的就是月亮,坏了坏了,今天的这个月亮硬是没出得来。

田老师说,你们两个傻崽崽,我说月亮他就上得了月亮?目前中国人还没有上去过。

山鬼爹说,嫦娥上去了,还住在那里了。嫦娥是神仙,我家鬼崽崽打死了他也上不去。现在这鬼崽崽不见了,你是老师,你现在就想一想,除了讲月亮,你还讲了些什么?

田老师说,讲得多啦,一下子咋个回忆得起来?

山崽爹说,算了,搬条凳子到院里坐,喝碗苦丁茶慢慢想。我陪你等这鬼崽崽,看他狗日的回来咋个说。

田老师说,他咋个是狗日的?他不是,他是你的儿子,是我的学生。

山鬼爹说,是啰是啰,喝茶喝茶。

山鬼点燃一堆火,烧烤兔子肉的时候,山鬼爹和田老师他们正对着黑黢黢的乌江喝茶。山鬼的火堆被黑风一吹,蹿起了高高的火苗,像一道闪电划破了天空,却又悬挂在黑黢黢的天边不再消失。

梨花妹最早尖叫起来,坏了坏了,对岸山上失火了。

吴恩河也吼道,不对,像是有人在烧山。

梨花妹说,对岸又没有人家,哪来的人烧山?肯定是失火啦!再说你咋个知道有人烧山,这么黑的天,又只有那么一点光亮。

吴恩河说,要是失火了,就是野火。野火是散开烧的,这火只有一团火光,不是人烧,必是鬼火。

说到鬼火,梨花妹一下子抓紧了田老师的衣角。

说起鬼火,梨花寨的人是很害怕的,特别是这种阴天,在寨子周围或者乌江对岸,经常有一团像火光一样的东西在飘动。寨里人祖祖辈辈都称之为鬼火。自从田老师来后,寨里人从田老师嘴里知道了这种飘动的火是一种自然现象,可没有人完全相信这话。几百年来祖祖辈辈都确认了的东西,不可能因为田老师一解释就改变。

梨花妹觉得扯着田老师的衣角还不够,又抓住了田老师的手。她说,田老师,我要回家。

田老师并不理会梨花妹,他一下子像明白了什么,对山鬼爹说,对对对,就是鬼火。

　　吴恩河听老师一说真是鬼火，也赶紧贴近田老师。田老师一手按住一个学生的肩，十指用力紧了紧说，同学们别害怕，世界上根本没有鬼，我说的鬼火是山鬼同学烧的火。

　　山鬼爹说，不可能的，他又没病，跑到对岸去烧火。

　　田老师手指着对岸说，前些日子，你家鬼崽崽总问那山的后面是什么。

　　山鬼爹说，那你咋个说的？

　　田老师说，我说是山。

　　山鬼爹说，没错，这小子一定是过去了。好，大家各回各的家，知道他在哪里就行了，他自己知道回来的。睡觉了，困死了。

　　田老师有些迟疑地起身牵着梨花妹往院子外走，山鬼家的大黄狗也跟着田老师们走。田老师走出院子口后突然转身，吓了狗一跳，狗机敏地一个闪身，让开了田老师的腿，顺势靠了竹篱笆上擦背挠痒。田老师对山鬼爹说，龙德隆同学回来后，一定要好好地批评教育，早点来上课，别东跑西跑的。

　　山鬼爹说，我是要骂他的，这鬼崽崽一天就想精想怪的，不好好学文化学本事，我看他是听了聊斋想鬼做。

　　田老师听山鬼爹这么说，有点生气了。他说，他怎么是听了聊斋想鬼做了？我又没给他讲聊斋。

　　山鬼爹见田老师口气不对，走到院子口隔着半人高的竹篱笆拍了拍田老师的肩说，一句话嘛，田老师别生气嘛！什么是聊斋我也不懂，小时候听老先生总这样骂心术不定的娃崽，嘿嘿，我也就学来了。

　　田老师听后脸色一下缓和多了，不过天黑，山鬼爹看不清他的脸色。田老师本想转身走了，为了让山鬼爹知道他田老师是个有文化有修养的好老师，他必须在这不利于用眼睛交流的黑夜，用亲切的声音使山鬼爹知道，他没有什么不高兴的。他说，也别骂龙德隆同学了，好好讲嘛！告诉他，以后要走哪里，告诉我这个老师一声，别一个人瞎跑。

　　山鬼爹闪身出了竹篱笆，说，好嘛好嘛，田老师慢走。

　　田老师见山鬼爹急着想要他离开，有些不高兴，可也无可奈何。他欲言又止，最后还是牵着吴狗崽和梨花妹走了。

　　山鬼爹目送着田老师带着两个小娃崽消失在黑夜的尽头，才自言自语地说，别一个人瞎跑，莫非你田老师还要跟着跑不成？当然，山鬼爹的声音很小，小到几乎只在咽喉里咕哝着。山鬼爹知道，田老师们已黑得不见了身影，可这天的黑，几米就见不着白，田老师他们离开得并不太远，他怕哼得大声了，田老师又从黑夜中闪出身来啰唆几句，他受不了了，山鬼她妈正躺在床上等他吹灯睡觉哩。

山鬼爹伸了伸懒腰，正想回屋里，却见狗向着院外的黑迎了出去。山鬼爹想，麻烦来了，这狗不叫，还扭着屁股甩着尾巴团团转，一定是它嗅出熟人来家里了。果然是熟人，还是不一般的熟，这个熟人经常来，还不时给大黄狗带点美食红苕来吃，这个人当然是田老师了。

田老师他们陆续从黑咕隆咚中冒了出来，山鬼爹没有先说话，寻思着是不是田老师听见了他刚才的唠叨，回来问罪来了。

田老师走到山鬼爹面前说，这样不行。

山鬼爹有点心虚地说，你说不行就不行。

田老师说，好，我们点火。

山鬼爹说，点火？

田老师说，对，我们看得见龙德隆同学的火，他就能看见我们的火，这就可以告诉他，我们知道他在哪里，他就会尽快回来的。

山鬼爹说，还点火干啥子？他知道那山后面还是山了，还不一早就下水游回来呀！

田老师说，不行，火还是得点。

山鬼爹说，浪费稻草，牛还靠它过冬天哩。

田老师说，草重要还是人重要？

山鬼爹说，草重要，牛又不吃人，人还靠牛过活哩。

田老师冒火了，说，我又不是说牛，我是问你山鬼爹，你儿子重要还是牛重要？

山鬼爹说，牛重要。

田老师更冒火了，他提高嗓门大声说，你你你……怎么能是牛重要？

山鬼爹说，人跑出去了，没饭吃了，就知道回家，人家也不会要他，多一张嘴吃饭不说，这么大的人了，养也养不熟，我才不担心这鬼崽崽。牛就不一样，跑丢了，就难找回来了，谁都要它。

田老师气得脸发青，可惜山鬼爹看不清，见田老师不接话了，山鬼爹还以为自己说服了田老师。为了巩固这个成果，他说，不信，我把山鬼送给你养，看你养得熟不，他姓龙，是龙家人，莫非你一养就姓田了。常言说得好，狗不嫌家贫，儿不嫌母丑。山鬼他妈还活着哩，他鬼崽崽能跑几天？还不回来找他妈呀！

田老师一时接不上话，吞咽了几口山风，才说，你说的这些和危险是两回事，你不怕山鬼有危险么？你看这天黑得不成样子了，恐怕有暴雨，你看这江要是来了山洪，龙德隆同学就危险了。

山鬼爹说，危险？啥子危险？在山上他是山鬼，在水下他是水鬼，我看鬼危险了，他也不危险，鬼都死了，这鬼崽也死不了。田老师你不要担心了，我家崽我清楚。

田老师一把揪住山鬼爹的短衫衣领厉声说，闲话少说，你说，不为你崽，我要两捆稻草行不行？

山鬼爹没想到平时和蔼可亲的田老师会这样。在这一带，要是谁被人抓住衣领，那可是大不敬之举。在梨花寨，一般没有大仇恨，没人抓住别人衣领的，即使不得不抓，也要在充分估量自己的实力之后。还好，山鬼爹并不认为田老师有侮辱的意味，这也体现了梨花寨人一贯对老师的尊崇。山鬼爹赔笑着轻轻拨开田老师的手，说，好嘛！两捆就两捆，多要一捆也是可以的嘛！

正说间，山鬼妈已提了三捆草来到了竹篱笆，还擂了山鬼爹一拳头。她说，死鬼，人家田老师要几捆草，你啰唆半天干啥？耽误人家田老师休息。再吵闹，要是把老二老三吵醒了，吵着要吃的咋办？再这样，今天就别睡了。说完还打了个哈欠。

田老师二话不说，提起三捆草就走。

田老师带着两个学生，一高一低地走在山道上。他要找一处特别显眼的地方让火烧起来，让山鬼容易看见。这山道上，夜晚有三个人在田间行走，在梨花寨是很少见到的。梨花寨只有七十几户人家，却零零星星地散布在一片陡峭的斜坡上。这斜坡算是这一带够平缓却又少之又少的地方，这地方至少可以开垦出一些水田和一些旱地来，虽然东一块西一块很难成片，毕竟可以种上粮食，养活这几十户人家。

这个斜坡周围都是陡峭的大山，大山像雨后的春笋数也数不清却列着队给乌江让着道儿。大山基本以山石为主，只是在一些缝隙中生长着一些小灌木。不知是哪年哪月哪日，梨花寨的龙姓、田姓、吴姓祖先，从江西迁徙到这里，看中了这风水极佳的斜坡，于是在这儿开垦土地，生儿育女。据老人们说，开始就是几家人，中华人民共和国刚成立时也就二十户人家。后来渐渐多了起来，到了现在是地少人多，住房也就见缝插针似的修在山崖旁，住房是不能占田地的，本来地就少得可怜，为了省地，家家都修成了半屋傍山半屋支架的吊脚楼，一层养猪关牛关羊，二层住人。有小院子的，也是用竹篱笆围在裸露的石头上。这就注定了生活在这方的人，不但要为人吃的东西而费尽心思，还得为家畜储备那少得可怜的食物。田老师当然知道这些，这也是他谅解山鬼爹和山鬼妈的理由。

火点起来的时候，黑咕隆咚的夜空像睁开了天眼，真是夺目而绚烂！

师生三人坐在梨花妹家的田埂上，遥望着远山上山鬼的火光。山鬼的火光虽然小，但在这样的黑夜中，依然是耀目的。田老师知道，只要那远山上的火不灭，他的火就不能灭。这也是他为什么要选择在梨花妹家的田埂上点火的原因。梨花妹家的稻草还未收回家，稻草已晒干燥了，一捆捆排列在田埂上。

三捆草要保持这样的绚烂夺目，是持续不了多久的。这时已经有两捆化成了灰烬，田老师站了起来说，田梨花同学别忘记添草，这火不能熄了。说完又指着远山的火光说，注意观察山鬼那堆火，灭了就赶快喊一声，老师和吴恩河同学去搬你家的稻草过来。

梨花妹说，好。梨花妹是山鬼的同桌，虽然山鬼不时会揪揪她的长辫子，或倒腾一些恶作剧，但并不意味着梨花妹讨厌山鬼。在班上她的成绩总能和山鬼轮流着前一二名。吴恩河总是不低于第三名，也未高过第三名。田老师常念叨，田梨花，你一定要到山外去，读初中，上高中，进大学。梨花妹说，山鬼和吴狗崽是娃娃崽，我是妹妹崽，我爹肯定不让我上那么多学，我们寨里还没有妹妹崽学到高中的。说到这些田老师总是怒目横眉地说，妹妹崽咋个了？毛主席都说妇女能顶半边天，梨花，你不要怕，只要你好好学习，你爹不让你上学，我和你爹拼命。田老师的这句话一直是梨花好好学习的动力。

天更黑了，简直黑得发乌。黑夜乌了，大雨不久就会来了。看不见云，但梨花知道云压了下来，要不然峡谷里不会像盖了锅盖一样闷热。再加上她身旁还有一堆不能灭的火。汗水湿透了梨花妹的衣裳，顺着额头往下淌，有些还流进了梨花妹的眼里，咸得眼睛生痛，梨花妹不断地眨着眼，希望眨出泪水来，带出那进眼里的咸来。功夫不负有心人，泪水终于夺眶而出，她下意识地闭眼用手抹了一把。可当她再睁开眼睛时，那远山的火光闪了一下后便消失在夜的黑中，不再闪烁。梨花妹大声叫了起来，她的声音嘹亮而清晰，使闷得憋气的峡谷一下子鲜活了一样。这鲜活当然感染到了抱着一大捆稻草的田老师，田老师的兴奋最早表现在了他的脚上，在这样狭窄的田埂上，脚太兴奋显然是不太恰当的，况且又是在这样乌黑的深夜。结果自然是令人遗憾的，田老师掉进了田埂坎下的水田里。

梨花妹声音传递的信息，看来不仅感染了田老师的脚，最高兴的还主要是田老师的心。田老师常说，人心有"三怕"，它们分别是心苦、心痛、心累。无论怎样的人，不管你是普通之人，还是伟人、哲人，甚至圣人，只要与这"三怕"结了伴，结果都是一样，就是怕人。这怕人的结果，更令人心恐惧，因为无论怕人还是人怕，归纳起来都一样，就是不是人，何来人心呢？有人说，心深不可测，心宽广无垠；有人说，心小如针；有人说，心大如天。无论怎样的心，最好莫过于高兴的心。

高兴的心，当然是田老师的心。这样的心，就是用人间最美好的词来赞誉也不为过。田老师兴奋的脚使他像一株硕大的禾苗，头朝下倒插进了水田里，只剩一双脚悬挂在田埂上，像手一样挥舞且胡乱挣扎。事情很严肃，场面太滑稽。这显然是让人高兴不起来的，何况又是在两个学生眼里。这样的难堪是很难让人眉开眼笑的，可田老师不是这样，他高兴的心并未被满头的泥水所掩盖。田老师挣扎着站起来的时候，浑身是泥水，几乎看不清他的脸。这对于田老师来说并不重要，重要的是他的心依然高兴，他要做的第一件事，自然是用手朝脸上一抹，一张慈祥的脸像花开了一样高兴。只见田老师顾不得脚还在水田里，扬起他的笑脸大声喊，山鬼的火灭了，山鬼的火灭了。

梨花妹显然被老师的笑感染了，她的脸像向日葵一样向着田老师太阳般鲜活的脸，也扬起她的笑脸大声地呼应着老师的声音。这一老一少的声音重叠起伏，高亢而嘹亮，久久地在峡谷里回荡。

田老师接过吴恩河同学怀里抱着的草，全部投进了火里。他说，烧旺点，让山鬼知道，我们在等他。

三捆草投进火里，一时反而压低了火。田老师用一根棍伸进草里挑拨起来，火苗一下子蹿了起来，火花四溅，黑夜斑斓起来。

在以后的日子里，我曾见过无数灿烂的烟花闪烁于夜空，那瞬间的美丽和辉煌，并没有深深地留在我心里，我甚至想不起在何时何地。只有山谷里那夜的火光和那夜的斑斓，从未熄灭，从未消失，从未离开过我的心，我的心从此没有了寒冷的感觉，因为在那夜后，我的心有了灵魂的温度，有了这样的温度，扬起笑脸就成了我的一种态度。

现在我该扬起笑脸对您说，我是梨花妹。

（原载《山花》2013年第11期；《新华文摘》2014年第3期转载）

2013年

曹　永

关于怪胎的处理方法

　　曹毛狗赶场回来的时候，天已经黑了。早上他出门的时候，本来打算早点回家，但今天的猪肉并不好卖，以至于到了傍晚，他还有一笼猪肝没有卖掉。他看到赶场的人逐渐走了，街道上冷冷清清的，心里有些着急，终于失去了等待顾客的耐性。他收起秤杆、秤砣、杀刀、砍刀、剔骨刀，还有那一笼剩下的猪肝。他又去买了两斤苞谷酒，然后开始往回走。曹毛狗打算晚上炒猪肝下酒。经过水果店时，他没忘记给媳妇王西凤买几斤苹果。王西凤没别的嗜好，就是喜欢吃苹果。

　　晚风中的迎春社很安静，除了远处偶尔传来几声狗叫，再也没有一点多余的声音。黄昏的灯光，从不同的窗口斜射出来，像碎玻璃似的堆在地上。前面有人走来，但只能够看到他们晃动的身影，看不清楚他们的本来面目，仿佛是一群飘荡的野鬼。道路虽然模糊不清，却没有给曹毛狗的行走增加半点难度，他对村子里的地形很了解，就是闭上眼睛，他都不会走错。

　　四周黑黢黢的，直到走进院子，曹毛狗的身体才暴露在灯光之下。他抬起手，正要推门进屋，忽然看到王西凤慌里慌张地从猪圈里跑出来。他说，你慌啥？看到鬼了啊？王西凤拉着他说，出事了，大事不好了。他问，出什么事了？王西凤说，猪下儿了，老母猪刚刚下儿了。他困惑地说，又不是你生娃娃，你火烧火燎的干啥？王西凤紧张地说，你去看看就晓得了。曹毛狗把背箩放在屋檐下，一边往猪圈走，一边问下了几只猪儿。王西凤说，十二个，不，是十一个。他说，到底是几个？王西凤讲不清楚，跺了一下脚说，你不要问了，你去看看就晓得了。

　　曹毛狗走进猪圈，一股温暖的热气立即把他包围，四周散发着木叶腐烂和粪便的臭味。灯光有些昏暗，他费了很大的劲才看清躺在墙角的老母猪。曹毛狗蹲下去，看到母猪肚子边蠕动着一群耗子似的猪儿。这些猪儿很小，有的白生生的，有的身上还残留着血迹，还有的身上青一块紫一块的，仿佛刚刚被揍过一顿。曹毛狗没看出什么问题，他说，就是一群猪儿，看你紧张成什么样子。王西凤伸出一根纤细的手指说，你看那只猪儿。

曹毛狗顺着她的手指看去，发现最里面的一只猪儿居然有两个脑壳，他吓了一跳，以为自己看错了。他揉了揉眼睛再看，然后就一下子叫起来了，他说，我的妈呀，怎么长成这个模样？王西凤哆哆嗦嗦地说，会不会是妖怪投胎来了？曹毛狗瞪了她一眼，说，你简直在放屁，你啥时候见过妖怪？王西凤顶撞说，不是妖怪咋会长这个样子呢？曹毛狗不晓得该怎么回答，他站起来往外走。

从猪圈里出来以后，曹毛狗的眉头就皱成了一团麻线。吃饭的时候，他连酒都忘记喝了。他慢慢地嚼着白天卖剩的猪肝，仿佛嚼着一团泥巴，没有尝到半点味道。而王西凤就像丢了魂一样，紧张地在屋子里走来走去，她对苹果也失去了往日的兴趣。如果王西凤连吃苹果的心思都没有了，就说明事情确实有点严重了。

在这个黑沉沉的夜晚，两口子怎么也睡不着，他们就像两条虫子，在床上滚来滚去，门外的任何风吹草动，都能让他们感到胆战心惊。尽管曹毛狗表面不认可媳妇关于妖怪投胎的说法，但他的心里却无比惶恐。曹毛狗在睡觉之前，甚至悄悄把杀猪刀放在床边。他不晓得提刀干啥，他只觉得这样心里要安稳点。

忽然，一种特别的声音出现在猪圈的方向，既像风吹，又像牲口在叫唤，有的时候还像病人在呻吟。曹毛狗和王西凤竖着耳朵，就像两条警惕的猎狗，仔细地捕捉外面的动静。他们听了一会儿，越听越怕，王西凤甚至颤抖起来。曹毛狗捡起地上的鞋子，用力在床架上拍打了几下。那个声音仿佛受到了惊吓，忽然消失不见。但曹毛狗刚刚停止拍打，它马上就冒出来了。

曹毛狗不得不坐了起来，拿起鞋子和它对抗。在这场有关耐性的较量之中，曹毛狗首先败下阵来，他感到胳膊酸得快抬不起来了。他把鞋子交给王西凤，让她顶替自己一会儿。于是两口子齐心协力，和外面的声音展开了车轮战。他们仿佛演奏一件乐器，在床架上打出噼里啪啦的声音。开始的时候，他们的确取得了一些不错的战绩，那个声音节节败退，他们暂时占领上风。但他们的胜利没有持续多久。过了几个小时，他们都挺不住了。两口子趴在床边喘气，他们快要累死了。

王西凤推了一下曹毛狗，说，你出去看看。曹毛狗说，要去一起去。王西凤说，我不敢去，我很害怕，我从来没有这样害怕过。曹毛狗说，凭啥让我一个人去？王西凤说，因为你是男人，你不去，总不能让我去吧。曹毛狗没有办法，只有打开手电筒，提起床边的杀猪刀往外走。

关于怪胎的处理方法　曹　永

曹毛狗壮着胆子，慢腾腾地拉开门，外面一片漆黑，但是电筒割开夜幕，替他打开了一个新局面。在光芒的指引下，他慢慢向猪圈靠近。他走进猪圈，看到老母猪正呼呼大睡，一群小猪正一动不动地躺在母亲的身边，它们的嘴里发出哼哼唧唧的声音。曹毛狗仔细看了看那只两个脑壳的猪儿，发现它仍然保持着原来的姿势，仿佛它从来就没有动过。曹毛狗里里外外看了一遍，没有发现半点可疑的情况。他奇怪地想，是不是我和王西凤的耳朵出毛病了？

曹毛狗回到屋里，放下刀子正准备睡觉，那些声音又重新跑出来了。他不得不再次提着杀猪刀冲进猪圈，连续几次，他把猪圈的任何一个角落都找遍了，总是无法找到声音的来源。那个声音就像一个调皮的孩子，和他玩起了追逐与躲藏的游戏。终于，他在声音的挑逗之下，不再感到丝毫害怕，他就像一只被激怒的狮子，在院子里破口大骂。

曹毛狗是一个脾气暴躁的家伙，他没有再回去睡觉，而是提着杀猪刀，埋伏在猪圈外面，试图在声音出现的时候蓦然冲进去，和它一决生死。但是，那个声音仿佛识破了他的诡计，迟迟不肯出现。曹毛狗抱着锋利的刀子，在院墙边的那棵杨柳树下坐了下来。

那是一棵披头散发的杨柳树，它的枝叶脏兮兮的，就像一把扫帚。自从两年前村里建了一个大型冶炼厂，天空就总是飘荡着灰尘，那棵杨柳就成了现在的样子。现在，曹毛狗就靠在那棵灰头土脸的杨柳树下，等待声音的来临。面对他的挑战，声音退避三舍，他就那么在杨柳树下度过了一个漫长的夜晚。

第二天早晨，杨顺序挑水从他家门口经过，问他坐在院子里干啥。他打着哈欠说，我家出事了，昨天我家的老母猪生了一个怪胎，后来就有声音在猪圈里乱叫。杨顺序说，你是不是听错了？曹毛狗扬着手里的杀猪刀说，我没有听错，那个声音足足叫了一个晚上，害得我都没有睡觉。杨顺序问他家的老母猪生了什么怪胎。曹毛狗说，生了一只两个脑壳的猪儿。杨顺序一下子笑了起来，说，我长这么大了，还是第一次听到过有两个脑壳的猪儿。曹毛狗见他不信，拉着他就往猪圈里走。

杨顺序看到那个怪胎，吃惊得半天说不出话来，他回过神来之后，挑着水桶匆匆走了。他并不是忙着去挑水，而是急于把这件事情传扬出去。杨顺序就像一只信鸽，很快就把这个消息传遍了整个村庄。没过多久，大家都知道曹毛狗家出怪事了，他们纷纷放下手里的活，兴冲冲地往曹毛狗家跑去。

来的人太多了，差不多把他家的门槛都踩破了。本来曹毛狗打算睡觉，好好补一下瞌睡的，但看到这么多人，睡意忽然跑光了。他站在猪圈外面，一边维持秩序，一边为他们解说。观众对怪胎充满了好奇，他们向他打听老母猪下猪儿之前有什么表现，吃不吃猪食？一次能吃多少猪食？怪胎刚生下来时，到底是什么样子？

对于这些刁钻的问题，曹毛狗无法作出回答。因为昨天赶场，他并没有掌握具体情况。曹毛狗于是把媳妇王西凤叫来,让她进行讲解。王西凤兴奋地站在院落中央,大声地说,昨天老母猪不但能吃猪食,而且还吃了两大桶,平时,它只能吃一桶。

大家听得两眼放光,赶紧问,吃完猪食后,老母猪还有啥异常的情况?

王西凤说,吃了两桶猪食,它就进圈去了,它在猪圈里拱来拱去地转了半天,后来它就趴下去了,我估计它要下猪儿了,就赶紧跑过去伺候,它生下猪儿后,我从前面数了一遍,是十二个,我从后面一数,怪了,只有十一个了,来来回回看了几遍,才发现其中有一只小猪儿长着两个脑壳。

围观者听了她的叙述,激动得直拍大腿,仿佛他们也看到了当时的情景。他们说,活了几十年,第一次见到怪胎,实在太好玩了。

曹毛狗接着告诉他们,昨天晚上,猪圈里出现了一种奇怪的声音,他被这个声音折磨了一个晚上。曹毛狗的话,让几个老者忧心忡忡。他们说,这个东西有可能是妖孽投胎,就算不是妖孽投胎,也必然是不祥之兆。原因是,几年以前,花红寨曾经发现两条白蛇,结果,当年就山体滑坡,埋了几户人家,死了十多个人。

一群青年对此提出了不同的看法。他们说,没啥值得大惊小怪的,就像有人会多生两根手指一样,猪儿多长一个脑壳也是正常的事情。他们甚至表示,今天晚上,他们要在院子里守一夜,看到底是什么东西作怪。几个老者看到他们嚣张的样子,摇晃着脑壳,让曹毛狗不要理他们,还说,趁妖孽还没有成形,赶快想办法解决掉,莫要留下祸害。

昨天王西凤说那头猪儿是妖怪的时候,还被曹毛狗骂了一顿,现在他看到几个老者一脸严肃的模样,觉得事情有些严重了。特别是昨天晚上那个奇怪的声音,更是让他感到说不出的恐怖。他说,大家帮我拿个主意,看看这事咋办!

有人说,不如把它弄死,找个地方埋掉,以绝后患。这个提议马上遭到反驳,理由是既然妖孽投胎到这里,肯定不会轻易离开的,如果贸然把它弄死,也许会遭到更严重的报复。几个老者正在商量是不是请端公来跳神,一个叫曹胜利的年轻人就把那只两个脑壳的猪儿从圈里提出来了,他就像提着一只耗子似的在人群里走来走去,嘴里还大声地说,让开让开,赶紧让开,我把妖怪捉来了。几个老者看得目瞪口呆,回过神来后,就像见到鬼一样,一个个神色慌张地走了。

曹毛狗脸色煞白,他说,曹胜利啊,你闯祸了,你肯定闯下包天大祸了,你玩啥不好,怎么偏偏要玩它呢?曹胜利说,你不要怕,就算它真的是妖怪,也只会找我,肯定不会来找你的。曹毛狗说,要是出了什么意外,你不要来怪我,这件事和我没有关系。曹胜利嘿嘿地笑着说,你放心好了,不会出事的,如果它是妖怪,我就是法海,它不是我的对手。

这么说着,曹胜利把那猪儿放在地上,用指头拨来拨去。开始的时候,大家还对怪

关于怪胎的处理方法 曹　永

胎多少有些害怕，后来看到曹胜利玩耍了半天，它都只能一动不动地趴在地上，也就慢慢放心了，他们围成一团，大呼小叫地观赏着。有些胆大的不满足于用眼睛观看，他们从曹胜利的手里把猪儿接过去，这个用手摸摸，那个用手戳戳，毫无顾虑地捉弄那个怪胎。曹毛狗害怕生出什么事端，赶紧把它送回猪圈，并用棍子在里面画了一个圈，谁跨过界线，他就警告说，不能再往前走了，你要退后几步。

曹毛狗一直担心发生什么事情，但几天过去了，院落里始终风平浪静，甚至连那个奇怪的声音也消失不见了，这让他暗暗松了一口气。他已经确信，这个东西不是妖孽。前来参观的人越来越多了，就像一群搬家的蚂蚁，每天都挤满了他家的院子。最后，连村长都惊动了。

这天，曹毛狗正守在猪圈里不让人调戏怪胎，忽然，他听到几声咳嗽，接着就看到村长曹树林了。曹树林背着手，慢悠悠地走进猪圈。曹毛狗没想到居然连村长都来了，他赶紧递了一支烟说，村长，你今天怎么有空过来？曹树林接过烟说，听说你家的老母猪生了一个怪胎，我来看看。曹毛狗朝墙角一指说，你看你看，在那边哩，它正在那里吃奶。

曹树林走过去一看，发现那只猪儿正伸着一个脑壳趴在地上吃奶，它的另一个脑壳，正张着嘴，吱吱地叫。曹树林激动得连声骂娘，他说，这猪儿只能用一个脑壳吃奶，你看它的另一个脑壳也想吃，但够不着，实在太有意思了。曹毛狗说，是哩，我开始也没弄清楚它怎么吃奶，后来看了几次，才发现它真的只能用一个脑壳吃奶。

如果是普通村民，最多参观几分钟，曹毛狗就会把他轰出去，但曹树林不是一般人，他是领导干部。所以，曹毛狗不但破例让他摸了，甚至还把怪胎捧到院子里，让他仔细研究。曹树林围着怪胎转了几圈，最后作出几点重要指示：第一，要改善怪胎的生活环境，应该在猪圈里铺上一层厚厚的木叶，尽量保持猪圈干燥。第二，要加强它的伙食，它既然有两个脑壳，食量就肯定不小，吃奶的时候，应该把别的猪儿拨开，保证让它吃饱吃好。

曹毛狗为难地说，这是一个怪胎，喂大了也不敢宰了吃，不晓得咋办？

曹树林说，目光要放远，不要只想着吃，这是一个稀奇的东西，一定要把它利用起来，充分发挥它的作用，喂养几个月之后，我们可以去外地请专家来考察，看看有没有科研价值，如果有，就把它献给国家，让国家进行大规模的养殖。万一对国家没有作用，就把它捐给动物园，让更多的人能够看到它。还有，你也可以把它卖给马戏团。实在不行，你就把它放在院子里展览，每个来参观的人收一块钱，这肯定是一笔不少的收入。

曹树林是村里最大的领导，经常去乡镇和县城开会，是一个见过大世面的人。曹毛狗听完他的话，高兴得下巴都差点笑掉了。他把曹树林请到屋里坐下，然后让媳妇赶紧做饭。没过多久，一桌热腾腾的饭菜就出现在桌子上了。曹毛狗拿出赶场天买来的苞谷酒,一边给曹树林倒满,一边问他到底怎么做最合适。

喝了几杯烈酒之后,曹树林红着脸说,其实,把它捐献给国家,国家可能不会要的,它是两个脑壳的猪,又不是什么了不得的东西。把它送给动物园也不合适,县城这么远,弄不好你还要贴路费。曹毛狗皱着眉头说,那把它卖给马戏团咋样呢?曹树林喷着酒气说,卖给马戏团倒是好,但这几年马戏团的影子都看不到了,也不晓得他们跑到哪里去了,我觉得把它放在院子里展览最恰当,每个人一块钱,六亲不认!

曹毛狗想了一下说,好是好,就是不晓得大家愿不愿意给钱。曹树林挥着手说,不就是一块钱嘛,多大个事嘛,除了你家,天下哪里还能看到两个脑壳的猪,你说这个他们都不看,他们还看什么?曹毛狗点了点头说,是不是需要门票呢?曹树林说,不用这么麻烦,我给你写一块牌子挂上就行了。曹毛狗觉得这是一个不错的主意,他兴奋得一杯接一杯地往嘴里灌酒。

吃完饭后,曹树林唆使他找来木板和毛笔,然后刷刷地写了几个大字。曹毛狗读过几年书,一边看一边大声读道:参观怪胎,票价一块。曹树林放下手里的毛笔说,这是一个无本买卖,你稳赚不赔。曹毛狗觉得这个主意太好了,他抬起头朝天上看了一眼。虽然看到的只有冶炼厂排出来的滚滚浓烟,但他仍然无比激动,仿佛眼前翻腾的不是烟雾,而是一张张钞票,那些钞票正如雨点一般向他扑来。

曹毛狗刚刚把牌子挂起,杨顺序的弟弟杨顺举就来了。曹毛狗看到杨顺举抬脚要往猪圈里走,他蹲在旁边,喊了一声。杨顺举回过头说,你叫我?曹毛狗说,我当然是叫你,我不叫你还叫哪个呢?杨顺举说,你叫我有事?曹毛狗指着那块墨汁还没有干透的牌子说,以后看我家的怪胎,要收钱了,上面写得很清楚,一块钱。杨顺举诧异地说,大家一个村的,你还要收钱?曹毛狗说,感情归感情,生意归生意,这是两码子事。杨顺举吐了一口口水说,不看了,有啥稀奇的。

曹毛狗说,不看你走,不看你走。杨顺举说,走就走,到处臭烘烘的,老子还不愿意待呢。这么说着,杨顺举气愤地走了。看着杨顺举的背影,曹毛狗有些后悔,他觉得前几天不该让大家免费参观的,他们看过了,现在就舍不得掏钱了。

迎春社的村民很好奇,前两天,他们经常往曹毛狗家跑,仔细琢磨怪胎的变化,看它的胃口怎么样,一顿能吃多少,是不是又长大一点。自从曹毛狗把牌子挂出来以后,他们最多走到曹毛狗家猪圈门口看一眼,就不愿意再进去了。在往回走的过程中,他们愤愤不平地说,看看又不会少一块肉,居然要收一块钱,他还不如去抢哩!

虽然迎春社的村民舍不得掏钱,但曹毛狗的生意仍然很旺盛。那些外村人听到风声,纷纷跑了过来。他们不在乎一块钱,因为他们跑了很远的路程,他们觉得不能白跑一趟。曹毛狗看到他们满头大汗的样子,晓得他们走了几十里,很不容易,于是让媳妇王西凤在院子里放了开水和茶叶,让他们自己泡茶。他们端着热茶,竖着耳朵听曹毛狗

关于怪胎的处理方法 曹 永

解说,听到不明白的地方,他们还会插几句嘴,打听一些细节。

观众之中,还有一些身份显著的人物。最先来的是几个中学老师,接着来的是一群政府干部。最让曹毛狗兴奋的是冶炼厂的老板也来了。这些人的到来,多少为曹毛狗家的怪胎起到了一些宣传作用。尽管曹毛狗没有意识到这一点,但仍然没有收取他们的费用,甚至还亲自为他们端茶倒水。曹毛狗认为他们都是贵宾,能够光临自家的猪圈,这是一件很有面子的事情。

这天晚上,曹毛狗刚刚睡下不久,忽然听到院墙上传来细微的响动。开始的时候,他以为是谁家的猫跑过来捉耗子,可是后来,他渐渐觉得不对劲了,外面的声音越来越响。曹毛狗想,这不是野猫,也许是小偷进来了。想到小偷,曹毛狗一下子从床上蹦了起来,他拿起手电筒,提起杀猪刀就往外冲。

拉开门,一股晚风像凉水一样泼来。他缩了一下脖子,挥着电筒照来照去,电筒的光芒就像一把锋利的刀子,在夜色里割来割去。院子里很安静,没有猫,也看不到人影。曹毛狗朝猪圈走去,他推开圈门,没走两步,门后蓦然伸出一根棍子。那根棍子重重地砸在他的肩膀上。他叫了一声,手一松,杀猪刀掉在了地上。他另一只手举起电筒,试图看清盗贼的容貌。没想到那根棍子又伸了过来,打在他的胳膊上,电筒落到一堆猪屎里。

王西凤听到响声,披头散发地跑出来了。在王西凤尖锐的呼声里,盗贼落荒而逃。王西凤跑过去,把电筒从猪屎里捡起来,又把曹毛狗拉起来,她看到曹毛狗捂着胳膊,痛苦地呻吟。王西凤紧张地问,你咋样了?你没事吧?你可不要吓我呀。曹毛狗说,你不要管我,你先去看看那头猪还在不在。王西凤拿着电筒往猪窝里一照,告诉他怪胎还在。

这个夜晚过后,曹毛狗在那棵落满灰土的杨柳树下铺了一层苞谷草,然后抱着铺盖睡在上面。他晓得盗贼肯定是为了怪胎而来,这是一个宝贝,他不能让盗贼偷去,他要做好保护工作。怪胎让曹毛狗财源滚滚,他觉得再过几个月,自己就会变成迎春社的首富。

虽然盗贼没有再次光临,但曹毛狗仍然断了财路。原因是杨顺举的媳妇生了一个三只眼的娃娃,大家都说他家生了一个二郎神,纷纷跑去观看。这样一来,曹毛狗的生意就受到了严重的冲击,他家的猪圈渐渐有些冷清了。看到曹毛狗由于怪胎而发了大财,杨顺举早就眼红了,没想到现在他家也有了一个,他乐得合不拢嘴。尽管两家都要收费,但和两个脑壳的猪儿相比,三只眼睛的娃娃肯定更具诱惑力。大家拿着钱,纷纷朝杨顺举屋里钻。

曹毛狗很懊悔,他觉得自己吃大亏了。开始的时候,自己没有收费,个个都往他家跑,后来听说他要收钱,大家都不来了。他们觉得已经看过了,看过一次的东西,再掏钱就没意思了。曹毛狗觉得自己太冤枉了。

最让曹毛狗愤怒的是杨顺举那狗东西，他太不要脸了，居然换着花样，抱着娃娃到处展览。第一天，他把娃娃抱到迎春社小学的操场上，第二天，他把娃娃抱到村公所，第三天，他又把娃娃抱到黑神庙……反正哪里热闹他就抱着娃娃往哪里跑，据说，他还打算赶场天抱着娃娃去野马冲。

看到杨顺举生意兴隆，曹毛狗很难受，他觉得自己应该想想办法。后来他就跑去找村长曹树林。曹树林问他有什么事，曹毛狗闷了半天，说杨顺举家生了一个怪胎。曹树林说，我晓得，我已经听说了。曹毛狗有些激动，说他不像话，到处抱着娃娃展览呢。

曹树林说，那是他的事情，和我们没啥关系。曹毛狗说，你是村长，这事你应该管管，你不能让他乱来。曹树林瞄了他一眼说，前些日子，你不是也展览过猪儿吗？曹毛狗提高嗓音说，那不一样。曹树林问他，怎么不一样？曹毛狗说，杨顺举太不是东西了，那是一个娃娃哩，又不是牲口，咋能拿娃娃来赚钱呢？

曹树林似乎有点想笑，但他没笑。他说，这事我管不着，他又不是把自己的娃娃卖了，他只是展览，这事不归我管，如果我是工商所的，我就让他办营业执照。曹毛狗很不乐意地说，你不打算管，难道就任他这样下去吗？曹树林纠正他的说法，我不是不管，而是管不着，他没超生，他要是违反了计划生育，我肯定要管。曹毛狗失望地说，你们只晓得罚款，从来就不会做半点正事。说着，他气呼呼地走了。

曹毛狗对杨顺举痛恨不已，但他没有办法。在这场竞争里，曹毛狗最终一败涂地，他的生意彻底完了，连续十多天，没有一个观众再跨进他家的门槛。曹毛狗希望杨顺举家得一场火灾，烧掉他家的房子。但曹毛狗的愿望没有实现，杨顺举家不但没有得火灾，而且生意越来越好了，有时候前去参观，居然还要提前预订。

没有人打扰，对曹毛狗家的怪胎来说倒成了一件好事。它胃口大增，每次王西凤去喂猪，刚把猪食倒进木盆，一群小猪就跑过来了。当然，冲在最前面的肯定是那只两个脑壳的猪儿。它摇晃着四只耳朵，飞快地扑向木盆，两个脑壳同时伸了进去，畅快地吃了起来。那只怪胎努力生长，短短几个月的工夫，它就摇身一变，变成了一个胖子，它的身上挂满了肥肉，走起路来晃晃悠悠，仿佛一桶快要溢出来的水。

曹毛狗终于对它下手了。曹毛狗早就想对它下手了。说不清什么理由，反正自从失去生意以后，曹毛狗就处处看它不顺眼，看到它就想跑过去踹几脚。有几次，看到它正在吃猪食，曹毛狗都忍不住冲过去，不问青红皂白，捡起棍子就打。它是一个贪吃的家伙，在痛苦不堪的时候，仍然拼命地往猪盆边挤。如果不是因为只有一个猪圈，曹毛狗一定会关它禁闭，狠狠饿它几天。

现在看到它肥胖起来了，曹毛狗再也忍耐不住了，他在一个赶场天的早晨，提着杀猪刀，准备把怪胎宰掉。曹毛狗是迎春社最著名的杀猪匠，通常杀猪，他是不需要帮手的。他总是揪着一只耳朵,用最快的速度把猪掀倒,然后提起尖锐的杀猪刀,把它狠狠地捅进猪脖子。

曹毛狗杀了几年的猪,从来没有出过差错,但这一次,他要杀的不是普通的猪,而是一个怪胎,曹毛狗不敢贸然下手,于是叫媳妇王西凤过来帮忙。那头猪虽然不是一般的猪,但它毕竟是猪,它在一把苞谷籽的引诱下放松了警惕,慢腾腾地晃着一身肥肉走到院里。当它发现事情不妙的时候,什么都晚了,因为曹毛狗已经把它按倒在地上了。

曹毛狗把猪放倒之后,并没有急着动手,而是让王西凤拿绳子过来,把它绑得结结实实的。他提起亮闪闪的刀子,每根脖子上捅了一刀,他连续捅了两刀。猪觉得脖子上痛极了,然后它看到自己的身上喷出两股鲜血,它吓得大声号叫。它不明白,自己怎么会流那么多血?它更不明白,好端端的,自己怎么挨了两刀?它还没有把这些问题想清楚,就觉得自己不行了,它的两双眼皮沉沉地直往下坠。它深情地看了这个世界一眼,然后永远地闭上了眼睛。

曹毛狗还不放心,他连踹几脚,终于确定这头猪已经被刺身亡。曹毛狗在王西凤的帮助之下,把死猪搬到一口铁锅旁边。铁锅上热气腾腾,里面翻滚着开水。曹毛狗拿着一只破盆,舀水朝死猪的尸体上淋去,他淋得很认真,仿佛在浇灌一棵树。死猪不怕开水烫,它一动不动地躺在那里,任由曹毛狗摆布。

曹毛狗伸手拔了几根猪毛,觉得火候已经差不多了,于是拿起一块破铁片,来来回回地在猪的身上刮着。没过多久,死猪就被曹毛狗扒得一丝不挂,只剩一个光溜溜的身体了。曹毛狗先把死猪开膛破肚,再把它的裸体搬到马车上。曹毛狗爬进车厢,拿起缰绳,然后赶着马车往野马冲奔去。在那个叫野马冲的地方,有一个热闹的赶场天在等待着他前往。

曹毛狗刚到街上,几个餐馆老板就跑过来了。他们围着猪肉左看右看,问他今天杀了几头猪。曹毛狗不明白他们的意思,说杀了一头。他们说,那怎么有两个猪脑壳?曹毛狗终于反应过来了,他担心说出事情的真相会把顾客吓跑,于是拍了一下后脑勺说,刚才太忙,我一下子糊涂了,今天杀了两头猪。他们说,那怎么只有一头猪的肉呢?曹毛狗眼珠子转了几下,说,我们村有一个冶炼厂,有一头猪刚刚宰完就被他们买走了。

曹毛狗害怕他们再问,于是拿出砍刀说,时间不早了,你们看上哪块就说,赶紧把肉提回去,不要耽搁了餐馆的生意。几个餐馆老板指指点点,有的说要两只猪脚,有的说要一对猪腰子,还有的说要二十斤五花肉……过了一会儿,他们都提着肉走了。曹毛狗看着剩下的半扇猪肉,高兴地想,今天的生意不错,肯定能把猪肉卖得精光。这么想过以后,曹毛狗无比轻松,仿佛甩掉了一个沉重的包袱。

2013年

孟学祥

头顶大事

一

逝者很年轻,最多三十岁出头。逝者皮肤很白,是那种没有一点血色的白,五官轮廓长得很整齐。逝者的父亲协助龙国举把逝者从床上抱起来,将他倚靠在叠起的被子上,逝者母亲端来一盆热水,龙国举用一些衣服、枕头之类的物件,加固在逝者身体两侧,让逝者的身体倚靠稳妥后,才开始打湿毛巾,认真地给逝者洗头、剃头、修面……

龙国举回到石板街,打开"龙氏理发店"的大门,在对面"兴发茶馆"里喝茶的几个老人就跟了过来。老人们手里端着茶杯,茶杯上氤氲着热气腾腾的茶香。

"又去医院了?"

"是啊。"龙国举一边用肥皂洗手一边说,"还是个娃儿,三十岁不到,白血病,真可惜,年纪轻轻的一条生命。"

洗好手,龙国举走到里间,倒了一些酒精在一个小盆里,把手放到里面去浸泡。每次从医院为死人剃头回来,龙国举都要用肥皂把手洗干净,再用酒精消毒,才开始给人理发。五分钟后,龙国举从里间走出来,已经有一个老人坐到了理发椅上,龙国举给老人围上毛巾。

"白发人送黑发人,父母肯定很伤心。"有人接上刚才的话题。

"你们没看到,那种伤心的样子,唉!"给要理发的老人围上毛巾,披上围裙,龙国举用一个小小的喷水器把水喷到老人头上,接上电源,给电剪上油,听声音,拧紧电剪螺丝,把电剪里外检查一遍,做着理发前的准备工作。

"母亲都哭昏过去好多回,父亲好一点,没看到掉泪,只是坐在那里不说话,呆呆的,像个木头人,看着就可怜。那娃儿肯定也不甘心,不肯把眼睛闭上。给他剃头时,我用手帮他抹了好多回眼睛,他才闭眼。"

龙国举的话立即引来了老人们的一阵唏嘘。龙国举的理发剪响起来的时候,老人们都不说话了,他们都盯着龙国举握着理发剪的那只手,仿佛那里才是他们的焦点。龙国举操纵理发剪在理发老人的头上走过后,一绺绺黑白相间的发丝就从头上飘了下来。

剪好发的老人自己坐到热水器下去洗头,龙国举要帮他洗,他不让。趁这个间隙,龙国举用毛巾把理发椅上的头发拍打干净。

"那么一个小伙子,没有家没有后代,死的时候只有两个老人守在身边,孤孤单单的,看着真造孽。"龙国举的话又换来了老人们的一阵唏嘘。

理好发的老人从理发椅上下来后,又一个老人坐到了理发椅上。坐上去的老人对龙国举说:"剪个平头吧,天热了,剪平头清爽。"

龙国举说:"平头不好染色,白头发就会冒出来了。"

理发的老人说:"不染了,以后也懒得染了。"

理好发的老人从理发椅上下来后,又一个老人接着就坐了上去。那些理好发的老人都没有离去的意思,他们仍待在龙国举的理发店里,有一搭没一搭地同龙国举说着话,听龙国举讲述从医院听来的话题。茶杯里的茶都被老人们喝干好多次了,有一位理好发的老人干脆到"兴发茶馆"里提来了一壶泡好的毛尖茶,拿起龙国举的杯子,给他也倒了一杯。

进来两个理发的年轻人,看样子不是在附近工地上干活,也是站在街头揽活的那种进城务工者,穿着极为陈旧,衣服裤子上的斑斑汗渍清晰可辨。两人掀开门帘走进屋子,看到屋子里坐着好几个老年人,站在门边犹豫了一下。龙国举还来不及招呼他们找地方坐,他们又转身匆匆走了出去。老人们不紧不慢地喝着茶,有一搭没一搭地同龙国举闲聊,龙国举也就一边帮老人们理发,一边有一搭没一搭地回应着老人们的话题。每次龙国举从医院回来,喝茶的老人们都要聚到"龙氏理发店"来,有的是来理发,有的却是陪理发的同伴过来闲聊,老人们都想通过闲聊,从龙国举这里获得一些从医院带回来的死亡信息。现实生活中,老人们就像孩子看恐怖片,既惧怕医院,惧怕死亡,又想多了解这方面的信息。

今天来的几个老人都是"龙氏理发店"的老顾客,也是对面"兴发茶馆"的常客,平时他们都在茶馆里喝茶,看到"龙氏理发店"开门,他们就端着茶杯走进"龙氏理发店"吹牛聊天,或者找龙国举理发。像来时一样,等理发的老人理好发,再坐一小会儿,喝完一杯茶,他们又相邀着走出了理发店,走时顺便带走"兴发茶馆"的茶壶。

夕阳还没有西下,石板街就早早进到了阴影中。石板街旁边那些伸展得高高的大楼,把光顾石板街的阳光挡在了外面,从高楼空隙间漏进来的几绺阳光,斑驳在石板街那些不高的屋顶上,古旧的石板街看上去更加老旧,更加沧桑。然而黄昏的石板街,却是匀城人气最旺的地方。阳光远离石板街后,从南往北延伸而去的长长街道,人气就接二连三地旺盛起来,来石板街闲逛的本地人,以及那些来石板街观光的外地人,就像早就相约好了似的,摩肩接踵地通过石板街与大街相连接的街门,涌进石板街。此时,那些深藏在石板街,售卖民族服饰和匀城独特小工艺品的商铺,一下子就变得鲜活起来。

二

坐落在石板街南门边的"龙氏理发店",就像古旧厚重的石板街,悠久而安静,厚重而沧桑。斑驳的门楼下,两扇对开的大木门就像一本历史书的书页,开开阖阖中不知不觉就走过了四百多年。大门两边的木柱上镌刻着一副对联,"旧貌一剃了之,新颜从头开始",以及门楣上"头顶大事"这十六个飘逸遒劲的大字,据说是出自清乾隆年间匀城知府,也就是匀城有名的书法家莫龙珍之手。理发店门前那棵桂花树,也是每天闲逛石板街的老人们遛鸟的地方。每天早上,来石板街消闲的老人,走到"龙氏理发店"门前,把鸟笼挂到桂花树上,或者到对面的"兴发茶馆"泡上一壶匀城毛尖,或者坐在桂花树下的石凳上,边闲聊边欣赏鸟儿们的吟唱。

"龙氏理发店"其实就是龙国举一个人的店,也是龙国举的家。曾经的"龙氏理发店",在石板街,在整个匀城,都是一块响当当的名牌。"南门刀,北门糕,中门戏楼踩高跷",这"南门刀"指的就是"龙氏理发店"的剃刀。"龙氏理发店"红火的日子,每天屋子里都坐满等待理发的人,有时就连门前桂花树脚的石凳上,都会看到许多人坐着等待理发。那时候,不光到"龙氏理发店"里来理发的人多,来学徒淘手艺的人也是络绎不绝。那些学得手艺,到匀城其他地方开理发店的人,都以自己是"龙氏理发店"的学徒为荣。

当理发不单纯只是理发,掺杂着美发、护发、烫发等更多新内容的时候,"龙氏理发店"的生意就一落千丈了。随着"龙氏理发店"的生意走向没落,在"龙氏理发店"学徒、打工的徒弟们也作鸟兽散。"龙氏理发店"最后一个徒弟马曾伍离开时,龙国举想沿袭古老的传统,送一套理发工具给他,马曾伍却没有接受,龙国举知道这最后一个徒弟不会再像其他徒弟那样,去做开店理发的生意了,这让龙国举伤心了很长时间。

没有了徒弟,"龙氏理发店"的很多理发工具就闲置下来了,并慢慢地生锈,慢慢地陈旧,龙国举惋惜得不得了。有空的时候,龙国举就会把它们拿出来打磨。长期不用的工具就像人一样,因缺少活动而慢慢地一天天衰老了。龙国举不明白,为什么人们现在不好好正儿八经地理发，而是要在头上弄那么多花样，要花大价钱去把自己的头发弄得乱七八糟，或者弄得丑模怪样，才肯善罢甘休？

这天黄昏，龙国举准备关门打烊，有个人把头从门边伸进屋里晃了一下，还没有等龙国举看清就又缩了回去。龙国举以为是自己眼花了，刚想仔细再看一下，一位五十多岁的中年人走了进来。

中年人走进理发店，同时也把一股汗臭味带进龙国举的鼻孔。来人干干瘦瘦，上身着一件黑得已经分辨不出是什么颜色的工作服，工作服最上边用三颗扣子扣着，最下边的一颗扣子已经掉落，就用一根也是看不清颜色的皮带拴在腰间。衣服下边的两个口袋，左边的一个已经被撕破，撕破的那条布却还没有完全掉下来，在腰间耷拉着，右边的口袋已经不见了，只留下一个痕迹，表明那里曾经是一个口袋。来人的下身，不伦不类地穿着一条黑得发亮的牛仔裤，裤子看上去有点大，穿在身上显得很松垮，裤腿显得有点长，于是他干脆把裤脚挽起来，挽到膝盖下一点点，小腿往下一大截就露在外边。脚上穿着一双补了好几个地方的解放鞋。来人的头上戴着一顶陈旧的安全帽，安全帽遮不住的地方，露出几绺黑白相间的头发，支棱在耳垂的四周。满是沟壑的脸上长满了参差不齐的硬胡茬，这些胡茬就像街边没有修剪过的草桩，凌乱且略显肮脏。

来人的装束和打扮在龙国举的眼中并不陌生，到他这里来理发的进城务工者，大都是这种样子，他们没有一个是穿得很光鲜很齐整的。用他们的话说："我是到城里来卖苦力的，我穿那么光鲜干什么，又不是去走亲戚。"的确，他们到城市来的目的就是出卖苦力，就是干最脏最累的活，挣最苦最累的钱。

理发店没有人，来人并没有坐到理发椅上，而是靠在理发椅旁问龙国举：

"师傅，剪一个头多少钱？"

龙国举说："五元。"

"三元剪不剪？"

理一个头五元钱，已经是匀城的最低价。到"龙氏理发店"里来的这些务工人员，仍爱在价钱上讨价还价。龙国举知道这些务工者都不容易，口袋里往往也没有几个钱，来理一次发，都是左算计右算计，算计好久，头发实在不理不行了，才不情愿地踏进理发店。往往这些人讨价还价的时候，龙国举都不和他们计较，虽然自己给出一个参考的标准价，但仍是他们出多少，龙国举就收多少。老实说，龙国举不缺钱花，他有社保局发的退休金，还有儿子的接济，小日子一直过得有滋有味。"龙氏理发店"对龙国举来说，不是找钱的门面，只是他的寄托，是他从事理发行当一辈子，到老都不想荒废自己手艺的坚守之地。

来人的头发很脏，还夹杂着泥沙，龙国举只好叫他坐到热水器下，先把头洗了再理发。龙国举一边耐心地给他洗头，一边问他："都这么大年纪了，不在家好好养老，还要出来做工。"来人说:"不出来不行啊,两个孩子都在外面上班,都还没有成家,都要买房子。现在房价这么贵,光凭他们领的那点工资,不晓得要到猴年马月才能买到房。我不帮他们挣点,他们一辈子都不要想买到房子,更不要想成家。"

真是可怜天下父母心!龙国举在心中叹了一口气。围上毛巾和围裙后,房间里就不再听到说话的声音,转而就听到了推剪发出的"嗡嗡"声,以及头发被剪断时发出的"嚓嚓"声。

三

龙国举认真地把手清洗干净,把剃刀、干净的毛巾、围裙重新从包里拿出来,仔细检查了一遍,确信剃刀已被磨得很锋利,毛巾、围裙都很干净,没有任何污渍后,才重新装进包里,背上包,关上店门,走出石板街,向不远处的匀城医院走去。

逝者是一个年近九十的老人,脸看上去很慈祥,皮肤也没有完全松弛,看来老人并没有怎么受到疾病的折磨。老人的家人已经给老人换好了一身新衣服,老人的脚上也穿上了一双崭新的布鞋。那是一双千层底的布鞋,现在除了死人,匀城已经没有人穿这种布鞋了。龙国举走进老人所在的病房,看到老人安详地躺在床上,仿佛睡着了一样,在休息中静等龙国举来给他理发。

逝者的头发很稀疏,除了双耳背靠后脑勺那一部分有一小片毛发外,很大一部分一根发丝都看不到,这样的头,看着就像理过的一样,用不着再动剃刀。家属希望龙国举给逝者洗一洗,动动刀,意思意思一下就行了。但作为一个长期给死人处理"头顶大事"的理发师,一个用一生的执着维护自己手艺的人,龙国举不想马虎,他要按所有的理发程序,给这位老人好好理最后一次发,让这位老人即使到了阴间,也仍然能感受到人间的这一份真诚。

龙国举从工具包里拿出那些理发工具,在家属的帮忙下把躺着的逝者扶靠在床头,用热毛巾认真地给逝者清洗、敷压头部,感觉温度已经差不多了,才把剃刀拿在手上,轻轻地一刀一刀从头顶往下,慢慢地将头发剃落。那些没有头发的地方,龙国举也用剃刀轻轻刮过一遍,待他收起剃刀,重新用热毛巾将逝者的头擦拭一遍后,逝者的头皮就泛出了光泽。做完头上的活,龙国举又在家属的协助下,将逝者放平躺到床上,用热毛巾敷压在逝者的嘴唇上,然后用剃刀轻轻刮去脸上的胡子。刮好胡子,龙国举用一把剪刀轻轻伸进逝者的鼻孔,剪去那些支棱在鼻孔里的鼻毛。剪完鼻毛,龙国举又用一把特制的挖耳勺,伸进逝者的耳朵中,一勺一勺地将逝者耳朵中的耳屎掏干净。在龙国举对逝者头部一番精心的修理后,逝者似乎重新焕发了精神,脸上的安详之态中就带有了一点点满足的微笑。逝者家属非常满意,除了递给龙国举一个大大的红包外,还拉着龙国举的手,不住地说着感谢的话,感谢龙国举能让他们的亲人带着最安详的面容离开人世。

每次被请去给逝者理发,龙国举都十分虔诚和耐心,剃头中不断调整自己的身体,变换姿势将就不会动的逝者,有时还不得不蹲下身子,甚至干脆跪在床上,用膝盖支撑住逝者的身体,把自己弄得满头大汗。给逝者剃头,龙国举绝不会调整逝者的身体来将就自己,这样就给了逝者最起码的尊严和尊重。龙国举近乎虔诚的一套剃头程序,其他理发师一般都很难做到。在别的理发师看来,给逝者剃头,纯粹就是走一走程序,安慰安慰逝者,没必要那么认真。但在龙国举眼里,逝者不管是大人还是孩子,他都一视同仁。有时他帮剃头的逝者是年轻人或者孩子,家属看他在床上动来挪去的很费劲,就叫他简单一点,意思到了就行了。龙国举不这样认为,龙国举说人死为大,不管是老人还是孩子,"头顶大事"必须认真周到,这样才会让逝去的人清爽上路,来世清爽为人。

这次的逝者是一位从脚手架上摔下来的建筑工,在医院抢救了五个多小时,最终还是没有抢救过来。来请龙国举的是逝者的一个工友,也是光顾"龙氏理发店"最多的熟客。

逝者的工友们坐在医院大厅,焦急地等待逝者的妻子、父母从老家赶过来。逝者的一个堂弟把龙国举带到逝者床边,揭开盖在逝者脸上的被单,一股血腥味立即弥漫着飘了出来。龙国举闭住鼻孔,凝神憋了一口气,才把翻涌的胃液强压下去。逝者脸上很脏,脸上的泥土和血痂相互交错凝固,除了一双黑黑的眼睛,其他面目基本分辨不清。

龙国举先替逝者清洗脸部。他洗得特别认真,一遍又一遍地用水把毛巾浸湿,然后一遍又一遍轻轻擦掉逝者脸上的那些泥垢。结有血痂的地方,他就用毛巾浸湿热水敷贴一会儿,才开始擦洗。用毛巾实在擦洗不掉,他则用右手小手指甲轻轻一点一点地刮掉,一直到清洗干净。房间里很闷热,时不时有汗珠从龙国举的脸上滴落下来。为了不让汗珠滴落到逝者脸上,龙国举时不时地要停下来,用搭在肩膀上的毛巾擦汗。逝者堂弟和工友想接替龙国举给逝者清洗,龙国举不让:

"还是我来吧,你们手脚都太重,不适合干这种细活。"

洗去尘埃,逝者的容颜呈现在龙国举面前。逝者很年轻,顶多在三十至四十岁之间,尽管脸上布满了摔破的伤痕,仍掩盖不住那种正当年的年轻气息。洗好脸,龙国举又开始给逝者洗头,他洗得很认真,就像平时给人理发洗头一样,用水把头浸湿,打上洗头液,一遍又一遍地用手指顺着头发来来回回揉搓,揉搓得差不多了才用水清洗干净。

龙国举小心翼翼地摆弄着逝者的头,每一个动作都很轻很轻。剃刀在他的手上轻轻翻飞着,逝者的头发就一绺一绺地掉落到铺在地上的草纸上。一个多小时过去了,逝者清爽的面目呈现在他工友们的面前,龙国举感觉浑身像散了架一样,头晕目眩,手脚无力。他虚脱地坐到逝者工友给他搬来的椅子上，大口大口地喘着粗气，好久好久才恢复过来。休息了好一会儿，缓过神来的龙国举看到逝者身上仍穿着血迹斑斑的衣服，眉头一皱，连忙嘱咐逝者堂弟和工友们赶快为逝者净身换衣服。逝者堂弟和工友们说："逝者的父母、爱人和孩子都没有赶到，不知道要给逝者穿什么衣服。"龙国举说："穿什么衣服？当然是穿老衣。街上有卖，去买来给他换上就行了。"

看到还没有人动，龙国举又说：

"不要等了，等他家人赶到身子都硬了，到那时，身上也洗不干净，衣服也穿不上去了。"

那些人说老板还没有开工资，他们身上都没有钱。龙国举说：

"先跟老板支钱去买来换，等他家人到了再和老板算账。"

龙国举不知道自己是怎么走出医院的，刺眼的路灯下，他的脚步缺少了平时的淡定，走得踉踉跄跄、东倒西歪，不得不靠着一棵行道树休息好久，心才平静下来，身体也才稳定下来。

城市夜晚的街道亮如白昼，石板街边的夜市依旧人声鼎沸，那些喜欢夜生活的人们，此刻也许酒意正酣，猜拳声、吆喝声、斥骂声以及五花八门的吵嚷声，充斥在大街小巷的上空，把城市的夜晚生活搅得丰富多彩。

四

白天，没人来理发，龙国举就到桂花树下磨剃刀。龙国举磨刀和别人不一样，别人在磨刀时想知道刀锋是否锋利，习惯性地用手指往刀锋上轻轻刮拭，龙国举则用眼睛看，看的时候还要让刀锋对着阳光。龙国举磨刀时，总有一些闲逛的人会驻足下来观看他那聚精会神的动作。有人看到龙国举这样试刀锋，也学着他的样子眯着眼睛往上瞅，然后对别人说，什么也看不到，只看到一片刺眼的亮光。

这天，龙国举正在给一个顾客剪头，几个高大的外国人掀着门帘走进"龙氏理发店"。看到外国人进屋，龙国举突然一怔，手上的推剪就不听使唤地剪去了顾客的一绺头发。龙国举关掉电源，怔怔地看着那些"老外"，不知道该怎么和他们打招呼。有个陪同"老外"进屋的小伙子叫龙国举不要停下，他们不会影响他工作。

龙国举继续给顾客理发，那几个走进"龙氏理发店"的"老外"，就站在理发椅旁边，聚精会神地看着龙国举给别人理发。店里坐着两个喝茶的老人，见到"老外"如门神一样的躯体挡在他们面前，不知道说什么好，只好端上茶杯走出"龙氏理发店"，去桂花树下看人下象棋。

顾客理好发，付钱后走出了"龙氏理发店"。其中一个外国人在顾客起来付钱时，一屁股坐到了理发椅上，陪着他们进屋的那个年轻人对龙国举说：

"杰维斯先生想请您给他理发。"

龙国举仿佛没有听见，仍站在一边发呆，直到那个年轻人又说了一遍，龙国举才反应过来。敢情这些外国人走进"龙氏理发店"，也是来理发的啊。

龙国举一生没有给外国人理过发，围好围裙和毛巾后，他却不知道下步该怎么办。拿着推剪站在那里，更不知道该从什么地方下手，只是呆呆地看着那个陪同的年轻人。

见龙国举拿推剪，坐在理发椅上的外国人连说了几个"NO，NO，NO"，并叽里咕噜说了一通外语，龙国举一个字也听不懂。

年轻人告诉龙国举：

"杰维斯先生不想用推剪理，要用剃刀刮，刮那种一点头发都没有的和尚头。"

年轻人还告诉龙国举，杰维斯先生说他听过"头顶大事"的故事，知道这里理发最好的手艺就是用剃刀剃，真正用剃刀剃出来的头才叫"头顶大事"，才体现功夫。杰维斯先生希望龙国举能用剃刀给他剃头，让他也享受到中国人处理"头顶大事"那种绝妙的手艺服务。

除了刮胡子，不管是过去还是现在，"龙氏理发店"的理发师们给活人理发，都不准用剃刀，这是"龙氏理发店"几百年流传下来的规矩。虽说现在时代不同了，什么规矩都可以改变，但龙国举却不想由自己来破这个规矩。匀城人都知道这个规矩，到"龙氏理发店"来理发的人，一般都不会要求用剃刀，即使有人想在"龙氏理发店"里把头发剃干净，也只是要求用推剪推，推剪推过后的头，头皮上会留出一些黑黑的毛茬，其寓意是"希望留存"。因为要不了多久，这些毛茬就会焕发出浓密的头发。用剃刀剃过的头，头发包括毛茬都全部被刮干净，只看见一个白晃晃的头皮，其寓意是"斩尽尘缘"。

龙国举无法跟语言不通的外国人交流，也无法把这个规矩对他们讲清楚，只能求助于那个陪外国人进来的年轻人。年轻人不但不给外国人解释，还反过来做龙国举的工作，希望龙国举能破一回规矩，按外国人的要求，用剃刀给他们剃头。

外国人的头发很硬，龙国举接连用了五把剃刀，才给三个外国人把头剃好。当三个外国人对着理发店的镜子，用手摸着自己光溜溜的头皮，"OK，OK"地赞美着龙国举的手艺时，龙国举的手几乎都抬不起来了。理发的人都知道，用剃刀给人剃头，靠的是手腕上的功夫，功夫不到力度不够，就没办法把头发剃下来，力度用大或掌握不好，头发虽然剃下来了，却容易把人刮伤。一般的理发师，没有经过认真学艺，没有经过长时间磨炼，是用不好剃刀的。

理好发的外国人走出"龙氏理发店"，站到"龙氏理发店"门边叫那个年轻人给他们照相。他们的个子都很高，光溜溜的头皮在阳光的映衬下，泛着耀眼的青光，青光几乎顶到了门楣上"头顶大事"那块牌匾。照相时，外国人还把龙国举从屋子里请出来，让龙国举和他们在"龙氏理发店"门口合了一个影。

五

"龙氏理发店"生意一直萧条，在外地谋生的儿子们曾希望龙国举也像石板街大多数住户一样，把房子租给别人去做生意，然后由他们出钱，在匀城繁华地段买一套房子，让龙国举搬到那里去住，龙国举不同意。他说他就住在石板街，哪里都不会去。叫他离开石板街，叫他不理发，他就要生病。见拗不过他，儿子们拿他没办法，只好由着他继续经营"龙氏理发店"，继续干着理发的营生。

接到匀城医院护工李大成的电话，龙国举正在给张大爷理发。张大爷无儿无女，孤身一人住在石板街北门边，上年纪后把房子租给一个卖字画的人去做生意，自己则住进了城郊的养老院。

年轻时，张大爷就是"龙氏理发店"的常客，从北门到南门，三千多米的距离中，一路上都有好几家理发店。每次理发，张大爷不是选最近的理发店，而是舍近求远，从北门一路走到南门，在"龙氏理发店"理好发后，再慢慢从南门走往北门。

住进养老院的张大爷，很少回到石板街，每次回石板街，不是来收租金就是到"龙氏理发店"理发。养老院专门配备有理发师为老人们理发，张大爷却不愿意在那里理，他说他这么多年一直在"龙氏理发店"理发，猛然间换一个地方理发他很不习惯。张大爷坚持每过一个月都要到"龙氏理发店"理一次发，理完发后再从南门走往北门，去看看自己的房子，收取租金，然后才从北门坐公共汽车赶往养老院。每次理发，张大爷都会对龙国举说：

"我的这个头和头发，只有交给你我才放心，交给别人我不放心。"

张大爷告诉龙国举，他已经给养老院的人交代好了，哪天他不在了，养老院会打电话告诉龙国举，然后由龙国举去帮他剃头，他才好清爽上路。

李大成在电话中告诉龙国举，他护理的病人想要理发，病人怕吹风，不能到石板街来，希望龙国举能带上理发工具，到医院去帮这位病人把发理了。

李大成是龙国举在匀城医院结识的一位护工，来自匀城下面的一个县上，长期在医院帮助护理那些生活不能自理的老人。很多时候，李大成护理的病人要理发，都是他用轮椅把病人推到石板街，推进"龙氏理发店"。

李大成护理的病人，都是一些生命行将枯竭的老人。这些老人们的子女因为工作，或别的什么原因总是不在老人身边，老人的吃喝拉撒等就完全委托给了李大成这样的护工。

龙国举习惯性地装上给死人剃头的一套工具，拉开门走了出去。走到门口后才想起来，李大成叫他是去帮病人理发，而不是去给人处理"头顶大事"。重新回到屋子中取推剪和剪刀时，龙国举想把给死人剃头的那套工具放回原处，踌躇了一下，还是把那套工具也带在了身上。

李大成护理的病人是位瘫痪在床的老人，老人也曾是"龙氏理发店"的老熟客。老人用虚弱的声音告诉龙国举，他感到自己越来越不行了，说不定什么时候就过去了，他要在还能知事的时候，看着龙国举帮他把头弄清爽，眼睛闭了才不会留遗憾。老人要求龙国举帮他把头发全部剪了，就当他是自己请人帮助处理"头顶大事"。

龙国举就在病房中给老人剪头。李大成把老人从床上抱起来，龙国举明显感觉到老人的身体很虚弱，似乎连喘气的力气都没有。龙国举在李大成把老人放到轮椅上后，从床上拿了个枕头，塞到老人的后腰部位，帮助李大成扶老人坐好。老人坐好后，龙国举手脚麻利地给老人围上毛巾，披上围裙，然后慢慢轻扶老人靠在椅背上。龙国举在病房中给老人理发，吸引了很多病人家属，大家都围拢到旁边观看。龙国举给老人理好发，帮助李大成重新把老人扶躺到床上，这时就有病人家属提出来，他们也想请龙国举帮忙给病人理发。

龙国举从医院出来时，夕阳已经西下，晚霞红红地燃烧在远处的山际，城市的上空布满了阳光洒下的火焰，幽远的天空变得越来越深，越来越蓝。夕阳拖曳出的城市高楼阴影，将石板街这样一条悠长的小巷，遮掩得越来越阴暗，越来越宁静。

龙国举给一个刚刚上路的老人剃好头，走到医院大厅，看到医院的两个勤杂工推着一个担架往外走，担架上躺着的人被一床白被单严严实实地覆盖着。两个勤杂工都认识龙国举，其中一个和龙国举打着招呼：

"龙师傅，是不是去给十八床的老爷子剃头了？"

龙国举回答后问他们推的是谁，推到什么地方去？

那个和龙国举打招呼的勤杂工说：

"一个在街上讨饭的，生病后被派出所用车拉过来，抢救了一晚上还是没救过来。我们把他推到太平间，等火葬场下午派车来拉。"

龙国举走上前，揭开覆盖在逝者身上的被单，看到了一张脏兮兮的脸和一身肮脏的衣服。龙国举问："怎么不洗一洗？哪怕剃个头也好看一点。"

一个勤杂工说：

"是哪里人、家属在哪里都不知道，哪个来帮他洗？"

龙国举说：

"造孽啊，好歹也是条命，既然我撞上了，你们去打盆水，我帮他剃个头吧。把他弄清爽点，到那边，他们家的祖宗也才会把他认出来。"

"这个,龙师傅……"

见两个勤杂工露出为难的神色,龙国举说:

"要不了多长时间,一会儿就好。"

两个勤杂工还在犹豫,龙国举从身上摸出刚才给人剃头得到的红包,塞到两个勤杂工手里,对他们说:

"麻烦你们帮打一盆热水,我帮他洗洗,你们看他这张脸,不洗干净怎么去见先人。"

在两个勤杂工的协助下,龙国举在停尸间为那具无名尸体剃头。停尸间的灯光很暗,他们把那具无名尸停放在门边,龙国举把逝者的头挪出担架,用勤杂工打来的水把逝者头发浸湿。剃头、刮胡子、修面、剪鼻毛、掏耳屎,一丝不苟地为这个不知名的流浪者处理"头顶大事"。

一个大街上的流浪者,一具不知名的尸体,在龙国举的细心打理下,露出了清爽的容颜。理完发,修好面,龙国举还想帮这位逝者洗一洗那双结满污垢的手,但自己却累得几乎站不起来了。看着已经分不清颜色的水,看着逝者全身上下分不清颜色的脏衣服,龙国举叹了一口气。把逝者的头重新搬回停尸床,用被单盖好后,龙国举才默默收拾工具准备离开。

就在龙国举收拾好工具要离开停尸间时,两个勤杂工中的一个走到龙国举面前,把刚才他送给他们的那个红包递给龙国举,说:

"龙师傅,刚才您把红包给我们,我们收到了。现在这个红包是我们给您的,也是一种礼节,您收下吧。愿您老这样的好心人富贵如意,长命百岁。"

六

"龙氏理发店"门前的桂花树一直是鸟的乐园,每天天一亮,鸟儿们就争先恐后地亮起歌喉。龙国举自己不养鸟,却喜欢看鸟,听鸟叫。

"鸟命如人命,快乐时就欢叫,不快乐的时候就啼鸣。"这是"龙氏理发店"的一个老顾客老金说过的话。鸟的叫声在龙国举听来都是一个调,都是叽叽喳喳的声音。但老金不这样认为,老金说听鸟叫要仔细听才听得出,用心听才能分辨得出每只鸟的喜怒哀乐。老金说鸟欢叫时声音婉转高扬,就充满着对日子的向往和渴望;啼鸣时声音就悠长缠绵,就表达出对完全不能支配自己日子的愤怒与焦躁。尽管老金懂得辨别鸟的声音,但老金自己却不养鸟,且还经常劝那些提着鸟笼来溜达的老人们也不要养鸟,不要把鸟关在笼子里,要放它们出去,让它们获得自由,这样的鸟才会快乐。那些提着鸟笼的人认为老金迂腐,都把他的话不放在心上,更不会像他说的那样,把鸟儿从鸟笼里放出来，给鸟儿以自由的空间。

仿佛就像约好了似的，"龙氏理发店"的门刚打开，那些将鸟笼挂在桂花树上，从南往北走，又从北往南回的老人们，刚好走到桂花树边的"龙氏理发店"门前，一些站在桂花树脚逗鸟，一些站在旁边说话，其中两三个径直走进"龙氏理发店"。先进来的那个人问龙国举：

"龙师傅，老金家没有叫你去帮剃头？"

"没有啊。"龙国举一边收拾东西一边回答来人的问话，"怎么？老金走了？"

来人就站在门边同龙国举说话：

"昨天傍晚走的，我今天早上也才听人说。"

老金原是某县人大常委会的一个副主任，退休后随儿女到市里来居住，也是"龙氏理发店"的常客，和龙国举以及那些常来"龙氏理发店"的老人们都是熟人。

老金一点都不像从领导岗位上退下来的人，很多领导干部退休后整天郁郁寡欢，愁眉不展，而老金却一天到晚嘻嘻哈哈，没心没肠的样子。

十四年前，老金第一次走进"龙氏理发店"时，龙国举还是一个五十出头六十不到的中年人。那天走进"龙氏理发店"的几个老人中，只有老金空着两只手，没有像其他老人那样提着鸟笼。在门前的桂花树下聆听了一阵鸟儿的大合唱后，老金走进"龙氏理发店"，要龙国举为他理发。

理一个发才花五元钱，老金直说太值得太划得来了。老金说他以前不知道匀城还有这么一个收费低廉的理发店，每次去理发都要花费十多元钱，这么多年下来，不知道多花了好多冤枉钱。跟着老金一起进来的一位老人说：

"反正你是领导，有的是钱，他们不宰你宰哪个？"

老金反驳道：

"你是站着说话不腰疼，我是领导就应该宰我？我拿的和你拿的还不是一样的钱，我还不是得养家糊口。"

"你可以搞腐败，而我们却没地方去搞腐败啊。"

听了这话，老金一点也不恼，他笑着说：

"什么腐败哦，老子要是懂得搞腐败，也不至于混个几十年，才混到县人大常委会副主任退休。"

有一次老金来理发，理好后他要龙国举给他说说"头顶大事"牌匾的故事。老金一边听一边慢慢品味，品味了好一会儿，他对龙国举说：

"的确是'头顶大事'。你想啊，人死了，什么都不能做了，如果还能够再理一次发，是不是'头顶大事'？"

老金问龙国举："给死人和活人理发有什么区别？感觉有什么不同？"

龙国举告诉老金,在他们理发师的眼里,死人和活人一个样,都是他们的顾客,都要用心去理好发,修好面。那天临走,老金对龙国举说:

"龙师傅,说好了,活着的时候我在你这里理发,死后也一定要你帮我剃头,你要帮我把'头顶大事'处理好,我才好清清爽爽上路。"

老金走了,龙国举没有想到老金会走得这么快。大前天,老金还来到"龙氏理发店",叫龙国举用剃刀给他剃一个和尚头,龙国举不愿意,结果老金只好妥协,让龙国举用推剪给他推了一个和尚头。临走时,老金还开玩笑地对龙国举说:

"龙师傅,我真想让你用剃刀帮我剃一次头,让我也享受享受,我真怕以后没这个机会了。"老金还告诉龙国举,过几天他要回乡下老家去住,这次去就不想回城里来了。他怕自己终老在城里,儿女们让他爬烟囱(火葬)。他不想爬烟囱,他只想枕着老家的泥土入土为安。

带来老金死讯的那位老人说,老金的儿女没有来叫龙国举去帮老金剃头,可能与他们急急忙忙把老金送往乡下老家有关,他们是趁着天没亮的时候拉着老金离开匀城的。

随着涌进石板街的人越来越多,原本很宁静的石板街,也变得喧闹和烦躁不安,桂花树也不再是鸟儿们的天堂。以前老人们在桂花树上挂鸟笼,没有人会来影响到它们,而今随着匀城搞旅游开发,在石板街举办的活动越来越多,已经影响到了老人们的遛鸟活动。虽然大家还会把鸟笼挂到桂花树上,但受到各种活动发出的噪音影响,鸟儿们不再欢叫,即使鸣叫,声音也不像从前那样欢快了。甚至一些鸟笼里的鸟,在没有被挂到桂花树上前,看上去生龙活虎、上蹿下跳的,一旦被挂到桂花树上,立马表现得蔫头耷脑、情绪低落。

到桂花树下来遛鸟闲聊的老人们少了,到"龙氏理发店"来闲聊的老人们也少了。来"龙氏理发店"理发的老人们,也不再像过去那样,理好发后还会坐上大半天,吹够聊够才离开。"龙氏理发店"已经不再是老人们和理发人留恋的场所。

最近石板街的人气特别旺,以匀城乾隆年间知府莫龙珍为原型的电影,正在石板街开机拍摄。每天前往石板街看拍电影的人络绎不绝,窄窄的街道常常被挤得水泄不通。

这部电影里的很多群众演员都是居住在石板街的人,龙国举跟别的群众演员不同,在戏中有一个独立的镜头,扮演自己的祖上,给过世的莫龙珍父亲剃头。出场费本来早就谈好了的,比一般的群众演员多四倍,临开拍的时候,制片方却找到龙国举,说经费紧张,龙国举的戏不多,他们只能出比一般群众演员多两倍的价钱,希望龙国举谅解,如果龙国举不同意,他们这一部分内容就不要了。尽管制片方的话让龙国举不舒服,但他还是应了下来。

今天涌进石板街的人更多,特别是那些曾经住在石板街,现在已经搬出石板街的人,他们今天走进石板街,就是想来看看他们熟悉的龙国举怎样演戏,怎样扮演自己的祖上去给死人处理"头顶大事"。

这场戏本来是在石板街中心老衙门内拍，但为了更突出石板街的风情，导演临时增加了一个磨剃刀的镜头。戏开拍前，人们见到穿着古老长衫的龙国举，气定神闲地坐在桂花树下，看上去比平时更飘逸，更多出几分仙风道骨的气质。随着导演的一声"开始"，只见龙国举坐在桂花树下，一下一下地磨着剃刀，动作是那样地娴熟，那样地气定神闲。虽然只是在拍电影，做样子，但龙国举做得很认真，磨刀的程序一点都不少，一板一眼都做得很到位。观看的人似乎忘记了这是在拍电影，而是像平时那样，散步经过这里，看到龙国举在磨剃刀，就自然而然地驻足下来，用一种艺术的眼光去欣赏龙国举所做的一切。

在桂花树下拍的那场戏让导演很满意，然而在老衙门内拍的那场戏，龙国举却始终进不了角色。看到躺在床上的那位演员，接触到演员口中散发出来的热气，感觉到演员身体散发出来的温热，龙国举的手没来由地就会抖动，总是掌握不好剃刀。导演每次都跟他说：

"龙师傅，您不要想太多，您就当躺在您面前的是一个已经逝世的人，正等着您来帮他处理'头顶大事'。"无论导演怎么开导，龙国举的心就是静不下来。

终于，龙国举的手不抖了，他告诉导演可以开始后，导演说了一声"开始"。

热水洗头，剃刀剃去头上一绺一绺的头发，剃好头发后用毛巾再把头皮清理一遍。程序按部就班地开展着，似乎一切都很顺利。然而当龙国举开始修面，给躺在床上的演员刮胡子时，演员口中的热气呼到龙国举手上，龙国举的手一抖，剃刀动了一下，一线血丝从演员的嘴角边流了出来。

"停！"导演喊了一声。龙国举手举剃刀，尴尬地站在那里，脸上一阵红一阵白。躺在床上的演员似乎感觉不到流血，还静静地躺着。导演喊"停"的时候，血丝从演员的嘴角边慢慢渗出，顺着下巴滴了出来。

导演走过来，把躺着的演员从床上叫起来，指着出血的地方问龙国举：

"怎么回事？前面都好好的，怎么会弄出这种事来？"

龙国举也不知道怎么会弄出剃刀割人的事来。他呆呆地站在原地不知所措，直到制片方把报酬给他，叫他走的时候，他才恍恍惚惚地离开。

"头顶大事"那场戏草草收场，龙国举不知道自己是怎么回到"龙氏理发店"的。虽然导演和那位被划伤的演员没有过多责备他，但龙国举仍然感到很内疚，很不安。回到"龙氏理发店"的龙国举，把自己关在店里，在阁楼上睡了三天。三天后，人们看见龙国举请人把"头顶大事"和门两边的牌匾都取了下来……

2013 年

句芒云路

归去来袭

> 报信给猎兽大神，请他告诉一位新亡者：别去荒芜的远方，莫往凄凉的地土……他们请我率领三千课招，差遣三百课找，定要招他的游魂回去，定要找他的飘魄回家。
>
> ——苗族巫辞译文

一

当给小雅艾的幸福童年画上休止符的绛日再度挪腾上树时，她的阿妈正用泪水给一枚银戒指洗澡。蓄在阿妈手掌里的泪水透明无比，放大了每一条错综的细纹。阿妈的眼泪里不知蕴含着什么东西，原是乌黑色的银戒指经阿妈的眼泪磨洗后就成了月牙色。这座青苔丛生的老木屋在它所处的苗寨中茕茕孑立，在夏日的普照下，起了点点发烧般的红晕。自从阿爸出事后，那些闪烁着金子般光彩的阳光在小雅艾眼里就变成了绛色，犹如涸浸了很厚很浓的血气，隐隐散射着阴冷恐怖。一出太阳，这些绛色的阳光就会不由分说地闯进屋子，把空气搅弄得一片乌蒙，使她这段时间以来极度灰暗的心情更加阴郁疼痛。

阿妈坐在床沿边，疲弱苍白的脸仿佛色彩鲜艳的绣花床单上那朵灰白丝线绣成的石榴花。小雅艾手里捧着阿妈以往最喜欢用的绣花手帕，水珠一滴一滴地从她的指缝间滑落下来，她想用这喝饱了温水的帕子给阿妈抹抹眼睛。阿妈整天整夜呆坐，眼睛又红又肿，仿佛嘴唇上不见了的血色都流失到了那里。

"阿妈，洗把脸吧，天亮了。"小雅艾说，"你又把这个红本本拿出来干什么？"

"雅艾，昨晚我看到你阿爸了，你睡熟了就没喊你，他叫我莫睡，陪他说话呢。"阿妈说。

"阿爸都和你讲了哪样？"

"他说他没死，只是到了另外一个地方，等着我们去看望他。"

"可能阿爸不知道他已经死了。"小雅艾埋低头，说，"也许我们可以想个什么法子去看望一下他的，不过，我想你莫再愁着脸才行。"

小雅艾给阿妈洗好脸，把手掌、指甲也细细抹了一遍，扶着她重新睡下。阿妈这段时间瘦得不行，小雅艾在搂着阿妈的肩背时，搂得一怀硬邦邦的骨头，硌得心尖尖都是痛的。

在这间还弥漫着阿爸的身影和气息的屋子里，小雅艾花了一上午时间来清理：她打开杉木衣柜，翻找出阿爸的几件小物什，那些大件的在办丧葬时已经交给巴狄熊①烧了，余下的这些是她偷偷藏掖而没被清理出来的。巴狄熊是寨上的老巫师，寨上的苗人离开人世后，去往冥界的那一段路由巴狄熊陪伴和护送。巴狄熊说，人死后属于他的所有东西都得让他带走，不然他就会挂念。这种挂念，对俗世和冥界两边的人都不好。小雅艾后悔没听巴狄熊的话，阿妈的样子让她想到得赶紧把阿爸的东西全部找出并烧掉。在抽屉的暗盒里，小雅艾找到了阿爸的打火机，还有一包只抽了几支的白沙烟。阿爸每次躺在床上要睡时，都要点上一支烟，然后在缭绕的烟雾中眯着眼睛看她和阿妈，很满足很幸福的样子。现在这个绿色的打火机，在阳光底下透出阴冷的气色。

小雅艾学阿爸的样子点了一支烟，烟雾开始缭绕，又学阿爸把烟放到嘴边吸了一下，却呛出了眼泪。擦眼泪时，小雅艾看到阿妈涣散的眼神仓促地会聚了一下，很快又跌进更深重的痴迷里，脸上荡起红晕。小雅艾知道自己又不小心惊动了阿妈心里想阿爸的那根线，那根线一颤动，阿妈整个人就成了线尽头的风筝，天上雨雾太重，阿妈总是飞得东摇西晃、迷迷怔怔。

阿爸烟瘾重。阿妈曾和小雅艾说："你爸在外面太辛苦了，又想我们，只有抽烟打发，我们莫怪他。"小雅艾不知道阿爸想不想她们，只知道阿爸不在家时，阿妈是很想阿爸的。只要空闲下来，不管小雅艾有没有兴致听，阿妈都会给她讲阿爸的事情。阿妈说："和你阿爸认识时我已经二十八岁了，和我一起长大的伙伴都成了两三个娃的妈，但我因为没有中意的人，就一直不肯嫁。也不知怎么着，打工时见了你阿爸，就认定他了。可你阿爸身体不太好，你的外公外婆，一开始强烈反对呢，但在我的坚持下还是勉强同意了。不久我们就有了你。我说只生养你一个妹崽太孤单，想给

---

① 巴狄熊，苗语音译，是指用苗语唱辞行巫的祭司。

你生个阿弟，可你阿爸说家里没什么钱，他身体又不好，孩子多了大人小孩都可怜，就一直不肯答应。"

后来的事情阿妈没再说，不过，那时小雅艾已记事。她记得阿爸在她刚满六岁时去了一个很远的地方做工，说是采石场。每次回来，阿爸都会把一沓厚厚的钱交给阿妈，然后把好吃的东西交给小雅艾。

再后来就是，家里来了一大群陌生男人，说采石场出了事故，遇难员工的尸体先后已挖出，却一直找不到小雅艾的阿爸。走之前，他们把一本印有一长串数字的红本本留在桌子上，还有一枚银戒指。就在那群人走后，木格窗外的太阳突然变成绛色，乌红的光让小雅艾感受到了前所未有的冰冷和刺痛，像漫天而来的冰刃，就地把她戳成了大窟窿。当小雅艾清醒过来寻找阿妈时，只见她靠在村头的大树底下，攥着红本本，手脸苍白，喃喃地说："你怎么能把我给你的银戒指都忘戴了呢，我们有钱了，快回来吧，我要给你生儿子呢……"

小雅艾把烟掐灭，烟雾渐逝，往事和阿爸也随之消失不见。点起打火机，阿爸的所有东西长出了火苗，最后化成了灰。小雅艾对着灰堆深深作了三个揖，说："阿爸，你的东西我全还给你了，我和阿妈不再挂念你，你也别再挂念我们了！"

没一会儿，阿妈奇迹般地起床了。"雅艾，好久没去你外婆家了，今天我们去你外婆家吧！"阿妈说这话时非常振奋，不知从哪儿来的蓬勃生气。

二

阿爸去世一个多月后，阿妈揣着红本本带着小雅艾回到了外婆家。小雅艾身上也揣着本本，是没有用完的作业本，等秋天来到，小雅艾就要去县城读初中了。

外婆住在大山深处，进寨的路又弯又窄，她们坐了两个多小时的中巴车到县城后，又转面包车坐了一个多小时才到。虽说小雅艾的家乡也是苗寨，但远没有外婆的家乡漂亮，外婆住的寨子里吊脚木楼鳞次栉比，非常有气势。许多房子的楼檐转角处，吊脚都凿成了莲花的样子，新楼是木黄色，老楼是黑褐色。

一朵黑褐色的木莲花下，小雅艾听到阿妈哀哀地叫了声"阿妈"，然后看到外婆正在戴苗帕，长长的青帕垂在身上，像一条干瘦的河流漫过一片蓬软的棉花地。苗寨的人喜欢和土地一起过日子，每天早出晚归上山下地，因为穷，大都长得黑而瘦，只有外婆是肥胖的白面妇人。听说十多年前，外婆在一次车祸中不幸被碾断右腿，大家都说如果及时找草医的话，完全有可能接好，可外婆为了多要肇事司机的几个钱坚持要去医院，医生三下五除二帮她截了肢。在医院躺了几个月后，独脚伶仃的外婆揣着五六万元赔偿款回到家，从此什么重活累活都干不了，渐渐地就长成了胖妇人，即使到后来小雅艾的外公去世，儿女们陆陆续续走的走，嫁的嫁，只丢下她一个人在家忙活，也再没能瘦下来。

当着小雅艾的面，外婆问阿妈："得了多少赔偿款？婆婆家分去了多少？"外婆细心又慎重地数了几遍那个红本本上的零，在没有数出具体数字以前，外婆再没开口。

阿妈说："公公婆婆说雅艾还小，以后需要花钱的地方多，一开始是不肯要的。办完丧事后，我把以前雅艾她爸做工时攒得的几万块钱给了他们，本子上的钱一分都没动。"

"好，好，是不能乱用啊，你拿来让我给你好生保管吧！"外婆说着准备把存折揣进口袋。

这话像针一样猛扎下来，阿妈一声尖叫。

"这笔钱谁也不能用！"阿妈原本微笑的脸突然变得狰狞，"不行！这笔钱是用来生儿子的，雅艾他爸还没回来呢，他还会回来的！谁也不能动！"

"看看，你又糊涂了，人都死了，哪来的儿子？你这个样子怎么保管得好这笔钱呢？可不是笔小钱哪！"外婆又说。

"不！不行！"阿妈把存折从外婆手里急抢过来收进了自己的口袋。

"不行就算了，干吗发那么大脾气？"外婆皱起眉头，脸一下子黑了。

阿妈从包袱里拿出一个相框，说："阿妈，你要保管就帮我保管雅艾他爸的相片吧，可莫弄折了！"

"快别，你把它放到那边桌子上！"外婆手都没有伸，好像上面有什么污秽东西怕弄脏了手。

小雅艾赶紧接住，说："我来，我来放。"

"桌子上的灰尘有点厚，杂东西也多，你先收拾一下再放。"外婆说。

"好的，外婆。"小雅艾说。

晚上，小雅艾认床，睡到半夜醒了。她出门去找茅房，突然看到外婆堂屋祭台下站着个黑乎乎的影子，吓得差点尖叫出声来，再细看竟是阿妈。阿妈披头散发，有说不出的诡异。

"我把你阿爸供奉在这里了，你可别告诉你外婆。"阿妈说这话时神情像个故意搞恶作剧的孩子，"我做了个梦，你阿爸到处找我们哩，我把他的照片供奉在这里，他就知道了。"

"这是敬奉祖先的地方啊，外婆知道了肯定会生气的，她今天已经不高兴了。"小雅艾的声音颤抖着。

"不怕，我们不怕她！"

阿妈抱着小雅艾狠狠亲了一下，小雅艾连着打了好几个冷战。阿妈的嘴唇一点温度都没有，像冬天的干树皮。

就从这晚开始，小雅艾开始胆战心惊地熬着日子。阿妈虽然不时精神恍惚，却不忘时时嘱咐小雅艾，那个红本本千万不能落在外婆手里，否则她们以后就没好日子过了，而小雅艾担心的是外婆迟早会看到祭台上阿爸的相片。

那天一大早，太阳还没升起，小雅艾和阿妈就被外婆的咒骂声惊醒，小雅艾听出事情不妙，立刻弹跳起来翻身下了床。眼见得外婆边骂边把阿爸的照片从祭台上取下，只听"咔嚓"一声，相片框子折断了，接着便像分秧苗似的，瞬间又把阿爸的脸撕裂了。小雅艾在阿爸过世后第一次哭出了声音。

"哭什么哭！看你阿妈做的好事，你阿爸的相片怎么能摆到堂屋来？真是乱搞，乱搞！气死我了，气死我了！"说着解恨似的把碎相片乱扔在脚下。

阿妈出来了，她箭一般冲进堂屋，然后重重地扑倒在满是碎相片的地上。这张是一小边脸，那张是半片嘴唇，小雅艾看到阿妈的身子因悲痛而剧烈地抽搐起来。

阿妈对外婆的谩骂充耳不闻，只在碎相片全部拾起来后对小雅艾说："这可怎么办啊，你阿爸很伤心，很生气，我们连他的照片都保护不好，以后他恐怕再也不会理睬我们了，我们快把它重新合拢起来吧！"

小雅艾在阿妈颤抖的手指间看到了阿爸完全扭曲的面孔，仿佛许多蛆虫在上面蠕动、噬咬，只觉胸口猛地发硬，硬得喘不过气来。她看见阿妈的泪珠大颗大颗地滚落下来，突然"啊"的一声狂吼扑向了外婆。小雅艾想拉没拉住，反而差点被冲倒，只能眼睁睁地看着她最亲的两个亲人疯狂地揪扯在一起。

"你还是不是我的阿妈？他得罪你哪样了？为什么要这样对待他？啊？"

"我就这样对待他了，就撕了，怎么样？"

"你，你，你给我把他的照片重新合拢来！"

"你眼里还有祖宗吗？还有没有我这个妈吗？他已经是个死鬼了，还是死得不好的鬼，我看你也快跟着他去了！"

"他是人是鬼，死得好不好，都是我的男人！我跟不跟他去，你管不着，管不着！"

"我爱管你得很，你来这里是我求你来的吗？我供你养你这么大，你什么时候好生孝敬我一下？是，我管不着你，也懒得管你，你给我滚！滚！"

"走就走，你这个破家烂家，我稀罕得很！"

"滚，我以后再没你这个女儿！"

小雅艾费了好大的劲，才在几个大人的帮助下把阿妈的手爪从外婆的白发中解开。一抬头才发现，周围已经站了好多人。

"你们看我这女儿啊，真是白养了，完了完了，我造了什么孽，老天爷要这样惩罚我……"外婆一脸抓痕，带着哭腔说，"当初喊她莫嫁，她偏要嫁，现在好了，人没了，赔了一二十万她也舍不得用一分，看把自己折磨成什么样子了！我供她俩吃喝拉撒这么久，一分没得她的倒也罢了，她竟还要把这个男人的灵牌放到堂屋上去！"

小雅艾抱住外婆仅剩的那条腿，哽咽着说："外婆，你别生气了，求求你们别打架了！"

外婆扶小雅艾起来，给她抹了抹眼泪，又给自己抹了抹，说："孙女崽崽啊，你知道我是火爆脾气，想什么就说什么，但我是真心想你们好啊。堂屋是什么样的地方，怎么能让你阿妈这样胡搞呢？你应该知道却没给外婆讲。你阿爸他死得不好，这样的人会变成恶鬼在人间到处游荡，是要请巴狄熊把他撵出去的，永远不能接受供养和祭奠！"

"为什么会这样呢？"小雅艾问，"难道平时和清明节的时候我都不能给他上香烧纸吗？"

"是的，不行。"

小雅艾看看蓬头垢面的外婆，又看看慢慢冷静下来捧着一手碎相片发呆的阿妈，原本已经退潮的眼眶再次漫起大水。

人群中有人摇头，有人叹息，小雅艾感觉阿婆心里也在落泪，但那眼泪像花瓣中的露水，很小很轻，禁不住一阵风吹就滑落不见了。

三

小雅艾清楚地记得，来外婆家时是阿妈牵着她，离开时却变成她牵阿妈了。

那一次大闹后，阿妈精神更加恍惚，清醒的次数越来越少，死活不肯再待在外婆家。外婆请来寨里的巴狄熊为她驱邪安神，但没起任何作用。

巴狄熊对外婆说："你女儿这种情况是'落洞'了，我能力不够，看不到她的魂魄失落到了什么地方。这个祸害如果不能及时驱除的话，她这辈子就永远是这没精没气的样子了。想必是你女婿的魂灵还有什么挂念，硬缠着她不肯离去，这倒不难，强行捉拿驱除就是，难就难在你女儿想他缠，喜欢他缠，他们两个的魂灵相缠在一起，我如果驱逐了他，你女儿的性命即使保住，也会一辈子不得安生。"

小雅艾不明白巴狄熊的话，想问问外婆"落洞"是什么意思。只听巴狄熊又说："寨子后面不远的半山腰有个洞，洞下面有棵枫木树，你让她和妹崽去那里住段时间吧，那个洞里和那棵树上都有神灵居住的，看她的缘法，最终能得解脱也说不定呢。"

第二天清早，简单收拾行装后，小雅艾就牵阿妈出了门。外婆说她太胖，腿也不方便，爬不了那么高的山，送到山下就折转了。

让小雅艾惊喜的是，在经过那棵巨大的枫木树时，阿妈突然清醒了过来。

头脑清醒的阿妈对新家很满意，亲热地捧起小雅艾的脸蛋说："雅艾，你看，这里多好！多清静！我们再也不用听你外婆聒噪了。你看，我们新家下边的那棵枫木古树！知道枫木树吗？那是我们苗人的母亲树。先祖说，这世上包括人在内的所有东西，都是由枫木树衍生的孩子。以前先祖每迁徙到一个地方，都会在那里栽上枫木。阿妈不清醒的时候，你就把枫木当作阿妈吧。这棵枫木这么大，这么茂盛，它一定会好生保佑我们的！我们这就去街上买些东西回来，你想好要买哪样，我们多买点，反正你阿爸留给我们的钱多着哩！"

阿妈说完就在洞里到处摸看，不时大笑。

小雅艾一点都高兴不起来，她们的新家是一个又大又空的山洞，虽然不深而且十分干燥，但冷幽幽的，像一张巨大的嘴，冷冰冰的石头像无数坚硬的牙齿。小雅艾感觉自己被一头大怪物咬住了，咽进了肚里，接下来就是被慢慢地咀嚼、吞噬。阿妈的笑声回荡在山洞里，像好几个阿妈同时在笑，这让小雅艾又开心又紧张又害怕。从那天太阳下山后，小雅艾便感觉寒冷无时不在无处不在，她想，一切都会过去，一切都会好起来的，看，阿妈又笑起来了。

中午，阿妈拉着小雅艾下山搭车去镇上买东西。在街上，阿妈一反常态地大方，径直到银行取了两万多块钱。以前外婆再怎么逼要和咒骂，她都舍不得拿一分出来。她带小雅艾去街头吃了碗猪脚哨子的锅巴粉，吃得小雅艾的脸蛋红扑扑的，手脚终于暖和了些。小雅艾想，要是阿妈天天带她来吃锅巴粉该多好啊。小雅艾想着想着，眼泪就流了下来，怕阿妈看见，又赶紧擦了去。后来，她们又去逛商店，小小的镇子几乎被她们逛遍了。她们买了床垫、棉被、锅碗瓢盆等很多吃穿用的东西，喊了一辆机动三轮车跟在她们后面屁颠屁颠地跑，直到车厢爆满了，她们才往回转。

车子开到寨边时，听小雅艾说要把东西搬到半山腰的洞里去，三轮车师傅十分讶异，但什么都没问。倒是小雅艾觉得这位三轮车师傅的样子特别亲和，自己主动把事因说了出来："阿伯，我阿爸不在了，阿妈受了刺激，所以脑子不太清楚。东西太多了，麻烦你帮我们拿到洞里去好吗？一共要多少钱？我给你。"

三轮车师傅下山时，怎么都不肯要小雅艾递给他的钱。小雅艾拉着车厢，久久不舍得放手。"阿伯，你真好！谢谢你！"过了一会儿又说，"阿伯，坐你这个车要多久能到县城？如果你有时间，来搭我去看看学校好吗？要是阿爸还在的话……好想去学校看看……"

得到阿伯的应允，小雅艾这才开了笑颜，在枫木树下一直目送三轮车师傅的身影消失在霞光之中才折回。

在洞口看太阳从对面云岚上升起，阳光仍是绛色的。但因山洞黑漆漆的，小雅艾再看到绛日时就不再那么害怕了，这些绛色的阳光烘着她阴冷的新家，反而增添了点点温暖。还有那位阿伯的应诺，也让她在心中存留了那么一点点光亮的希望。

阿妈和小雅艾用篷布和长竹竿在高处干燥的地方搭了个棚子，然后在地上铺上木板、干稻草、棉被和床单。她们像在从前的家里一样，睡得很香甜，每天总是等太阳把篷布照得透亮她们才醒来。

小雅艾给阿妈梳理打扮，最后都会别上那次去县城买的发钗，那是她执意要阿妈买下的，一只银色的蝴蝶，和阿妈手上的银戒指正好做伴。

"我这个样子好看吗？"有天阿妈不知怎么竟有些紧张，脸上起了红晕，"你阿爸再过一会儿就要回来了哩，我们再给你生个阿弟好不好？"

小雅艾大着胆子说："阿妈，外婆都告诉我了，阿爸不在了，你已经生不成阿弟了。"

"你外婆坏得很，她说的话你不要相信，你阿爸在呢，他每天晚上都会来看我们！"

"你说阿爸还在，那他为什么不在白天来看我们呢？"

"白天他忙啊，他要找好多好多的钱，来养活我们一家子人。"

"外婆说，如果你愿意，她就帮我重新再找个阿爸，那样你就能再给我生个阿弟。我也想有个阿弟，他长大后会像阿爸一样强壮，那样子我们两个就不孤单害怕了。"

"你外婆坏得很，她胡说，胡说！我说你阿爸在，他就还在！"

"阿妈，你别生气，我觉得外婆除了计较钱之外，其实还是比较关心我们的，还说要是没有米和菜了就到她那儿去拿。外婆还说了，你年轻的时候可漂亮了，现在也还不丑，打扮打扮，就能再风风光光地嫁出去。"

阿妈扭过头，不再和小雅艾说话了。

在小雅艾逐渐模糊起来的视野之外，隐约看见外婆住的寨子上空已飘起晨炊，耳边传来人语声、狗吠声、鸡啼声、猪牛羊的叫唤声，真热闹。小雅艾感到身子骨又一阵阵发冷，急忙起来去洞外找柴火弄早饭。阿妈离开床铺，坐在洞口的大石板上，一边看着女儿，一边等着暂时躲在云后的阳光再次回到她身上。

走出云朵的阳光没有看阿妈一眼，却径直照在了山下一个戴高高苗帕的女人身上。小雅艾从山上往山下看时，完全不知道这遥遥走来的陌生女人会把她和阿妈的命运引向怎样的轨道，直到她走近时才感觉她和一般人不太一样：艳色的绣衣、花鞋配着黑瘦的脸颊，灼亮的扭花银项圈、手镯配着劣质霜粉掩映下的菊花纹，有说不出的别扭和怪异。

看见正在拾柴火的小雅艾，女人向她笑了笑，叫了声："妹崽，你在做什么？我来看看你们！"

小雅艾很高兴有人来，还和她打招呼，便唤了她一声"阿婆"，心里却非常忐忑，她不知道称呼这个穿着艳丽但年纪不小的女人为阿婆妥不妥当，听见那女人应了，便热情地招呼她到洞里坐。

那阿婆看见了洞边呆坐着的阿妈，乌褐的嘴角翘起来马上又抿紧，仿佛有什么秘密在她心上颤动了一下，险些从唇边蹦出来。

"你是哪个？从哪里来？想要找谁？"阿妈问。

阿婆笑了笑说："山洞下面那个寨子的人都说这里住了个女疯子，看来你没疯啊。"

"谁说的？谁说谁才是疯子呢！"阿妈也嘿嘿笑了起来。

"不管那些人，我相信你没有疯。不过，你刚才问我是哪个，从哪里来，你问的问题可是我们大家都犯糊涂的呢。我们都不知道我们是谁，我们从哪里来，又要到哪里去。哦，其实我们都从同一个地方来，最终都要到同一个地方去。"

"是啊，我也犯糊涂了，我是谁？我是谁呢？"阿妈有些着急起来。

小雅艾懵懵懂懂地听着，也不禁纳闷起来："奇怪了，这些简单的问题，怎么阿婆和阿妈一问一答就变复杂了呢？"看见阿妈着急了，怕她又犯病，急忙应道："阿妈，你就是你，你是我雅艾的妈啊！"

"雅艾又是谁呢？"

"雅艾是你的女儿啊！"

"那你从哪里来的呢？"

"我是你和阿爸生的啊，我一直和你在一起，你在哪里我就在哪里！"

"那我又是从哪里来的呢？"

小雅艾急得直跺脚，把求助的目光看向了阿婆。

阿婆脸上现出慈爱的样子，把小雅艾紧紧抱在怀里，说："可怜的妹崽崽，你去外面弄饭，别让烟尘熏进来。我来帮帮你们，救救你阿妈。今天我就在这里和你们一起吃饭，好吗？"

小雅艾说不出话来，只是连连点头。这个陌生的阿婆，说的话特别好听，有无穷的磁性和魔力，她和外婆应该差不多年纪，但声音比起外婆的大嗓门不知要好听多少倍！这种珍贵的暖意让小雅艾瞬间觉得面前这位阿婆才应该是自己的外婆，只在她怀里待了一小会儿，身心就暖烘烘的了。

这次做饭的时间，让小雅艾觉得特别漫长。她极想知道阿婆将如何搭救阿妈，会和她说些什么做些什么，但为了遵从阿婆不让烟尘熏进洞里的命令，她必须时时把柴火看护好，让它充分燃烧起不起烟雾。趁焖饭的时候，她轻手轻脚地返回洞里看了一下，只见阿婆从绣花布袋里拿出香纸，分三处在洞里点燃。檀香的烟气弥漫的时候，阿婆和阿妈的对话也像烟气一般在洞里缭绕——

"可怜的妹子，来，闭上眼睛，什么都莫想。你不知道我是谁，没关系，你也不用知道，只要我知道你是谁就行。我还知道你从哪里来，你一直要找的人是谁。"

"你知道我是谁？"阿妈听话地闭上眼睛。

"你生于猴年四月十四日鸡时，今年四十四岁，你命犯流年，流年不利，注定这辈子颠沛流离,万般不顺意。哦,你叫南姜?唉,这也是苦得不能再苦的名字啊,咋就取了这样一个名字哩……"

"是啊,真不知道我怎么那么命苦,我要找的那个人,等的那个人,他竟狠着心,再不肯来会我的面了。"阿妈双眼紧闭,泪水噙在眼角边。

"苦命的妹子,你心里念着想着的那个人曾经去了远方,现在他已回来了,他就在你身旁。你别哭了,他会痛心的。"

阿妈猛地睁开眼,大叫:"他在哪里?他在哪里?"

阿婆伸出枯瘦的手掌,手掌上面的指甲又黑又长。当她的手掌抚上阿妈的手背时,小雅艾仿佛看到一截枯枝落到一片枯叶上。不一会儿,洞里飘起了安眠的歌声:

苦啊苦啊苦啊苦啊
可又全都是自找的
受这千般磨万般苦
却也还舍不得回去

睡吧睡吧睡吧睡吧
天国鸟鸣果园花香
美丽的人们在唱歌
……

阿妈渐渐安静下来,重新闭上眼睛,在阿婆柔软的歌声中成了乖顺的婴孩。

小雅艾在一边懵懵懂懂地听着,听着听着就什么都忘了,只觉着整个身子都飘了起来,洞外焖着的饭什么时候煳了都不知道。

四

因为有阿婆经常来玩,多了个说话的伴,小雅艾不再害怕山洞的阴森。

有时,小雅艾会问:"阿婆,阿妈怎么会变成这样了呢?她还能好起来吗?我好想下山去,我想读书,这里太阴了,冷得很。"

阿婆说:"阴才好啊,你阿爸才能来看你们。你阿妈一直在等你阿爸的魂灵归来,等着等着,就把自己的魂灵等得不安稳了。你阿妈糊涂的时候,是她的肉身躯壳拘不住她的魂灵;她清醒的时候,是她的魂灵在久等你阿爸魂灵不来,只得又跑回了它暂时居住的躯壳。"

有时，小雅艾会和阿婆一起看洞外空荡荡、亮晃晃的天，然后问阿婆："这世上真有魂灵存在吗？"

阿婆回答："妹崽，这种事情有没有、信不信就全由人了，那魂灵啊，就像一缕流云，像一团飞雾，也像一个黑影，个子像你这么高，它想要从你身体里出来的时候，你的眼睛、你的嘴巴、你的鼻孔、你的耳朵、你的皮肤孔隙，它都可以钻出来。"

"那我怎么看不到它们呢？我想看看阿爸的魂灵，阿爸的魂灵也只像我这么高吗？"小雅艾不明白。

阿婆就笑了，说："普通人的眼里是看不见魂灵的，你如果再小点，小到没有记忆之前，或等你老了，老到没有记忆之后，你就可以看见了。"

小雅艾想问为什么，但阿婆不再搭理她，转过头和阿妈商议买棺材的事去了。

不久后，阿婆带着阿妈和小雅艾去街上买来了一具薄棺材，小雅艾特意去喊了上次那个开机动三轮车的阿伯帮她们拉。阿伯一直给她们拉到山下，又帮着她们把棺材抬到洞里。

走之前，阿伯特意把小雅艾叫到跟前，问："妹崽，你阿妈好些了吗？"

小雅艾高兴地说："嗯，阿妈自从那个阿婆来了后就好些了，谢谢阿伯关心！"

阿伯有些惊讶地说："妹崽，你不知道吗？她就是山那边苗寨里的仙娘。"

"啊？她就是仙娘吗？外婆说仙娘有非常厉害的本事，能看到鬼神，帮我们找到已经不在世上的亲人，是真的吗？"

"仙娘是……唉，我也不知道怎么说才好……"

"阿伯，我相信阿妈的话，也希望仙娘的故事是真的……"

"为什么？"

"呵呵，那就说明我阿爸真的没死啊，他只是去了另外一个世界，那样他就还会再回到我们身边来！"

"唉，不和你说这个了，说了你也不懂，你好好照顾你阿妈吧……对了，我给你去问了县城里的中学，学校老师说他们那里是义务教育，不要钱的，开学了你就可以去报名。"

小雅艾高兴极了，搂着阿伯的脖子亲了他一下，说："太好了！我要去！"

在洞里，仙娘阿婆确定了空棺的安放方位，然后给它刷上黑漆。知道阿婆是仙娘后，小雅艾在对阿婆的热情中又增添了许多敬畏，在旁边小心翼翼地打帮手。

小雅艾问："阿婆，棺材不是装死人的吗？这里没有人死啊，你和阿妈买回这具空棺材到洞里来做什么呢？"

"呸！呸！小妹崽说话，怎么一句一个死的！"阿婆边刷油漆边说，"你阿妈没说错，你阿爸没死，他只是暂时去了另外一个世界。但你阿爸没有得到安葬，也没有巴狄熊的护佑，他到不了天堂。他那困在地下的身子没有棺材的庇护，被好多石头挤压着，无数蝼蚁噬咬着，痛苦极了，可是没有人解救得了你阿爸。于是，你阿爸的魂灵挣脱出肉身后，就来找你们了，可是他能看见你们，你们却看不见他。现在好了，棺材给你们买来了，你阿爸的魂灵可以来这里暂时安息，你阿妈也就可以和他见上面了！"

"这空棺材能让阿爸阿妈见上面？"

"是啊，你知道人活着和死了是咋回事吗？简单地说，人死了就是从这边河到了那边河，现在你和你阿妈在这边河，你阿爸在那边河，要有船才能渡过去。听说过牛郎织女的故事吧，死就像王母娘娘用银簪划开的银河。牛郎织女见面有喜鹊给他们架桥，你阿爸阿妈没有喜鹊架桥，我也没有那个能力帮他们召唤来喜鹊，就只有靠这具棺材了。"

"那它怎么让阿爸阿妈见上面呢？"

"哦，你以后就会明白的。我会让你阿妈睡到棺材里去，然后用我的能力帮助他们看见对方。"

"可是，我看到凡是睡到棺材里面的人会被埋进土里，再也不会起来了！"

"唉，小妹崽，你不用担心，你阿妈只是暂时到空棺里面睡一下，见了你阿爸后她就会再起来的。"

小雅艾还是想不明白为什么阿婆要让阿妈睡空棺材。她第一次知道世上有棺材这种东西，还是外公去世的时候。外婆对痛哭流涕的阿妈说："孩子别哭了，他们要给你阿爸入殓了。"悄悄躲在木门后的她从门缝里看到，人们把外公已经僵硬的身体抬进了一个乌黑的大木盒里，然后合上厚厚的木盖。那时小雅艾就想，这个叫作棺材的大木盒就像一张围着厚厚黑布蚊帐的床，睡在里面的外公看不到天色听不到鸡鸣，不知道天什么时候亮，就一直睡着不会再醒来了。所以，小雅艾特别担心阿妈一睡到棺材里面就会像外公一样不再醒来。

几天后，黑漆干了，阿婆来的时候，在棺材的四方及棺盖正中各摆了一沓冥纸。

小雅艾感兴趣地问："阿婆，这些纸是用来做什么呢？"

阿婆说："小妹崽，这可不是一般的纸，是钱。我们世上人用的钱叫阳钱，去世了的人在那边也得用钱啊，他们用的钱就叫阴钱。你阿爸阿妈见面之前，阿婆得靠它来请天上的神灵帮我施显灵力，也得靠它打发这周围的小鬼小怪，求他们莫阻拦和破坏你阿爸阿妈的见面。"

小雅艾说："阿婆，这些阴钱是我和阿妈在街上用阳钱买的，一张阳钱可以买好多张阴钱呢，如果我们用真正的钱盖在棺盖上面，是不是更好呢？"

阿婆笑起来了，说："这妹崽，精灵得很，这也只有你想得出！"

不久，小雅艾就看到了仙娘阿婆是如何让阿妈和阿爸见上面的。

每次，阿妈安静地在空棺材里躺下后，阿婆就点纸燃香，然后和小雅艾一起把棺盖合上一大半，留阿妈的头部上方不盖。纸钱燃尽了，在纸香的烟雾袅袅中，阿婆就在那个特意为她而买的四脚木椅上坐定，用黑青布蒙上脸，双手不停地拍打跳颤的腿胯，嘴里念念有词，或是哼唱苗歌。慢慢地，她就如同灵魂附体一样颤抖或抽搐，有时候是声嘶力竭，有时候是喃喃低语，反正不再是平常的样子。让小雅艾惊异的是，她说话的口气和语调竟成了她阿爸的样子，好像阿爸的魂灵通过她的肉身在和阿妈说话。有时她会告诉阿妈，她在路上遇到了什么人，叫什么名字，问是不是阿妈熟悉的，想不想问他什么话，她都可以转告，并让阿妈得到相应的信息和回答。

事情结束后，阿婆总是大汗淋漓，几近虚脱的样子。这个时候，阿妈就会拿出一大摞钱给她，让她去买好吃的补养身体，更重要的是补回阿婆所说的为做这种事情而折的"阳寿"，以便下次再渡他们过河相见。

自此，阿妈再也不在洞边等小雅艾眼里的那些绛色阳光了，她天天翘首等待仙娘阿婆的到来。仙娘阿婆的艳色衣裙一飘进洞里，就能把洞里的阴暗撩开，阿妈接下来的几天几夜就都是神迷心醉的样子。

阿妈对小雅艾说："这位仙娘真的能帮阿妈见到你阿爸哩！你阿爸他真真切切地就站在我旁边，和我说话，还给我唱歌，你看见了吗？你听见了吗？"

阿妈高兴了，就会抱着小雅艾一个劲儿地亲。她迭声叫道："雅艾雅艾！阿妈好开心啊，下次我们一起去见见他吧！"

可惜这只是阿妈兴奋之时说的一面之词，阿婆每次都会以不同的理由拒绝小雅艾的哭求："你是小孩子，你的魂灵不能去那个地方，会回不来的！你阿妈对你阿爸的念想，和你对你阿爸的念想是不一样的，你见不到你阿爸的魂灵的，知道吗？"

如果小雅艾伤心地哭起来，爬进棺材里怎么劝也劝不出来时，阿婆就会抱她在怀里，抚摸着她已经纠结得像鸟窝的黄头发，说："可怜的妹崽崽，别哭了，你阿爸看着你呢，他会心痛的，会心痛的啊……"

小雅艾怔忡地望向洞外，她想自己是仙娘就好了，那样就能时时刻刻和阿爸在一起。冥想中，小雅艾真看见了阿爸正在看着她，一袭白衣，黑黑的空棺像他脚下踩着的云朵，他张开双臂等着她投向他的怀抱。有时，阿爸还给她带了一个人来，让她叫那个人老师。

五

每看到那个红本本上的零减少一个，小雅艾心里都有些莫名的心痛和不安，同时又会泛起点点稀薄的希望。那个红本本和上面的数字是阿爸失踪后才出现的，现在反过来了，如果红本本和数字失踪了，阿爸会不会就出现了呢？

红本本上数字的减少只有搬家那次与小雅艾有关，最深刻的记忆是和阿妈一起吃了碗猪脚哨子的锅巴粉，其他的零从红本本上走下来后，钱就落到了仙娘阿婆的手里。阿婆每次拿钱，好像都是阿妈硬要塞给她她才勉强拿的，但小雅艾看到，拿着钱下山的阿婆脚步看上去非常轻快，花哨的苗绣衣裳映在绛色阳光里，像一个缥缈的梦境，梦境里隐隐约约飘着婉转的苗歌或咒语。

最后一次取钱的时候，阿妈嚷着要取一万，小雅艾数了几遍红本本上的零，惧怯地说："阿妈，一万块钱必须四个零，但这上面的零已经没有四个了，还……还要取吗？我们……"

阿妈急了，厉声嚷道："怎么会？你阿爸留给我们那么多钱，怎么可能那么快就没了呢？"

小雅艾把头埋得很低，说："阿妈，确实，确实已经不多了……"

阿妈抢过红本本看了又看，把上面的零数了又数，忽然就变得愣愣的了。

那天，仙娘阿婆也在旁边。听到小雅艾的话，把头偏向了一边。

自此，小雅艾再没见到她。

秋天来了，首先是一长段燥热的日子，然后就是一长段风雨飘摇的日子。草木开始变得萧疏，吹进山洞里的风越来越紧。

阿妈开始变得焦躁不安，经常发脾气，还动不动就撕咬东西，比以前的呆坐痴傻更令小雅艾感到不安。小雅艾不敢靠近阿妈，也根本制止不了她，只好偷偷躲在洞下的枫木古树旁暗暗观察，等洞里安静了她才敢回去。阿妈的哭骂在洞中来回飘荡，像一把锈钝的锯在小雅艾的心上来来回回地切割。当秋天快过去，学校开学已过了几个星期，这把锈钝的锯同时把小雅艾的上学梦割断了。小雅艾不再流泪，只是经常到山下抱着枫木古树，或者偷偷拿了阿妈买的香纸在枫木古树下点燃、作揖、下跪、默默祈求："枫木树，你是我们苗人的母亲树，求求你保佑阿妈快点好起来吧，保佑我去上学吧！"

山下寨子里的人们最初听到阿妈的哭骂时，还有几个好奇的上来窥望一会儿，也安慰小雅艾几句，后来习惯了就再没人来。外婆也叫人挽她来过好几次，一瞅见洞里黑漆漆的棺材和阿妈狂躁的样子就骂骂咧咧地走开了。

过了些时日，阿妈的样子越发绝望和疯狂，对小雅艾的态度也越发恶劣。

"你个挨千刀的，快说！本子上的钱是不是你偷偷取走了？不然怎么会这么快就取完了！"

"你个砍脑壳死的,把钱藏在哪儿了?说不说?说不说?不说我掐死你!掐死你!"

小雅艾一句话也不说,说了也没用。阿妈已经完全失去理智,她心里汹涌着的苦痛、悲怨、委屈、恐惧等不快必须得有个发泄口,不然就会爆炸,而小雅艾也已从开始的害怕到麻木地承受阿妈的撕扯抓咬。阿妈又黑又硬的指甲掐进她柔嫩的皮肉里,就会像一把烫红的火钳插入水中,马上冒出一朵朵青色的紫色的小花。但是,即使阿妈有时掐她的地方是脖子,痛得她几乎窒息,她也不会逃跑,每次都是阿妈掐得手酸了才默默地去烧水做饭。她想,就让阿妈掐吧,掐了,气消了,她的病就会慢慢好了。有时小雅艾也会往悲哀里想,她想,就让阿妈把我给掐死吧,活着痛苦得很,死了就可以见到阿爸了。

吃着小雅艾做的饭,阿妈有时又会突然地、短暂地清醒过来,看着小雅艾一惊一愣的。

"雅艾,你头发怎么了?你脸怎么了?谁打你的?告诉阿妈,阿妈找他去!"

"没事的,在路上不小心摔倒了!"小雅艾忍住了泪水,把它和着一口饭一起咽了下去。

阿妈吃饱饭,就落寞地到空棺材里面睡去了,把一个空旷、黑暗的山洞留给小雅艾。当山下鸡叫头遍时她就会起来,然后又继续到洞口等候仙娘。

这个夏天的一个晌午,大朵大朵的乌云笼罩了天空,大风穿过山林时,发出惊涛骇浪般的声音,细听又像鬼哭狼嚎。

"阿爸,我想你,比想读书还想,是你来了吗?"

小雅艾在心里这样迷乱地对自己说,巨大的痛楚一闪而过,留下的是苦涩。她的长发像山下枯黄的芭茅草,在狂风中飞舞。

阿妈站在洞口又开始漫骂,小雅艾来到洞口,惯常的思维告诉她,阿妈接下来又要掐她出气了。明明是乌云密布的天空,小雅艾却看见了收到红本本那天的绛日,还看到了阿爸,阿爸站在空棺上,张开怀抱,就像一只大鸟乘驾云朵,向她微笑着飘来。小雅艾想,阿爸的怀抱里一定有好多好多的温暖啊,只要投进他的怀抱,所有的伤痛就一定都能融化不见了。小雅艾幸福地闭上眼睛,也张开手臂微笑着向阿爸走去。

"阿爸——"小雅艾大声地喊了起来。

这声叫喊把阿妈已经屈张成爪的手滞在半空,半天没有收拢,全身冷汗。

而正在此时,小雅艾闭了眼,张开细细瘦瘦的手臂,向山下倒去。在空中,小雅艾感觉阿爸紧紧地抱住了自己,然后把她高高地举过头顶,快乐地旋转起来。小雅艾甜甜地笑了,在阿爸的怀抱中,她像一朵脱离了母体的蒲公英,被山风温柔地托起来,旋转着,缓慢地向山下飘去。那一刻,她的心里澎湃着从未有过的幸福和快乐。

下坠的速度突然变得急剧起来，小雅艾像只突然失去了翅膀的鸟儿，被狂风拽着向黑暗急坠。小雅艾感觉到有蔓草滑过她的身体，有荆棘刺进她的身体。在极其痛苦的瞬间，小雅艾看到了一大片嫣红的云霞，在一条山间小路上，在很多很高的茅草边，她朝着阿爸的背影使劲喊："阿爸，阿爸，你要快点回来啊，快点回来和我一起玩啊……"

"阿爸，你总不回来，我只有来看你了。"

六

枫木古树拦住了小雅艾急速滑向山谷的身子，古树的身子和小雅艾的脚在相遇的瞬间，天地间一声巨响。

阿妈在惊慌之下没有拉住小雅艾的手，便大声尖叫着跑下山去追，她跑着跑着便滚了起来，最后她的头撞在了枫木古树上。

这棵和苗人苦难相依的、被亲切地叫作母亲树的灵木，在那一刹那，护佑了小雅艾以及她阿妈苦难的身体和魂灵。

嘈杂的人声中，阿妈先醒了过来。她和枫木古树相撞没受什么大伤，反倒让她混沌的头脑突然一下子清朗明澈了。她看看母亲树，再看看女儿，还有闻讯赶来的阿妈，想起自己也是做母亲的人，清醒过来的她清晰地叫了一声"阿妈"，然后撕心裂肺地哭喊起来：

"阿妈，快救救我的女儿吧！阿妈！"

年迈的外婆泪流满面，她脸上的菊花纹让泪水流得杂乱无章，小孙女血淋淋的断腿吓得她的残腿不停地抽搐。

直到人群里有人大喊："快！莫耽搁了，车子来了，快点送医院吧！"阿妈和外婆才一起被震醒过来。阿妈一把抱起女儿，迅速钻进车里，哭喊着催师傅快走。外婆则在车轮扬起的尘土中艰难地下了公路，朝邻寨踉跄奔去……

一个多小时后，躺在抢救室里的小雅艾已经包扎止血，医院等着她阿妈把手术费交齐后再进行截肢手术。骨科的主治医师说："小雅艾的大腿粉碎性骨折，必须马上进行截肢手术，不然后果自负。"

阿妈手里已经没有钱，那个红本本上仅有的几千块钱已经全部取出来交了住院押金，她只能焦急地等待小雅艾的外婆赶快到来。

眼睛快望穿了，外婆才来，同行的还有一位白发苍苍的老人。外婆肥胖的身子因承受不住极度的疲累和恐惧而上下颤抖。

外婆带来的几千块钱只够支付高额手术费用的一个零头。医生说："最少也得先垫付一万块钱，术后再补齐。"

阿妈一下子瘫软在地，外婆一把把女儿拉起来，狂怒地吼："看你造的什么孽！我孙女要是没有了，我要你的命！快清醒吧，赶紧拿主意啊！"

阿妈哀哀地说："阿妈，这是雅艾她爸留给我的银戒指，你把它卖了吧，多少能换点钱，给雅艾治病，她不在，我也不活了！"

外婆这才想起她去邻寨请来的草医，于是拉着女儿，齐齐地在那个和她一道来的老人面前跪下，把手里所有的钱都塞到他手里，急切地哭求起来："老医师啊，当年我为了几个钱没来找你，这辈子我后悔死了，现在千万不能让她再像我这样了，我们就是有钱也不能让她截肢啊，我苦命的外孙女就全靠你了，求你救救她吧！求求你了！"

医生在一边已经极不耐烦，大声呵斥道："你们还要不要动手术？不动就赶紧把人拉出去，出什么事我们医院负不起责！"

老人把钱塞回外婆手里，说："快起来，快起来，钱你们先拿着，我也不知道能不能救得了她，你外孙女和你不同，从那么高的山洞冲滑到树上，就是钢筋恐怕都要断成几大截，何况一路过来又流了那么多的血……不过，小孩子的骨头比较柔韧，或许还有救，我尽最大努力吧！"

在小雅艾再一次陷入昏迷之前，她又看到了阿爸离开时天空出现的那轮绛日。身体流失了许多血后的小雅艾，看到绛色的阳光正在一点点转成彩红、浅红、淡红，最后只有一点点红晕了，这些红晕散开，就变成了无数巧笑嫣然的桃花。天地明媚起来，小雅艾的身子被漫天的桃花簇拥着，再也不觉得寒冷。

小雅艾吃力地说："阿妈，我把阿爸留给我们的最后一笔钱悄悄钉在棺盖下面了，但那绝不是成心偷的……你第一次取钱时取了两万多，前后只用了一万多，还剩一万，你一直没有问起，我就把它们偷偷地钉在棺盖里了……因为阿婆说，要有钱，你和阿爸才能见上面，大鬼小怪才不会来阻挠你们，我是想，把它们钉在棺材里，你和阿爸就能多见一会儿面了……"

小雅艾剧烈地咳嗽起来，身体里有一股苦咸的水想从她喉咙里涌出来，被她强咽了下去："阿妈，不要把钱交给医生，一定不要！这笔钱，你留着用，等你清醒了，给我再找个阿爸，好吗？到时你拿去买嫁妆，风风光光地嫁出去，给我生个漂漂亮亮的阿弟……我一定去求老巴狄熊通知阿爸，让他来投胎做我的阿弟……要么，我们去山下建栋木房子，不要再住洞里了，洞里太冷了，我好害怕！……我们把房子建在枫木树旁，像外婆家的房子一样，在楼檐的转角处多雕些吊脚莲花……然后，我每天坐阿伯的车去县城上中学，你喂养几只小鸡小鸭，做好饭等我回来……"

小雅艾的声音太虚弱了，她不知道阿妈能不能听见。

身体里那股苦咸的水再次汹涌而上，阿妈和外婆的面容渐渐模糊，阿爸的样子却越来越清晰。小雅艾投入阿爸的怀抱,身子再不觉得痛苦和寒冷。阿爸在她耳边温柔地说:"雅艾,莫怕,莫怕,一会儿就好了,一会儿就好了……"

小雅艾轻轻叹了一口气。

后来附在她耳边的声音,不知怎么就变成了巴狄熊的苍老嗓音:"你阿爸已把所有属于他的东西全部带走,对往世不再眷恋流连,已向来世投生了。"

(原载《民族文学》2013 年第 5 期)

2013年

魏荣钊

纸　条

万老师是我中学的语文老师兼班主任，他上课念课文一字一顿，讲解也有板有眼，如细雨绵绵，深入浅出。我一直尊敬万老师，他不仅仅是我的老师，更是我的恩人。

那年，我师范大学毕业没能在大城市谋到职业，就东一榔头西一棒子地在社会上流窜，一年多后仍旧一事无成，最后被父母逼着回了县城。我不喜欢教书是事实，但此时我不去当教书匠就会沦落为县城的二流子。认识我的人说，像我这样有文化的人，当二流子太可惜，枉费父母送我读大学。我听了替父母难过，就想浪子回头。我学的是教育学，没别的本事，只能教书，可是现在想去教书，还得去求教育局，即使教育局同意，也还要有学校接收。我父母都是工人，除了干活没别的本事。我想来想去，想不出找谁可以帮忙，最后很羞愧地想到了万老师。

万老师此时已从一中调到二中当教导主任，我想，要接收我这个浪子也就是万老师一句话的事，但我知道他原则性太强，心里直打鼓。找到他那天，他十分怀疑他的学生，他说，你毕业在社会上飘荡一年多，心都逛花了，还能静心教书？我说，老师你还不了解你的学生，再怎么飘也是你的学生，诚实人啊。我把"诚实人"三个字说得很响。他沉默了半天，对我说，我说了不算，你先赶紧把你的档案提到学校来，我和校长商量商量，别太乐观，没准校长不同意……其实，他这么一说，我心里就有底了，学校又不是堆满了老师，即使堆满了，多我一个也不多。

结果没费力气，我就顺利当上了二中的老师。我知道，我没费神，可万老师费了心。

不喜欢教书，不等于教不好书。老实说，我还真是教书的料，虽然万老师说我教书

纸条 魏荣钊

吊儿郎当，但我教的学生就是服我，考试成绩从来都不落下。虽然万老师也从来没有当面表扬过我，但我心知肚明，他心里是认可我的。就在万老师退休的头一年，他极力推荐我当副教导主任，我说我不行，我不是当官的料。万老师就马着脸说，这是什么狗屁官？这是叫你带个头把教务工作搞好一点，当官，美得你……

既然校长也乐意我做这"弼马温"，我就从了万老师的心愿。我哪敢不从？想当年他要不极力推举我来二中，弄不好我还在社会上流窜。当然，没准儿也成了大老板。

我当上教导主任的那年，万老师就退休了。退休后他去了省城女儿家。万老师其实挺不幸的，在他女儿大学毕业刚参加工作时，他夫人（我的师母）就发生车祸走了。古人说，少年怕丧父，中年怕死妻，老年怕失子。就在万老师步入老年阶段时，妻子却突然走了，这对他的打击很大，但他始终没有倒下。明显地，就是感到他对学生越来越用心了，几乎把所有精力都放在了学生身上。

时间过得真快，一转眼万老师退休回家了，我先是为人师，后是为人夫，接着是为人父，在讲台上一站就是十多年，而今眼目下，都快人到中年了，万老师也不能不老啊！

万老师是大家公认的好老师、好男人，他不喝酒不打牌，退休前唯一的爱好就是下下棋，附带抽几根烟，可退休后，说什么肺部有问题，就把烟戒了。过去，除了教书，万老师几乎不玩别的，现在退休了，没有学生可教了，也没作业可批阅了，他实在是闲得发慌。有天他来我家串门，我妻子烧了几个菜留他吃饭，他推辞了半天总算坐了下来，我想培养他喝点酒的兴趣，没事喝点小酒打发苦闷，也是一种生活乐趣。我把储藏了十多年的一瓶老习酒给他斟上二两，他端起杯子抿了一口，结果却差点把喉咙呛坏。他说他没有喝酒这福气，学不成，还是算了。他还说，喝酒也是一种能力，就像教书，有的人学生服，有的人无论怎么做，学生就是不爱听。每个人的能力不一样，不能的就不要太为难自己勉强自己。

我是一番好心，不承想万老师却不是那块料，酒和他无缘，罢了。

菜场口旁边有一块坝子，坝子上每天都有几个老头在那里下棋。有一阵子，万老师也爱去那儿凑热闹，一个认识他的老头总爱叫他对阵。那天，这个老头抬头看了一眼，就说，万老师来一盘？他说，你们下你们下，我看看。老头热情得不行，喊得万老师实在抵挡不住就坐到了老头的位置上。和万老师对阵的是一个比他更老的老头，半小时下来，双方几乎势均力敌。可关键时刻，对方唯一的一个车被万老师斜刺里跳上去的马踏了。对方老头转过神来，急了，大叫一声，伸过手来按住车，急忙说，等一下……万老师说，想悔棋呀？对方老头看了他一眼，说了一句夹带南方口音的山东话，奶奶的，悔个子，咋的呐？万老师一生说话不带脏字，哪听得如此不敬之言，且有辱上辈之嫌。于是把捏在手里的几颗棋子一丢,走开了。比他更老的老头也很恼火,在万老师背后说道,什么玩意?还脾气大得很呢!不下就不下,有啥了不起。

从此再没有看到万老师出现在菜场口。

很久不见万老师,一天我去他的住处看他,只见他家铁门紧闭,敲了半天,也不见万老师开门。正准备下楼时,见万老师抱着一条小土狗气喘吁吁地走上楼来。我问他哪里抱来的小狗,他说他去乡下亲戚家了。不用多说,我明白了他去乡下的意图。小土狗很乖顺,皮毛也很光滑,我伸手去摸它,它仰起头来"汪"的一声,吓得我把手立即缩了回来。

万老师抱着狗,根本没有要我到屋里坐一下的意思,我也知趣,只好说我回家了,改天再来看他。万老师边走边"好好好"地走上了楼。

之后,又有很长时间没见到万老师。有一天下午,万老师突然出现在学校教室外,他长久不来学校了,他来干啥?原来他是来找我的。他急急地说,向阳,快去帮我找找灰灰,灰灰走失了。灰灰就是那条小土狗,由于皮毛呈灰色,万老师就叫它灰灰。我问,灰灰是怎么走掉的?万老师说,我去菜场买菜,它一直跟在我身后,走到小十字时,有个公司开业,请了一长队穿得花花绿绿的人在街上敲锣打鼓搞宣传。灰灰听到震天响的鼓锣声,吓得屁滚尿流,不顾我在后面唤它,一个劲儿地疯跑,我哪里追得上?结果不知跑到哪里躲起来了,我找了两条街,累得不行,可还是不见灰灰,麻烦你去帮我找找。

我哪敢迟疑?马上就窜出学校,走上街头,在不短的几条街道上盲人瞎马地寻找,花了一个多小时,最后还是令万老师大失所望。

灰灰没了,当时万老师的脸很阴沉,虽然没有说什么,但看得出他很是沮丧和失落。第二天,万老师去了省城他女儿家,他毕竟老了,老人的心和孩子是一样的,在受挫时需要亲人的安慰和关心,此时,唯一能慰藉万老师的当然是他最亲最亲的女儿。

万老师跟我说过,他不习惯在省城生活,除了女儿女婿,没有熟人,孤独得很;邻居们上上下下,好像谁都不认识谁,也不打招呼,就是对门对户,铁门也是永远关得死死的。待久了,不但压抑,还心慌得很。这让万老师的女儿和女婿感到无可奈何,既不能强制把老父亲留在省城,又不能把省城变成县城,只能任由父亲随来随去。虽然很担心老父亲回到县城孤孤独独一个人,但又想不出更好的办法。

万老师又回来了,什么时候从省城回来的不知道。那天,他兴高采烈地找到我,对我说,人活着,尤其是像我这么大年纪的老头,得找个事情做着才舒坦,如果不死的话,要不空空落落的,不好过。

万老师告诉我,他一直没有找到牵着他好好活下去的方式和理由,昨天他在书架上翻书,突然发现了"新大陆",在书柜的一格里,看见他教书三十多年生涯里的"尴

纸条 魏荣钊

尬"。这些"尴尬"都是课堂上和课堂下学生给他提的问题，这些问题因为当时时间有限和知识所限，一直尘封到现在，有些问题属于个别学生捣蛋提出来的，但不无道理，有些问题确实属于学生的求知欲所为，他们不是故意为难老师，是希望能帮他们解惑释疑。可是，他不是知识的海洋，不可能什么都懂。他把无法解答而有意思的问题，马上拿笔或回家在一张纸上记下来，有的问题经过查找资料当时就回复了学生，有的因条件、工具书等诸多限制，一直放在柜子里，到他退休前的早些年，积存了几百张纸条、几百个问题。万老师说他现在可以好好研究下这些问题，不管这些学生在县城里还是到了外地工作，即使是出了国，他也要把一个一个的问题搞清楚，然后找到学生们的通信地址，把问题解答出来寄给学生，以此弥补当时欠下学生们的"债"。

其实，人不管是为了活着而吃饭，还是为了吃饭而活着，都是有意义的，因为活着本身就是生命的意义。只是有的人需要找到活着的理由，有的人用不着。万老师当属于前者。一辈子教书，就是他活着的理由；如今不教书了，但他还有活着的资格，那么像他这样的人就需要找个活下去的理由。万老师认为，现在这些"问题"可以使他继续活着了，因为他有了新的生活意义，这个意义就是好像他仍然是老师，还可以给学生们继续释疑解惑——那些问题够他思考、查找资料的了，而且要把一个个问题解答出来寄给学生，这也够他忙了。因为这些学生散居天南地北，得一个个查找通信地址，这本身就是个不小的"工程"，对于一个年近古稀的老人来说，这个工作并不轻松。

我不知道万老师是从哪天着手动工他那"工程"的，总之觉得他已经进入了另一种人生境界，像科学家钻研一项技术，全身心投入了进去。

有天他跑来我家，对我说，向阳，你知不知道，你也"为难"过我呢，给我也提过一个难题？我顿时有点蒙，说，没有吧，万老师。万老师从衣服兜里摸出一张纸来，说，没有？看看，这就是你提的问题，证据确凿，你还敢不承认。我拿过纸条一看，有些惊讶于我当时提的问题。我说，万老师，我真的记不得了，我承认，我承认。

万老师说，你这个问题我就不解答了，咱们一起来说道说道。你提的这个问题，我想，当时的动机可能属于逻辑思维，但现在，我不这样看了，这不仅是逻辑思维，可能涉及敏感话题。万老师记录我提的问题是：小时候，我们从单一的书本和有限的电影里获取这样一个信息——打土豪分田地。说的是中华人民共和国成立前后，把财主、大富人家的家产强行充公分给穷人，可如今有钱有势的大户富户不少，穷人也多，怎么不再提打土豪分田地……万老师对我说，你想不起这个问题，但我有"历史依据"啊。你当时提这个问题时着实让我捏了把汗。我说，万老师，我明白，那时不懂事，想什么就说什么，现在读了一些历史书，明白了很多事理。

我那时幼稚，诸如这样的问题确实有很多，现在不用万老师帮我解答了，随着时间、阅历的增多，一一都有了自己的答案。万老师没有和我探讨历史和现实问题，他浅浅一笑,说,我的任务不是要和你讨论,你既然已经明白了你十多年前提的问题的要害,那我还有什么可说的,过去欠你的"债"算是完结了。

万老师走了,我想,要是我非要他当面口述解答这个问题不可,不知道我亲爱的万老师怎么作答,如何认识这个具有现实意义的问题。然而,我又想,万老师他不是要深入讨论这些问题,他只是想把欠下学生们的"债"按自己的思考,通过查找资料还了罢了,从中获取乐趣和活着的力量。"没事找事干"才是万老师的初衷。

日子过得很快,一转眼冬天就快结束了。春节前几天,我去看万老师,并告诉他,希望他到我家一起过年。那是个傍晚,孤独的万老师一个人端着一碗清淡的面条正吃着,一边吃,一边看桌子上的信纸,冰硬的面条掉了一截在信纸上,由于眼睛不好,万老师想把那截面条丢掉,但伸手抓了几次都没抓着,结果把信纸抓坏了。他笑笑,对我说,老了,老了,不中用了……他特别告诉我,他已经完成了三分之一的"纸条"任务,他不光解答这些问题,而且还找到了提问者现在的地址,在县城的,万老师亲自把解答的问题送上门,在外地的,他用信件寄去,并且还得到了学生们的回复。他拿出学生回复的信给我看,我随便翻了几封,其中有一封就是低我一级的中学同学麦小婷的回信。我和麦小婷小时候住一个院子,她父母和我父母都在一个厂里上班,我们很熟悉,前几年还通过电话。麦小婷现在在北京一个大机关工作,她在回信中说:"万老师,我都忘记我提过这个问题了,现在想起来很幼稚,没想到您还记得……"我又看了两封回信,意思都大同小异,都说想不起中学时提的问题了,还有就是非常感谢万老师还记得往事,希望老师保重身体等,大多都是些客气话。但万老师却说,收到学生们的信,他可高兴得很呢!

我说,老师您高兴就好。

我离开万老师家时,他告诉我,过年他要上省城女儿家,女儿和女婿来了多次电话,不去他们不安心,他们不安心,他就不踏实。

大年初三,我老婆回了武汉她娘家,直到开学才回来。那天,我把孩子送到母亲家,就赶到车站等老婆,天快黑时,老婆终于在阔别半个月后到了家。晚上,我迫不及待地跟老婆上了床,老婆也好像有些猴急,我们紧紧抱着对方在床上翻滚。没想到,关键时刻门响了,而且还敲个不停,闪了我和老婆的兴致。我打开门,正想发火,才发现是万老师。

我的脸立即阴转晴,小声问道,万老师找我有事?万老师答非所问,怎么这么早就睡了?我说,今天有点感冒,不舒服,就提前睡了。万老师不知情,继而进了屋。他说他想和我探讨一个问题,说早年我经常随父母回老家农村去,对乡村比较熟悉,他问我有关农村人说的鬼,有没有体会?

我问万老师,怎么在这样一个夜晚想起问这个让人害怕的问题?万老师说吃了晚

纸条 魏荣钊

饭，他在家里按部就班地整理那些纸条、解答问题，看到有张纸条上提问"世上到底有没有鬼存在"。提问题的是他的一个女学生，早些年全家搬回上海老家了。他说这个女学生至今他都印象深刻。万老师告诉我，他看到这张纸条，就想起这个学生当时为什么要向他提这个问题。女学生的父母是从上海一起来支边的知青，早在上海就好上了，刚到知青点就结婚生了女儿，虽然孩子生长在乡村，但父母毕竟来自大城市，根子好，很快出落成如花似玉的少女。村里有个老光棍经常喜欢上他们家玩，有天夜里，父母进城办事一直没回家，那个光棍就跑到她家说他们住的房子曾经闹过鬼，有人被鬼吓昏死过。老光棍希望女孩当晚去他家住一宿，躲一躲，别被鬼吓着。就在女孩惶恐不安，决定跟光棍离开家时，女孩的父母赶回了家。

女孩毕竟不懂事，一直不知道这可能是个陷阱，直到随父母进城读书，有一天突然想起此事，就问万老师，世上到底有没有鬼存在？万老师听女学生说起过往的事，明白了几分光棍"闹鬼"的目的，但他没有把话说破。至于世上到底有没有鬼？万老师把这个问题留到了现在。

如今他想就问题本身进行探讨，世间到底有没有鬼存在？

我对万老师说，有没有鬼真说不清楚，信其有，不信则无。乡村里至今仍旧有很多人相信有鬼，有鬼魂存在，但是，你要叫他们摆上桌来看看，可没有谁能做得到。况且大自然确实有些奇怪现象，目前科学也难以解释得清楚。小时候，我就亲历过乡村发生的一件事，至今想起来仍感奇怪。那一年我十一岁，父亲带着我回老家农村走亲戚，爷爷家很穷，住的地方很窄，晚上我就跟叔叔去生产队看粮仓。天很热，晒坝里铺着粮食，叔叔和仓管员就铺了席子在坝子上睡，我就挤在他们身边，仰面看着满天星星，凉爽得很。

深夜，星星们躲进了云层，突然我听见"呱，呱，呱呱呱……"拖长的声音叫起来，而且很响亮，接着是狗吠声不止。把叔叔和那个仓管员也惊醒了，他们爬起来拿着锡撮箕"咣咣"地猛力敲打。山寨里很多人都醒了，起来互相问情况，以为是强盗进了村。村寨有个猎户，有火枪，还养了几条土狗，猎户用火枪打了几枪，可呱呱的叫声不但不止，反而变本加厉起来，猎户以为是动物的叫声，就唤着土狗朝那声音追去，可是当追到那个山梁时，声音比鸟的速度还快，一下就转到了这边的山梁，追来追去，起码有半个多小时，把整个寨子的大人小孩都闹醒了。当大家不知所措的时候，那个声音戛然而止，紧接着就听见山嘴上的一户人家一声接着一声大喊"婆"的声音，两三分钟后，鞭炮声盖住了喊"婆"的声音。

叔叔和那个仓管员说，王老太婆死了。

第二天，我听大人们说，夜里那个呱呱声就是鬼在叫，是来接王老太婆的。可是，谁也没有见到鬼是什么样子。

万老师说，这还是不能证明有没有鬼嘛。我对万老师说，您就把这个故事写下来回答师姐，姑且算还了您欠人家的"债务"。万老师没有争辩，嘴角浅浅地动了一下，带着一丝疑惑走出了我家。我借着夜灯送了万老师一程，然后转身跑回屋里，对着靠在床上的老婆说，这人啊，老了就是这个样子！老婆露出一丝恐怖的神色，说，我怎么没听你说过，不是在编万老师的故事吧？

我说，我怎么可能编万老师的故事？

过了些时间，万老师又上门来找我，这回他告诉我的问题是一个新问题，这个问题是他退休前一个学生提问的，而且是在课堂上提的，既不是物理问题，也不是化学问题，更不是日常生活问题，而是一个尖锐的敏感话题：中国人总说爱国，说美国这不好那不好，可私底下却拼命往美国跑，移民、留学、访问，能留的都尽力留在了美国，这不是瞎扯嘛？提这个问题的学生叫曹民祝，性格有些叛逆，总是爱和老师顶嘴。

万老师说，曹民祝当时提这个问题时就被他批评了，而且很严厉，提醒他这种观点和思想很危险。问他是从哪里来的看法，曹民祝说，网上都这么说。我说，网上说的不能信，网上的东西靠不住，都是胡说八道。当时，曹民祝瞪大了眼看他，好像从不认识他，那样子就像想咬人，一言不发的。没想到，这小子后来却考到美国普林斯顿大学留学去了。万老师说，时间长了，这些年时而想起这小子的优点，虽然叛逆，但成绩很好，今天想起来，对曹民祝的批评还是过了点，想借此给他写封信，重新回答他当时提的问题。

我说，万老师，这事不好说，都过去了，何必较真，再说，曹民祝现在在国外，没必要费这个心思，还有那么多问题等着回复，就把这个问题丢了算了。万老师说，不行，虽然当时我对他的批评有点重，但作为我教过的学生，不管他今后成龙成凤，得让他明白，他的思维有问题，没有国家的强大，他能进普林斯顿大学吗？

我不明白万老师为什么跑来和我争辩，我又不能给他答案，说一通也是白说，自己想怎么教训远在大洋彼岸的学生就怎么教训，何必要跑来对我说呢，唉，也真是。

我不知道万老师后来是怎么思考那个问题，又是怎么在信函里教导曹民祝的。总之，那封信最终从中国西南的一隅飞向了美国普林斯顿大学。

后来，万老师又来过几次学校和家里找我，具体也没什么事，话题都是有关他的那些"纸条"，我有点厌烦他那些无关大局的"纸条"，可他却津津乐道，好几次我都借故走开了。可能他也觉得我在躲他，就有很长时间没来找我，直到又一个春节来临，我去他家里看他。万老师毕竟年纪大了，一个人确实也孤单，就对他说，如果不去省城女儿家过年，就请他年三十到家里来吃饭。

但万老师后来还是去了省城。

这次他去省城待的时间很长,一直到春暖花开时才回到县城。我不知道他的"纸条"完成得怎么样,反正他是把那些纸条当成重要事情来做,当成活着的动力。他是这样说,也是这样不停地在做。在我们很多年轻人看来,这无疑是一件既无聊又无趣的事情,但万老师却觉得很有意思,值得他付出最后的余力。

日子就这样在小县城不断挺进和重复,大家不厌其烦地做着自己该做的事。那天,我正站在讲台上给学生上课,窗外突然有个同事喊我,我走到窗户边问什么事,同事说万老师出事了,叫我快点出去。我跑出教室,才得知是万老师晕厥在收发室十米外的一棵树下了,有几个老师正在呼喊并掐他的人中。我走近一看,见万老师气脉衰弱,手脚冰凉,病情十分严重,不由分说就叫上车把万老师送医院抢救,然而,医生一番手忙脚乱地抢救,仍是无力回天。万老师走了。万老师没来得及和他的独生女儿说句话,就永远走了。医生诊断为心肌梗死,病历上写着死者六十九岁,其实,万老师只差一个月就满七十岁了。

万老师女儿当晚赶到县城,在我们一起收拾他房间时,我发现还剩三十多张"纸条"没有解答,桌子上写好寄往各地的信件有十二封尚未发出。我都没打开信封,管它内容是什么,连同那三十多张"纸条"一块丢进了从万老师屋子里清除出来的残物火堆……

一周后,我听学校收发室的人议论,说万老师的死与在美国工作的曹民祝有关,说是曹民祝的回信里写有这样一句话:"您老的思想和认知十分僵化,您那些观点早该扔进历史的垃圾堆……"然而那封信在万老师发病时和死后我都没有看见,不知是哪位老师给拿走了,或是丢进了垃圾桶。

(原载《民族文学》2013年第9期)

2013年

李 晁

一次别离

飞机晚点了,这是常有的事情,水生不急,他好不容易才有一趟出差的机会,晚点就晚点吧,还能晚些回单位,何乐而不为?水生在那群咄咄逼人的乘客中显得很镇定,几乎称得上洒脱,可一等再等,几个小时过去,原本在座位上翻杂志的心情被一点点消磨,外面的天也跟着一变再变,起初是冷飕飕的刮风天气,铅灰色,一排排云压过来,降低了天空的高度,让人非常压抑。从市里乘大巴过来时,水生就看见行道树的叶子在片片坠落,跟着下起雨来,有一阵还特别狂躁,而等登机广播响起时,阳光又冒了出来,占据了开阔的停机坪,水生望一眼窗外,一团团镜子反光如莲花般盛开,晃人眼。

水生想到一个人,回去的心情就开始迫切起来。

回到单位,已是下午时分,同事们很惊诧,水生来啦,也不回家休息,潇洒够了?水生摆摆手,说不出的倦怠,然后拉开行李袋,虽然背对着所有人,但他仍能感受到同事们期许的目光,然而没有礼物,水生掏出来的只是一袋洗漱用具,他将变了味的毛巾搭在肩上,走出办公室,到走廊尽头的水龙头下洗脸,终于可以好好洗一把脸了。水生洗得那么仔细,毛巾被反复搓洗,拧成麻花状。在水生出差的那座城市,自来水里始终有一股说不清道不明的味道,像变质的脸霜,似乎能凝固在脸上,形成一道膜,呼吸都困难。

整个下午,水生都待在灯光大作的办公室里,他无心做事,看着蓝条窗帘外昏沉的天,和任何人都开不起一个玩笑。同事们只当他是旅途疲倦,有自知之明的沉默,话题没有像往常那样展开,或许也是水生空手而归的缘故,水生觉得可能就此冒犯了众人。

烦心时,水生终于鼓起勇气给她发了一条短信:晚上一起吃饭,就我们,别人不要

一次别离 李 晁

通知。许久才得到回复,手机铃声的响起让水生有些莫名惊恐,短短工夫他已经忘记此事。他看短信,对方说,好啊,去哪儿吃?这么神秘。水生放下心来,认为事情有了眉目,对方已经答应,如此轻易,却又让他浮想联翩起来,自己有多少把握呢?

下班前,水生预订好了房间,离商业街不远的一家快捷酒店,大床房。他实在不愿回去,已做好彻夜不归的打算,或许也只是想和她有个亲热的场所吧,他不知她是否会来,而共进晚餐时,他又该怎样向她表白呢?他觉得她应该懂的,就凭他们俩在一间屋子里住了那些时日。

那时,他的女友还未出现,仍在外省的一座城市,此前他在那里待了三年,是他首先离开的,工作不顺,地缘和人始终陌生,长此以往也只能是这样,无法融入。况且那城市的气候也是出了名地恶劣,夏季是桑拿天,像文火里的包子,半生不熟;冬天则是另一副惨象,几乎没有阳光,阴沉的天像蒙了灰的画作,斑驳不堪,不见底色,而那冷入骨入髓,吸一口气都像是被割上一刀,每一天似乎都是一种煎熬。于是索性回来,这座生养水生的城市虽地处偏远,但自有一种韵味,与水生的节奏合拍。可大厂是永远消失了,水生曾住过的厂区如今是一片在建的高档住宅区,一个洋名字,仿佛只有这样才能遮住大厂从前的凋敝与破败。水生回去过一次,在豪华的售楼部外朝里张望,售楼部里灯火辉煌,枝形吊灯发出清冷的光,一些楼盘模型高高低低、错落有致,米黄色墙身,暗红色"人"字形屋顶,一种别扭的地中海风情,似乎唯有如此,才能与外面的世界接轨。而从前厂区门口的红色灯笼与节日条幅水生是再也见不到了,那些整齐划一的黑红两色楼群、灰泥色水塔、红星俱乐部、巨型法国梧桐,通通消失,从地图和记忆中被双重抹去,连一丝旧日影子也寻不到了,无从凭吊,水生觉得自己和这里再无瓜葛。

接着,水生才通过朋友找到了这间离市中心不远的屋子,20世纪末的单位房,方方正正,青灰色,七楼,一户三居的格局,多少还有些大厂的影子,水生要的正是这样,朋友奇怪,住什么不好,偏住这地方,大厂还没住够啊?水生笑而不语。

待水生只身搬进老楼来时,小聪已在那里住了小半年,小聪是个娇柔的女生,长发,皮肤白净,骨骼瘦小,从不吃晚饭,但该有的全有,这也是水生后来察觉到的。小聪自己开咖啡馆,作息不定,有时在店里待到很晚,水生不常见到她。水生住在最大的那间卧室里,卧室里还带有一个水泥阳台,不大不小,西沉的阳光必经这里。初次见面,小聪就跟他讲,没事儿不要关门,全屋的衣服都指望这阳台晾晒。好几次,晚上小聪回来洗衣服,洗衣机轰隆隆响,像要散架一般,然后一个身影飘进来,端一只脸盆,对水生打个浅浅的招呼,柔声细气地说上几句话,有时还抽一支烟,而走时,一些内衣内裤就在阳台上悬挂着了,滴一些细水,水生便有一瞬的心神荡漾。

那时,小聪还谈着一个男朋友,但从不带回来过夜,水生只见过他两次,文质彬彬的一个小男生，比她年岁还小，小聪比水生小两年，但同属天蝎座。小男生看着真小，还在上中学一般，架一副黑框眼镜，穿淡蓝色衬衫、牛仔裤。水生第一次在楼下见到两人，彼此都很尴尬，然后小聪介绍说，这是我男朋友，这是画家哥。那时水生早已不画画了，改行做设计，但画家的名头却保留了下来。水生朝小男生点头，然后转进楼道。再见是在屋里，距第一次见面过去好些日子了，小男生送小聪回家，并拎回一袋水果，水生在屋内听两人交谈，窃窃私语，是情人间的亲昵，而离开时小男生来水生房间打招呼，两人简短说了几句，水生这才知道小男生在广告公司任职，几乎算同行，小男生最后讲，感谢大哥照顾。那时水生和小聪尚未完全熟络，只能讲，哪里哪里？是她自己照顾自己。只此两面，水生对小男生印象不错，后来他还和她谈及这个男生，说他很懂事。小聪却不以为然，说还是太小，有代沟，居然爱管她，她简直不能出门见朋友了。水生也不便多讲什么，但内心是愉悦的，再接着，小聪在厨房做什么就会顺带给水生弄一碗。

这似乎是两人故事的源起，可惜好景不长，再后来，水生的女友就来了。

晚高峰到来时，水生步行去酒店，路上起风了，吹落了一地的梧桐叶子，水生这才发现秋天到了，空气里的热度已被西去的阳光一点点淡化，浓稠的空气被稀释，消失了一整个夏天的风正大肆刮着，仿佛一种迟来的弥补。几粒沙进了水生的眼，水生停下脚步，站在街头揉眼，沙子没全跑出来，水生的左眼被泪水填充，看东西已经模糊，他只好用好的那只眼睛给她发短信，约好在哪里见面，当然是酒店附近。他问她想吃什么，她回答说随便。既然没有明确，水生就好办了。

走到酒店时，水生汗流不止，汗水紧紧贴着他的长袖衬衫，手中的行李也变得沉重。水生突然感觉很累，由内而外的，人还有些飘忽，像此次出差，组织方带人逛景，水生走上一段路就恨不能找位置坐下，喝水，然后四处寻厕所。于是有人打趣说，水生你前列腺没问题吧？水生哑然一笑，不置可否，下次尿急时，就怎么也得憋住了。

开好房，前台小姐抱歉说，不好意思，先生，我们的电梯暂停使用，您要走楼梯了。水生看了一眼窄小的门道，问，停电了吗？旋即他笑了，因为前台的射灯亮着。前台小姐也抿了抿嘴，依旧用抱歉的口吻通知水生，要上六楼哦。

消防通道比水生想象得要窄小得多，经济型酒店就是如此，水生突然想到和她在这种地方碰面是不是显得过于寒酸？他有些懊悔，早知该订一间像样的宾馆，这些快捷酒店，似乎专为一夜情人士准备，一切都带有深深的实用主义的吝啬味道。

短短几楼似乎就损害了水生的体力，出差几日，疲于应酬，早出晚归，有时宿醉，体力明显不支，他这才想到，自己就快三十岁了，已不比从前，然后生发出另一种悲凉：这些年究竟是怎样过来的？似乎在浑浑噩噩之间，日子就成了眼下的样子，依旧混沌不堪。水生想到蒙克的《呐喊》，跟着心中一凛。

一次别离　李 晁

好不容易找对房间，开门，坐在逼仄的房间里感受空间的寂静与压迫，压迫水生的其实也没什么东西，只是四堵刷得雪白的墙、一面镜子，然后一扇没有打开的窗。水生开窗，而窗下的黄昏正好，地面如此之近，没有了天与地的距离，一切清晰又仿佛唾手可得，是人世的味道。主干道上的车流被红灯所阻，排成了长龙，肃穆得近乎庄严，对面酒吧前的红男绿女开始聚集，霓虹养眼，而烧烤摊上的烟雾带着比天空更深沉的颜色袅袅升起，是夜的开始。这个时候是没人去看一眼天的，天上早早挂了一盘硕大的月亮，月海的斑点都被放大。水生想，这些他们都看不见或者熟视无睹，都忙于一天之外的欢愉，那与水生无关的欢愉。

水生心绪不宁，甚至微微狂躁。他不知是否就这样和小聪见面，在酒店房间，而说好的晚餐呢？水生担忧起来，晚餐似乎是浪漫而漫长的，水生要时刻掌握相处中的每一处细节，密切注视对方的情绪变化，还要兼顾趣味，避免沉闷。由于小聪从不吃晚饭，只是喝啤酒，所以只能是她看他吃，角色上就不对等，以水生单一的恋爱经历看来，他是无法把握这样的场合的，一些话可能就这样永远无法说出口。

正纠结时，水生接到信息：快下班了，我们三个去哪儿吃？

水生一下愣住，什么三个？不是说好的两个人吗？对方故意装傻？水生疑虑起来，但也只能回答：没好好看我短信啊？我说的是我们，我和你，没她。

水生不安又近乎恼怒地等待回应，果然短信跟着进来了：什么意思？我和你？

看来是真惊讶了，怪此前自己没有表述清楚，水生懊恼，也不知哪儿来的勇气或者鬼使神差，还是将那句话打出来，犹如一颗信号弹，水生摁下发送键，一切就这样不可挽回。

来吧，有些事想跟你讲。水生的心狂跳起来，仿佛回到年少岁月，于胆怯中勇敢，假装无所畏惧。

什么事啊？这么神秘。对方问，流露出好奇。

水生长出一口气，下定决心，打出几个多年未用的字——我喜欢你。

小小的沉默。啊，什么意思？今天可不是愚人节，别开我玩笑了。对方回。

水生知道开了头就无法停下，只能一条道走到黑，就好像小聪已在眼前。水生说，我没开玩笑，我是说真的，难道你没发觉？都这么久了。

下一条短信果然来得更加迟缓，带着思虑后的口吻：没发觉，你和她都要结婚了，你想做什么？你不要吓我。

犹如被点到死穴，那两个字眼又一次刺痛了水生，结婚！结婚！结婚！水生觉得这该是和自己毫无干系的词才对，可偏偏不能，让他撞上了。

水生忍不住暗暗骂了一句，回答时却又软了几分，用委婉且有些调情的口吻，谁吓你了？笨蛋，我就是喜欢你。

这次对方回了一串不明所以和受到惊吓的符号。

看着那组由问号和感叹号组成的符号，水生的斗志更起，大段句子冒了出来，倾诉式的，一串长蛇般，带着对自己的困惑和对她点滴积累起来的情愫，唯独没有提到女友。

水生说，我也不知道为什么，相处下来就是这样，有时梦里也是你，好多次了，你从我眼前走过，我都恨不能抱住你……

水生一路说下去，胆大包天，无不渲染，说了这么多，水生也不知道哪些话是真哪些话是假，似乎全部虚无也不无可能，但这一刻，水生的情绪确实如此，情真意切的，他没法不这样讲。可水生的长篇大论却没有打动对方，得到满意的回应。一条短短的冷冰冰的短信很快出来指责：你真的好好想过？你这样做有意思吗？她对你这么好，你就这样对人家？

轮到水生沉默了，被对方戳到痛处，这是水生此前没有想过或者极力回避的，水生不得不继续闪避，近于狡辩：这不是谁对谁好的问题，对你，我就是这么想的，我有什么办法？

这次得到的回答更加简洁明快，一种诘问：你们男的是不是都这样？

水生从来不知道小聪还有这么犀利的一面，这颠覆了他对她一贯温柔有时傻乎乎的印象，只能硬着头皮讲下去，我没有骗你，我就是这么想的，你说的问题是另外的问题了，你不要回避。最后一句反击，让水生觉得颇有力量。

可结局依旧惨淡，水生只得到一句"你们怎么都这么幼稚"！

短信就此无疾而终，面对小聪的这一面，水生是一点准备也没有，难道此前相处得来的印象都出自自己的幻想？一座空中楼阁？小聪真有一颗这么强大的洞穿世事的心吗？

水生的心彻底乱了，他完全不知道此刻自己在做什么，向一个女孩表白吗？还是和她进行一场道德辩论？怎么会沦落到这样的境地？水生搞不明白，心情黯然。

黯然下来的还有这天，几句话之间就黑起来，不讲情面的，水生一时无事可做，心却静不下来，于是去洗澡。此前洗澡是水生思维停顿的时刻，什么也不用想，任流水在身上冲击，冲走污秽，冲走那些凝成团的忧虑与焦躁，世界在那一刻仿佛停摆下来，这是水生往常能享受到的不多的宁静时光，然而这次不同，幽闭的空间让水生愈发不安，仿佛身体悬浮着，下半身已不再属于他自己，他感受不到腿脚的力量，像有什么锋利的东西将水生一切两半了。

水生一遍遍回忆和小聪的短信内容，恍惚间觉得对方是退缩的，不过是顺手拿女友来做挡箭牌，女人们是否都这样，欲说还休，以退为进？水生把不准，但又重新燃起新的希望，觉得自己仍有机会，一切会柳暗花明，然后呢，然后水生就不知道了。

水生想到眼下的处境，那个令人不安的词出现在生活中已有些时日，且随之而来的

一次别离 李 晁

日期被父母及女友一再提及，迫在眉睫。此前还有过一次商讨，水生半路撤退，好像该害羞的那个人是他。水生记得，在那个冷气森然的餐馆包间，双方家长入座，彼此谨慎以对，又力争表现和谐，以达成一致。水生父母正襟危坐的样子稍显滑稽，脸上带着讨好的表情，而女友的母亲从千里之外的他乡赶来，显得心事重重，眉头似乎从未舒展。在这令人不安的气氛中，水生叫一声"阿姨"，然后再无多话，最后索性离开包间去抽烟，并一去不回，命运的权利就这样旁落他人。

水生觉得自己终究是一块浮木，永远被河流与河道裹挟，没有什么东西能阻止他的滑落。小聪出现是后来的事情，是否来得太晚？水生不知道，只知道小聪或许是河流中的一叶方舟，在他的生活中逆流而上，仿佛一个契机，水生想狠狠迎上去，在一个浪头的最高点纵身一跃，然后一切改变！

水生不知这是否是他向小聪表露情意的缘故，他有多喜欢她呢？和她的短暂相处就能抵消和女友七八年的感情？还是他根本厌倦了这一切，借小聪做最后的抵抗，抵抗那水生不愿意过的生活？

曾经是有机会的，时间退回几年前，那时的水生一无所有，落魄潦倒，没有任何优势，行事孤僻，还骄傲，处处充满自尊，于是被人所厌。女友的母亲就曾多次警告女儿，让她离开他，说得多了，女友也产生过动摇的心思，那时只要水生提出请求，在女友的矛盾时刻，他是能离开她的，然而水生什么也没有做，女友也什么都没有做，再然后就是眼下这个样子了。

那一时期持续了好些年，后来，水生的状况一点点好了，顺利转行或者说放弃也行，找到了适合自己的位置，哪怕在水生看来那也是不长久的，是无奈的妥协。家里的情况也是如此，大厂虽然拆了，水生一家在这座城市看似没有了根基，但随即父母用赔偿款在城市近郊买了套房，房子已处于交房状态，形势就这样跟着转变。女友密切关注着房子的进展，甚至提前开始了规划，装修要何种风格？预算控制在多少以内？工期需要多长？等等。水生对此漠不关心，好像那房与自己没多大关系，他已经习惯了租房过日子，毕业后的生活就是如此，似乎每隔一年就要搬一次家，如今一所房子突然降临在水生的视野中，这让他极度不适，仿佛那不是一个家，而是一座不怀好意的牢笼，他就要开始过一种终身监禁般的生活了。

只要这么一想，水生就开始了恐惧，那毫无来由的恐惧。

就在水生想厘清这一切时，浴室外的电话响了，水生听见手机铃声响起，浑身一颤，中断回忆，一下冲出浴室，顾不上拿浴巾擦干身子，匆匆甩一下，抓过手机。

是小聪。

她怎么还打电话？不是一切都结束了吗？水生不明白。

是我。对方说。

你下班了？

没有，店里人多，还要待一会儿。

那待会儿见吧，还是想跟你聊聊，我在洗澡呢。水生说。

洗澡？你回家了？

没有，我在外面。

有几秒的停顿。你，你不打算回去了？听她说，你要明天才回来的。

我不想回去。水生说。

不要闹了，回去吧，你想做什么呢？我们还是朋友，这样多好，就像以前一样。

你这么想？

是啊，以前我们多好啊……

不等对方说完，水生突然说，对不起。

怎么了？什么对不起？对方困惑了。

小聪，我是不是特麻烦，想到什么说什么，从来不顾忌别人？我也不想这样，但有时候人总要勇敢一次吧，我……水生一径说下去，带着一丝自怜和自戕。

小聪说，我知道。小聪最后还说，你记得回去啊，我就不来了，在家等你，我们还像以前一样，记住。

水生无力再说什么，两人在友好的氛围中收了线，短信中那个身披盔甲的犀利小聪终于不见了，口气一如往常地温柔，水生感觉很欣慰。

水生还感觉到了负担与愧疚。那是一瞬的失重感觉，如同置身漩涡，沉与浮之间，问题看似解决了，实际仍是暗流涌动。水生望一眼墙头的镜子，镜中的自己完全坦露，说不出的陌生，身体的各个部件还熟悉，组合起来却让水生不认识了，于是失落感又占据了他。

就在水生这样发呆时，屋外却传来响动，是门发出的奇怪声响，像一道尖叫，什么东西急欲穿透过来。水生站在过道中，身体仍在淌水，对这突发状况来不及反应，穿条短裤什么的，也没有咳嗽一声以吓退那声响或提示屋外人自己的存在。他就那么等着，等待一个或许让他瞠目结舌的场面，比如说，女友来了。

然而只是幻觉，门奇怪地扭捏一阵之后，一张小卡片突然从门缝中奋力挣脱，带着一道力度飞向水生，跟着才变换姿态，施施然飘落在水生跟前，屋外的脚步声几乎同时响起，有人离去。

过了一会儿，水生才将卡片拾起来，是一张酒店常见的小卡片，一截暴露的女人身体，正是此前他想象的她的身体。水生苦笑，读卡片上的字，字字诱惑。念完，水生整个人却松弛下来了，卡片上的女人终究是陌生的，带一脸蠢相，让人没有任何欲望，水生骄傲地将卡片重新掷回地上。

洗完澡的水生多少精神了几分,再看镜子时,那个熟悉的自己一点点回来了,一如往常地忧郁,面对此刻的自己,水生不禁想起一桩桩往事来,归于失败的,没有丝毫值得回味与诉说的地方,对小聪的表白也全是自作多情,幻想落空之后,想到她对他也不过如此,心里就只剩下沮丧。水生似乎从来这样,一如蜗牛,一有风吹草动,不辨是非好坏,一味缩进自己的壳里,寻求安全。就这样一退再退,所有结果独自承担,无法与人分享,比如找个朋友倾诉。朋友中多是已婚人士,你能跟一个结了婚的人谈婚姻恐惧吗?水生无法想象,他们肯定会一致谴责:结婚有什么可怕的?你不想要人家了,是你没良心啊——

等再次看见短信时,水生已不知外面是什么辰光,自己竟睡着了,短信大约是一小时前发来的,还是小聪。小聪说,你怎么还没回来?她今天老说到你,肯定是想你了,你还是早点回来吧,别让人家担心。

水生心里不悦,她什么时候还管起他们的事来了。于是回答,你也要管我?

不是要管你,是给你提个醒,她对你这样,你还想要什么?

水生冷笑,想说什么?最后还是作罢,这一刻他竟厌恶起她来,什么时候对自己的事儿如此关心了?到底什么意思?

愣怔间,水生起身,路过过道时又发现了那张卡片,卡片孤零零地躺在地上,仿佛一个被人遗弃的女人,带着一丝哀怨,水生重新将卡片拾起,身体里的欲望却瞬间鼓噪。那短短一觉让水生恢复了生气,再看卡片上的女人,一种情绪就在水生体内游走,仿佛打通筋脉,愈演愈烈。水生不知这是否是约小聪出来的真正缘故,他需要女友之外的其他女人吗?一位情人?

水生反复摩挲着那张黄色卡片,卡片上的女人看上去越发娇柔多情,似乎活过来了,眼神流转,在向水生示爱。水生的目光最终定格在那一串电话号码上,有一刹那的动摇。水生在脑海中制止自己的出格想法,尽力将目光移向别处,比如那扇窗。窗外的夜正清爽,行道树在风中飒飒作响,车流声已减弱下去,灯火却依然辉煌,层层叠叠,如同海市蜃楼。或许是该出去走一走了,这间屋子给了水生太多愁绪太多无法排遣的孤寂,连思维都被压缩成巴掌大小。

然而水生没有动,那张卡片一直拽在手里,对峙了一分钟后,水生惊讶地看见自己掏出了手机,决绝地摁下了那一串号码,电话一拨就通,急不可耐地,这让水生措手不及,就连最后反悔的机会都失去了。

喂,哪位?一位中年男子的声音。

你好。水生颤颤巍巍地说。

你在哪里？男子的声音粗犷又冰冷，却不令人反感，就像一位朋友。

水生完全找不到话讲，只能顺着对方的话头讲下去。我在××酒店。

几楼几号？对方又问。

水生再次老实回答。

你算找对人了，女人包你满意，不满意还可以换，对费用了解吗？我们可写得很清楚，明码标价，绝不宰人。男子说，语气平静又隐隐透出职业性的骄傲。

水生几乎是用颤抖的声音回答，清楚的。

那好，我们人十分钟后就到，不要离开。

电话结束，水生才后知后觉，仿佛被鬼神附体，心里开始有一种从未有过的震撼与激动，这种感觉是如此地让人难以置信。而时间一点点流逝，水生的豪情万丈历经了峰回路转，起初还那么坚持着，仿佛为了兑现承诺，他只能等待。十分钟如此短暂又如此漫长，可随着临界点的到来，水生真的胆怯了，豁出去的心情被这沉默的时间消磨殆尽，水生开始思忖是否要逃离这间房，他无法面对那位即将到来的女人，他会和她说什么呢？还是什么也不用说，只是顺其自然，然后钱货两清，一拍两散，如此简单？

水生的心情在这短短的时间里险象环生，他再一次胆怯了，知道自己别无选择。

水生离开得失魂落魄，生怕屋外人将自己堵在这里，有一刻水生出现了幻听，那女人已来到门前，门被悄然敲响，这让水生心中一紧，那感觉就像面对贪夜而来的杀手。直到关门声确定无疑地响起，与房间告别，水生才长出了一口气，顿时感到解脱，然而回头时，却脚下一软，几乎认为自己是无法逃脱了，在这个夜晚。

过道里出现了一位戴白色棒球帽的男子，挎一只黑色皮包，阴影下的表情近乎麻木，男子手中捏着卡片，似乎还有一打，撞见了水生也没有丝毫的做贼心虚，仿佛这是个与其他工作没什么两样的职业，就在水生忐忑不安地注视他时，男子仍没有停下手中的活儿，一张卡片在一道尖叫声后就抵达了另一个空间，出现在另一个人的世界。水生想，他该不会就是电话中的男子吧。然而不是，男子对水生的出现视而不见，只顾手中的活儿，似乎眼下没有比这更重要的了。水生低头，匆匆与他擦肩而过，脸上的表情就像一只年久失修的信号灯，阴沉着。

水生感到一阵前所未有的虚脱。

迈出酒店大门时，水生仍不自觉地紧张了一下，仿佛身后跟随了一双眼睛，好在路人匆匆，压根没人理会他——个从酒店里钻出来的惊恐不安的男子。水生很快融入人群中，褪去脸上的兵荒马乱之后，这才感觉安全。有一刻，水生在酒店附近徘徊，目光直视酒店的狭小门脸,观察是否有年轻女子进出,然而没有,也不知是否被水生遗漏,好几分钟过去,水生没有见到任何女子进出。

水生想,留在那里,或许今晚就是另一段人生的开始吧。

水生从未有过这样的感觉,甚至连路人也让他浮想联翩起来,尤其是单身男性,他们是否也走在交易及交易后或心满意足或不堪回首的路上?

水生冷笑,笑这荒唐的一天。他很快就离开了这里,自顾自地走,漫无目的地走,最终在一个十字路口停下,好奇地观察起平日里被他忽视的街景来,好像他真的就变成了一个初来乍到的旅人,只要不说话,没人能认出他的身份。水生对这样的状态感到满足,他甚至轻松地在脑海里构思起一幅印象主义式的画作,就像凯勒·波特的《巴黎:雨天》。然而电话是这时响起来的,在这寂静少人的夜晚,无端吓人一跳,仿佛什么东西仍牵制着他。一串陌生号码,水生不知是谁,谁会在这个点给他打电话呢?水生犹豫,但还是接过来。

喂。

兄弟,怎么回事?耍我们是不是?一个粗鲁的声音劈头盖脸砸下来,水生有些蒙了,还沉浸在那幅想象的画作中,脑筋一时无法扭转。

你是不是打错了?你哪位?水生说。

你胆子不小啊,我们人去了,你在哪儿?啊!没钱就别玩啊,哥们……

水生一下明白过来,是他们。

水生忙不迭地挂了电话,但仍心有余悸,顿时观察起四周的动静来,可夜色深沉,有太多东西藏在暗影里,看不真切,水生不知道那危险究竟潜伏在什么地方,高架桥下的地下通道内吗?还是身旁那条狭窄的没有路灯的街巷?房间是无法回去了,他们或许会在那里守株待兔,听那口气好像不会放过自己,自己平白无故地耍了别人,换作自己也会冒火的吧?水生想。

在这个万物萧条、秋风肃杀的夜晚,水生只能这样四处游荡,仿佛孤魂野鬼,有家不能回,酒店也回不去了,进退两难,只有路灯形单影只地陪伴着自己,水生想到自己,似乎总是这样,不知该往哪里去,一再体味山穷水尽,可这一切都是自己一手造成的,水生知道,这怨不得别人。

就在这尴尬的凌晨时光,在水生无路可走的情况下,女友的电话却奇迹般地钻进来,听见手机铃声响起,看见那个熟悉的名字在夜晚闪耀,水生一时百感交集,仿佛抓到了最后一根救命稻草。

喂,你睡了吗?你在哪儿?水生想象女友这样问。

2013年

冉正万

路　神

　　文久良在三岔路口埋下一尊路神,他默默地请路神报个信,叫儿子回来一趟,不能回来,写封信回来也行。

　　有人说,你儿子有出息了,当上老板了。他觉得不可能,好心的人是逗他的,坏心的人则是讽刺他的。有人说,你到香溪打个电话问问他,就知道他到底在干什么了。他有时也动心,想去打个电话。但一想到打通了没什么好说的,又踌躇起来。

　　是他叫儿子不要回来的,话说得太毒了,那样的话只有恩断义绝的人才说得出来。

　　前不久,村子里一位老人特别想远在浙江打工的儿子,就打电话说自己快不行了。老人的确生病了,但离死还远。儿子急匆匆地赶回来,老人的病好了。儿子很生气,说他是辞了好工作回来的,再去哪里能找到那么好的工作?老人过意不去,把儿子寄给他的钱全部拿出来,他一分没动,有些是几年前取来放在床板下面的,一大股霉味。儿子不要钱,还在气头上。他说,下回真要死了再给我打电话!老人越想越难过,想到天亮,把自己吊在房梁上,遂了儿子的愿,死了。

　　这事对文久良震动很大,他躺在床上唉声叹气,一夜未眠。有时候为老人不平,有时候为自己不平,这种不平犹如万箭穿胸,既难过又难受。

　　这些难受全都说不出口,它们慢慢郁积,即使偶尔忘记,重新想起时只会更加汹涌。他还记得上吊的老人年轻时犁田的情景,不管脾气多么暴躁的牛,到了他手上都会皈心伏法,他暴喝一声,好多牛都会打抖。现在呢,他在哪里?在天上?在地下?在阴间?阴阳两隔,如此近又如此远。

　　文久良望了望远山,远山层层叠叠;望了望天空,白云缓缓移动。感觉路神应该吃

路神 冉正万

饱了,喝足了。他把酒瓶收起来,在小路中间挖了个坑,把路神放了进去,默默地祈祷了几句,然后盖上细土。在他的想象中,路神一旦上路,就会像箭一样快。

白狗不知从什么地方跑出来,煞有介事地东嗅一下西嗅一下,中途拐向一块稻田,把在谷桩之间觅食的翠鸟惊飞。文久良这才注意到,太阳已经下山了。

四下里静悄悄的,黄昏是慈悲的。

从峡谷里的人记得谢神节那天起,每家每户的神都是从文久良家请来的。谢神节那天,长老带着峡谷里的当家人,敲着锣,放着鞭炮,背着祭品去祭土地神、山神、路神、稼禾神。祭山神的时候,由长老选定一棵树,用斧头"批"一个记号,这棵树别人就不能乱动,只能由文久良家的人选定一个日子把它伐倒抬回家,把它雕琢成各种各样的神。

峡谷里的人在谢神节那天把保佑了他们一年的神送上天,也就是给它们吃喝一顿,然后烧成灰。它们的吃喝是想象中的,最后全都让人吃了。把旧神送上天,第二天再到文家去请新神。

文家把一年来雕琢好的神摆放在堂屋,去请神的人不用打招呼,把口袋里的东西倒进方斗就可以把一尊或几尊神请走。他们倒进去的东西有豆子、大米、荞子、苞谷,内容没有拘定,多少也没有拘定,看个人的心意和家境。文家的女主人会时刻留心,等请神的人走出院子,突然从菜园或者竹林后面钻出来,把一个什么瓜,或者一束菜豆,甚至几根白菜、萝卜装进那人的口袋,以免人家拿个空口袋回去而让她难为情。

文家雕刻这些神不希求吃,不希求用,不希求穿,更不希求钱。他们不是手艺人,白天种地,晚上雕刻。为了让峡谷里的人得到神佑,他们乐于承担这份额外的劳动。

别人提来的豆子、大米不是给他们的,是供奉给神的。文家的人在它们没有生虫、没有被虫绵连成条之前,是不会拿来吃的。只有放不下去了,已经被虫子蛀空了,神都不爱吃了,家里的女主人才去拿来,筛选一遍,倒进自家柜子,和着自家种出的粮食一起吃。女主人倒这些祭食的时候,还会唠叨两句:神神,真是不识贤啰。意思是,神呀,你们已经不珍惜它了,就让我拿去吧。

斯时,外面乱纷纷的,中国人正和日本人展开生死搏斗。虽然战火从未烧到这片高山远水,但战争的消息不时传来。虽然传到这里已经变样了,但同样让人恐慌。在恐慌之中,人们对神的求助更虔诚了,连乡长、保长也来文家请神。文家住在山谷之上的山坡上,单家独户,却在整个山区享有自然形成的、稳如磐石的威望。

他们不用雕刻这样的字眼,而是认定神本来就在木头里,他们不过是用双手把它请出来。一块木头到了文家父子手里,他们一眼就能看出里面藏着什么神。他们的眼睛、他们的手、他们的身体,是和神相通的。不同的木头雕出天神、地神、稼禾神、山神、路神,这不是他们选择的,而是神自己告诉他们的。

峡谷里的人对此深信不疑，他们自己也深信不疑。

与神相通的人家，应该说事事顺遂。可神似乎并不特别关照他们。头一件，文家在峡谷里活了好多辈人，就有好多辈人是单传，女子一大堆，"擦耳岩的姑爷，十字坳的瓦角"就是比喻某种东西特别多，多得不正常。第二件，文家那个唯一的男子，一定会在二十岁左右生一场大病，并且一定会落下后遗症。轻则脚指头干枯萎缩，重则腰脊弯曲。他们信过医，倒在竹林里的药渣足以给半亩地施肥。他们也信过巫，巫师说他们家的人不能照镜子，照了镜子雕琢神像时，会不由自主地带上几分自己的相貌，让别人把自己的相貌当成神供奉，当然会落灾落难。文家人从那时起不但没照过镜子，连从水塘旁边走过也害怕，担心一不小心看到自己的相貌。家里脸盆、菜盆、铁锅全都有盖子，以避免残留的水照出他们的相貌。文家的男子从来不在家里洗脸，洗脸时跑到菜园里，捋青草上的露水来洗。这不叫洗只能叫擦，奇怪的是，他们的脸比峡谷里其他人的脸都要白净细嫩，年纪一大，那种细嫩缺少婴儿肌肤的光泽，是一种薄薄的布满皱纹的嫩白，尊重他们的人会更加尊重他们，似乎那是一种仙气。可一旦有人因为什么事不喜欢他们，比如请回去的神不灵验而怪罪他们，那种嫩白就极可能成为被取笑甚至被辱没的对象。

困扰他们的第三件事是，他们与所有的人和善相处，像神一样不说别人长短，可这并不能抵消某一天某个人突然给他们一点难受或者难堪。比如，无中生有的怀疑、猜测，或者因为一点小小的利益产生的嫉妒。文久良的父亲有一年烤了桶烧酒，他不喝酒也没烤过酒，是那些请神时供奉的粮食被虫蛀得太厉害了，已经有一半成粉状了，人不能吃，喂猪又觉得有罪，因为这是粮食。于是听了一个姑爷的建议烤了一桶烧酒。有一户人家娶媳妇，把这桶酒买了去。村里有一个人便说，文家靠别人供奉的粮食烤酒发大财了。说这话的人并不相信文家真发了什么财，他只不过是图嘴巴痛快；他并不否认文家的为人一向是恭谨节俭的，但他就是忍不住要把那样的话说出来。这样的事对生活毫无影响，难听的话会被风吹得了无痕迹，但这对文家老老少少的伤害，是一时半会儿难以疗愈的。让文家的神匠们无法理解的是，神既然洞明一切，又为什么要让这样的事情发生？

却也作怪。

文久良从小跟着父亲学雕刻。父亲没有脚指头，走路有些摇晃，但他从没摔倒过，走起路来甚至比脚趾齐全的人还快。父亲还有一个绝活，他可以用光脚踩板栗球，不管是刚熟的板栗球还是金针已经发黄的板栗球，他都能用脚板硬生生地把板栗碾出来而不受伤。他二十三岁得病，正在腐烂的脚指头不能穿鞋，春夏秋冬都不能穿，所以练就了一双铁脚板。没有了脚指头，光脚直接接触地面，比穿上鞋更稳当一些。

文久良七岁开始向父亲学习请神，父亲从来不告诉他应该怎么做，除了不能动他码在一边有神的木头，别的东西都可以乱拿乱动，任他挖、刨、凿、锯、削、刻。锋利的锯子、凿子、刨子、锤子有时会不客气地咬他一下，他哇哇大哭，父亲连看也不看一眼，他要么去求母亲包扎，要么用嘴把伤口上的血吮干净。

在他雕刻的神没有被摆放在可以让人请走之前，他不是待在父亲身边就是和姐姐们在一起。他原本还有两个妹妹，但都没有长大就死了，他的身份和地位因此更加特殊，在五个姐姐面前，他是无理可讲的霸王。父母有时候叫他"独幸福"，姐姐们把这三个字讹成"毒锈壶"，意思是碰不得摸不得。

夏天，他在她们身后追赶，用柳条抽她们的光腿。她们又跳又叫，却只能回头吓唬他，从不还手。他偷她们的荷包，把它挂在又高又细的树丫上，或者用蛇去吓她们，不管是缠在自己的脖子上，还是在她们面前突然亮出来，她们都会被吓得全身发抖。她们被吓哭了，他却像什么事也没做过，没心没肺地玩别的去了。

有时候，他出其不意地贴在她们的耳朵上，"嗨"地大叫一声，等她们抱着嗡嗡作响的脑袋找到他，发现他正得意扬扬地做着怪相。追是追不上的，追上了也不敢怎样，于是她们用最恶毒的话咒骂，骂他"打嫩巅""短阳寿""砍脑壳"，都是咒他早死。他听见了，只当耳旁风。他说，骂又骂不痛。

白云从崖顶上飘过去，风从茅草上吹过去。

文久良对所有的恶作剧都不厌倦。最让姐姐们痛恨的，是吃饭时调开某人的注意力，将一泡口水吐在她们的碗里。父母此时也会呵斥他，但如果哪个因为碗里有口水就要把饭倒掉，就会换来更大的呵斥，说他的口水又不是毒药，闹不死人。

晚上，屋子里不点灯，唯一的一盏桐油灯有重要事才点一下。姑娘们天黑就睡觉，只有文久良敢到屋子外面玩，如果有月亮，他还会跑到屋后的树林里去捉黄鼠狼或者穿山甲。回来时，在屋子外面用各种声音叫唤："鬼来了，鬼来了。"如果把谁吓哭了，他就像大功告成一样兴奋。

除了捉弄姐姐们，他还爱捉弄家畜和小动物。把鞭炮挂在狗尾巴上，鞭炮爆炸后狗像箭一样冲出去，跑了半里路还在又惊又恐地叫唤；或者捏住狗的嘴筒子，让它不能叫也不能咬。要不就突然朝一只没有防备的母鸡追过去，母鸡扇动翅膀拼命跑，他紧追不舍，直到母鸡再也跑不动，小可怜样地蹲着，任他捉任他抱。有一次，他还把两头牛的尾巴连在一起，然后用鞭子吓唬它们，其中一头牛的尾巴被拉断了。对那些小动物，他即兴冒出来的想法对它们来说全是灾难。掐掉蜻蜓的尾巴，插上一根草，再放飞到空中后摇摇晃晃，带着被暗算后的沮丧和愤怒，却无可奈何。捆住一窝老鼠的后腿，把它们倒挂在树枝上，它们又惊慌又使不上劲儿。谁也不知道他是怎么捉到它们的，仿佛他自有魔法，只要他愿意，他就可以向它们发号施令。有时候，他的恶作剧会逗得家里人哈哈大笑，连刚刚吃过他苦头的姐姐也会笑得肚子疼。这时候只有母亲一边笑一边皱着眉头说"作孽呀"。

现在，谁看见他那副苍老、严肃的相貌，都不会相信他小时候如此顽劣。就像看见一座坟，你很难想象死者曾经有过欢快的笑声。

文久良十五岁那年，最后一个姐姐也出嫁了。他在一夜之间完全变了，他的肠子变脆了，心也变脆了，不再打闹，不再嬉笑，也不再学鬼叫。有时他在梦中哭，醒来后如果还在哭，就干脆放声大哭。他把自己捂在被子里，以免被父母听见。春节期间，姐姐们带着姐夫们来拜年，特地给他准备了礼物，他躲在屋后的丛林里不敢见她们，晚上也不回家，在树下烧了堆火蜷到天亮。第二天她们即将离开时，他才从林子里钻出来，但没有走近她们，而是把脸贴在松树上，让泪水哗哗流。回家后父亲责怪他不应该彻夜不归。他粗暴地说，你管我的！母亲问他，那你饿不哇？他冷冷地说，不饿！

有天夜里，父亲睡下后，他拿起父亲的雕刻工具，乒乒乓乓地干起来，一直干到天亮。父亲在床上埋怨了几句，责怪他弄出的声音太响了，但没有进一步制止他。他接连干了几个晚上，正是农忙季节，父亲忙田地里的事，没来看他请了个什么神。几天后，他把稼禾神从木头里请了出来。稼禾神是女的，父亲雕出来的稼禾神面无表情，看上去有点像男人，吃得苦，有使不完的劲儿。文久良雕出来的不一样，一看就是女的，并且还很年轻。当他用砂纸对神像进行打磨时，下巴左侧擦出了一颗痣。细看发现这不是痣，是一个小小的结疤，大概是树枝还没长大就折断了，后来被生长层逐渐包裹隐藏起来。最初并不明显，如果不去擦它，要细看才能看出来。他忍不住擦了一下，变大了，用力擦了几下，大小没变，但一下子非常清晰。父亲说过，神是天地所生，是不会有痣的，只有凡胎所生的人和动物才有痣。父亲一眼就能看出木头里有没有神，自然包括能看出里面有没有暗藏的结疤。文久良把神像举起来看了看，突然发现自己雕琢出来的不是什么稼禾神，是三姐。没有那个结疤，还似像非像，有了那个结疤，三姐的神韵一下就活了。他感到口渴，抓起盛水的瓦罐喝水。许多年后，他仍然记得自己匆忙地抓起瓦罐时微微颤抖的双手。他悄悄把它藏起来，让别人把三姐拿去供奉，三姐会倒大霉的，因为她承受不起。

几天后，文久良请父亲答应他去学打铁。父亲答应了，请神又不要他帮忙，地里的活他一个人能干下来。他并不知道自己要当什么样的铁匠，他只想把自己脑子里那些乱糟糟的、或脆或软的想法像铁一样反复捶打，把它们通通打到铁里面去。

心里隐隐作痛。

两年后，父母决定给他娶妻。在山区，这样的事父母不用跟他商量，准备好了，叫他回来就行了。婚期快到了，父亲替他去向师傅请假，并请师傅来吃喜酒。他火爆爆地揉了一句："我不要，要娶，娶来你自己要！"师傅骂他忤逆不孝，骂完和其他徒弟一起笑他，觉得他的话太幼稚了。即使对父母订下的女子不满意，也不能这么说话嘛。在结婚的前一天,他失踪了。他的师兄弟们到丛林里去找他,他们嘻嘻哈哈地说:"他一定是害臊了,躲到林子里去了。"当天没找到,第二天也没找到,再也没人笑得出来了。家里鼓乐齐奏,鞭炮乱响,新娘子已经进屋了,却没有人和她拜堂。新娘子的娘家人开始还沉得住气,以为文久良真是因为害羞,加上被文家这边能说会道的人好言安抚好酒相劝,同意先把新娘安顿在离文家不远的肖家,等文久良回来后再行大礼。

那天下午,太阳即将下山时,其中一个搜山队回来说找到他了,但怎么劝也劝不回来。文久良的父亲一扫愁容,从墙上摘下火药枪,大声说如果不能把他喊回来,他就把他的尸体扛回来。半个时辰后,翘首以盼的人听见了枪声,虽然很远,但足以让世界平静、安谧。大家都以为父亲把儿子打死了,不一会儿,屋子里"扑通"一声,随即传来文久良姐姐们的哭声,她们的母亲在家神面前昏倒了。

他并没有把儿子的尸体扛回来,他走到搜山者说的地点,文久良早已不知去向。他喊了几声,又骂了几句,儿子没露面,倒有几十只蝙蝠从什么地方飞出来,他把耻辱和愤怒向这些蝙蝠射出去,那些冤死的蝙蝠向上天发出的超声波至今没得到回应。

新娘子的叔叔、伯伯、哥哥、嫂嫂再也稳不住了,天亮后,新娘的二哥背起新娘,其他人搬起嫁妆,连已经安放在灶上已经烧过一次水的新锅也揭了起来,顶在头上走了。

几天后,文久良像野人一样回来了。他钻进厨房,用手抓起冷饭往嘴里塞,好几次哽得连气都喘不上来,食管像铁一样硬。他难过地伸缩了几下脖子,喉咙上的硬块缓缓移动,突然眼睛暴突,米饭终于咽了下去,泪水夺眶而出。母亲忙去给他热汤,给他递水。父亲制止道:

"不要管他,噎死他算了!"

"他死了你哪点好哇?"母亲生气地把火钳扔在灶上,眼泪随着声音汹涌而出。

他躲婚那年开春,来了一个"土改"工作队,他家成了富农。接下来初级社、高级社,集体化的浪潮一浪高过一浪,先是土地进入大集体,然后牛羊和农具进入大集体,最后连煮饭的大铁锅也进入了大集体。生产队的大食堂给他们留下过宴席般的大聚餐的记忆,短暂快活的时光很快因为接踵而来的大饥荒而失去了魅力。

文久良二十七岁那年,他不再打铁了,成了炼钢技术员,虽然也不知道钢是怎么炼出来的。父亲也早就不敢从木头里请神了。他的工具被没收了,雕好的神一次供奉也没享受过就被烧掉了。他成了迷信活动的典型,不时被小学老师用来启发学生:"如果神真有那么灵,为什么连他的脚指头都保不住?"

峡谷里的人也认可了这种改变,既然土地、牛羊都入了社,哪里用得着神来保佑?派头十足的社长向大家许诺,一定会过上好日子的,不但有饭吃,到年底还有一件新衣服。那些多少有点脑子的农民,用隐喻谈论着这些事,以为这不过是一场闹剧。但在正式的场合，比如社员大会上，他们总是缄口不言。如果是形势所迫，非要他们讲两句，往往词不达意，关键的话憋了半天也讲不出来，就像担心自己虽然领悟了，但未必就应该告诉别人。于是，表面上看，他们完全服膺于社长的宣言，相信那小娃娃似的奖品是他们所喜欢的。心里却在想，关在自家牛圈羊圈里的牲口既然已经入了社，为什么还要我去养它们？在自己的地里干惯了活的人，到集体的大田里谁不想偷奸耍滑？

日子虽然艰难，却都一一应付下来了，竟也从容。

转眼又过了几年，文久良三十多岁了，他对女人的渴望终于苏醒过来。在那段困难的时期，父亲去世了，文久良和母亲靠吃树皮和菜根硬撑了过来。情况稍有好转后，姐姐们觉得兄弟冷清、孤单的生活真是可怜。她们发挥各自的优势，定要给他撮合一门亲事。文久良也答应了。

女方是一年前死了男人的小媳妇，生过一个孩子，因为没饭吃，挤不出一滴奶水，孩子在小猫咪似的哭声中，又回到他刚来的世界里去了。大姐二姐觉得没有比这更好的了，既证明她能生育，又没有任何拖累。

女方对文久良也很满意，因为他的地窖里有几百斤红薯，柜子里还有百余斤玉米，油坛里还有几斤猪油。这对饿得眼睛发花的人来说，是不可抗拒的诱惑。

文久良左脚有点瘸，是他二十四岁那年生病落下的。女人的眼里只有猪油和玉米饭，根本不在意他的脚。

结婚那天，队长拨了一百斤大米、两百斤苞谷，杀了一头病歪歪的老牛。让全生产队的人享受一顿好生活，同时也把另外两对年轻人的婚事办了。

文久良领着女人吃完饭回来，女人说她没吃饱。饭和肉是队长亲自分的，队长一边分一边吼，吃慢点，噎死了我不负责！有个老汉文绉绉的，本想对新人们说几句祝福的话，看见别人不到两分钟就吃了个底朝天，他吓了一跳，忙端着自己的饭和肉躲到桌子底下，吃完了才钻出来。文久良也感觉没吃饱。其实和平时比起来，饭和肉够多的了，可就是感觉没吃饱。他对女人说，我炒苞谷花给你吃吧。女人充满柔情地说，那我给你烧火。大铁锅已经入社了，家里只有一个又重又厚祖传下来的小锑锅。文久良把玉米粒放在锑锅里面，盖上盖子，在火上烤一会儿然后端起来摇晃，玉米粒变成爆米花。烤一阵摇一阵。他把爆米花倒出来，叫女人吃，他再炒。最后两锅，他还放了点猪油和盐。女人说，好了，你不能再炒了，我再也吃不下了。放了猪油的爆米花倒出来后，女人说，我再吃一点就不吃了。文久良看见她慢悠悠地，一手端爆米花，一手拿水瓢去水缸里舀水喝。他正想问她，是放了猪油的好吃还是原味的好吃？只听见女人叫了一声，爆米花和水瓢同时落地。文久良忙去叫肖婆，肖婆懂点土医土法，看见女人的肚子被爆米花撑得像个孕妇，肖婆束手无策，只能叫人往香溪医院送。大肚子既不能背也不能抱，只能躺在门板上。四十里山路，终于来到了医院，女人已经叫唤不出来了。医生说胃撑

路神　冉正万

破了，出血太多，救不过来了。

文久良把女人埋在山背后的松林里，每到夜里，擦耳岩的人都能听到他悲伤的哭声。那些心肠慈软的女人，也陪着他流下了伤心的泪水。

这一年的冬下，全公社的劳动力都被集中到擦耳岩来造梯田，山顶上架着大喇叭，天还没亮，大喇叭就唱开了："社会主义好，社会主义好，社会主义国家人民地位高，反动派被打倒，帝国主义夹着尾巴逃跑了……"接下来便是公社书记讲话："今冬明春，我们要大干快上……"喇叭里不时"咝"的一声，就像公社书记讲着讲着，突然从嘴里拉出一根铁丝。工地上还有一幅标语：严肃认真、团结活泼。公社书记是复员军人，办事既严肃又认真，但说到团结活泼，社员的脑子里首先冒出来的是灵活的脖子，"活脖嘛"，脖子灵活，行动才敏捷嘛。他告诉大家，要艰苦奋斗。可农民挥着锄头，挑着泥土，却很难想到自己是在跟谁比试，又不是摔跤、跑步、逢年过节搞玩耍。因此，他们总是一边干活一边谈论猪呀，牛呀，东家长西家短，不时嘻嘻哈哈。

只有文久良比较符合公社书记的要求，他在两山之间的窝棚里专门修理磨秃的錾子、凿缺的钢钎、断龙的锄头。他捶打烧红的钢铁时两眼放光，就像那鲜红的钢铁里有精灵在挑逗他，在和他闹着玩，任他动作怎么麻利也捉不到它。他不去扎堆谈笑，也从不计较干多干少。书记很想把他树立成一个模范标兵，可他一旦离开铁砧，离开铁匠铺，就像失水的萝卜，手脚迟钝，目光呆滞。说个话喉咙里像有颗烫栗子，吞吞吐吐的。公社书记只好作罢。

姐姐们再给他张罗婚事，他全都摇头。大家都以为他从此再也不结婚了，对他既钦佩又同情，在这山沟沟里面，难得有这么重情重义的人。

直到他四十九岁那年，他在横坡坳守水，在"倒龙管"旁边捡了个奄奄一息的女人，他把这个女人背去医院，然后又把她背回家。第二年，女人给他生了个儿子。

云秀风轻，满山红叶黄花。

文家灰出生这年，大集体解散了，人们整各自的地吃各自的饭。没有生产队长，直接和土地打交道，心里有种莫名其妙的玄乎。有人怀念起文正泽，说他要是在就好了，就可以到他家去请神了。出乎他们的意料，有一天文久良在铁匠铺制作了一套工具，把神从木头里请了出来，经他手请出来的神和他父亲请出来的一模一样。渐渐地，文久良成了远近闻名的神匠。和父亲唯一不同的是，他多请了一尊财神。这不是他的意思，是前来请神的人的意愿。以前他们从没供过财神，从现在起，他们不能再怠慢它了。

埋在三岔路口的路神，是文久良最近几年雕刻的唯一的一尊路神。自从财神在众神中的地位越来越显赫，路神、山神、稼禾神就越来越受冷落。最近几年，有人甚至只请财神，连家神也不要了。文久良常常为此不安，但他自己也不知不觉地受到这种潮流的影响，对路神、山神爱理不理。他想起一句俗话，"要人的时候要人，不要人的时候屙尿淋",不禁有些惭愧。如果路神心量狭小,那么,它还会不计前嫌努力向着儿子所在的地方进发?还会附在儿子文家灰的耳边大吼一声"家灰,你有好多年没回家了?哼!"

文久良恨不得把路神刨起来,把自己当路神埋下去。

自从把路神埋在三岔路口,文久良对儿子的想念更加炽烈了。十三年了,虽然擦耳岩的人习惯用季节计算时间,但十三个春秋,也不算短了。

在山坡上干活时,只要看见有人走进峡谷,他的心就抑制不住怦怦跳。有好几次,他以为一定是家灰,拄着锄头一瘸一瘸地往山下跑,跑一阵站一阵,直到确定不是家灰,他才遗憾地、害臊地、浑身无力地爬回来。往下跑时,拄着锄头不是因为腿瘸,而是因为来不及丢下它,他不用拄任何棍棒都能走。当他往坡上爬时,锄头真成拐杖了,全身的重量都压在上面才能挪动脚步似的。

接连十多天,他都在看得见大路的山坡上干活,今天浇粪,明天除草,禾苗被他侍弄得打蔫儿了,可他一点也没发现。

菜园里的豇豆、茄子什么的,他一会儿嫌它们长得太慢了,怕儿子回来没菜吃,一会儿又嫌它们长得太快了,再不摘就变老了,不能吃了。

他听说,最近回来的人多,那边的工厂不大景气。他听到的是只语片言,是那些从门前路过或者在离他不远的地里干活的人说的。他很想去问个究竟,但他没去。

吸着叶子烟站在门前看山看水,看千山草黄,枫林如火,看弯曲的小路。薄薄的眼光如果能够一层一层地铺在那条路上,都应该有铜钱厚了。

有一天,他从堆放杂物的楼上把很多年前雕刻的三姐找了出来。他以为很难找,实际上他一下就找到了。

三姐是几个姐姐中长得最漂亮的,她的命却是最苦的。三姐出嫁那年,他才十一岁。有一天三姐坐在草堆上发呆,他把她推了下去。草很滑,他也跟着滚了下去,一头砸在三姐的肚子上。他正准备逃跑,以防三姐揪他的耳朵。可三姐没有揪他耳朵,也没骂他,三姐一下搂住他,在他脸上亲了一下,他还没明白怎么回事,三姐已经把眼泪洒在了他脸上。三姐说,弟,我走了后,你要对爹爹好,对娘好,对你四姐五姐好。他问,三姐要到哪里去?三姐叫他先答应,答应了再告诉他。他答应后,三姐说,要到很远的地方去。他蛮横地说,你去干什么?谁叫你去的?我不准你去。三姐害羞地笑着说,不去不行啊。

在草堆下面,三姐和他说了很多话,他全都忘了,只记得三姐一会儿哭,一会儿笑。半个月后,三姐出嫁。三姐夫家的轿子进来后,母亲叫他去牵三姐,把三姐牵到轿子里去。本来应该背过去的,但他年纪小背不动,众人大度地说,牵过去就行了。任凭母亲怎么诓哄,其他亲戚怎么劝告,他噘着嘴就是不牵。母亲发火了,骂了他,他伤心地哭起来。他为三姐已经肝肠寸断，换来的却是哈哈大笑，别人以为他不懂事才这么固执。他是不想三姐走。在他看来，三姐这一走，无异于生离死别。

三姐夫家条件最好，地宽房宽，可几年后，三姐常回到娘家来，一回来就和娘在屋子里哭。有一次，文久良看见三姐满身伤痕，才知道三姐夫经常打她，因为她连生了三个女儿。文久良忍无可忍，把父亲的圆凿别在裤腰上。三姐回家时，他在竹林中间的路上拦住她，自告奋勇地说，我帮你杀死他！三姐吓了一跳，问他杀谁。他说，那个打你的人。三姐叫他把圆凿给她看看，锋不锋利？他把圆凿递给三姐，三姐顺手给了他一个耳光。三姐说，小小年纪，你就要当杀人犯，吓死人呀！他万分不解，说，我是为你报仇啊。三姐说，我没有仇，有仇也不要你报。姐弟俩对峙了一会儿，三姐软下来，叹了口气说，阿弟，你还小，什么也不懂。他的眼里噙着泪水，他不恨三姐，但觉得三姐比自己想象得还要可怜。

几年后，当父亲说要给他娶媳妇时，他坚决不要，不是因为害羞，而是不愿意任何一个女人像三姐那样被鞭打。他不知道，女人是可以爱的，他以为娶来是要他打的。

后来三姐生了两个儿子，三姐夫不打她也不骂她了，可家大业大，"土改"那年被划成地主，房子被没收了，屋子里的行头、用具也被没收了，连碗筷也没有多余的。1960年，三姐和三姐夫都死了。文久良每年都去给三姐上坟，但他从不进外甥们的屋，他不想见到他们，连话也不想和他们说。

他要让家灰"见见"这个姑妈。他把雕像认真打磨了一遍，好让儿子回来后看看。

除了三姑妈，家灰也没见过他爷爷。这同样不好。文久良选了一段木头，把父亲的像雕出来。雕好后，他第一次发现，自己和父亲长得太像了。他把父亲雕得和自己一样老，其实父亲去世时还没活到他这个岁数。

他没有用谢神节指定的树，谢神节一般用刺槐，他选用的是白杨。这样做，那些小气的神就不会怪罪他了。

三姐的像比真人小一半，父亲的像和真人一样大，他把它们立在堂屋。家里仿佛多了两个人，冷清得发苦的黑瓦房多了些生气。文久良又选了一段木头，把母亲的像也雕出来，是家灰出生后母亲最快乐最忙碌时的形象。这个并不健壮但操劳了一生的女人半是嗔怪半是喜悦的表情，那种嗔怪像是她在替孙子撒娇，而不是她心里有什么想法。

还有一个人，要不要雕她的像？他有些犹豫。

这个人就是家灰的母亲。

他第一次看见她时，她斜靠在路边的石头上，像离开藤子的青瓜，怀里有一个豌豆花青布的包袱。他一眼就看出来，她长得非常好看。正是因为这种好看，在是否要背她去医院时他犹豫不决。若不是天空突然阴下来，若不是山后面传来雷声，他还真不知道怎么办。他把她背到医院后，雨并没有下下来，直到晚上才大雨倾盆，他很感激老天先打了那么一阵干雷。

她从不告诉文久良她是哪里人，为什么独自一人来到擦耳岩，为什么病得那么厉害还要走路。就像几年后，谁也不知道她为什么突然一去不回。他只知道她的名字，和她做蓑衣饭的水平。她把糯米面、碎玉米蒸到半熟，倒出来摊开，放点清明菜、腊肉丁，然后一点点花椒、半勺盐，拌匀后放在茴香草上再蒸。蒸熟后一缕缕清明菜像撕碎的蓑衣，也像杨树花。她只做过两次。在清明节前后，清明菜长到一寸半高的时候掐来做。每次吃蓑衣饭，他都非常高兴，对她又爱又感激。因为这不仅仅是蓑衣饭的问题，还关系到她那么年轻，那么好看，那么用心地做饭。他没有想到都吃过两次蓑衣饭了，家灰都两岁了，她会突然抛弃他们。她走后，他再也没吃过蓑衣饭，每想一次这种饭的香味，他的心就痛一次。她出走那年他五十二岁，现在他已经八十一岁了，他的心不止痛了二十九次，但心里已经没有硬硬的不舒服的感觉了。

朝雨晚晴，炎夏凉秋。

过去了的，也就过去了。

当时他做过种种猜测，还有难以抑制的怨恨，但他从来没有忘记过她。他怀疑她嫌他穷，嫌他岁数大，嫌他是个瘸子，嫌家里冷清；他怀疑她心里有一个人，也许她对他又爱又恨。任何一种怀疑都像一剂毒药，毒药并没有隐藏自己的毒素，但他必须吞下它们，这很难受。

她抛家弃子离去后，擦耳岩传言文家灰不是文久良的儿子，是她和别的男人造下的孽种。老母亲对此大为不满，她不骂媳妇绝情，也不骂儿子窝囊，她骂擦耳岩的人歹毒，乱嚼舌根。她去菜园割菜，去林子里给家灰找野果，都要站在显眼的地方指桑骂槐地大骂一阵。直到有一天，文久良说，妈呀，行啦。她才收起她虚张声势的谩骂，悄悄地唉声叹气。

林子里有硬叶茶树结的树泡、野草莓、锥栗子、野柿子、山核桃、野樱桃、猕猴桃、酸酸杆。别人钻进去不一定找得到这些，老奶奶却每次都有收获，就像林子里的树是她栽的。这些野果有的甜，有的酸，有的涩，家灰并不是每样都喜欢吃，他喜欢把它们当零食，解解小馋嘴。

把路神安放到路上都三个月了，文久良还没收到任何音信，但文久良不敢责怪路神，只能替路神开脱：大城市太复杂了，路神一进城就迷糊了。

他花了两天时间，把菜园里的瓜果蔬菜全部送人，每家都送一点，谁也不能落下。这些菜有老有嫩，有大有小，有些菜已经老得不好吃了，他抱歉地叫他们拿去喂猪。他告诉他们，他要去远方，不知道什么时候才能回来。

擦耳岩只有几十户人家，散落在崖畔或者山脚下，年轻人全都出门打工去了，剩下的不是太老就是太小，大多没有出过远门。他们向往城市的繁华，但深知那种繁华和自己没什么关系。他们谈论城市的繁华时，虽然全是道听途说，但喜欢用含混的文绉绉的曲解去描述，同时加上他们自己才能听懂的猥亵的说法。就像他们骂人时，喜欢别有用心地加上一些文雅的从文明之地传来的词语，这比直接辱没血亲相奸什么的更能打击对手。

  文久良要进城了，他们都知道，他儿子在东莞办了一个厂。他们以为他去了就不再回来了，要去儿子那里享清福了。他这一别，就是永别了。他这岁数，有力气去，没有力气回了。心肠慈软的不禁感到难过，在他离开后悄悄抹起了眼泪。

  他说他要回来的，只是不知道什么时候回来。没人相信，说儿子那么有本事，回来干什么，你一个孤老汉，难道叫家灰回来服侍你不成？他没做更多解释，他对儿子的了解其实还没有他们多。他们还可以向回来过年过节的年轻人打听，他从没有打听过，仿佛这有损什么尊严似的。他一直怀疑，儿子办厂的消息是不是真的？是不是讽刺他的？会不会像高家寨那个女子一样，说法和实际情形正好相反？高家寨那个女子是她妈妈的最后一节肠子，也就是她妈生下的最后一个孩子。这个女子长得水灵，在贵阳打工，前几年，说到她的工作时，说她在卖肉。擦耳岩的人以为她在卖猪肉，过了好久，才知道这是隐晦的说法，原来她卖的是她自己，是让埋到地下的祖宗再往下钻三尺都会感到害臊的职业。

  在他的眼里，儿子什么也不怕，而他和儿子正好相反，这也怕那也怕，他不好意思告诉他们，他害怕进城，他对神秘莫测的城市怀着恐惧，在他看来，人们建造城市的目的就是建造迷宫，好把那些乡下来的老实巴交的人弄糊涂，弄糊涂了好整治你。他听说，以前有一个人怕进城后找不到路回来，每走一段就放上一颗豆子。可他没能回来，因为那些豆子被促狭鬼换了地方。也有人说，不是什么豆子，也没有什么促狭鬼，而是那人用火炭画下的记号被大雨冲掉。尽管这多半是传说，而且多半是用来取笑乡下人的，但如何去，如何回来，他心里一点谱也没有，预先感受到的骄傲和沮丧不轻不重地折磨着他。

  至于进城的目的，更不便说给别人听。

  中秋节那天，四姐的孙女来看他，给他带了一盒月饼。擦耳岩的人不怎么重视中秋节，以前没有见到过月饼，也不知道月饼代表团圆。不仅因为穷，还因为过惯了冷清的日子，除了春节和端午节，其他节日都被省略掉了。这十多年来，不时有外出打工的年轻人回来过中秋，过冬至，峡谷里的人才慢慢理解了这些节日的意义。四姐的孙女很同情他，但黑瓦房的懒散、淡漠、与世隔离的寒酸使她不愿久留，放下月饼说了些客气话就走了。

  天黑下来后，文久良把父母、三姐和家灰母亲的雕像抱到堂屋，让他们靠在板凳上，每个人面前摆了一个月饼。他平时把他们请上桌和他一起吃饭，还有点不好意思，觉得这是小娃娃们才举行的仪式。吃饭时听见脚步声,他会立即关上大门,把饭菜端到厨房去吃。他不想让任何人看见他和他们在一起,听见他和他们说的话。他最担心的,是家灰突然推门进来,看见他深情款款地和他们说话的一幕,这会让他无地自容。

他把月饼摆好后,总觉得少了点什么,可究竟是什么,却又想不明白。

(原载《小说林》2013年第2期;《小说选刊》2013年第4期转载)

2013年

周燕翔

风 铃

认识他,是在一个小商品店买风铃。当时只有一串了,男人憨厚一笑,让给了她。但男人离开时,不甘心地问店老板:"附近还有卖的没有?"当听到否定答案后,又问:"你的店什么时候再有?"得到店主的承诺后,男人匆匆走了。

她心生好奇,一个大男人,怎么对这么女性化、小资情调的商品感兴趣,在男人与店老板约好取风铃的日子,她也去了,男人见了她,吃了一惊,以为她又要争风铃,憨厚的笑容也变僵硬了。"怎么,你的就坏了?如果你要新的,就把那个旧的给我,我修修还能用……"见男人急了,她心里好笑:"我可不是来和你抢风铃的,我只是好奇,你一个大男人买风铃干什么呀!"语气听上去并不要男人回答。

男人拿着风铃,小心翼翼地,边掉头离开边说:"帮别人买的。"说着,男人便融入车水马龙的人群里,把一个谜留给了她。三十岁像一颗罂粟种子,在她的生命中蠕动,她惧怕它冒头。"剩女"的身份,像商店橱窗里的模特,完美倨傲的外表掩盖不了她的挣扎,而且因挣扎得无序,她的肢体语言的总和是寂寞。她有了探究眼前这个男人的想法。

巴掌大的城市,找一个有故事的男人很容易。男人是县医院骨科大夫,医术很有名,十多年无偿照顾一个孤寡瘫痪老人,耽误了自己的婚事。老人的灯枯了,向男人提出要一串风铃。据说是想起早逝的女人啦,说是听听风铃,就听见了女人的声音,老人说那个喜欢风铃的女人来接他了。

她毅然决然地到小商品店要了男人的电话,与男人交往,与男人一起照顾老人,一切毫不迟疑,也毫无功利。她和男人结婚得到了全城人的认可,所以顺理成章。别人装修的房子和他们的比起来，显得过俗，像一个晒死的茄子，缺乏圆润也不够饱满。他们的装饰仅有风铃，用风铃做成廊帘、门帘、窗帘，甚至床帘，却风景这边独好。用他们的话说，爱情的声音在举手投足间，爱情的甜美在风吹草动时……

在清脆悦耳的爱情中，在音乐四起的生活里，他们度过了浪漫的十八年。除了没有子女，他们的幸福称得上是完美无缺的。突然有一天，她的骨科大夫颅内出血离她而去，留下那些风铃，那些敲打着她的无眠的精灵，那些蝴蝶纷飞惹人愁的舞者，那些晶莹剔透见证爱情的文字……她很快找回了生活的状态，仿佛那些风铃代替了男人的一切，陪伴着守护着耳语着她的日日夜夜……数年过去了，她依然神采飞扬，欣欣然像刚见到男人时的样子。

一天，一个毛贼翻进她家，进去就傻眼了。毛贼从没见过如此机关，全屋的风铃错落悬掉，有的蜷曲成一团，使人动弹不得。她发现了毛贼，不惊不慌，满心是爱、满腹是恋、满目含情的她，对那毛贼说："你看你回家，也不让我知道，你也不碰风铃，你想让我惊喜是不是？你看，都快到我们的金婚纪念日了，我想你也应该回来了，可是你还是来早了，你的骨头还没长肉呢……"说着拖出一架白骨，抱着哭起来。这一下把毛贼吓散了架，魂魄从窗缝跑出去，像一股冷风；肉胎在玻璃上撞，像误入民宅的蝙蝠；而肠子早已紊乱成一团，层层叠叠地把自己捆绑严实，只等警察捉拿。

听说她捉贼的事后，有人说，是那些风铃帮了她。接她报警电话的警察说，是她机智地利用了骨科大夫带回家搞研究的标本，把毛贼吓得半死。也有人说，是爱情帮了她，那些风铃已经成为一种力量，让她拥有生活的强大气场，能够逢凶化吉……她什么也没说，但她清楚，她是真把那毛贼当成自己的男人来诉说的，她太想和她男人诉说了。我也在想，是不是她晶莹、清脆、闪亮的爱情，像照妖镜一样，把附体毛贼的猥琐、肮脏、罪恶打回了原形？

风铃声还不时传出她的窗棂，传出她续写在爱情里的传奇。

（原载《啄木鸟》2013年第10期；《小说选刊》2013年第11期转载）

2013年

何文

猎　狗

　　猎狗是叔叔的绰号，这是父亲告诉我的，是那些被他捕食过的女人给他取的。我受父亲影响，一直不喜欢猎狗，自打他因强奸女友母亲锒铛入狱后，再没和他有过联系，虽说后经查实，猎狗是被那对母女做局而无罪释放，我对他的印象也没改变过来。在外工作这些年，即便和苏尼确立了恋爱关系，我也从不提及猎狗。所以我完全理解苏尼随我回玉城过年去猎狗家时那种又惊奇又害怕的心情，上楼梯时不断裹紧大衣。我安慰她的同时，也不能埋怨父母，尽管是他们一再表示想见苏尼催我们回家过年，可谁能料到，当我们大包小包长途跋涉回来，却接到父母电话，乡下外公突然去世，他们连夜回去奔丧，只好安排我们暂住猎狗家。

　　我有很久没见猎狗了，他竟然还是那么瘦高那么白净，他也说我没变化，老是一张娃娃脸。猎狗对我还算热情，拥抱过后，帮我们提了行李去房间。他在接到我父亲的电话后，专门腾出一间房子给我们住。猎狗的住房还算宽敞，听父亲说，这些年他在外帮人搞设计有点小创意，挣了一些钱，去年回到玉城，仍然未婚。猎狗不准我在客厅睡沙发，什么未婚啊纯洁之类的话他不爱听，连我都跟着一旁的苏尼脸红筋胀，其实我不反对和苏尼同房，我可不像外表那么老实，昨晚在火车硬卧里都想干那件事，问题是苏尼作怪，坚持要在结婚以后。当猎狗丢下行李出去准备饭菜时，在床边和苏尼撞了一下。关上房门后，苏尼纤长的手指摸着胸口说，你们一点都不像。我说，那是自然的，爷爷奶奶生前一再说叔叔不是正经人。苏尼反对我帮她抚摸胸口，掐我一把后要我保证晚上睡地铺，并命我带她去卫生间沐浴，她说身上黏糊糊的一股子汗酸味，实在无法忍受。

　　重新来到客厅已是中午，屋里多了两个人，一个年轻女人带着她的小孩子。苏尼有些惊讶,我却觉得这不足为奇。猎狗一向离经叛道,父亲曾对母亲说,猎狗上中学时交的女朋友是他的语文老师,还趁爹妈睡熟时带回家过夜。猎狗笑着给我们介绍,说来者是隔壁B幢三单元的晓君。刚说完那孩子就蹿上来一把紧紧抓住猎狗,不准他碰他母亲,不依他就要像打鼓一样捶打茶几。晓君亲着孩子总算让他松开了手,孩子一下又跳到屋子中央,一双眼睛四处乱转,两只手东摸西薅,晓君赶忙把玻璃烟灰缸移开。我对晓君的印象还可以,不光是长相秀气,而且还温柔贤淑,真搞不懂她为何会上当受骗,就算猎狗过去在玻璃厂当过吹工吹牛皮还可以,晓君也不应该不顾名誉啊。

有人敲门,是猎狗叫的外卖。我们帮着腾好桌子,然后围桌坐下,猎狗开了啤酒,我表示在外多年,别的没学会,酒量倒是见长,苏尼在一旁清理喉咙,我忙改口说不能喝,只要了小半杯。大家伴着窗外零星的鞭炮声举杯互祝新年好!苏尼嚼着晓君夹给她的宫保肉丁,说第一次来南方过年真的好新鲜,终于可以不吃饺子了。猎狗要她多吃,还把盘子往女人们跟前推,却碰倒了晓君跟前的杯子,晓君还没怎么,猎狗已扯了纸巾帮她揩弄湿的袖子。其实这一套我也会,至于向晓君表示很高兴她穿上他买的毛衣之类的我也不觉得新鲜,可他趁着说话,手就轻车熟路地和女人的手纠缠在一起倒是值得我学习。看见苏尼嘴角带笑,我也赶紧笑。让人心烦的还是那个小男孩,他拼命踢桌子,得到他妈保证新鞋已放进床头柜第二个抽屉后,又缠着要吃的,真给他又推开。晓君承认孩子被宠坏了,平时在家早点就是汤圆、点心、鸡蛋十几样任他挑选。说着叹气,不想带他来的,丢在家里又没人管,他父亲除了上班和赌钱,回家要么睡觉,要么坐在电脑前,所有事不闻不问。小孩子不高兴妈这么说他,噼里啪啦两巴掌,猎狗讲他几句,他竟然抱着他的手就咬。晓君实在看不下去了,把小孩子拎到沙发前,搬动茶几拦着,小崽子竟然爬上茶几双脚跳,喊着妈妈的名字,威吓要告诉爸爸。苏尼一再朝我眨眼示意不要笑,她赶紧拿出一盒巧克力给了孩子,他才放过我们。

继续吃饭,我正觉得和猎狗一起过年有点意思时,他突然告诉我,放假期间要出去几天,去海狮山旅行,下午就走,三点的火车去牙城。他让我们尽管住,离开后把钥匙交给我父亲就行。

我和苏尼碰了一下眼光,他们这是要私奔啊!

猎狗笑了,和我碰一下杯,告知晓君不去,她中午就是特意过来吃顿团圆饭的。猎狗拍着晓君的肩膀笑着对我们说,她是他们家的主角,公公婆婆小姑子一大家人今晚全聚在她家过除夕,一大桌吃喝靠她操持哩。晓君无语,只是笑笑,两眼却没离开猎狗。手机响了,家里催她回去,炖的一锅莴笋排骨都煳了。

只剩我们三人后,猎狗吹着口哨开始收拾行装,其实也没什么,就是洗漱用具、一小包药品、几件换洗衣服和香烟,他顺手扔给我一条让留着抽。猎狗常出门的,三两下就搞定。我问他几个人去。他说从来都是一个人,然后脱下睡衣进了卧室。我悄声告诉

猎狗 何 文

苏尼，猎狗肩上的伤痕是在农村帮人抬棺材时留下的。苏尼叫了半声就捂嘴。猎狗穿上外衣又出来，没什么好叮嘱的，喂养的狗和金鱼上星期都死了。他提上行李，一边拍拍我的肩出门，一边接听电话，接完后立马返回，猎狗神情怪异地一把拉过我，叫我帮忙。他的手劲大，捏得我好痛，怎么甩也甩不开，不答应就不松手似的。我急忙催他有话快讲。猎狗长话短说，晓君改变主意丢下一家老小要跟他去海狮山，现已到了楼下，他只好拉我加入，旅行费用由他出。半天我才搞懂，原来猎狗已经约了别的女人，路上要我帮忙照应。我可不想卷入他的破事，况且我刚回来，气还没喘够。我可不像他，一双脚野惯了。忙推说总得和苏尼商量商量，我断定苏尼一张冷脸就推辞了，她比我还不爱动。但我的确没想到，苏尼出乎意料地一下双眼发光，她说她就是喜欢节外生枝的生活，新鲜刺激。这简直和一向称自闭、不善和人打交道的她判若两人。

我可是带着上贼船的感觉，随他们去火车站买票上了火车。

由于是除夕，车厢里空荡荡的，列车员进来对我们说一句"新年快乐"就再也没有露过面。

晓君小鸟一样偎着猎狗，说，可惜昨天忘了多买些馄饨皮把馅全包了，给你留在冰箱里。她要他保证回来后生活要有规律，增强营养，每天一盒牛奶、一个鸡蛋、一个苹果。猎狗却是面带微笑抚摸着她眼角一小块瘀血，然后要她看窗外，春寒料峭中的田野山川让晓君满眼新奇，可见她平时单位、菜场、灶台的日子有多乏味多压抑。隔着过道，另一头靠窗的苏尼取下绿黑相间的围巾，解开黑色大衣的领扣，活动着白皙的脖颈，朝我努努嘴，那时车过塘口站，有女人走进车厢，靠窗坐下，神情冰冷。

我顿时感到被笼罩在饱含怨气的目光里。

猎狗非常镇静地朝我眨眨眼，我便冲苏尼咳嗽，她心领神会，过来和我一起缠着晓君打听玉城的房价油价。我却留意着猎狗的举动，他说去一下洗手间。估计他会在那里给女人发短信约去另一节车厢，果然我看见女人起身，但我不懂怎么会另有男人进来叫她，莫非又是猎狗请人帮忙？这样更不会引起晓君的怀疑，真是诡计多端。不过我也为他担心，因为晓君坐烦了想去车厢连接处抽支烟，从那里要跨进别的车厢就只一步，我忙捅一捅苏尼，真是默契，她立刻表示也想抽烟，拉着晓君去了车厢的另一头。

猎狗回来，听完我的情况汇报后赞扬了我几句，我制止他贬我父亲，同时劝他适可而止，打发走那女人，为她失去晓君而不划算。我说的是真心话。猎狗才不听，揉着我的头说，原来高看了，这里面装了一包糠。我很不舒服他赞那女人气质高雅，什么名门之后，原先一大家子人，后来经过镇压、劳教、改嫁、出国，整得七零八落，现在只剩她一人住着两百平方米的房子，感慨万千之类的关我屁事，更不想听他说就喜欢这种经历过升降沉浮的人，为她值得冒险。真的，如果不是上了火车，我调头回去他都拿我无法，不过猎狗弯腰捡起苏尼掉在地上的围巾让我消了气，而他说的人生短暂，将来走不动后就靠回忆过日子,有了这段经历就知足了,倒让我觉得有点道理,我说不出话,心却"扑通扑通"地跳。

这会是一次怎样的旅行呢?

窗外,景致变幻莫测,刚才还晴空万里,出了桐岭隧道便是雨雪交加,过了迈沱河桥,天边又隐现彩虹。

到达牙城已是晚上,再换乘大巴抵达溪镇已近凌晨。

溪镇坐落在绵延起伏的海狮山下,在吐着光的灯笼的照耀下张扬着一片红和绿,七弯八拐的街巷里响着行人的脚步声及马车轮子的吱嘎声,有小贩高喊着"冰川刺眼"沿街兜售墨镜,我才知道来海狮山的游客不少,投店住宿不是一般的困难,尽管猎狗早就预订了房间,仍要我们做好四人挤一间的准备。幸亏晓君携带的一盒"玉城三宝"给了店老板,加上"木府客栈"地处高高矮矮的偏僻民居间,一时还没满员,我们总算在二楼弄到了两个标间。

房内设施简陋,一把椅子只有三只脚,苏尼不管这些,抓紧洗澡。窗外大北河水声滔滔,寒气袭人。我关上窗,眼光透过玻璃外缠绕的电线,落在下面歪歪斜斜街巷里行走的一群野狗上,它们的前面是铁索桥,对岸便是雾气弥漫的海狮山。

苏尼裹着浴巾出来,要我拉上窗帘。隔壁有咳嗽声,房子不隔音,苏尼担心猎狗他们闹腾起来影响她睡眠。我敢和她打赌,晓君绝不会叫床,凭她那么老实斯文。苏尼撇着嘴,一边梳头,一边压低声音告诉我,晓君是外表温柔贤淑,内心暗潮汹涌,她们在车厢连接处抽烟时谈得不少。她和猎狗是因为上星期宿舍区管道爆裂停水,在住地附近洗车场排队接水时认识的,他还请她吃饭,一来二往便俘获了她的心,她早厌烦了死气沉沉的家庭。我不关心晓君是何种人,我倒有兴趣知晓苏尼会不会也是内心波澜起伏?我阴悄悄地溜到苏尼身后,可是手刚搭上她的肩,便被她拿梳子使劲敲打了一下,冷冷地问,忘了昨天才写过检查?她看一眼丧脸的我,和气地指出她知道我欲念来得急也走得快,且相信我能用意念克制自己,这正是她和我好的原因。我真服她惯用的又打又拉的手法,接下来我还得讲笑话逗她开心,可是今天她不再想听老太用舌头治痔疮的故事,更讨厌我学狗叫,一点都不凶猛,恐怕还不如——我吃惊她竟联想到猎狗,于是沉着脸责备他太过分,人家晓君几次想断绝交往回归家庭都克服了,这次更是死心塌地地跟来。苏尼说,想着帮他骗人都恶心。她提醒我眼睛不要打架,等她头发干了才能睡,她有话要问,猎狗到底勾引了多少女人?我只能是一问三不知,不是敷衍,是的确不知道。我顺手收拾起苏尼随手乱扔的衣裤,一件件用衣架撑起挂好。苏尼稍一抬腿我立马上前帮她穿上袜子,天气凉,女人必须要享受一下被呵护的感觉,我就是要给予她这种快乐。苏尼却是冷冷一笑指出,猎狗也是专会这种得寸进尺的伎俩,除此之外,他没有一点能让人记住的。我正疑惑,她又问我,手为何发抖?我赶紧夺过梳子帮忙扯掉

猎狗 何 文

上面的发丝。门"吱呀"一响,猎狗手拿牙刷进来借牙膏,吓得苏尼"哇"的一声捂住胸口。苏尼怪我不锁门,这没有道理啊,猎狗进来应该先敲门才对。我非常讨厌他的粗鲁、不懂礼貌,什么晓君粗心把洗漱用具遗失在车上的屁话,我听都不想听,悄悄把一管治皮炎的地塞米松乳膏挤到他牙刷上。猎狗临走叮嘱锁好门,还说本地贼进屋偷了东西还要坐下来抽支烟才走的。他闻着牙刷跨出门去,忽又猛然转身,我赶紧双手递上牙膏,在其身后关上房门,并检查了三遍确定锁好才放心。苏尼凑到我跟前,仔细打量我,问,你不会像叔叔一样骗我吧?忽又一笑,带着轻蔑的表情摇摇头。她又来了,认定我只能对她忠贞不二,因为我又黑又圆,像个煤球,我的价值就是把自己烧成灰给她取暖!不过我并没觉得这有什么不好,我深信苏尼也只适合我这样的,要是遇到猎狗那种——嗨,我抠着头皮承认猎狗是我们家的异类,真的,无论长相还是肤色,父亲和爷爷都像木头砍出来的,身上常有拔火罐的痕迹,浓眉水泡眼,一点不假,眼睛都像灌了水一样。我确定苏尼没有嘀咕"包括你"的话才继续往下讲,不光我们家,在我们家原先居住的煤镇,几乎所有男人都很粗糙。

苏尼优雅地走到窗口,拉开窗帘看一看外面,要我继续说。

我告诉她,说是煤镇,其实就是人长得黑,那里并不出煤,只是个交通要道,距玉城三十公里,是好几个县去玉城的必经之地,旅客往往在镇上住一夜,第二天进城。我上去触摸了一下她的秀发,证实差不多快干了。苏尼却皱着眉怪我怎么又犯困了。她正想听一听我家的事,她要我从老一辈人说起,煤镇就是旅店、饭铺、油站林立,说书的、贩茶的、贩鸦片的鱼龙混杂、热闹非凡等一大段跳开,直接说家人。好的,我努力挺直身板说,父亲从小就老实巴交,跟着爷爷经营旅店,而细长高挑的猎狗却是两手交叉在袖筒里东游西逛,走到哪里哪里丢东西,但他从不承认。爷爷看不惯,没少打他。听父亲说,爷爷下手重,每次都把他打得满身瘀血。眼看苏尼一脸疑惑,我叮嘱她保证不外传后,又烦她东躲西藏,我凑近她是为了便于压低声音嘛,因为我说的是绝密。听母亲说,爷爷一直怀疑猎狗的身世,奶奶年轻时曾和玉城首富高家少爷有过交往。"野种哇!"苏尼惊叫半声赶紧捂嘴,我心里很不舒服,贴墙听听隔壁没有动静,才回身说那只是猜测,莫非我们家就不能有白皮肤?苏尼还想说什么,我"唰"地一下拉上窗帘,说,睡觉。苏尼乖乖地上床,说好冷。她要我给她暖好被子再离开,她紧挨着我,叫我不要生气,其实她只是对不了解的人有猫一样的好奇,并不讨厌。她认为猎狗平易近人,不端长辈架子,也不知他对她印象如何。我说那无所谓,我家的事他根本插不上手。苏尼开始推我,我回到自己床上时,她又嘀咕,猎狗怎么安排那个女人呢?

次日一早,我们去海狮山,买了门票后,坐观光车沿弯曲的山路上升,灿烂的阳光被抛在山下,窗外一片白茫茫,到半山腰换乘索道时雾气更浓了,能见度已经很低了,抵达山顶后更是云缠雾绕,除了时隐时现的晓君的红围巾外,其余人已不存在,更不要奢想遥看远处的雪山冰川美景了。有人说中午雾会散去，我从手提袋中拿出厚毛衣给我和苏尼加上，站在观景台耐心等待。可午后大雾越发浓稠，三点过后，我们开始下撤，改去半山二号营地泡温泉。猎狗就是那时失踪的，当晓君买好单间票时就不见了猎狗，手机也没有信号，把晓君急得，苏尼也帮着大呼小叫，可哪里喊得应？我当然知道猎狗一定是去找火车上的那个女人了，便安慰晓君，他绝不会掉下悬崖，也许是去方便，弯弯拐拐走错了路，一会儿准回来。晓君同意为便于猎狗找到我们，改去泡露天大池。不过她仍旧情绪低落，认为猎狗不打招呼就走肯定还在生她的气，这次出来才知道他这人小气得很，昨晚就为找不到洗漱用具一夜不理她。

　　当我裹着浴巾往男池里走时，遇见了猎狗，他头顶毛巾，一脸轻松，还打着手势示意我不要啰唆，他不否认是去见那个女人了，还怪晓君不该来，搞得他两边跑，非常累。嗨，如果猎狗不是我的长辈，我真的要骂他。猎狗可能觉察到我的心思，一边拉我朝左边走，一边解释那女人这次为了他放弃和老总出国的机会，他不能冷落她。我还能说什么呢？那种诱惑放在我跟前，我这种品位的人都不一定能抵挡得住。我不由得又有点佩服猎狗，转而又不明白，他痞里痞气凭什么迷住女人呢？前面热气腾腾，猎狗面对一池子男人在不停地说笑。我忽然十分反感猎狗，哦，莫非就凭你有个没有白长的家伙，就如此骄傲猖狂？我没开过荤说明我纯——到底心酸，无论怎样骂自己低俗也不管用，尽管发誓要远离猎狗，但又稀奇古怪地老想往他跟前凑。猎狗却是站在池边"喂喂"地接听电话，边说边朝外走。莫非有了信号，那女人又在找他？我追出来劝他留下，猎狗把我推开，说我一样不懂，脑子同脸一样幼稚。我不管，认认真真劝他不要太伤害晓君，否则我不再帮他遮掩，猎狗略眯了眯双眼斜视着我笑了，搂着我问，要不要……我表示金子也不需要。他笑说反正他从不招家人喜欢，无所谓。说完转身就走，我正心凉，他却停住。让我高兴的是，他竟朝我一偏头，最终跟我一起去和晓君会合。苏尼见他俩拥抱，忽然问我，你会什么啊？

　　玩电脑呀。我奇怪，她早就知道我玩这个厉害，特别是游戏。

　　苏尼才说一个"你"字，下面的话就被晓君摆手压了回去。晓君说，已是傍晚，不饿吗？那时雾越发浓厚，观光车停开，猎狗便提议去营地附近的农家小饭馆用餐，晓君担心天晚了回不到溪镇。猎狗说无所谓，哪里黑哪里歇，他都问过了，营地有八人一间的大通铺，男女共用。

　　走进冷清的小饭馆，才知人家已经停止营业。由于天气糟糕，游客不多，老板夫妇已下山回家过年，留守的小妹正在收拾东西，也准备明日下山。晓君用开水烫了四个杯子，从包里拿出带来的茶叶泡上，然后叫过来小妹。经过协商，交一定金额的钱，炒不了玉城风味菜的小妹给我们煮了一锅饭，其余蔬菜、肉类和调料交由我们自己弄。我赞同晓君过日子的精细，她嫌菜比山下贵太多，比如蒜薹，山下卖四块，这里要十二，便

猎狗　何　文

趁小妹不注意偷着多拿了一把。虽然我平时不斤斤计较，但也不能明摆着吃亏。我讨厌苏尼扯我袖子，她一向饭来张口，还说她像患有洁癖不能容忍灰尘一样讨厌我精打细算。我决定，她若再扯我就搞她几句，可一见她朝我伸开双臂，我又赶紧帮她脱下厚毛衣并递上保暖衣，一旁的猎狗和晓君都笑了。晓君也脱去外衣，此时她自然要展示一下自己家庭主妇的本事，她拴上围裙，还一再惋惜不能做辣子鸡给我们吃，那是她的拿手菜。"哎呀"一声惊叫，一只猴子上了窗台伸爪捞走她外衣口袋里的苹果，晓君笑着关上窗，叫我和苏尼帮忙洗菜，她自己打开冰箱拿出肉，洗净放在菜板上。猎狗带着在家时一样的亲切笑容，走上去要晓君休息。她莞尔一笑，说，莫非你细皮嫩肉的能帮我？猎狗要求让他试一试，晓君笑他切的肉肯定是巾巾吊吊的。猎狗不语，操刀切肉。我都没想到印象中一塌糊涂的猎狗刀法竟如此了得，切丝切片之精细匀称让我叹为观止，父亲以前说猎狗游手好闲，看来不对。猎狗放下刀后又自告奋勇上灶台，大家更是惊奇，莫非他还会炒菜？猎狗才说过去在惠城食堂干过，师父要求很严，有次因为他没有把青辣椒炒出虎皮就放调料还打过他，不过他笑称师父人不坏，打完了就带他去喝早茶。猎狗打开抽油烟机并开了火，晓君从身后帮他拴上围裙，腾腾的火苗中，猎狗咣咣地挥舞锅铲，手脚麻利，一会儿就炒好了七八样菜，我帮着端酱爆肉、鱼香茄夹、紫花菌子炒鸡杂、青椒炒肉丝、脆皮四季豆、尖椒牛肉及芹菜豆腐干，最后一大钵酸菜粉丝汤是猎狗端上来的。小妹开了灯，大家围桌坐下，晓君不用品尝就已经非常满意了，她摸出纸巾使劲揩净凳上的油腻让猎狗坐，并点上一支烟插进他嘴里。我为猎狗高兴，尽管被辣得直哈气，但仍然赞不绝口。猎狗笑说，你好久没回来了，这些年玉城好吃的东西很多，回去带你去吃。他说他自己就很好吃，专门坐车去郊外吃白渡的酸辣鱼和水豆腐、绿瓦镇的卤牛肉、保同乡的蹄膀，但是再吃身子也不买账，还是那么瘦。晓君嘿嘿地笑着说，不相信玉城还有比你做菜做得更好的。我完全赞同，转朝苏尼，说，你觉得好……笑声戛然而止，她根本没动筷子，冷冷地说，炒菜无非是雕虫小技，没有大出息。我急得差点捂她嘴巴，你不能小点声？她说她就那样，不善和人打交道，不知道怎么相处，我很不安逸，离开小饭馆后还一再缠着苏尼表明，我已感觉到猎狗深潭一般不可测。她白我一眼，说，你以为谁都像你？一眼就能看穿！我有点蒙，说，你不是常表扬这正是我的优点，透明！苏尼忙又笑称对的对的。她挽着我的胳膊说，今晚很愉快，只是看着晓君那得意样，有点小恶心。

当晚我们就住在营地，八人一间，不分男女。趁着晓君和苏尼去卫生间，猎狗要我睡他旁边顶替晓君。他不要脸地说他太累，招呼不了晓君。我笑他也有受不了的时候。一边要求回去跟他学几招厨艺，以便婚后做给苏尼吃，一边欠身看门，确定晓君还没回来，才悄声问，那个女人现在在哪里？猎狗打着哈欠说，她下山了。我感慨她真的听话，随他安排。猎狗大言不惭地说，当然当然，说东她不敢朝西。他舒舒坦坦地抠一抠鼻孔，轻轻松松把鼻屎敷在墙上。我强忍恶心，又问，两个女人，你到底喜欢哪一个？猎狗说他喜欢自由自在，比如旅游。我求他不要乱扯。他朝我翻过身来，说他听见四脚蛇在廊上爬来爬去。见我瞪大眼睛，又笑说，你和你父亲一样，脑壳又大又圆，就是少根弦。我当然不服气，少根弦我能考上大学？尽管是一般的学校，只教会我装模作样，但我毕竟凭此在外立足。猎狗当然不想和我争这个，他自己顶多是一个初中文凭。我躲开他伸过来的手，休想揉我的头，他其实是替我掖好被角。的确冷，屋外山高谷深，风呼啸着从房顶上跑过，我不由得朝猎狗那边挤一挤，又赶紧避开他的目光，实在怕他问我昨晚和苏尼爽不爽。以他的眼光，我吹牛皮肯定会被识破，坦白交代我又不愿意。猎狗翻过身去，我又暗暗后悔，说不定能向他讨教吸引女人的高招。虽然我从心底反感他教我用下流手段得到苏尼，但我保证我不坏，我会好好地爱她，这和猎狗有质的区别。正东想西想，晓君她们回来了，猎狗"嘘"的一声，我们赶紧扯起被子蒙了头，并打起了呼噜。我注意到晓君在铺边站立了好一会儿，才上了大铺的另一头挨着苏尼睡下，"啪"一下关了灯。黑咕隆咚中我又心酸，苏尼可不会为和我分开而难受，接着我的眼睛就湿润了。我撩开被角，窗外天已放晴，一弯冷月挂在冬眠的雪山上，透来的月光照着熟睡的猎狗，轮廓分明，不难想象，年轻时迷倒了多少女人。

天亮后，我们按计划去主峰下的野措湖，乘船游在倒映着蓝天白云的湖面上，真有点心旷神怡的感觉。但在草甸子上骑马照相时，晓君忽感身体不适，头晕心跳。猎狗搀扶着晓君称这是高原反应，这里海拔近四千米，下山后自然会好。真如他所说，回到溪镇后，晓君完全恢复，兴高采烈地接听儿子的电话，那小崽子要她立刻到楼下超市给他买盒巧克力。晓君的脸色就开始难看起来，直到背过我们在街角叽里呱啦一阵后，才又还原。猎狗提议到街上逛逛，我却只想和苏尼待在屋里，但我拗不过大家，只得跟随前往。黄昏时分，她俩在店铺里各买了一块有地方特色图案并吊着风铃的披肩，走起路来叮叮当当，让我想起了一望无际的沙漠，我奇怪自己竟然没有觉得累。

经过教堂，往右一拐，夜色中广场上一片喧闹，坝子中间燃着熊熊的篝火，游客和当地居民正踩着鼓点围着篝火跳舞，那种节奏激烈的当地舞蹈让苏尼和晓君兴趣高涨，拉着我们加入人群。鼓声完毕，大家已经气喘吁吁了。商贩们过来兜售啤酒和羊肉，在人群中简直是横冲直撞，每人身后还跟着一条狗，有小贩踩着香蕉皮摔一跟斗，惹来一阵哄笑。猎狗一脸痞笑地对我说，香蕉皮是他扔的。猎狗叫住小贩，拿一串羊肉塞进嘴，说他两样都要。我们在场边一溜摊子前坐下，猎狗跷起二郎腿，晓君尖叫一声，忙摸出纸巾蹲下身帮他揩去大皮鞋上粘着的狗屎。猎狗心安理得地喝酒，半个"谢"字也没有。他的酒量吓人，我也不示弱，喝得正酣时，旁边摊位上有游客开始唱歌，并有人用吉他伴奏，唱的是一首老歌，遥远的地方或者美丽的姑娘什么的，我不太熟悉。猎狗嫌那人弹得不好，上去要过吉他。嗨，先前我拦他没拦住，他说在北方

猎狗 何 文

跟一个吉他手一起混过,现在我倒要看看猎狗是否真有本事,我在中学时接触过吉他,虽然只会两三个和弦,好坏还是能知一二的。我不得不承认暂时挑不出猎狗的毛病,他独特、细腻的弹奏引来一阵欢呼。一曲终了,他意犹未尽,又用轮指技巧演奏《阿尔罕布拉宫的回忆》,这就不是挑刺的问题,简直让我彻底投降,真不是我夸张,这远比看他切肉炒菜要震撼得多。不消说,身旁的晓君更是一脸幸福,不断要小贩往猎狗盘子里加肉。我不由得担心苏尼会不会也疯掉,她却是冷冷地提醒我不要摸她的手,当着那么多人像什么话嘛。可能觉察到我的恼怒吧,她又马上贴着我耳边道歉:"不好意思,对谁都是不远不近,冷惯了,忘了对你要有所不同才对。"我不想和她的忽冷忽热计较,只盯着激情洋溢的猎狗,我不同意苏尼说的从他的指间听出了孤独和迷惘,顶多就是猎狗的演奏不是为我们,我忽然明白,人群中一定有那位火车上的女人,尽管我眼观六路也没看到她的身影。猎狗回到座位上一副心不在焉的样子,更加确定了我的猜测,突然为那人没听到猎狗的演奏而遗憾,同时真想劝晓君加把油,不要只顾着和苏尼说话,苏尼十分作怪地又是一副矜持样。

好在场上鼓声又起,我们离开摊位去跳舞。苏尼太疯狂了,拉起我不停地旋转,节奏太快,她忽然大叫,一个踉跄,不是地不平,是后面有人朝她一甩屁股。一阵哄笑中,我扶稳了苏尼,本来事情完了,可我是要面子的,特别是当着苏尼的面,我要求那位游客道歉,可话刚说完,就被对方封住领口,同时一窝蜂上来一群人围观,我顿时冷汗直冒,丝毫不敢动,我想只要稍稍扭动一下,肯定被扁,我又长得太圆,在地上滚来滚去非常难看,说不定他们还会当着我的面骚扰苏尼,那就更丢脸了。可是被人封领也很糟糕,我正为哀求对方松手对方却越发使劲而焦虑时,救星猎狗跟着苏尼走了过来,猎狗一句话没说,一把拎过那个人就是两个耳光。不要看猎狗长相斯文,却是心狠手辣,抓住对方裤裆不放,那人的惨叫引来众人劝说,猎狗才饶了他。返回的路上,猎狗还意犹未尽地告诉我,要毁掉一个男人,就得击中他的要害。我一时觉得被他解救也很难受,有心顶他又自觉底气不足。晓君上来挽着他的胳膊隔开我们,猎狗却满脸坏笑地说她其实是借着劝和靠近他,因为她内心不是一般地渴望搞蛋。他还非常下流地用中指勾起她的下巴问对不对。这让我先前对他的好感一股脑儿全烟消云散,而晓君并不生气,只是嗔怪他不小点声,人家苏尼还是未婚哩,要注意文明,身子却是紧紧靠着他。我真不懂,莫非猎狗越痞越陌生越吸引她?我蒙了!猎狗呵呵笑了两声,忽然扬手飞石击碎路灯,一片漆黑怎么走啊?我们骂他,他突然拉着我们就跑,东绕西跑,经古井、药店,再进深巷后往右一拐,回到旅店,他才告知刚才那人带了一帮人追来,他倒不怕,不过不想惹麻烦。晓君喘着气赞叹他太厉害了,对地形的熟悉简直就像常来这里一样。猎狗却嘲笑晓君说憨话,晓君忍气吞声地挽着他上楼,他又骂她笨,不晓得他累呀,还拽着他。说完频频回头朝我眨眼,我多聪明,立马知道,他是在暗示我配合他,我也知道自己虽然受不了，仍然不得不做，这可不是因为他付了旅行费用，而是他和我的关系，我认这个，这是我的软肋。猎狗又打着手势对晓君说他十多岁就养成了记路的习惯，那时和朋友们去乡下赶场常和当地土流打群架，不熟悉路怎么逃啊？特别是那次他用杀猪刀割掉民兵连长儿子的耳朵。苏尼"哇"的一声，我担心她呕吐，回到房里一个劲儿地帮她捶背，猎狗还探头进来安慰，说没事的，当年他的左臂右膀讲义气代他坐了牢，他运气不错，每次都能逢凶化吉。我赶紧关门，还埋怨他不该讲那些流氓事。然后整理床铺，垫高枕头请她休息。

苏尼却不想睡，奇怪地看着我，我想她该嘲笑我了，该说反感这一切了。我预备着接受她提出结束旅行的建议。苏尼走到窗口，忽然说她喜欢溪镇。说完回过身来，双手合十，异常兴奋地赞美这次旅行有不错的收获。我当然高兴她没受猎狗的影响，精神百倍地握住她的手。

谁在敲门？

是晓君，猎狗叫她送来一瓶专治跌打损伤的药水。我心那个跳哦，我并没受伤，自然明白猎狗的用意。只得不顾死活热情挽留晓君，苏尼也拉着她比试衣服。我留意着门外轻微的脚步声由近而远，直至消失。真是不能不佩服猎狗有如此旺盛的精力，反正我做不到。我为晓君难受，尤其是她出去一趟返回说猎狗不在，大概是去买烟了，先前就说没烟抽，又不让她买，她还对苏尼说我好，没有一点恶习。我实在忍不住劝她不要和猎狗计较，他无非就是有点卑鄙无耻……我忙捂住嘴，面对晓君瞪大的眼睛，真想扇自己耳光。苏尼拆了一袋五香花生叫晓君吃，边分花生边说，剥的壳就随便扔吧，无所谓的。我也说不要指望服务员打扫房间，就住几天，都是我打扫。苏尼伸手轻轻揪一揪我的脸皮说，怎么热辣辣的？她叫我开窗透透气。手绕到我身后又往下滑，噫，莫非她听了晓君表扬我的话后心有所动？我便翘起肥臀，巴望她来摸一摸，哪怕掐一把，可是她的手指到我腰际就离开了，并且不再理我，然后和晓君坐在床上说起女人的事。我面对窗外清冷的月色，睡意渐渐袭来。

迷迷糊糊中，有人摇我，是苏尼，那时天已麻麻亮，用行李包垫上一只脚的椅子上坐着晓君，她两眼红红的，半天我才反应过来，猎狗出事了！

我睡意顿消。

晓君说猎狗一夜未归，手机也关机。

我松口气，正想接着睡，又被苏尼制止，说晓君实在担心他出去遇见那些人报复，想去报警。我忙劝住，凑近苏尼耳语，莫非你不知道猎狗干吗去了？还不快帮忙打打圆场。不料苏尼忽然暴怒，盯着我，说她真没想到猎狗会如此无情！我忙咳嗽，提醒她掌握尺度，不要让晓君明白过来。我这样做并没有丝毫激怒她的意思，她却把杯子摔了，冲到窗前，指着院墙上的黑爪印，断定猎狗是翻墙出去的，那时院门已锁，女人在墙外

猎狗　何　文

接应。我认为苏尼简直不可理喻，而且根本不听劝阻，坚决主张去找猎狗，拉了晓君就出门，把她搞得万分紧张，实在无法，我也只好跟随前往，一路上宽慰晓君要想得开，猎狗出轨太正常了——真想再给自己一嘴巴。虽然溪镇不大，所有酒店客栈搜寻一遍，也是午后了，一无所获，猎狗的确高人一等，没让我们捞到任何蛛丝马迹。回到旅店，晓君反而比去之前精神许多，什么也没发现，正好说明猎狗没有背叛她嘛。她猛然一顿足，说刚才忘了搜寻饭馆，说不定他正嬉皮笑脸地和谁喝酒哩，以他的德性，不是没有这种可能啊。连我听着都心酸，苏尼更是一脸冷笑，怪晓君不动脑子，出来几天，猎狗为何总回避她？晓君笑说猎狗从小就缺少爱，所以性情古怪。

你憨啊你！我脱口而出。

晓君看着我，又看看苏尼。你们一直在隐瞒我什么？说完忽然又笑，摇摇头，她仍然不相信猎狗会对不起她，就凭初识他对她孩子的那份喜爱就不相信。当晓君起身准备去各个饭馆转转时，我的手机响了，是猎狗打来的，他非常轻松地告诉我，他正和那个女人坐在去洛康的班车上，贴着大北河走，翻过海狮山，就能遥望洛尔大草原了，他要去那里自由打滚。我放声骂猎狗太过分了，我真是被气得浑身发抖，恨不得咬他几口。虽然我对猎狗的冷酷无情早有所知，早先爷爷去世时，他谎称出差在外回不来，其实他就在城里"沙吧"泡妞。但那毕竟还有点理由，因为爷爷对他不好，可是人家晓君……我一时哽咽，猎狗却索性关掉手机，我简直不敢和晓君说话，那个混蛋毕竟是我的长辈。晓君一言不发，在屋里来回走了好几圈，最后出门，她不准我们跟着，"乓"一声锁上自己的房门。

我和苏尼四目相对，怎么办——我赶紧拦住她不准再砸杯子，不光是要赔偿，好歹也得爱惜物品嘛。

傍晚，晓君来敲门，非常镇静地告诉我们，她决定离开溪镇。苏尼拉她坐下，在昏暗的灯光下命我快去买明天的车票，三张。晓君扯住我的袖子要给钱，我说我有，并问她想吃点什么，好带上来。晓君摇头，说她一点也不饿。话刚说完，眼圈又发红了，我赶忙抓起纸巾递给她，然后换鞋开门，一下呆住了。

门口竟然站着猎狗。

他伸手捂住我的嘴巴，什么也不想听，他已在那女人和晓君之间做出了选择。猎狗绕开挡在前面的苏尼，走向晓君，晓君别过脸去，我也希望她坚持下去，可是当猎狗的手放到她脸上时，她已感动得泪流满面，我不由得鼻子发酸。

窗外下着雨，我打开猎狗带回来的盒饭盖子，这是我来溪镇后最愉快的时刻。晓君嫌饭菜太淡，回屋拎来一袋辣椒、榨菜、豆豉等各种调料，看来她对此行早有准备。只有苏尼决定不吃晚餐，光喝水，她要保持体形，昨晚经过小超市在磅秤上站一站发现体重已增加。她回过身，冷冷地给大家一个背影。

473

饭后收拾完毕，晓君对猎狗说想早点休息，明早再上山去看冰川。我能猜到她的另一层意思，所以也帮着催猎狗回去。他却意犹未尽，提议明天哪儿也不去，睡个懒觉，今晚大家去他们屋里聊天打牌。先前还哈欠连天的苏尼完全赞同，她根本不管我的暗示，定要我跟着猎狗走，她不否认，对不讨厌的人总也放不下。她一只手伸过来亲亲热热地牵着我，我讨厌她又来这套表面的，其实我们的手并没连在一起。过道风很大，把苏尼的头发吹得纷纷扬扬，当猎狗撩开蒙住脸的发丝时，手肘触到苏尼高耸的胸脯上，真的，我看得清清楚楚，那可是我梦寐以求又被拒之千里的圣地啊。不过苏尼好像并不反感。侧脸看猎狗时，嘴角似乎还带有笑意，我才要提醒她小心脚下门槛，猎狗已大步向前，噫，我明明看见他要伸手扶她，听见我咳嗽后，忽然改为扶正被吹歪的那盏灯。苏尼一低头进了房中卫生间，她要漱漱口，先前水杯有股子酸酸麻麻的怪味。晓君刚从悬吊的衣架上取下从家中带来的浴巾给猎狗披上，又翘起肥屁股弯腰从床下薅出拖鞋递给猎狗，规定他不能用旅店的沐浴液，洗浴时必须穿拖鞋进池子，她嫌池子不干净，又笑着对我说，你叔叔平时没人管，日子过得简单，又没规律，这对身体很不利。我心里忽然酸酸的，这方面苏尼连她一半也赶不上。看看，人家晓君把这临时住所布置得像家一样温馨，一尘不染的桌上摆着水果、小刀和点心，床头柜下是鞋油和刷子，估计结婚后苏尼也不会有多大改变。晓君拉着猎狗走进卫生间，正坐在马桶上的苏尼一声尖叫，晓君赶紧关门，又要猎狗先换上睡衣，猎狗其实不想被安排，他拿掉嘴里的烟，警告晓君再啰唆一杯残茶泼向她，他喜欢无拘无束。我暗骂猎狗这么快就米汤泡饭又还原了，还没考虑清楚要不要劝他几句，他就要我让一让，然后拉开抽屉取出扑克牌，征询站在屋里的女人们会不会"玩怪噜"。我可是坚决反对赌钱，赢了别人我不安，输了我又不舒服，可是大家认为打牌来点小刺激才有意思，最后决定输者罚喝酒。苏尼很兴奋，脱鞋上床盘着腿开始洗牌，还伸手进衣内抠一抠，叫我看她背上是不是被蚊子叮了。今天立春，天气转热。但我知道其实没有蚊子，所以站在她身后不敢撩其衣服，我实在吃不准她这忽冷忽热的用意。那时猎狗正抬了一箱当地土酒回来，这是他软磨硬泡才叫开小卖部买到的。他拿出一罐咬开盖子。晓君捂住鼻子说，这是什么酒呀？一股阴沟水的味道。猎狗说，将就点喽，这就是地方特色。他凑近罐嘴嗅嗅，承认是有点怪。他"乓"一下将瓶罐放在桌上，液体冲出来飘湿了晓君的衣袖。她莞尔一笑，扯了毛巾揩了，还一把拉住猎狗，叫他不要去找小卖部换，她无非随便说说。说完她端起罐子品尝一口，说口感还可以。我却觉得最好还是换，我是担心苏尼受不了，她却把我头上的帽子往下一拉扣住整个脸，问，有哪样感觉？我嗡声嗡气回答，黑！她说，对喽，黑灯瞎火要求叔叔再跑一趟，是不是过分？我无语，晓君笑了，并帮我戴正帽子，说打牌打牌。我扫了一眼苏尼，想学点猎狗的霸气，猎狗却在一旁阴阳怪气地提醒我，不要和苏尼对视，否则惹祸。这真让我泄气，在大家的笑声中，我乖乖拉了把椅子在苏尼对面坐下。苏尼"唰"的一声再次洗牌，说少了一张红桃K。又洗，噫，还少了黑桃、梅花七八九。晓君承认自己藏了牌，她真的想早点休息，于是两眼含情地看着猎狗。我那长辈却是对眼前食物视而不见，坚持要大家在一起玩，逼晓君拿出牌来。我看见苏尼嘴角掠过一丝笑意，心里忽然涌上一阵不快，才意识到其实我并不了解苏尼，原先她是我供职公司附近高校研三学生，那时我常把自行车存放在该校南大门内，下班去取每每遇见她也取车，时间一久我们便开始交往。她一直说最看重我的是厚重、安静、简单，让她有安全感，因为她从小跟随父母四处躲债，遭人歧视，非常胆小，对谁都不远不近。现在看来她比自述的要复杂得多，这和我要找老实本分过日子的女人有着明显差距，意识到这个，我非常沮丧。

打牌的结果，我们四人都醉得一塌糊涂，尤其是我和猎狗，因为我们又帮自己的女人喝了不少。猎狗一再说料想不到本地土酒后劲这么足，让他头昏脑涨、脚酥手软，他实在后悔喝了那么多酒。一阵打嗝过后，猎狗说讨厌这里，不该回来，昨晚这个时候多么快乐。晓君去堵他的嘴，被他推得东倒西歪。苏尼凑过去，我想劝她不要发脾气，可是突然一阵恶心，赶紧去了卫生间，一阵翻江倒海后，便趴在了马桶上。清醒时也不知几点，反正楼下的鸡一个劲儿地叫，我口干得要命，东摇西晃地走出卫生间，天气的确不正常，乍暖还寒，张扬的风吹得窗子噼里啪啦响，夹杂着疯狂的大北河水声。摇摇晃晃的灯照着我跌跌撞撞绊着鞋子差点摔倒，赶忙扶住墙站稳身子，想再往前走却迈不动步，我看见床前晓君从猎狗身后反绑了他的双手，而后从容地撩起她被酒浸透的内衣，背对我的苏尼紧贴着猎狗被掐得又青又紫的身子上下搓动，顷刻间我感到天崩地裂！我要杀了极端过分的猎狗才解恨，可我还没行动，只觉一阵发软，猎狗面对忽然脱光了衣服的苏尼却是一脸麻木，而他的烂醉并没能让两个女人住手，晓君将手伸进猎狗的裤子，一声惊叫猛地缩回手，苏尼跟着伸手进去，也迅速收回，两个疯狂的女人干脆扒光猎狗的裤子，我不由得倒抽一口冷气，猎狗的那个东西根本不存在，这简直让我目瞪口呆，这太不可思议了！他在哪一次艳遇后失去了那东西？

在晓君悲愤的哭声中，叔叔孤零零地躺在床上，像要告别以往的生活一样，扯了枕巾盖住脸。我心里忽然升腾起一片苍凉。

记不清是怎么回到屋里的，我一宿未睡，满脑子全是叔叔。

没有睡的还有苏尼，被我一阵狂风暴雨般痛斥后就蜷缩在屋子角落，两手抱着膝盖，一言不发，跟前是一片烟头。我关了灯，又重新打开，她没有任何反应，要在以往早闹起来了，我后悔没有早点对她狠一点，我不知道这是不是我此行最大的收获。虽然我并不认为我们的关系会完结，但我表面上坚持分手。天亮后，我凶巴巴地命她收拾好行装独自去车站，苏尼不吭一声地乖乖出门。我料定她是希望我拦她的，我却强撑着让她离开，我打定主意让她孤单单地在车站待一待再和她会合。现在我要做的就是见叔叔，我真想见他啊，想说的话太多太多，我当然不会问他火车上的女人，那人根本和他不相干，我只是想好好安慰他，叔叔此时正需要这个，不过我不能保证我的安慰会不会带有居高临下的味道。然而无论我怎样敲门，屋里一点动静也没有，手机也关机，到前台打听，才得知叔叔清早退房，晓君走得更早一些，天没亮就走了。

我随即离开旅店，想起来时的种种，真是恍如隔世。此时接到父亲的电话，他们已回家，向苏尼问好，他们会准备丰盛的年饭恭候我们。

车站挤满了天南海北的游客，我买好去牙城的车票，正要往候车室走，见到了苏尼，我等着她来向我认错，我都想好了怎样说原谅她的话。然而半天没人叫我，回过身才发现苏尼往前走，我悄悄跟在她身后，才知她去的是三号售票口，那里刚开窗，卖的是去洛康的车票，那是和牙城相反的方向，一路山高水远，洛康往前就是洛尔大草原，她怎么会去那里？苏尼买了两张票朝外走，我刚要喊就打住了，我看见了叔叔。

我一下觉得自己成熟了。

（原载《山花》A版2013年第7期）

2013年

曹　永

龙　潭

差不多半年了，天空始终蓝幽幽的，看不到一点白云。开始的时候，还有人去黑神庙里焚香烧纸，希望老天爷能够睁开眼睛，洒几滴雨水。几个月过去，太阳还像堆柴火似的烘烤着大地，没有半点下雨的迹象，大家才发现求神告菩萨根本没有用，于是都懒得再往破庙里跑，一个个缩着脖子躲在树荫里。其实树也快活不下去了，树叶被烤焦了，伸手一捏，满把都是叶子粉末。

山坡上的杂草也枯萎了，干巴巴地趴着。风一吹，地面灰蒙蒙的，眼睛都睁不开。原本肥胖的河流也不知不觉地变瘦，到了后来，竟彻底干涸了。河床上的石头，像鸡蛋一样光秃秃的，连青苔都没有。据年纪最大的曹六爷讲，以前山寨里也出现过几次旱灾，但从来没有这样严重过。曹六爷前些日子死掉了，他的身体瘦得就像一根干柴。这样热的天气，他最终还是挺不下去了。

曹六爷就是曹多奎的爹。这个时候，曹多奎正蹲在屋檐角发呆，眼珠子就像两块木炭似的，看不到半点光泽。要是在往年，这个时候该在地里干活的。但今年不行，土地硬邦邦的，简直像石头一样，锄头根本就挖不动。昨晚听到门口的树飕飕地响，曹多奎以为落雨了，衣裳都来不及穿就跳下床，跑出去一看，才发现不过是吹了一阵干燥的风。

曹多奎正茫然地看着前方，曹六盘忽然顺着门口的小路走来，他走得很快，转眼就来到曹多奎的面前。曹六盘说，多奎，你蹲在这里干啥？曹多奎侧着脸看了他一下，没有说话。曹六盘说，多奎，你没事吧？你是不是生病了？要是生病了你就得赶紧请郎中看看，咋能蹲在这里发呆呢？曹多奎看到曹六盘伸手过来想摸他的额头，他把脑袋往旁边一让,说,我蹲在自家门口,关你屁事!曹六盘说,你还是这个鬼样子,像吃了炸药,难得有句好话。曹多奎嫌他啰唆,说,有事就赶紧说,不说老子就睡觉去了。曹六盘说,服了你,这么热的天,人都快晒死了,你还睡得着觉?

曹多奎不再理他,站起来就要往屋里走,刚抬起脚,就听曹六盘说,族长让你去他家一趟哩。曹多奎把脚收了回来,问,有什么事?曹六盘说,族长说了,天气这样热,再不下雨就要死人了,他让大家去碰个头,看看咋办。曹多奎说,还能咋办?天不落雨,我们有啥办法?曹六盘说,我的口信带到了,去不去是你的事。

在山寨里,谁敢不听族长的话啊?他老人家朝谁皱一下眉头,谁就别再想过安稳日子。曹六盘问他,到底去不去?曹多奎说,山寨里的人都去了?曹六盘说,就差你没去了。曹多奎说,我想睡觉哩。这一回,曹六盘很干脆,说,你不去算了,我走了。看到曹六盘扭头就走,他像树桩似的愣了一下,然后飞快地跟上曹六盘,一前一后地往族长家走去。

他们走到族长家的时候,屋子里早已聚满了人,有的坐在板凳上,有的坐在门槛上,有的实在没地方坐,就干脆顺墙蹲着。大家都沉着脸,看得出正在商量一件重大的事情。曹多奎和曹六盘找个地方蹲下,眼睛瞄来瞄去,最后把目光投到族长身上。族长快七十岁了,很瘦,白头发白胡子,看起来像个神仙。

这个时候,族长正端着黄铜烟杆,重重地抽着烟。他抽的是土烟,浓烟滚滚,屋子里就像着火一样。他抽了一口,又抽了一口,才慢慢抬起头说,大家都来齐了吧?曹银团说,一家没少,都齐了。族长的目光在屋子里扫了一圈,然后说,这气候,你们都看到了,没有水喝,山寨里的牲口都死得差不多了,要是再这样下去,只怕要出人命。大家都皱着眉头,不吭声。族长抽了一口烟,然后吐出黑乎乎的烟嘴,说,要想不出事,就一定要赶紧找水源,附近几十里都找过了,几个水井都枯了,只差龙潭没去过了。

龙潭其实不是潭,而是一个深不见底的坑洞。几十年前下了一场大雨,那场雨下了几天,山寨都快淹掉了。有一天中午,忽然从洞里飘出一团浓雾,那团雾飘到半空的时候,被几个炸雷打散了,后来在洞边发现一条水桶粗的蟒蛇。据山寨里的老人说,那不是蟒蛇,是龙,所以那个地方就被人叫作龙潭了。

曹桂林说,没谁去过龙潭,也不晓得里面有水没有。曹银团激动地说,里面肯定是有水的,也许还有一条阴河。曹银团偷过他家的一个南瓜,被曹桂林揍过一顿,他们的关系不是很好,于是他翻了一下白眼,说,你又没去过,你咋晓得里面有水?曹银团说,里面连龙都有,咋会没水呢?曹桂林说,你又没去过,你晓得个屁!

他们吵了起来,曹桂林说曹银团偷过他家的南瓜。曹银团说,你娘是一个烂货,年轻的时候被牛贩子按在地里干过。两人就这么吵着,他们不停地翻起嘴皮,把恶毒的语

龙潭 曹 永

言扔向对方。如果不是族长站出来劝架，他们也许还会打起来。

族长吐出一口浓烟，很威严地说，统统给我闭嘴，也不看看什么时候了，居然还有心思吵架！

曹银团愤愤地说，我没打算和他吵，是他故意找茬。

曹桂林说，你没有去过龙潭，偏偏一口咬定里面有水，你又不是神仙，你咋晓得？

族长表情有些严肃，说，不管里面有没有水，都要进去看看，一定要进去看看，要是再找不到水源，我们就没活路了。

族长拿定了主意，事情就算定下来了，肯定就没有商量的余地了。接下来面临的难题是，到底谁去龙潭？他们一个看一个，都不说话了，屋子里忽然安静下来，除了呼吸，再也没有一点多余的声音。想到蟒蛇，大家的心里都冒出一股寒意。

沉默了一会儿，曹桂林忽然说，不如就让曹银团去吧。曹银团吃了一惊，说，我不去。曹桂林说，既然你说里面有水，肯定你去最合适。曹银团说，我们刚刚吵过架，你这是对我下软刀子哩。曹桂林说，那你说谁去？曹银团不说话，眼睛却在屋子里瞄，他发现大家都往后缩。他的目光在屋子里走了一圈，最后说，我觉得曹六盘去最好。

曹六盘没想到会提到他的名字，脸忽然白了，简直就像一张纸。他慌里慌张地摆着手说，我不行，我不能去，我有媳妇有娃娃，我要是回不来了，她们还咋活啊？

曹银团说，那就曹小礼去。

曹小礼就像屁股被狗咬了似的，一下子跳了起来。他说，我还没娶媳妇，连女人的滋味都没尝过，凭啥让我去？

屋子里重新安静下来。族长抽完烟了，他一边磕烟斗，一边说，这么多人，不可能一个都不去，归根结底总要去一个的，谁去？你们看着办。大家还是瞪着眼，不说话，山寨里的人连远门都没出过，更何况去一个没人到过的地方呢，更何况去一个出现过蟒蛇的地方呢。

族长说，这么大的山寨，不可能找不到一个合适的人选，你们说是不是这个道理？

曹小礼说，我觉得曹多奎去最好，他媳妇不会生娃娃，他没有拖累。

曹多奎没想到扯到了他，吓了一跳，失声说，我不去，就是打死我也不去。

曹六盘盯着他说，想来想去也只有你去了。曹多奎发现大家的目光像蜘蛛网一样罩在自己的身上，他不由得心里颤了一下，说，我不去，就是渴死我也不去那个鬼地方。曹六盘说，你不去，总要有个理由吧。烟雾在屋子里弥漫，呛得曹多奎不停地咳嗽，他咳了几声，实在想不到理由，于是蛮横地说，反正老子就是不去！

大家都看着族长，等他拿主意。族长正低头擦烟斗，黄铜的烟斗被他擦得亮闪闪的。曹多奎也看着族长，脸上一副像笑又不是笑的模样，有点巴结的意思。族长看着曹多奎，看了好大一会儿。曹多奎让他看得心惊胆战，嘴巴动了几下，却又不晓得该说点啥。

　　族长看了他很久，然后缓缓开口了。他说，多奎，既然大家都是这个意思，那就只有你去了。曹多奎本来蹲得好好的，听到这话，就像挨了一闷棍似的，一屁股坐在了地上，他瞪着族长说，老子偏不去！山寨里就他敢这么顶撞族长，但族长没生气，还满脸平和地说，这也是没办法的事情，总要有一个人去。

　　曹多奎说，就是说破天，我也不会去的。族长没接他的话，他说，谁去都不会委屈，大家用我的轿子，一直抬到龙潭，明天中午，我就让人抬轿子来接你。曹多奎从地上爬起来，拍了拍屁股上的灰尘，愤愤地说，不去就是不去，就是死个亲爹都不去！说完，他拨开人群走了。

　　曹多奎气呼呼地往回走。回到家里，看到媳妇正端着一只破碗往嘴边送。碗里的东西是尿，黄澄澄的，散发出一股刺鼻的臭味。这么多天不下雨，山寨里的人只有喝尿。他们说，自己撒出来的东西，不脏，不丢人。他们说，这么热的天气，能撑一天算一天，要是哪天实在撑不下去，那就只有死了，都快活不下去了，还要啥脸面呢？

　　媳妇像喝酒似的抿了一口，又抿了一口，然后把碗递过来，说，你要不要喝点？要是渴了你就赶紧喝点。曹多奎瞪着媳妇，呼吸声越来越重。媳妇发现他脸色不对，还没把手缩回来，碗就被曹多奎打掉了。碗碎成几块，白生生的，尿溅得到处都是。

　　曹多奎就像疯了一样扑过去，把媳妇按在地上就打。他一边打，一边恨恨地说，我被你这个烂货害死了。媳妇用手护着脸说，好端端的，我又没惹你，你咋进来就打？曹多奎说，你要是能生个娃娃，我就不会落到这步田地了，我要是死了，就做鬼天天来纠缠你，让你不能过一天好日子。曹多奎的拳头密集地落下去，他把一肚子的火都撒出来了。开始的时候，媳妇还一边嚎叫一边挣扎，到了后来，她实在没有还手之力，干脆放弃了抵抗，任由拳头打在身上。

　　曹多奎打着打着，忽然用手捂着脸蹲在地上，他的肩膀微微颤动。媳妇正痛得死去活来，发现他突然停手，不免有些诧异。躺了很久，看到曹多奎确实没有再打的意思，她才慢慢爬起来。她看着曹多奎，发现他的脸上满是泪水。媳妇有些吃惊，挨打的没事，打人的咋就哭了？她顾不上疼痛，问他怎么了。曹多奎抹了一把鼻涕说，我就要死了。媳妇吓了一跳，问，怎么回事？他说，不要问了，我快饿死了，你赶紧去给我做吃的。媳妇整理了一下凌乱的头发，问他，你想吃什么？

　　曹多奎说，给我煮几个荷包蛋，我要好好吃一顿。媳妇说，没水，煮不了。曹多奎说，那就油炸，煎透，脆一点好吃。媳妇说，炸也不行，家里没油了。曹多奎有些愤怒，那老子就吃生的。媳妇问他要吃几个。曹多奎说，家里还有多少？媳妇很有把握地说，估计有十三四个。曹多奎挥了挥手，说，全部拿来。媳妇一下子叫了起来，你是不是疯掉了？你又不是大财主，就是财主也舍不得一次吃十几个鸡蛋，你打算把这个家败

龙潭 曹 永

光啊。曹多奎说，我就要死了，顾不得那么多了，我要趁着还能喘气的时候好好享受。

媳妇用篮子把鸡蛋提来了。曹多奎拿起一个，往桌子角轻轻一磕，磕出了一个指甲大小的洞，他把鸡蛋凑到嘴边，用力一吸，蛋清蛋黄就钻到了嘴里，然后顺着他的喉咙一直滑进肚子。随即，一种久违的凉意传遍全身，他感到舒服极了。他一扬手，把空蛋壳扔了出去，然后又开始吃第二个。那些凉爽的鸡蛋在进入他嘴里的那一瞬间，就变成了一只只活蹦乱跳的小鸡，在他的舌头奔跑，最后钻进了肠胃。没过多久，那些鸡蛋就全都钻进他的肚子里去了。

曹多奎把鸡蛋喝完，发现媳妇正站在旁边咽口水，于是问她，你怎么不吃？媳妇说，你这是败家哩，我舍不得吃，吃了我会心疼的。曹多奎说，那我吃你会不会心疼？媳妇说，我当然心疼，就这么一点家产都被你败光了，你说我能不心疼吗？曹多奎叹了一口气说，你以后就不会心疼了，也许这是我这辈子最后一次吃鸡蛋了。媳妇心里一沉，问，到底怎么回事？曹多奎把事情的来龙去脉说了一遍，媳妇听完，泪珠就滚出来了。她说，你要是回不来，我这辈子咋办啊？曹多奎心里烦，说，你哭个屁，去龙潭的是我不是你，你莫哭了。

夜色就像一团墨水，慢慢把山寨染黑，四周看不到半点光线。在这个漫长的夜晚，曹多奎失去了睡意，他躺在床上，像锅里的油条一样翻来覆去，他滚了很久，怎么也睡不着。晚风带着沙石，像一群耗子似的从屋顶跑过。有几次，曹多奎闭着眼睛，试图以此诱惑睡意，但睡意就像一只狡猾的野兽，总是远离猎人为他设置的陷阱。

曹多奎感到有些口渴，他翻起身来，打算去喝点东西，但想到尿的臊味，他感到有些恶心，于是又躺下来了。想到自己明天就要去龙潭，他就直冒冷汗，既然那个地方几十年前出现过蟒蛇，现在就完全可能还有蟒蛇，也许还不止一条。曹多奎最怕的就是蛇，蛇冰冷的躯体，就像冰块一样，总能凉透他的心底。曹多奎想去找族长求情，让他另派人手，但他很快就打消了这个念头。他和族长有矛盾，虽是多年以前的往事了，但就像一条伤疤，毕竟如实存在。

很多年前，族长本来应该是曹多奎的爷爷。没想到，他爷爷有一次放牛，不小心从山崖上滚了下去，大家找到他的时候，连半个脑袋瓜子都不见了，就像一个摔碎的西瓜。对于这件事情，他爹曹六爷一直心怀怨恨，认为曹多奎的爷爷是死于谋杀，被人故意推下山崖的。曹六爷活着的时候，总是和族长对着干，直到前些日子快死了，还拉着曹多奎的手，要他记着这笔仇恨。曹多奎虽然不敢像爹那样明目张胆地叫嚣着要找族长报仇，但他也时常和族长叫板。在他看来，族长的这个位置，其实应该是他爷爷的，现任族长不过是谋权篡位。

天旱是山寨的灾难，而去龙潭是曹多奎的灾难，他不晓得该怎么躲过这场灾难。他实在不想去，但他很清楚，抵抗是没有用的。两年前，曹桂林和族长吵过一架，当天晚上，他家的墙脚就被人撬了几块，房子都差点垮掉了。曹多奎晓得，如果明天不去龙潭，自己就别想在山寨里待下去了。房子和土地都在山寨，不待在这里，又能去哪儿呢？几个月前，大家曾经打算去外面找一条活路，后来从外面传来消息，说那边也是百年不遇的旱灾。既然哪里都是这个样子，还出去干啥呢？就是死也死在山寨里算了。

曹多奎越想越心烦，他觉得脑袋快要爆炸了。他像一条虫子似的在床上扭来扭去，他就那么扭过了一个漫长的夜晚。他朝窗子看了一眼，发现那里出现一缕暗淡的光芒。那一缕光芒的出现，昭示着白昼正在到来。看着窗户，他忽然感到眼皮沉沉地往下坠，他用力睁了几下，徒劳无功。终于，睡意乘虚而来，悄悄地占据了他的身体。

曹多奎睡得正香，忽然就被人推醒了。他睁开眼睛，看到媳妇慌里慌张地站在床边。媳妇说，亏你还能睡着，他们来了，他们来了啊。曹多奎没明白她的意思，说，谁来了？媳妇说，族长带着人，正朝这边走来了。听了这话，曹多奎的睡意一下子不见了，他翻身下床，连鞋子都顾不上穿就往外面跑，他还没有跨出门槛，就看到一群人拥进院子，跟着那群人涌进来的，还有一顶轿子。曹多奎感到有些绝望，他的脸色发白，就像刚大病一场的样子。

族长提着他的黄铜烟杆站在院墙边说，已经中午了，走吧。

曹多奎觉得真的大难临头了，他仿佛看到了死神的影子。这时候，他忽然有些轻松了。他说，要我去也行，但我有一个条件。族长说，只要你去，啥都好说。曹多奎说，要是我回不来了，你们得养我媳妇，养她一辈子。他回头看了一眼媳妇，看到她眼睛红通通的，像鸡屁股一样。

媳妇因为不会生娃，三天两头就要被揍一顿。每次挨打的时候，她都恨不得吃曹多奎的肉，喝他的血，有两回，她甚至悄悄藏起菜刀，打算在晚上把他砍死算了。现在听了这话，泪珠差点滚出来了，她觉得这个叫曹多奎的男人真的太好了。

族长听了曹多奎的话，微微皱了一下眉头，说，你是去找水源，又不是去送死，咋说这些不吉利的话呢？曹多奎说，这事谁说得清楚呢，你们要是不答应，我就不去了，谁愿意去谁去，反正我就是不去。族长说，这是啥话嘛？这么大的山寨，还养不起一个女人？曹多奎说，你们说话要算话。族长沉着脸说，你放心地去，这么一个女人，一家省一口都够她吃了，这算不得啥事嘛。曹多奎说，如果我能够回来，你们要给我修几间大瓦房。

大家没料到曹多奎会提这种要求，目光里有些愤怒，族长住的都是茅草房，他居然要修几所瓦房，简直太没道理了。如果在平时，他们一定会冲过去，狠狠地揍他一顿，打得他爬不起来。但这是关键时刻，他们都没动，只是恨恨地看着曹多奎。

有人低声说，大家都勒紧裤带过日子，你还要住大瓦房？曹多奎朝人群里看了一遍，没找到说话的人，他提高嗓门说，有钱的出钱，有力的出力。看到大家都不说话，

龙潭　曹　永

曹多奎转身就要往屋里钻,他一边走一边说,你们想清楚了再来找我,我昨晚没睡好了,我要睡觉去。族长上前几步说,不就是几所房子吗?我们砸锅卖铁都给你修起来,还有啥要求?都提出来吧,统统答应你。

这不是一件轻巧的事情,没想到族长这么快就答应了。大家看着曹多奎,等他表明态度。他们不想去龙潭,尽管大家都想住好一点,但他们不敢去龙潭冒险。大家都像狼狗似的竖着耳朵,等曹多奎说话。

曹多奎愣了一下,说,去就去,老子天不怕地不怕,还怕去龙潭啊?大家都松了一口气,他们觉得只要曹多奎答应去龙潭找水源,别的东西都可以商量。曹多奎没有立即出发,他转身进屋,找了一件新衣裳穿上,又用帕子把脸擦干净,然后抬腿往外走。媳妇拉着他,眼泪汪汪地说,你一定要回来,答应我,你要回来啊。曹多奎的心里有一种说不出的滋味,他说,不要慌,我小时候掉到河里都没淹死,我不会有事的。

曹多奎走到院子里,他抬头看了一眼。天空蓝幽幽的,看不到一丝云彩。院落里很安静,让他几乎透不过气来。曹多奎就像一棵树,一动不动地站在那里,过了许久,他才抬起脚,慢慢跨上轿子。几个人抬着他,开始上路了。媳妇红着眼睛跟在后面,经过黑神庙的时候,她不走了,蹲在那里哭。

龙潭在山寨的西南方向,途中要翻过几座大山。几个人抬着轿子,艰难地行走在弯弯曲曲的山路上。太阳就像一团烈火,凶猛地烘烤着地面。路边的野草发出细微的响声,它们就要燃烧起来了。由于没有水分,路上的泥疙瘩都被踩碎了,成了粉末,他们走过的地方,尘土飞扬。

曹多奎坐在上面,任由轿子颠着,摇晃着,他觉得舒服极了。他在心里感慨,难怪爹一直和族长对着干,原来当族长这么舒坦啊。曹多奎掀开轿帘,观赏路边的风景。远处,一座挨一座的大山,像数不清的坟墓。近处,遍地是灰扑扑的石头,偶尔看到几棵树,树叶都卷曲着。

有时会吹过一阵风,风势很猛,但没有一点凉意,扑过来的是一团热气,让人有些受不了。这地方的风总像刀子一样,在地上刮来刮去,仿佛一头饥饿的猛兽,抓到什么就啃什么。树木和杂草有些可怜,它们用根部紧紧抓住石缝,依靠仅有的一点泥土生长。在这场旱灾之中,它们失去了往日的生机。

抬轿子的一共四个人,曹六盘和曹桂林走在前面,曹银团和曹小礼走在后面。刚刚翻过一座大山,等待他们的是另一座大山,脚下的山路看不到尽头。太阳就在头顶,他们觉得自己就像几粒洋芋,几乎要被烤熟了。虽然快要热死了,但他们没有出汗,没有充足的水分,他们连汗水都流不出来了。他们只觉得身体软得像一团棉花。

山路又细又长,像一根被人扔掉的绳子。这种地方过去是放牲口的,没想到他们居然抬着轿子从上面经过,让人觉得有些好笑。翻过山梁的时候,他们碰到了难题,有一块灰头土脸的石头，在前面拦住了去路，一个人走过去没啥问题，但如果抬轿子从上面经过，就多少有些难度了。

他们让曹多奎下来走几步。曹多奎不干，他并不累，他觉得自己很有精神，但他不愿意走路。他说，我懒得动，你们自己想办法。他们央求说，只走几步，不远。曹多奎还是没有下轿的意思，他舒坦地倚靠在轿子上，说，你们几个就是鬼点子多，这是一块石头，又不是一座大山，还过不去吗？他们没有办法，只得小心地抬着轿子从石头旁边绕过。他们累得直喘气，就像正在犁地的老牛。他们恨不得抬着曹多奎，连轿子扔到悬崖下去。

曹多奎伸着脖子，欣赏着他们抬轿的模样。恍惚之中，他觉得自己就是族长，他觉得自己从来没有这么威风过。当族长的感觉真的好极了，他想，人在世上，就该这么活着。曹多奎还想吼几声山歌。他总是这样，高兴了就想吼山歌。

肩膀上的轿子越来越沉，仿佛他们扛着的不是轿子，而是一座大山。爬上一个陡坡之后，他们终于挺不住了。曹小礼在前面说，停在路边歇一下脚吧，歇口气再走。曹多奎说，不远了，再翻过一座山就到了。曹小礼龇着牙说，再不歇气，我们就要累死了。

他们把轿子停在了路边，然后坐在地上大口大口地喘粗气。曹多奎很不高兴地说，抬轿子都偷懒，让你们去龙潭试试？他们都不说话，只是狠狠地瞪着曹多奎。他们就像四条恶狗，恨不能扑过去咬他几口。曹多奎说，你们不要这样看我，要是你们肯去，我一个人把你们背到龙潭都愿意。

在曹多奎的催促之下，他们不得不继续上路。曹多奎不是急着赶路，他只是觉得不能让他们轻松，他喜欢看他们吃苦头。他觉得能让别人吃苦头是一件很愉快的事情。他提高嗓门，在轿子上大声说，快走快走，不要磨蹭，听到没有？我让你们快走！

山岭上很安静，连虫子的叫声都听不到。这种鬼天气，也许虫子也死得差不多了。他们在前行的过程中摇摇晃晃，就像几个酒鬼，他们觉得这回要活活累死了。在炎热和疲倦的侵袭下，他们渐渐麻木了，他们觉得脖子上顶着的不是脑袋，而是一桶糨糊。有那么一刹那，他们甚至不晓得自己从哪里来，又要到哪里去。

经过一番艰难的行走，他们终于到达了目的地。看到那个被称为龙潭的坑洞，他们就像几团稀泥似的瘫在地上。他们身上的力气几乎耗尽了，半点不能动弹。远处的树快要枯死了，龙潭边却绿油油的，树木和杂草正在努力生长。后来他们发现了青苔，他们兴奋地扑过去，抓起来就往嘴里塞。

曹多奎走出轿子，脸上没有一点血色。在他看来，龙潭就是阎王的嘴，正在准备吞食自己。这个时候，他有点后悔来的时候催他们赶路，他觉得真的应该让他们在路上多歇一下，能歇多久算多久。他的喉咙不停地滚动着，他想转身逃跑，但两条腿就像在那

龙潭 曹 永

里生了根似的,总不听他的使唤。

他们吃了一阵青苔,觉得身上恢复了一些力气,于是抱出一捆绳子。这是一根长长的绳子。出发之前,他们把山寨里所有的绳子都收集到一起,结成了一根。这是他们这辈子见过最长的一根绳子,虽然不晓得龙潭到底有多深,但他们觉得这根绳子应该足以应付了。

他们问曹多奎准备好了没有。曹多奎茫然地看着他们,没有说话,好像没有听见。他们把绳子拴在曹多奎的腰部,往他的手里塞了一根点着的火把,然后打算把他吊进龙潭去。曹多奎的嘴动了几下,终于从里面挤出几句话——慢点,你们先慢点,我有话说。他们提着悬在坑洞边的曹多奎,听他说话。

曹多奎哆嗦着说,如果碰到危险,我就拼命摇绳子,只要我摇绳子,你们就赶紧往上拉,听到没有?一定要快点拉。他们点了点头。曹多奎还是不放心,说,就算我没摇绳子,时间长了你们也要把我拉上来看看,你们不能让我死在里面。他们又点了点头,他们听得很认真。曹多奎张了张嘴,但想不出接下来该说点啥,于是他绝望地闭了一下眼睛,说,行了行了。他们就像往井里打水一样,慢慢地把一只叫曹多奎的桶放了下去,一点一点,绳子放到一半的时候,重量终于减轻了,显然是曹多奎已经到达了洞底。

他们伸长脖子往龙潭里张望,试图看到里面的景象,但洞里黑黢黢的,啥也看不清楚。龙潭里不停地冒出冷风,仿佛有人在下面摇着一把巨大的扇子,让他们感到无比凉爽。他们坐在坑洞旁边,猜测里面的情景,他们对龙潭充满好奇,很想知道里面是啥模样,有没有阴河?河边是不是盘踞着一条水桶粗的巨蟒?

远处吹来一阵风,天空忽然阴暗下来。他们抬起头,发现几团乌云在天上翻涌,看得出一场大雨正在到来。他们以为自己在做梦,但天上确实响起了几声沉闷的炸雷。那雷声在山谷里滚来滚去,仿佛要把山崖撞碎似的。接着,空中稀稀疏疏地落雨了。那些雨点亮晶晶的,就像一串串珍珠。他们在脸上抹了一把,上面湿淋淋的,说不清是雨还是眼泪。

曹桂林和曹小礼跑过去,提着绳子要往上拉。曹六盘一把抢下他们手里的绳子,说,不要拉,听到没有?我让你们不要拉了。曹桂林说,多奎还在下面,他还没有出来呢。曹六盘说,你想想他出来以后的事情,他要几间大瓦房啊。

这是一个沉重的问题,他们犹豫了,不晓得到底该怎么办。

曹桂林说,要是族长追究起来咋办?只怕我们都脱不了关系。曹六盘说,我实话给你们说了吧,其实族长的意思就是不要让曹多奎回去了,不管找没找到水源,都不让他回去了。曹桂林不信,说,族长会说这话?曹六盘说,族长也是为大家着想,要是让曹多奎活着回去,大家以后就不会有好日子过,都要给他做牛做马。

旁边的曹银团还是有点顾虑，说，要是他媳妇问起来咋办？曹六盘看着远方说，半年不落雨，家里的种子都干透了，种到地里去还不晓得会不会发芽。曹银团说，我没问种子的事，我问的是曹多奎的媳妇上门找麻烦怎么办？曹六盘收回目光，把手里的绳子扔进洞里，然后说，回去就把她捆到县城的窑子里卖了，顺便买些种子回来……

旱灾终于过去了，雨越来越大，天空仿佛漏了一般，雨珠密集地坠下来。浑浊的山水冲刷着泥土，顺着石缝流淌，就像一群受了惊的蛇迅速地窜向远方。他们顶着暴雨，抬着空荡荡的轿子往山下走。他们的衣裳湿透了，紧巴巴地贴在身上。他们没有躲雨，就那么不紧不慢地走着，任由冰凉的雨点砸在身上。他们觉得舒坦极了。

（原载《人民文学》2013年第1期；
《龙潭》获贵州省首届专业文艺奖三等奖）

2013年

李 晁

双婴记

有一天，一个小女孩朝我走来，在图书大厦前的圆形广场，在楔形花坛边缘，她停下来，一双被棉袜包裹的脚出现在我的余光里，一个童声响起，妈妈，他死了吗？另一双脚姗姗来迟，略显慌乱，胡说，叔叔只是睡着了。然后，两双美丽的脚齐齐转动，迈出一致的步子，远去。

我耷拉着脑袋，目光长久地停留在掌心的纹路上，走了神，眼神像张破了洞的网，怎么也抓不住那些错综复杂的脉络了。

童言无忌。我对自己说。我抬头，目送那对母女，在他们即将走出我的视线时，记忆突然闪回，一对母女浮现，那是多久时的事了，这才想起，嘴里不自觉冒出一个名字，糖糖。

女人没有回应，走得毅然决然，只有小女孩敏锐地回头，一左一右两根辫子在空中打了个照面，小脸显露，圆润，五官陷落在虚胖的脸盘里，带着疑虑的神情。不是她，又怎么可能是她呢？她的脸远没有如此充盈，甚至称得上瘦骨伶仃，像朵凄迷的花。我的心不知怎么就被揪了一下。见我仍痴痴地望着她，小女孩表现出忧虑，目光有些躲闪，似乎怕我追赶过去。她一下转回头，紧紧偎了偎身旁的女人，女人警觉地回望我，我不敢看她，再看时，视野里已没有了她们的踪迹。

那是什么时候的事了？时间过去了多久？还以为把她们给忘了，今天却想起来。

一个叫糖糖的女孩和女人苓。

一

  一个小女孩在一个萧瑟的冬天站在我的房间窗下,那儿有一座红砖砌成的花坛,花坛里满是枯萎的菊花和一闻上去如同中药的苦蒿,高高密密,女孩就站在苦蒿的阴影中。黄昏已过,雨气袭来,我没能看清她的脸,但我知道她是新搬来的那家住户的女儿,叫糖糖,她的母亲,那个有着窈窕身材却打扮窘迫的女人叫苓。

  她们住在大院右侧那栋筒子楼里的一层,从我的窗口望出去,能见到那扇被铁条封锁的黑漆漆的窗,从前没人住,玻璃都被院里的孩子打碎了,没人补,就一直透着风。窗前是一棵有着三十年树龄的梧桐,和我们大院的历史一样长。如今大院越发显得破败老相,陆续有发达的邻居迁走,梧桐却日益壮美,枝繁叶茂,即使掉光了叶子,也自有一种遗世独立的桀骜。这样的梧桐有三棵,分布在中央花坛周围。花坛铺了地砖,中心是一个圆,外沿是一圈碎石地,有水沟环绕,几丛斗鸡草枯萎地耸立着,像人一样无精打采。院里那盏路灯常年熄灭,因而冬天的夜晚显得更加幽暗、阴冷。

  女人苓就是这时出现的。那时我凝望女孩已有一阵了,起初黑暗中传来陌生的呼喊,糖糖、糖糖。声音胆怯紧张,没有打开,似乎担心惊扰到别人。女孩没有回应,反而缩起身子,脑袋被身后的花坛很好地掩住。我望着她,有一刻,她竟也抬起头来,发现了窗后的我,我的面孔是否显得诚实可信?女孩目光闪烁,很快不感兴趣地移开,又啃起自己的手来。

  呼喊声持续了片刻,忽远忽近,年轻女人的声音迷离,独有一种韵味,可惜无人回应,老住户们保持着沉默。对大家来讲,这还是个陌生女人,她的来龙去脉还不甚清晰,对于一个不知底细的人,我们惯常的做法就是静观其变。多少窗后的人在谛听女人的呼喊,谁又同我一样发现了女孩糖糖?不久,女人借着楼房内透出的光一路寻来,发现了窗后的我及窗下的糖糖。

  我什么暗示也没有给她。她朝她走去,轻手轻脚,生怕惊动了女孩。即便如此,女孩还是发现了她,但她没有跑,只是神情委屈,扭过头去,不看她。

  女人置身昏黄的光圈中,身上穿得难以置信地少,只有一件单衣。这么冷的天,女人似乎刚洗过澡,头发将干未干,还来不及套上更多的衣物。她一把控制住地上的女儿,没有责难,反而捋着女孩散乱开来的头发,轻声细语地说着什么,是哄。差不多了,才一把牵起女孩的手,将她的手从嘴里拿出来,又拍了拍女孩的屁股,像是拍掉上面多余的灰尘。

  女孩顺从地跟着女人走,走出几步又回头,朝我的窗口张望,我的窗口有什么呢?我突然朝她挥起手来,我想她是看见了的。因为很快,她做出回应,只是动作机械,说敷衍了事也可以,好像这并非她的本意,只是略尽一下礼仪。女人有所警觉地回头,发

双婴记　李　晁

现正在挥手的我，我们的目光再次相遇。我像做错了什么，一时无法调整出一个得体的表情，傻傻地愣在那里。女人没有表示，目光空茫，似乎对我做的一切视而不见，她牵着女孩的手很快消失在光影里。

这一幕让我想起妻和女儿来，多少日子前的夜晚，妻也是这样牵女儿的手离开这个家的。后来我回忆苓的脸，一张冷冰冰的面孔，如同霜花打上去的苹果，有种受损的美。她对我笑过吗？我忘了，女人来去匆匆，无法记住更多，只有女孩啃手这个细节顽强地留了下来。

白天，我总见不到糖糖的身影，她去了哪里？如今是寒假，她该有大把的时间才对，那个女人呢，上班了吗？同样不见。只有傍晚，院里热闹起来，城里的人陆续回归，孩子们也结束了一天的"禁闭"，在院子里撒野、疯跑，放起了鞭炮。我这才想到，糖糖也是被关在家里的吧。我早早吃过饭，下楼散步，穿过正在游戏的孩子们，坐到正对铁门的花坛上，望一眼糖糖家的窗，灯开着，窗帘拉上，无法窥探更多。这时，一个女人从大门外走来，手中拎着塑料袋，看得出是买了菜回来。女人的头发盘成一个髻，刘海齐眉，两鬓空空，显出一张别致的脸来。女人走近，穿一件灰色风衣，我还来不及细想，女人就走过了我，一双漆皮鞋走在碎石地上沙沙作响。她朝那扇我注意多时的门洞走去，没多久，一个女孩迟疑的身影就打黑魆魆的门洞内显现。天又暗了许多，院里的孩子已经陆续散去，小女孩面对空寂下来的院子，迈着试探的步伐，神情忧郁，从这头走到那头，踢踢踏踏，路过我时，我叫住她。我说，糖糖。

她的眼眶中迸出一丝光彩，却一言不发，薄薄的嘴唇一点点收紧，凝聚起了足够的警惕，直到我指着自己的房子说，我住在那里，你不要怕，我不是坏人。

她的神情分明表示她不在乎。她渐渐松开了抿紧的嘴，又啃起了手指，我听见牙齿啃在指尖上的声响，"咔嚓"一下，又一下，声音脆耳。每一下都让我觉得那是种预示。糖糖是如此不同，好像沉浸在自己的世界里，那个世界如何？不得而知。

她绕着花坛走，有时停下来用手摘一朵已经枯萎的花，上面的花瓣已零落成泥，只有一个花盘形销骨立，黯然焦黄，她却捧在手里，仿佛捧着一朵恣肆的花。寒气上升，院里已经待不住人了，我的双膝也开始隐隐作痛，是该回去了，可她还在那里走走停停，寻寻觅觅。对我们日益捉襟见肘的院子来说，要留住一个孩子是件多么困难的事情，尤其是冬夜。可她还在，顽强地自己和自己玩，一旁的窗下传来炒菜的声响，谁家这么晚了还没有开饭？是糖糖家。没多久，一个已能被我辨认出来的声音响起，女人走出门洞，如同黑暗的延伸，对着朦胧的院子呼喊起来——糖糖，吃饭了。不知哪个角落传来小小的动静，是拖长调子的呜咽，猫一般。

女人倚在门洞旁，身上换了套衣裳，笨重的棉服，里面套一件高领毛衣，严严实实，与昨日又判若两人。我不经意走过她的身旁，说，你女儿长得很乖。

女人有些惊讶，随即表示了泛泛的感谢，口音特别。

我说，你是南湖来的？

女人点头，说了一个我更加熟悉的地名，于是我说，我老家也是那一带的。我告诉她自己的名字。女人说她叫苓。就在我们的交谈极有可能继续延伸下去时，糖糖出现了，默不作声地插进来，在我和女人之间，形同鬼魅。她转动脑袋，从苓的脸转移到我的脸上，好像在审读一切隐秘的信息。女人这才抱歉地对我笑笑，然后牵过女孩的手，边走边说，和叔叔拜拜。

糖糖没有开口，只是怯怯地望着我，目光中有了复杂的成分，一根手指仍含在嘴里。

糖糖大概六七岁，苓还年轻，看上去二十五六岁。我对她们有了兴趣，尤其是糖糖，一个六岁的孩子应该早就过了回味母亲乳头的年纪，怎么还会做出那样的动作？将手指不断伸进嘴里吸吮。我试图向苓提及这一点，糖糖或许有强迫症或自闭症的倾向，她看上去总是那么孤独。还有一个问题困扰着我，白天苓不在家，出门一整天，糖糖就这样整日被困家中吗？这一天她要怎样打发呢？

我很晚才起床，起床第一件事就是拉开窗帘看糖糖的屋，永远是窗帘紧闭的，白天没有灯光，不知她在里面做什么。中午吃过饭，我下楼，有意在那扇窗前徘徊，没有声音，一点声响也没有，屋子死一般寂静。没有电视声，没有小女孩自己和自己玩时弄出的声响，比如拼两把椅子玩跳皮筋的游戏（女儿就这样玩）。只有挨过漫长的午后，待到黄昏来临，院外的车流阵阵，这才有人陆续回归，但女人苓不是最早出现的那一批，她总是姗姗来迟。直到院子里的晚饭时间都过了，此起彼伏的锅碗瓢盆声都已平息了，她才拎着从路口买来的菜匆匆出现。那时，糖糖的望风时间就到了，我又能见到那个孤孤单单的身影了，在一个人都没有的院子里，在冷风下，她缩着身子，像只兔子一样，蹦蹦跳跳，玩得简单也很短暂。一旦女人苓的呼喊声在黑暗中响起，糖糖就从一个角落里慢慢现身，犹如风筝收线，这样日复一日。

我很想跟苓说说，只需一把钥匙，糖糖就能得到自由，她一个人又能跑到哪里去呢？然而终归失败，那一天苓从院外回来，这次手上什么也没有拎，身上穿着那件亘古不变的灰色风衣，风衣的扣子好像掉了，总是敞着。在阴暗的黄昏中，苓的脸红扑扑的，是受冻的表情，可她一路走来却表现出不为季节所困的样子，走得那么克制端庄，兴许是年轻吧，无所顾忌。这一次她竟主动朝我打招呼——高老师，散步啊。于是我想说的话一概被咽回肚里，我激动得不知说什么才好，只能佯装镇定，微微颔首。但也沮丧，苓这么叫，显得我老态龙钟，瞬间和她拉开了距离。可不论怎样，我和苓还是很快熟络起来。在这个众声喧哗的院子，在彼此提防的环境中，只有我还能和她说上几句话。我知道苓每天都出去，于是我主动提出让糖糖来我这里过周末。苓开始显得不好意

双婴记 李 晃

思,似乎有所顾虑,说糖糖这孩子有些怪,外人不好招呼的。我说,这有什么,我喜欢糖糖,她看上去那么孤单,正需要和人好好交流,没准儿还能矫正她的不良嗜好。接着我引用了一些心理学上的词汇,试图借此说服苓。苓心中的坚冰这才开始融化,说,那也太打扰高老师了。为了彻底打消她的顾虑,我又讲,怎么叫打扰?我一个人,有个孩子在身边说说话也好,再说,糖糖也可以好好吃一顿午饭。之前我就听苓说,中午糖糖都是吃剩饭的,饭菜都垛在电磁炉上,随时能热。这让我又找到一条驳斥的理由,我说,孩子一个人在家,总归危险,烫着了怎么办?要是引发火灾就更不得了。

当晚,在苓做晚饭的间隙,我第一次试图领糖糖回家。苓在把糖糖交到我手里时说,糖糖,听叔叔的话,要乖一点。女孩似懂非懂地用大眼睛瞪我,充满了说不清道不明的复杂成分,是困惑还是警惕?我牵她的手,她小心地挣脱掉了,还跑去花坛那边,不理我。我耐心地跟过去,和她讲话,我说,糖糖,你看小人书吗?叔叔家里多的是。糖糖不应,黑暗中眨着猫一般明亮的眼睛,甚至听得见声响,"啪"的一下,如一朵花骤然开放。我耐心地站在离她不远的位置,像遛一条小狗,不时喊,喂,糖糖过来,我们回家。这只小兽一直没有理我,仿佛一高兴就忘了我的存在。是啊,都憋了一整天了,这么个小人儿,难得的自由,就连屋外的凛冽空气也是吸不够的。她背对着我,就像背对着整个世界,有时一个背影就能说明问题。

糖糖不说话,我几乎以为她是个哑巴,但耳朵是好使的。我知道,我和苓说话时,她的耳朵明显耸立起来,像支起的天线,捕捉她那小脑袋里能理解的任何内容。糖糖,我们去看电视好不好?我实在是找不到任何一个能吸引女孩的东西了,随口一说,可糖糖蹲在地上的身影却慢慢转过来,歪着脑袋,一根手指蠢蠢欲动地停在空中,小嘴巴咧开着,露出一口细小的白牙。我知道她感兴趣了,我没想到电视的作用竟这般大。我没有去过苓家,不知她那儿有没有电视,如今都什么时代了,电视早已过时,可没想到糖糖却动了心。

糖糖直起身子,朝我的窗口张望,那里还亮着灯,是我走时忘记关的。我牵起她的手,这一次她就放心地让我牵了,那根悬而未决的手指终于没有伸进嘴里。苓寻上门来时,糖糖还一眨不眨地盯着电视。少儿频道有播不完的节目,永无止境的动画片和真人扮演的卡通情景剧。苓进门,又是另一副样子,盘了一天的头发散下来,很长,分成两缕,盖住耳侧,无意中就显得很动人,一股脸霜的味道在我面前飘荡。苓说,打扰高老师了,我来接糖糖。我说,看电视呢,入迷了。糖糖用宝贵的时间扫一眼苓,旋即又回到屏幕上,几只羊羊头呆脑地故作可爱相,引人发笑。

苓迅速环顾房间,这是她第一次来。糖糖看电视时,我就在一旁上网,我们算得上相安无事。我给苓泡茶,让她也坐下休息休息。苓显得很惶恐,忙不迭说了通打扰的话。我就说她见外了,既然是老乡,何必这么生分,再说糖糖在这里蛮乖的,比在外头玩强。苓这才表现出顺从,她轻轻地唤糖糖该回家吃饭啦。糖糖不应,直到苓强行扳过她的手,她才不满地回到现实中来,嘴噘着,手指又伸进了嘴里。苓蹙眉,打掉了糖糖塞进嘴的手指,严厉地说,还不回去,都几点了。糖糖不为所动,还无辜地望了我一眼,我知道这是交心的信号,我怎能不明白呢?我让苓坐下,说,让孩子看完再走吧。看得出苓的为难,我就趁机问她,屋里没电视?苓摇头,说搬家匆忙,房子是租的,还没来得及买。我说,这好办,以后常来。

母女俩就这样被我安顿下来,苓也终于安静地坐到了沙发上,不再局促,双手像糖糖一样搁在膝盖上,我抽一支烟,开始胡乱地想一些事情。偶尔我和苓的目光相遇,也是战战兢兢的,好像这里倒成了别人家。动画片告一段落,苓急忙告辞,表情里还有些愧疚的神色。糖糖倒是没有多大变化,依旧是转动眼珠不讲话的,额头沁出一层细密的汗,站在那里就像朵发馊的玫瑰。看她的样子倒好像看电视是个累活。我对苓说,苓抿嘴笑,摸摸女儿的额头。

一个惯常的阴天,屋外刮着风,哪家没被关严的窗在吧嗒作响,敲门声也跟着响起来。我睡得浅,听见其中一声是砸向自家房门的,只好起身,是苓。苓的身旁站着那个小小的身影,她睡眼惺忪的样子,头发被潦草地箍在脑后,一左一右扎两根辫子,好几缕却我行我素地耷拉着,微微卷曲,枯黄,看上去没什么营养。

苓一脸歉疚地说电磁炉坏了,家里又没使煤气,怕中午糖糖没饭吃,让我照看一天,她愿意付钱。我愣了一下,生气了,说,谈什么钱?你把糖糖领走吧。苓窘在那里,酝酿表情,长久才脸颊一动,不知所措。见她这样,我只好讲,算了,你走吧,糖糖留下。苓这才道歉,并辩解,说糖糖这孩子不好带,脾气无常,曾请过几个保姆,都带不长远。说着,匆匆捋一捋自己的头发,紧紧那件宽大的风衣,看一眼我,然后讲,就拜托高老师了。她将糖糖的手递给我,转身离开。我和糖糖在客厅的窗下目送她,直到那个身影消失在灰蒙蒙的院门外。我说,糖糖,天还早,你还想睡觉吗?没有回应。但糖糖的眼珠里多了一丝忧虑,似乎要流出泪来。由于苓走得匆忙,我还不知道糖糖吃过早餐没有,问她,自然不响。小身子缩回到昨天坐的沙发上,那么轻,沙发表面都没能凹陷,看着就让人心疼,这才几两肉啊。糖糖的目光直视前方,是电视的位置,我猜出了她的心思。

糖糖看电视,我去厨房煮早点,两碗细面,打两只鸡蛋,小碗推到糖糖面前。她的手却一下背在身后,仿佛我打扰了她,有些骨气的样子。我不知道该拿她怎么办了。哄孩子我总也不得要领,眼看面要凉了,才黑下脸来,唬她说要关电视。

她这才幽怨地斜我一眼,双手从背后乖乖地伸出来,带一种被迫的屈辱,然后细声细气地吃起来。收碗时,面果然吃完,仅剩的汤汁也不多了,只是那只鸡蛋仍原封未动。我不禁皱了皱眉,问糖糖怎么不吃,没有答案,她连个顾及的眼神也不给我,

双婴记 李 晁

我无奈只好作罢。后来才从苓口中得知糖糖挑食得厉害,几乎拒绝一切有营养的东西,怪不得像棵枯苗似的,病恹恹的。她一个人看电视,纹丝不动,像入定,仿佛能这么一直坐下去,直到海枯石烂。我陪了一会儿倒有些倦了,想睡个回笼觉,又怕她一个人生出什么问题,只好耷拉着脑袋上网看明星八卦来提神,想着等糖糖看累了,自然就会睡的。可我竟然睡着了,醒来时,屋外正传来噼里啪啦的雨声,好不热闹。于是就觉出冷来,冷得瘆人,连打几次寒颤。糖糖也睡着了,小身子倒在我的身旁,身上散发出隔夜饭的味道,冷飕飕的。我这才发现客厅的窗开着,逼人的风一丝丝漫过来,吹在糖糖翘起来的发丝上,微微摆动。我急忙伸手探糖糖的额头,一张比冰还冷的脸,没有一丝热度。我自责起来,怎么就稀里糊涂睡着了,不知道这里还有一位小客人吗?出了差池可怎么向苓交代?我起身,腾出手来抬住糖糖的脑袋,然后反身将她抱起,放到卧室床上,掖好被子,这才多少放心,祈祷她不要感冒了。糖糖睡着了也是一副苦相,眉头紧锁,好像总有不开心的事情。

这个小人,我刮了下她的鼻子。糖糖一觉醒来就到了中午,雨已经收住,我也买了菜回来,打仗似的,匆匆忙忙。我做饭,她独自从床上爬下来,没穿鞋,一双薄得见脚的袜子,玲珑的脚指头一个个凸出来,像一串算盘珠子。我让她回去穿鞋,她不应我,似乎听不懂我的话,脸上渐渐露出焦虑的神色,好像有什么东西在追迫着她,我一时没能体察,只是好奇地望着,糖糖怎么了?女孩不应,脸蛋纠结,快要哭出声来。我还不知道发生了什么事,糖糖就两腿一颤,人抖几抖,棉裤的裤脚就渗出一溜水来。呀,原来尿了裤子。我搓着手,围着糖糖团团转,却不晓得从哪里下手了。糖糖要解手怎么不说呢?虽然这么讲,但心里却没有半分责怪的意思,反而感到内疚,多少年没碰上这样的事儿了。我想起女儿,一阵心酸,如今连她的面也见不着了,所以看着糖糖小小的身影站在那里,一时产生了幻觉,还以为是女儿回来了。

尿过之后,糖糖的表情松弛下来,丝毫没有难堪或者诸如此类的情绪,反而有种如释重负的快感,只是对我的喊话仍旧无动于衷。正转身时,我一把拉过她,力度之大,惊得她两粒眼泪流了出来。我试着让糖糖脱裤子,可她却没有半点意识,还想从我手边溜走。我强行抓过她,不过倒也奇怪,糖糖对我粗暴的动作竟没有半点违逆,似乎连那方面的意识也没有。我就把她牵到厕所里,让她站着别动,打来一盆热水,给她擦洗。毛巾一贴上她那瘦骨如柴的双腿时,女孩就咯咯笑起来,看上去怕痒,像极了女儿。我胡乱擦了两下,就放弃了。糖糖的身子抖得越发厉害,我怕她一脚踩进马桶眼儿里。接着,我找来女儿的保暖内裤,给她套上,女儿的衣服糖糖穿上去大了许多,裤管空空荡荡,腿愈发像根柴了。我感叹了一阵,用绳将她扎紧,裤腿挽了又挽,这才看上去像些样子,又将她抱回到沙发上,拿毯子裹上一圈,这才放心。问她冷不冷,糖糖回望我,破天荒地有了反应,缓慢地摇着头。我终于吁了一口气,觉得糖糖不是个傻孩子,真是谢天谢地。

中午，糖糖依旧在那张沙发上用餐，下半身蜷着，被毯子裹得像条小美人鱼。我给她调羹，菜做得软，鲫鱼汤、炸茄条、茭白炒肉、土豆泥。糖糖吃得香，也吃得干净，搪瓷碗里只剩下一小汪鱼汤来，似乎很满意我的手艺。

午后原本是要睡觉的，可糖糖经过早晨一觉后精力旺盛，似乎连电视也不能满足她了。她挣脱掉毯子，穿着滑稽可笑的裤子在屋子里走动，每个房间都钻一钻，像只小家鼠。她一度在金鱼缸前驻足，用手指在玻璃缸面画圈，惊动着那些原本安之若素的鱼。她窸窸窣窣地，终于走进女儿的房间，不出来了。我去看她，她就站在房间中央，看女儿的遗留之物，一架电子琴啦，书柜中的毛绒玩具啦，还有那些以迪士尼为主题的文具啦，等等。最后更是站到了电子琴前，一根手指犹豫着，还是点了下去，却没有声音，又点了点，还是没有，然后就沮丧又有些不屑地望着我，好像在说，原来是个破烂玩意儿。我插上电，电子琴兀自发出一段响亮的儿歌，吓人一跳。我示意糖糖弹，她将手从嘴里抽出，胡乱在身上擦了擦，又点了下去，这次琴响了，一个长长的"发"音。

糖糖在房间里叮叮咚咚弹了十来分钟琴，不得要领的，一串不成曲调的音符，声音沉郁，似乎在唉声叹气。于是"钢琴家"很快兴趣索然，一如当初的女儿，也是这样没有耐心。我在客厅上网，糖糖走过我身旁，叹了口气，似乎暗示我，弹琴也是件累人的活儿。小小的身子又缩回到沙发上，我点了一下遥控器就不再管她了。

电视里正在播京剧，锣鼓起来，一出《霸王别姬》生动起来。起初糖糖还看得安稳，流露出好奇的神情，似乎奇怪大人们的装扮，花里胡哨，姿态踽跄，比较逗人。但当霸王出场，雄浑的唱腔响起时，她好像受到震动，一把蒙住了眼睛，双脚不自觉地踢打起来，嘴里发出尖锐的叫喊，调子拖得老长，要盖过那唱腔似的。

我这才注意她，糖糖的样子像犯了什么病，手舞足蹈。我冲过去，先箍住一双手脚，看她的嘴里是否吐了唾沫，然而没有。糖糖只是单纯的焦虑，像不开心地撒野，表面看上去没什么严重病症，至少不是我担心的癫痫。我本能地关掉电视，过了好半天，那个小人才安静下来，憋着的那股劲儿使完了，浑身一软，躺在我怀里睡着了。

苓出现时，屋外刮起了风，雨正斜斜地落着，天更暗了。她提早回来，还拎着买的菜。那时，糖糖还没醒，小脑袋上渗出一圈密密的汗，闪着微光，如同一些鳞片。昏暗的光线下，糖糖就像一尾离岸的鱼，小身子抽搐，似乎身陷噩梦里，一只手仍衔在嘴里。苓给她擦汗，将她的手指轻轻拔出来。我就跟她讲白天发生的事。

二

有时苓来就在房间里做饭，吃饭时，我们就像一家人，糖糖就是我的女儿，我多

双婴记 李 晁

久没有重温这一刻了？女儿呢，又在哪里？是否在别的家庭别的餐桌上？我抑制不住想象这一幕，还有苓，她的一切仍然是个谜。我不问，她也不讲，我们只是这样小心地回避，避免提及从前的生活，仿佛是一种默契。偶尔她不在时，我给糖糖穿上女儿的衣服，拍照，放在电脑里。有时点开来看，和女儿从前的相片对比，就好像我拥有两个女儿。我还给糖糖看女儿的照片，照片上的小姑娘像我，脸有些圆，头发是波波头，刘海齐眉，但不似糖糖这般木讷，一言不发。她是个话痨，眼睛转一圈就能冒出一个问题，往往问得我哑口无言。有时我打电话，粗话连篇，她竟也学了去。妻为此没少和我吵架，说我这个流氓把女儿教坏了。

糖糖长久地盯着女儿的相片看，似乎那是她失散多年的小姐姐。但她从不问我什么，有时只是指着一张照片，久久不动，流露出欣羡的目光，然后望着我。我知道糖糖的意思，接触愈深，我愈能摸透她的心思。我告诉她，这是海洋公园，糖糖没去过吗？糖糖的眼光里就有了茫然，然后受到伤害似的，闷声不响，离开，身子缩回到沙发上，整个下午情绪都不好。所以有时我向苓提议，带糖糖出去玩吧。苓却露出难色，一再推托，顾虑重重，甚至把话题岔开，我也就不再提了。

没多久糖糖就上学了，在院子附近一所小学上一年级。白天我再也见不到那个沉默寡言的身影了，只有黄昏过后，她在院子里独自玩耍，周围一个小孩也没有，偶尔一只流浪猫从一旁经过，看她几眼，随即不感兴趣地走开。苓呢，似乎更忙了，白天夜晚我都见不到她。

夏天一到，燠热的天气让人发狂，我无心他事，注意力悄然转移，这才注意起生活其间的世界来。气温节节攀升，高到令人难以置信的地步，尤其是我们这样的院子，一把老骨头，没有任何隔热措施。顶楼的沥青已经化开，气泡破裂，空气里回荡着一股沥青刺鼻的味道，挡也挡不住，吸上一口，犹如被敲上一棍。往常的夏天，黄昏来了就好了，凉爽的风开始走街串巷，天光一点点变暗，地上回潮，凉气上升，是一天里最好的时辰。然而遇上这样的年份，黄昏也不起作用了，一出门甚至一开窗，那股缠绕不去的热浪立即扑来，人都要打个趔趄，像被掴了个巴掌，毫无道理的。

天上无风，热就散不掉，全积聚在院子里，一动不动，像头蛰伏的兽，黄昏下散步就失去了意义，人人都待在屋里，以各种办法度夏。我也无精打采，生活像失去了目标似的，只想着怎么能好过一点儿。

有天老妈打来电话，照常的嘘寒问暖过后就兴致勃勃地给我介绍起女人来。她总说我的生活之所以如此糟糕就是因为没有女人，而且我只要表现出哪怕一丁点儿不耐烦，她就会情绪失控，就会打城市东头来看我，并强行住上几天，赶也赶不走。我受不了这个，所以多数时间我都能听她唠叨，但此刻，我随便喷一口气都像是火的时候，她再来烦我，我就受不了了。我说，你不要管我好不好，让我一个人凉快点儿，你也哪儿凉快哪儿待去吧……

　　我那通不客气的话终于让我妈哭哭啼啼起来，直言我没良心，她都是为了我好，我年纪轻轻，身边怎能没个女人呢？加上天也热……话一讲完，不等我有悔过或者继续大放厥词的机会，这个忧心忡忡的女人就果断挂了电话。

　　我感到一阵得胜的喜悦，还有一丝气馁，但最终深感遗憾，都怪这让人发狂的天气。热起来的不仅是身体本身，某种我认为已经丧失掉的欲望竟也蓬勃生长起来。

　　我已经多久没有碰过女人了？我想起苓。妻我已不愿去想了，那身体的细枝末节我似乎都已忘却，而从前那还是我所津津乐道的。我知道世事易变，我也不能免俗。回忆和苓相处的片刻，奇怪，从前在一起时，我从未想过和她发生点什么，她穿着紧身裤在厨房刷碗时的背影，我竟轻易就放过了。还有许多个夜晚，我们并排坐在沙发上，衣服相亲时，那阵时时漫过来的青春女性的味道，我都通通忽视，无邪得让人牙龈发痒。

　　我就靠着这丝体己的回忆度日，有时想着想着就睡着了，还能做一个期许已久的梦。凌晨两三点，热气丝毫未散，空气中仍飘荡着那股燥热的尘土和沥青顽固得使人发堵的味道，梦都做不好，关键时刻那股劲儿怎么也使不上，有心无力，像个老人。醒来时内心就无比沮丧，觉得自己真是个窝囊废，往日的风采早已不再。

　　那些日子里，我随便讲一个笑话，苓都能很开心地笑，身体颤动，尤其是讲手机上的段子时，苓脸上就泛出潮红。在清风吹拂的夜晚，苓身上的味道馥郁芬芳，是淡淡的香水与燥热体味的微妙融合，像一个剥开的水果，分泌出青春女性的曼妙滋味，久违又持续不断的。

　　然后，我满脑子都是苓光裸的身体，清辉打上去，一派炫目。糖糖偶尔从我脑海里闪过，这个捣蛋的孩子，总是无时无刻不钻入你的脑子，顽固地驻留下来，我就无所作为，只能一次次将她从思绪中剔除，然而终归失败。糖糖一旦出现，就在我心里生了根，怎么也无法磨灭了。

　　有一阵，我眼巴巴地打开窗，不顾热浪的侵袭，直勾勾地凝视苓的房间，那里熄着灯，院子里一派寂静，连蚊子都被这热浪赶跑了，丢盔弃甲，连具尸首都不见，人就有些惆怅。事情怎么会沦落到这个地步？糖糖和苓怎么就不来了呢？是我做错了什么吗？想想，这是没有道理的事情，你怎么能平白无故走进一个人的生活再若无其事地离开呢？

　　黄昏时分，是苓回家的时刻，破旧的铸铁大门里进进出出了更多的人，大多是年轻的情侣。他们来自大院附近的两所大学，院里的空房大多就租给了这样的年轻人。晚自习后或周末他们过来，要么扭扭捏捏避人耳目，要么肆无忌惮地左拥右抱，总之是来享受夫妻生活的。每当看见垃圾袋中的空啤酒罐和使用过的避孕套时，我就无端伤感起来，眼光中的羡慕就多于愤怒，觉得年轻真好。

双婴记 李 晁

我就这样在窗口看风景看人,直到双眼布满细密的灰尘,像蜘蛛来布了网,透过这张网看人就有些炫目了,相貌平平的女人看起来也流光溢彩,别具韵味。然而我等的那个人还是不见,从黄昏到夜晚,那人就这样无端消失了。

苓怎么会彻夜不归呢?发生什么事了?还有糖糖。我不禁担忧起来,像一位焦急的丈夫和父亲。这样的日子于我来讲已成为一种煎熬,我觉得自己快要发疯了。好在糖糖失踪几日总算出现了。同样在一个黄昏,黑云压城,闷得缸里的金鱼都翻肚两条。我将它们捞出来,扔进楼下的花坛。就在我握着网兜在阳台上享受可能到来的雨及想象中的凉意时,一个孤零零的身影出现了,那么小,由于逆光,阳光从黑压压的乌云中射出最后一丝光芒,直抵我的窗口。我一时谁也看不清,又不敢掉以轻心,只能待在那里,看那个身影一点点走近。

是糖糖!见到那个耷拉着的脑袋和身后硕大无比的书包时,我就猜出了是她。没错,她胸前的钥匙还闪烁着,上面还刻着"上海"两个仿宋字呢,我怎么会搞错?那还是我去配的。糖糖看上去心情低落,上学以来,她总是这样,郁郁寡欢。别的孩子在这个年纪都显得天真活泼,在学校广交朋友,简直四海之内皆兄弟,然而糖糖没有,至少我一次也没见她把哪个同学往家里领。听说糖糖在学校也孤僻得厉害,不与人交流,包括老师,一概不理。有人欺负了,她就狠狠回击,像只野猫,一顿乱抓。有一次我就告诉她,打架是野蛮的,不能解决问题,糖糖不能再这么凶了哦,抓破别人的脸,别人以后怎么谈朋友啊?糖糖就笑,似懂非懂的,你也不知道那颗小小的脑袋里藏着怎样的想法,她还是不讲话,拒绝沟通,于是只能靠猜。苓也曾向我诉苦,说再也不想去学校开家长会了,简直颜面扫地。我还记得当时开导苓说,这就不对了,糖糖这样也没什么不好,会保护自己,将来不吃亏。苓显然对我的歪理邪说不感兴趣,我不知道这是不是她不再来的原因。

看见糖糖,我来了精神,不顾一切地喊起来,糖糖这才抬起脑袋朝我的方向张望,确认了是我后又把头耷拉着,不感兴趣一般。我只能继续隔空喊话,挥舞着手中的小网兜,带有鱼腥味的水珠四溅而开,我也顾不上,只想着分散糖糖的注意力,好在我的努力没有白费。糖糖抖一抖身子,双肩努力地从那沉重的书包中振作起来,又好像叹了口气,一副无可奈何的样子,她抬起头来,用一种漠然的眼神与我对视。我就对她笑,让她上来。糖糖犹豫着,朝自己家的方向望一眼,脚步却停下来。我说,你妈妈还没回来呢,先上来吧。

糖糖终于动了,朝我走来。

她站在门口,我一把取下书包,竟沉得不可思议,有些蹊跷。我就问,糖糖,书包怎么这么重?你背得动吗?糖糖不吱声,只在我面前长长地吐了口气,一手揉着肩膀,像卸掉了一个大大的包袱。我就急忙拉开书包,想瞧瞧里面都装了什么,却不想一块砖头赫然出现。我撇撇嘴,晃起脑袋,知道糖糖又被欺负了,就问她这是谁放的,糖糖木然,好像还没发觉这事儿。我给她看,她却仍面无表情,好像这样的事儿不足挂齿,随后走开,一下爬上沙发,正襟危坐。我只好先伺候她看电视,然后独自琢磨起这块砖来。砖的阳面被太阳暴晒,摸上去尚有余热,表面有不少缝隙,尘土遍布其中。阴的那面却潮湿,沿儿上还挂着一圈青苔,底层是黑色的泥土,上面还贴有一张纸条,画着一个笨拙的小人,打一把红叉,留款:杀。

我无法相信这样的事是一年级小学生干的。我急忙将纸条收起,再看看糖糖,她正安静地坐在电视机前,心无旁骛,专心致志,对我的诧异视而不见。我知道就算她见到了纸条也会无动于衷的,看我的神情一定像是个没见过世面的家伙。

我还是将砖头放回了书包,并当即拍下一张照片,以保留证据,想让苓好好瞧瞧。后来我还给她打了个电话,说糖糖在我这里,没有提砖头的事。苓似乎很忙,无心听我闲聊,一句"知道了,等下来接"就挂断了,甚至连句客套话也没有。我感到很失落,觉得苓是那么冷淡,就好像从前的交情一笔勾销了。苓来的时候,我和糖糖已吃过晚饭。那时天空雷声滚滚,大雨将至,为了庆祝这难得的变天,我和糖糖还一人搬了张凳子坐到阳台上,观看这雨前的黄昏。塑料袋已经飞舞起来,像鸟一样高上高下,纸片也打着旋儿在低空徘徊。一阵极小的龙卷风裹挟着沙石在院子里摇曳,所过之处,地面光洁一新,甚至能照出人影来。闪电也亮起,犹如天空打出的稍纵即逝的横幅,抗议什么似的。雨还没下,人却未雨绸缪个个飞奔起来,风趁机卷起了女人们的衣衫和裙摆,像只看不见的手逐一抚过她们的身体,就像替我机不可失地摸了一把。

我看得激动起来,多少缓解了连日来的压抑。我笑,糖糖竟也莫名笑起来,猜透了我的心思一般。我们有些没心没肺,对此间的一切幸灾乐祸,那只黄斑流浪猫也被风吹得夸起了不多的毛发,"喵"的一声被吹向很远的地方,以至于苓出现时竟无人察觉,只见到一个女人用手按着宽大的帽子,急急行走,小坤包在屁股后面上上下下地拍打,那是多么具有质感的运动啊,鸾凤和鸣。直到风渐渐大起来,阳台上再也待不住人了,风沙一个劲儿地扬起来,撞击着玻璃,噼啪作响,也撞击着我们的身体。糖糖频频蹙起眉揉起眼睛来,头发也跟着张牙舞爪,我们这才回到了屋里。

我担心会停电,蜡烛都备好了,果然一声巨大的惊雷之后伴有爆炸声(附近那台该死的变压器又被雷击中了),房间"唰"一下黑下来,也没个商量,所有电器断气般发出一声叹息,然后一切归于寂静。雨是隔了一阵儿才肆无忌惮地下起来的,雨声铿锵,我将手伸出窗外,却发现竟下起了冰雹,好几粒砸在我的手心上,生疼的。我就对糖糖喊,下冰雹啦。并将手心的冰粒宝贝般交到糖糖手里。

房门也在这一刻适时响起,我开门,是苓。她进来,房间已有了光,茶几上亮着一根蜡烛,在那有限的光芒下,糖糖还盯着手心的冰粒,看得那么仔细,那么超然,对她

双婴记 李 晁

母亲的到来也不大在意。苓将手中的帽子卷了卷，掸了掸身上的雨珠，一改电话中的冷漠口吻，感谢了我，说回来晚了，如果糖糖一个人在家肯定会害怕的。我故意说，不一定，糖糖是我见过的最遇事不惊的女孩。苓没有笑，站在那里，痴痴地望着我们。

无疑，这个时候是没法回去的，冰雹夹雨，撼天动地。我们三人坐在蜡烛的光圈里，一时无话，在腾跃的火苗下，三个沉默的身影如同版画一样定格。我闷头抽烟。这个时候，苓竟也朝我伸出两根手指。我明白她的意思，急忙将刚点的烟递上，苓也没嫌，夹上就吸起来，看那吞云吐雾的架势，已然是个老手了。

我讲，原来你也抽的。

没有回答。烛光照亮了苓的侧脸，烟雾下她似乎心事重重，脸紧绷着，轮廓就愈加清晰，就让人百看不厌。然而蜡烛都快燃完了，雨还没停的迹象，好在还有存货，不愁不够，房间里就还能持续有光，我还能借此看清苓和糖糖的倩影。和她们在一起久了，我竟也习惯起这样的沉默来。不知什么时候糖糖睡着了。外面的风雨声丝毫没有减弱，我和苓还在抽烟，房间烟雾缭绕，像一间庙，气氛诡异。眼看又一根蜡烛飘飘摇摇将倒未倒时，我去救。苓却叫住我，说别点了，浪费，就这样吧。我才不动，任眼前的光线东倒西歪，跟着一下，那截灯芯倒在一摊烛油里，"嗞"的一声，升起一丝浊气，世界收归于一个点，就此黑了。

依旧无话。屋外雨声阵阵，风声鹤唳，俗世声响让位于自然。奇怪，这样的时候却觉出静来，深深地静，入骨入髓，细听，只能听到一线轻微的呼吸，像远方的潮水，来自糖糖。隔了一阵，我首先打破这寂静，要不要抱糖糖去里屋睡？

苓说，不用。黑暗中，烟头一明一灭。

我又讲，天气比较糟糕，不知什么时候能停，你不如也去房里休息吧，今天别回去了。苓不响，烟头继续明灭。我受不了苓抽烟的频率，像发泄什么似的，一支接一支，就好像那东西能解愁。我突然问苓要不要喝酒，苓没有回答。许久，黑暗中才传来一个声音，我们还是进去吧。

我不知道那一晚苓为何如此，一切如梦似幻，只知道后来雨过天晴，气温变本加厉，愈加狰狞，院子里的水迹瞬间蒸发，气温就像只漏了底的口袋，不知餍足，日益高扬。

和苓再次相遇，在大院的花坛边。苓出门，拎一只橙色手提包，耀眼的，见到我时点头，眼神里已无款款的成分，淡漠，形同路人。我的心像被踢了一下，流露出的交心神态刹那间瓦解。见我没什么可说，苓才心安理得地加大步伐离开，我注意到一双闪亮的高跟鞋雷厉风行地跨过地面，心急之下，才匆忙冒出一句：那块砖头……高跟鞋敲了一记地面，苓停下来，说，什么？

我说，砖头，你没发现吗？就是下雨那天糖糖书包里的……

苓一脸茫然,我想起来,立即给她看拍下的照片,可哪想照片模糊,那天光线不佳,只有书包的轮廓清晰可辨,其中的内容就模糊不清了,也分不清里面是块不怀好意的砖还是个普普通通的文具盒了。苓潦草地扫了一眼,没法不相信我,还有这事?我要给老师反映反映。我这才讲,算了,没有证据,又过了这么久,不如吃个亏,换个太平。

苓望着我,看不出是失望还是压根不在意,好像她自己也只是随口说说。我们好不容易见面,却讲了些无关痛痒的内容,我都恨自己了。果然,见我没别的话,苓泛泛地感谢了我,然后一走了之。从那以后,我一连多天都没有见到她。苓,无处可觅。我才又想起那个夜晚,恍惚间,就同那些积水一样,挥发殆尽,一丝痕迹也寻不到了。身体疲乏,眼看着夏天就要过去了,我又开始了漫长的等待,等待苓的回心转意,等待我们的破镜重圆。那时候,我焦躁得像匹绝望的马,整日在院子里逡巡。和苓仅有的几次会面,都只是交错而过,我流露出交谈的渴望,却换来女人不咸不淡的话语,通常止于打招呼,像是彼此提防的邻居。

我摸不透这变化,就像摸不透苓是一个怎样的女人。于是又只好回到原点,逗弄起糖糖来,可糖糖也今非昔比了,好像最初的新鲜劲儿过去之后,全新的孤独感又笼罩了她,原本好转的习惯也开始重演。每次见到她,她的一根手指总是伸在嘴里的,不管不顾。就好像我是个失败的魔术师,作为法宝的帽子里再也抓不出兔子来。唯一的安慰来自一个我幻想过无数遍然而最终没能出现的男人。苓和糖糖还是两个人,格局不变,一个郁郁寡欢,一个行色匆匆。我很奇怪,是什么样的缘分让这样两个人做了母女?

我无从知晓她们的来路,自然也猜不透这故事的结局。

那还是一个黄昏,光线昏暗,持续不断的热浪终究架不住季节的轮转,逐渐显出了颓势,空气中有了秋天的凉意。我在厨房弄一顿简单至极的晚餐,没什么内容,只有一个目的,喂饱自己。经过漫长的无所事事之后,新的工作已有眉目,我也想振作起来,改头换面,用句俗不可耐的话讲就是"拥抱新的生活"。那样一个黄昏,空气里充满舒缓的情调,慵懒,日薄西山,鸟兽入林。我习惯了这样的静谧、温暖,风中尚有余温,吹在身上惬意无比,可谓抚慰人心。音响里传出巴赫的小提琴协奏曲,久违了,听来激昂,人似乎也恢复了斗志,与那些苦涩的日子作别,妻离子散的悲愁被一点点消融。不觉得矫情的话,我觉得我又看见了未来,真有点"旧的天地已经过去海也不再有"的感觉。

在我觉得一切美好如初的时刻,电话却兀自响起来,我自然以为是我妈打来的。这段日子她没少来电话,就差亲自来看我了。我不想理会,不想让她的唠叨破坏了这美妙的黄昏,这是千金不换的时刻。我让电话响着,等最后一道汤的大功告成,这些天来每晚我只能靠那碗汤过活了,这是关乎福祉的事情(无关体重),马虎不得。

双婴记 李 晃

电话短暂地断掉，尔后又响起，是我妈的风格，她才不管你的死活呢。她只要第一时间联系上你，哪怕没什么可讲的，就好像只是听听你那不耐烦的声音就满足了。所以这时候，我竟又有些想去接这个电话了，可汤已在锅里翻滚，撒上一些胡椒、小把葱花，就要起锅了。我在心里念，老娘，再等等，马上就好了。

电话接受感应般，立即平静下来。

我正得意时，门却响起，跟来寻仇似的，震天响。

我从厨房出来，喊一声，谁呀？高明——是女人的声音，我一时五雷轰顶，竟以为是妻的声音，凝神再听，听出来了，是苓。来不及百感交集，我突然反应过来，一把摘掉胸前的围裙，顺势跳到电视机前，打量起自己的模样，闻闻两天没换的polo衫，还好，没多大味儿。我一边理着乱七八糟的头发一边回应，来啦来啦。开门前我还调整了一下自己的表情，力求得体与稳重，怎么说从前我也是个教师，这点尊严不能丢了。表情凝固住，嘴角拉起，浮出一个浅笑，我就开门了，可一见到那个女人，我努力装出的一切就瞬间消失，我从未见苓这样失魂落魄。她的衬衫开口很低，让人不敢直视，头发披散，脸上的汗已经浸湿妆容，奇怪，苓什么时候开始化妆了？来不及反应，苓一把拉过我说，糖糖，糖糖，她……女人的眼泪下来，眼神中的惊慌持续，她这个样子我哪里见过？从前冷冰冰的一个人，就连那唯一的夜晚，也没有任何多余的激情可言。想到这里我有些头疼，急忙打住，问，糖糖怎么了？

苓摇头，无法多讲，只是让我跟她走。这个时候我也顾不上什么汤了，一把带上门，脚下生风，走得飞快。当苓哆嗦着掏出那串钥匙时，我才想，这竟是我第一次来。不过看苓的表情，我知道一定发生了什么严重的事情，不然苓一定不会让我来的，兴许是糖糖犯了病。

我的心一下紧起来。

这是一间简陋的屋子，房龄比我那间还长，格局显得局促，只有两间屋，五十来平方米的样子。房间的陈设也很简单，没几件像样的家具，那些破烂看起来是房东留下的。因为是一楼，多少有些潮湿，墙体上渗出霉斑，几朵红花贴在那里，走近一看，却不是糖糖的，属于另一个人。房间里有一台彩色电视机，长虹牌。没有糖糖的踪影。客厅里没有，卧室也是，苓已经找过，我也在门旁瞄了一眼，发现苓睡的竟是张行军床，那么小，再也容不下第二个人，给人一种能随时离去的感觉。屋里也很乱，东西堆得乱七八糟，形同遭贼，至少今天看上去如此，往常怎样，我不知道。

我问，糖糖呢？

苓答不上来，我慌了神，时而掀一下床单，看一眼床底；时而打开衣柜，一头扎进去，半天才出来，却仍没有糖糖的半点影子。苓喊，无人回应。这时我倒冷静起来，听见阳台旁的动静，一阵水声。我去看，苓跟在身后。我一把拉开厕所的门，水池下那个小小的身子站在一张摇摇欲坠的板凳上，龙头开着，水哗啦啦地流淌，糖糖好好的，正在洗手。我转身，松了一口气，想说点什么宽慰的话却被苓的惊惧表情憋了回去，只听她大喝一声，声音高亢且尖锐——糖糖，不能冲手。说着一下挤过我，将正在冲手的女孩一把拎起，吓得糖糖失声哭喊起来。我正要讲，你这是做什么？吓着孩子了，没事就好嘛。糖糖那撕心裂肺的哭喊让我顿觉怪异，心里发毛，这得是遭受了多大的痛苦才会发出这样的声音啊。我又何曾听过糖糖这样的声音呢？听来竟这般难受，五内俱焚。糖糖被拎到客厅，苓蹲下来，查看糖糖的手，我跟上，却一眼傻掉，无法相信眼前这一幕，脑袋里立即浮现出一些画面，与酷刑有关。糖糖的手像是受了烙刑，左手背上是一块三角形的伤痕，在水流冲击下已经溃烂，皮肉翻卷，一个个细碎的气泡在周边突起，中心是红得见骨的肉，不成形状，惨不忍睹。

我该如何相信眼前这一切？

我搂过糖糖，问她，这是怎么弄的？是那帮同学吗？糖糖不应，这个时候她怎能顾及我呢？她泪光闪烁，汩汩流出，一刻不停地盯着自己的手，身体抽搐。我受不了糖糖这样，一把别过她的脸，让她别看。她无法作答，我只好问苓，可无论怎样问，女人就是不应，如同木头人。我立即光火起来，说，你这个妈是怎么做的？啊！苓终于忍不住哭了起来，毫无掩饰地痛哭，一大一小的哭声在房间里响起，融成一片嘤嘤声，搅得我头痛起来。

接着，苓才开腔，糖糖，是妈妈不好，妈妈狠心，妈妈对不起你……我捏着糖糖的手，望着苓，心想，现在哭还有什么用？糖糖的手能好吗？我突然不耐烦地一把撞开地上的女人，抱着糖糖就出门了。苓这才想起似的，颤颤巍巍地跟上。我们匆忙拦下一辆车，直奔医院。路上我一句话也说不出来，虽然有一肚子疑问，但也深知此刻苓无心作答，就沉着脸。

那一刻，糖糖倒在我怀里，脸上的阴云仍未散去，目光没有望向苓。

我吻了吻这张小脸。

一路上，我们自然成为众人关注的焦点，一些夹叙夹议的话朝我们汹涌而来，瞬间吞没我们。所有人都啧啧感叹，说我们这对"做父母的"如何如何残忍，如何如何马虎，我们没有反驳。等糖糖好不容易进了急诊室，我才顺着一旁的墙壁滑下来，感到一阵无力，但仍用凛冽的目光逼视苓，问，怎么搞的？苓自知无法回避，就告诉我，她是如何拿一把烧烫的熨斗按上糖糖的手背的。我无法相信这样的事实，这个女人，真是疯了。我很想说点严厉的话，却始终无法开口。苓也捂着脸，侧过身子，尽量不与我对视，无颜面对我的样子。许久，嘴里才掏出一些只言片语。糖糖，她，她拿人家东西，好几次了，我打也不听，我也是没有办法了。这个时候我是听不了这样的话的，所有缘由听来都像是推卸责任。我恨不能狠狠抽苓两个耳光，以发泄心中澎湃的怒火，像我从前爱干的那样。这一刻,我无端想起妻和女儿来,想起自己频繁施加的暴力,想起她们离弃我时决绝的表情。那些冲突的夜晚一去不复返了,此刻,那些挥出去的拳头雨点般又落回到自己身上,我感到一阵无可言说的痛苦,不是身体之痛,而来自内心。

然而没有办法,我知道,我终将不能以这样的方式对待这个女人,说起来,她与我有什么关系呢?我的心霎时软下来,像对某种授意心领神会,用一些苓所能接受的词,宽慰多于怨恨,是怜悯。我想我还是顾及这个人的,这个到目前为止都来路不明的女人。

糖糖出来时,手上缠着纱布,哭泣声已经消退,但脸上的泪痕依旧清晰。苓去抱她,她本能地躲开了,恐惧在脸上蔓延。医生讲,那伤痕永远不能消退,留在手上,就是一辈子。

三

这并不是故事的全部,糖糖所受的伤不止于此,我也是后来才知道的。有时我想,我和苓,这俗世中相望相识的一对男女,何尝不是一路人呢?失魂丧魄,往往在不知不觉中干下可怕的事情,没有什么比这更令人战栗的了。苓告诉我,糖糖从前不是这个样子,她也有一个完整的家庭,有一个没什么本事但疼爱她的爸爸。那时糖糖的脾气很不好,很像你的女儿。糖糖是双胞胎,还有一个姐姐,出生没多久就死掉了,你知道糖糖为什么爱啃手吗?是因为有一天我跟她讲,她有一个一模一样的小姐姐,那个小姐姐因为不乖就被她吃掉了,从那以后糖糖就变了,变成了你现在见到的样子。不知你有没有发现?糖糖左手的拇指是有问题的,断过,后来接上,那是她自己咬下来的,还差点吞掉……

她做这一切是在惩罚自己呢。苓说。

(原载《创作与评论》2013年第15期;
《双婴记》获贵州省首届专业文艺奖二等奖)